张均 著

张爱玲十五讲

（修订版）

GUANGXI NORMAL UNIVERSITY PRESS
广西师范大学出版社
·桂林·

张爱玲十五讲
ZHANG AILING SHIWU JIANG

图书在版编目（CIP）数据

张爱玲十五讲 / 张均著 . -- 修订本 . -- 桂林：广西师范大学出版社，2022.3
ISBN 978-7-5598-4663-1

Ⅰ . ①张… Ⅱ . ①张… Ⅲ . ①张爱玲（1920-1995）—文学研究　Ⅳ . ① I206.7

中国版本图书馆 CIP 数据核字（2022）第 012455 号

广西师范大学出版社出版发行
（广西桂林市五里店路 9 号　邮政编码：541004
　网址：http://www.bbtpress.com　　　　　　　）
出版人：黄轩庄
全国新华书店经销
湛江南华印务有限公司印刷
（广东省湛江市霞山区绿塘路 61 号　邮政编码：524002）
开本：880mm×1 230mm　1/32
印张：13.75　　　字数：375 千
2022 年 3 月第 1 版　　2022 年 3 月第 1 次印刷
印数：0 001~6 000 册　　定价：70.00 元

如发现印装质量问题，影响阅读，请与出版社发行部门联系调换。

序 词

在张爱玲已被过度符号化的当下,为何还要写这么一本书?这个问题颇难回答。也许因于一种交流的快乐吧。此前四五年,一直在做当代文学制度研究,孜孜矻矻,经年累月地埋头在五六十年前业已泛黄、脱落的报纸杂志之间,那种辛苦、寂寞自非一言可以道尽。所以,写一部谈论张爱玲的书,与那些"陷落"在各色都市里的"现代人"交流,在我多少有愉悦精神的成分。兼之十年前写《张爱玲传》的时候较少分析她的作品,此番写作也可谓一次补充或完成。

当然,最紧要的,是有些想法需要表达。对于张爱玲,学界给予的讨论,虽不能与鲁迅、茅盾、沈从文、老舍等大家相比,但就实际而言,也算是很多的了。北美的夏志清、王德威,中国的唐文标(台湾)、水晶(台湾)、余斌、万燕、宋家宏、刘川鄂、宋明炜、常彬、林幸谦(香港),日本的邵迎建诸君,皆有专著行世。而赵园、杨义、王安忆、李欧梵、周蕾、刘禾、许子东、刘绍铭等知名学者或作家,亦各有论述,以致迄今——借用王德威先生的说法——"种种张派警句金言成了学界的口头禅","'张学'已然建立"。[1] 在这种局面下,若还想申述一些新的想法,委实不是那么容易。谁

---

[1] 王德威:《落地的麦子不死:张爱玲与"张派"传人》,山东画报出版社 2004 年版,页 20。

还相信，后来者能在夏志清之外讲述出"另一个"张爱玲来？我自己也往往如此持论。我在南方的一所大学任教，讲授20世纪中国文学，又由于出版过受到一些读者喜爱的《张爱玲传》，常被学生目为"专家"，屡有同学爱屋及乌，因为想做有关张爱玲的论文而希望由我来担任指导教师，或者直接发来文章和我讨论。这种时候，我多少感到紧张。一则因为学生们对张爱玲多近于迷恋，不敢过于拂逆其意；二则他们提交上来的论文，虽多感性体验，但据理而论实在是重复前人居多。所以，我也时常不去做这"导师"，或者建议他们选择张爱玲以外的研究对象。

然而，这并不意味着我认为有关张爱玲研究已无继续深入的空间。恰恰相反，对于这样一个长期以"异数"身份而存在的小说家、散文家和剧作家，学术界存在激烈却又暧昧的分歧。最核心的分歧在于：怎样评价张爱玲的文学成就？若要在文学史殿堂里授予张爱玲"迟到的"尊荣，那么究竟给她怎样的位置才最为允当。对此，海外学人和国内学人之间存在尖锐对立。这种对立，外间自是不甚了了，而这两拨学人之间也可能由于学术资源的相互需要，极少公开彼此质疑。然而观点间的疏离与对立，是再清楚不过了。海外论点，自以夏志清先生为代表。他表示：

我初读《传奇》《流言》时，全身为之震惊，想不到中国文坛会出这样一个奇才，以"质"而言，实在可同西洋现代极少数第一流作家相比而无愧色。隔两年读了《秧歌》《赤地之恋》……更使我深信张爱玲是当代最重要的作家，也是五四以来最优秀的作家。别的作家产量多，写了不少有分量的作品，也自有其贡献，但他们在文字上，在意象的运用上，在人生观察透彻和深刻方面，实在都不能同张爱玲相比。[1]

---

[1]〔美〕夏志清：《〈张爱玲的小说艺术〉序》，收《张爱玲的小说艺术》，水晶著，台湾大地出版社1985年版。

这般判断，有着美国式的斩钉截铁：五四以来所有"重要作家"都不及张爱玲。这"重要作家"之谓，指的是钱锺书、张天翼、沈从文等，尤其是指在"毛时代"被奉为三个"伟大"的鲁迅。夏志清的判断自然被刘绍铭、王德威等弟子奉为圭臬，然而在国内影响如何呢？实际上，国内重要的文学史家对夏氏意见并不是那么以为然。的确，当前国内任何一本较新出版的《中国现代文学史》或《中国现代小说史》都有专门分析张爱玲或《传奇》的文字，但极分明的是，没有一位学者和一部文学史承认夏志清对张爱玲的整体评价。仅以北京大学1998年版《中国现代文学三十年》（修订本）为例。这部由钱理群、温儒敏、吴福辉合著的教材，是国内最具影响的现代文学史教材。它严格遵守文学史的编撰"成规"，通过体例设置，赋予不同作家以不同的等级。譬如，获得专章论述"待遇"的作家有九位：鲁迅、郭沫若、茅盾、老舍、巴金、沈从文、曹禺、赵树理、艾青（其中鲁迅独占两章），而张爱玲呢，出现在该书第23章第3节"通俗与先锋"中，约占三分之一篇幅。显然，张爱玲未获专章"待遇"，甚至未获专节"待遇"，至多被置放在"二流"作家的位置。钱理群、温儒敏、吴福辉诸先生的案头，当然放着夏志清的《中国现代小说史》。他们与夏志清的尖锐分歧一目了然。

不过，也许还由于含蓄节制的作风，国内学者并没有直接非议夏志清，尤其是在公众场合。但由于分歧背后文学史观的剧烈冲突，对夏志清权威论述的不满终难长久掩饰。2000年10月，在香港岭南大学举办的"张爱玲与现代中文文学国际研讨会"上，学人刘再复（1989年后移居美国）明确质疑夏志清有关鲁迅、张爱玲文学史地位的判断。刘再复认为：

他（鲁迅）的作品，是中华民族从传统到现代这一大转型时代苦闷的总和与苦闷的总象征。其精神的重量与精神内涵的深广，无人可比，也完全不是张爱玲可以比拟的。更准确地说，张爱玲作品与鲁迅作品的精神深广度相比，不是存在着一般的距离，而是存在着巨大的距离，这不是契诃夫与普宁

（俄国贵族流亡作家）的距离，而是托尔斯泰与普宁的距离。普宁的作品有贵族气，有文采，典雅而带哲学感和沧桑感，但其精神内涵和思想深度远不及托尔斯泰。[1]

这番言论引起了同时与会的夏志清的激烈回应。不过，这场"短兵相接"只是海外、国内学界歧义的冰山一角。事实上，刘绍铭、王德威等人反复提倡的"张学"在国内得到的回响，也非常有限。除陈子善等人在上海认真考订张爱玲的佚作旧篇，国内并无重要学者认同"张学"之说。至于"张腔""张派"，国内作家更不买账。被王德威硬加上"张派"头衔的王安忆直接说："我可能永远不能写得像她这么美，但我的世界比她大。"[2]

剧烈分歧的背后，掩藏的不仅是地域性的意识形态差异，而且还有不同代际经验和话语背景的疏隔。围绕着对张爱玲的评价，还有相关联的系列重要问题：张爱玲既熟读中国旧小说，又在香港大学学习英国文学，那么，在张爱玲的"古今杂错、华洋杂错"[3]的写作风格中，古/今、中/西两种文学经验之间的关系是平衡的呢，还是一方从属于另一方呢？她的荒凉与虚无，是切近于卡夫卡、艾略特的"世纪末"情绪，还是另有所源？张爱玲为什么那么物质主义，甚至被人名为"恋物癖"？此外，她的家族认同、爱情观念，乃至不断被裹挟的政治选择，她对衣饰、色彩、饮食以及意象的迷恋，也包含诸多复杂问题，甚至与她的虚无主义深相纠葛。

这许多问题，有的已经有人谈过，有的则尚未被注意。不过在我，都多多少少有些不能满足。正好在写这本书的时候，黄子平先生自香港来中山大

---

[1] 刘再复：《张爱玲的小说与夏志清的〈中国现代小说史〉》，收《再读张爱玲》，刘绍铭等编，山东画报出版社2004年版。
[2] 许子东：《"张爱玲与现代中文文学国际研讨会"侧记》，收《再读张爱玲》，刘绍铭等编，山东画报出版社2004年版。
[3] 钱理群、温儒敏、吴福辉：《中国现代文学三十年》，北京大学出版社1998年版，页514。

学讲演，讲演题目即是《张爱玲：世纪末的华丽……与污秽》。黄先生借取王德威"世纪末视景"的概念，认为张爱玲怀有一种来自基督教文化时间观念的盛年不再、事事皆休的颓废绝望情调。黄先生以张爱玲有关基督教、威尔斯等阅读，尤其是其文本中克里斯蒂娃所谓的"卑贱物"（abject）的存在作为论据。对黄先生的论点和论据，我在演讲现场向他提出了商榷意见。其实在我看来，自夏志清先生以降，文学史家在处理中国现代文学时，都有依照西方文学经验进行认知、判断的"惯例"。这对大部分作家自然是适宜的，但对于张爱玲、萧红一类小说家则不能不说有些失效。其间涉及学术观察点的基本分歧，当然不是三言两语能说清楚的。因此，这本书的一些内容，也可以视作对黄先生观点的回应。

这是写什么的问题，还有一个怎么写的问题。作为一部重视学术史与论证逻辑的学术著作，我还希望写得不那么面目"可憎"，能够让熟悉张爱玲的朋友愿意阅读，甚至喜爱。所以，我在语言与文体规范上有意回避了学术著作必会有的"八股"文风，尽量减少注解，如对张爱玲的小说原文，以及胡兰成、张子静等人的回忆文字，就仅在文中标明，而未采取严格的含作者、出版版次、页码等信息在内的学术注解。同时，也使用了较为散文化的语言。这或许会引致同行的訾议，但于我自己，倒是心甘情愿的。倘若张迷朋友对书中的一二论述产生反对或认可的意见，那自会感到莫大欢喜。"一箭之入大海"的寂寞，在张爱玲的话题上，不啻是一种失败。在写法上，我另外避免的一点是传奇化。张爱玲曾经感叹说："中国观众最难应付的一点并不是低级趣味或是理解力差，而是他们太习惯于传奇。"（《〈太太万岁〉题记》）何谓"传奇"？是指我们因着自己对生活中缺少的事物的过分向往，而往往无意识地强调、夸大甚至虚构对象的某一部分事实，而从中获取某种想象性的替代性的满足，因而对对象的另外一部分不那么合"口味"的事实加以忽略、遗忘，甚至改造。旧的中国大众文学都是这么叙事的，张爱玲熟悉并且警惕，然而她又怎能抵挡生前身后人们对她自己的传奇化叙事呢。譬如，中国自宋以后即无"贵族",但后人多习以"最后的贵族"来谈论张爱玲;譬如,一个女作家,未必就生得美,但人们乐于从各方面夸大张爱玲的"惊艳";譬如,像所有遭受"始乱终弃"命运的女子一样,张爱玲也经受过内心的剧烈痛楚,但人们一定要想尽办法从那段沉痛旧事上翻出、"创造"出倾国又倾城的绝世浪漫;又譬如,张爱玲天分极高,但人们动辄把"天才"之类的冠冕加到她的头上,甚至不允许有才华更甚于她者,尤其是同时代女作家。几年前,我为广州的一家报纸写了一篇谈张爱玲的稿子,文中有一句大意是说萧红在表达人世的荒凉上比张爱玲更透彻,发表出来后这句给删了。我推测编辑的顾虑在于可能有太多读者不能接受这种观点。毕竟,有许多看书的人对萧红已不甚了了。然而我对"传奇"缺乏兴趣,更不会为了以某种方式讲述张爱玲的文字和生活,而有意识地悄悄地放弃某部分事实。我更愿意将张爱玲看成一个以文字为生的普通人——经受着一份与别人并无大异的命运,却能以惊人心力将自己的阅读经验,将自己对世界的经历与感受,转化为一篇篇璀璨至美的文字。

这意味着,作为这部书的作者,我更愿意成为一个交流者,与张爱玲,与那些喜爱她的文字的,熟悉的和陌生的朋友交流。这种角色,极符合我读张爱玲作品的感受。说到底,我之于"张爱玲",感慨的成分居多。《半生缘》中有段描写,给我极深印象:"这两天月亮升得很晚,到了后半夜,月光蒙蒙的照着瓦上霜,一片寒光,把天都照亮了,……鸡声四起,简直不像一个大都市里,而像一个村落,睡在床上听着,有一种荒寒之感。"某年返乡,途经武汉大学,夜里睡在山下的一个房间里,久久不能成眠。人若系恋之物大半丧失,大概都会有此类与世界脱离、浮生若寄的荒凉之感吧。张爱玲时时在不相干的地方生出此类荒凉,这使我对她深感亲切。这些年,在些不相干的瞬间,我也时不时地会想,张爱玲为什么要写小说呢,文字,包括文字中的意象、衣饰、色彩之类于她意义何在呢?于是有了一些零零碎碎的想法。现在我把它们以一种较为系统的面目汇成了这本书。这在我也可说是一种交代，一种对于张爱玲的个人敬意。当然，亲切与尊重之中也包含一些不甚认同的成分。这大约是因为我无幸运生于"簪缨望族"之家，不期然地耳闻目睹了太多的不义和恶，因而对力图将张爱玲符号化的中产阶级文化终究不能亲近。

还有一点点曲折。书写到大半的时候，原定的远行的时间也到了。而行程结束后，我又不能即返广州，而必须到北京住上一段时间，书的写作却又不能停止下来，所以，只好拖着一箱书上路。张爱玲作品集，所有能找到的张爱玲研究著作，都跟着我，在国内国外七八个城市、南北四五个省份辗转月余，最后才回到广州。弄得同行诸君误以为我是把别人喝牛奶的时间都用来做学问的那类人，格外费了多番解释，不提。行程两万余里，也算是这些书的一些游历。

以后可能再难有时间集中写一些关于张爱玲的文字了。手边的一套1997年花城版的《张爱玲作品集》也已圈点得不成样子。张爱玲的作品印行版次已经极多，但这套作品集一直收在身边。它是多年前许冬梅小姐送给我的一件礼物。岁月迢遥，无数的人、事终将为时间的风卷刮而去，因此特别地值得铭记。

张均
2019年10月7日改定于广州

目 次

I 家族、记忆与现实 ………001

   第一讲　高门巨族的"遗产" ………003

   第二讲　"没有一样感情不是千疮百孔" ………035

   第三讲　乱世、政治与文人 ………079

II 叙事的哲学与形态 ………107

   第四讲　临着虚无的深渊 ………109

   第五讲　可疑的"杀父书写" ………142

   第六讲　女性，虚无，以及"虚无的胜利" ………169

   第七讲　家族的颓败与荒凉 ………200

   第八讲　新旧混杂的上海想象 ………232

III 虚无主义者的物质主义 ……… 255

第九讲　闺阁衣饰，人生戏剧 ……… 257

第十讲　缤纷色彩，"可喜"世界 ……… 282

第十一讲　吃、看戏和音乐 ……… 301

第十二讲　象外之致：月亮、镜子及其他 ……… 324

第十三讲　张腔语言，文字之魅 ……… 339

IV 文学史与经典化 ……… 355

第十四讲　从《红楼梦》、京戏……到张爱玲 ……… 357

第十五讲　张爱玲的四重"面孔" ……… 388

附录　张爱玲研究著述辑要 ……… 417

I
家族、记忆与现实

第一讲　高门巨族的"遗产"

按鲁迅的说法,新文学作家大抵是"破落户的漂零子弟"[1],然亦有少数例外。在《中国新文学大系·小说二集·导言》中,鲁迅写道:"(她)使我们看见和冯沅君、黎锦明、川岛、汪静之所描写的绝不相同的人物,也就是世态的一角,高门巨族的精魂。"这里的"她",指的是小说家凌叔华,实则更例外的则是此时尚在上海圣玛利亚女校念中学的张爱玲。不过,高门巨族给予张爱玲的"遗产"是那般复杂,非个中人难以体会。

一、相府门第的煊赫

冯祖贻先生根据吴汝纶《安徽按察使丰润张君墓表》、陈宝琛《清故通议大夫四五品京堂张君墓志铭》、劳乃宣《有清通议大夫四五品京堂前翰林院侍讲学士张君墓表》等资料,编制了一份《张爱玲家族世系简图》(见图,图中除张爱玲、张茂渊外,未计入其他女性)。从这份丰润张氏的世系表上

---

[1] 鲁迅:《答徐懋庸并关于抗日统一战线问题》,收《鲁迅全集》第6卷,鲁迅先生纪念委员会编,人民文学出版社1981年版。

看,张爱玲的直系亲属向上逆推四代,皆不显赫。高祖张灼少见史载,估计为普通乡绅。曾祖父张印塘(1797—1854),曾协助李鸿章办理"淮军"军务,但早殁军间,未成气候。祖父张佩纶(1847—1903)幼年失父,"转徙兵间十余年",23岁时应试中举,次年登进士,后担任侍讲学士及都察院侍讲署左副都史,当时应是张家最有前途的一位青年才俊。可惜张佩纶亦未为后人创立殷实家业。一则他为官"忠清",不事产业;二则以"清流"身份力主与当时窥伺台湾的法国海军开战,因而被主和派派往福建海防前线,结果惨遭败绩,一贬不起。最困窘时连安葬继室边粹玉都需人资助。张爱玲父亲张志沂(字廷众),则以纨绔子弟度过终生。不过,旁支的张志洪(字人骏)是晚清的最后一任两江总督,辛亥革命时在南京缒墙而逃。张志潭出任过民国交通部部长,还曾帮张志沂谋过一份闲差,但这些亲戚对张爱玲家的帮助总是有限的。

显然,依照张印塘—张佩纶—张志沂的世系来看,张爱玲家至多只是一般官绅之家,与鲁迅所言"破落户子弟"相仿。但世系并不能说明一切。张家成为现代文人家族中少有的高门巨族,不因于张氏自身,而因于张佩纶的第二次婚姻——他娶了李鸿章的女儿李菊耦为第三任夫人。这其间东床招婿的故事,晚清小说《孽海花》曾演绎为佳话,此不赘论。作为相府千金,李菊耦为张家带来了高贵门第和惊人财产。作为李菊耦的孙女,张爱玲既是丰润张氏之后,亦是合肥李氏之后。

所以,今人以"最后的贵族"之类谈论张爱玲(以"贵族"命名名家大族实为大众文化的附会,因为爵位世袭之家方为"贵族",张家肯定不是),实在于张爱玲与李鸿章的血缘关系。李鸿章作为晚清重臣已成为中国近代史的一部分,但不尽为人所知的,则是李氏家族的财产。和多数中国官员一样,李鸿章将通过合法渠道和非法渠道扩充家族财产视为人生主要目标之一。李鸿章经营"淮军""北洋军"达40年,他从军费中挪取多少入于私囊,不为人知(其时淮军宿将如刘铭传、周盛传、卫汝贵等皆以克扣军费而

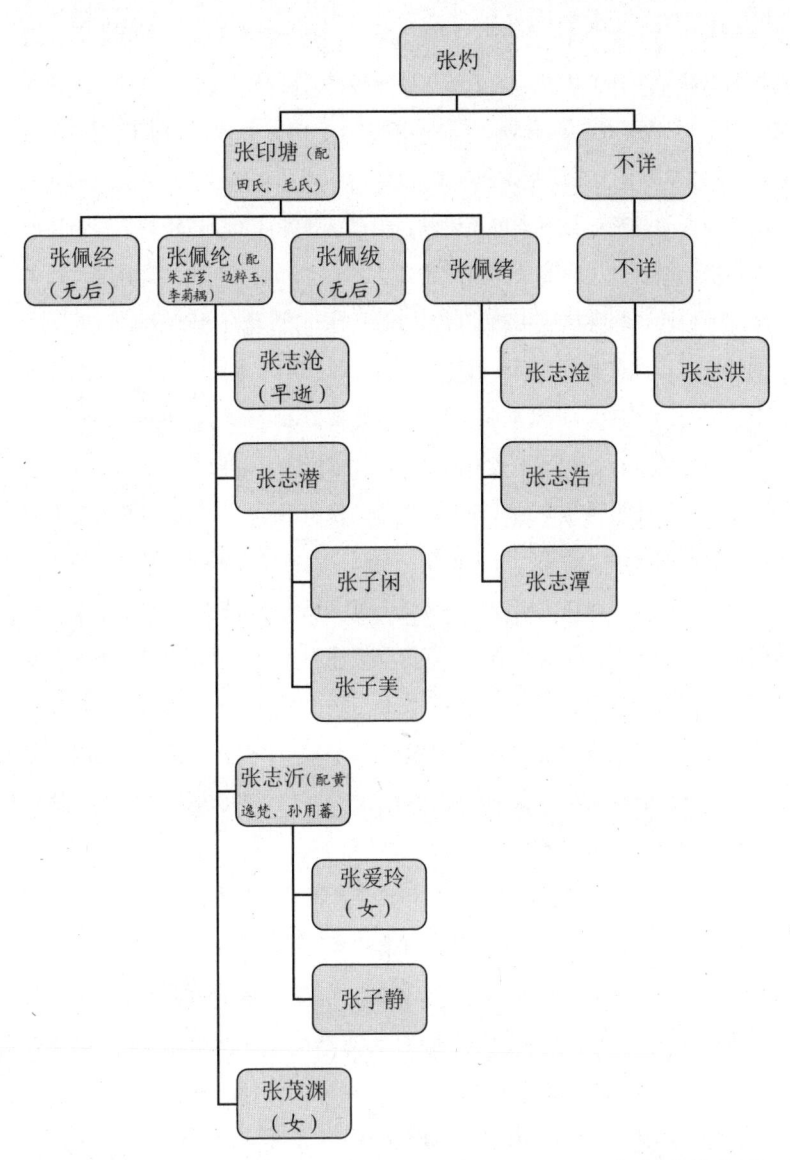

```
                          张灼
          ┌────────────────┴────────────────┐
     张印塘(配                             不详
     田氏、毛氏)                              │
  ┌─────┬──────┬─────┐                    不详
张佩经  张佩纶(配  张佩绂  张佩绪         ┌────┬────┐
(无后) 朱芷芗、边粹玉、(无后)            张志淦 张志洪
       李菊耦)
        │                              张志浩
     张志沧
     (早逝)                             张志潭
        │
     张志潜
        │
     ┌──┴──┐
    张子闲
    
    张子美
        
     张志沂(配黄
     逸梵、孙用蕃)
        │
     ┌──┴──┐
    张爱玲
    (女)
    
    张子静
    
     张茂渊
     (女)
```

张爱玲家族世系简图

富甲一方)。与此同时,李鸿章又创办官办、民办企业无数。数其大者,则有轮船招商局、开平矿务局、上海机器织布局、电报局、漠河金矿、天津铁路公司等,"所有企业的总办、督办、协办、会办,都由李鸿章挑选的亲信担任,李鸿章事实上是这些企业的太上皇"[1]。李鸿章从这些企业获得的利益是一个惊人的秘密。且据不可靠记载,李鸿章在签订《中俄密约》时,还收受了贿赂。终李一生,他的私人财产究竟有多少,无人得知。据容闳《西学东渐记》估计,约合白银4000万两,相当于当时清政府财政年收入的一半。而据《中国近代农业史》第一辑刊载资料记载:李鸿章兄弟六人,仅在家乡合肥,"每人平均有十万亩(地)","其在外县更无论矣",李鸿章所置田产,每年可收租五万石;在现银和不动产方面,亦极惊人,李氏"一、二、四房,约皆数百万,而不得其详","而五房极富,家中田园、典当、钱庄值数万元不算,就芜湖而论,为长江一大市镇,与汉口、九江、镇江相埒,其街长十里,市铺十之七八皆五房创造,贸易则十居四五。合六房之富,几可敌国"。这些记载,恐非虚言。其实李鸿章在世时,民间已有"宰相合肥天下瘦"的俗谚。类似巨贪而竟以善终,不能不说是专制中国的一个传统,恰如林语堂所言:"在中国,虽然一个人可以因偷窃一个钱包而被捕,但他不会因为盗窃国家资财而被抓起来。"[2]同时,也可见出其时政府的虚弱和李鸿章培植私人势力的能力皆已到极点。

在法制健全的民主国家,很难发生这类事情。然而现代国家里的贪腐之举,到了传统中国却成为一种荣耀。像李鸿章这样的官员,实际上是中国人的理想——既能谋划国家前途,又能营建私家产业,还能为子孙筹划长久基业。李鸿章死后,李家仍掌控招商局至20世纪30年代。不过,对"深惬素怀"(《李文忠公尺牍》)的女婿张佩纶,李鸿章所能为力者有限。1887年,李鸿章将女儿李菊耦许配给流放归来的张佩纶,当然是有意提携,但实际上

---

[1] 冯祖贻:《张爱玲》,河北教育出版社2000年版,页62。
[2] 林语堂:《中国人》,学林出版社1994年版,页186。

并不能做到。《孽海花》在讲述李鸿章（人物威毅伯的原型）、张佩纶（人物庄仑樵的原型）翁婿旧事时，将其中关节讲得明明白白：

唐卿道："我倒可惜仑樵的官，从此永远不能开复了！"大家愕然。唐卿说："现在敢替仑樵说话，就是威毅伯。如今变了翁婿，不能不避这点嫌疑。你们想，谁敢给他出力呢？"

这一关节，李鸿章事先倒未充分考虑到，兼之张佩纶婚后常与李鸿章之子李经方政见相左，被李经方暗中排挤，最后张佩纶只能闲居南京，聊度浮生，这多少是辜负了李菊耦。或许因为张家普遍持这种看法，所以张爱玲后来在《创世纪》中写到紫微的姐姐（原型即李菊耦）时说："姐姐出嫁也已经二十几了，从前那算是非常晚的了。嫁了做填房，虽然夫妻间很好，男人年纪大她许多，而且又是宦途潦倒的。"因此，张爱玲家从合肥李氏得到的，就主要不是仕途，而是财产了，即李菊耦的嫁妆。张爱玲弟弟张子静晚年说："我祖父是个清官，一家子的财产都是三祖母陪嫁过来的。"（《我的姐姐张爱玲》）

李菊耦是李鸿章三子两女中的长女，按《孽海花》夸张的记述："貌比威、施，才同班、左，贤如鲍、孟，巧夺灵、芸，威毅伯爱之如明珠，左右不离。"如此爱女，嫁妆定然丰厚。然而"丰厚"到几何，即使张家后人也不甚清楚。此处仅能根据张家后人的只言片语，略推其情形。张子静回忆："至少1935年左右，他（张爱玲的父亲张志沂）在虹口还有八幢洋房。"（《我的姐姐张爱玲》）1935年的张志沂家已经在走下坡路，且这份财产只是李菊耦陪嫁中相当少的一部分。李菊耦嫁与张佩纶后，育有一子一女（张爱玲的父亲张志沂与姑姑张茂渊），张佩纶、李菊耦双双离世时，张志沂、张茂渊均年幼，都跟随张佩纶原配朱氏所生之子张志潜生活，到张志沂20多岁时才分家。分家时张志沂、张茂渊对家底不清楚，后来发现只得到其中甚少一部分，兄妹三人为此还对簿公堂。从张家后人回忆可见，李菊耦的嫁妆包括房产、田产、珠宝和现银。具体数额不知，但从一处房产可见一斑。张佩纶、李菊耦婚后到南京定居时，曾买下原靖逆侯张勇的府第。这座宅院后来曾被柏文蔚购买。后半作为私宅，前半办了一所学校，聘杨步伟（语言学家赵元任夫人）为校长，学生一度多达四五百人。再后来，这座宅院又被国民党政府购作立法院办公地，足见其阔大。

"津津有味"地叙说李鸿章、张佩纶的家世与资财，并非有着"贵族癖"，而是因为它们是小说家张爱玲走上人生舞台的背景。然而，"煊赫旧家声"给予张爱玲的，并非只是"荣耀"二字显示得那么肤浅。它的日渐不堪的现实境况，它的生活方式与人生观念，对张爱玲的影响，充满难言的况味。

二、家世影响："失落者"的观察视角

相府门第的煊赫，张爱玲只赶上了一个末尾。1920年她在上海出生时，不但李鸿章、张佩纶已弃世多年，就连本应健在的祖母李菊耦也已辞世。尤其是，使李家、张家获得高门巨族身份的清王朝也已瓦解多年。清王朝的灭亡，实际上为李家、张家这样的高门巨族画上了句号。不过，百足之虫，死而不僵。沦为遗老遗少的高门巨族仍在前代余荫下继续着富贵精致的生活。1920年张爱玲出生前后，动荡的中国车轮正在滚滚向前。陈独秀、胡适等时代巨子正在猛烈抨击中国传统文化，年轻的毛泽东正在北京大学旁听，甚至朱德、刘伯承这样的青年将军，也在出国寻求中华民族的出路。而在租界的各样公寓里，前清大家族"鲜花着锦、烈火烹油"的生活仍在延续，只不过混杂了越来越多的消费性的洋场情调。在张爱玲的童年记忆里，不时浮现着这样的优美场景：

我们搬到一所花园洋房里,有狗,有花,有童话书,家里陡然添了许多蕴藉华美的亲戚朋友。我母亲和一个胖伯母并坐在钢琴凳上模仿一出电影里的恋爱表演,我坐在地上看着,大笑起来,在狼皮褥子上滚来滚去。我写信给天津的一个玩伴,描写我们的新屋,写了三张信纸,还画了图样,……家里的一切我都认为是美的顶巅。蓝椅套配着旧的玫瑰红地毯,其实是不甚谐和的,然而我喜欢它,连带的也喜欢英国了,因为英格兰三个字使我想起蓝天下的小红房子,而法兰西是微雨的青色,像浴室的瓷砖,沾着生发油的香。(《私语》)

年幼的张爱玲甚至梦想过一种干脆利落的生活:"在前进的一方面我有海阔天空的计划,中学毕业后到英国去读大学,有一个时期我想学画卡通影片,尽量把中国画的作风介绍到美国去。我要比林语堂还出风头,我要穿最别致的衣服,周游世界,在上海自己有房子,过一种干脆利落的生活。"(《私语》)这当然融合了她母亲和姑姑随时出洋留学的新式做派。

然而,或许是家族破败的速度在加快,或许是年岁渐长,有了透过现象看取本质的能力,到了少年时期,世界在张爱玲眼中逐渐变了颜色。相府门第的煊赫精致,仿佛被时代狂风一吹,蓦地露出千疮百孔的底子。小说《创世纪》主要以李菊耦之妹李经溥为原型,是观察高门巨族衰败的极佳文学材料。与李菊耦23岁才嫁给年届41岁的张佩纶一样,李经溥也是22岁时由李鸿章做主,嫁给了李鸿章门生之子任德和。也是年龄很不般配,张佩纶年长李菊耦近20岁,任德和则是小李经溥6岁,才16岁。李鸿章选婿重世谊和才学,但事实证明,他为两个女儿选的夫婿都颇失算。张佩纶"官海潦倒",任德和知书而无能,在舅兄提携下都不堪当官职,庸庸一生。当然,依合肥李氏之嫁资,即便夫婿无能,李鸿章女儿仍然会富甲一方、荣华终身。然而,李鸿章有料到王朝倾覆、军阀内乱、日本入侵吗?在这样的频年内乱中,连合肥李氏本身都在衰落。李鸿章死时,三个儿子皆官居道台、侍郎之职,到民国时期,其孙子李国杰仍把握招商局大权,但实力大不如前。到1932年,其招商局实权被新贵宋子文所夺,李国杰甚至被上海市政府扣押查办。李氏如此,其嫁出去的女儿们就更不济了。《创世纪》暗写李经溥的晚年寥落(人物紫微以李经溥为原型)。在小说中,匡家(以任家为原型)一大堆儿子、女儿、孙子、孙女都靠着紫微的嫁妆过活,几十年如一日。谁的嫁妆能支持这么久!但终于到了难以支持的地步。李菊耦死得早算是幸运(她的继子张志潜、儿子张志沂、女儿张茂渊、孙子孙女张子美、张子闲、张爱玲、张子静等几十年来同样靠着她的一份嫁妆过活),可她的妹妹李经溥长寿。这长寿未必是好事。小说有两个细节,极令人感叹:

姑奶奶吃了饭便走了,怕迟了要关电灯。全少奶奶正在收拾碗盏,仰彝还坐在那里,帮着她把剩菜拨拨好,拨拨又吃一口,又用筷子掏掏。只他夫妇两个在起坐间里,紫微却走了进来,向全少奶奶道:"姑奶奶看见我们厨房里的煤球,多虽不多,还是搬到楼上来的好,说现在值钱得很哩!让人拿掉点也没有数。我看就堆在你们房里好了。今天就搬。"

他蹩了出去,紫微正在那里锁柜子,姑奶奶伸头进来笑道:"我过年时候给妈送来的糖,可要拿点出来给湘亭他们尝尝。"又拨过头去,向外房的客人们笑道:"苏州带来的。我们老太太别的嗜好没有,闷来的时候就喜欢吃个零嘴。"紫微搬过床头前的一个洋铁罐子,装了些糖在一只茶碟子里,多抓了些"胶切片",她不喜欢吃"胶切片",只喜欢松子核桃糖。女儿和她相处三十多年,这一点就再也记不得!然而,想起她的时候给她带点糖来,她还是感激的。

谁能想到,拥有家产4000万两白银的李鸿章的幼女会有一天连一罐核桃糖都来之不易、舍之不得,连几个煤球都怕人偷去了呢?绍兴周氏作为一般大户人家，它由"中道"到"破落"都足以使周树人铭记终生，何况李经溥这样的人生际遇！倘若李鸿章泉下有知，看见自己幼女晚年的生活，那会是怎样的痛彻于心呀。

这是高门巨族衰败的一个缩影。不过具体来看，李菊耦的后人似乎比她妹妹的后人衰败得要慢一点。到张爱玲读中学时，她父亲还拥有汽车，还能和她继母（孙用蕃）对抽鸦片。不过在张爱玲看来，这仅是她父亲自私的结果：他要把钱留给自己花，而不愿在子女身上投资。她回忆说："我不能够忘记小时候怎样向父亲要钱去付钢琴教师的薪水。我立在烟铺跟前，许久，许久，得不到回答。"（《私语》）后来张爱玲一怒之下，投奔了已经离婚的母亲，母亲黄素琼（逸梵）是南京黄军门黄翼升之孙女。黄翼升因镇压太平天国有功，1862年获授代理江南水军提督，1868年获授三等男爵。黄家门庭虽不及相府煊赫，但也算家底非凡。黄逸梵和她弟弟黄定柱继承了黄家遗产。但到30年代，以卖首饰、古董（遗产）为主要生计来源的黄逸梵也时感困窘。张爱玲也敏锐感觉到了："问母亲要钱，起初是亲切有味的事，因为我一直是用一种罗曼蒂克的爱来爱着我母亲的。她是个美丽敏感的女人，而且我很少机会和她接触，我四岁的时候她就出洋去了，几次回来了又走了。在孩子的眼里她是辽远而神秘的。有两趟她领我出去，穿过马路的时候，偶尔拉住我的手，便觉得一种生疏的刺激性。可是后来，在她的窘境中三天两天伸手问她拿钱，为她的脾气磨难着，为自己的忘恩负义磨难着，那些琐屑的难堪，一点点的毁了我的爱。"（《童言无忌》）

眼见的和亲历的李家、黄家、张家等旧家族的无可抵挡的衰败，给少年张爱玲以巨大影响。不仅仅是"生于末世运偏消"的身世之感，而且是她观察社会、理解历史，面对新的文学经验的特殊立场。对此，宋家宏先生总结为"失落者"心态，"她早年的身世影响了她人格心理的发展，进而影响到她对外部世界的感受和体验；不幸的童年，没落的家庭，动荡的现实环境使她成为一个'失落者'，造成她复杂的心理矛盾，'失落感'是她基本的心理状态,从而导致了她精神上的悲观气质。她对人性是悲观的,对历史文明的发展也是悲观的,构成了她的人生悲剧意识"[1]。此说相当精辟,但有些地方还可以做更细致的分析。比如,宋先生认为张爱玲的政治意识在于"对现实政治的冷漠",这固然是事实,然而,这到底是张爱玲对政治问题对国家历史无看法呢,还是有看法但不宜于公开表达呢?在这方面,我们应设身处地地想象张爱玲,一定要切记家庭出身的差异。林语堂认为:"中华民族是一个由个人主义者所组成的民族。他们只关心自己的家庭而不关心社会,而这种家庭意识又不过是较大范围内的自私自利。"[2]家庭、家族的利益和立场,很容易构成政治潜意识。高门巨族的青年子弟和平民家庭的青年子弟,即使生在相同的时代,读相同的书,对现实政治的看法也往往有根本性差异。原因在于,高门巨族是既得利益者,甚至直接是高层政治的现实参与者,在其中有着复杂的情感、利益与价值的现实纠葛。而像孙中山、鲁迅、毛泽东这类普通绅士家庭出身的雄杰人物,没有这层纠葛,自然容易从纯理性的立场表明自己的态度。这种差异,在在皆是,比如对清朝廷的态度。孙中山、鲁迅、毛泽东辈自是疾之不已,以之为国家富强的障碍,但高门巨族就完全不同。他们"不承认民国,自从民国纪元起他就没长过岁数"(《花凋》),他们对前清充满留恋之情。据冯祖贻考订,张爱玲伯父张志潜,1919年为父亲张佩纶编刻了一部奏稿,"序言不仅在格式上每逢遇到'孝钦皇太后'(慈禧)、'德宗'(光绪帝)、'列祖列宗'字样均抬头,而且年份用的竟是'宣统十年',这一年按民国纪元应是民国八年了",甚至"他们还一遵清俗,头上留着辫子,每逢朔望、元旦及宣统生日都要点上香,向北遥拜,拜后则痛哭一番,虔诚的还亲自上京,冀望一见圣容,获得若干封赠"[3]。堂伯父张人骏给幼年的张爱玲留下的印象更为深刻。前两江总督张人骏在辛亥革命

---

[1] 宋家宏:《走进荒凉:张爱玲的精神家园》,花城出版社2000年版,页4。
[2] 林语堂:《中国人》,学林出版社1994年版,页177。
[3] 冯祖贻:《张爱玲》,河北教育出版社2000年版,页105。

后逃到天津,做了寓公,对前清王朝充满无限感情。张爱玲回忆:

> 一个高大的老人家永远坐在藤躺椅上,此外似乎没什么家具陈设。
> 我叫声"二大爷"。
> "认了多少字了?"他总是问。再没第二句话。然后就是"背个诗我听","再背个"。
> 还是我母亲在家的时候教我的几首唐诗,有些字不认识,就只背诵字音。他每次听到"商女不知亡国恨,隔江犹唱后庭花"就流泪。(《对照记》)

此情此景,足以使当年扬州、嘉定的抗清义士们悲愤莫名。有如此不肖子孙,当年还抵抗满洲人做什么?中国历史多的是这类滑稽与悲哀。不过,遗老遗少们留恋前朝并非由于思想"愚昧",关键在于利益,以及因利益而产生的价值认同。设若没有清王朝,合肥李氏又从哪里去创下数千万家资,极人间之荣贵?所以,在此类既得利益的大家族里,很难形成国家、公义的观念。若我们后世读者都逐日流连于"贵族"的荣华与奢靡,而无意反思其背后集权政治对民族现代化的戕害,又如何能指望"贵族"后裔不去"遥拜"皇上呢?人性的弱点多半相似。至于遗老遗少们对于辛亥革命以后新的政治力量的"不感兴趣",更在不言之中。一般平民青年会在新政治中寄望民主与自由,大家族子弟可能更切身地感受到的是地位的丧失,利益的被损害。甚至对于日本人,一般青年都会有爱国义愤,但大家族子弟更易把它看成天下分合之争中一个新的参与者,甚至看到家族重新崛起的契机。正如抗战期间清朝皇族寻求日本人支持以重建帝国一样,李鸿章孙子李国杰在1937年也努力活动,意欲加入日本人扶持的傀儡政府,以重振合肥李氏的家业。他有自己合理的逻辑,虽然这逻辑已与国家价值严重对立——他本人于1939年被国民党军统刺杀亡命。

张爱玲自幼就生活在这样狭小的"贵族"世界里,成年以后她亦时时讥讽这个世界。她以否定性的口吻描述自己的家："我后母也吸鸦片。结了婚不久我们搬家搬到一所民初式样的老洋房里去，本是自己的产业，我就是在那房子里生的。房屋里有我们家的太多的回忆，像重重叠叠复印的照片，整个的空气有点模糊。有太阳的地方使人瞌睡，阴暗的地方有古墓的清凉。房屋的青黑的心子里是清醒的，有它自己的一个怪异的世界。而在阴阳交界的边缘，看得见阳光，听得见电车的铃与大减价的布店里一遍又一遍吹打着《苏三不要哭》，在那阳光里只有昏睡。"(《私语》)但是，她的政治观念难道与这些旧家族子弟毫无共通之处？譬如，张爱玲会不会对清王朝抱有亲切的好感，会不会对民国世界抱有轻微的嘲讽，会不会对日本人抱有并不排斥的"平常心"……这些政治态度，出于"失落者"张爱玲是正常的，但是把它公开地表述出来，就未必适宜了。所以张爱玲很少直接谈论政治。尤其，"学成文武艺，卖与帝王家"，小说家张爱玲的"帝王"是高门巨族以外有着力量的大众。此类因素，使张爱玲对政治更加淡漠。但这并不表明她完全无政治观念，至少，在不会成为热血的爱国青年、对前清或入侵者缺乏仇恨等方面，她和她经常讥讽的遗老遗少颇为一致。

"失落者"心态还影响了张爱玲对于文学传统的选择。在张爱玲阅读并真正尝试写作的年代，由鲁迅、郁达夫、巴金等人创造的"新文学"传统业已形成。他们从事写作，不再同于古代文人那样抒发命运感叹，而在于通过文字的手段疗救社会。柄谷行人将这类叙事追求称为医学式的："这个社会是病态的，必须加以治疗这一'政治'思想亦由此产生。'政治与文学'不是什么古来对立的普遍性问题，而是相互关联的'医学式'的思想。"[1]张爱玲也广泛阅读了这些作品。但终究，她并不喜欢。对此，她解释为自己不喜欢写人生飞扬的一面，而愿意写人生安稳的一面，不愿写纪念碑式的事物，而愿意写日常事物，"强调人生飞扬的一面，多少有点超人的气质。超人是

---

[1]〔日〕柄谷行人：《日本现代文学的起源》，赵京华译，生活·读书·新知三联书店2003年版，页108。

生在一个时代里的。而人生安稳的一面则有着永恒的意味,虽然这种安稳常是不完全的,而且,每隔多少时候就要破坏一次,但仍然是永恒的"(《自己的文章》)。这个解释倒不失为真实,但并未说透,难道《故乡》《孔乙己》写的不是"日常事物"?其实关键在于,新文学本质上是一种"否定性的破坏力量"[1]。鲁迅诸人写小说,实际上是通过有意设置的各种不同的人生故事,将旧的社会、政治、家族和文化讲述为"不正常的""不健全的",从而确立新的政治、文化和人生的合法性,其中包含着服务于国家现代化的伦理改造和认同生产。而张爱玲,虽然也未必那么喜欢旧的,但对新的社会理想却无那般大的兴趣。新文学力图成为民族国家共同体想象的一个部分,而张爱玲对建立一个新民族国家并无热情。所以,她可能会欣赏老舍的幽默、赵树理的质朴,但整体上对新文学的"破坏"企图并无共鸣。她写小说,起笔时好像和鲁迅等人有相似(如揭露金钱的奴隶、男权的枷锁等等),但讲到结尾却拐到其他方向去了。她感伤,但并不批判;她讽刺,但并不摒弃。

三、家世影响:虚无的生命体验

除了"失落者"的社会观察视角以外,高门巨族的"遗产"还在于一种惘惘乃至虚无的生命体验上。童年记忆对于一个人的一生影响是决定性的。在童年时,张爱玲对家族衰败的感受还不太深,但对家庭的感受就太深了。这主要因为父母矛盾、离婚以及共同的自私对张爱玲心灵之家的摧毁。

孩子最初的依恋与安全感系于父母。张爱玲童年时也能感受到家的温暖,父母的爱。然而从很早起她就敏锐感觉到了家中不安的空气:"我母亲和我姑姑一同出洋去,上船的那天她伏在竹床上痛哭,绿衣绿裙上面钉有抽

---

[1]〔日〕柄谷行人:《日本现代文学的起源》,赵京华译,生活·读书·新知三联书店2003年版,页3。

搯发光的小片子。佣人几次来催说已经到了时候了,她像是没听见,他们不敢开口了,把我推上前去,叫我说:'婶婶,时候不早了。'(我算是过继给另一房的,所以称叔叔婶婶。)她不理我,只是哭。她睡在那里像船舱的玻璃上反映的海,绿色的小薄片,然而有海洋的无穷尽的颠簸悲恸。我站在竹床前面看着她,有点手足无措。"(《私语》)然后是姨太太进门,无穷的吵闹,父母的修好,终于父母离婚了。从孩童到少年,张爱玲逐渐领受并明白了这一切。她对父亲的感情完全被不满与鄙屑所充斥。她的父亲张志沂一生只两次短暂工作过,完全靠遗产为生。他的纨绔子弟的姿态不为妻子黄逸梵所容忍。黄逸梵的态度又直接影响了女儿张爱玲。在张爱玲日后的记载中,父亲主要以不堪形象出现。她回忆:"(父亲)那里什么我都看不起,鸦片,教我弟弟做《汉高祖论》的老先生,章回小说,懒洋洋灰扑扑地活下去。像拜火教的波斯人,我把世界强行分作两半,光明与黑暗,善与恶,神与魔。属于我父亲这一边的必定是不好的,虽然有时候我也喜欢。……父亲的房间里永远是下午,在那里坐久了便觉得沉下去,沉下去。"(《私语》)在她的回忆里,他还是一个暴君。但究其实,张志沂主要还是一个传统读书人,诚如袁良骏先生所言:"张廷众饱读诗书,很多古经典可以倒背如流,……他也并非一无所能,如果科举不废除,他没准儿可以'进士及第';如果不是大清灭亡、民国成立,没准儿他也可在旧官场中混个一官半职。然而,一切都不存在了,他遇到了官僚世家的穷途末路,他的父亲、一代名臣张佩纶救不了他,他的外祖父、中堂大人李鸿章也救不了他。在这个社会大转型的非常时代,这位满脑子'子曰''诗云'的书呆子成了一个废物。正是在这个前提下,在时代的旋涡中他急剧下沉,抽大烟、嫖妓、讨姨太太,他什么都学会了,他成了时代的渣滓。"[1]然而,母亲和张爱玲的眼光自然有她们的道理。

---

[1] 袁良骏:《张爱玲的自传体小说:〈小团圆〉》,《新文学史料》2009年第3期。

父亲的无情，家庭的破碎，毁掉的不仅是张爱玲的情感依偎之地，更将她直接推入一种不能释散的"惘惘的威胁"之中。这涉及经济问题。父母离婚时，她和弟弟被判给父亲抚养，这自然是高门巨族不可能让子女随母亲另嫁他姓，亦有财力方面的考虑。黄逸梵离婚，并未从张家带走什么财产，主要是她的陪嫁（珠宝古玩）。而且，离婚僵持期间，张志沂一度不供家用，逼着黄逸梵花自己的私房钱，以使黄逸梵不敢离婚。这个目的没有达到，但黄逸梵私房钱确实受损。所以，离婚时黄逸梵的财力并不宽裕，孩子留在张家跟随父亲自是顺理成章。父母离婚时张爱玲10岁。此时张志沂的财力，比《创世纪》中的紫微还是好得多了，有汽车，有多幢洋房，他有足够实力将子女抚育成人，子女也不必担心未来。多少弄堂小户小家的子女都未忧虑自己的未来，何况有车有房有地的张家。然而，高门巨族的子弟似乎往往有一个特性：自私，似乎不愿意为子女花钱。张爱玲要不到钢琴学费的事似乎还是不久前的记忆，随之而来的事情就更严重。张爱玲有上中学、大学出国深造的计划。但显然，这些计划都花费不菲。在这个问题上，父亲的态度变得暧昧了，不见有兑现当初协议的意思。《小团圆》也写到了这一层：

又是在下午无人的餐室里，九林走来笑道："你要到英国去啦？"惊奇得眼睛睁得圆圆的。

"不知道去得成去不成。"九莉说。

"你去我想不成问题。"他很斟酌地说，她觉得有点政客的意味。

她因为二婶三姑，一直总以为她也有一天可以出洋，不过越大越觉得渺茫。

"他答应的，离婚协议上有。"蕊秋说。

那时候他爱她，九莉想。真要他履行条约，那又是打官司的事。但是她的魔力也还在，九莉每次说要到"三姑"那里去，他总柔声答应着，脸上没有表情。

"你二叔有钱。"蕊秋说。

九莉有点怀疑。她太熟悉他的恐怖。

九莉（以张爱玲自己为原型）的忧虑并非空穴来风。不愿为子女教育投资是衰败中的高门巨族里的普遍现象。《花凋》中说："她（川嫦）痴心想等爹有了钱，送她进大学，好好地玩两年，从容地找个合式的人。等爹有钱……非得有很多的钱，多得满了出来，才肯花在女儿的学费上——女儿的大学文凭原是最狂妄的奢侈品。"为何如此，推算起来在于两点。首先，这些家族虽有家财，但合家之内皆靠遗产过活，并无生存能力，也看不起一般工作。《创世纪》中，匡霆谷一辈子没有收入，儿子也只会在家里要零花钱，全家十几口人全靠着紫微的嫁妆吃了几十年。这份嫁资纵以百千万计，恐怕也禁不住一代人两代人乃至三代人坐吃山空呀。紫微命长，眼看着嫁妆卖完了，钱没了，可人还活着，那怎能不叫人恐惧呢？所以，高门巨族的后裔一方面养成了奢华生活的习惯，一方面却又满怀着坐吃山空的恐惧，将钱财看得很紧，唯恐落入他人之手，甚至子女也不例外。其次，是缺乏责任心，穷巷小户的为父母者往往竭尽所能供子女接受教育，但大家族反而未必如此。一则他们认为在教育花费太多投资（如读大学甚至出国）未必值得、二则这些纨绔子弟自幼成长于极度宠爱的环境，事事皆以自我为中心，不太能设身处地为对方着想、谋划，甚至对自己子女亦如此。张志沂不乐意张爱玲读大学的计划，并非因为供应不起，而实在是因为缺乏责任和担待——他总不能因为子女的教育而放弃鸦片吧（后来他终于把家产抽了个干净）。张爱玲把这些看得透彻，终于因为一次与后母的偶然冲突离开了父亲的家，投奔到母亲处。此事过程《私语》有详细记载，其中也提到了经济顾虑。离开以前，母亲曾托人传话于她："跟父亲，自然是有钱的，跟了我，可是一个钱都没有，你要吃得了这个苦，没有反悔的。"对这句话，张爱玲思忖甚久。跟着父亲生活，靠着张家遗产，她自然能过一种有基本保障的生活，比如读完中学，去做"女结婚员"。但她的过一种干净利落的生活的梦想,恐怕永是镜花水月了。而且她还是女孩,即便将来张家有遗产可承,也未必轮得上她。于是她最终决定离父亲而去。但这一步迈得真是艰难呵,张爱玲实际上等于自动放弃了张家的一切,放弃了最可靠的经济来源。如果钱财将尽的恐惧是大家族子弟的集体无意识,张爱玲就是主动地跳进了这个绝境。她要选择新的人生道路,要像所有时代新女性一样,独立开辟自己的生活。这一选择,成全了她自己,但她也为此付出了沉重代价——"赤裸裸地站在天底下"的恐慌,切切实实地来到了她的身边,成为她一生缠绕不去的梦魇。

不过,在离开父亲投奔母亲的当时,她还是欢欣的,"拔出门闩,开了门,把望远镜放在牛奶箱上,闪身出去。——当真立在人行道上了!没有风,只是阴历年左近的寂寂的冷,街灯下只看见一片寒灰,但是多么可亲的世界呵!"(《私语》)毕竟,离开了父亲的家,并不等于是离开家,而是前往母亲的家。虽然她知道母亲的钱不多,但供养她受教育是足够了。更重要的是,只有在母亲的家里,她才感到温暖、亲切和向往。所以,尽管她知道离开父亲就意味着终究有一天她不得不面对着这个世界,但至少在这几年里,她还不用顾虑到此层,有母亲替她遮风挡雨,而在将来,等她读完大学出国深造以后,她相信自己有能力过一种干净利落的生活。因这样想,她怀着快乐的心情到了母亲的家,并毫不怜惜地看着自己在原来的家里的结束,"我后母把我一切的东西分着给了人,只当我死了。这是我那个家的结束"(《私语》),她的随身女佣也被遣回乡下。然而,母亲精致而美丽的家和她的期待有着微妙差别。母亲多年留学海外,兼之年少,张爱玲对母亲实际上有两层误解。

一、虽然母亲留学英国、法国,弹钢琴,读文学作品,但母亲并不是一个希望以职业能力为生的女性。她留学,学无所长,更似是在游历、交际。与其说她游学欧美是希望成为胡适之之类学有所专的人才,不如说她更希望成为上流社会的交际花。她美貌、擅于酬酢。也是这次离开父亲,来与母亲、姑姑同住，张爱玲才陆陆续续了解到她原不知晓的诸多家庭隐私。她的母亲在两性关系上经历复杂。《小团圆》甚至暗示九莉弟弟九林（以张子静为原型）是母亲的私生子。小说中，蕊秋（以黄逸梵为原型）对楚娣（以姑姑张茂渊为原型）说，"乃德（以张志沂为原型）倒是有这一点好，九林这样像外国人，倒不疑心。其实那时候有那教唱歌的意大利人……"而黄逸梵与张志沂的离婚，除了新旧思想分歧之外，还有着不为人知的私情。对此，《小团圆》中楚娣亲口告诉了九莉：

楚娣见她仿佛有保留的神气，却误会了，顿了一顿，又悄悄笑道："二婶那时候倒是为了简炜离的婚，可是他再一想，娶个离了婚的女人怕妨碍他的事业，他在外交部做事。在南京，就跟当地一个大学毕业生结婚了。后来他到我们那儿去，一见面，两人眼睁睁对看了半天，一句话都没说。"

她们留学时代的朋友，九莉只有简炜没见过，原来有这么一段悲剧性的历史。

因而母亲对女儿的期待，自然不是成绩优异，而是能成为引人瞩目的上流社会的贵妇人。所以，张爱玲过来后，母亲很快为她设定了修习目标和计划。遗憾的是，母亲的设计过于居高临下，太缺乏量身打造的科学性：张爱玲不像她母亲那样美貌，性格又内向，连话都不爱和人多讲，生活自理能力很差，"我发现我不会削苹果。经过艰苦的努力我才学会补袜子。我怕上理发店，怕见客，怕给裁缝试衣裳。许多人尝试过教我织绒线，可是没有一个成功。在一间房里住了两年，问我电铃在哪儿我还茫然。我天天乘黄包车上医院去打针，接连三个月，仍然不认识路"，这让张爱玲的心理发生微妙变化，"在父亲家里孤独惯了，骤然想学做人，而且是在窘境中做'淑女'，非常感到困难"，"常常我一个人在公寓的屋顶阳台上转来转去，西班牙式的白墙在蓝天上割出断然的条与块。仰脸向着当头的烈日，我觉得我是赤裸裸的站在天底下了，被裁判着像一切的惶惑的未成年的人，困于过度的自夸与自鄙。这时候，母亲的家不复是柔和的了"。《小团圆》也记载了九莉诸多的难堪，"她正为了榻边搁一只呕吐用的小脸盆觉得抱歉，恨不得有个山洞可以爬进去，免得沾脏了这像童话里的巧格力小屋一样的地方。蕊秋忽然盛气走来说道：'反正你活着就是害人，像你这样只能让你自生自灭。'九莉听着像诅咒，没作声"。而且，张爱玲一直鄙视那种"女学生—少奶奶"的女人生涯。幸好，在造成了张爱玲一定程度的自卑以后，母亲还是理解了她的追求，支持她报考伦敦大学出国深造的计划。

二、张爱玲仍有一处未能完全了解母亲。出身于大家族的母亲，对子女的责任心仍然有限。虽然比父亲好得多了，她愿意供养女儿，支付她的教育费用（离婚协议本来写明由父亲负担的），但她不能做到和传统母亲那样，守在女儿身边，谨慎安排不多的财产，以牺牲自己的方式抚育女儿。这是多少女性曾经走过的为人称赞的道路，但黄逸梵做不到这一点。在张爱玲过来不久，她又筹谋去欧洲了。去欧洲花费甚多，而张爱玲的教育费用亦是可观数字，然而她的计划不因女儿而改变。母亲去欧洲做什么呢？她似乎并没有向女儿做过解释。留学？显然不是，她前番在欧洲游历 4 年也未拿过任何学位。做生意？更不是了，做生意讲求资金、人脉，母亲要做生意，自然是在上海、南京、天津这些地方为好，那里李家、张家、黄家后人遍布，而到欧洲，她能做什么生意呢？母亲未将计划说明白，而少年张爱玲向来把出国看成是浪漫的事，自然也不深问。所以，直到数年之后，张爱玲已在香港大学读书，她才多多少少了解到母亲在国外的主要生活内容：无固定目标地谈恋爱——也许她自己倒是想"固定"，但没有人愿意和她"固定"。对黄逸梵的这种生活，袁良骏先生说她是追求"性享受"、纵欲，"她充其量是一个会放一串儿洋屁的学混子。她的时间都哪儿去了？她在国外做何营生？一句话，吃喝玩乐谈恋爱交朋友性享受。出现在《小团圆》中的与她'发生关系'的中外老少男友，即不下十余人。她应该说是中国较早出现的'女权主义者''性自由主义者'。她不仅看不上乃德,对一双儿女也很不疼爱"[1]。"很不疼爱"是有证据的。在到母亲家后不久,张爱玲即"看得出我母亲是为我牺牲了许多,而且一直在怀疑着我是否值得这些牺牲。我也怀疑着"。但母亲毕竟为她请了昂贵的家庭教师,也帮她支付了香港大学的学费,那时她对母亲的"不疼爱"感受尚不深切。但在香港大学读书期间发生的点点滴滴,使她一点一点失去了对母亲的爱。据《小团圆》记载,由于母亲给的生活费相当低,九莉几乎是香港维多利亚大学(以香港大学为原型)最穷的学生,暑假都因为节省路费而不回家。但蕊秋对此类事情并不过问,甚至在经过香港探望女儿期间,她的主要心思也仍在诱惑男人,与项八小姐争风吃醋,而不关心女儿的衣食住行,也不给女儿留下生活费用。尤令九莉失望而痛苦的是,蕊秋甚至将历史教授安竹斯(以佛朗士为原型)私人给女儿的800元港币"奖学金",在赌桌上一下子输光了。而这差不多可够九莉一学期的生活费。蕊秋的不负责任一至于此。此事给九莉极深刺激:

"嗳,你昨天输了不少吧?"她问。

"嗳,昨天就是毕先生一个人手气好。"蕊秋又是撂过一边不提的口吻。

"你们什么时候回来的?"

"我们回来早,不到两点,我说过来瞧瞧,查礼说累了。怎么,说你输了八百块?"南西好奇地笑着。

九莉本来没注意,不过觉得有点奇怪,蕊秋像是拦住她不让她说下去,遂又岔开了,始终没接这碴。那数目听在耳朵里也没有反应,整个木然。南西去后蕊秋也没再提还安竹斯钱的话。不提最好了,她只觉得侥幸过了一关,直到回去路上在公共汽车上才明白过来。偏偏刚巧八百。如果有上帝的话,也就像"造化小儿"一样,"造化弄人",使人哭笑不得。一回过味来,就像

---

[1] 袁良骏:《张爱玲自传体小说:〈小团圆〉》,《新文学史料》2009年第3期。

有什么事结束了。不是她自己做的决定,不过知道完了,一条很长的路走到了尽头。

"一条很长的路走到了尽头",在九莉实际上是指母女关系的结束。九莉对母亲衔怨甚深。几年后她成为著名小说家后,竟然考虑用二两黄金付清母亲在她身上的花费,明显是割断母女之情。对此,连姑姑楚娣都以为不可、不必。因此,成年后张爱玲对母爱看得比较透彻,她说:"母爱这大题目,像一切大题目一样,上面做了太多的滥调文章。普通一般提倡母爱的都是做儿子而不做母亲的男人,而女人,如果也标榜母爱的话,那是她自己明白她本身是不足重的,男人只尊敬她这一点,所以不得不加以夸张,浑身是母亲了。其实有些感情是,如果时时把它戏剧化,就光剩下戏剧了;母爱尤其是。"(《谈跳舞》)还说:"朋友是自己要的,母亲是不由自己拣的。从前人即使这样想也不肯承认,这一代的人才敢说出来。"(《张爱玲私语录》)

与父亲的关系的破碎,尤其是与母亲的关系"走到了尽头",并不意味着父亲、母亲彻底放弃了对女儿的责任(父亲后来还帮她支付过一次圣约翰大学的学费),但对张爱玲而言,却是一点一点地不可抵挡地陷入另外的孤立无助的恐惧之中。一个十几岁的孩子,一日一日地发现在这个世界上,父亲不能依靠,母亲也不能依靠,那是多么令人恐慌、不安的事情啊。这种无家可归、朝不保夕的恐慌就是缠绕张爱玲终身的"惘惘的威胁"。因此不奇怪从十几岁起,那些不安的、毁灭的感受便经常浮现在张爱玲的脑际。做文艺心理学研究的学者,往往会用"早熟""早慧"等字眼来陈述这种心理,殊不知这是多么大心理创伤的结果。诗人穆旦的《智慧之歌》里有四句话,写的是同一境况,"但唯有一棵智慧之树不凋,/我知道它以我的苦汁为营养,/它的碧绿是对我无情的嘲弄,/我咒诅它每一片叶的滋长"。张爱玲后来对人世观察显示出的"智慧"或"天赋",无疑是漫长的生活"苦汁"浸泡的结果。

这种"惘惘的威胁"决定成年以后张爱玲基本的心理趋势。她对人世和生命怀有难以消释的怀疑，而这种怀疑又和五四文人的主流取向不甚一致。陈独秀、巴金等人也是怀疑主义者。对他们的怀疑，张爱玲曾有描述，称："在古中国，一切肯定的善都是从人的关系里得来的。孔教政府的最高理想不过是足够的食粮与治安，使亲情友谊得以和谐地发挥下去。近代的中国人突然悟到家庭是封建余孽，父亲是专制魔王，母亲是好意的傻子，时髦的妻是玩物，乡气的妻是祭桌上的肉。一切基本关系经过这许多攻击，中国人像西方人一样地变得局促多疑了。而这对于中国人是格外痛苦的，因为他们除了人的关系之外没有别的信仰。"（《中国人的宗教》）当然，五四以后的文人还是找到了"别的信仰"，那就是民族国家，"我以我血荐轩辕"，以疗救、解放国家为人生新的信仰。但对于生于大家族的张爱玲而言，她对民族国家了无兴致。古典文人的经验倒给了她充分启示。身在恐慌与不安之中，她一心要抓住那一切可以给她带来安稳感受的事物。她特别爱钱。她特别注意那些短暂的但可以给人暂时安慰的欢乐事物。她爱热闹的音乐。她喜欢颜色、线条、气味。她不关心他人，因为她自顾尚且不暇。在对社会、国家的态度上，她比一般大家族里的人，显得更加淡漠。

幼小时候的张爱玲就设想过自己的天才，"我是一个古怪的女孩，从小被视为天才，除了发展我的天才外别无生存的目标"（《天才梦》），但她可能料想不到她的天才是在这样一种有着原始性恐慌的心理空间里展开的。同样作为大家女子，冰心、林徽因、凌叔华与她走着殊异的道路。

四、家世影响：文学经验

高门巨族造成的失落与不安是促使张爱玲走上文字生涯的直接动因，但另一份"遗产"，则与张爱玲的文学经验直接相关。这方面的"遗产"主要计有两类。

第一类遗产是良好的教育，尤其是家庭文学氛围的熏陶。在现代中国，教育极不发达，一般下层阶级子弟能达识字程度已算不易，若欲受到良好教育，则须饶有家资方可。李菊耦的子孙虽无仕官发达机遇，但所受教育却是优等的。张志沂、张茂渊幼年，"家中按习惯，请了老师来家教古书、做文章，也请了懂西学的人教外文，为的是他能继承外祖父李鸿章和父亲张佩纶的事业，所以张志沂的旧学根底和英文都不错"[1]。张志沂、张茂渊都英文流利，张志沂还曾担任过津浦铁路局的英文秘书。这是当时名家大族的普遍风气，他们的子女都受中英文优质教育，社交语言亦常中英混杂。到张爱玲和她弟弟，虽然张家已在没落，但教育并未下降，尤其因为母亲的坚持与支持，姐弟在受过私塾教育以后，都相继进了新式小学、中学念书，并都读了大学。张爱玲所读的圣玛利亚女中和香港大学，都属于当时中国青年能受到的最好的教育资源之列。除此之外，家族文化遗承也是张爱玲承接的重要遗产之一。合肥李氏、丰润张氏两个家族都是翰苑名家。李鸿章21岁中举，24岁中进士，27岁被授为翰林院编修，有着"簪花多在少年头"的读书人的风光，生前就编有文集行世。张氏这边，张印塘是嘉庆二十四年（1819年）举人，张佩纶是同治九年（1870年）举人。张佩纶23岁时又中进士，后授翰林院编修，其少年得志程度，其实有甚于李鸿章。张佩纶后来宦途蹇促，但仍保持学者身份，研习不倦，先后完成《管子注》24卷、《庄子古义》10卷，以及《涧于集》《涧于日记》多卷。1919年，张志潜还为父亲编刻文集，刊布于世。严格地讲，张爱玲是有"家学"可承的。尤为可叹的是，官员兼学者的张佩纶甚至还是一个热情的业余小说作家。他和李菊耦合作出版过武侠小说《紫绡记》。小的时候张爱玲曾经见过，版面特小而字大，老蓝布套，很是精致。张家藏书亦甚丰富。张爱玲自幼年时就阅读广泛，尤其涉猎文学

---

[1] 冯祖贻:《张爱玲》，河北教育出版社2000年版，页107。

作品居多。她自己表示:"我是熟读《红楼梦》,但是我同时也曾熟读《老残游记》《醒世姻缘》《金瓶梅》《海上花列传》《歇浦潮》《二马》《离婚》《日出》。"[1]当然,熟知张爱玲的读者,自然知道她的阅读远不止于此。

"家学"能延续到张爱玲,实有赖于她不爱的父亲或终在不满中渐行渐远的母亲。她的父母,在养育子女方面皆有不同程度的自私,但恰如邵迎建所言:"从幼儿时代起,张爱玲便在父母对立的夹缝中成长,父母唯一的共同点是喜欢文学,因此,文学成为张爱玲生命中唯一肯定的、一贯的、持续的存在,成为她一生唯一的支柱。"[2]她的父亲是清朝遗少,生活放荡,败家本领一样不缺,但他又与自己的父亲张佩纶一样,是一个旧式的有家学底子的人。张爱玲回忆说:"我父亲一辈子绕室吟哦,背诵如流,滔滔不绝,一气到底。末了拖长腔一唱三叹地做结。沉默着走了没一两丈远,又开始背另一篇。听不出是古文时文还是奏折,但是似乎没有重复的。我听着觉得心酸,因为毫无用处。"(《对照记》)张志沂虽然打过自己的女儿,但他实际上很早就喜欢张爱玲甚于她弟弟。张爱玲的文学阅读及天分受惠于父亲处甚多,"张爱玲的文学天赋得以发挥,他的早期'诗教'起了很大作用。很多重要的文学作品,少年张爱玲正是从他的书案上拿看甚至偷看的"[3]。甚至她的母亲,也对文学有长期热情,"《小说月报》上正登着老舍的《二马》,杂志每月寄到了,我母亲坐在抽水马桶上看,一面笑,一面读出来,我靠在门框上笑。所以到现在我还是喜欢《二马》,虽然老舍后来的《离婚》《火车》全比《二马》好得多"(《私语》)。后来张爱玲的《倾城之恋》上演时,她还专门到剧院观看。她的姑姑张茂渊,也是新文学爱好者。这样的家庭,在文学氛围上不能不说是浓郁的。家庭间的谈话,也往往富于机智和文学色彩。

---

[1]《女作家聚谈会》,《杂志》(上海)1944年4月号。
[2] 邵迎建:《传奇文学与流言人生:张爱玲的文学》,生活·读书·新知三联书店1998年版,页47。
[3] 袁良骏:《张爱玲的自传体小说:〈小团圆〉》,《新文学史料》2009年第3期。

先世光华与家庭传承，除使张爱玲获得睥睨于世的文字／思想自信外，还直接促使她将文学视为自己情感与信仰的一个绝对来源。张爱玲很早就立志写作。她回忆说："我父亲对于我的作文很得意，曾经鼓励我学作诗。一共作过三首七绝，第二首咏夏雨，有两句经先生浓圈密点，所以我也认为很好了：'声如羯鼓催花发，带雨莲开第一枝。'第三首咏花木兰，太不像样，就没有兴致再学下去了。"（《私语》）她自己的兴趣则"一直就想以写小说为职业"，她"从初识字的时候起，尝试过各种不同体裁的小说，如'今古奇观'体、演义体、笔记体、鸳蝴派、正统新文艺派，等等"[1]。她7岁时就写过一个无题的家庭伦理悲剧。小说计划是写一个小康之家，哥哥出门经商去了，小姑乘机设下计策来陷害嫂嫂。但写了没多久就放下了，又起头写一篇历史小说。开头即是："话说隋末唐初的时候。"但就写了个开头。9岁时，"就开始向编辑先生进攻了"（《存稿》），《流言》中收录了她当时的一封投稿信。信为："记者先生：我今年九岁，因为英文不够，所以还没有进学堂。现在先在家里补英文，明年大约可以考四年级了。前天我看见副刊编辑室的启事，我想起我在杭州的日记来，所以寄给你看，不知你可嫌它太长了不？我常常喜欢画画子，可是不像你们报上那天登的孙中山的儿子那一流的画子，是娃娃古装的人。喜欢填颜色，你如果要我就寄给你看。"稿子投给上海《新闻报》，未得回响，但这并未影响小爱玲的兴致。1931年进入圣玛利亚女校后（11岁），她的写作兴致更见高涨。十二三岁时写了一篇小说，叫作《理想中的理想村》，是课堂作业，有着"台阁体"写法，"哟"字连连。她第一篇情节较完整的小说是这样的：女主角素贞，和情人偕游公园，忽然有一只玉手在她肩头拍了一下，原来是她美丽的表姐芳婷；于是她把表姐介绍给了自己的情人，结果酿成了三角恋爱的悲剧，素贞最后投西湖自杀。小说写在一本笔记簿上，同学们睡在蚊帐里传阅翻看，摩来摩去，字迹都擦模

---

[1]《女作家聚谈会》，《杂志》（上海）1944年4月号。

糊了。小说中负心的男主角叫殷梅生,恰巧班上也有一个同学姓殷,说:"他怎么也姓殷?"提起笔来改作"王梅生",张爱玲又改回来,改来改去,把纸都擦穿了。有了这样的经验,张爱玲还尝试了长篇小说,名曰《摩登红楼梦》,回目由父亲代为拟定。这是一个"现代版"的《红楼梦》:贾政乘火车,贾琏当了铁道局局长,尤二姐请下律师要控告贾琏诱奸遗弃,主席夫人贾元春主持新生活时装表演,芳官藕官加入歌舞团,引起了贾珍父子与宝玉的追求;宝玉闹着要和黛玉一同出洋,遭到反对,两人便负气出走,贾母王夫人终于屈服。故事热热闹闹,无甚深意。但她的语言,实在难以让人相信出自一个十三四岁孩子的手笔,譬如对贾琏得官、凤姐置酒相庆的那一段场景的精细描写:

(凤姐)自己坐了主席,又望着平儿笑道:"你今天也来快活快活,别拘礼了,坐到一块来乐一乐吧!"……三人传杯递盏……贾琏道:"这两年不知闹了多少饥荒,如今可好了……"凤姐瞅了他一眼道:"钱留在手里要咬手的,快去多讨两个小老婆罢!"贾琏哈哈大笑道:"奶奶放心,有了你和平儿这两个美人胎子,我还讨什么小老婆呢?"凤姐冷笑道:"二爷过奖了!你自有你的心心念念睡里梦里都不忘记的心上人放在沁园村小公馆里,还装什么假惺惺呢?大家心里都是透亮的了!"贾琏忙道:"尤家的自从你去闹了一场之后,我听了你的劝告,一趟也没有去过,这是平儿可以作证人的。"凤姐道:"除了她,你外面还不知养着几个堂子里的呢!我明儿打听明白了来和你仔仔细细算一笔总账!"平儿见他俩话又岔到斜里去了,连忙打了个岔混了过去。(《存稿》)

这种手笔,放在《红楼梦》原作中,读者未必能辨认出来。据近年学者考订,在圣玛利亚女校,张爱玲还正式发表了一些小说、散文和评论,包括短篇小说《不幸的她》《牛》《霸王别姬》、散文《迟暮》,以及小说评论

《〈若馨〉评》。《牛》写的是贫穷之下生命的悲哀。农人禄兴因家道艰难，卖掉耕牛，又卖掉了娘子陪嫁的银簪子，春耕时只得向人租借一只牛，没想到牛脾气不好，刺死了禄兴。禄兴娘子悲恸欲绝，她所爱恋的东西都长了翅膀，在凉润的晚风中渐渐地飞去了。张爱玲如此描写她的悲伤："黄黄的月亮斜挂在烟囱口，被炊烟熏得迷迷蒙蒙，牵牛花在乱坟堆里张开粉紫的小喇叭，狗尾草簌簌地摇着栗色的穗子。展开在禄兴娘子前面的生命就是一个漫漫的长夜——缺少了吱吱咯咯的鸡声和禄兴的高大的在灯前晃来晃去的影子的晚上，该是多么寂寞的晚上呵！"这多少有着当时"新文艺腔"的影响。《霸王别姬》则别具苍凉之美，大略已有她后来小说女性主义的视角和清冷的气息。在小说中，项羽是"江东叛军领袖"，虞姬则是他背后一个苍白的忠心的女人。在她想来，即使项王果真一统了天下，她做了贵妃，前途也未见得有多乐观；因为现在，他是她的太阳，她是月亮，她只是反射他的光，是因为拥有他她才感觉到有意义；如果他当了皇帝，有了三宫六院，那就会有无数的流星飞入他们的天宇，与她分享她的太阳，因此她私下里是盼望着这仗一直打下去的。这篇小说使张爱玲在女校引人瞩目。这些试笔之作都发表在校刊《国光》和《凤藻》上，但随之而来的《天才梦》则开始发表在著名杂志《西风》上，系应《西风》征文而写，并获得荣誉奖第三名。如果缺乏良好的教育与文学熏陶，很难设想张爱玲自童年起便会一直孜孜于文字，并显示过人才华。

第二类遗产是指家世经历给予张爱玲的故事素材和社会经验，尤其是社会观察力。这些因素在她的早期写作中并不明显。《摩登红楼梦》也好，《霸王别姬》也好，都是取自阅读经验及相关想象力，但她真正进入文坛以后的写作，就不是这样了。《传奇》中的很多篇什，实际上都取自她目睹耳闻的张家、李家或者黄家的家族故事。张子静回忆："我一看就知道，《金锁记》的故事、人物，脱胎于李鸿章次子李经述的家中。因为在那之前许多年，我姐姐和我就已走进《金锁记》的现实生活中，和小说里的'曹七巧''三爷''长安''长白'打过照面。"(《我的姐姐张爱玲》)张子静认为,《金锁记》中的二爷是李国杰三弟李国熊,"天生残废(软骨症),又其貌不扬,不易娶到门当户对的官家女子。眼看找不到孙媳妇,这一房的香火就要断绝",于是找了一个乡下姑娘。而长安是"康姐姐",长白是"琳表哥"(李玉良),"长得马脸猴腮,说话油腔滑调","有一个时期,他常到我家和我父亲一起吸大烟,两人在烟榻上海阔天空胡聊一气"。而李国杰的妻子(大奶奶玳珍)"出身清末御史杨崇伊的家中……当年名门婚嫁,都由父母安排做主,这位大奶奶相貌平平,难获李国杰的宠爱。李国杰被杀后她就带着独子过着寡居的生活",明眼人一看即知,这是《小艾》中景藩和五太太的故事。(《我的姐姐张爱玲》)张爱玲自己也承认,《花凋》是写她舅舅家的表妹,而《创世纪》是写她祖母的妹妹。当然,家族中人或知道张爱玲的小说来源,或不了解,反应各自不一。张子静回忆:

我姐姐发表《金锁记》后,当时李鸿章还有不少后代在上海,尤其是小说中主持分家事宜的"九老太爷"(李鸿章三子李经迈)一房,他的夫人、儿子、媳妇、孙辈,都在上海。但我没听到什么反应或对我姐姐的指责。也许李府那些人也不太看书,根本不知道我姐姐发表了那篇小说。……可是看了《花凋》,舅舅很不高兴。我的表妹黄家瑞回忆说:爸爸读完《花凋》大发脾气,对我舅妈说:"她问我什么,我都告诉她,现在她反倒在文章里骂起我来了!"(《我的姐姐张爱玲》)

张爱玲并不那么在意黄家或者李家对她的评价。在晚年,她索性将张家、黄家、李家的事实乃至自己的私隐经历,不加什么隐讳地就写成了小说《小团圆》。但家世经历给予张爱玲的,除故事素材之外,还有对旧式家族生活方式的熟稔。这种生活方式,除了一般婚迎嫁娶、酬酢往返之外,还有一种社会经验特别值得一说,那就是对欢场人生的了解。旧式家族的男人们往往雅好风月，有冶游之习。在正式婚娶之外，还多混迹于青楼妓家，有相熟久的，甚至赎出做姨太太。张爱玲的父亲即如此，他曾在黄逸梵出国期间，将一个妓女娶回做姨太太。这使张爱玲很小时就接触到这类人物："母亲去了之后，姨奶奶搬了进来。家里很热闹，时常有宴会，叫条子。我躲在帘子背后偷看，尤其注意同坐在一张沙发椅上的十六七岁的两姊妹，打着前刘海儿，穿着一样的玉色袄裤，雪白的偎倚着，像生在一起似的。姨奶奶不喜欢我弟弟，因此一力抬举我，每天晚上带我到士林去看跳舞。我坐在桌子边。面前的蛋糕上的白奶油高齐眉毛，然而我把那一块全吃了，在那微红的黄昏里渐渐盹着，照例到三四点钟，背在佣人背上回家。"（《私语》）父亲也常带孩子前往这些混杂场面，结果使这么一个女孩子对当时欢场情形极为熟悉。这从张爱玲晚年对《海上花列传》的注解可看得分明，譬如对青楼隐语的注释。小说第三回写洪善卿等人于聚秀堂陆秀宝处吃酒，上菜时，"杨家妈报说：'上先生了。'"张爱玲指出："视应召侑酒的妓女为一道菜，显然是较守旧的二等堂子的陋规。"又如第四回张蕙贞欲以请吃酒方式向洪善卿致谢，善卿道："你要请我吃酒嚛，倒是请我吃点心罢。你嚛，也便当得很，不用破费了，是不是？"张爱玲注称此处"点心"即"馒头水饺"，即女性身体器官的隐语。有此释义，读者即可明白蕙贞的笑骂："你们都不是好人！"对妓家习俗，张爱玲也知之甚详。小说第二十回写李漱芳盘问陶玉甫和鸨母讲什么，陶玉甫回答说："没什么，说屠明珠那儿可是'烧路头'。"张爱玲注曰："妓家迎接五路财神"，"妓院同其他的小生意一样，为了买卖兴旺，必遵奉习俗，定期举办仪式。每个月、三大节日前夕、每逢新先生到或财神爷生日，妓院都要举行'烧路头'的活动"。

　　当然，第二类家世文化遗产中最重要的，却是社会观察力的养成。这要拜大家族财力所赐。一般小户人家，入仅当出，无甚余财，家族规模自然偏小，家庭之内兄弟姊妹之间缺乏争斗的动力，反而可能因共患难而成相濡以沫之情。但高门巨族大不相同。族房既繁，财产又巨，各房之间，同房骨肉之间,为着家族地位,为着家财的分配与控制,往往形成彼此明争暗斗的局面。尤其姑嫂婆媳,生活空间狭窄,更易陷入无穷算计之中。对此,林语堂指出:"她们被剥夺了西方的妇女所享受的尊敬与社会权利,但是她们一旦习惯了这种生活,她们也不在乎去不去参加那些男女们的社交聚会,因为她们有自己的社交场合和家庭聚会。她们也不在乎当不当警察去维护街上的治安,或者沿街叫卖铁器等等权益。事实上,任何其他事情都不重要,唯独自己在家里的地位,因为她们在那里生存、活动、做人。"[1]张爱玲家亦不例外。张志潜(张爱玲二伯父)与张志沂、张茂渊分家时,欺弟妹年少,多占家产,后来兄妹三人为此对簿公堂,双方争着给法官送钱。后来张志沂又暗地里与张志潜言和,致使张茂渊官司彻底失败。张志沂与黄逸梵夫妻之间也是彼此算计。黄逸梵提出离婚时,张志沂为使黄逸梵不能离婚,故意不拿家用钱,想逼光黄逸梵的钱。这重重算计与纠葛,致使旧家族兄弟姊妹之间多亲情淡薄。张子静回忆,1953年父亲去世时,他打电话告诉姑姑张茂渊,张茂渊仅"哦"了一声,即挂断了电话,去都没有去看一眼。兄妹情薄,一至于此。当然,这也是一种"文化"。在此类文化中,亲戚盼的不是对方的幸福欢悦,而是希望听到他们的笑话,找到嘲讽和满足的机会。生长于此类文化中的人,面对社会时也往往情感淡薄,对国家、民族无甚兴致。他们中间有魅力的男人是善于弄钱、擅于"高等调情",有智慧的女人是能够将这样的男人抓在手里的,读大学没有什么价值,但可以增点面子,多交点朋友,"做事"就是"出山"(做官),而不是做什么教师、职员,那太丢人,也不济事,如无官做,大家就都"赋闲"着。至于"五四""五卅""抗日"啊,那都是"外头的人",头脑简单闹着玩的……张爱玲也生长在这种世故冷漠的文化之中。因冷漠而致的政治态度带给张爱玲的不可把握的命运未必宜于评价,但于世故中养成的社会观察力,对张爱玲的文学生涯具有无与伦比的

---

[1] 林语堂:《中国人》,学林出版社1994年版,页151。

重要性。她后来说"写小说非要自己彻底了解全部情形不可（包括任务、背景的一切细节），否则写出来像人造纤维，不像真的"（《张爱玲私语录》），的确是个中人语。事实上，在成为小说家之前，张爱玲就像那些长期处于算计争斗环境中的女性一样，对人性凉薄、人与人之间的利益冲突也有着本能的敏感。甚至在幼小时候即是如此。张子静回忆："我姐姐早慧，观察敏锐，那么幼小的年纪，已经知道保姆的钩心斗角，从而'想到男女平等的问题'。我虽只比她小一岁，对这些事，一直是懵懂无知的，觉得保姆都差不多：无非是照顾我们起居生活，吃饱穿暖，陪我们玩耍，不让我们去打扰大人的生活。她的天赋资质本来就比我优厚。"（《我的姐姐张爱玲》）这恐怕未必是"天赋资质"，而是旧式家族文化所致。张爱玲幼时对人性的敏感，在《小团圆》中（人物九莉以张爱玲为原型）有两次写到，都是对家中下人的观察：

韩妈回乡下去过一次，九莉说："我也要去。"她那时候还小，也并没闹着要去，不过这么说了两遍，但是看得出来韩妈非常害怕，怕她真要跟去了，款待不起。

这时候听楚娣猜碧桃做了主人的妾，她很不以为然。她想碧桃在她家这些年，虽然没吃苦，也没有称心如意过。南京来人总带咸板鸭来，女佣们笑碧桃爱吃鸭屁股，她不作声。九莉看见她凝重的脸色，知道她不过是吃别人不要吃的，才说爱吃。只有她年纪最小，又是个丫头。

有这样精细的观察力，张爱玲成年之后写出白流苏与哥嫂斗法、曹七巧与妯娌争胜的精彩文字，并不令人奇怪。从深宅大院中走出的她，仿佛只是自然地将她所见到的，所感受到的，原原本本讲述给大众听。

然而这又是极不容易的。其实，类似这样的家族文化，郭沫若、冰心、巴金等人未必不熟悉，但是他们太相信新的思想，太想推翻这个旧的时代了，所以对于他们自己耳闻目睹的旧家故事,有些认为缺乏讲述的价值,有的则完全用一种妖魔化的方式去说,一时轰动人心,事后看来倒未见得真了,如《家》《春》《秋》一类名著。唯有张爱玲,没有那般破"旧"立"新"的热望,反而能原原本本讲述旧家族的本来之事,历数十年而不消失其真实魅力。不过,对于张爱玲自己的生活来说,这项文化遗产是幸还是不幸,确实一言难尽。

第二讲 "没有一样感情不是千疮百孔"

世人皆目张爱玲为足资"传奇"的作家，除了其高门巨族的家世之外，另一关注之点就是她的情恋生活了。其实，张爱玲的感情生活不算丰富，也未见有多么曲折。至少与上一代的林徽因、丁玲等女作家相比是如此。与她正式有婚约或登记手续的有胡兰成和费迪南·赖雅（Ferdinand Reyher）两位男性，其他则不甚详细。而据《小团圆》载，在邵之雍（以胡兰成为原型）之前，对九莉（以张爱玲为原型）有过"意思"的是亲戚绪哥哥，邵之雍之后，与九莉同居过的有导演燕山（以桑弧为原型）。同时，邵之雍流亡后，荀桦（以柯灵为原型）曾在公车上对九莉调情，令她很不愉快。《小团圆》的记载，是否一定真实，当然可以存疑。但纵观张爱玲一生，她爱过人，但似乎没有被人切切实实地爱过。其事实着实让人唏嘘。然而尘世男女多数更愿意将它们想象成、再述为"倾城之恋"，传记作者、电影导演也多迎合这类心理需求，不能不让人叹息大众消费的力量。

一、脆弱又脆弱的"爱"的期待

少女时代，张爱玲是否期待过爱情，或期待过怎样的爱情？对此问题，我们万万不可以己度人。切记的是,张爱玲出身高门巨族,她的环境、经验与观念都与平民子弟有甚大差距。张爱玲自己对这问题似乎很模糊。一次胡兰成问她,她回答说:没有怎样去想象这个问题,因为在以前她也没想过要和谁去恋爱,也好像没有人来追求她,可能有,她是不喜欢,总觉得一切尚早,等到该结婚的时候就结婚,也不挑三拣四,只是没想到这么快就遇上他。(《今生今世》)但这不等于张爱玲对于爱情、婚姻连模糊的意念都没有。即便她没有,旧式家族亦会赋予她某种"集体无意识"。那么,旧家族里的女性,期许着怎样的爱情呢?

这首先要取决于高门巨族里男女关系的实际状况。从字面上看,这些家族历来以"诗书传家"相标榜,但那只是说给某些头脑幼稚的读书人听的。实则在这些家族里,男人可获取的性资源相当丰富,往往只把女人看作性的对象,性关系亦比较混乱。就合法渠道而言,他们多数妻妾成群。《小团圆》载:"本地学生可以走读,但是有些小姐们还是住宿舍,环境清静,宜于读书。家里太热闹,每人有五六个母亲,都是一字并肩,姐妹相称,香港的大商家都是这样。"除了合法的性对象外,男人往往随时猎取性的目标,主要是在青楼歌院。携妓冶游、饮酒、跳舞,这是当时大家族男人基本的生活内容。这种混乱的性关系多数还延伸到家内。比如妻子陪嫁来的丫鬟,家里年轻的女佣。在《小艾》中,景藩强暴了帮佣的小女孩小艾。而《小团圆》中的龚家简直称得上淫乱:

"他们那龚家也真是——!"

"嗳,他们家那些少爷们。说是都不敢到别的房间里乱走。随便哪间房只要没人,就会撞见有人在里头——青天白日。"

这种男权主义式的性传统造就了深宅大院中女性的无穷的痛苦,也遍布于张爱玲的小说。这种风气,有时也激发女性朝相反的方向走。在《小团圆》中,九莉的母亲蕊秋和姑姑楚娣在性方面相当"解放",甚至被论者讽为"性享乐主义者"[1]。蕊秋多次出国,她离婚前离婚后的恋爱对象/性伙伴多达十余人,譬如英国商人劳以德,九莉在香港碰到的一个英国军官,等等。蕊秋和楚娣在一起,也丝毫不忌讳谈论这些事,楚娣有时也和九莉谈起二婶的情事(九莉名义上过继给了伯父,所以她称母亲为二婶)。《小团圆》提及几次这样的情景:

"啊。我那菲力才漂亮呢!"她(蕊秋)常向楚娣笑着说。他是个法科学生,九莉在她的速写簿上看见他线条英锐的侧影,戴眼镜。"他们都受军训。怕死了,对德国人又怕又恨,就怕打仗。他说他一定会打死。"

"他在等你回去?"楚娣有一次随口问了声。蕊秋别过头去笑了起来。"这种事,走了还不完了?"

马寿是个英国教员。……九莉知道她是指毕大使。楚娣打趣过她,提起毕大使新死了太太。

她母亲的男友与父亲的女人同是各有个定型。还有个法国军官,也是来吃下午茶,她去开门,见也英俊矮胖,一身雪白的制服,在花沿小鸭舌军帽下阴沉的低着头,挤出双下巴来,使她想起她父亲书桌上的拿破仑石像。

"二婶不知道打过多少胎。"……"那时候为了简炜打胎——喝!"……"还有马寿。还有诚大侄侄。二婶这些事多了!"

事实上,楚娣"这些事"也很多。据《小团圆》暗示,她和蕊秋在国外

---

[1] 袁良骏:《张爱玲的自传体小说:〈小团圆〉》,《新文学史料》2009年第3期。

留学时，姑嫂二人曾同侍一个男人（简炜）。而据蕊秋对九莉的抱怨，楚娣在国内甚至还和本家一个侄子乱伦，"身败名裂"，并为这个侄子荡去大半钱财，"把人连根铲，就是这点命根子。嗳哟，我替她想着将来临死的时候想到这件事，自己心里怎么过得去？当然她是为了小爷。我怎么跟她说的？好归好，不要发生关系。好！这下子好，身败名裂。表大妈为了小爷恨她。也是他们家佣人说的，所以知道"。后来两人关系破裂，这侄子又搭上了自己美貌的表嫂，楚娣又吃起醋来，"楚娣默然片刻，又道：'绪哥哥就是跟维嫂嫂好这一点，我实在生气。'……维嫂嫂显然也知道楚娣的事，她叫起'表姑'来声音格外难听，十分敌意"。类似事情，九莉在离开父亲的家和母亲、姑姑同居以后，知道甚多。她甚至了解到她的母亲和父亲在性方面十分不和谐。九莉的经历是否完全是张爱玲自己家庭的实写，当然有讨论余地。但作为高门巨族内性关系复杂与混乱的一种反映，无疑是真实的。不难想象，旧家族内这些合法的和不合法的性混乱（主要是男性），必然给浸润于此环境中的女性以巨大的影响。她们对于自己的爱和婚姻对象有着怎样的预期呢？不是每个人都有条件和胆量像蕊秋那样走到"性享乐"的道路上去，至少张爱玲终其一生皆未如此。但这些耳闻目睹的男女情恋/性混乱给予她的影响却不可磨灭。1945 年，张爱玲说，"生在这世上，没有一样感情不是千疮百孔"（《留情》），代表着旧家族女性的普遍共识，在这一前提下，类似张爱玲这样的旧家少女，对于情恋会有怎样的期待与共识呢？

这类共识的第一点就是天底下无好男人，是男人就必然三妻四妾、眠花宿柳。在张爱玲的亲戚中，出入妓院、讨姨太太、养外室的男人比比皆是。她的父亲自是如此，娶的姨太太是位绰号"老八"的妓女，他在不断的风月游戏中偶然动了心，就出了钱把她买回来做了姨太太。她的伯父张志潜则偷偷将太太的一位漂亮丫鬟养在外面，生了一个儿子，全家都不知道，后来还是一位亲戚偶然写信问两侄好，家里不过一个夫人一个儿子，何来"两侄"呢，因此才知道。她的舅舅黄定柱也在外面养了一个女人，生了两个孩子。

李鸿章孙子李国熊,则接连娶了几个姨太太,仍然吃喝嫖赌不改,终至将家产败光,最后竟然算计生有软骨病的哥哥李国煦(《金锁记》中姜家二少爷的故事原型)的遗产。这种从来如此的现实,迫使女性将一男多女的性关系看作常态,将男性对异性肉体无停息的追求看作人性的一部分。《红玫瑰与白玫瑰》中的那段名言——"也许每一个男子全都有过这样的两个女人,至少两个。娶了红玫瑰,久而久之,红的变了墙上的一抹蚊子血,白的还是'床前明月光';娶了白玫瑰,白的便是衣服上的一粒饭粘子,红的却是心口上的一颗朱砂痣"——怎么看,都是对两性现实的清醒而经典的认识。其实,不单有条件的高门巨族的男性如此,就是无条件的现代都市的小资男人又何尝不希望如此?在此现实面前,旧式家族的女性们,知道自己至多只能在妻妾名分上占有优势,但这于爱又有几何意义呢?她们不甚谈论或期待爱情。这是世家"家风"使然。当然,她们实际上也把所谓的女性"贞节"看得比较淡然,远不像小说家们写得那样严肃、紧张。至少从《小团圆》看,九莉本人对这一层并未十分在意。

共识的第二点是,男子以貌取人乃不易之则,"男子挑选妻房,纯粹以貌取人",而"面貌、体格在优生学上也是不可不讲究的",连张爱玲也如是说。她还表示:"男子憧憬一个女子的身体的时候,就关心到她的灵魂,自己骗自己说是爱上了她的灵魂。唯有占领了她的身体之后,他才能够忘记她的灵魂。"(《红玫瑰与白玫瑰》)按照男性的眼光与需求,女性不能不用身体来评价自己。这造成了特殊的自夸与自鄙。像张爱玲母亲那样的美貌妇人,相信单恃相貌,即可在男人中间谋得永远。而像张爱玲这样的不自信的女子,即便已成为上海滩名作家,在情恋上也不能不自处弱势。

共识的第三点是,既然爱是那么不可强求、男子"纯粹以貌取人",那么,女子就只能以财取人,寄望通过嫁人改变自己的命运。不仅大家族如此,小户人家更不例外。这类婚恋观在张爱玲小说中甚是普遍。在《怨女》中,女孩子银娣在自己婚事上的反复考虑可见一斑:"小刘不像是会钻营的人，他要是做一辈子伙计，她成了她哥嫂的穷亲戚，和外婆一样。人家一定说她嫁得不好，她长得再丑些也不过如此。终身大事，一经决定再也无法挽回，尤其是女孩子，尤其是美丽的女孩子。越美丽，到了这时候越悲哀，不但她自己，就连旁边看着的人，往往都有种说不出来的惋惜。漂亮的女孩子不论出身高低，总是前途不可限量，或者应当说不可测，她本身具有命运的神秘性。一结了婚，就死了个皇后，或是死了个名妓，谁也不知道是哪个。"在这种价值观下，一个男人相貌如何，知识如何，工作是否勤勉，说到底并非是最重要的。最要紧者是家底与身价。在《沉香屑·第一炉香》（简称《第一炉香》）中，葛薇龙对英俊倜傥的乔琪（乔琪乔）产生了莫名的好感，但结果怎么样呢？

薇龙一面向浴室里走，一面道："好了，好了，不用你说，刚才周吉婕已经一五一十把他的劣迹报告了一遍，想必你在门外面早听清楚了。"说着，便要关浴室的门。睨儿夹脚跟了进来，说道："姑娘你不知道，他在外面尽管胡闹，还不打紧，顶糟的一点就是：他老子不喜欢他。他娘嫁过来不久就失了宠，因此手头并没有攒下钱。他本人又不肯学好，乔诚爵士向来就不爱管他的事。现在他老子还活着，他已经拮据得很，老是打饥荒。将来老子死了，丢下二十来房姨太太，十几个儿子，就连眼前的红人儿也分不到多少家私，还轮得到他？他除了玩之外，什么本领都没有，将来有得苦吃呢！"薇龙默然，向睨儿眼睁睁瞅了半晌，方笑道："你放心。我虽傻，也傻不到那个地步。"

薇龙虽然最终还是"傻傻"地嫁给了乔琪，但那到底是个案，是被姑母、乔琪联手设套兼之她自己深陷情色的结果，而她和睨儿说的，才是上等社会的通行婚恋规则。事实上，像薇龙姑母梁太太那样的家长也是不多见的。她为了满足自己的变态情欲毫不怜惜侄女的未来，而一般家长并不如此。他们会时刻提防女儿乱了阵脚。在《琉璃瓦》中,姚先生对女儿曲曲的婚事就坚持通行规则,"曲曲不争气,偏看中了王俊业,一个三等书记。两人过从甚密。在这生活程度奇高的时候,随意在咖啡馆舞场里坐坐,数目也就可观了。王俊业是靠薪水吃饭的人,势不能天天带她同去,因此也时常的登门拜访她。姚先生起初不知底细,待他相当的客气。一旦打听明白了,不免冷言冷语,不给他好脸子看"。

旧式家族女性的这些共识当然不能完全代表张爱玲的看法,但能说她和母亲、姑姑、表姊妹们的观念相去甚远吗?恐怕也不能够。在理性和事实上,她都能接受或容忍男人复杂的性关系,胡兰成、桑弧都是例子。同时,很难设想她会和一个缺乏"自给的力量"的男人恋爱。据《小团圆》记载,邵之雍曾经两次给过九莉钱财。当然,后来邵之雍落难了,她也反过来寄钱给他。但她终究相信他是有能力的。这不是说张爱玲重视男人的钱财,但一个连钱财都无力源源挣来的男人,在她心目中恐怕亦无甚"魅力"。然而,张爱玲与她的表姊妹到底又有不同。她一生都在讥讽那种"女结婚员"的人生,冷嘲那种仅为"谋生"的"爱情"。她出生时,中国已经开始了席卷传统的新文化运动,少年时代她又广泛阅读过冰心、丁玲等人的小说(中学期间甚至写过关于丁玲《在黑暗中》的评论),个性解放、女性觉醒、自我独立等时代浪潮在她心里也激起过层层涟漪,这使她在某些方面又脱出了她的表姊妹们的认识视野。情恋方面亦然。她的确相信"没有一样感情不是千疮百孔",但那到底是别人的故事。于她自己,却还是有着小小的期冀。1944年,她发表了一篇散文《爱》,将那种脆薄如诗的美表达得非常真切:

有个村庄的小康之家的女孩子,生得美,有许多人来做媒,但都没有说成。那年她不过十五六岁吧,是春天的晚上,她立在后门口,手扶着桃树。她记得她穿的是一件月白的衫子。对门住的年轻人同她见过面,可是从来没有打过招呼的,他走了过来,离得不远,站定了,轻轻地说了一声:"噢,你也在这里吗?"她没有说什么,他也没有再说什么,站了一会儿,各自走开了。

就这样就完了。

后来这女子被亲眷拐子卖到他乡外县去作妾,又几次三番地被转卖,经过无数的惊险的风波,老了的时候她还记得从前那一回事,常常说起,在那春天的晚上,在后门口的桃树下,那年轻人。

于千万人之中遇见你所遇见的人,于千万年之中,时间的无涯的荒野里,没有早一步,也没有晚一步,刚巧赶上了,那也没有别的话可说,唯有轻轻地问一声:"噢,你也在这里吗?"

这是在荒凉时世中脆弱又脆弱的愿望。"执子之手,与子偕老",《诗经》上的诗句,穿越千古而在张爱玲这里有了弱弱的回响。这种单纯的梦想,与那种看破人世婚姻乱象的低落认识共同交织在一起,构成了张爱玲少女时期关于爱的主要看法与向往。遭遇胡兰成时,这种期望起了作用。

二、胡兰成的"爱"与"知"

与其说张爱玲遇上了胡兰成,不如说胡兰成又发现了新的逐猎对象。这个说法可能会激起沉湎于乱世之恋的读者的不快,何况张爱玲本人日后并未太追悔这场情事。但一则事实比想象更值得尊重,二则张爱玲怎样看待往事与胡兰成是怎样的人究竟是两件不同的事情,下文仍希望据实谈论胡兰成。若有冒犯,当请偏爱"传奇"的读者能够见谅。世界广大,我们应当习惯和自己不同的思想。

胡、张之恋始于1943年11月。当时胡兰成偶然读到张爱玲小说《封锁》,遂去拜访,并为她写了一篇与文坛宗师鲁迅相提并论的评论。稍后不久,两人即开始确定恋爱关系。整场情事以胡兰成热烈追求为始,以张爱玲伤心离去为结。其过程,是中国无数次发生的"始乱终弃"中的一例。张的爱情悲剧与胡的女性观有关。胡是旧式文人,能写一手吴音软侬的文字,《今生今世》《禅是一枝花》"出土"后赢得不少女子的喜爱即是证明。中国女性说到底,还是喜欢胡兰成、徐志摩一类风流才人,而不太欣赏巴金那类男性。前者有趣,无论真情假爱均能化作优美文字;后者无味,不以淫邪的眼光看待妻子以外的女性。当然,中国女性这种审美大都有一个前提,那就是有趣的男人最好是别人的丈夫,自己的那位还是"无味"的好。胡兰成是张爱玲的丈夫,所以不是张爱玲的女性往往会对胡兰成产生好感。这其中,胡兰成的文字起着主要催化作用。不过,观察胡兰成的女性观、情恋观,还得结合他行迹,不能完全受他的不甚诚实的文字的牵引。

理解胡兰成对女性的看法,不妨先略了解他的政治态度。胡兰成苦读出身,肄业于杭州惠兰中学,任过该校校刊英文总编,离开杭州以后又曾到燕京大学旁听,随后在杭州、萧山、南宁、百色、柳州等地做过多年教员。1936年受聘兼办《柳州日报》,恰值"两广事件"(桂系第七军起兵抗蒋,要求蒋政府积极抗日)发生,胡兰成获得了进入中国政治舞台的机会。他在报上坦论时局,主张"发动对日抗战必须与民间起兵开创新朝的气运结合,不可利用为地方军人对中央相争、相妥协的手段",这种观点引起了政界人物的注意。"两广事件"平息后,胡兰成直去上海,投奔有汪伪背景的《中华日报》。不久,他便因为几篇投日本人所好的政论文章,摇身一变而为《中华日报》主笔。沪战以后,他被调到香港汪派报纸《南华日报》任总主笔,同时还供职于汪伪背景的"蔚蓝书店",一时成为较知名的政论家。1937年,叛逃国民政府的汪精卫急欲组织伪政府,四处网罗"人才"。对胡兰成,汪精卫先让《南华日报》社长林柏生牵线,然后托亲信陈春圃带给胡兰成亲笔字条,"兹派春圃同志代表兆铭向兰成先生致意"。陈璧君到达香港,又接见了他,将他的月薪由60元升为360元,私下又给他2000元。胡兰成欣然受之，从此作为入幕之宾，竭力为汪氏奔走效力。汪精卫鼓吹"和平运动"，《中华日报》则为"和平运动"专门成立了社论委员会。社论委员会的主席是汪精卫自任，胡兰成任总主笔，撰述则为周佛海、陈希圣、林柏生、梅思平、李圣五等人。汪伪政府成立后，他先后担任过"中央委员""宣传部政务次长""行政院法治局局长"等职务，并担任过一段时间的汪精卫机要秘书。他因此甚为自得，却不料成为周佛海等"公馆派"嫉恨的对象。两相争斗，到1943年下半年他事实上已落入下风。发现张爱玲的《封锁》后不久，他甚至被汪精卫短时捕入狱中。但他到底与日本军方有复杂联系，所以仍是汪伪政府里不可忽视的一股势力。从政治上看，胡兰成缺乏民族大义，完全以个人利益至上。他一生最为自豪之事就是在汪伪"新朝"曾名列第五，翩翩有"帝王师"之意。国仇家恨云云，对他来说，几乎没有存在的分量。

与政治态度相类似，胡兰成在情爱上同样以个人利益作为标准。如果说政治利益体现为权力，那么情爱方面的利益就表现为性。通读文字柔美的《今生今世》，很容易发现胡兰成观察女性眼光的"特别"。如果说一个个的女性个体具有不同的个性、思想、趣好和追求，有着不同的喜悦和苦闷，那么这一切，在胡兰成的眼中，全部一扫而光，映入胡兰成眼帘的主要就是一个字：性。当然，胡兰成精通中国古典文字，公开的古典文字较少涉肉体诱惑，而多写面容衣饰，胡兰成则写这方面极多，且用词流丽。比如他描写范秀美："她本来皮肤雪白，明眸皓齿使人惊，但自从二十八岁那年生过一场大病，皮肤黑了，然而是健康的正色。她有吐血之症，却不为大害，她是有人世的健康。……我与她很少交言，但她也留意到我在客房里，待客之礼可有哪些不周全。有时我见她去畈里回来，在灶间隔壁的起坐间，移过一把小竹椅坐一回，粗布短衫长裤，那样沉静，竟是一种风流。"（《今生今世》）说日本女人一枝："第一天我就留心看她在人前应对笑语清和，而偷眼瞧她捧茶盘捧点心盒的动作，她脸上的正经竟是凛然的，好像是在神前，……日本的少妇是比少女美，因为她的女心一生无人知，她嫁得丈夫好比是松树，而她是生在松树荫下的兰蕙，幽幽地吐着香气。……一枝没有为妻的成熟，甚至也没有母性的成熟。又因她皮肤生得白，而且她走路的姿势像小女孩的可怜相，路上生人还当她是未嫁的姑娘。"(《今生今世》) 文字虽美，但总不脱性的想象。事实上，这些女人都成为他的诱惑对象，与他发生了性关系。但胡兰成不仅对性目标采取这种眼光，就是对不相干的女性，甚至对长辈身份的女性，他的落眼处也仍然在性方面，譬如他描写流亡时暂居的傅家的太太（胡兰成朋友斯君称她为"小娘娘"）说："回来时在阡陌上走，斜阳西下，余晖照衣裳，小娘娘的脸有一瞬间非常俊丽，令人想起世事如梦，如残照里的风景。一样的西风残照，汉家陵阙，巍峨如山河。可是如今这一代，有许多像小娘娘那样的人，像员外那样的人，乃至许多年轻活泼，如火如荼的革命者，都要随水成尘。但是我并不因此就生起人世无常之感。"(《今生今世》)

尽管装点着某些似是而非的哲学观念，但"风流""俊丽""成熟"等有关女性肉体的词汇，显然构成了胡兰成女性观察的欲望化特征。当然，这并非说胡兰成是古典式的色情狂。多数男性于女性身体总不免是多几分注意的，但像胡兰成这般极端、流连，倒不普遍。其中重要原因在于胡兰成的自私。胡兰成与女性交往，甚少设身处地为女性考虑，她们的追求，她们的前途，她们的幸福，等等，他甚少虑及。即便他与她们发生了性关系，即便对方已无路可走爱上了他，他的思维仍然没有改变——这个女人的身体是否令自己满足（他的文字从来都绕过此层），她对我是否还有吸引力（抑或有用）。这种自私表现在两性交往上，便往往是无情。倘若对对方身体已失去新鲜感或对方已无利用价值，他便会启动自己佛禅基督交杂的理论与美丽文字，很快为自己找到离开的理由。

他极少为女人考虑，这从他对前任几位妻妾（包含张爱玲）的态度上看得分明。第一任妻子玉凤死时，他即以借钱为由，近在咫尺却不回去，连他的义母都说，"真是，你也该回去看看了，放着家里你的妻在生病"。天梅香哥哥也对他母亲破口大骂,骂胡是"《碧玉簪》里的陈世美,天底下再没有这样无良心的人"。对此,胡兰成的解释是:"我在俞家又一住三日,只觉岁月荒荒,有一种糊涂,既然弄不到钱,回去亦是枉然,就把心来横了。我与玉凤没有分别,并非她在家病重我倒逍遥在外,玉凤的事亦即是我自身遇到了大灾难。我每回当着大事,无论是兵败奔逃那样的大灾难,乃至洞房花烛,加官进宝,或见了绝世美人,三生石上惊艳,或见了一代英雄肝胆相照那样的大喜事,我皆会忽然有个解脱,回到了天地之初,像个无事人,且是个最最无情的人。当着了这样的大事,我是把自己还给了天地,恰如个端正听话的小孩,顺以受命。"(《今生今世》)对第二任妻子全慧文,《今生今世》只提到一次,是在桂林娶的,给他生了几个孩子,胡兰成怎么和她离婚,他逃亡后她又如何谋生,《今生今世》一句都没有讲。他既不那么关心她的命运,她也不能给他增添"佳话",有什么好讲的呢?对于美貌的姜英娣,也只有一句,是在讲张爱玲时顺便提到的:"我与爱玲只是这样,亦已人世有似山不厌高,海不厌深,高山大海几乎不可以是儿女私情。我们两人都少曾想到要结婚。但英娣竟与我离异,我们才亦结婚了。"(《今生今世》)英娣是怎么娶来的,又是怎么离开的,离开以后如何,胡兰成一概懒得提起。而且,他在太太之外另外养了张爱玲这一外室,还大有不允许太太不高兴的气概,其自私、不顾惜对方的性格一览无余。事实上,据《小团圆》记载,英娣(人物绯雯的原型)其实是一个20岁左右的美丽女孩子。一个女孩子纵然美丽,但被男人抛弃,在20世纪40年代的中国,其后的幸福恐怕很难保障吧。但这在胡兰成看来,这和他又有什么关系呢?对张爱玲他实际上也是如此。《今生今世》讲张爱玲的篇幅极长,但这并非因为张爱玲长得漂亮,或胡兰成对她用情最深,而是张爱玲的名门佳媛与惊世才女的双重身份,讲述这番"风流佳话"既可自炫,亦可帮自己留名。正因此,《今生今世》的出版让张爱玲颇感不适:"胡兰成书中讲我的部分缠夹得奇怪,他也不至于老到这样。不知从哪里来的 quote 我姑姑的话,幸而她看不到,不然要气死了。后来来过许多信，我要是回信势必'出恶声'。"（张爱玲1966年11月4日致夏志清信）应该说，胡兰成这一策略很为成功。他对张爱玲等人都很薄情，然而他笔若天花，极爱用"人世荒荒""空阔光明""前世一劫，将来聚散"等抽象、华美而不着边际的话把此类"始乱终弃"之事解释得美而安妥。甚至这类文字还很令人着迷，像台湾的朱天文姐妹甚至还奉胡兰成为师。纵观《今生今世》，可以看出，胡兰成在前后结婚或同居的众多女性中，唯有对在武汉引诱到手的小周（周训德），倒显得情深义重。不但分别时难舍，还留了十两金子给她。此事是否是胡兰成动了真情，也未必。但在这众多女人中，小周才十七八岁，最年轻，最美，更重要的是最听使唤。而且他在逃亡时与小周分别时，已经40岁，是该挑一个合心意的女人长期留在身边了。事实上，流亡期间他还曾托人寻访小周，意欲将小周接到身边（因小周已嫁人、远走四川失去联系而未成）。而对主动找到他身边的张爱玲，他差不多要"恶语"相向。至于范秀美、一枝等女人，在他看来就只是临时姘居，谈不上负责不负责的话。

既然胡兰成如此以性视人，又如此薄情，那为何包括张爱玲在内的众多女人会纷纷投入他的怀抱呢？原因复杂，各个女人的考虑可能颇不相同（稍后再述）。但有一点，胡兰成和中国古代那些欲成就大业的英雄人物一样，是颇有"豪横绝世"的气度的，那就是他不但在政治上有大人物的眼光和魄力，让女人觉得安全，而且在金钱上相当洒脱。据《今生今世》载，他不但给过小周金子，也还数次给过张爱玲成箱钞票。张爱玲在《小团圆》中也载有此事，甚至九莉的姑姑（楚娣）也对此事表示了意见："楚娣有一天不知怎么说起的，夹着英文说了句：'你是个高价的女人。'"除女人之外，胡兰成对少年时期帮过他的诸暨斯家也给予不少资助，所以流亡期间斯家也为他多方设法、不计风险。大气疏财，不能不说是胡兰成男性魅力的一部分。当然，胡兰成也深知自己猎艳不断，有负于女人处甚多，对"爱"这个字眼不能不有所解释，尤其在著书述往之时。在《今生今世》中，他有一段准确甚至诚实的自剖。他说：

> 我于女人，与其说是爱，毋宁说是知。中国人原来是这样理知的一个民族，《红楼梦》里林黛玉亦说的是："黄金万两容易得，知心一个也难求。"却不说是真心爱我的人一个也难求。情有迁异，缘有尽时，而相知则可如新，虽仳离决绝了的两人亦彼此相敬重，爱惜之心不改。人世的事，其实是百年亦何短，寸阴亦何长。《桃花扇》里的男女一旦醒悟了，可以永绝情缘，两人单是个好。这佛门的觉，在中国民间即是知，这理知竟是可以解脱人事沧桑与生离死别。我与一枝曾在一起有三年，有言"赌近盗，奸近杀"，我们却幸得清洁无碍，可是以后就没有与她通音问。李白诗"永结无情契"，我就是这样一个无情的人。[1]

这是与张爱玲的《爱》绝不相同的"爱"。张爱玲讲求"唯一"，讲求"与子偕老"。这两点胡兰成都做不到。"知"（懂得）一个人，自然不易，但比"爱"还是简单多了。人生在世，因各种机缘，在不同时间和地方都可能遇到二三、三四、四五个知己。而以胡兰成的聪明，要"知"对方（尤其女人）那就更不是难事了。对于"与子偕老"，胡兰成肯定不愿做到，他的解释是"缘有尽时"。这自可成为一种理由。然而，他胡兰成从不在发生关系之前讲这番"知"人观，总是在准备抛弃对方时才抬出如此说辞。他有意对现实视而不见。其实，对于女人来说，"仳离决绝"之后的现实，比他所描述的"彼此相敬重，爱惜之心不改"要复杂得多，心酸得多。胡兰成尽可"清洁无碍"地去开辟新的"相知"，但那些与他同居过的女性呢？胡兰成离开时，张爱玲25岁，周训德18岁。若无胡兰成的引诱，体态丰美的护士小周自然会有一个幸福的家庭。若无胡兰成的"相知"，张爱玲也未必不能像

---

[1] 胡兰成《今生今世》原书有误，其一，《红楼梦》里紫鹃亦说的是："万两黄金容易得，知心一个也难求。"其二，李白诗为"永结无情游"。

冰心之于吴文藻、林徽因之于梁思成那样，找到一位家世、才学、品质皆堪优异的青年才俊。但小周被胡兰成"始乱终弃"以后，只能潦草嫁人，并被丈夫鄙视。张爱玲在与胡兰成一场"故事"过后，她在上海文艺圈、上层社会也失去了正常恋爱的机会。她自己心情寥落自不必论，就是男人们对她的态度也发生了变化。他们骨子里不再尊重她。他们只愿和她临时同居，甚至轻薄她。据《小团圆》记载，荀桦甚至在公共汽车上直接用双腿去夹九莉，直接把她看成调戏对象，纵九莉是名作家也没用。这是否是张爱玲本人的亲身经历呢，后人无从判断。即便是有，胡兰成也不会知道。即便知道，又怎样呢，胡兰成会说，缘既已尽，你自此以后，凡事必皆"单是个好"，人世如此美好，你怎能不"好"呢？

三、"广大到相忘的知音"

每个人都要为自己的选择负责。说到底，这场乱世之恋，无论"好"还是"不好"，都是出于张爱玲自己的选择。胡兰成无论怎样不堪，但对自己感兴趣的女人，他从不屑采用强迫的手段。那么，张爱玲为什么会爱上这么一个很不相宜的男人呢？"不相宜"约在两点。一、年岁差别太大，且胡兰成早有妻室子女。张爱玲1920年出生，胡兰成1906年出生，足足长张爱玲14岁。对于下层阶级的女孩子来说，若有幸生得美，可以去给权贵人家做填房或姨太太，年龄差10岁20岁又有什么关系？然而张爱玲是张佩纶的孙女、相府的后裔，不可能嫁给一个年龄大十几岁的人，何况还只可能做继室！按照高门巨族的婚姻通则，她最适宜的婚姻似应与她父母一样：两个世族青年的联姻。二、胡兰成是南京汪伪政府高官，虽然当时刚在汪伪内部的派争中暂时处于下风失去了宣传部政务次长的职位，但他是人人羞之的"汉奸"无疑。即便在沦陷的上海，与"汉奸"交往也肯定不宜。张爱玲的父亲虽是遗少,但抗战爆发后,他也主动辞去了有日本背景的洋行工作(这是他为时短暂的第二份工作),以免汉奸嫌疑。张爱玲和胡兰成恋爱时,已经和她父亲无往来了,仅偶尔她弟弟上门看看她,不知她父亲闻知此事后会如何表示。张子静在回忆中没提及此,但说到了舅舅黄定柱(即《花凋》中那位被讽刺为自民国纪元起"就没长过岁数"的"酒缸里的孩尸")的反应。黄定柱听说胡兰成事情之后,明确表示不妥,说小姐怎么能与汉奸在一起呢。(《我的姐姐张爱玲》)

然而,张爱玲终究是在很短时间内就接受了胡兰成,前后大约也就是一个多月。这中间当然有张爱玲年少无知的成分,有她想谈恋爱的成分。《小团圆》中有一段说及九莉的这种心情:"这天晚上在月下去买蟹壳黄,穿着件紧窄的紫花布短旗袍,直柳柳的身子,半鬈的长发。烧饼摊上的山东人不免多看了她两眼,摸不清是什么路数。归途明月当头,她不禁一阵空虚。二十二岁了,写爱情故事,但是从来没恋爱过,给人知道不好。"但更重要的,还是胡兰成与旧家族的择偶观并无根本冲突。一、高门巨族的女性们以为,在这个世界上,但凡有出息的男人必然会拥有许多女人,妻妾成群本是常态。无论你愿或不愿,在肉体上与别的女人共享一个男人终究会是事实。所以,在这种极低的心理预期与家族经验之下,张爱玲对胡兰成的妻室、外遇并不那么排斥。二、高门巨族的女性对于男性,最看重不是相貌、才识、年龄等,而是家底、身份。张家、李家靠的都是遗产,和他们相比,胡兰成更见优势。虽然胡兰成出身农家,但他以一介布衣,跻身"南京政府"权要之列,足见其魄力和手腕。在传统社会,一个人只要能在官场上打出一片天地,家底、钱财自然不在话下。当年合肥李氏的发达不是借着太平天国的动乱而跻身政界的吗?而现在到了民国,到了伪满洲的时代,旧的家族早已败落,新的"乱世英雄"正在崛起,较之李家、张家那些坐吃山空的"贵族",胡兰成自然算得上是颇有前途的新贵了。至于政治声誉,顾虑是应当顾虑,但究其底他们并不太看重。李鸿章的孙子李国杰就直接做了汉奸。日本人进入中国,对中国各种旧的高门巨族采取合纵连横的手段,而不似对平民那样屠杀与镇压。许多家族甚至还可以利用日本人重新恢复旧有权力和利益。所以,这些家族中人对日本人的态度很为复杂微妙。在如此家族风习之中,张爱玲对日本人并没有一般青年那种民族主义的愤怒。自然地,她对胡兰成的汉奸身份也无任何芥蒂,完全能接受。但这些,只是使张爱玲在接受胡兰成时遭遇的心理障碍没有想象的那么大,但不可以反过来说,这些会成为对张爱玲的吸引。此前张爱玲虽然没有经历过恋爱,有点儿想谈恋爱,但不是非胡兰成不可。事实上,此前她倒也有一个追求者。据《小团圆》记载,有个绪哥哥对九莉很有好感,且是姑姑告诉她的,"沉默了一会儿,楚娣又低声道:'他喜欢你。'似乎不经意的随口说了声。九莉诧异到极点。喜欢她什么?除非是羡慕她高?还是由于一种同情,因为他们都是在父母的阴影的笼罩下长大的?从来没谁喜欢过她,她当然想知道他是什么时候说的,怎么会说的,但是三姑说这话一定也已经付出了相当的代价,她不能再问了,唯有诧笑。她不喜欢他,倒不光是为了维嫂嫂。她太不母性,不能领略他那种苦儿流浪儿的楚楚可怜。也许有些地方他又与她太相近,她不喜欢像她的人,尤其是男人"。绪哥哥年轻,相貌好,同是旧家出身,门第相当,显然是比38岁的胡兰成是更适宜的恋爱对象。但九莉终究没有回应绪哥哥:"绪哥哥与她永远有一种最基本的了解。但是久后她有时候为了别的事联想到他,总是想着:了解又怎样?了解也到不了哪里。"(《小团圆》)所以,张爱玲对男性也有她自己与旧式家族既相同又不同的选择标准。年轻的绪哥哥不符合这一标准,年长的胡兰成反倒引起她的崇敬和欢喜。这表现在另外两点上。

张爱玲在旧家族子女中有一点显得特异,那就是她天资聪颖,在香港大学念书时门门功课都拿第一自不必说,更令人惊异的是她自幼便喜书善画,7岁时就开始写小说,"从9岁起就开始向编辑先生进攻了"(《存稿》),中学时代就屡在校刊上发表文章。所以,尽管她对自己的相貌不尽有信心,但对文字却自感为"天才"。故与母亲那种将十分注意力都放于容貌之上的世家女性不同,张爱玲特别注重才识。在这一点上,她倒接近于她的先人,以才学脱颖而出的李鸿章和张佩纶。这也影响了她对男人的看法。混杂的性关系,家底财资,这些方面或许与她的表姊妹们无甚大异,但她把才识放在男人魅力的第一位,大异于家族中人。比如,她母亲与姑姑一向认为张佩纶年老貌丑,实在与李菊耦不能般配,但张爱玲就认为祖父才华丰溢,与祖母相得益彰。在她看来,一个有才识的男人,见之于日常行事,便是聪明,便是理解、感应、体会对方的能力。这是她接受胡兰成的最重要原因。胡兰成虽然自私,虽然不愿意替对方考虑问题,但恰如他自己所言,他擅于"知"人。20世纪60年代,张爱玲在美国曾对好友爱丽斯表明过自己接受胡兰成的原因,"她说自己对丈夫的情感,多半也因丈夫欣赏她之文才,又给她文学上的挑战,他又会欣赏她四十年代的华服"[1]。胡兰成天资较高,第一次读到张爱玲的文章时便为她的笔力震动,并在拜访张爱玲之前,就写了一篇评论文章。这篇文章打动了张爱玲。《小团圆》亦载有此事:

"有人在杂志上写了篇批评,说我好。是个汪政府的官。昨天编辑又来了封信,说他关进监牢了。"她笑着告诉比比,作为这时代的笑话。起先女编辑文姬把那篇书评的清样寄来给她看,文笔学鲁迅学得非常像。极薄的清样纸雪白,加上校对的大字朱批,像有一种线装书,她有点舍不得寄回去。寄了去文姬又来了封信说:"邵君已经失去自由了。他倒是个硬汉,也不要钱。"九莉有点担忧书评不能发表了——文姬没提,也许没问题。一方面她在做白日梦,要救邵之雍出来。……结果是一个日军顾问荒木拿着手枪冲进看守所,才放出来的。此后到上海来的时候,向文姬要了她的住址来看她,穿着旧黑大衣,眉眼很英秀,国语说得有点像湖南话。像个职业志士。

---

[1] 司马新:《张爱玲的今生缘》,《联合文学》第13卷第7期,页84。

比比,以张爱玲同学炎樱为原型,文姬的原型则是苏青。这段记载说的是张爱玲对胡兰成的初始印象。先是文章极美,九莉"有点舍不得寄回去",接着是对人的印象"英秀"。而且,《小团圆》未说得太清楚的是,胡兰成下狱期间,张爱玲还同苏青一起去拜访了周佛海,希望营救胡兰成出狱。可以说,张爱玲对胡兰成多少有些一见钟情的成分。那么,胡兰成那篇令张爱玲爱不能释的书评是哪篇呢?现存胡兰成撰评论张爱玲的文字有三篇,一篇是《评张爱玲》,一篇是《张爱玲与左派》,以及一篇小文章《评〈封锁〉》。第二篇显然是两人同居以后的作品,张爱玲最早看到的一篇应该是《评〈封锁〉》。这篇书评写得华丽流彩,张爱玲很是喜爱。稍后认识后胡兰成又写了长文《评张爱玲》,文字更见明亮。胡兰成评价张爱玲说:"是这样一种青春的美,读她的作品,如同在一架钢琴上行走,每一步都发出音乐。但她创造了生之和谐,而仍然不能满足于这和谐。她的心喜悦而烦恼,仿佛是一只鸽子时时要想冲破这美丽的山川,飞到无际的天空,那辽远的,辽远的去处,或者坠落到海水的极深去处,而在那里诉说她的秘密。"[1]胡兰成还从她的作品中"能看出弱者的爱与生命的力的挣扎",比如《金锁记》中的长安,"她的生命里顶完美的一段终于被她的母亲加上了一个难堪的尾巴",胡兰成还对小说描述她与童世舫告别的场景评述道,"是这样深的苦痛,而'脸上显出稀有的柔和',没有一个荷马的史诗里的英雄能忍受这样大的悲哀,而在最高的处所结合了生之悲哀与生之喜悦。……她是属于希腊的,同时也属于基督的。她有如黎明的女神,清新的空气里有她的梦思,却又对于这世界爱之不尽"。[2]尤其是,胡兰成还将初出茅庐的张爱玲与鲁迅相提并论,"鲁迅是尖锐地面对着政治的,所以讽刺、谴责。张爱玲不这样,到了她手上,文学从政治走回人间,因而也成为更亲切的。时代在解体,她寻求的是自由、真实而安稳的人生"。胡兰成极力强调张爱玲作品"爱悦"的一面,实则可

---

[1] 胡兰成:《评张爱玲》,《杂志》1944年第13卷2—3期。
[2] 同上。

以商榷,但他将张爱玲的寻求定为"真实而安稳的人生",不能不说十分到位。不久后张爱玲著《自己的文章》一文反驳迅雨(傅雷)的批评,其将自己与主流文学相区别的基本概念("飞扬"/"安稳")实即源于胡兰成的这篇文章。

胡兰成的知解,尤其《评张爱玲》这篇文章体贴犀利的分析,令张爱玲大有知音之感。在这之前,还没有哪个人能把她所思所感说得这么微妙、精确,更没有哪个男人会如此欣赏她。这不能不使张爱玲对这个突然出现在她生活中的男人大加注意。而对他的其他情况疏忽过去,譬如他的汉奸身份。当然,她本来也不排斥汉奸或日本人。聪明,知交,因此成了张、胡之恋的主要原因。对此,胡兰成在《今生今世》中也曾提到。胡回忆,自己与张爱玲恋爱后,她也曾惊叹他的聪明:

我与爱玲亦只是男女相悦,《子夜歌》里称"欢",实在比称爱人好。两人坐在房里说话,她会只顾孜孜地看我,不胜之喜,说道:"你怎这样聪明,上海话是敲敲头顶,脚底板亦会响。"后来我亡命雁荡山时读到古人有一句话"君子如响",不觉地笑了。

聪明,对文学具有精细鉴赏力的胡兰成给张爱玲提供了全新的感受。她的机智与幽默,她的嘲讽与悲悯,她对"不相干的细节"的莫名爱恋,现在都忽然有了一个欣赏者,一个爱恋者。这不能不让她感到快乐,深感到人世的安静与美好。尽管有诸多不适宜,但她知道,"这个人是爱我的"(《色·戒》)。她也深爱着他,空前地陷入了热烈的情爱。《小团圆》记载九莉对邵之雍的爱说:"她狂热地喜欢他一向产量惊人的散文。他在她这里写东西,坐在她书桌前面,是案头一座丝丝缕缕地的暗银雕像。'你像我书桌上的一个小银神。'晚饭后她洗完了碗回到客室的时候,他迎上来吻她,她直溜下去跪在他跟前抱着他的腿,脸贴在他腿上。"胡兰成对此也有清晰的回忆:"她如此兀自欢喜得诧异起来,会只管问:'你的人是真的么?你和我这样在一起是真的么?'还必定要我回答,倒弄得我很僵。一次听爱玲说旧小说里有'欲仙欲死'的句子,我一惊,连声赞道好句子,问她出在哪一部旧小说,她亦奇怪,说'这是常见的呀',其实却是她每每欢喜得欲仙欲死,糊涂到竟以为早有这样的现成语。可是天下人要像我这样欢喜她,我亦没有见过。谁曾与张爱玲晤面说话,我都当它是件大事,想听听他们说她的人如何生得美,但他们竟连惯会的评头品足亦无。她的文章人人爱,好像看灯市,这亦不能不算是一种广大到相忘的知音,但我觉得他们总不起劲。我与他们一样面对着人世的美好,可是只有我惊动,要闻鸡起舞。"(《今生今世》)

这种知交之感,应是张爱玲接受胡兰成的最根本原因。当然,还有一层缘由亦不可不提。作家蒋芸曾为胡兰成的"始乱终弃"所愤慨,叹息说,"她才初入情场,就遇见这样一个没有停止过利用女人的男人。……这样的两个人如此不配,却来电了。如果说张倾心于胡的学问,那也不见得,心高气傲的她,心甘情愿地让他在她那里来来去去。既没有烛光晚餐,也没有共同朋友。生活狭窄到只剩下一间屋,一张床。在她那里他只是一味地取,她只是一味地给,是不平等的对待方式",甚至感叹,"好的男人难道全死光了?那也未必,在她那个时代,在上海,在香港,在美国,在台湾,同期的,长辈于她的,后辈于她的,与她有过来往的,通过信,见过面的,柯灵、傅雷、胡适之、夏志清、陈世骧。你看胡适之这样赞她,看重她,前后三次见面,两人都没几句话。张讷讷不言,她不懂得如何与好的男人沟通,却惯于给坏的男人欺骗。好的人,只要求见她都不肯开门,坏的男人,见一次面便倾心相许,吃足苦头"。[1]这种叹息足见蒋芸女士对男人其实也不太了解,至少柯灵、胡适之、夏志清三位,在感情上都未必称得上"好的男人"。甚至对

---

[1] 蒋芸:《为张爱玲叫屈》,收《再读张爱玲》,刘绍铭等编,山东画报出版社2004年版。

张爱玲，蒋芸女士的了解同样不免有限。其实，对于男女关系，张爱玲有一段不太为人注意的议论：

如果你不调戏女人，她说你不是一个男人；如果你调戏她，她说你不是一个上等人。男子夸耀他的胜利——女子夸耀她的退避。可是敌方之所以进攻，往往全是她自己招惹出来的。女人不喜欢善良的男子，可是她们拿自己当作神速的感化院，一嫁了人之后，就以为丈夫立刻会变成圣人。(《谈女人》)

"女人不喜欢善良的男子"，此句甚为关键。"善良的男子"，诚实可靠的青年，是一般平民少女可能心仪的对象，为什么女人（实主要是大家族里的女性）竟不喜欢呢？关键在于这类青年不懂得"调戏女人"，不懂得上等社会里的"高等调情"。在上海文化中，"善良"之类本来就很为人轻看。杨东平先生指出："在上海人的价值系统中，憨厚老实是没有地位的。它被称为'戆'。上海方言中有一套不断更新的丰富词汇，是专门挖苦讽刺这种不聪明、不精明的人：戆大、洋盘、阿木林、十三点、猪头三、冤大头、不懂径、搞七廿三、脱藤落攀、拎不清等等。"[1] 而在张爱玲成长、生活的上等社会里，男人的魅力更直接来自善良、老实的反面，譬如《小艾》说："这五老爷在他们兄弟间很是一个人才，谈吐又漂亮，心计又深，老辈的亲戚们说起来，都说只有他一个人最有出息，颇有重振家声的希望。""谈吐又漂亮，心计又深"的男人，表现于男女关系上，就是极善调情。有关调情的描写，张爱玲在现代文人中首屈一指。她的小说如此为现代都市男女所喜爱，与她对上等调情的精妙描写颇有关系。可选数则，略见男人调情能力之一斑。一是《红玫瑰与白玫瑰》中佟振保对王娇蕊的挑逗：

---

[1] 杨东平：《城市季风》，东方出版社1994年版，页460。

振保靠在阑干上,先把一只脚去踢那阑干,渐渐有意无意地踢起她那藤椅来,椅子一震动,她手臂上的肉就微微一哆嗦,她的肉并不多,只因骨架子生得小,略微显胖了一点。振保晓得:"你喜欢忙人?"娇蕊把一只手按在眼睛上,笑道:"其实也无所谓。我的心是一所公寓房子。"振保笑道:"那,可有空的房间招租呢?"娇蕊却不答应了。振保道:"可是我住不惯公寓房子。我要住单幢的。"娇蕊哼了一声道:"看你有本事拆了重盖!"振保又重重地踢了她椅子一下道:"瞧我的罢!"娇蕊拿开脸上的手,睁大了眼睛看着他道:"你倒也会说两句俏皮话!"振保笑道:"看见了你,不俏皮也俏皮了。"

一是《金锁记》中姜季泽对七巧的调情:

七巧掀着帘子出来了,一眼看见了季泽,身不由主的就走了过来,绕到兰仙椅子背后,两手兜在兰仙脖子上,把脸凑了下去,笑道:"这么一个人才出众的新娘子!三弟你还没谢谢我哪!要不是我催着他们早早替你办了这件事,这一耽搁,等打完了仗,指不定要十年八年呢!可不把你急坏了!"兰仙生平最大的憾事便是出阁的日子正赶着非常时期,潦草成了家,诸事都欠齐全,因此一听见这不入耳的话,她那小长挂子脸便往下一沉。季泽望了兰仙一眼,微笑道:"二嫂,自古好心没有好报,谁都不承你的情!"七巧道:"不承情也罢!我也惯了。我进了你姜家的门,别的不说,单只守着你二哥这些年,衣不解带的服侍他,也就是个有功无过的人——谁见我的情来?谁有半点好处到我头上?"季泽笑道:"你一开口就是满肚子的牢骚!"七巧长长地吁了一口气,只管拨弄兰仙衣襟上扣着的金三事儿和钥匙。半晌,忽道:"总算你这一个来月没出去胡闹过。真亏了新娘子留住了你。旁人跪下地来求你也留你不住!"季泽笑道:"是吗?嫂子并没有留过我,怎见得留不住?"

一面笑,一面向兰仙使了个眼色。七巧笑得直不起腰道:"三妹妹,你也不管管他!这么个猴儿崽子,我眼看他长大的,他倒占起我的便宜来了!"

应该说,这类男人张爱玲写得最好,也最受女读者欣赏。

当然,范柳原、佟振保也好,乔琪、哥儿达、姜季泽也好,这类人物在张爱玲小说中,往往是讽刺的对象,但你以为张爱玲对他们的态度就只有讽刺吗?若真这样想,那就错谬万里了。张爱玲经常在小说中戏弄这类人物,但那是会心的一笑,半是喜爱半是讨厌的一骂。因为这类人物最大的一个特点是聪明。一个眼神,一个姿势,一句语义双关的话,一个似假非真的动作,都会被他们弄得生动活泼,充满机趣。一个善良诚实的或者说是木讷笨拙的青年,会不出别人丢来的眼风,品不出微妙的言外之意,那岂不是"无味"至极?张爱玲的母亲和姑姑喜欢的男人,从来都是"精刮刮"的。在她面前,蒋芸所以为的"好的男人"恐怕也激不起她的交谈的欲望。说到底,张爱玲还是高门巨族里的"高等文化"的产物,她注意的、喜欢的、动心的男人,都是那类善于"高等调情"的男人。而且,在她的生活中,那种诚实的忠厚的青年男性,好像根本就没有出现过。也许有吧,但她没有留心到。

胡兰成恰恰还是一个极善调情的男人。一部《今生今世》,与其说记载了他丰富的爱恋史,不如说记载了他屡有所获的调情史。仅据《今生今世》所载,先后与胡兰成有婚娶事实或发生性关系的女人多达八人:玉凤(发妻)、全慧文(续弦)、英娣(妾)、张爱玲(由情妇而结婚)、小周(护士,情妇)、范秀美(情妇)、一枝(情妇,日本人)、佘爱珍(汪伪女特工,由情妇而结婚)。而据《小团圆》透露,邵之雍与文姬(以苏青为原型),与逃亡时暂时寄居的日本主妇都有肉体关系。甚至,《小团圆》还暗示邵之雍与其侄女秀男不无乱伦之嫌。以上所述,皆良家妇女。而胡兰成还有出入妓家的习惯,其数量就难以统计了。由于在《今生今世》中,胡兰成有意塑造自己与一众女人的相知相惜,涉性内容不多。但仅据有限内容,亦可见胡兰成调情手段远在一般男人之上,足以与范柳原、乔琪等公子哥媲美。譬如39岁的他对待17岁的小周:"我变得每天去报馆之前总要看见小周,去了报馆回来,第一桩事亦是先找小周。有几次午后我回医院,刚刚还见她在廊下,等我进房里放了东西,跟脚又出来,她已逃上楼去了。我追上楼,又转过二楼大礼堂,四处护士的房门口张过,都不见她,我从前楼梯上去,往后楼梯下来,也到前诊疗室配药间都去张了,只得回转,却见她已好好地坐在我房里像个无事人一样。她就有这样淘气。"(《今生今世》)仿佛还很天真。对寡居多年的范秀美,则以言语相挑:"而且我也坏,引诱范先生也说她的事给我听,因为我想要断定眼前景物与她这个人都是真的。我这对她,亦即是格物,第一要没有禁忌,才能相亲。……十二月八日到丽水,我们遂结为夫妇之好。这在我是因感激,男女感激,至终是唯有以身相许。而她则是糊涂了,她道:'哎哟!这我可是说不出话了。'"(《今生今世》)对日本女人一枝,就是赤裸裸的勾引了:"我搬过去第三天,晚上请阿婆与一枝看电影。在电影院里,一枝傍着我坐,暑天她穿的短袖子,我手指搭在她露出的臂膀上,自己也分明晓得坏。后来一枝说起,她道:'那晚临睡前我自己也摸摸臂膀上你的手搭过的地方,想要对自己说话,想要笑起来。'"(《今生今世》)而对于张爱玲,胡兰成也兼用调情手段。他们第一次见面,胡兰成就开始使用暧昧语言:"后来我送她到弄堂口,两人并肩走,我说:'你的身材这样高,这怎么可以?'只这一声就把两人说得这样近,张爱玲很诧异,几乎要起反感了,但是真的非常好。"(《今生今世》)胡兰成为什么觉得"非常好"呢,因为这是一句调情的话。本来,张爱玲长得高或不高,对于一个不相干的男人来说,又有什么关系?但胡兰成说"这怎么可以",实际上是说,我的女人,长这么高,那怎么可以?张爱玲听懂了,但到底没有起反感,又不知怎么应对,只好沉默。胡兰成对分寸把握得非常准。对付女人,他是太有经验了。他对张爱玲的心思看得很分明,一个没有多少人生经验的女子,面对勾起自己好感的男子,很难抵挡得住猛烈的纠缠式的进攻。

这件事情《小团圆》未做记载。但这种调情手段对于张爱玲具有强烈效果。表面上看,在遇上胡兰成之前,张爱玲已在小说里写过乔琪、葛薇龙、梁太太之间的紧张调情,似乎是个老于情场的女人。实际上,她的这种笔法多是从《红楼梦》中学来的。张新颖也注意到这一点:"张爱玲小说与一般世情小说的表面上的极大相似性,给大部分读者造成一个印象,以为能够写出如此情景故事的人一定人情练达,世事洞明。这多半是个错误的假象。《传奇》世界表面上的涉世之深,并不得自于作者的深谙世故,实际上倒是常常依赖于从《金瓶梅》《红楼梦》到《歇浦潮》《海上花列传》等传统小说的帮助,影响张爱玲创作的这些'潜在文本',同时也使创作小说时的她显得比实际上更富于人生经验。"[1]她的现实的幼稚在爱情上最明显。一旦遭遇现实,她仍不过是一个单纯、幼稚的女孩,封闭,寡言,连和人打交道都感紧张。胡兰成看得分明:"我一见张爱玲的人,只觉与我所想的全不对。她进来客厅里,似乎她的人太大,坐在那里,又幼稚可怜相,待说她是个女学生,又连女学生的成熟亦没有。……她又像十七八岁正在成长中,身体与衣裳彼此叛逆。她的神情,是小女孩放学回家,路上一人独行,肚里在想什么心事,遇见小同学叫她,她亦不理,她脸上的那种正经样子。"(《今生今世》)这样一个不经世事的女孩,哪里禁得住久经风月的胡兰成来了又去、去了又来的"调戏"?况且,她还喜欢他的才识,他的聪明,何况他清秀儒雅,还给人安全感。在此前的小说中,张爱玲曾经写到"中国长袍的一种特殊的萧条的美"(《茉莉香片》),胡兰成恰具有这等风姿。《小团圆》专门记述了邵之雍(以胡兰成为原型)的相貌:"去后楚娣道:'他的眼睛倒是非常亮。'……她永远看见他的半侧面,背着亮坐在斜对面的沙发椅上,瘦削的面颊,眼窝里略有些憔悴的阴影,弓形的嘴唇,边上有棱。沉默了下来的时候,用手去捻沙发椅扶手上的一根毛呢线头,带着一丝微笑,目光下视,像捧着一满杯

---

[1] 张新颖:《日常生活的"不对"和"乱世"文明的毁坏——张爱玲创作中的现代"恐怖"和"虚无"》,《文艺争鸣》2000年第3期。

的水,小心不泼出来。"张爱玲喜欢这样"英秀"的男人。况且,她还耳濡目染了那么多的性混乱。所以,短短一两个月,张爱玲就被胡兰成带入性的世界,委身于他,是不足为怪的。不过,在胡兰成的调情史中,这可能已经是最慢的了。关键的一次变化是在一次告别,"有天晚上他临走,她站起来送他出去,他揿灭了烟蒂,双手按在她手臂上笑道:'眼镜拿掉它好不好?'她笑着摘下眼镜。他一吻她,一阵强有力的痉挛在他胳膊上流下去,可以感觉到他袖子里的手臂很粗。九莉想道:'这个人是真爱我的。'但是一只方方舌尖立刻伸到她嘴唇里,一个干燥的软木塞,因为话说多了口干。他马上觉得她的反感,也就微笑着放了手。"(《小团圆》)

张、胡之恋在这种基础上开始了。张爱玲很快全身心地投入进去:"他坐在沙发上跟两个人说话。她第一次看见他眼睛里轻蔑的神气,很震动。她崇拜他,为什么不能让他知道?等于走过的时候送一束花,像中世纪欧洲流行的恋爱一样绝望,往往是骑士与主公的夫人之间的,形式化得连主公都不干涉。她一直觉得只有无目的的爱才是真的。当然她没对他说什么中世纪的话,但是他后来信上也说'寻求圣杯'。他走后一烟灰盘的烟蒂,她都捡了起来,收在一只旧信封里。"(《小团圆》)这是怎样的爱恋呵。晚年的张爱玲在《小团圆》中以无比亲切的回忆再现了当年灵魂的荡漾:

这次与此后他都是像电影上一样只吻嘴唇。他揽着她坐在他膝盖上,脸贴着脸,他的眼睛在她面颊旁边亮晶晶的像个钻石耳坠子。

"你的眼睛真好看。"

"'三角眼。'"

不知道什么人这样说他。她想是他的同学或是当教员的时候的同事。寂静中听见别处无线电里的流行歌。在这时候听见那些郎呀妹的曲调,两人都笑了起来。高楼上是没有的,是下面街上的人家。但是连歌词的套语都有意味起来。偶尔有两句清晰的。

"噯，这流行歌也很好。"他也在听。

大都听不清楚，她听着都像小时候二婶三姑常弹唱的一支英文歌：

"泛舟顺流而下

金色的梦之河，

唱着个

恋歌。"

她觉得过了童年就没有这样平安过。时间变得悠长，无穷无尽，是个金色的沙漠，浩浩荡荡一无所有，只有嘹亮的音乐，过去未来重门洞开，永生大概只能是这样。这一段时间与生命里无论什么别的事都不一样，因此与任何别的事都不相干。她不过陪他多走一段路。在金色梦的河上划船，随时可以上岸。

胡兰成带给她的，正是一种放恣，一种飞扬的喜悦，一幅人世完美的图景。然而她或许没想到，这是一场不平衡的爱情。张爱玲全身心投入，胡兰成虽觉新鲜、喜悦，但究竟他已经历众多女人且不甘于在政治上长期雌伏，所以，胡兰成的投入还是有限的。他回忆："因我说起登在《天地》上的那张照相，翌日她便取出给我，背后还写有字：见了他，她变得很低很低，低到尘埃里，但她心里是欢喜的，从尘埃里开出花来。她这送照相，好像吴季札赠剑，依我自己的例来推测，那徐君亦不过是爱悦，却未必有要的意思。张爱玲是知道我喜爱，你既喜爱，我就给了你，我把照相给你，我亦是欢喜的。而我亦只端然地接受，没有神魂颠倒。各种感情与思想可以只是一个好，这好字的境界是还在感情与思念之先，但有意义，而不是什么的意义，且连喜怒哀乐都还没有名字。"（《今生今世》）"亦不过是爱悦"，也就是喜欢，和张爱玲期望的"爱"毕竟不同。的确，怎么可能相同呢？即使在这样"从尘埃里开出花"的时候，胡兰成至少同时拥有四个女人。除张爱玲外，还有他的非正式太太英娣，张爱玲是见过的，"九莉看见过她一张户外拍的小照片，的确照任何标准都是个美人,较近长方脸,颀长有曲线,看上去气性很大","她是秦淮河的歌女。他对自己说:'这次要娶个漂亮的。'她嫁他的时候才十五岁"。(《小团圆》)英娣住在南京。同时,他的第二任太太全慧文因为给他生了几个孩子,也未离家,而是与胡兰成的侄女青芸一同住在上海。另据沈寂(谷正櫆)透露,胡兰成还有一个情人佘爱珍,是"76号"(汪伪特工总部)里的要人,以残杀抗日青年而令人胆寒。张爱玲一次与胡兰成在公园里游玩,偶遇佘爱珍,当场被佘爱珍扇了个耳光。[1]此事《小团圆》《今生今世》皆无记载。但从1949年后佘爱珍赴香港与胡兰成相会并结婚等事看,沈寂的说法未必是猜测。此外,胡兰成还与苏青(《小团圆》中文姬的原型)保持着性关系。在这种局面下,要胡兰成和张爱玲一样发生强烈的爱情不太可能。何况,张爱玲并非美女,其容貌、身材较之英娣、佘爱珍都不能相比。不过,他们还是结婚了。按《小团圆》的记载,这是九莉不断要求和绯雯伤心主动出局的结果。

胡兰成给了张爱玲婚姻,并在婚书上写了"愿使岁月静好,现世安稳",但这场不对等爱情的性质并无变化。然而张爱玲对此却无察觉。其实送走英娣不到一年,胡兰成又利用在武汉办报的机会,诱惑了17岁的护士小周。小周的年轻、美与温柔,更非张爱玲可比。张爱玲仍一概蒙在鼓里,直到1945年3月胡兰成亲自告知她,她才如梦初醒。对于在她之前的女人,她可以容忍。对于在她之后再出现的女人,她不能不痛感自己那千万年中、千万人中唯一的爱突然失去了根基,直往下坠。当然,对于胡兰成来说,这再正常不过。他的爱是"知","知"怎么可能唯一,世上可"知"的女人多啦。其实,这一点九莉的姑姑楚娣早提醒过九莉:

终于这一天他带了两份报纸来,两个报上都是并排登着"邵之雍章绯雯

---

[1] 沈寂:《张爱玲的苦恋》,《世纪》1998年第1期。

协议离婚启事","邵之雍陈瑶凤协议离婚启事",看着非常可笑。他把报纸向一只镜面乌漆树根矮几上一丢,在沙发椅上坐下来,虽然带笑,脸色很凄楚。……她后来告诉楚娣:"邵之雍很难受,为了他太太。"楚娣皱眉笑道:"真是——!'衔着是块骨头,丢了是块肉。'"又道:"当然这也是他的好处,将来他对你也是一样。"(《小团圆》)

到底姑姑阅人无数,而张爱玲还是有很多事情不能看透。按说,胡兰成调情技术虽高,但初期的新鲜刺激之后,他的不愿为对方考虑的自私还是很容易暴露出来的。但张爱玲仍是那么沉醉在自己的爱情里,事出有因。此"因"则是与一般初恋女子无异的经验。张爱玲后来在《色·戒》中有一句惊世骇俗的话,"到女人心里的路通过阴道",用语虽极无美感,却也道出基本事实。对于毫无性经历的女子来说,第一个占有她身体的男人将构成她的世界的大部,引起她强烈的归属感,甚至重塑她的价值观和世界观。胡兰成对于已经成名的张爱玲的影响当然没那么大,但全部占据了她的感情空间则是显然的。胡兰成提供给她的性经验的震撼性,在《小团圆》有关九莉与邵之雍性爱细节的清晰记述中可见一斑。女人从第一个男人那里获得的震撼性的深彻灵魂的性体验与生命经验,往往是其后经历所不能相比的。

四、"我将只是萎谢了"

张爱玲一直讥讽某种女人,"一辈子讲的是男人,念的是男人,怨的是男人,永远永远"(《有女同车》)。但她何曾料到有一天自己也会止不住掉进这种雾数。她能容忍胡兰成的混乱的性关系,在她之前的。譬如他与他的几任妻子、佘爱珍,乃至自己的朋友苏青。对此,《小团圆》记载说:

也许他不信。她从来没妒忌过绯雯，也不妒忌文姬，认为那是他刚出狱的时候一种反常的心理，一条性命是捡来的。文姬大概像有些欧美日本女作家，不修边幅，石像一样清俊的长长的脸，身材趋向矮胖，旗袍上罩件臃肿的咖啡色绒线衫，织出累累的葡萄串花样。她那么浪漫，那次当然不能当桩事。"你有性病没有？"文姬忽然问。他笑了。"你呢？你有没有？"在这种情况下的经典式对白。

胡兰成或许不相信张爱玲能如此大度，但事实上的确如此。在了解了苏青与胡兰成的肉体关系之后，张爱玲仍公开撰文对苏青不吝赞辞："苏青与我，不是像一般人所想的那样密切的朋友，我们其实很少见面。也不像有些人可以想象到的，互相敌视着。同行相妒，似乎是不可避免的，何况都是女人——所有的女人都是同行。可是我想这里有点特殊情形。即使从纯粹自私的观点看来，我也愿意有苏青这么一个人存在，愿意她多写，愿意有许多人知道她的好处，因为，低估了苏青的文章的价值，就是低估了现在的文化水准。如果必须把女作者特别分作一栏来评论的话，那么，把我同冰心、白薇她们来比较，我实在不能引以为荣，只有和苏青相提并论我是甘心情愿的。"（《我看苏青》）对于英娣，张爱玲也不排斥，"她写信给他说：'我真高兴有你太太在那里。'她想起比比说的，跟女朋友出去之后需要去找妓女的话。并不是她侮辱人，反正他们现在仍旧是夫妇。她知道之雍，没有极大的一笔赡养费，他也决不肯让绯雯走的"（《小团圆》）。然而，对于后她而出现的小周，她难以做到真正的容忍。以前是她破坏别人，现在则是别人来破坏她。她曾取代了英娣的地位（全慧文离婚不离家），但现在小周很可能取代她的地位。当然，这种取代不是指她会被弃，因为就胡兰成而言，他总是希望他爱的女人都在他身边。而且，他对张爱玲、小周的次序已做了明确安排，张爱玲是妻，小周是妾。《今生今世》也述及此节："我说起在上海时与爱玲，小周忽然不乐道：'你有了张小姐，是你的太太？'我诧异道：'我一直都和你说的。'小周惊痛道:'我还以为是假的!'她真是像三春花事的糊涂。但是此后她亦不再有妒忌之言。我与她说结婚之事,她只是听。我因为与爱玲亦且尚未举行仪式,与小周不可越先。"胡兰成也将此意对张爱玲讲了。

对于胡兰成设计的数美并陈的"小团圆"局面,张爱玲像旧式家族的众多女性一样,最初还是尝试了容忍。虽然她对胡兰成专做的一本记载他与小周"佳话"的辞采优美的《武汉记》愤而拒看,但她到底没有与他闹翻。她唯能稍稍作为抗议表示的是,她告诉他,有个外国人通过她姑姑向她表示,希望和她发生性关系,条件是每个月补贴她一笔钱。但这样有效果吗?她自己也知道无用。两年前,她就在一篇文章里谈到过:"丈夫在外面有越轨的行为,他的妻是否有权利学他的榜样?摩登女子固然公开反对片面的贞操,即是旧式的中国太太们对于这问题也不是完全陌生。为了点小事吃了醋,她们就恐吓丈夫说要采取这种报复手段。可是言者谆谆,听者藐藐,总是拿它当笑话看待。"(《借银灯》)胡兰成果然如此,知道她只是说说而已,并未真的放在心上。这就需要张爱玲提升自己的心理承受能力,此后张爱玲果然再未问起小周。但她怎么想的呢,恰在此后不久,她在《天地》月刊上刊出一篇《双声》,记的是她和炎樱的谈话。两人恰恰说到了妒忌。张爱玲说:"随便什么女人,男人稍微提到,说声好,听着总有点难过,不能每一趟都发脾气。而且发惯了脾气,他什么都不对你说了,就说不相干的,也存着戒心,弄得没有可谈的了。我想还是忍着的好,脾气是越纵容脾气越大,忍忍就好了。"这恰好是给她对小周之事的沉默做了解释,她不是不妒忌、没有脾气,只是尽量忍住而已。

随后局面动荡,发生了很多事。日本投降,胡兰成欲在武汉举事,被重庆方面弹压。胡兰成丢下小周,又化装成日本伤兵逃亡。途经上海时,又与暂时寄居人家的日本主妇发生关系。然后胡兰成逃到了诸暨乡下。时间对于张爱玲来说,过得太慢了。不是世事变化太慢,而是她张爱玲越来越经受不住内心的煎熬。她的世界不能不越变越小:她与小周,究竟谁才是他的最爱？这个问题不解决，她食不甘味。1946年2月，张爱玲辗转找到了避难温州乡下的胡兰成，既是久别探问，又希望他能对自己有一个明确的交代。对胡兰成一路而来的情欲关系，她在乎的只有小周。而对于其他女人（包括到温州发现他又姘上一个叫范秀美的女人），她尽可不提。因为她们或是有夫之妇，或是年岁已大（如范秀美），都不可能和胡兰成"执手""偕老"，而唯有武汉的小周，才18岁，人又顺良静淑，各方面条件皆有胜于张爱玲，除了门第和名气。不过男人"以貌取人"，这些不具有太多实际意义。故而，在温州期间，两人一次上街游玩，张爱玲向胡兰成慎重地提出了这一问题。胡兰成在《今生今世》中回忆此节说：

那天亦是出街，两人只拣曲折的小巷里走，爱玲说出小周与她，要我选择，我不肯。我就这样呆，小周又不在，将来的事更难期，眼前只有爱玲，我随口答应一声，岂不也罢了？但君子之交，死生不贰，我焉可如此轻薄。且我与爱玲是绝对的，我从不曾想到过拿她来和谁比较。……我道："我待你，天上地上，无有得比较，若选择，不但于你是委屈，亦对不起小周。人世迢迢如岁月，但是无嫌猜，按不上取舍的话。而昔人说修边幅，人生的烂漫而庄严，实在是连修边幅这样的余事末节，亦一般如天命不可移易。"爱玲道："美国的画报上有一群孩子围坐吃牛奶苹果，你要这个，便得选择美国社会，是也叫人看了心里难受。你说最好的东西是不可选择的，我完全懂得。但这件事还是要请你选择，说我无理也罢。"而且她第一次做了这样的责问："你与我结婚时，婚帖上写现世安稳，你不给我安稳？"我因说世景荒荒，其实我与小周有没有再见之日都不可知，你不问也罢了。爱玲道："不，我相信你有这样的本领。"她叹了一气："你是到底不肯。我想过，我倘使不得不离开你，亦不致寻短见，亦不能再爱别人，我将只是萎谢了。"

胡兰成没有能力的说法自然不可十分相信。日本之败，他早有所料。他既然能给小周备下十两金子,自己也就不可能完全未做准备。再则,以胡兰成之能力,他终不会下堕到家室难保的程度。对此,张爱玲当然是不相信,只能将他的解释理解为托词。这是胡兰成对两人关系破裂的记述。不过,关于这场对话,张爱玲在《小团圆》中的记载却有不同。结局类似,但两人对话的具体语句却很为不同。胡兰成记述的话有如天花,虽包含决绝分离却仍美丽异常,而张爱玲的记载却是平白,话语不多,但语言不飘忽,句句落在实际问题上:

走着看看,惊笑着,九莉终于微笑道:"你决定怎么样,要是不能放弃小康小姐,我可以走开。"

……他显然很感到意外,略顿了顿便微笑道:"好的牙齿为什么要拔掉?要选择就是不好……"为什么"要选择就是不好"?她听了半天听不懂,觉得不是诡辩,是疯人的逻辑。

次日他带了本《左传》来跟她一块看,因又笑道:"齐桓公做公子的时候,出了点事逃走,叫他的未婚妻等他二十五年。她说:'等你二十五年,我也老了,不如就说永远等你吧。'"他仿佛预期她会说什么。她微笑着没作声。等不等不在她。

……她临走那天,他没等她说出来,便微笑道:"不要问我了好不好?"她也就微笑没再问他。

她竟会不知道他已经答复了她。直到回去了两三星期后才回过味来。

等有一天他能出头露面了,等他回来三美团圆?

有句英文谚语"灵魂过了铁",她这才知道是说什么。一直因为没尝过那滋味,甚至于不确定做何解释,也许应当译作"铁进入了灵魂",是说灵魂坚强起来了。

还有"灵魂的黑夜",这些套语忽然都震心起来。那痛苦像火车一样轰隆轰隆一天到晚开着,日夜之间没有一点空隙。一醒过来它就在枕边,是只手表,走了一夜。在马路上偶然听见店家播送的京戏,唱须生的中州音非常像之雍,她立刻眼睛里汪着眼泪。

的确,胡兰成最希望的还是"三美团圆",在家帮他带儿子的全慧文,才女张爱玲,年轻貌美的小周,都环绕在他周围。不过,这其中还是有排序的,或许张爱玲也考虑到了。全慧文生有几个孩子,她最不可能离开胡家。而小周与她之间,胡兰成的天平实是倾向于小周的。实际上,胡兰成一直有将小周接出带在身边的考虑。他回忆说:"我是到了香港,才恢复本来的姓名。我打听得了小周的地址,写信到四川,她果然来了回信。我才晓得那年我走后她被捕下狱。二月后获释,想想气恼,就嫁了《大楚报》编辑姓李的年轻人,同归四川。焉知他家里原有妻子,而他又不能为小周做主。小周已抱孩,几次三番想要出走,如今忽然接到我的信,当下她大惊痛哭,因为她一直以为我是不会爱她的。她回信里说:'这回我是决意出走了。'信里还说我给她的东西:'那年都被国民政府抄去了,但将来我还是要还你的。'我当即再写信汇路费去,请她来香港,但是都被退回,大约她已不在那里了。"(《今生今世》)对张爱玲,他未曾如此努力。小周之于他的重要性超过张爱玲,是毫无疑问的。

胡兰成有关小周的考虑,张爱玲后来也约略知道。据《小团圆》载,这是郁先生(以斯君为原型)告诉九莉的:"郁先生来了","谈了一会儿,他皱眉笑道:'他要把小康(以小周为原型)接来。这怎么行?她一口外乡话,在乡下太引人注意了。一定要我去接她来。'郁先生是真急了。有点负担不起了,当然希望九莉拿出钱来。郁先生发现只有提起小康小姐能刺激她。她只微笑听着,想道:'接她会去吗?不大能想象。团圆的时候还没到,这是接她去过地下生活。'九莉忽道:'他对女人不大实际。'她总觉得他如果真跟小康小姐发生了关系,不会把她这样理想化。郁先生怔了一怔道:'很实际的哦!'轮到九莉怔了怔。两人都没往下说。"张爱玲没有出这笔钱,不过她在小周面前无法获得优势,是无比显然的。何况,她的目的根本就不在于要比小周更得宠,她要的是唯一的爱。而这一层,在胡兰成的"爱"的词典里,根本就不存在。说到底,他们对爱的理解差不多隔着几个时代。在张爱玲,她最终不能接受数美承欢的结局。对于多妻主义,她曾表示理性上可以接受,毕竟是数千年来中国的传统,但心理上终有不能释怀之处。她说:"如果另外的一个女人是你完全看不起的,那也是我们的自尊心所不能接受的。结果也许你不得不努力地在她里面发现一些好处,使得你自己喜欢她。是有那样的心理的。当然,喜欢了之后,只有更敌视。"(《双声》)张爱玲只愿意胡兰成有唯一的爱的选择。得不到肯定的选择,她宁愿选择一个女人的尊严。那是怎样的尊严呢? 1944年9月,在一篇名为《忘不了的画》的文章中,她谈到高更画作中一个有尊严的女性,"在我们的社会里,年纪大一点的女人,如果与情爱无缘了还要想到爱,一定要碰到无数小小的不如意,龌龊的刺恼,把自尊心弄得千疮百孔,她这里的却是没有一点渣滓的悲哀,因为明净,是心平气和的,那木木的棕黄脸上还带着点不相干的微笑"。张爱玲不想把自己弄得千疮百孔,在一定程度上她也曾经委曲求全,但是那种委屈得有一个前提,她要求得到一份完整的爱,爱若已逝,她也就不会再委屈自己了。所以她对胡兰成说:"你是到底不肯。我想过,我倘使不得不离开你,亦不致寻短见,亦不能再爱别人,我将只是萎谢了。"

只不过写《忘不了的画》时她还正在热恋之中,哪里会想到有一天自己也会堕到这种"永远不再"的境地。然而,谁又能预计好自己的人生呢?那可怕的居然来了,人就应该有承担的尊严。温州之行结束后,这段恋情即大致结束。不过,由于胡兰成在难中,张爱玲暂未提出,反而连续两次将自己电影剧本《不了情》和《太太万岁》的稿酬寄予他,胡兰成也不时自乡下寄信或便条给她。最后的决断是在1947年6月。彼时张爱玲知道胡兰成已在温州暂时立稳脚跟、脱离了险境,即给胡兰成写来一信。据《今生今世》载,信的原文如下:

我已经不喜欢你了,你是早已不喜欢我了的。这次的决心,我是经过一年半的长时间考虑的,彼时唯以小吉故,不欲增加你的困难。你不要来寻我,即或写信来,我亦是不看的了。

信中的"小吉",即小劫的隐语。一段乱世情缘就此了结。从23岁到27岁,张爱玲一生中最为亮丽清纯的阶段也就画上了句号。林语堂说:"在任何一个国家,妇女的幸福不是取决于她们享受社会权益的多少,而取决于她所与之生活的男人的品质。"[1]张爱玲的经历差不多是这段话的注脚。她感受过欲仙欲死的爱,然而爱情突然的陷落对她的影响更是摧毁性的。实则自1945年春知道武汉小周的存在后,张爱玲就陷入了创作低谷。止庵曾设想过胡兰成对张爱玲的影响,"如今没有张爱玲,也就没有胡兰成;当年没有胡兰成,张爱玲会是什么样子——恐怕总要打些折扣罢"[2]。这种说法很难服人。事实是,张爱玲1946年完全辍笔。1947年仅编过两部商业剧本,1948年、1949年又迹近沉默。这对正处于创作佳年、含金纳珠的张爱玲不能不说甚为异常。其中虽有政治不谐的因素,但自由创作心境的丧失无疑是主要原因。而且,这段情缘还更深地加剧了张爱玲心目中那种"惘惘的威胁"。如果说颓败的家世、破裂的家庭、自私的父母接二连三地将她推到"赤裸裸的天底下",那么,胡兰成的薄情则让她在高潮之后跌得更深,更加恐惧地陷入一无可依的"威胁"之中。

温州一别之后,张爱玲在感情上就进入了"萎谢"的过程。她对胡兰成说,"我倘使不得不离开你","亦不致再爱别人",这表明她的爱的能力的丧失。自此之后,张爱玲就不再有过真正的恋情。但这并非说此后张爱玲再无异性交往或婚姻。事实上,不论她愿或不愿,在与胡兰成决断不久,她就

---

[1] 林语堂:《中国人》,学林出版社1994年版,页153。
[2] 止庵:《今生今世·序》,中国社会科学出版社2003年版。

又卷入与电影导演桑弧的一场新的情感纠葛。然而，由于胡兰成的"始乱终弃"，令张爱玲在此后的婚姻"市场"上深处被动，"谋爱"几乎不再可能。

桑弧（李培林）是左翼电影史上比较重要的导演，1947年因邀请张爱玲为文华电影公司写剧本而结识，因修改剧本，排演拍摄为电影而交往颇多。由于二人年龄相当，一为作家，一为导演，且张爱玲与胡兰成事已了尽，在不少人眼中颇成佳偶。所以，当时不但小报猜测纷纷，就连圈里的朋友也多欲成其事者。小报作家龚之方回忆，有一次，他去拜见张爱玲，与她天南海北谈说一阵之后，就婉转地表明来意，说朋友们认为她与桑弧堪称郎才女貌、佳偶天成，她是否可以考虑她与桑弧之间婚事的可能性呢？张爱玲的反应是略有诧异，据龚之方回忆说："她的回答不是语言，只对我摇头、再摇头和三摇头，意思是叫我不要再说下去了。"此事未果，不免令人叹息。推其原因，或在于张爱玲爱的能力的丧失。曾经沧海难为水，张爱玲亦不例外，她对胡兰成说"亦不致再爱别人"，亦正此意。然而，《小团圆》的出版，显示此事不仅如此，而是有着更多的纠葛与难言的尴尬。在《小团圆》中，燕山是以桑弧为原型塑造的。从小说中看，燕山与九莉的交往比外界所知要深切得多，从1947年到1950年，整整三年，和与胡兰成恋爱的时间相当，不过性质却不太相同。在燕山的追求下，他们很快同居。九莉甚至感到初恋的快乐，"他把头枕在她腿上，她抚摸着他的脸，不知道怎么悲从中来，觉得'掬水月在手'，已经在指缝间流掉了。他的眼睛有无限的深邃。但是她又想，也许爱一个人的时候，总觉得他神秘有深度"，"她对他是初恋的心情，从前错过了的，等到了手已经境况全非，更觉得凄迷留恋，恨不得永远逗留在这阶段"。（《小团圆》）然而，燕山尽管也考虑过与张爱玲的婚姻，但到底有许多顾忌。顾忌她的汉奸妻的名声，不愿对外人谈起这场恋爱，"其实他们也从来没提过要守秘密的话，但是九莉当然知道他也是因为她的骂名出去了，连骂了几年了，正愁没新资料，一传出去势必又沸沸扬扬起来，带累了他。他有两个朋友知道的，大概也都不赞成，代为隐瞒"。此外，还颇顾忌到她与邵之雍的性史。她与燕山在一起,本以为怀了孕,谁知一检查,孕倒没有,但有子宫颈折断的旧伤,"燕山次日来听信,她本来想只告诉他是一场虚惊,不提什么子宫颈折断的话,但是他认识那医生,迟早会听见她说,只得说了,心里想使他觉得她不但是败柳残花,还给蹂躏得成了残废。他听了脸上毫无表情"(《小团圆》)。这样一个被人抛弃的女子,在众多中国男性眼中,可谓"声名狼藉",只能是最适合的性对象,而未必是婚娶的适宜人选,甚至未必是值得尊敬的对象。九莉母亲蕊秋有一次感叹说:"一个女人年纪大了些,人家对你反正就光是性。"张爱玲"经历"复杂,在男人眼中,恐怕也是如此。燕山虽然也受到九莉的吸引,和她谈着恋爱,但随着对她的过去的了解加深,他内心也未必不和荀桦一样,将九莉看轻。当然最重要的,还是时年二十八九岁的九莉的色衰:

她跟燕山看了电影出来,注意到他脸色很难看。稍后她从皮包里取出小镜子来一照,知道是因为她的面貌变了,在粉与霜膏下沁出油来。燕山笑道:"我喜欢琴逑罗吉丝毫无诚意的眼睛。"不知道怎么,她听了也像针扎了一下,想不出话来说。

他来找她之前,她不去拿冰箱里的冰块擦脸,使皮肤紧缩,因为怕楚娣看见,只把浴缸里的冷水龙头大开着,多放一会儿,等水冰冷的时候把脸凑上去,偏又给楚娣撞见了。她们都跟蕊秋同住过,对于女人色衰的过程可以说无所不晓,但是楚娣看见她用冷水冲脸,还是不禁色变。

跟胡兰成在一起时,张爱玲是以才得爱;而九莉和燕山在一起,却变成了以色事人,而这恰非她的长项。所以,不难料想,在"恋爱"三年之后,燕山忽然和一个非常漂亮的女演员雪艳秋结婚了。《小团圆》的记载不知是否实写,但张爱玲、桑弧都未采用另外的体裁记过此事。所以,即便是"小说家言",也有重要的参考价值。假如这部自传体小说比较接近事实的话,那么张爱玲与桑弧之间的关系就比现在所知的要复杂一些：这对"佳偶"不是张爱玲不愿为之，而是桑弧缺乏兴趣。这一切，让张爱玲如何对前来撮合此事的龚之方说明呢。这是张爱玲在人间爱情的收尾，不过"她从来没懊悔过，因为那时候幸亏有他"。

"没有一样感情不是千疮百孔"，这句话，在张爱玲以前是对人世的机智观察，现在却变成了她自己的真实生活。这其间有着怎样一段破碎的心灵之路呵。张爱玲没有详述，但有一段描写，看似平淡，却不能不叫人暗自心惊：

阳台上撑出的半截绿竹帘子，一夏天晒下来，已经和秋草一样的黄了。我在阳台上篦头，也像落叶似的掉头发，一阵阵掉下来，在手臂上披披拂拂，如同夜雨。远远近近有许多汽车喇叭仓皇地叫着。逐渐暗下来的天，四面展开如同烟霞万顷的湖面。对过一幢房子最下层有一个窗洞里冒出一缕淡白的炊烟，非常犹疑地上升，仿佛不知道天在何方。露水下来了，头发湿了就更涩，越篦越篦不通，赤着脚踝，风吹上来寒飕飕的，我后来就进去了。（《〈太太万岁〉题记》）

"哀乐中年"过快地掠进了张爱玲的生活。她此后不再谈论爱。数年后她远迹美国，与费迪南·赖雅还有过一段长达11年的婚姻。这段婚姻，以她素所讥讽的"谋生"愿望开始，以她始料不及的灰暗沉重的谋生现实结束。或许年迈的赖雅愿意给张爱玲父亲般的温暖，但张爱玲如何感受呢，不说也罢。

五、爱之"悯然记"

然而，还有余话。这不但指张爱玲、胡兰成之间尚有余事未了，且指如何看待张爱玲、胡兰成之间的这场乱世之恋。1947年6月,张爱玲与胡兰成绝断。1949年胡兰成经香港远至日本,与佘爱珍结婚。1952年张爱玲亦从内地出走香港,1955年又转赴美国。岁月倏忽,胡、张之间仍偶有联系,并未绝于信息。先是张爱玲滞留香港时,胡兰成曾托日本友人池田笃纪前往拜访,结果未遇。张爱玲到美国后,曾与胡兰成有过一次联系,仅是一张明信片,没有抬头,没有署名,仅写"手边若有《战难和亦不易》《文明的传统》等书(《山河岁月》除外),能否暂借数月做参考"。胡兰成马上回信寄书,并附上了最新照片。张爱玲未做回复。后来胡兰成自传《今生今世》出版了,又给张爱玲寄书寄信。张爱玲甚少回复,最后才来一纸短笺:"兰成:你的信和书都收到了,非常感谢。我不想写信,请你原谅。我因为实在无法找到你的旧著作参考,所以冒失地向你借,如果使你误会,我是真的觉得抱歉。《今生今世》下卷出版的时候,你若是不感到不快,请寄一本给我。我在这里预先道谢,不另写信了。 爱玲。"胡兰成一见,彻底断了念头。后来胡兰成再寄信去,张爱玲果然再未作复。

怎样看待这段动荡时世中的恋情?言人人殊,有因爱屋及乌者,钦服于张爱玲的同时,对张、胡之恋亦不惜浪漫化。典型如电影《滚滚红尘》,将这段情事演绎为一桩绝世之恋。甚至进而"发现"胡兰成者,对胡兰成其人其文发生兴趣。台湾作家朱西宁与两个女儿朱天文、朱天心都是"张迷"。朱西宁甚至因为无法见到张爱玲,遂将胡兰成请到台湾家中,教授二女写作。王德威则以他惯有的夸张,将胡兰成文字命名为"胡说",与张爱玲之"张腔"并列。近年《今生今世》《山河岁月》等书在大陆出版后,也为胡兰成吸引不少女性读者。不过,因热爱张爱玲而对胡兰成心生憎厌者,亦在在皆是。

这类纷争皆可理解。但张爱玲本人的态度无疑最为关键。张爱玲一生,从未在公开文字中提及胡兰成。依她清绝于世的性格,这是可以理解的。但20世纪60年代,胡兰成在日本出版《今生今世》,在书中专辟"民国女子"

一章,讲述他与张爱玲的惊艳旧事,迫使张爱玲不得不有所表示。但也只限于私人书信。她在给夏志清的信中数次抱怨胡兰成"老糊涂了",言语中多有不满,"三十年不见,大家都老了——胡兰成会把我说成他的妾之一,大概是报复,因为写过许多信来我没回信"。(张爱玲1975年12月10日致夏志清信)但据宋以朗披露,到80年代她的态度就转入反感了。1981年,张爱玲在给宋淇信中说:"大成与平鑫涛两封信都在我生日那天寄到,同时得到七千多美元(内附两千多是上半年的版税)与胡兰成的死讯,难免觉得是生日礼物。"1982年,张爱玲收到朱天文托人送给她的书,内中有三本胡兰成化名写的关于禅、中国小说史和礼乐的书,她随手翻一翻,发觉里面有许多引用《红楼梦魇》和她别的书,"马上扔了,免得看了惹气"[1]。不过,要说她对胡兰成从爱恋到彻底反感,甚至"咬牙切齿"(宋以朗语)亦不至于。人生若只如初见。隔着几十年光阴,再美丽的事物亦会渐次褪去其光华,只是想来无趣罢了。兼带地,她对爱情的看法更由讥讽转为决绝:"盲婚的夫妇也有婚后发生爱情的,但是先有性再有爱,缺少紧张悬疑、憧憬与神秘感,就不是恋爱,虽然可能是最珍贵的感情。恋爱只能是早熟的表兄妹,一成年,就只有妓院这脏乱的角落里还许有机会。再就只有聊斋中狐鬼的狂想曲了。"(《国语〈海上花〉译后记》)这与散文《爱》中表达的期冀可谓相去万里。

但是,张爱玲是人事两分的。她不太满意胡兰成的文字表演,但对自己的那段轰轰烈烈、沉醉忘我的爱恋,她却又是哀悯而怜惜的。她后来对邝文美如是谈起这段往事:"虽然当时我很痛苦,可是我一点不懊悔……只要我喜欢一个人,我永远觉得他是好的。"(《张爱玲私语录》)而在作品中,她把自己的情爱观表达得更加清楚,"人生在世,还不就是那么一回事"(《金锁记》),她怎么能够掂量得那么清楚? "爱就是不问值得不值得,所谓'此情可待成追忆,只是当时已惘然'"(《惘然记》),爱不取决于对方,而最

---

[1] 宋以朗:《书信文稿中的张爱玲:2008年11月21日在香港浸会大学的演讲》,《中国现代文学研究丛刊》2009年第4期。

重要的是自己曾经经历过,沉醉过。一个人的人生,设若平平常常,数十年如一日般地流过,想来亦无甚生趣。总得有几件事情,支撑起漫长的平庸,总得有几许痴醉神迷、飞扬流丽的人生瞬刻,照亮漫长的黑夜。"长的是磨难,短的是人生"(《公寓生活记趣》),短暂的爱的岁月即是"人生",即是人"结结实实生活过"的证据。生命不在于结果怎样,而在于过程的充盈与澄澈。事实上,无论后来她对胡兰成有怎样的怨怼,但在撰写、修改达20余年的《小团圆》中,她还是那样沉醉地重返了自己的爱的岁月,不断去感受青春的光辉。而她的这种爱的感受,人生安稳而沉静的瞬间,在她后期新撰或改写的小说中时时可见:

重逢的情景他想过多少回了,等到真发生了,跟想的完全不一样,说不上来的不是味儿,心里老是恍恍惚惚的,走到弄堂里,天地全非,又小又远,像倒看望远镜一样。使他诧异的是外面天色还很亮。她憔悴多了。幸而她那种微方的脸型,再瘦些也不会怎么走样。也幸而她不是跟从前一模一样,要不然一定是梦中相见,不是真的。(《半生缘》)

这个人是真爱我的,她突然想,心下轰然一声,若有所失。太晚了。店主把单据递给他,他往身上一揣。"快走。"她低声说。他脸上一呆,但是立刻明白了,跳起来夺门而出。(《色·戒》)

这样的情境,这样的爱,是张爱玲在时光废墟上的漫徊逡巡。那种洞彻灵魂的瞬间,那种生命明亮而永恒的欢悦,与胡兰成或别的什么男人又有什么关系呢。最重要的是她的灵魂的幽微的光亮。在晚年出版的《对照记》里,她未收入她生命中与她有过深切关系的三个男人(胡兰成、桑弧、赖雅)的任何照片,倒不是记怨他们,而是他们具体何人,与她内心经历的悲欣交集的旅程并无关系。这就是张爱玲对生命的一种理解,既是对她自己,亦是对于广大的尘世。这或许,也是我们尘世中人对情爱应该持有的态度。

不过，暗夜扪心，张爱玲是否设想过生命中的另一种可能：假如没有胡兰成，她的生命是否会是另外一种路程？被时论普遍认为是暗写张、胡之恋的《色·戒》中有段描述，很可以用来作为答词。那是易先生下令处死王佳芝后，神色恍惚，却又面带"三分春色"地回到家中，致使易太太猜度他莫非与王佳芝初次"得手"。而此时，易先生的感受是：

他觉得她的影子会永远依傍他，安慰他。虽然她恨他，她最后对他的感情强烈到是什么感情都不相干了，只是有感情。他们是原始的猎人与猎物的关系，虎与伥的关系，最终极的占有。她这才生是他的人，死是他的鬼。

虎与伥，家族门第、上等社会决定了张爱玲的宿命。她只会欣赏胡兰成这类最可能给她带来伤害的男人。不过，有势力进而有风采然而又永远有着危险的男人，或许是中国社会女性普遍的宿命。飞蛾扑火式的决然，非独张爱玲有之，然而，却又并非每个女性都愿意或有能力像张爱玲那样干净而自尊地生活着。

第三讲　乱世、政治与文人

张爱玲有一种看法，不见之她的文字，而是来自她弟弟张子静的回忆。她说："一个人假使没有什么特长，最好是做得特别，可以引人注意。我认为与其做一个平庸的人过一辈子清闲生活，终其身，没没无闻，不如做一个特别的人，做点特别的事，大家都晓得有这么一个人；不管他人是好是坏，但名气总归有了。"[1]这种看法，极宜于解释张爱玲一生的处世行事，尤其是她与政治的关系。作为缺乏政治意识的旧家子弟，她一生的生活际遇与文学书写，都陷在乱世政治的羁绊之中。不但生前如此，而且身后也如此。

一、"文化汉奸"辨议

《传奇》《流言》的出版，使张爱玲奇迹般跃升为上海滩最为知名的女作家。而与胡兰成的一场乱世之恋，也让她一度有了"于千万人之中""于千万年之中""遇见你所遇见的人"的欲仙欲死的爱的体验。然而，繁华事尽，"谢幕"的悲凉随着1945年8月日本人的投降瞬刻就成为现实。对张爱玲

---

[1]　张子静、季季：《我的姊姊张爱玲》，文汇出版社2003年版，页130。

"文化汉奸"的政治指责,在国民政府惩治汉奸期间成汹涌之势。

这样指责主要因为胡兰成。当时胡兰成已潜逃温州乡下,舆论所向,自然更集中于张爱玲了。关于这方面的事情,《今生今世》一句未提。不是胡兰成有意隐瞒,而是他只关心从张爱玲这里获得什么,而对张爱玲本身面对着怎样的境遇并无兴致。而《小团圆》于此方面也未直言。不过,她对战后世界的预感是不好的,甚至并不那么关心中国抗战的胜利。她记载说:

有天晚上已经睡了,(九莉)被炮竹声吵醒了,听见楚娣说日本投降了,一翻身又睡着了。(《小团圆》)

她实在快乐不起来。此时,她已经料想到"在本地""无法卖文"的问题。不过,张爱玲也未写什么具体的事情。事实上,在当时,有关张爱玲"文化汉奸"的议论甚多,用"声名狼藉"来形容并不为过。

1945年8月左右,上海市面上出现了两本小册子,一本是《女汉奸丑史》,另一本是《女汉奸脸谱》,都不约而同地把张爱玲与陈璧君(汪精卫之妻)、杨淑慧(周佛海之妻)、莫国康(陈公博外室)、佘爱珍(吴四宝之妻,胡兰成情妇)、川岛芳子等"女汉奸"相提并论。这当然不合事实,但舆论变得非常严峻。两本小册子系由何人何机构印刷,都不甚清楚。仅《女汉奸丑史》封面署有"上海大时代社刊行",但亦不知是何人所为。估计为当时爱国青年或对张爱玲或胡兰成积有私怨的圈内人所为。陈璧君、川岛芳子等皆是政治人物,列作"汉奸"自有根据,但列张爱玲为"汉奸"不免于事实无据。张爱玲远离政治,并未做过出卖国家的事。所以,当时"汉奸"论者主要因为胡兰成的伪宣传部政务次长的身份。《女汉奸丑史》和《女汉奸脸谱》两书中关于张爱玲的批判,都与胡兰成有关。一者称《无耻之尤张爱玲愿为汉奸妾》,一者称《"传奇"人物张爱玲愿为"胡逆"第三姜》。文章肆意做人身攻击。当然,也有部分文字从张爱玲小说入手。《女汉奸脸谱》

称:"她的小说《倾城之恋》,曾经搬上舞台,这是剧坛上的污点。她与苏青不同之点,即好高骛远,俨然是个了不得的绝世佳人。因为'绝世',所以不大出外交际,更因为自命'佳人',所以异装得近乎妖怪。但她们间也有个共同点,即都是惯会投机,懂得生意眼,且又不择手段,毫无灵魂的女人。张爱玲的文字以'啰唆'为特色,看得人'飘飘然'为她的目的。她之被捧为'和平阵营'中的红作家,便因她的文字绝无骨肉,仅仅是个无灵魂者的呻吟而已。"《女汉奸丑史》则表示:"如今,胡兰成大概已经被捕了,以后文化界中没有他的立足地,至于张爱玲,她的文章,是否还有出路,那要看她的今后做人方式了。"还有一些小报甚至捏造说:"前些时日,有人看见张爱玲浓妆艳抹,坐在吉普车上。也有人看见她挽住一个美国军官,在大光明看电影。不知真相的人,一定以为她也做吉普女郎了。其实,像她那么英文流利的人有一二个美国军官做朋友有什么稀奇呢?"[1]这就是造谣生事。不过,与《女汉奸丑史》一样,署名"爱读"的批评者对张爱玲的前途亦不甚乐观,"自从胜利以后张爱玲埋姓隐名的,没有到公开的场合出现过,文章也不写了。在马路上走,奇装怪服也不穿了。一直蛰居在赫德路公寓的高楼之上,不大到外面招摇。有人谈说她在赶写长篇小说《描金凤》,这倒颇有可能。只是写了之后,又拿到什么地方去发表呢?正统派文坛恐怕有偏见,不见得会要她的作品,而海派刊物,她也许不屑"。这位批评者,连张爱玲的住所都一清二楚,足见是平时有所往来的圈内人。

这些指责缺乏事实证据,而文字之"绝无骨肉"亦非国家法律所辖之事,故当时国民政府接连惩办著名汉奸陈公博、周佛海、丁默邨(《色·戒》中易先生原型),却不曾过问张爱玲。显然,"文化汉奸"之说于法不合。但舆论压力,却不能不让张爱玲有所压力。1946年11月,山河图书公司出版《传奇》增订本。除原有的《沉香屑·第一炉香》、《沉香屑·第二炉香》(简

---

[1] 爱读:《张爱玲做吉普女郎》,《海派》1946年第1期。

称《第二炉香》)、《琉璃瓦》、《金锁记》、《心经》、《茉莉香片》等篇目之外，又增加了《留情》等几个短篇，但最引人注意的是它的"跋"与前言《有几句话同读者说》，都含有自我解释的意思。"跋"中有两首诗，表明了作者对祖国凡微事物的热爱，与《传奇》集内的小说并无多大共通经验。选在此处作"跋"，张爱玲的用心也无奈得很。在《有几句话同读者说》中，那份辩解的意图更是分明。虽然说她素来不屑俗小訾议之言，但风雨欲来她也不得不为自己寻找自卫的理由：

我自己从来没想到需要辩白。但是一年来常常被议论到，似乎被列为文化汉奸之一，自己也弄得莫名其妙。我所写的文章从未涉及政治，也没有拿过任何津贴。想想看我唯一的嫌疑要么就是所谓的"大东亚文学者大会"第三届曾经叫我参加，报上登出的名单内有我；虽然我写辞函去（那封信我还记得，因为很短，仅只是："承聘第三届大东亚文学者大会代表，谨辞。张爱玲谨上。"），报上仍旧没有把名字去掉。至于还有许多无稽的谩骂，甚而涉及我的私生活，可以辩驳之点本来非常多。而且即使有这种事实，也还牵涉不到我是否有汉奸嫌疑的问题，何况私人的事本来用不着向大众剖白。除了对自己家的家长之外仿佛我没有解释的义务，所以一直缄默着。同时我也实在不愿意耗费时间与精神去打笔墨官司，徒然搅乱心思，耽误了正当的工作。但一直这样沉默着，始终没有阐明我的地位，给社会上一个错误的印象，我也觉得对不起关心我的前途的人。所以在小说集重印的时候写了这样一段作为序。反正只要读者知道了就是了。

与同被指责为汉奸文人的苏青相比，张爱玲的语调要平和得多。苏青在沦陷时期风头之健不下于张爱玲，而且的确和日伪有辩白不清的关系，要说"文化汉奸"也不无道理，但苏青在她的《续结婚十年》卷首里仍振振有词："是的，我在上海沦陷期间卖过文，但那是我'适逢其时'，亦'不得已'耳，不是故意选定这个黄道吉日才动笔的。我没有高喊打倒什么帝国主义,那是我怕进宪兵队受苦刑,而且即使无甚危险,我也向来不高兴喊口号的。我以为我的问题不在于卖文不卖文,而在于所卖的文是否危害民国的。否则正如米商也卖过米,黄包车夫也拉过任何客人一般,假使国家不否认我们在沦陷区的人民也尚有苟延残喘的权利的话,我就是如此苟延残喘下来了,心中并不觉得愧怍。"(《关于我——代序》)张爱玲没有苏青这样的激烈,也没有苏青那样的"战斗"的心情,但张爱玲的"分辩"更具理性,明确勘清公与私的界限。

短短几句话当然不可能消除舆论。当时柯灵为《传奇》再版曾在《文汇报》上刊登一则广告,结果受到批评。而张爱玲更付出了写作的代价。"爱读"说的,"拿到什么地方去发表呢",果然成了问题。抗战胜利,举国欢庆,张爱玲不但心绪寥落,而且很快发现投稿无门,被她压在心底多年的"惘惘的威胁"再度浮现。此前张爱玲发表文章多在有日伪背景的《杂志》,抗战胜利后,《杂志》停刊,而由进步文人主持的《文艺复兴》等杂志成为上海文坛的主流,这些杂志出于舆论考虑,对张爱玲这类作家很是谨慎。苏青的遭遇可做对照。当时有大报想请苏青去编副刊,但又吞吞吐吐地希望她改个笔名。苏青不愿示人以"心虚"之态,遂未能谈成。张爱玲不似苏青结交广泛,战后很快即陷入沉寂。1946年她完全沉寂,1947年她仅发表一篇散文。无奈之中,她不得不转入商业电影剧本写作(60年代以后这成为她主要的谋生手段)。从1946年到1949年,不能不说她为过去付出了沉重的代价。

但电影剧本也未真正拓开。与桑弧合作的第一部电影《不了情》受到好评,但第二部电影《太太万岁》就引发了笔战。《太太万岁》初公映时,前辈剧作家洪深曾撰文称张爱玲:"她将成为我们这个年代最优秀的high comedy作家中的一人。"然而,这一评论受到胡珂激烈的批评:"寂寞的文坛上,我们突然听到歇斯底里的叫绝声,原来有人在敌伪时期的行尸走肉上闻到high comedy的芳香,跟这样的神奇的嗅觉比起来,那爱吃臭野鸡的西洋食客,那爱闻臭小脚的东亚病夫,又算得什么呢?"[1]"敌伪时期的行尸走肉",自然是指张爱玲这类在日本人统治时期乐于写作的文人。不能不说这种看法代表着诸多同行对张爱玲的评价,因而类似文章纷纷而出。洪深在压力之下,不得不改变看法,刊文《恕我不愿领这番盛情——一个丈夫对〈太太万岁〉的回答》,从三个方面全盘否定《太太万岁》。这些批评对于正在寻求出路的张爱玲可谓迎头一击。因此,《太太万岁》之后,张爱玲再无电影创作。连文华电影公司已作预告的《金锁记》电影改编也无疾而终。

然而,代价不仅是生前创作,亦包括身后声名与文学史评价。中华人民共和国成立不久,张爱玲出走海外。从此,她就在国内的文学史中彻底消失。从民族主义立场看,剔除张爱玲这类"汉奸文人"是必然的。甚至在"文革"以后,张爱玲的作品从海外重返故土,学界欣然接纳,但有着国仇家恨沉痛记忆的前辈文人,对张爱玲仍持不能原谅的态度。前鸳鸯蝴蝶派文人陈蝶衣说:"对于张爱玲的一系列作品,无论中篇或长篇,概括言之,若不是营造'男欢女爱',便等于做足'吹影镂尘'的功夫,求其与'共赴国难'的大时代,挂得上钩的,简直是百不得一,绝无仅有。"(《不幸的乱世女作家张爱玲:国难当头时的卿卿我我一族》)陈辽直接称张爱玲为"文化汉奸",理由有三:一是上海沦陷时期,张爱玲和汉奸胡兰成先同居后结婚,并且沦陷后期绝大多数作品都发表在敌伪主办的刊物和报纸上;二是抗战胜利后对大汉奸胡兰成仍然一往情深,不辨民族大义;三是1949—1952年期间张爱玲并未在新中国吃什么苦头,但张爱玲1952年离开上海到达香港后,立即写作反共反人民、虚假的《秧歌》《赤地之恋》等。[2]这种批评具有民族情绪,但学理欠缺。相对而言,刘晓虹关于如何评价沦陷区"中间作家"问题较有见地。她认为,张爱玲具有"'苟全性命于乱世'"的"现世主义和利己主义主导下的人生选择与文学态度",在沦陷区特殊的时空里,她选择了

---

[1] 胡珂:《抒愤》,《时代日报》1947年12月12日。
[2] 陈辽:《"张爱玲热"要降温》,《天津文学》1996年第2期。

"以弱自处""因弱卸责""以弱自足"的创作态度。[1]可以断定,无论今后张爱玲多么受到大众读者的喜爱,但她的这一段历史总会成为讨论或批评的焦点。

这当然不能说是不公平。一个国家的伤痛,不是几代人就可以忘却的。张爱玲在敌寇铁蹄下耽沉于文字盛宴,注定要长期承担民族正义的惩罚。尽管世事动荡不该由一个女人去承担,但又有那么多的年轻人在那个时代为国家捐献了自己。所以,就算后人要为她辩护,亦多少显得有些无力。

二、利己主义者的政治观

然而,张爱玲并不需要人替她辩护。在1943年、1944年,她对自己的选择就有所准备。据柯灵透露,张爱玲没有接受郑振铎等前辈的善意劝告。在她的价值观里,"做一个特别的人,做点特别的事"乃人生要义,这种"特别",即便是"坏"也是值得的,因为有了"名气"可为万众瞩目。否则,一个"好"人,没没于世,又有何生趣。何况,写写文章,换点稿费过一种清清爽爽的生活,也不至于就是大"坏"大"恶"吧。她本来就有着"海阔天空的计划","中学毕业后到英国去读大学,有一个时期我想学画卡通影片,尽量把中国画的作风介绍到美国去。我要比林语堂还出风头,我要穿最别致的衣服,周游世界,在上海自己有房子,过一种干脆利落的生活"。所以,在可以预见的成名面前,她选择了"趁热打铁"。她说"出名要趁早呀!来得太晚的话,快乐也不那么痛快","所以更加要催:快,快,迟了来不及了,来不及了"。

然而,成名的意愿哪个文人没有呢?但他们更不愿与日本人合作。抗战

---

[1] 刘晓虹:《非常时期的"平常"取向——张爱玲与苏青的生存观与文学观剖析》,《中国现代文学研究丛刊》2005年第1期。

爆发之后，甚至在东北沦陷之时，已有大量文人决然离开日本占领下的国土，辗转于武汉、桂林、衡阳，最后退却到重庆、贵阳等僻远之地，如萧红、巴金等；或者投身延安，直接参与以笔抗战的行列，如丁玲、艾青、何其芳等。对于这些生于乱世的文人，由于"对这土地爱得深沉"（《我爱这土地》），他们很自然地卷入政治性的抗争写作。甚至在香港这样的地方，年轻人也敏锐感觉到民族主义：

食堂很大，灯光昏黄，餐桌上堆满了报纸。剑妮折叠着，拿错了一张，看了看，忽道："这是汉奸报。"抓着就撕。茹璧站了起来，隔着张桌子把沉重的双臂伸过来，二蓝大褂袖口齐肘弯，衣服虽然宽大，看得出胸部鼓蓬蓬的。一张报两人扯来扯去，不过茹璧究竟慢了一步，已经嗤嗤一撕两半，九莉也慢了一步，就坐在旁边，事情发生得太快，一时不及吸收，连说的话都是说过了一会儿之后才听出来，就像闪电后隔了一个拍子才听见雷声。

"不许你诬蔑和平运动！"茹璧略有点嘶哑的男性化的喉咙，听着非常诧异。国语不错，但是听得出是外省人。大概她平时不大开口，而且多数人说外文的时候声音特别低。"汉奸报！都是胡说八道！""是我的报，你敢撕！"（《小团圆》）

茹璧，据说是汪精卫的侄女。在维多利亚大学发生的这一幕，给九莉深的印象。事实上，据《小团圆》记载，在港战期间，她的不少同学即已转赴内地。而在沦陷的上海，多数文人都避走内地。即使留在上海的，也多取地下姿态，隐居缄默，并不积极参与日伪的"文坛盛事"。但这类民族主义行为对她触动不大。柯灵劝她发表文章慎重，甚至私下谋划帮她前往重庆。她都没有接受。这当然有谋生的顾虑在内，她与新文学界素无甚接触，她的写作又与他们相去甚远，到他们圈子里谋生，谋抗战，即便她有兴趣，恐怕也难以操作。当然，更重要的，是她根本就无兴趣。一般常人念兹在兹的民族意识、国家热情，在张爱玲不能不说极为稀薄，几近没有。这恐怕是较"做点特别的事"影响张爱玲更深的文化"遗传"。

对于日本这个国家，对于日本的侵华战争，张爱玲在文字中甚少提及。偶及几句，也极为淡然。如《私语》说："沪战发生，我的事暂且搁下了。因为我们家邻近苏州河，夜间听见炮声不能入睡，所以到我母亲住处住了两个礼拜。"《私语》写于1944年，此时淞沪会战的惨烈，南京大屠杀的残暴，并未随着时光流逝而荡去血迹，但在张爱玲寥寥几句中，仿佛有如谈论街道上一桩闲事，有如一个不爱足球的人提到一场球赛，多少有些漫不经心。至于对侵略者的仇怨与憎恶，更无从谈起。不过，这或许可以解释为沦陷区著文言论的不便。但看她晚年所著《小团圆》，可见她对日本的印象并不坏。其中一节提及日本兵在维多利亚大学出现："比比回来了之后，陆续听见各救护站的消息，只有一站上有个女侨生，团白脸，矮矮的，童化头发，像个日本小女学生，但是已经女扮男装剪短了头发，穿上男式衬衫长裤，拿着把扫帚在扫院子。一个日本兵走上前来，她见机逃进屋去，跑上楼去站在窗口作势要跳，他倒也就算了。竟是《撒克逊英雄略》里的故事。不知道是否因为香港是国际观瞻所系，进入半山区的时候已经军纪很好。宿舍大礼堂上常有日本兵在台上叮叮咚咚一只手弹钢琴。有一次有两个到比比九莉的房间来坐在床上，彼此自己谈话，坐了一会儿就走了。"而据胡兰成《今生今世》记载，他们恋爱期间，也时常很自然地谈论日本的绘画与文学，还与日本文人池田笃纪等保持密切往来。池田笃纪甚至认张爱玲为"姐姐"。毫无疑问，在私下感情上，张爱玲和胡兰成一样，也并不视日本为敌国，反而于之是亲切的，愿意多接触的。在日本投降后，她甚至建议胡兰成流亡到日本去。这与众多秉具爱国、正义之感的中国文人颇为不同。

这或许还是高门巨族对于张爱玲的"赐予"。张爱玲的家庭亲众主要是生活在相府门第的荣耀之中，李鸿章那种政治人物的视野和评断标准对后人影响颇大。中日交恶，由来已久，以甲午海战为最震骇国人之始。然在某些政治人物心中，国与国之间不论感情，只谈利益，不考虑民众的死难或欢悦，只顾及国家的战略需要。这在历史上看得很清楚。李鸿章苦心经营的北洋水师被日军全线歼灭，死伤惨痛，但李鸿章并不与日本作不共戴天状，仍与日本谈判议和，并与伊藤博文等日本重臣保持私人关系。甚至据当时朝内大臣（如御史安维峻、洪良品等）弹劾称，李鸿章还通过盛宣怀，将白银1500万两交由某日商经营。后事未必属实，但李鸿章与日本关系密切确为事实。其情形有如诸侯争霸，没有永远的朋友，也没有永远的敌人，有的只是随势而变的利益。政治人物的这类眼光在随后历史人物上亦清晰可见。蒋介石数年如一日坚持"焦土抗战"之策，但也在数年之内始终与日方高层保持接触，谋求和谈可能。而抗战结束以后，与日本作战多年的国民党军纷纷吸收日本官兵，编入自己军队，以展开国内革命战争。这类做法，其实很难为满腔国仇家恨的基层官兵所理解。政治人物与普通军人对待日本态度的区别，就是张爱玲和一般爱国青年的区别。张爱玲并非政治人物，但她的家世与文化，使她较早地受到了政治人物历史眼光的影响。尤其在对待日本这个国家的态度上。作为李鸿章的后人，张爱玲也习惯于把日本看作一种可战可和可谈的政治力量，有如在合纵连横的诸侯时代，国与国处于错综复杂的利益关系之中。无论战争导致多大伤亡，它们都只是政治博弈的过程，而与正义或非正义并不相涉。

张爱玲不是政治人物，但家世文化使她沾染了政治人物的无情。不过，这种影响说到底还是影影绰绰的遥远的遗传，更切近地造成张爱玲的淡漠的国族意识的，还是她在旧家文化与上海弄堂文化中养成的不近人情的自私。杨东平先生指出："上海市民大多对政治持敬而远之、与己无关的冷漠态度。……在北京和许多城市，老百姓的心态大致相同，但诸如平等、自由、正义之类价值理想的感召力总是存在的，哪怕它并不会带来眼前的实惠。而上海人却很难为这种抽象的价值和理想而激动，过去和现在都是如此，除非

他们的现实利益受到威胁。"[1]这类淡漠与自私,张爱玲极为典型,但她坦率言之,从不自以为异:

> 我向来很少有正义感。我不愿意看见什么,就有本事看不见。(《打人》)
> 唯一的遗憾便是:病人的死亡,十有八九是在深夜。有一个人,尻骨生了奇臭的蚀烂症。痛苦到了极点,面部表情反倒近于狂喜⋯⋯眼睛半睁半闭,嘴拉开了仿佛痒丝丝抓捞不着地微笑着。整夜他叫唤:"姑娘啊!姑娘啊!"悠长地,颤抖地,有腔有调。我不理。我是一个不负责任的,没良心的看护。我恨这个人,因为他在那里受磨难,终于一房间的病人都醒过来了。他们看不过去,齐声大叫"姑娘"。我不得不走出来,阴沉地站在他床前,问道:"要什么?"(《烬余录》)
> 他(荀桦)提起坐老虎凳,九莉非常好奇,但是脑子里有点什么东西在抗拒着,不吸收,像隔着一道沉重的石门,听不见惨叫声。听见安竹斯死讯的时候,一阵阴风石门关上了,也许也就是这道门。(《小团圆》)

无疑,这类自私造成了张爱玲极度稀薄的国家关怀。据1947年金陵大学历史系教授贝茨的证词称,南京失陷期间,中国女性遭遇了"最粗暴最悲惨的景象","就在我的邻居家里,妇女被强奸,其中还包括大学教授的妻子⋯⋯南京沦陷后一个月,国际委员会的拉贝先生曾向德国当局汇报,他和他的同事相信南京发生了不少于2万起强奸案例。在这之前,我仅根据安全区的报告,非常保守地估计总数为8000例。每天、每时、每刻,都有大批日军——15或20个一伙在城里游荡,主要是去难民集中的安全区找寻妇女"[2]。试想,如果张爱玲是一个充满爱心与道德热情的女性,她怎能不为日

---

[1] 杨东平:《城市季风》,东方出版社1994年版,页473。
[2] 张宪文编:《南京大屠杀史料集》(第7册),江苏人民出版社2005年版,页397。

本人的残暴杀戮而刺痛于心,怎能不为国家破碎、同胞流离失所而同仇敌忾?又怎会和各色日伪人物怡然交往?显见,张爱玲的自私刻骨至深。生活在沦陷的上海,她不可能没有看见或听见各类各样的惨事,但她淡然而过,无甚表示。

那么,如此自私从何而来?其实,她的家族先人都是典型的忧患天下的士大夫。据《创世纪》记载,戚文靖公(以李鸿章为原型)虽然累积家私无数,但直到死也还系念着国家:"紫微只晓得老爹爹回家不久就得了病,发烧发得人糊涂了的时候,还连连地伏在枕上叩头,嘴里喃喃奏道:'臣……臣……'他日挂肚肠夜挂心的,都是些大事;像他自己的女儿,再疼些,真到了要紧关头,还是不算什么的。"而张佩纶更为不能报效国家而"累欷不已"(《墓志铭》),有生不如死之慨。显然,张爱玲不可能从廓然有天下志的李鸿章、张佩纶那里承得如许自私。她的习性更多得自她的父母、她的表叔姑母之类遗老遗少。在时代淘洗中,这些高门巨族的子弟丧失了传统士大夫"忧以天下,乐以天下"的治平气度,视野所及,就只剩下自己身家安全了。《小团圆》称:"九莉经过两次沪战,觉得只要照她父亲说的多囤点米、煤,吃得将就点,不要到户外去就是了。"而且,由于能力短促,都靠遗产过活,遗产尽管数目可观,但毕竟生齿日繁,生财无道,在这些高门巨族之内,尤其内闱之内,一种集算计、精明、势利于一体的旧家文化得以滋生。这些女性眼界狭窄,紧紧抱着自己的钱财,唯恐被他人算计而去,甚至丈夫、儿女都是提防、紧张的对象。七巧就如此教导她的女儿长安:"烟灯的火焰往下一挫,七巧脸上的影子仿佛更深了一层。她突然坐起身来,低声道:'男人……碰都碰不得!谁不想你的钱?你娘这几个钱不是容易得来的,也不是容易守得住。轮到你们手里,我可不能眼睁睁看着你们上人的当——叫你以后提防着些,你听见了没有?'长安垂着头道:'听见了。'"(《金锁记》)生活在这种隐约焦虑之中的人,不可能不形成极端自私的思维定式。张爱玲虽然对这些旧家生活看得透亮,并在事实上谋取了独立生活,但自幼耳濡目染这种自私,她很难真正迈出这种思维的边界。她也经常援引一些似是而非的理论,来解释自己的自私:"比如也说身边的事比世界大事要紧,因为画图远近大小的比例。窗台上的瓶花比窗外的群众场面大。"(《小团圆》)当然,作为"失落者",旧式家族中人对新时代的一切政治缺乏兴趣也是原因。恰如宋家宏先生所言:

我们不应该忘记了她是一个流着贵族血液的没落的千金小姐,这一身份决定了她最深层的政治意识:对现实政治的冷漠。试想,她还会对辛亥革命后的哪一种政治力量感兴趣呢?她是一个"失落者",已失去了对新的社会理想的追求。……过去比将来亲切!当新的社会到来,翻天覆地的变革开始,以她的特殊心态来感受,也许是"更大的破坏"到来了。她感到格格不入,其实,换另一种方式,她仍然会感到格格不入。对她最适宜的是那充满了"沉落感"的社会环境,她一方面哀叹着生命的"荒凉",同时又在品味着欣赏着这种"荒凉",达到内心的满足与平衡。也因此,她需要不断地发现生活中的"荒凉""惨伤"。[1]

此外,由于作为旁观者,她对国家、正义在现实中的畸变也有清醒的观察。在《创世纪》中,她如此描写戚文靖公:"然而他为他们扒心扒肝尽忠的那些人,他们对不起他。"而在其他小说中,她也明确对爱国的乖谬提出反讽:"小艾听他们说起来,大概有根是跑单帮发财的。她心里却有点百感交集,想不到有根会有今天的一天。想想真是不服,金槐哪一点不如他。同时又想着:'金槐就是傻,总是说爱国,爱国,这国家有什么好处到我们穷人身上。一辈子吃苦挨饿,你要是循规蹈矩,永远也没有出头之日。火起来我也去跑单帮做生意,谁知道呢,说不定照样也会发财。人生一世,草生一

---

[1] 宋家宏:《张爱玲的"失落者"心态及创作》,《文学评论》1988年第1期。

秋,我也过几天松心日子。'"(《小艾》)

而上海弄堂文化中无处不在的势利,又与旧式家族的内闱文化相互肯定,更使张爱玲无法逾出自私的藩篱。何况,缺乏父母之爱、深感着"惘惘的威胁"的张爱玲比任何人都更易坠入狭小的自我世界。不过,与家族中人自私而不自觉不同,张爱玲对自己的自私极是自知。她略有点羞愧,但终不能否弃它。于是她将自私发展为一种坦率干净的生活态度:她做不到同情这个世界,同情那些不相干的人,她亦不渴望别人的同情;她不怜悯他人,亦不希望别人来怜悯她。在社会和道德的层面上,她承认并接受了自己的自私。而在文学层面上,张爱玲并不自私,而恰有一种悲悯。在世俗政治或道德的层面,张爱玲不关心周围的人。她后来说,"我小时候受我母亲与姑姑的 privacy cult(尊重隐私)影响,对熟人毫无好奇心,无论听见什么也从来不觉得奇怪","总有他(或她)的理由"。(张爱玲致夏志清信)而在生命的层面,她又极关注那些她不关心的人。她不介入,却深深地"懂得"。对此,吉田丰子有很到位的理解:"不乱碰别人的人生,尤其是不随便提旁人的苦恼。这是唯有很能理解别人痛苦者才做得到。张爱玲正是这种人;即她是不具有随便同情和安慰别人,而是能理解和分担这种痛苦之 compassion 精神的人。我认为,张爱玲文学之所以能扣住人心,广为人们所喜读,就是由于此种精神。"[1]宋家宏也有类似意见:"她对自我个人的生命与生存体验之外的事不感兴趣,或者说,外部世界的变化只有与她个人的生命与生存体验发生关系时,才能引起她思索和体验的兴趣。"[2]

自私不妨碍张爱玲有关生命的文学表达,但在政治观念,自私的确构成了她迥异于同时代文人的特点。因为以自己的情感、趣好乃至利益作为立身处世的唯一标准,而将民族、国家端然忘却,她留在了上海,她选择一个聪明而有风度的男人作为情人。她愿意在那些以她作品为中心的场合出现,谈

---

[1] 张欣:《张爱玲给吉田丰子的信》,《中国现代文学研究丛刊》2005年第6期。
[2] 宋家宏:《走进荒凉:张爱玲的精神家园》,花城出版社2000年版,页30。

论一些有价值的文学话题。她也不是没有考虑过"汉奸文人""清水浊水"的问题,但那于她,到底不是最重要的。何况乱世之中,一切都无从把握,又何必想得太多。

三、从适应到出走

当然,与胡兰成的不适宜的婚恋,与日伪文坛的密切关系,尤其是日本军队的挫败,也不时使张爱玲感受到无以逃遁的乱世的不安。她描述这种心情说:

我一个人在黄昏的阳台上,骤然看到远处的一个高楼,边缘上附着一大块胭脂红,还当是玻璃窗上落日的反光,再一看,却是元宵的月亮,红红地升起来了。我想道:"这是乱世。"晚烟里,上海的边疆微微起伏,虽没有山也像是层峦叠嶂。我想到许多人的命运,连我在内的;有一种郁郁苍苍的身世之感。"身世之感"普通总是自伤、自怜的意思罢,但我想是可以有更广大的解释的。将来的平安,来到的时候已经不是我们的了,我们只能各人就近求得自己的平安。(《我看苏青》)

抗战胜利后"汉奸文人"的舆论,恐怕已让她深深体会到"将来的平安""已经不是我们的了"的感觉,然而,1946—1949年三年国共内战,是否令她有更大的不安?从《小团圆》中,不能看出这一点。三年战争(1946—1949)期间,她也曾经考虑过去留问题。第二次世界大战结束后,香港大学恢复,来信要张爱玲续读,张爱玲没有去:"九莉没回香港读完大学,说她想继续写作,她母亲来信骂她'井底之蛙'。楚娣倒也不主张她读学位。楚娣总说'出去做事另有一功',言外之意是不犯着再下本钱,她不是这块料，不如干她的本行碰运气。九莉口中不言，总把留学当作最后一条路，不过看英国战后十分狼狈，觉得他们现在自顾不暇，美国她又更没把握。'美国人的事难讲。'楚娣总是说。要稳扎稳打，只好蹲在家里往国外投稿，也始终摸不出门路来。"（《小团圆》）张爱玲有出国的考虑，但一直未能有把握，所以，最终留在新中国成立以后的中国。当然，这与她对共产党并不反感（当然也不亲近）的政治态度有关。这一点，或出许多人意外，九莉对邵之雍的评价可做参考："他的作风态度有点像左派，但是'不喜欢'共产党总是阴风惨惨的，也受不了他们的纪律。在她觉得共产这观念其实也没有什么，近代思想的趋势本来是人人应当有饭吃，有些事上，如教育，更是有多大胃口就拿多少。不过实践又是一回事。"（《小团圆》）不过，张爱玲怎样预想她在红色政权下的未来，《小团圆》未曾提及。应该不会太妙吧，共产党与国民党同为革命党，但共产党在清算"封建""反动"等等势力方面，较国民党还是有很大不同。然而她究竟与国民党无任何关系，甚至她的家族，都已成为为人遗忘的陈年旧事，她已成为一个职业女性，继续"干她的本行"，总不会有大碍吧。

然而，这类预想有确切之处亦有未尽料及之处。在抗战后，舆论汹涌，她投稿变得困难。1949年新中国成立，汉奸问题倒不再受到关注，但她过去主要发稿的鸳鸯蝴蝶派刊物却突然全面停刊，共产党文人她能识者寥寥，发表文章更为困难。但另一方面，她似乎又迎来新的局面。夏志清曾描述张爱玲在中华人民共和国成立初期的生活："一九五二年，张爱玲避居香港。在这一期间，她的生活情形如何，我们所知不详。沈从文和朱光潜是清算斗争的对象，张爱玲所受的麻烦，似乎远不如这两位教授那么大。原因是左派根本瞧不起她，并不拿她当作一股'反动力量'看待。"[1] 其实，这是夏志清在缺乏材料的情况下所做的猜测，实则情况大有不同。一个令张爱玲始

---

[1]〔美〕夏志清：《中国现代小说史》，复旦大学出版社2005年版，页273—274。

料不及的变化是，进入了新中国的上海文坛对沉默有年的她表示了热忱欢迎。1950年年初，她的旧识、《亦报》社社长龚之方登门向她约稿。《亦报》1949年7月创刊，是上海解放后第一份以小市民为对象的小报。1949年5月解放军进入上海，时局动荡，各家小报相继歇业，众多小报老板和文人都南逃香港。为此，时任华东军管会文管会副主任的戏剧家夏衍，找到旧友龚之方、唐大郎，支持他们创办了这份以风格健康、有益于读者为旨的小报。与《亦报》同时创刊的小报，还有《大报》，启用的社长、主编多系鸳鸯蝴蝶派旧人。这为张爱玲提供了新的机会。

接受约稿后，张爱玲为《亦报》写了一部连载长篇《十八春》（1950—1951）。或出于对过去的忌讳，她使用了一个笔名"梁京"。张爱玲的好友宋淇曾解释，'梁京'的由来是张爱玲借用'玲'的子音，'张'的母音，切为'梁'；借用'张'的子音，'玲'的母音，切为'京'，丝毫没有其他用意。《十八春》连载完毕以后，引起巨大轰动。有个女读者恰与小说中错失爱情的曼桢有同样经历，读了《十八春》后，痛不能抑，辗转打听到作者地址，找上门来放声大哭，吓得张爱玲不敢下楼，只好央求姑姑将那女人劝走。报社出版了《十八春》单行本，还专门组织了"与梁京谈《十八春》"座谈会。从各方面看，张爱玲都像是在经历了种种乱世的惶恐之后，又迎来了一个"清如水、明如镜"的秋天，她应该是欣悦的。而且，通过《十八春》，张爱玲向新中国传达了她的欢迎之意。在小说结尾，几对情爱错失的年轻人都决定前往解放区，重新开拓新的生活。这显示了对新生的政权的亲近。更令张爱玲意外的是，她的写作直接引起了身为华东文艺界负责人的夏衍的注意。抗战胜利后，夏衍由重庆重返上海，即闻听张爱玲才名，当即就搜寻《传奇》《流言》读过，留下深刻印象。《亦报》刊出"梁京"小说《十八春》后，不久即为夏衍注意到。他找来龚之方，打听"梁京"的文学背景，听说是张爱玲后，他异常兴奋，表示对这一人才应当重视。1950年7月24日，上海召开第一届文艺界代表大会。夏衍以上海市委常委、宣传部部长身份担任会议主席，梅兰芳、冯雪峰等担任副主席，与会者达500余人，为一桩文坛盛事。在夏衍指示下，张爱玲也接到了与会通知。张爱玲不甚关注时事，肯定没能深切地了解到这一纸通知的意义。作为上海文艺界在中华人民共和国成立后的第一次文坛盛会，这次会议同时又是一个资格许可、经典认定的会议：并非所有有文艺成就的作家都能获得邀请。比如，在北京，京派小说沈从文、理论家朱光潜即未获全国第一次文代会正式代表资格，而"汉奸文人"周作人，无论在北京还是在上海，都未获得公开露面的机会。张爱玲作为汉奸之妻，写的又是十里洋场的非无产阶级故事，能出席此次主要由延安文人和左翼文人参加的会议，不能不说是中共的特殊青睐。"文代会"结束以后，夏衍还安排张爱玲随工作团下乡参加土地改革。与此同时，夏衍还计划将张爱玲正式调入上海电影剧本创作所出任专业编剧（夏衍兼任该所所长）。

《十八春》连载结束以后，唐大郎又向张爱玲索要下一部新稿。1951年11月初，中篇小说《小艾》开始在《亦报》上连载。《小艾》写的要算是"无产阶级的故事"。本来张爱玲对所谓"无产阶级"的故事不太熟稔，以前也曾经有朋友问过她这方面的问题，她回答说不熟悉："要么只有阿妈她们的事，我稍微知道一点。"小艾基本上是属于这一社会底层的人物，这在张爱玲是初次尝试。但难能可贵的是，她这篇小说完全放弃了过去冷讽式的写作方式，而转向一种同情的立场。小说写了小艾几十年的辛酸经历。小艾几岁时因为家里贫穷被卖到席家当丫头，十几岁的时候又被席家老爷强奸怀孕，接着又惨遭席的姨太太毒打，流产，"冤仇有海洋深"，后来与排字工人金槐相爱结婚，并最终脱离了席家。随后两个人飘零与共，顽强地生存着。且与《十八春》类似的是，这部小说较正面地描述了1949年后上海一些新的变化，譬如"工会里有福利会的组织，工人家属可以免费治病"，对小艾住院的情形也写得比较详细，"到了医院里，时间已经很晚了，住院的医生特地把妇科主任找了来，妇科主任是一个程医生，一面给她施急救，一面询问得病的经过，问得非常仔细。说病情相当严重，但是可以用不着开刀，先给她把血止住了,然后施手术,要是经过良好,施手术后歇一两天就可以出院。小艾起初只是觉得那程医生人真好,三等病房那两个看护也特别好,后来才发现那原来是个普遍的现象。她出院以后,天天去打营养针,不由得感到医院里的空气真是和从前不同了,现在是真的为人民服务了"。最后小艾感到世道真的变了,想着等待她的孩子的"不知道是怎样一个幸福的世界"。

然而,这似乎只是旁观者眼中的表象。1952年七八月间,在没有任何迹象的情况下,张爱玲突然离开上海,经广州到达香港。按小说《浮花浪蕊》的描写,张爱玲几乎是逃一般地奔离了内地的土地。小说中,女主人公洛贞(以张爱玲自己为原型)一出海关口,竟然兴奋过度,"桥堍有一群挑夫守候着。过了桥就是出境了,但是她那脚夫显然认为还不够安全,忽然撒腿飞奔起来,倒吓了她(洛贞)一大跳,以为碰上了路劫,也只好跟着跑,紧追不舍",有个小老头子,"竟一手提着两只箱子,一手携着扁担,狂奔穿过一大片野地,半秃的绿茵起伏,露出香港的干红土来,一直跑到小坡上两棵大树下,方放下箱子坐在地下歇脚,笑道:'好了!这不要紧了。'……(洛贞)跑累了也便坐下来,在树荫下休息,眺望着来路微笑,满耳蝉声,十分兴奋喜悦"。关于此段经历,60年代她到台湾时跟王祯和提到过:"她还曾提到她从广州坐火车经深圳到香港。民兵检查她时,她很紧张,因为她护照上用的是一个笔名。民兵问她:你就是写作的张爱玲?她很紧张地说:是。那民兵就让她出来了,没有留难。"[1]

自此一别,张爱玲就永远离开了故土,远离了她熟悉并热恋着的上海的气味与情调。这是张爱玲一生中与政治的又一次交集。她为什么会离开内地,走向那不可知的未来?对此问题,论者纷纭。一种比较特别的看法是认为此事与她对胡兰成余情未了有关。沈寂是20世纪40年代上海的文学评论家,曾参加"《传奇》座谈会",并到张爱玲寓所拜访过她,可谓张爱玲出走之

---

[1] 王祯和:《张爱玲在台湾》,收《张爱玲评说六十年》,子通、亦清编,中国华侨出版社2001年版。

举的相对知情人。他解释说,1949年后"胡兰成再也藏身不住,……求张爱玲一起逃往香港,这时从狂恋中苏醒过来的稍有理智的张爱玲心里明白,虽和胡兰成难舍难分,但如果被发觉与汉奸同逃,将会有何结果,何况自己还得到器重,便出钱帮助胡兰成逃跑,自己留在上海,化名'梁京',继续写作,还参加了'文代会'。1951年11月出版长篇《十八春》。胡兰成潜逃到香港后,化名在报刊上大写反共文章,有人也看到他常出没公共场所,以'逃亡文化人'自居,与一些反动文人混迹在一起。同时,他还不断和张爱玲联系,要求'重归于好'"[1]。他认为张爱玲是应约而去,只是等她到达香港时,佘爱珍也到了香港,且是携款而来,胡兰成遂与佘爱珍同去日本,丢下张爱玲独在香港。此说不甚可靠,不大符合张爱玲干净决绝的处事方式。她既已与胡兰成割断旧情,就断难回头。而且,在《小团圆》与《今生今世》中,张爱玲、胡兰成都未提及此事。张爱玲不提或有可能,但胡兰成晚年一直以与张爱玲的风流佳话自炫,如有这一节千里相投的佳话,他不可能不浓墨重彩娓娓谈来。他既无一字提及,可见此事子虚乌有。而且,沈寂所言并无确切证据,多属道听途说、街谈巷议。

事后推断,张爱玲的出走应基于两层考虑。一是有关文学写作前途的顾虑。上海解放后,张爱玲虽然获得个别文艺界负责人的欣赏,但她的写作前途已分明在望。一个明显的事实是,夏衍颇有意将她调入上海电影剧本创作所,但由于在文联内有阻力,迟迟未能变成现实。这表明,尽管夏衍个人爱才惜才,但由当年左翼文人掌权的文艺界,对张爱玲乃至她所属的海派写作,仍怀有极深成见。而对张爱玲自己,也是一个不安的信号。冯祖贻先生指出:"张爱玲在1949年后显然没有得到安排,今日看来算是个文艺个体户。在今天和1949年前都是平常事,但在1949年后一个很长时期内却是一件大事。政府没有安排工作,必然说明存在一些问题,是会被人另眼看待的。没

---

[1] 沈寂:《张爱玲的苦恋》,《世纪》1998年第1期。

有工作也就没有单位,就等同于里弄居民大嫂,要外出(离开上海市)就必须到派出所开证明(当时无身份证),也就是张爱玲所说的路条,平日也要参加里弄的学习,这对一向自傲敏感的张爱玲来说,更增加了她的疑虑和不安。"[1]与此同时,到1952年,已在市民中引起热潮的《亦报》和《大报》在党内却不断受到非议。提议创办这两份小报的夏衍一度也为两份报纸撰稿,但不久就引起纷纷议论,说夏衍为资产阶级报纸写稿。压力之下,夏衍不得不停止写稿。而《大报》和《亦报》亦于1952年相继停刊。上海滩从此再无小报。而自从事写作以来,张爱玲便以各类小报为主要写作阵地。这种变故,不能不引起她关于自己未来写作的现实估计。事实上,中华人民共和国成立后,文艺界面临一场继五四以来又一次深度"洗牌"。如果说,新文学运动通过文艺论战将诗词曲赋逐出了文学"地盘",将鸳鸯蝴蝶派逼退到文坛边缘的话,那么,新中国文艺界同样发生了文人群体和文类合法性的异动——左翼文人(尤其延安文人)成为"正确"的文学的代表,右翼文人(如"胡适派"文人)则退至边缘,至于本来就在边缘的鸳鸯蝴蝶派文学,就更在批评、出版查禁、舆论等重重压力下,几近消失。与鸳鸯蝴蝶派、小报传统紧密相关的张爱玲,怎么看都是不适宜的。说到底,她最擅长讲述的,还是上海滩那些破败家族的迷离往事,她的文字风格,亦是精致、阴丽甚至不乏颓废的。而在"延安文化"的新时代,解放区式的清新、健康、明朗,则开始跃升为新的审美成规,拖拉机手、志愿军战士、钢铁工人等等"新英雄人物",则开始占领小说的人物舞台,还能到哪里觅得讲述范柳原、佟振保故事的空间呢?甚至,她的读者们,也被指责为"黄色""堕落"的人物。她的上海"陷落"了。作为小说家,她与她的永远上演着有闲男女浮世悲欢的"上海"是共生的。随着上海转变为一个工人阶级的城市,张爱玲也必然迎来写作的末途。她过去的写作界的朋友已都星散。1949年以后,苏青加

---

[1] 冯祖贻:《张爱玲》,河北教育出版社2000年版,页307。

入了尹桂芳的芳华越剧团,改行做了戏曲编剧,并快快脱离上海文坛,退出了同行视线。这对张爱玲毋宁是一种暗示。她张爱玲该何去何从,不能不深费思量。她的确在有意调整自己(《十八春》《小艾》皆为明证),但她真的能把自己变成丁玲或者赵树理吗?这是不可能的。也许在这个时候,她再度忆起了少年时代的梦想,那"海阔天空的计划","我要比林语堂还出风头,我要穿最别致的衣服,周游世界",毕竟,她现在也才刚满30岁,未必就来不及。而且,第二次世界大战结束后,她母亲一直认为她应该到香港读完大学。

张爱玲的另一层顾虑则应在于政治环境。中华人民共和国成立之初,形势虽较和缓,但张爱玲出身高门巨族,又长期自异于左翼写作,无论从哪方面讲,都会是新政治的疏远对象。在这种情形下,她选择出走有她自己周全的考虑。柯灵认为:"以她的出身、所受的教育和她的经历,她离开祖国是必然的,不可勉强的……试想,如果她不离开,在后来的'文化大革命'中,一百个张爱玲也被压碎了。但是,再大的天才离开自己的土地,必然要枯萎。张爱玲的光辉耀眼而短暂。张爱玲的悲剧也可以说是时代的悲剧。"[1]这倒也未必。张爱玲既不会如傅雷般频频作"异端言辞"(甚至不甚露面),更不会如丁玲般与"文坛霸主"们争权,政治灾难倒未必有,但不自由的生活方式却无以逃脱。故假如1952年张爱玲不离开内地,她会注定寂寂无名地度过自己的余生。

张爱玲出走之前,仅告诉姑姑一人,她的弟弟和其他亲人概不知情。文艺圈的朋友闻说之后,一片惋惜。据柯灵回忆,夏衍听说此事后,"一片惋惜之情,却不置一词"[2]。此后,夏衍还托人向张爱玲姑姑致意,希望张爱玲能为《大公报》《文汇报》写些稿子,姑姑表示"无以通知"。

---

[1] 江迅:《柯灵追忆张爱玲》,香港《明报月刊》1995年10月。
[2] 柯灵:《遥寄张爱玲》,《中国现代文学研究丛刊》1986年第4期。

四、海外之作

张爱玲与乱世政治的关系极为被动。从前她曾欣悦于简单利索的"卖文生涯","苦虽苦一点,我喜欢我的职业,'学成文武艺,卖与帝王家',从前的文人是靠着统治阶级吃饭的,现在情形略有不同,我很高兴我的衣食父母不是'帝王家',而是买杂志的大众。"(《童言无忌》)但抗战胜利、新中国成立两件历史巨变表明,"大众"终究是靠不住的。国民政府惩办汉奸,新中国追求思想统一,都使张爱玲落入不相适宜的尴尬境地。这种状况,不是对政治了无兴趣就可以避免的。事实上,这种境地还延伸到她流亡以后。即便在有自由、民主之称的香港、美国,张爱玲仍与政治有排之不去的纠葛。1952年年底,张爱玲抵达香港。她以申请到香港大学复学的名义来港,到达后也的确到香港大学登记注册过。然而终究未能继承学业。她既无学费,更无生活来源。在香港,她计划以职业作家的身份谋生。然而,香港不是文化底蕴深厚的上海,广东本地居民亦缺乏江南人士那种对于小说的兴趣。她想办法再版了自己的一些短篇小说,但获酬不多。她的谋生之术,最终仍不得不落在政治之上,即以"反共"写作谋生。

美国新闻署香港办事处雇用了她。但对方对张爱玲自身的写作计划与文学梦想没有兴趣,只是想借用她的语言能力、叙事能力来编制"反共"材料。当时正处于抗美援朝时期,美国急需反共宣传材料。她获得的第一份工作是翻译陈纪滢小说《荻村传》。陈纪滢是国民党高层文化官员,赴台后撰写了这部自称"字里行间没有一句骂共产党的话"的小说。张爱玲接受了这一工作。她也知道这不是一份好差事,但她面临着谋生问题。张爱玲甚少在文字中谈论自身经济问题。但据《小团圆》记载,张爱玲在内战期间,已不甚宽裕,一则因为战后她顶着"汉奸文人"的帽子难以发表文章,二则上海物价飞涨,三则对逃亡中的胡兰成的帮助,她不但将剧本《不了情》和《太太万岁》的稿费寄予胡兰成,还帮前来上海打胎的范秀美支付药费,最后将自己的主要积蓄（二两黄金）也还给了胡兰成（胡兰成数次给过她钱）："还没来得及吃早饭，秀男已经来了。九莉把预备好的二两金子拿了出来，笑着交给秀男。之雍在旁边看着，也声色不动。"（《小团圆》）实际上来到香港的张爱玲，很紧要地面对着谋生问题。她能谋生的依赖就是自己的笔。既然香港人、美国人对她的《传奇》《流言》缺乏关注，生计所迫，她也只能屈就政治性翻译。她很快译完《荻村传》，由美国支持的虹霓出版社连印7版。张爱玲由此获得一笔报酬，解决了初到香港的生活来源问题。

接下来的写作又是政治性的。对方拟好故事提纲，再由张爱玲根据提纲大意，敷衍成篇。此即两部讲述农村土改及城市政治腐化的小说《秧歌》《赤地之恋》。这两篇小说虽然结合了张爱玲部分生活经验，但意识形态谋划过于强烈，一直不为内地学者接受。柯灵评价说："对她的《秧歌》和《赤地之恋》，我坦率地认为是坏作品，不像出于《金锁记》和《倾城之恋》作者的手笔，我很代张爱玲惋惜。这并不因为小说的政治倾向。……《秧歌》和《赤地之恋》的致命伤在于虚假，描写的人、事、情、境，全都似是而非，文字也失去作者原有的光彩。无论多大的作家，如果不幸陷于虚假，就必定导致在艺术上缴械。张爱玲在这两部小说的序跋中，力称'所写的是真人真事'，而且不嫌其烦，屡述'故事的来源'，恰恰表现出她对小说本身的说服力缺乏自信，就像旧式店铺里挂'真不二价'的金字招牌一样。事实不容假借，想象需要依托，张爱玲1953年就飘然远行，平生足迹未履农村，笔杆不是魔杖，怎么能凭空变出东西来！这里不存在什么秘诀，什么奇迹。海外有些评论家把《秧歌》和《赤地之恋》赞得如一朵花，醉翁之意不在酒。——他们为小说暴露了'铁幕'后面的黑暗，如获至宝。但这种暴露也是肤浅而歪曲的，在国内读者看来，只觉得好笑。"[1]的确，胡适、夏志清等学者对《秧歌》备极称赞，其实主要因为特殊情势（冷战）下"反共"立

---

[1] 柯灵：《遥寄张爱玲》，《中国现代文学研究丛刊》1986年第4期。

场所致，而并非对艺术的深切体味与感知，像胡适的文学鉴赏力，是相当不高明的。张爱玲自己也承认，胡适对她《秧歌》以外的小说并不感兴趣。对于这种政治性写作，张爱玲后来也颇感抱憾。不过，她很快就放弃了这类"反共小说"，而转向自己内心认可的写作道路。1955年，她离开香港前往美国，自此之后就再也没有做过类似写作工作。不过，在美国期间，她辗转流离，居无定所，始终未能获得一份稳定可靠的工作，英文写作也频遭失败。而且，久处反社会主义的政治环境之中，政治仍与她结下了"不解之缘"。这主要表现在两点。一是接受比较意识形态化的工作。在美40年，张爱玲所获唯一工作是由加州柏克利大学中国研究中心提供的。中心主持人陈世骧教授与《中国现代小说史》作者夏志清及其兄夏济安相熟，了知夏志清对张爱玲的崇高评价，故于1969年邀请张爱玲前往加州从事研究工作。遗憾的是，纵使陈世骧熟知张爱玲的小说才华，却仍不重视，既不提供她写作机会，也不提供研究文学的机会，而是让她研究中国共产党的常用词汇。撰写学术论文本非张爱玲所长，所以为时不长张爱玲即与陈世骧生出隔阂。待陈世骧猝然离世后更"自然"地失去了这一职位。另一点是对《十八春》的改写。在1951年连载的《十八春》中，小说以许叔惠、石翠芝决定去延安为结束，修改以后（改名《半生缘》）去延安的情节不复存在，而改为许叔惠前往美国留学。这一改动，可视为张爱玲对"铁幕"后的新中国的抵制，但是否也可看出她对反共的西方文学市场的主动适应？

　　这种种表现，很易让人误解为张爱玲历经动乱后产生了新的政治观念。尤其海外学者，特别擅于将自己的意识形态情结附会于张爱玲身上。若如是想，就不免会误会张爱玲。如果说她写"反共"小说、修改旧作是反共产主义的独立思想的见证，那么，她嫁与信仰马克思主义的美国左翼剧作家费迪南·赖雅又做何解释？难道说张爱玲刚刚写完《赤地之恋》就又转而对马克思主义发生了热情，而赖雅一死又转而反对共产主义，专力从事反共学术研究？这类推测不免隔靴搔痒。实则张爱玲与早年相比，其政治意识的稀薄并无大异。她写"反共"小说,出于生计考虑。她嫁与左翼剧作家,起初实则亦有经济安全的顾虑。对这类事件,她皆未从政治立场本身着眼。于她而言,重要的不是外在的社会变革或政治冲突,而是生命中那些欢悦的值得留恋的瞬刻,以及将这些瞬刻转化为文学记忆的写作。至于政治现状,共产主义或者自由世界,并不构成她的灵魂之旅的动力。而在惊天动地的20世纪,这番作为的张爱玲,必然是另类的。她因此被认为是20世纪中国文学、文化机制中的"小物件":

> 拉康视主体为一权益建构,一个必须经过召唤(interpolation)来形成的论述位置(discursive position)。然而此一召唤总难掩一个"令人伤痛"的、由非理性与无意义所形成的污点;此一污点成为主体建构挥之不去的"小物件",指向主体存在前欲望无明与无名的真实。然而正是因为这多余的"小物件"无所不在,反促我们循求立法、论述等言之成理的保障,并信以为真。据此我们可说,张爱玲一向视现实(国家/主义/政教)如无物,因为明白其无以名状的现象,总已布陈着"惘惘的威胁"。她的作品擅写"小物件",而她自己也成为我们文化中的"小物件"。[1]

"小物件"难以为秩序和殿堂所接纳,这注定了张爱玲一生的边缘与颠簸。她不喜爱政治,淡漠于政治,但政治始终挟裹着她,使后人无法真正将她与政治真正剥离开来。那么,对于珍爱张爱玲文字的人来说,政治与她的关系又当如何理解呢?若从社会层面,从道德上讨论张爱玲的政治意念,实则脱出了张爱玲的思想经验。战争、国家、动乱,诸种政治变动于她,无疑是提供了一个发现生命、体味虚无的背景。生命的明亮与幽暗,是张爱玲悲悯之心的起点,恰如她在《烬余录》中触人心魄的描绘:"时代的车轰轰地

---

[1] 王德威:《落地的麦子不死:张爱玲与"张派"传人》,山东画报出版社2004年版,页26。

往前开。我们坐在车上,经过的也许不过是几条熟悉的街衢,可是在漫天的火光中也自惊心动魄。就可惜我们只顾忙着在一瞥即逝的店铺的橱窗里找寻我们自己的影子——我们只看见自己的脸,苍白,渺小;我们的自私与空虚,我们恬不知耻的愚蠢——谁都像我们一样,然而我们每一个人都是孤独的。"在这样的政治错乱中,张爱玲看到了人类,我们也看到了自己。

II

叙事的哲学与形态

第四讲　临着虚无的深渊

理查德·艾文斯认为，历史是"现身说法的哲学"（philosophy teaching by example）[1]，其实文学亦然。一个故事，一段关于昔人往事的回忆，实则多隐含着特定的叙事哲学：我们怎样看待世界和人生，我们又怎样通过故事来传达这种看法。张爱玲的小说和散文，有着迥异于同时代文人的叙事哲学。夏志清以后，谈论张爱玲者不知凡几，北美的李欧梵和王德威，香港的刘绍铭和林幸谦，内地的杨义和陈子善，莫不有所论释。但谈得最恰切、最直见张爱玲之深彻与局狭处的，却是小说家王安忆。作为一个同样是制作文字的小说家，王安忆较之文学史家们更直觉性地捕捉到了张爱玲内心对世界的感受。她说："张爱玲笔下的上海，是最易打动人心的图画，但真懂的人其实不多。没有多少人能从她所描写的细节里体会到这城市的虚无。正是因为她是临着虚无之深渊，她才必须要紧紧地用手用身子去贴住这些具有美感的细节，但人们只看见这些细节。"[2] 其间包含着特殊的叙事哲学。包括夏志清在内的文学史家们，也不是完全没有意识到她的哲学，只是他们往往出于研究

---

[1]〔英〕理查德·艾文斯：《捍卫历史》，广西师范大学出版社2009年版，页18。
[2] 王安忆：《世俗的张爱玲》，收《再读张爱玲》，刘绍铭等编，山东画报出版社2004年版。

"惯例",要将张爱玲与鲁迅或卡夫卡相对照/比附,因而迷失了通往张爱玲的道路。

一、可疑的现代性

王安忆谈论张爱玲时并未太多提及鲁迅或其他人,但从事现代中国文学研究的学者们,却难以摆脱"影响的焦虑",往往屡屡言及鲁迅。贬低张爱玲者如此,抬高张爱玲者亦如此,仿佛通过对鲁迅、张爱玲之间某种关系的确立,才可以最终建构某种文学史形象。其实张爱玲从事写作时,鲁迅已弃世数年。鲁迅似乎不是张爱玲努力模仿或逃避的作家,她一生正式谈及鲁迅只有一次。那是1971年在水晶一次难得的采访中,她谈及鲁迅:"他很能暴露中国人性格中的阴暗面和劣根性。这一种传统等到鲁迅一死,突告中断,很是可惜。因为后来的中国作家,在提高民族自信心的旗帜下,走的都是'文过饰非'的路子,只说好的,不说坏的,实在可惜。"[1]或许是从这种谈论中,当然主要是从她的作品中,不少人将张爱玲拿来与鲁迅相比较,相对照。

后辈作家与"新文学之父"鲁迅的关系,总不出于承续或者叛逆的纠葛。由于张爱玲明确表白过对"新文艺腔"和左派文艺的不满,所以谈论张爱玲之于鲁迅的承续关系的人不多,但也不乏其人。譬如梁云撰有《论鲁迅与张爱玲的文化关系》,知名鲁迅研究专家王富仁也在非正式场合称张爱玲为"女的鲁迅"。众多研究张爱玲小说中"女性"众生相的学者,实际上也无形中强调了张爱玲写作与鲁迅确立的国民性批判传统之间的谱系关系。这类看法当然有些道理。从张爱玲对男性遗老遗少的讽刺,对在男权文化下挣

---

[1] 水晶:《蝉——夜访张爱玲》,收《替张爱玲补妆》,水晶著,山东画报出版社2004年版。

110

扎着的"女奴"的同情，以及对家庭、情爱等伦理关系的刻骨揭露中，不难找出国民性批判的大量证据。她的小说主要由父女反目、毒母食子、姐妹相残、兄妹相煎以及"高等调情"式的爱情等让人透凉的故事构成。这使她很易被归入启蒙现代性的写作谱系之中。

不过，论者或许没有注意，张爱玲并没有把自己归入这一"传统"，更忘记了她所说过的一句话："我的小说里，除了《金锁记》里的曹七巧，全是些不彻底的人物。"为什么呢？因为"极端病态与极端觉悟的人究竟不多。时代是这么沉重，不容那么容易就大彻大悟"(《自己的文章》)，张爱玲说的"极端病态"的人，自然是指启蒙作家笔下阿Q一类愚昧大众，"极端觉悟"则是那种在"铁屋子"里困兽一般的先觉者，"梦醒了无路可去"的知识分子。显然，张爱玲并不认同国民性批判传统，认为他们写的都是些现实社会里并不多见的"彻底的人物"，即可归入被完全批判或完全赞美的人物。张爱玲不喜欢这种正邪分明的价值观。她说："清坚决绝的宇宙观，不论是政治上的还是哲学上的，总未免使人嫌烦。"(《烬余录》)对于曹七巧被人理解为"黄金枷锁着的奴隶"她也终是不满，赴美后重写了这部小说，将曹七巧化身银娣，并使她身上那种可哀悯的成分升为主要。也就是说，张爱玲的讽刺或批判不可以理解成鲁迅式的（或"五四式"的）。这一点，王晓明先生说得极为明白：

她非但对人生怀有深深的绝望，而且一开始她就摆出了一个背向历史的姿态。她写人性，却绝少滑入揭发"国民性"的轨道；她也有讽刺，但那每每与社会批判无关；她似乎是写实的，但你不会想到说她是现实主义作家；她有时候甚至会令你记起"控诉"这个词，但她这控诉的指向是那样模糊，你根本就无法将它坐实。与沈从文相比，她的写作显然是富于个人性，她没有沈从文那么多的牵挂，她可以全神贯注于表达自己对生活的细致感受，她的表情是那么平常,在这一点上,连萧红都比她不上。[1]

这就是说,张爱玲写小说,带着微微的讥讽,然而她和鲁迅等五四作家不同,她并非要批判愚昧以换取光明,并非要"破"旧的生活以"立"新的人生。类似看法,胡兰成当年实已涉及:"鲁迅的讽刺却是有寻求,……所以讽刺,谴责。张爱玲不这样,到了她手上,文学从政治走回人间,因而也成为更亲切的。时代在解体,她寻求的是自由、真实而安稳的人生。"[2]但胡兰成说得不及后来者清晰。余彬指出,张爱玲"并不希望""控诉社会","假如其中有社会批判因素的话,那也是它的副主题。张爱玲首先想在这险恶的环境,肮脏、复杂、不可理喻的现实环境之下展示人的脆弱"。[3]张爱玲自己也表示:"因为是写小说的人,我想这是我的本分,把人生的来龙去脉看得很清楚。如果原先有憎恶的心,看明白之后,也只有哀矜。"(《我看苏青》)故而张爱玲写小说,没有明确的社会批判诉求,亦无救治国族的意愿。她的讽刺通向幽默:"幽默常常对罪恶采取宽容的态度,不是去谴责罪恶,而是看着罪恶发笑。"[4]这在张爱玲是自然的,多数旧的高门巨族的子弟对民国以后的生活变动缺乏兴趣。张爱玲并无遗少之心态,然而她也的确缺乏用文字参与民族建构的宏大志愿。很明显,张爱玲在局部人生的观察上,与鲁迅以降的启蒙现代性有相似之处,但在根底上与鲁迅大不相同。她的叙事哲学应另有所系。

在《自己的文章》中,张爱玲以人生的"安稳的底子"解释自己与时代主流的不同。她说,"文学史上素朴地歌咏人生的安稳的作品很少,倒是强调人生的飞扬的作品多,但好的作品,还是在于它是以人生的安稳做底子来

---

[1] 王晓明:《张爱玲文学模式的意义及其影响》,香港《明报月刊》1995年10月。
[2] 胡兰成:《评张爱玲》,《杂志》1944年第13卷2—3期。
[3] 余彬:《张爱玲传》,海南出版社1993年版,页112。
[4] 林语堂:《中国人》,学林出版社1994年版,页78。

描写人生的飞扬的。没有这底子，飞扬只能是浮沫，许多强有力的作品只予人以兴奋，不能予人以启示，就是失败在不知道把握这底子。斗争是动人的，因为它是强大的，而同时是酸楚的。斗争者失去了人生的和谐，寻求着新的和谐。倘使为斗争而斗争，便缺少回味，写了出来也不能成为好的作品。我发觉许多作品里力的成分大于美的成分。力是快乐的，美却是悲哀的，两者不能独立存在。'死生契阔，与子成说；执子之手，与子偕老'是一首悲哀的诗，然而它的人生态度又是何等肯定。我不喜欢壮烈。我是喜欢悲壮，更喜欢苍凉。壮烈只有力，没有美，似乎缺乏人性"，"我甚至只是写些男女间的小事情，我的作品里没有战争，也没有革命。我以为人在恋爱的时候，是比在战争或革命的时候更素朴，也更放恣的"。(《自己的文章》)故也有不少研究者从世俗性这个角度界定张爱玲。徐妍、孔晓音认为："与世俗化文学观相一致，张爱玲（20世纪）40年代小说改写了传统小说的英雄传奇的故事模式，而将现代普通人的生活样式作为现代传奇的新模式。《传奇》初版扉页上有作者这样的题词：'书名叫传奇，目的是在传奇里面寻找普通人，在普通人里面寻找传奇。'这里的'普通人'的概念显然不是新文学以来主流写作中社会学层面上的'农民''工人''城市底层市民'等'沉默的大多数'，而是与新文学以来主流写作中'启蒙者''英雄''革命者''超人'相对峙的形象。曹七巧、白流苏、葛薇龙、佟振保等'普通人'不仅出生在旧式富贵家庭，而且周身浸润着旧式家庭的印痕。虽然这些人物也相遇了一个改天换地的大时代，却依然将世俗生趣——谈婚论嫁、娶妻生子、赚钱谋生、日常消遣、迎来送往等凡俗人生作为理想。就在这些看似波澜不惊的日常生活中，这些'普通人'之间展开刀光剑影般的戏剧性冲突，上演了一幕幕虽不惊天动地，但也悲喜交织、你死我活的传奇故事。……如果说新文学主流写作大多将现代民族国家的独立与富强作为英雄传奇叙事的家国理想，那么张爱玲40年代的小说则将世俗生活中安稳的一面视为永恒的理想。"[1]

这类看法很容易从张爱玲的文字中找到例证。她说,我喜欢听市声。比我较有诗意的人在枕上听松涛,听海啸。我是非得听见电车声才睡得着觉的;她还写道,开电车的工人"没事的时候他在后天井烧个小风炉炒菜烙饼吃","对过一家的仆欧一面熨衣裳,一面便将电话上的对白译成了德文说给他的小主人听","小饭铺常常在门口煮南瓜,味道虽不见得好,那热腾腾的瓜气与'照眼明'的红色却予人一种'暖老温贫'的感觉"。而且,在她看来:

许多身边杂事自有它们的愉快性质。看不到田园里的茄子,到菜场上去看看也好——那么复杂的、油润的紫色;新绿的豌豆,热艳的辣椒,金黄的面筋,像太阳里的肥皂泡。把菠菜洗过了,倒在油锅里,每每有一两片碎叶子粘在篾篓底上,抖也抖不下来;迎着亮,翠生生的枝叶在竹片编成的方格子上招展着,使人联想到篱上的扁豆花。其实又何必联想呢?篾篓子的本身的美不就够了么?(《公寓生活记趣》)

不过,仅以此谈论张爱玲,其实还是限于叙事表象,并未涉及其内在的叙事哲学。或因于此,又有论者(如刘锋杰)用"日常现代性"来概括张爱玲:"张爱玲的日常现代性,建立在对人的欲望与要求的满足上,充分尊重个人生活。她继承了五四的个人主义传统,其间当然包括了对鲁迅的继承,但更主要的是对周作人的继承。将鲁迅与张爱玲相比较,鲁迅代表的是个人理想主义,张爱玲代表的是个人生活主义。张爱玲的个人主义在由个人而为主义时,个人没有被主义所彻底征服与消解,这时的个人意识在成为一种价值时,仍然保持了个人生活的丰富性与自由性。它显示了两个特色:不是自我中心主义的,在价值观上体现了开放性;不是脱离日常生活的,它体现了

---

[1] 徐妍、孔晓音:《"张看"与"张腔张调":张爱玲四十年代小说美感论》,《中国现代文学研究丛刊》2009年第6期。

世俗化、琐碎化的民间特色。日常的现代性，是知识分子大众化后对人的生活状态的开放性理解所形成的现代性，它否定封建主义对于人的扼杀，但也反抗精英知识分子对于现代性的高蹈主义的设定。"[1]这种说法比较学理化，刘先生之谓"日常现代性"，实际上是姿态比较低调的"启蒙现代性"。不过，这中间的区别并不那么好判定。譬如，新文学史上注重写日常生活的文人比比皆是，沈从文、赵树理的小说也少写战争，也是以男男女女、家庭琐事构成。甚至鲁迅本人的小说，诸如中年闰土的窘状，祥林嫂的絮叨，乃至看社戏的兴奋与惆怅，又如何不是"日常生活"呢？张爱玲的小说明显有一种包含在"日常生活"中的虚无，是"日常"或"启蒙"现代性都不能解释的。譬如她描写沦陷时的上海："久已忘记这一节了。前些时有一次较紧张的空袭……我忽然记起了那红绿灯的繁华，云里雾里的狗的狂吠。我又是一个人坐在黑房里，没有电，磁缸里点了一只白蜡烛，黄磁缸上凸出绿的小云龙，静静含着圆光不吐。全上海死寂，只听见房间里一只钟滴答滴答走。……恍若隔世。"对此，李新民先生指出："物欲、情欲、虚荣，对人生一切物质层面上琐屑的计较、饱满的享受、热闹的追逐，正是基于精神深处对生命无常的恐惑，所以，才拼命想要攀住它们。生之喜悦和生之悲哀交织在一起，拥有与虚无彼此印证着，这就是张爱玲式的荒谬和苍凉。"[2]显然，张爱玲的叙事哲学同时兼含着"生之喜悦和生之悲哀"，恐怕要比日常或启蒙现代性复杂得多。

二、虚无，荒凉与荒诞

虚无这种情绪，在文学史中并不陌生，譬如鲁迅的虚无，卡夫卡、加缪

---

[1] 刘锋杰:《论张爱玲的现代性及其生成方式》,《文学评论》2004年第6期。
[2] 李新民:《张爱玲小说的讽刺艺术》,《宝鸡文理学院学报》2005年第2期。

的荒诞,艾略特的荒凉,都经常被人论及。那么,张爱玲的虚无是从哪里来的?对此,生活在经典魅惑之下的文学史家,自然会将张爱玲往前人身上比附。上述几位现代主义作家(鲁迅兼有现实主义与现代主义两重特质),被用来比附的概率最高。

刘再复是研究鲁迅的知名学者。在他看来,鲁迅是中国最伟大的作家,其他作家成就的高低,很大程度上取决于他们在多大程度上接近鲁迅。张爱玲有幸被他拿来和鲁迅并列讨论:

> 20世纪中国文学史上真正有绝望感的作家只有两个人,一是鲁迅,一是张爱玲。鲁迅虽然绝望,但他反抗绝望,因此,总的风格表现为感愤;而张爱玲感到绝望却陷入绝望,因此风格上表现为苍凉。鲁迅看透人生,但又直面人生,努力与人生肉搏,因此形成男性的悲壮;张爱玲看透人生,却没有力量面对人生,结果总是逃避到世俗的细节里,从而形成特殊的女性语言。两者虽有区别,但都是描写中国生存状态与精神状态的高手。不过,鲁迅的精神内涵显然比张爱玲的精神内涵更为深广,而且深广得很多很多。[1]

刘再复谈得是否有道理,稍后再论。另外常见的比附是将张爱玲与艾略特、卡夫卡等作家相比较。谢凌岚认为,《流言》的"荒凉感""漂泊感"与艾略特《荒原》意象相通,表现了20世纪人类的自我意识及对文明价值的否定。[2] 安月辉则将张爱玲与荒诞派做了勾连:"'荒诞'是西方现代主义文艺思潮的一个重要内容。它既是对人类生存状态荒谬性的哲学概括,又是现代美学的一个重要范畴,是西方传统价值观念解体、信仰沦丧、理性崩溃

---

[1] 刘再复:《张爱玲的小说与夏自清的〈中国现代小说史〉》,收《再读张爱玲》,刘绍铭等编,山东画报出版社2004年版。
[2] 谢凌岚:《荒凉中的人生诱惑——析张爱玲的散文集〈流言〉》,《中国现代文学研究丛刊》1989年第1期。

和'异化'日益严重的产物。它具体表现为：自我的失落感、迷惘感、孤独感；自我存在的焦虑和恐惧；体验到生活的毫无意义以及人自身的渺小可怜；人没有能力改变其自身的状况等。当西方社会失去了共同的价值准则和信仰之后，'人'觉得自己被莫名其妙地抛到了一个陌生的、混乱的、无法理解的世界上来，这就是'荒诞'的感觉。……揭示人的'荒诞'的生存状态，成了张爱玲小说的一个基本主题。然而，张爱玲的可贵之处在于，她不仅如西方的现代派文学那样揭示了现代人'荒诞'的生存状态，而且以华丽的笔触，通过她笔下那些道道地地的'中国'人物，为我们勾勒了处于新旧社会转型期的某一类中国人'荒诞'的生存状态，揭示了某一类'中国'人物对于生命的'荒诞'体验，展示了'中国'人生中同样存在的'荒诞'意味，使'荒诞'这一'现代意识'的表达与某种中国民族生活的再现浑然一体。……和周围生活的格格不入，对世界的陌生感，以及空虚、无聊的心理表现，都是张爱玲塑造的一批遗老遗少的内心体验。"[1] 何以中国人也会发生荒诞意识呢，宋家宏的解释可谓补充："发生在中国的战争，使中国的知识分子也面对了文明的废墟，一部分人产生了时代沉落感，进而思考人的生存状态、人与人的相互关系等问题，他们几乎是直觉地进入了现代主义对人的理解。得出近似于现代主义哲学的结论，这是不足为奇的，尤其是张爱玲又有自己特殊的经历作为背景，这一感受更有它的必然性。"[2]

刘锋杰对张爱玲与卡夫卡的比较不那么能说服人。他认为，"张爱玲在精神上与卡夫卡相接近"，并列出三点证据，"其一，两位作家都与自己的父亲相对立。卡夫卡走上了与社会相对抗的批判之路，因为父亲作为一种权力，正是社会权力的象征。张爱玲也走上了与社会对抗的道路，这使她回避一切重大的话题，对政治保持她的敏感与反感。其二，卡夫卡身处第一次世界大

---

[1] 安月辉：《"中国"人生中的荒诞意识——也谈张爱玲小说的"苍凉"》，《社会科学论坛》2005年第6期。
[2] 宋家宏：《走进荒凉：张爱玲的精神家园》，花城出版社2000年版，页150。

战的前因后果中,第一次世界大战给欧洲人带来的是文明的倾覆及现代人对文明的怀疑与深刻反思,这使卡夫卡不会以乐观主义的态度来看待现代社会。张爱玲亲历了第二次世界大战,这场战争使她未能从香港大学毕业,又眼见了香港的沦陷,她对现代文明的怀疑,不会低于卡夫卡。其三,卡夫卡要在地下室中进行创作,这不仅仅是作家的写作习惯,而是他与父亲、社会、文明的对抗中,自己已经孤独化了,所以,他要在一种孤独的状态中,才能进行他的抵抗。张爱玲同样如此,在一个人独处时,她感到欣喜,这是生命获得了自由的空间"。由此,刘锋杰认为:"这三种接近,构成了三种相通:第一个相通,是描写对象上的,构成了各自的创作内容;第二个相通,是创作背景上的,构成了创作的潜在价值标准;第三个相通,是生存方式上的,表明了他们的思考之深。正是这种对象、背景、题材、状态等等的相通,构成了张爱玲与卡夫卡的现代共通性。卡夫卡的创作给人梦魇般的感觉。……张爱玲创造的同样是梦魇。她的人物住在深宅大院中,生活在阴阳交界的地方,有阳光的照射,但灰蒙蒙的,外界的声音可以传进来,但如浮尘一般,不是清润而是暗涩的。……卡夫卡创造了普通人无法接近的'城堡'……张爱玲也同样创造了一个类似的'城堡'——'家'。"[1]这"三种接近"未免未抓住实质问题,"三种相通"亦缺乏具体内容:哪个作家没有描写对象、潜在价值标准或深刻思考呢?这反映出,论者对卡夫卡、张爱玲(尤其后者)各自的文化精神的理解是可以商榷的。因此,他最后的结论就不大好理解:"我甚至认为,张爱玲比卡夫卡更加虚无。张爱玲是本质上的虚无,卡夫卡是思想上的虚无","张爱玲改写了西方现代性。卡夫卡创造的是存在之思的现代性,张爱玲创造的是日常生活的现代性。从卡夫卡的存在之思的现代性,到张爱玲的日常生活的现代性,体现了人与现代性的两种不同关系:卡夫卡代表着精神形态的现代性,是深思者的认识形态的反映;张爱玲代表

---

[1] 刘锋杰:《论张爱玲的现代性及其生成方式》,《文学评论》2004年第6期。

着日常形态的现代性,是生活者的认识形态的反映。"[1] 什么叫"精神形态的现代性""日常生活的现代性"？难道张爱玲的虚无属于"日常"了,就失去了精神的特征？各种现代性概念都有精神指向,专列出"精神形态的现代性"是何用意呢？可以说,这样的研究多少是有些勉强的。

这不仅是将张爱玲与卡夫卡、荒诞派相比带来的问题,其实,用鲁迅来谈张爱玲,也会有类似问题。鲁迅的虚无,与卡夫卡的荒诞,实有相通之处。他们不相信启蒙以来的理性与进步（鲁迅又不得不迫使自己成为启蒙的宣传者）,怀疑时代供奉的信仰,陷在深刻的绝望之中,时时经受着荒凉与虚无的袭击。加缪的荒诞,艾略特的荒凉,也都有这样一种"上帝死了"、理性信仰崩溃的大背景。在这样一种西方式的精神道路上,个体凭借自由意志,以为相信通过个人努力,可以为社会民族带来文明,但现实最终一层层毁去了这梦想,这个和现实社会对立的个体终于失败了,终于陷入"无物之阵",找不到信仰,怀疑一切,陷入孤独。这是一种建立在主/客分裂基础上从信仰到怀疑的过程。我们常常把这一怀疑主义归为20世纪人类文明现象,其实是西方20世纪的精神病症。鲁迅这一代深受西方思想影响的知识分子,与西方现代主义踏在同一脉搏上并不为奇。但张爱玲的虚无是这样产生的吗？谢凌岚、安月辉、刘锋杰无疑都作如是观。刘再复对张爱玲的分析完全由此思路生发:"张爱玲对世界是悲观的,对文明是悲观的,对人生是悲观的。现实中的一切实有,成功与失败,光荣与屈辱,到头来都将化作虚无与死亡,唯死亡与虚无乃是实有。前不见古人,后不见来者,念天地之悠悠,独怆然而涕下。张爱玲的作品具有很浓的苍凉感,而其苍凉感的内涵又很独特,其独特的意义就是对于文明与人性的悲观。这种悲观的理由是她实际上发现人的一种悲剧性怪圈:人为了摆脱荒芜而造文明,但被文明刺激出来的欲望又使人走向荒野。人在拼命争取自由,但总是得不到自由。他们不

---

[1] 刘锋杰:《论张爱玲的现代性及其生成方式》,《文学评论》2004年第6期。

仅是世界的人质也是自身欲望的人质，说到底只是'屏风上的鸟'、被'钉死的蝴蝶'，想象中的飞翔毕竟是虚假的，唯有被囚禁和死亡才是真实的。张爱玲这种对人生的怀疑和对存在的意义的叩问，使得她的作品挺进到很深的深度。"[1]

"唯死亡与虚无乃是实有"，是直接化用鲁迅《野草》中的句子。刘再复实际上是将张爱玲视为"缩小版"的鲁迅。这其实是对张爱玲莫大的误解。张爱玲和卡夫卡不同，和鲁迅也不同。确立信仰，通过个人改变国民或社会，失败，绝望，在绝望中重振，再失败，堕入怀疑的深渊，陷入虚无，这或许是屡经"革命"的鲁迅的心路历程，也许是第一次世界大战前后动荡中的欧洲中的卡夫卡的心路历程，但张爱玲并非如此。说到底，启蒙现代性也好，日常现代性也好，荒诞派也好，都说的是西方人的精神故事。五四后的多数文人，也是按西方精神展开自己的文学书写。但张爱玲是个另外。她生于高门巨族，和鲁迅那类求取西学立志疗救国家的文人不同。在那种沉浸于往昔荣光的大家族里，她的精神气质主要还是被中国的旧文化所塑造了。在一个典型的中国文化的环境中，一个中国文人会经历怎样的心路历程，对于长期接受西方教育的文学史家们来说，不能不说已有不自知的隔阂。刘再复先生就是典型，他已经说到《金锁记》《倾城之恋》的内核是"《红楼梦》性质"，"即哲学、宇宙、文学性质"（《张爱玲的小说与夏志清的〈中国现代小说史〉》），但一具体阐释，还是滑回存在主义式的西方模式里谈论张爱玲。而刘锋杰先生其实也触及张爱玲的"中国"特质："张爱玲的忧患意识不仅来自当下的生存，她对整个人类生存的悲观主义理解，已经使她的作品蕴含广大而深远。读张爱玲的作品，我常想到《古诗十九首》。张爱玲天生有着'生年不满百，常怀千岁忧'的人世沧桑之感。她没有将此种沧桑之感融入社会的时事政治描写，却将其融入了人世的日常生活创造。就此而言，

---

[1] 刘再复：《张爱玲的小说与夏志清的〈中国现代小说史〉》，收《再读张爱玲》，刘绍铭等编，山东画报出版社2004年版。

张爱玲更其纯粹是中国式的,体现了中国知识分子看透一切的彻底的悲观主义的情怀。张爱玲作品的价值,绝对不比简单地呐喊几声战斗更少人生的气息。在理解人生的深刻性上,张爱玲是超出诸多同代作家的,尤其是超出了当年的战争文学。"[1]但"中国式"的悲观主义何解,刘言之寥寥。

张爱玲的虚无,不宜在鲁迅、卡夫卡等(西方)现代主义谱系中去寻求解释。这不是说张爱玲与鲁迅、卡夫卡等无甚关系,而是说,张爱玲小说是以中国文化为本,而西方的启蒙主义也好,现代主义也好,都是促成她的中国传统"创造性转化"的条件。这一点,杨义先生说得不错:"张爱玲小说的价值之一,在于它启示人们如何出入于传统与现代之间,以经过点化和自我超越的东方风采,同世界文学进行富有才华的对话。她以一支光润而圆熟的笔,敢于犯传统小说的窠臼而往往能够出其窠臼,交错着新旧意境,杂糅着新旧文采,让人们诧异于她笔底的古老的新鲜和新鲜的古老。她在旧小说笔调和现代艺术趣味这些似乎'相克'的艺术元素的化合中,建立了自己的文学个性的基调。"[2]故要理解张爱玲,必须首先搁置鲁迅或者卡夫卡,而小心翼翼重返中国文化:古代文人是如何看待世界与自身的?张爱玲在知识上受五四影响较深,但其生命感受方式是古典的,后者构成了她的叙事哲学的来源。

三、中国式的虚无主义

这要回到王安忆对张爱玲的评说上。王安忆在《世俗的张爱玲》中说:"张爱玲的人生观是走在了两个极端之上,一头是现时现刻中的具体可感,

---

[1] 刘锋杰:《意识形态的迷雾——读柯灵〈遥寄张爱玲〉》,《安徽师范大学学报》2000年第4期。

[2] 杨义:《中国现代小说史》(第3卷),人民文学出版社1991年版,页464。

另一头则是人生奈何的虚无。""具体可感",指的张爱玲文字中的世俗与日常,"人生奈何的虚无"指的一种关于生命本体的看法。这样悖反的两极,其实构成了张爱玲的叙事哲学。但这样的"人生观"从哪里来呢,王安忆未做解释。其实,它源自中国古典文人特殊的生命世界。这可通过张爱玲终生热爱的《红楼梦》来略做说明。

《红楼梦》又名《情僧录》《石头记》《金陵十二钗》,但还有一个名字,较少为人注意,即《风月宝鉴》。取这个名字,涉及小说中贾瑞、王熙凤一段情缘纠葛。在小说中,贾瑞迷恋上了王熙凤的美貌,求而不得,反遭戏弄,一病不起,形体消瘦,此时来一道士,持镜一枚曰"风月宝鉴"赠予贾瑞:

那道士叹道:"你这病非药可医。我有个宝贝与你,你天天看时,此命可保矣。"说毕,从褡裢中取出个正面反面皆可照人的镜子来——背面錾着"风月宝鉴"四个字——递与贾瑞道,"这物出自太虚幻境空灵殿上,警幻仙子所制,专治邪思妄动之症,有济世保生之功。所以带它到世上来,单与那些聪明俊秀、风雅王孙等照看。千万不可照正面,只照背面,要紧,要紧!"

贾瑞一照镜子背面,发现一个骷髅立在那儿,大吃一惊。而忍不住好奇,一照正面,发现凤姐在里面向他吟吟招手,贾瑞遂入镜中,数番云雨,竟致精尽人亡。读者一般只把这当成一个故事。其实,"风月宝鉴"起的不仅是情节作用,它还是一个关于世界与人生的隐喻。那道士(也是曹雪芹吧)告诉众生,这个世界就像一面镜子:从正面看,它是美,是青春容颜,是红尘繁华;而从反面看,它又是死亡,是毁灭,是空空如也。这种观念,实出于佛家"色空"理论。佛家认为,世间一切"色"(现象事物)看似实有,但实皆因各种关系、机缘"因缘合会"而成,是"众缘所引,自心心所虚妄变现,犹如幻事,阳焰梦境,镜像,光影,谷响,水月,变化所成"(《成唯识论》),所以是"假有性空"。一个世界,既是正面,又是反面。它既是美,又是死亡,既是繁华,又是空无。美与死亡,有与无,快乐与悲伤,阴与阳,是同一个世界的正反两面,而不是两件事件。此乃佛家所谓"色不异空,空不异色"。一件事物既是有又是无,既是真又是假,即所谓"有为无时无亦有,真为假时假亦真"。现代人看这两句偈语式的句子,很容易把它理解为"难得糊涂"的处世哲学,实际上却是一种中国式的世界观。持这种世界观的人,有一种中国式的虚无主义。他们认为,世界本质上只是一个,它表面上是繁华热闹的,但本质上是虚空的,人世万物,最终都将化为虚空,"化成一股轻烟"(贾宝玉常用语)。因而,功名富贵也好,理想热情也好,皆无什么价值。所以,人生有意义的举动不是去献身未来或遥远的事物,而是抓住当下,享受此世,感受眼前事物的美。处在"一个世界"中的中国人,不会将生命价值系于某个理想的新的目标的追求,因为这个世界万事皆空,所谓"理想"与"现实"、"新"与"旧"、"文明"与"愚昧",不过是一件事情的正反两面,并无区别,没有什么值得特别努力。一个人的一生不是要去实现某个具体目标,而应该是不断"看破",看破功名,看破红尘。所谓"看破",就是从一件事情的正面看到它的反面,从功名看到空无,从富贵看到"白茫茫大地真干净"。这种"看破"的悲凉弥漫着中国古典文学,恰如《好了歌》所唱。

这种中国式的虚无主义与西方人的大不相同。如果说中国文化是"一个世界",智者表现为能从其正面看到其反面的话,那么,西方文化则是"两个世界",勇敢者总是力图结束一个旧的世界而创造一个新的世界。在西方,人们会把人生与社会分为两种:现实的/理想的、黑暗的/光明的、愚昧的/文明的、落后的/进步的、旧的/新的,而个体的人生价值,乃在于通过知识与行动,破旧立新,驱除黑暗迎来光明。此所谓"解放"或救赎,个人若处身此"解放"中,其人生价值方有满足之途。西方也会产生卡夫卡或加缪式的怀疑主义,他们怀疑献身这样的进步是否有意义,从旧到新的信仰是否可靠,但他们这种怀疑与中国式的虚无主义不同。他们系根源于信仰的建构与失落的文化系统，同时，他们即使无信仰了，他们仍推崇一种与外在世界相对立的自由意志，仍在"两个世界"的对立中展示人的尊严，如西绪弗斯。在中国人看来，西方人就是看不破，就是认识不到有与无、阴与阳、欢与悲的同一性。他们达不到这种认识，生命也就达不到某种境界，无法感受到不以物喜、不以己悲的宁静。所谓"现代主义"毋宁是不理解生命的低层次的焦虑。

显然，中国式的虚无主义以某种宁静无为的生命境界为归宿，而不以某种理想社会为归宿。这非常不符合晚清以来中国社会的危险处境。所以，当时知识分子都转向西方人生观，而有意识压制、排斥中国文人式的生命感受。鲁迅即表示年轻人不必看中国书，因为中国书看了总使人沉静下去，沉静下去。"沉静"怎么符合悬在崩溃边缘的民族现实呢，他们要重铸自己，新国新民，因此自严复、梁启超以后，中国知识分子几乎集体性地转向了西方，恰如周蕾所言："现代中国人知道自己不能墨守一个静止不动的传统而生存下去，他们过的是不纯洁的、'西方化了'的中国人的生活，他们'看'中国的方式也打上了那种生活的烙印。"[1]然而，张爱玲和她的家族，对这个国家或民族的兴亡没有什么兴趣，他们觉得自己的时代（清王朝）结束以后，反正一切都是闹哄哄的，无甚意义。这使张爱玲不像同时代的青年人，那么自然地成为一个"西化"的中国人。相反，幼年对《红楼梦》《金瓶梅》和《海上花列传》的熟悉与热爱，使她骨子里更接近旧式文人。而且，家族与家庭的双重破败，更易使她对那种彻骨的悲哀发生共鸣。她很早时候就相信"人生的结局总是一个悲剧，但有了生命，就要活下去"[2]。这种中国式的虚无主义，使张爱玲的文学信仰与经验，都深深扎根于中国古典文学。她吸收

---

[1]〔美〕周蕾：《看现代中国：如何建立一个族群观众的理论》，收《后殖民理论与文化批评》，张京媛编，北京大学出版社1999年版。
[2] 殷允芃：《访张爱玲女士》，收《华丽与苍凉——张爱玲纪念文集》，蔡凤仪编，台湾皇冠文化出版有限公司1996年版。

了西方文化诸多元素,但它们未构成她的叙事哲学。她实在不同于鲁迅、郭沫若、茅盾、穆旦等前代或同代文人。在这一点上,刘再复等一众学者多少是误读了她。

鲁迅等人学的是西方现实主义或现代主义文学(尤其前者),张爱玲的根基则在中国古典文学。西方文学是"两个世界"观念之下的文学。这类文学作品往往把世界讲述成进步与落后的对立、文明与愚昧的冲突,认为这是一种社会"真实",借以赋予新的世界和新的人生的合法性。从《阿Q正传》到《白毛女》,半世纪来的中国现代文学都是这类西方化的文本,但它们对于颠覆旧制度/旧文化有莫大功焉,"扮演一种救赎式的(redemptive)西方寓言"[1]。而中国古典文学完全不这样。它是"一个世界"观念下的文学。古典诗人们没有计划颠覆身边这个世界而欢呼另一个世界的降临。他们知道,世界只有一个,而他们这些写诗的人,在这个世界只是一个过客。"子在川上曰:'逝者如斯夫,不舍昼夜。'"(《论语·子罕》),"天与地无穷,人死者有时,操有时之具而托于无穷之间,忽然无异于骐骥之驰过隙也"(《庄子·盗跖》),"汩余若将不及兮,恐年岁之不吾与。朝搴阰之木兰兮,夕揽洲之宿莽。日月忽其不淹兮,春与秋其代序"(《离骚》),古来智者都深知这个道理。诗人们内心不能不为虚空之感所充满。而文学,就成为抚平/抵抗虚空的最佳凭借。对此,斯蒂芬·欧文(宇文所安)有别具慧眼的研究。他认为,由于"惧怕湮没和销蚀","在中国古典文学里,到处都可以看到同往事的千丝万缕的联系",往事再现的作用在于"用残存的碎片"使人"设法重新构想失去的整体","把现在同过去联结起来,把我们引向已经消逝的完整的情景",从而使"已经物故的过去像幽灵似的通过艺术回到眼前"[2]。这一观察极为深刻。这正是中国古典文学的秘密:通过对往事的再现捕捉逝

---

[1]〔美〕詹姆斯·克利福德:《论民族志寓言》,收《写文化:民族志的诗学与政治学》,克利福德、马库斯编,商务印书馆2006年版。
[2]〔美〕斯蒂芬·欧文:《追忆·导论》,上海古籍出版社1990年版。

去的岁月,通过对生命的复活来抵挡生命的消失。这些文人,站在繁华的当头,仿佛已感受到从繁华背面吹来的荒凉的风。为抵抗这止不住的荒凉,他们要更多地描写繁华与热闹。他们要更多地以"有"写"无",通过对繁华世相的繁复书写来抵抗生命的虚无,通过对生活细节的无理由的迷恋来平复人生的悲凉。因为骨子里荒凉弥漫,他们反而大力表现生命过程本身的热烈与沉醉。林语堂多少看出了古典文学的这一特点,也说"诗歌教会了中国人一种生活观念,通过谚语和诗卷深切地渗入社会,给予他们一种悲天悯人的意识,使他们对大自然寄予无限的深情,并用一种艺术的眼光看待人生"[1]。其实这在叙事文学中表现得最为明显。或许是因为喜欢林语堂,或许是因为内心中早早被唤醒的虚无情绪,张爱玲对这一点有惊人的发现。她说:

就因为对一切都怀疑,中国文学里弥漫着大的悲哀。只有在物质的细节上,它得到欢悦——因此《金瓶梅》《红楼梦》仔仔细细开出整桌的菜单,毫无倦意,不为什么,就因为喜欢——细节往往是和美畅快,引人入胜的,而主题永远悲观。一切对于人生的笼统观察都指向虚无。(《中国人的宗教》)

明眼人一眼即可看出,这种古典小说的特色或曰"古中国情调"(《第一炉香》),其实也是张爱玲本人孜孜以求的风格。张爱玲说,《红楼梦》"在我是一切的源泉"之一,实即就此而言。张爱玲在现代文人中不能不显得极为另类。

这一点夏志清早有涉及:"她能和简·奥斯汀一样地涉笔成趣,一样地笔中带刺;但是刮破她滑稽的表面,我们可以看出她的'大悲'——对于人生热情的荒谬与无聊的一种非个人的深刻悲哀。张爱玲有乔叟式享受人生乐趣的襟怀,可是在观察人生处境这方面,她的态度又是老练的、带有悲剧

---

[1] 林语堂:《中国人》,学林出版社1994年版,页240。

感的——这两种性质的混合,使这位写《传奇》的青年作家,成为中国当年文坛上独一无二的人物。"[1] 王德威也说,张爱玲的风格总透露对"不能或望的"或"难以再现"的事物一种徒然的追求。很吊诡的,这使她对现实景物的爱恋依偎,反而更变本加厉。[2] 当然,说得最清楚的仍是王安忆。对于张爱玲是怎样"临着虚无之深渊","紧紧地用手用身子去贴住这些具有美感的细节",她说:

张爱玲对世俗生活的兴趣与苏青不同。胡兰成对宁波人苏青的评价很对,他说宁波人过日子多是兴兴头头的,但是缺少回味,是真正入世的兴致。张爱玲却不是,她对现时生活的爱好是出于对人生的恐惧,她对世界的看法是虚无的。在《公寓生活记趣》里,她饶有兴味地描述了一系列日常景致,忽然总结了一句:"长的是磨难,短的是人生。"于是,这短促的人生,不如将它安在短视的快乐里,掐头去尾,因头尾两段是与"长的磨难"接在一起的。只看着鼻子底下的一点享受,做人才有了信心。以此来看,张爱玲在领略虚无的人生的同时,她又是富于感官,享乐主义的,这便解救了她。[3]

虚无的世界感受,物质主义的叙事表达,由此合成了张爱玲的叙事哲学。从西方人看来,这是相互矛盾的两种事物,然而在中国式的虚无主义中,它们紧紧纠缠在一起,不但造就了《红楼梦》《金瓶梅》及大量的中国民间戏曲、小说,而且也在西风欧雨之中造就了一个奇特的张爱玲。

对于张爱玲的叙事哲学,不少研究者虽未直接提出,但实际上已说出主要之点。如万燕认为:"她(张爱玲)是没有精神之家的现代人,只有臆想

---

[1] 〔美〕夏志清:《中国现代小说史》,复旦大学出版社 2005 年版,页 257。
[2] 王德威:《落地的麦子不死:张爱玲与"张派"传人》,山东画报出版社 2004 年版,页 9。
[3] 王安忆:《世俗的张爱玲》,收《再读张爱玲》,刘绍铭等编,山东画报出版社 2004 年版。

的凄凉的回忆,她不断地在恐惧中支持着自己的孤独,直到不知什么时候的某年某月,人间的尘俗中有人突然握住了她的心,而她也并不想知道人间的那个人是谁,她只是把人间传来的这种声音作为支持她孤独的知音,知道自己是踏实地把握了人生的。"[1]孔范今主编的文学史也叙述道:"张爱玲出身于贵族之家,……家庭环境给予张爱玲的体验必然是双重的、分裂的:一方面那种众星捧月、悠游自在的生活使张爱玲比常人更能感受到一种实在的物欲的愉悦和温暖,使她更能理解琐碎生活中包含的生命情趣,这种体验形成张爱玲思想中的世俗趋向与市民趣味;另一方面,笼罩着家庭的那种颓废没落、压抑、滞缓的气氛又使张爱玲切身地感到生活的虚无、荒诞以及命运的无常,特别是由于她与继母的冲突而导致的父亲对她的关押、威胁——父亲扬言要用手枪打死她——使她更加深切地认识到所谓人伦亲情的虚伪与冷酷,从而对人生以及人性产生深刻的怀疑,而那种过早产生的死亡意识、死亡威胁使张爱玲清醒地认识到世界整体存在的空无。可以说,对人类生存背景和世界的整体性意义产生深刻的怀疑与否定以及对自我、现在、生活细节、生命过程的肯定,构成张爱玲人生观中分裂、对峙的两面。"[2]不过,遗憾的是,无论是说得清楚的王安忆,还是有所触及的夏志清、孔范今等,都没有明确指出此种叙事哲学的中国源头。英美文学出身的夏志清甚至把张爱玲联系到契诃夫那里去了:"契诃夫以后的短篇小说作家,大多数认为悲剧只是一刹那间的事:悲剧人物暂时跳出自我的空壳子,看看自己不论是成功还是失败,都是空虚的。这种苍凉的意味,也就是张爱玲小说的特色。"[3]这种比附不免牵强了些。

---

[1] 万燕:《海上花开花又落——解读张爱玲》,百花洲文艺出版社1996年版,页109。

[2] 孔范今主编:《20世纪中国文学史》,山东文艺出版社1997年版,页946—947。

[3] 〔美〕夏志清:《中国现代小说史》,复旦大学出版社2005年版,页260。

四、张爱玲的叙事哲学

中国式的虚无主义由此构成了张爱玲叙事哲学的基底。由于家世,由于审美经验,她似乎是一个生活在现时代的古人:"有一天我们的文明,不论是升华还是浮华,都将成为过去。如果我最常用的字是'荒凉',那是因为思想背景里有这惘惘的威胁。"(《〈传奇〉再版序》)她从一开始就不相信,就认为一切不过是虚空与毁灭的前一瞬。她写小说,无意通过文字去疗救或改变什么。生命如此脆弱,最要紧的是抓住眼前的一些欢悦和细节。所以,她的小说或许和鲁迅等一样开头(毕竟在一个时代),但她的归途不在于指证这个社会的破灭或必然毁去的命运,而在于让我们明白生命的本质,"看破"这个世界。王德威根据德勒兹的理论谈论张爱玲,也算到位:"德勒兹(Gilles Deleuze)曾经区分两种文学再现(representation)的方式。'第一种是原封不动的拷贝现实,视现实为圣像。相对于此,第二种视世界为海市蜃楼,将其作幻影般呈现。'大部分读者对张爱玲在模拟写实方面的造诣,也就是德勒兹所谓的第一种再现方法,都能欣赏。我独认为张爱玲与众不同处,在于她发掘了第二种的虚拟写实的世界。她告诉我们,我们居之不疑、信以为真的世界其实早已是幻象罗列,任何写真还原的作为总是产生一连串买空卖空的文字交易。她嗜写鬼气森森的人物,似乎提醒我们生命其实是阴阳虚实难分。"[1]张爱玲"阴阳难分"的叙事与德勒兹所讲的西方传统无甚关系,那其实源于中国古典文学的基本的虚无主义观念。事实上,在张爱玲文字中,那种无可抵挡的虚空之感反复袭来。略引数则如下:

围城的十八天里,谁都有那种清晨四点钟的难挨的感觉——寒噤的黎明,什么都是模糊,瑟缩,靠不住。回不了家,等回去了,也许家已经不存

---

[1] 王德威:《落地的麦子不死:张爱玲与"张派"传人》,山东画报出版社 2004年版,页9。

在了。房子可以毁掉,钱转眼可以成废纸,人可以死,自己更是朝不保暮。像唐诗上的"凄凄去亲爱,泛泛入烟雾",可是那到底不像这里的无牵无挂的虚空与绝望。(《第一炉香》)

(薇龙)在人堆里挤着,有种奇异的感觉,头上是紫黝黝的蓝天,天尽头是紫黝黝的冬天的海,……无边的荒凉,无边的恐怖。她的未来也是如此——不能想,想起来只有无边的恐怖。(《第一炉香》)

家茵道:"那么你为什么要约在戏院里呢?"宗豫道:"因为我们第一次碰见是在这儿。"二人默然走上楼来,宗豫道:"我们就在这儿坐会儿罢。"坐在沿墙的一溜沙发上,那里的灯光永远是微醺。墙壁如同一种粗糙的羊毛呢。那穿堂里,望过去有很长的一带都是暗昏昏的沉默,有一种魅艳的荒凉。(《多少恨》)

人世本是虚空,妄谈什么理想、正义皆无甚意义,张爱玲和《红楼梦》一样,努力在"物质的细节"上得到"欢悦"。这与古代失魄的英雄流连于醇酒妇人一样,文字便是张爱玲避开那虚空、抓住人生的唯一凭借。她同样使用"往事再现"方法(斯蒂芬·欧文语),尤其是物质性的回忆。她说:"活在中国就有这样可爱:脏与乱与忧伤之中,到处会发现珍贵的东西,使人高兴一上午,一天,一生一世。"(《诗与胡说》)一点小东西就可以高兴"一上午,一天",只可以说作者内心太多虚空,太渴望这类摸得着、感受得到的细节。她的作品因此就获得了虚无主义与物质主义并置的叙事结构。对此,她在《自己的文章》中表达得比较清楚:

这时代,旧的东西在崩坏,新的在滋长中。但在时代的高潮来到之前,斩钉截铁的事物不过是例外。人们只是感觉日常的一切都有点儿不对,不对到恐怖的程度。人是生活于一个时代里的,可是这时代却在影子似的沉没下去,人觉得自己是被抛弃了。为要证实自己的存在,抓住一点真实的、最基本的东西，不能不求助于古老的记忆，人类在一切时代之中生活过的记忆，这比瞭望将来要更明晰、亲切。

在《烬余录》中，她又表示：

我没有写历史的志愿，也没有资格评论史家应持何种态度，可是私下里总希望他们多说点不相干的话。现实这样东西是没有系统的，像七八个话匣子同时开唱，各唱各的，打成一片混沌。在那不可解的喧嚣中偶然也有清澄的，使人心酸眼亮的一刹那，听得出音乐的调子，但立刻又被重重黑暗拥上来，淹没了那点了解。画家、文人、作曲家将零星的、凑巧发现的和谐联系起来，造成艺术上的完整性。

这两段话不难懂，但王安忆还是用夸张的语言重述了张爱玲的意思："（她）贪馋地抓住生活中的可触可感。她在千古之遥，尸骨无存的长生殿里，都要找寻出人间的触手可及的温凉。"[1] 这岂不是林语堂所说的中国艺术的精神吗——"我们信奉今朝有酒今朝醉，人生得意须尽欢……我们会毫不犹豫地放弃那些捉摸不定、富有魅力却又难以达到的目标，同时紧紧抓住仅有的几件我们清楚会给自己带来幸福的东西。我们常常喜欢回归自然，以之为一切美和幸福的永恒源泉。尽管丧失了进步与国力，我们还是能够敞开窗户欣赏金蝉的鸣声和秋天的落叶，呼吸菊花的芬芳。秋月朗照之下，我们感到心满意足"[2]。张爱玲对民族、国家从无兴致，那仅是不可预测的乱世。在乱世岁月，她于文字中寻求的，自然不是教育或启发什么人，而是捕捉自己的"今朝之欢"。不过，生活在上海这样一个充斥着汽车、电影和西式面包

---

[1] 王安忆：《世俗的张爱玲》，收《再读张爱玲》，刘绍铭等编，山东画报出版社 2004 年版。
[2] 林语堂：《中国人》，学林出版社 1994 年版，页 335。

香气的大都市里,她的欣赏对象就不再是陶渊明或王维时代的"自然"了,而是那些世俗里弄的场景。甚至也不限于自然物,而是那些或卑微或高贵人物一生中的闪亮瞬间。当然,能敏感地发现那些闪亮瞬间,得拜五四"人的文学"之赐。

"真实的,最基本的东西"或"使人心酸眼亮的一刹那",由此成为张爱玲小说中铺天盖地的细节。前者如衣饰、色彩、谈吃论穿(后有专论),后者则涉及每个生命的温暖瞬间。这样的瞬间总是很少的,但毕竟是有。对此,张爱玲在有关《太太万岁》的自述中解释道:"出现在《太太万岁》里的一些人物,他们所经历的都是些注定了要被遗忘的泪与笑,连自己都要忘怀的。这悠悠的生之负荷,大家分担着,只这一点,就应当使人与人之间感到亲切的罢?'死亡使一切人都平等',但是为什么要等到死呢?生命本身不也使一切人都平等么?人之一生,所经过的事,真正使他们惊心动魄的,不都是差不多的几件事么?为什么偏要那样地重视死亡呢?难道就因为死亡比较具有传奇性——而生活却显得琐碎,平凡?"(《〈太太万岁〉题记》)"生命本身不也使一切人都平等么",凡俗中人当然不会这么看,但张爱玲用以称量每个人重量的,却是生命中那些转瞬即逝的光辉。其他东西(包括肉体)总会"崩坏"归入虚空,唯有这些瞬间光华经文字而留存下来,历百千年而仍有力量。所以,在物质主义的层面,张爱玲非常注意将生命"惊心动魄"的瞬间构制成"欢悦的细节"。这在她的文字中在在皆是:

亲家太太抽香烟,娄太太伸手去拿洋火,正午的太阳照到玻璃桌面上,玻璃底下压着的玫瑰红平金鞋面亮得耀眼。娄太太的心与手在那片光上停留了一下。忽然想起她小时候,站在大门口看人家迎亲,花轿前呜哩呜哩,回环的、蛮性的吹打,把新娘的哭声压了下去;锣敲得震心;烈日下,花轿的彩穗一排湖绿,一排粉红,一排大红,一排排自归自波动着,使人头昏而又有正午的清醒白醒,像端午节的雄黄酒。轿夫在绣花袄底下露出打补丁的蓝布短裤，上面伸出黄而细的脖子，汗水晶莹，……轿夫与吹鼓手成行走过，一路是华美的摇摆。看热闹的人和他们合为一体了，大家都被在他们之外的一种广大的喜悦所震慑，心里摇摇无主起来。(《鸿鸾禧》)

她顺手拿起烟灯，把那黄豆式的小火焰凑到那孩子手上。粗壮的手臂连着小手，上下一般粗，像个野兽的前脚，力气奇大，盲目地一甩，差点把烟灯打落在地下。她不由得想起从前拿油灯烧一个男人的手。忽然从前的事都回来了，砰砰砰的打门声，她站在排门背后，心跳得比打门的声音还更响，油灯热烘烘熏着脸，额上前刘海儿热烘烘罩下来，浑身微微刺痛的汗珠，在黑暗中戳出一个个小孔，划出个苗条的轮廓。她引以自慰的一切突然都没有了，根本没有这些事，她这辈子还没经过什么事。大姑娘！大姑娘！在叫着她的名字。他在门外叫她。(《怨女》)

这类细节频繁出现，甚至同一细节多次出现，给人深刻印象。王德威谓为"重复""回旋"及"衍生"的叙事学，"我们的中国想象莫不以开创新猷、与时精进为前提。隐于其下的目的论，不论左右，均不言自明。发为叙事创作，则出现各种名号的写实/现实主义，要皆以铭刻现实、通透真理作为思辨的基准。自鲁迅、茅盾至杨沫、浩然，现实及现实写作的意旨性（meaningfulness）及有效性（utility），总浮现于字里行间。相对于此，张爱玲一脉的写作绝少大志。以'流言'代替'呐喊'，重复代替创新，回旋代替革命，因而形成一种迥然不同的叙事学。我以'回旋'诠释 involution 一词，意在点出一种反线性的、卷曲内耗的审美观照，与革命或 revolution 所突显的大破大立，恰恰相反"[1]。这颇有见地。

虚无主义的哲学底子与物质主义的欢悦细节，在此错配有致，成为张爱玲讲故事的基本格局。然而，敏感者不难发现，这些欢悦细节给人的印象到

---

[1] 王德威：《落地的麦子不死：张爱玲与"张派"传人》，山东画报出版社2004年版，页21—22。

底是欢悦呢,还是虚空呢?娄太太、银娣对脆弱往事的忆念,不正是她们在现实中陷入巨大生命虚空的表现吗?在这里,喜悦中渗出悲伤,悲伤又遮不住一瞬的光亮,实际上悲喜同一了。如果说张爱玲小说多系悲剧,那她这种悲剧是很中国化的,而与现代文人写的悲剧大异其趣。其特点,宋家宏有过总结:"张爱玲小说世界在悲剧与喜剧相融合的构成方式上,有一个基本特色,即随着小说叙事的推进,喜剧因素由强至弱,悲剧因素则由弱至强。但从始至终两者皆不会完全消失。小说开篇时,悲剧因素以潜流的方式存在,不时闪现,逐渐浮出表面,越来越浓重;小说结尾时,喜剧因素沉到悲剧因素的下面去了。"[1]悲喜因此合一。她的虚空因为物质欢悦而得到暂时缓解,她的世俗场景因为有了虚无的底子而散发出生命的力量。对后者,王安忆指出来了:"张爱玲的世俗气是在那虚无的照耀之下,变得艺术了。她写苏青,写到想与苏青谈'身世之感',便想象苏青的眼神是:'简直不知道你在说些什么!大概是艺术吧?'苏青是不'艺术'的,她的世俗后面没有背景。"[2]当然,王安忆多少带有些不以为然的意思。然而张爱玲自己,却是心甘情愿的:

要低级趣味,非得从里面打出来。我们不必把人我之间划上这么清楚的界限。我们自己也喜欢看张恨水的小说,也喜欢听明皇的秘史。将自己归入读者群中去,自然知道他们所要的是什么。要什么,就给他们什么,此外再多给他们一点别的——作者有什么可给的,就拿出来,用不着扭捏地说:"恐怕这不是一般人所能接受的罢?"那不过是推诿。作者可以尽量给他所能给的。读者尽量拿他所能拿的。像《红楼梦》,大多数人于一生之中总看过好

---

[1] 宋家宏:《走进荒凉:张爱玲的精神家园》,花城出版社2000年版,页322—323。

[2] 王安忆:《世俗的张爱玲》,收《再读张爱玲》,刘绍铭等编,山东画报出版社2004年版。

几遍。就我自己说，八岁的时候第一次读到，只看见一点热闹，以后每隔三四年读一次，逐渐得到人物故事的轮廓、风格、笔触，每次的印象各个不同。现在再看，只看见人与人之间感应的烦恼。(《论写作》)

张爱玲不但要讲热闹的故事，她还希望"多给他们一点别的"。这悲喜合一、有无互生、人生的喜悦与哀悯交互流动的生命之境，难道不是人生的真谛吗？张爱玲从中看到了自己。她也希望每一个人从中看见自己。

五、张爱玲的重与轻

张爱玲的叙事哲学的重要性，来自五四以后现代文学传统的参照。晚清以来，知识界在深重的现实危机中普遍接受了西方的启蒙主义和历史主义话语，由此形成了一套完整的"调节异质分布"(regulate the distribution of the heterogeneous)的叙事系统。该系统之要义在于根据所谓文明与愚昧、自由与专制相互冲突的历史赋予故事中的人物以某种抽象本质。五四文学秉承黑格尔的启蒙遗产，根据自由意识实现程度的差异赋予人物不同本质，阿Q、祥林嫂和孔乙己是传统文化钳制下的不自由者，爱牟和于质夫则是现实社会压制下的不自由者。稍后，左翼文学秉承马克思经济化、政治化了的历史理念，将农民与地主、资产阶级与无产阶级、革命者与反革命者、"我们"和"他们"分别赋予了被压迫者与压迫者的不同本质。显然，个体在历史中的受奴役和受压迫位置足以给予其追求合理自由的充分理由。个人只要在普遍历史中获得不自由的本质，他朝向自由的奋争便具有充分的正当性；反之，个人若被赋予扼制自由的本质，其毁灭也必被视为合理。故现代文学论证自由故事的合法性，首先即是以不同的历史本质对各种原生的人物予以调节和区分，使之获得不同的隐喻意义。由此又自然解决了个人价值如何生成的问题。个人因秉有历史本质的差异，存在正面人物（促进历史）与反面人物（阻碍历史）之分。在五四之后《家》和《暴风骤雨》这样的文本中，正、反面人物还从历史中发现了各自的价值之源。对于觉慧、林道静等正面人物来说，人生的价值在于认识、理解历史规律，并从这种规律中去寻求献身的人生意义。其献身的对象是历史正义，即致力于国家富强与民众幸福的庄严事业。这种叙事方法对中国作为现代民族国家的建立意义极大。

当然，问题还可以从另一方面看，在"新"被神话化抬上文学书写的圣坛，"旧"则被驱逐了。事实上，通过鲁迅、郁达夫、冰心一代人的反复叙述，旧的封建文化丧失了合法性，继而退出国家教育领域。鲁迅小说是为典型："鲁迅对于农村人物的懒散、迷信、残酷和虚伪深感悲愤；新思想无法改变他们，鲁迅因之摈弃了他的故乡，在象征的意义上也摈弃了中国传统的生活方式。"[1]通过巴金、丁玲、周立波等人的反复叙述，旧的社会制度与政治制度亦被推向仇恨的前台而终致被推翻。这一事件被我们庆祝了近一个世纪。然而现在回头看，旧的制度和文化真的如鲁迅等小说中所描绘的那样吗？农民真的都如阿Q那般愚昧？再看左翼文学，不但反面人物疑点重重，就是正面人物亦高度"失真"。张爱玲在出道之初，就将五四文学和左翼文学称作"新文艺腔"，明确表示"彻底迷误"和"彻底觉悟"的人究竟有限。但"调节异质分布"的叙事方法为达成弃旧扬新的意识形态目的，往往将本来极为复杂的人抽象成可以辨认的"新人"或者"旧人"，每个人的生活经验也经过择取——只有反映旧文化之衰败或新社会之光明的故事才会被承认。尤重要者，因为疗救国家的需要，古典文学的虚无主义被放弃，被遗忘。《红楼梦》一类的小说，看了后只会让读者产生万事空幻之感，努力也好，信仰也好，都毫无意义。这样的文学，又如何能承担引导青年到解救国家危亡的道路上去？所以，在国家的现实需要下，本土的文学经验实际上被摈弃在阅

---

[1]〔美〕夏志清：《中国现代小说史》，复旦大学出版社2005年版，页26。

读与写作之外。甚至历数十年，理解它已是不易。

无论从哪方面讲，张爱玲的写作都是本土文学经验的有力见证者。她描写了大量在西方启蒙主义、历史主义视野之外的人物，她将虚无主义重新引入现代文学，使以《红楼梦》为代表的古典文学在现代白话文写作中获得创造性转化，其功绩值得在随后章节进一步分析。不过，"张学"发展到今天，读者广多，电影风靡，谈论张爱玲之卓绝处易成共识，分析其局狭面则不免难以展开。其实，国内学者无人承认张爱玲为"伟大"作家。但何以不"伟大"，要么推之于"软性文字"，要么嫌其视野狭小，缺乏广度。这两说皆难以取信于人。而夏志清等海外学人对张爱玲极力推崇，更不言及张爱玲的不足。而且，他们力推"祖师奶奶"之时，往往是在将张爱玲与其同时代重要作家如沈从文、萧红、巴金等相隔绝的情况下孤绝立论的，即便有比较，也多是与鲁迅的简单对比，比如强调鲁迅与左派政党的关系。这类比较难以呈现张爱玲的不足，也不能让国内学者信服。当然，从某种角度上讲，张爱玲与鲁迅、巴金等其实不宜比较，因为她的叙事哲学源出古典，而鲁迅、巴金取自西方，路数殊异。不过，作为分析，也可略做讨论，一则张爱玲这种本土经验性的写作向度，在同时代并非如海外学人所以为的是孤绝一人；二则之于生命悲剧的揭示方法，在写作上亦有可以考虑的标准。

就中国式虚无主义而言，在二十世纪三四十年代文坛至少有萧红、张爱玲两位小说家。相对而言，张爱玲在很早之时即借由文学阅读、家世氛围而接触到这种虚无主义哲学，这构成了她叙述世界的起点，使她恋恋于俗世景物，形成王德威所谓"陷溺"的叙事风景。然而，恰如王安忆所言，她是"临着虚无之深渊"，但始终警惕着自己不踏陷进去："说实在，我很为张爱玲惋惜，她其实是具备很好的条件，可以塑造重大的情感状态。她能领会深刻的人生哀痛，在文字上，可说是找到了原动力，有可能去创造文字的宫殿。可是，她的创痛不知在哪一个节骨眼上得到了有效的缓解，很快解脱出来，站在一边，成了一个人生戏剧的鉴赏者，口气轻松了许多。其实，张爱玲是站在虚无的深渊边上,稍一转眸,便可看见那无底的黑洞,可她不敢看,她得回过头去。她有足够的情感能力去抵达深刻,可她却没有勇敢承受这能力所获得的结果,这结果太沉重,她是知道这分量的。于是她便自己攫住自己,束缚在一些生活的可爱的细节上,拼命去吸吮它的实在之处,以免自己再滑到虚无的边缘。"[1]这种批评比较到位。其实,中国的虚无主义真的能通过世俗细节获得有效缓解吗?张爱玲认为是可以的。她说:

受过教育的中国人认为人一年年地活下去,并不走到哪里去;人类一代一代下去,也并不走到哪里去。那么,活着有什么意义呢?不管有意义没有,反正是活着的。我们怎样处置自己,并没多大关系,但是活得好一点是快乐的,所以为了自己的享受,还是守规矩的好。在那之外,就小心地留下了空白——并非懵懂地骚动着神秘的可能性的白雾,而是一切思想悬崖勒马的绝对停止,有如中国画上部严厉的空白——不可少的空白,没有它,图画便失去了均衡。不论在艺术里还是人生里,最难得的就是知道什么时候应当歇手。中国人最引以自傲的就是这种约束的美。(《中国人的宗教》)

至少她的小说是懂得"歇手"的。她的小说虽时可见中国式虚无的片刻或瞬间,然就整部作品而言,却并没有真的陷入虚无主义哲学,俗世的欢悦占了重要地位,而没有被虚无浸淫、笼罩。相反,《红楼梦》尽管开出了整桌整桌的菜单,对物质细节的迷恋比张爱玲铺张得多,然而它最终却"悲凉之雾,遍披华林"[2],成为一部彻头彻尾的中国式的虚无主义悲剧。它里面实有着精神的深渊,但张爱玲却绕道而过了。作为比较,萧红也是一位有虚无主义倾向的作家。较之张爱玲,萧红出身一般乡绅之家,并未很早接触虚无主义哲学。比较起来,萧红不像张爱玲那样受到《红楼梦》的强有力的刺

---

[1] 王安忆:《人生戏剧的鉴赏者》,《文学报》1995年9月21日。
[2] 鲁迅:《中国小说史略》,人民文学出版社1973年版,页201。

激。萧红的文学写作,更多地受激于自身惨痛的命运,她也希望通过文字改变这一切。从各方面讲,萧红都属于张爱玲所鄙薄的"新文艺腔",而与张爱玲所深谙其味的虚无主义哲学有所距离。然而,在历尽颠簸、接近生命终点的香港病床上,薄薄一册《呼兰河传》极其突然地将萧红卷进那种巨大无边的虚空里,甚至她自己都不自觉。萧红不是从知识上了解虚无主义哲学并时时有意把它写入文字(如张爱玲),而是无家可归、无人爱、一无所系的现实苦痛,猝然地将她推入了那种无可抵挡的永痛之中——因为孤寂,她回忆童年呼兰河小城的往事,童年的南瓜花开得愈是欢快,那些细节愈是热闹,她愈是感觉到往事之为虚幻、现实之摧毁力量,然愈是如此,她愈无以为寄,仍只能祈求温暖而实已虚空的往事,继而收获更大的荒凉……如此反复的精神搏力,使《呼兰河传》变得如此的温暖,又如此的荒凉。长久的无以释怀的荒凉,像盘桓不去的阴冷的风,在萧红的内心刮过来又刮过去。世俗细节不能缓解她内心万事皆空的痛苦。《呼兰河传》由此成为现代文学史上唯一一部抵达中国虚无主义哲学核心的小说。相对而言,张爱玲未达到萧红这等高度,尽管在后世张爱玲由于题材的共通性、文字的阴丽、上海写作的情调而拥有比萧红更多的读者。萧红的虚无主义哲学甚至还未被人认识到。既然她不像张爱玲那样时时标示出来,这种哲学又为深受西方哲学熏陶的文学史家所陌生,这种情形就不令人奇怪了。

相对于《红楼梦》,甚至相对于萧红,张爱玲都不无"轻"的局限。恰如王安忆说她,她在虚无的深渊的边上一瞥,便迅速回头了。所以,虚无主义哲学在张爱玲文字中展现的层次其实还是有所限度。与此同时,在揭示这种虚无主义哲学的叙事方法上,张爱玲亦不免过于便捷。在《红楼梦》中,曹雪芹通过漫长的人世离合、细致的世相表述、日常却又惊心的心灵旅程,一层一层地逼近了这种哲学。然而张爱玲却是采用蒙太奇手法,隔着十年或三十年,两个画面一对接,便将这种哲学点将出来。譬如特别为人称道的一段描写即是如此:

七巧立在房里,抱着胳膊看小双祥云两个丫头把箱子抬回原处,一只一只叠了上去。从前的事又回来了:临着碎石子街的馨香的麻油店,黑腻的柜台,芝麻酱桶里竖着木匙子,油缸上吊着大大小小的铁匙子。漏斗插在打油的人的瓶里,一大匙再加上两小匙正好装满一瓶——一斤半。熟人呢,算一斤四两。有时她也上街买菜,蓝夏布衫裤,镜面乌绫镶滚。隔着密密层层的一排吊着猪肉的铜钩,她看见肉铺里的朝禄。朝禄赶着她叫曹大姑娘。难得叫声巧姐儿,她就一巴掌打在钩子背上,无数的空钩子荡过去锥他的眼睛,朝禄从钩子上摘下尺来宽的一片生猪油,重重的向肉案一抛,一阵温风直扑到她脸上,腻滞的死去的肉体的气味……她皱紧了眉毛。床上睡着的她的丈夫,那没有生命的肉体。(《金锁记》)

更知名的是关于翠绿山水、屏风上的鸟等描写,都是通过主人公或叙述者的某一闪念,即将这一层透露出来。对此,迅雨谓为"节略法"(raccourci):"这是电影的手法:空间与时间,模模糊糊淡下去了,又隐隐约约浮上来了。巧妙的转调技术!"[1]张新颖将其中部分蒙太奇式的描写称为"现代鬼话",譬如对《第一炉香》中的一段:"(薇龙)再回头看姑妈的家,依稀还见那黄地红边的窗棂,绿玻璃窗里映着海色。那巍巍的白房子,盖着绿色的琉璃瓦,很有点像古代的皇陵","薇龙自己觉得是《聊斋志异》里的书生,上去探亲出来之后,转眼间那贵家宅第已经化成一座大坟山",张新颖评价说,这种"鬼话""特别引人注目地揭示出人物意识的惊觉",但"通常这样的惊觉只是转瞬即逝,意识又重新回到日常生活的情理和逻辑之中继续发展","可是当叙述沿着日常生活的逻辑和情理发展到极端,人物被逼入生存的绝境,再也'回不去了'的时候,这才发现曾经有过的转瞬

---

[1] 迅雨:《论张爱玲的小说》,《万象》第3卷第11期。

即逝的惊觉才暗示和预兆了真相"。[1]"鬼话"也罢,节略法也罢,张爱玲实际上都是用巧妙、快捷的方法将人生虚无的"真相"提示给读者,而不是让他们在层层叠叠的人生中忽然悟透生命。置之短篇小说,这当然可算技法过人。但就古典文化的博大深远而言,又不免有"速成"之意。这使张爱玲小说有《红楼梦》之神韵,却多少有"缩微版"甚至"快餐版"的痕迹。当然,这或许是受短篇小说体裁的制约。但从她赴美新改写的长篇小说《怨女》看,她仍未能写出如《红楼梦》那种深永的悲伤。

以中国式的虚无主义为底的叙事哲学,决定了张爱玲在20世纪中文书写中的异数与另类,也决定了她永远存身于热爱与误解的错杂中。王安忆说"我不像张爱玲",既包含对张爱玲的了解,亦包含对张爱玲局狭之处的洞察。

---

[1] 张新颖:《日常生活的"不对"和"乱世"文明的毁坏——张爱玲创作中的现代"恐怖"和"虚无"》,《文艺争鸣》2000年第3期。

第五讲 可疑的"杀父书写"

"簪缨望族"(迅雨语)的出身与生活范围,决定了张爱玲所接触并熟悉的男性类型,由而构成她的小说中男性群像谱系。香港学者林幸谦以"阉割"与"去势"的"杀父书写"现象概括张爱玲之于男性的想象与构建[1],可谓一语中的。然则"反父权体制"的叙事在五四以后到底是民族国家生产的一部分,而"临着虚无之深渊"的张爱玲,于"杀父书写"上多少是可疑的。她对于男性的理解、讥讽或者欣赏,实又多逾出了民族国家生产的规则。至少张爱玲笔下的男性的类型与特征,肯定不限于林幸谦先生所说的"形体残缺和精神残障两种主要类型"。

一、人性讽喻:遗老遗少

张爱玲出生以后,张家虽然一直在没落,但至少在张爱玲离开父亲的家以前,张家一直维持着相当的家业规模。张爱玲姊弟对这份家业的具体数目

---

[1] 林幸谦:《反父权体制的祭典——张爱玲小说论》,《文学评论》1998年第4期。

始终不甚清楚。但据张子静回忆,张家直到1935年,仍在上海虹口拥有八栋别墅,汽车经常更换最新品牌。而这已是经过张志沂挥霍十余年的结果。所以张爱玲童年、少年时期家境可见一斑。"簪缨望族"的门第财力决定了张爱玲少时拥有一种完整的内闺生活,长期生活在太太、少奶奶、姨太太、表姊妹、贴身女佣等各色女性之间,中学进的又是贵族女校(圣玛利亚女校)。如此旧家生活,使张爱玲在成长期接触的男性相当有限。作为闺阁中的女子,她耳闻的是晚清重臣(李鸿章)旧事,目睹的却是她父亲、舅舅、表哥、表弟等形形色色的男性。虽云"形形色色",其性质却大体接近。对这类男性,张爱玲讥薄居多。这使她关于此类男性的描写(记忆)偏于阴暗。哈布瓦赫说,理性"按照一种符合我们此刻观念的秩序,在库存记忆中进行挑选,抹去其中一些,并对其余的加以排列"[1]。在张爱玲的"理性"中,这些遗老遗少皆为无用可笑之人。张爱玲父亲张志沂接受过优质中西教育,然而百无一用,以吸鸦片、喝花酒、娶姨太太度过一生。《小团圆》记载九莉父亲说:"乃德脾气非常好,成天在他房里踱来踱去转圈子,像笼中的走兽,一面不断的背书,滔滔汩汩一泻千里,背到末了大声吟哦起来,末字拖长腔拖得奇长,殿以'殴……!'中气极足。只要是念过几本线装书的人就知道这该费多少时间精力,九莉替他觉得痛心。楚娣有一次向她讲起她伯父,笑道:'大爷听见废除科举了,大哭。'"故在她小说中,她所使用的素材,呈现出的此类人物,多甚不堪。张子静说:"我姐姐的小说人物,不是心理有病就是身体有病。有的甚至心理、身体都病了。在现实生活中,这些人大多是清朝遗老的后代,民国之后仍然坐享显赫家世,高不成低不就,在家吃遗产、吸大烟、养姨太太,过着奢靡颓废的生活。"(《我的姐姐张爱玲》)

这类自居为"遗老遗少"的男人拒不承认推翻清王室的民国政府,对现实政治显示冷淡态度。在《花凋》中,郑川嫦的父亲"因为不承认民国,自

---

[1] 〔法〕莫里斯·哈布瓦赫:《论集体记忆》,上海人民出版社2002年版,页304。

从民国纪元起他就没长过岁数。虽然也知道醇酒妇人和鸦片,心还是孩子的心。他是酒精缸里泡着的孩尸"。这一人物以张爱玲舅父黄定柱为原型写作。据说黄定柱看见"孩尸"一说勃然大怒。《小团圆》也说:"有一次她写了篇东西,她舅舅家当然知道是写他们,气得从此不来往。她三姑笑道:'二婶回来要生气了。'"不过,不承认民国并不表明这类人物有特别的政治情怀或伤时感世的痛苦。他们不过借以怀恋曾经给予他们富贵荣华的清朝统治罢了,仅剩下空洞的回忆,"他们生存的意义似乎只剩下了等待那行将就木的最后一日,在等待中依靠回忆打发日子,依靠彼此无聊的争吵和传播笑话趣闻为死寂的生活增添一点乐趣。他们离不开旧宅院、旧文化、鸦片与姨太太,在旧家规中回味昔日的辉煌。"[1]至于这样腐朽不堪的政权会将中国带向怎样的未来,他们是不屑计议的。不承认民国的背后,还可以掩饰他们在现实社会中寄生虫式的无能。

大凡高门巨族,易生膏粱子弟,兼之皇权倾覆,旧家声势不再,其子孙更多踏入纨绔之路。他们坐拥前代遗产,由于资产过巨,在可预测的时间内,他们及其子孙完全可以坐享其成,尽情享乐。所以,这类男性虽然少时受优良教育,但既长之后,却对职业了无兴趣。他们只是计划着一桩门当户对的婚姻,双方都有遗产可承,成家后有更多钱财可供开销。他们把自己的人生就系挂在一桩遗产上。譬如聂传庆,一心盼着的就是有朝一日能像他父亲那样签支票,大把大把地花钱:

传庆红了脸,道:"言丹朱——她的朋友多着呢!哪儿就会看上了我?"他父亲道:"谁说她看上你来着?还不是看上了你的钱!看上你!就凭你?三分像人,七分像鬼——"传庆想道:"我的钱?我的钱?"总有一天罢,钱是他的,他可以任意地在支票簿上签字。他从十二三岁起就那么盼望着,并

---

[1] 宋家宏:《走进荒凉:张爱玲的精神家园》,花城出版社2000年版,页48。

且他曾经提早练习过了,将他的名字歪歪斜斜,急如风雨地写在一张作废的支票上,左一个,右一个,"聂传庆,聂传庆,聂传庆",英俊地,雄纠纠地,"聂传庆,聂传庆"。可是他爸爸重重地打了他一个嘴巴子,劈手将支票夺了过来搓成团,向他脸上抛去。为什么?因为那触动了他爸爸暗藏着的恐惧。钱到了他手里,他会发疯似地胡花么?这畏葸的阴沉的白痴似的孩子。他爸爸并不是有意把他训练成这样的一个人。现在他爸爸见了他,只感到愤怒与无可奈何,私下里又有点害怕。(《茉莉香片》)

然而,这类男性或许没有想到,再精美的屏风也终有一日会陈旧、破败。高门巨族无论聚敛多少财产,倘若子孙只懂得坐吃山空,那终究"富不过三代",何况清倒台后的中国,并未迎来一个昌明繁盛的时代,相反,陷入更深的乱世。军阀混战,匪乱频生,破产风潮,日本入侵,诸种动荡,终使大多数旧式家族在雨打风吹中成为往事,眼看着就要沦入平民的行列。《倾城之恋》中白流苏的父亲即是"一个有名的赌徒,为了赌而倾家荡产",白四少爷同样狂嫖滥赌,弄出一身脏病。在此破败境况中,遗老遗少的无能更暴露无遗。小说《创世纪》中,紫微(以李鸿章幼女为原型)一大家人都靠她当年的陪嫁过活,20年、30年、40年如一日地如此坐吃山空,陪嫁纵是巨大,但终经不住丈夫、儿子、儿媳、孙女、女儿、仆佣们漫无止境地消耗,最后下坠为弄堂平民。在这种境况中,丈夫匡霆谷、儿子匡仰彝的无能与卑下不能不说是触目惊心。匡霆谷年轻时仰赖紫微娘家的力量,在北方做过几年小官,但终于没能力做下去,跑回南方,从此一辈子靠着紫微的嫁妆过活。这位遗老好歹也算饱读诗书,然而人生志趣终究只是限于一杯莲子茶:

他一手抄在大襟里,来回走着,向沈太太道:"我这个莲子茶今年就没吃好!"言下有一种郑重精致的惋惜。沈太太道:"今年姑奶奶那儿是姑奶奶自己亲自煮的,试着,没用碱水泡。"霆谷问道:"煮得还好么?"沈太太道:

"姑奶奶说太烂了。"霆谷道:"越烂越好,最要紧的就是把糖的味道给煮进去……我今年这个莲子茶就没吃好!"

甚至更等而下之的,他的乐趣还集中在借外力打压一下他一辈子未占上风的妻子:"不为别的,就为了和祖母(紫微)闹别扭,表示她虽然养活了他一辈子,他还是有他的独立的意见。"一次紫微约皮货商上门看货(卖陪嫁维持家用),匡霆谷竟帮皮货商压价,"紫微恨道:'你这不是岂有此理!我卖我的东西,要你说上这许多!人家压我的价钱,你还要帮腔!'霆谷道:'咦?咦?没看见你这么小气——也值得这么急扯白脸的!也不怕人见笑!真是的,我什么东西没见过!有好的也不会留到现在了!'紫微越发生气,全少奶奶也不便说什么,还是那商人两面说好话,再三劝住了,讲定了价钱成交。霆谷送了那商人下去,还一路说着:'就图你这个爽气!本来我们这儿也不是那些生意人家,只认得钱的。——真是,谁卖东西!我不过是见得多了,有一句说一句……'商人连声答应道:'老太爷说的是。'"(《创世纪》)而儿子匡仰彝更是自甘堕落,丝毫不以靠母亲养活为耻:"他向紫微摊出一只手,笑着咕哝了一句道:'妈给我四百块钱。'紫微嘴里蝎蝎螫螫发出轻细的诧异之声,道:'怎么倒又……怎么上回才……'然而他多高多高站在她跟前,伸出了手,这么大的一个儿子了,实在难为情,只得从身边把钱摸了出来。仰彝这姊姊向来是看不起他的,他偏不肯在姊姊面前替母亲争口气!"这不能不让紫微心生凄凉,"紫微笑道:'那时候倒是,很有几个人家要想把女儿给你呢!'她别过头来向沈太太道:'小时候很聪明的嗳!先生一直夸他,说他做文章口气大,兄弟里就他像外公。都说他聪明,相貌好。不知道怎么的……变得这样了嘛!'仰彝只是微笑,茶晶眼镜没有表情,脸上其他部分唯有凄凉的谦虚。紫微道:'大起来反而倒……一点也不怎么了嘛!一个个都变得……'她望着他,不认得他了。她依旧蹙着眉头无可奈何地微笑着,一双眼睛却渐渐生冷起来。"(《创世纪》)

不过，在这类遗老遗少中，匡霆谷、匡仰彝父子算是另类。由于匡家全部财产都来自紫微的陪嫁，匡老太爷又是当年戚文靖公门生，所以，紫微在匡家数十年一直当家做主，匡家父子没有什么地位。但这不是当时高门巨族的通则。张爱玲虽然鄙薄各类遗老遗少，但在她的小说中，不难看出，由男人当家做主才是主流。不过，即便在这些家族中，男性的无能更见普遍。由于遗产已经吃尽或终将吃尽，遗老遗少们也被迫面对生存。因此他们变得很紧张，自私，生怕钱财失手，甚至对子女也不例外。《花凋》中："郑先生长得像广告画上喝乐口福抽香烟的标准上海青年绅士，圆脸，眉目开展，嘴角向上兜兜着，穿上短裤子就变成了吃婴儿药片的小男孩，加上两撇八字须就代表了即时进补的老太爷，胡子一白又可以权充圣诞老人。"这是一个标准的富态的安逸的绅士形象，然而谁又知道他只把钱扣给自己用，女儿的大学不必提，就是女儿生病了他也不愿意拿出钱来。然而节支有限，终究需要开源。但他们多数一无所长，只能将希望寄托在别人身上。这个"别人"不是别人，而是他们的子女。儿子当然不能指望，因为和父亲一样，已然成为"精神上的残废"，唯能指望的就是女儿，倘若女儿生得漂亮的话。

姚先生（《琉璃瓦》）对女儿们的前途有极周密的计划，他要把几个漂亮女儿当作攀龙附凤的跳板。他把大女儿琤琤嫁给公司大股东的儿子，然而，琤琤为显示自己不是为了攀附夫家，竟然不许公公提拔姚先生。一气之下，姚先生就随二女儿随便嫁了。到三女儿，他则巧作安排，有意引导，介绍她与一个长着"椰子似的圆滚滚的头，头发朝前梳，前面就是脸，头发朝后梳，后面就是脸"的富家子弟认识，却不料女儿看上了陪饭的一位青年，让姚先生的如意算盘化为云烟。虞老先生年轻时风流浪荡，抛弃家茵母女，荡尽祖业，老来又把辛辛苦苦打工的女儿看作摇钱树，无遍次地、无愧色地找她要钱：

小蛮不停地回过头来，家茵实在耐不住了，走过来说道："爸爸，你还是上我家去等我吧。你在这儿说话,小蛮在这儿做功课分心。"姚妈搭讪着便走开了,怕他们父女有什么私房话说嫌不便。虞老先生看看钟,也就站起身来道:"好,好,我就走。你什么时候回去呢?"家茵道:"我五点半来。"虞老先生道:"那我在你那儿枯坐着三四个钟头干吗呢?要不,你这儿有零钱吗,给我两个,我去洗个澡去。"家茵稍稍吃了一惊,轻声道:"咦?那天那钱呢?"虞老先生道:"嗐!你不想,上海这地方,五万块钱,花了这么许多天,还不算省的吗?"家茵不免生气道:"指定你拿了上哪儿逛去了!"虞老先生脖子一歪,头往后一仰,厌烦地斜睨着她道:"那几个钱够逛哪儿呀?嗐,你真不知道了!你爸爸不是没开过眼的!从前上海堂子里的姑娘,提起虞大少来,谁不知道!那!那时候的倌人!真有一副功架!那真是有一手!现在!现在这班,什么舞女啰,向导啰,我看得上眼?都是没经过训练的黄毛丫头,只好去骗骗暴发户!"家茵拧着眉头,也不作声,开皮包取出几张钞票递给他,把他送走了。(《多少恨》)

"卖女"为生,甚至尚未当家的匡仰彝都立下了此等"宏愿":"紫微道:'现在这东西简直贵得……'她蹙紧眉头微笑着,无可奈何地望着人,眼角朝下拖着,对于这一切非常愿意相信而不能够相信。沈太太道:'可不是!'紫微道:'这样下去怎么得了啊!就这样子苦过,也不知道能够维持到几时!'仰彝驼着背坐着,深深缩在长袍里,道:'我倒不怕。真散伙了,我到城隍庙去摆个测字摊,我一个人总好办。'他这话说了不止一回了,紫微听了发烦,责备道:'你法子多得很呢!现在倒不想两个出来!'仰彝冷冷地笑道:'本来这是没办法中的办法呀。真要到那个时候,我两个大点的女儿,叫她们去做舞女,那还不容易!'紫微道:'说笑话也没个分寸的!'"(《创世纪》)但如不幸女儿生得不美,又或者虽然美但一时生了病,眼见得难以嫁个好人家,那未来就不太好预料了。

不过,遗老遗少中也不乏手段高的,能傍上外面的女人,让女人倒贴自己。景藩老爷有这等手腕:"他现在的境况也很坏,本来在上海做海关监督,因为亏空过巨,各方面的关系又没有敷衍得好,结果事情又丢了。渐渐地到了山穷水尽的地步。他现在的一个姨太太叫作秋老四,他一向喜欢年纪大一点的女人,这秋老四或者年纪又太大了一点,但是她是一个名人的下堂妾,手头的积蓄很丰富,景藩自己也承认他们在银钱方面是两不来去的,实际上还是他靠着她。所以他们依旧是洋房汽车,维持着很阔绰的场面。"(《小艾》)《怨女》中的三爷,手腕亦不见低:"大爷一倒下来,她最担心的就是三爷怎么了,没有月费可拿了。好久没有消息,后来听见说他两个姨奶奶搬到一起住了。'现在想必过得真省。两个住在一块儿倒不吵?''人家三爷会调停。我们三爷有本事。''他现在靠什么?''他姨奶奶有钱。''哪一个呢?她也养活她?''我们三爷有本事嘛。'"

张爱玲自幼就立志"周游世界",靠自己能力谋得独立生活,而不是做"结婚员"、被父母"卖"作谋财之具。所以,对这类在遗产余荫下苟延余生更兼狂嫖滥赌的男性非常鄙恶,甚至在很多小说中不给他们出场机会。《心经》中,绫卿在与同学许小寒聊天时只用一句话就把自己的父亲和哥哥打发了,"我看她也可怜。父亲死后,她辛辛苦苦把我哥哥抚养成人,娶了媳妇,偏偏我哥哥又死了……"《金锁记》则从始至终都未提及本应是一家之主的姜老太爷,像将出身小门小户的曹七巧扶为正室这么一件家庭大事,都只不过是姜老太太的一句话。《第一炉香》对梁太太丈夫"粤东富商梁季腾"也仅提了一句,一笔略过。《十八春》对曼桢的父亲也只交代了一句。曼桢说:"我十四岁的时候,他就死了。"

然而,这林林总总的遗老遗少,并不能归入民族国家生产的范围。五四以后的文人,多数都出身旧式家族。那些家族虽未必及于张家的煊赫,但也往往声倾地方,为一时望族,如成都李氏家族(巴金)、潜江万氏家族(曹禺)、海宁徐氏家族(徐志摩)、无锡钱氏家族(钱锺书)等。这些文人也往往笔涉遗老遗少,但他们笔下的老太爷、大少爷等等人物,多是封建礼教制度化身。他们因为恪守礼教教条，包办婚姻，酿成年轻人的人生悲剧（如高老太爷）。但张爱玲却无意将他们与旧文化、旧制度勾连。唐文标在他的《张爱玲研究》中曾批评张爱玲熟悉并迷醉"腐朽、衰败、垂死、荒凉"的"死的世界"，她的小说没有道德批判，缺乏积极的社会作用，其实不无识见。其中原因，恰在于张爱玲并未将他们的行为联系到礼教制度之上。事实上，遗老遗少狂嫖滥赌，不守礼法，像虞家茵父亲年轻时因为嫖赌抛弃了妻女，年纪大了又来缠着女儿要钱，这类行径与礼教制度又有何干呢？父慈子孝之道，更未教导男人们如何防范儿女，如何"卖女"谋生。如果说，遵守现代文学"调节异质分布"之叙事方法的文人们，必然将高老太爷（《家》）、吴老太爷（《子夜》）、蒋老太爷（《财主底儿女们》）们安上一个抽象本质（旧制度化身）的话，那么张爱玲则游离于规则边缘。她笔下的遗老遗少，看似与所谓封建文化、礼教制度有着诸多纠葛，但细究之下，又都源于"物欲、情欲、虚荣，对人生一切物质层面上琐屑的计较、饱满的享受、热闹的追逐"[1]，与制度又有何相关呢？故而遗老遗少的故事，未必能增添多少我们关于旧的政治与社会制度的批判，引发的却是有关人性的讽喻与洞察。这不甚符合民族国家建构的需要。尤其紧要的是，张爱玲并无眼看着遗老遗少与旧制度一同毁灭的预期的快意。相反，她以哀悯的心情凝视着她素所讥讽的一切。正如她对自己的"遗少"父亲，虽多出恶语，但也说，"我知道他是寂寞的，在寂寞的时候他喜欢我"（《私语》）。在她的小说中，也没有什么遗老遗少因为颓废放荡的生活而在"日出"之前死去，以作为旧制度崩溃的象征。相反，张爱玲也从未在小说中提供什么新的、光明的社会即将降临的征兆。这使她与巴金等"典范"文人大异其趣：在中国式虚无主义者眼中，不存在一个将要取代现在的理想社会，有的只是乱世颓乱幻象背后人生苍白、虚空的本质。

---

[1] 李新民：《张爱玲小说的讽刺艺术》，《宝鸡文理学院学报》，2005年第2期。

二、两性旷野上的摩登男子

闺阁女子所能接触到的，或有兴趣深切关注的男性，是那些有可能成为姊妹们婚恋对象的青年男子。这类男性多来自家族以外，但大多时候也需有好的门第，受过优良教育，不是从英国、法国留学归来，就是在美国获得博士学位。与家族男性在昏暗的下午逐渐陷落不同，这些男子是新时代的摩登人物。在张爱玲小说中，这类人物以群像方式登场，如范柳原（《倾城之恋》）、佟振保（《红玫瑰与白玫瑰》）、乔琪（《第一炉香》）、哥儿达（《桂花蒸 阿小悲秋》）等。张爱玲对这类男子的态度，更非讽刺那么简单，逸出"杀父书写"之外。或许在少年时代，张爱玲对这类人物的了解多因婚恋机缘，所以她叙述这些人物的故事时，也集中于情欲与爱的层面，而对其他明显走笔匆匆。譬如写到佟振保，对他的情恋以外的生活仅用两三百字就大致了结："他是正途出身，出洋得了学位，并在工厂实习过，非但是真才实学，而且是半工半读赤手空拳打下来的天下。他在一家老牌子的外商染织公司做到很高的位置。他太太是大学毕业的，身家清白、面目姣好，性格温和，从不出来交际。一个女儿才九岁，大学的教育费已经给筹备下了。侍奉母亲，谁都没有他那么周到；提拔兄弟，谁都没有他那么经心；办公，谁都没有他那么火爆认真；待朋友，谁都没有他那么热心，那么义气，克己。"（《红玫瑰与白玫瑰》）对母亲、对兄弟、对朋友一类的事情，张爱玲无甚兴趣描写。她集中写了这些摩登都市男子的情爱追逐。但切莫以为张爱玲是在讽刺他们，实际上他们的逐猎，展示了张爱玲社会辞典中"爱"的全部语义。

在《自己的文章》中，张爱玲曾谈及现代社会里的两性之爱："有沉默的夫妻关系，有怕致负责、但求轻松一下的高等调情，有回复到动物的性欲的嫖妓，……还有便是姘居。"而这类男子的"爱"便集中于上流社会的"高等调情"之上。五四以后的文学，写爱情者多多，写性苦闷者亦不乏其人，但无论爱情之伤还是性欲之苦，总脱不出新的思想被旧的制度所抑的叙事构设。而事实上，在可能发生情爱关系的男女之间，又哪里有那么多的思想冲突或新旧分裂呢？性的气息，语言的暧昧，身体的暗示，旁敲侧击，左试右探，异性之间的情欲纠缠，或许比那所谓的"思想冲突"要切实得多。而这亦是张爱玲少年时期对男女情爱最感亲切的部分，它不关新时代或旧制度，却永远浮动着人性幽微而难以捕捉的意味。借用堂皇的学术名义，可以说张爱玲是五四后第一个纵笔书写"调情文化"的小说家。她发掘了被民族国家想象遮蔽了的大众生活经验。中国的男女经验，半数以上都荡漾在调情的快乐之中。然而由于儒家礼数，由于对新思想或旧制度的关注，调情始终未能获得叙述的合法性。自居为文坛异数的张爱玲不理会这层"成规"，因而抓住了大众男女的心。

　　按照中国的文化习惯，调情更多发生在占据心理优势的男子与略处下风的女人之间。倘若男性地位远高于女人或反之，调情皆难以发生，如《桂花蒸　阿小悲秋》和《小艾》。较适宜的调情对象是在男性稍略占据强势的情况下，因为按照中国的婚配标准，这将是适宜的婚姻。在可以预测的婚姻前景下，"情"才获得更多"调"的空间。范柳原与白流苏之间的调情，乔琪与葛薇龙之间的调情，是比较典型的上等社会的调情。范柳原初见白流苏，即为她身上的东方女性气质所吸引。然而，"他不过是一个自私的男人"，他既不通过正常媒妁渠道向对方求婚，也不通过五四男女那种盟誓终身的方式去表白自身，而是施展他作为摩登公子的手段、机诈与风姿去征服女人的心，进而猎获她的身体，恰如迅雨所言，"美丽的对话，真真假假的捉迷藏，都在心的浮面飘滑；吸引，挑逗，无伤大体的攻守战，遮饰着虚伪。男人是一片空虚的心，不想真正找着落的心，把恋爱看作高尔夫与威士忌之间的调剂"[1]。较之范柳原，乔琪的手段似更见高明。他同时周旋在四个女人之间，而能处之裕如，连久历风月的梁太太也吃了他的亏：

---

[1] 迅雨：《论张爱玲的小说》，《万象》第3卷第11期。

她嗤的一声吐掉了牙签头儿，心里这么想着：这乔琪乔真是她命宫里的魔星，几次三番的拿她开玩笑。她利用睇睇来引他上钩，香饵是给他吞了，他还是优游自在，不受羁束。最后她下了决心，认个吃亏，不去理他了。为了他的捣乱，她势不能留下睇睇。睇睇走了，她如失左右手，一方面另起炉灶，用全力去训练薇龙，她费了一番心血，把薇龙捧得略微有些资格了，正在风头上，身价十倍的时候，乔琪乔又来坐享其成。这还不甘心，同时又顺手牵羊吊上了睨儿。梁太太赔了夫人又折兵，身边出色人才，全被他一网打尽，如何不气？（《第一炉香》）

但若论"调情"的精致程度，则是在心理、位置、计谋相当的男女之间，在双方皆具进攻性、主动性的情形下尤佳。白流苏为着谋生不暇谋爱，葛薇龙由中学而初历风月，在这方面或皆有所"欠缺"，堪称张爱玲小说中最宜"调情"的女性则是《红玫瑰与白玫瑰》中的王娇蕊。王娇蕊是佟振保同学王士洪的太太，振保因与弟弟借住熟人家不便，就租在士洪公寓里一间多余的房子里。振保一见王娇蕊这个出生在新加坡的洋派女人即大受吸引，"他喜欢的是热的女人，放浪一点的，娶不得的女人。这里的一个已经做了太太，而且是朋友的太太，至少没有危险了……"然而接下来发生的故事就无法辨清谁在进攻，谁在退守。振保一住进来，王士洪即有业务前往新加坡。次日振保刚一下班，即听到王娇蕊在与一个似乎叫孙先生的男人通电话，说要"在家里等一个男朋友"，却没想到这"男朋友"似乎就是他。王娇蕊请振保坐下喝茶，下面一段细节，使振保颇疑心她是在故意诱惑他："娇蕊问道：'要牛奶么？'振保道：'我都随便。'娇蕊道：'哦，对了，你喜欢吃清茶，在外国这些年，老是想吃没的吃，昨儿个你说的。'振保笑道：'你的记性真好。'娇蕊起身揿铃，微微瞟了他一眼道：'你不知道，平常我的记性最坏。'振保心里怦的一跳，不由得有些恍恍惚惚。"然而振保又疑心她"背着丈夫和那姓孙的藕断丝连，分明嫌他在旁碍眼，所以今天有意的向他特别表示好感，把他吊上了手，便堵住了他的嘴，因而"添了几分戒心"。但又禁不住她"稚气的娇媚"，"渐渐软化了"，渐渐试探了，"振保靠在阑干上，先把一只脚去踢那阑干，渐渐有意无意地踢起她那藤椅来，椅子一震动，她手臂上的肉就微微一哆嗦"。然而王娇蕊并不示弱：

振保笑道："你喜欢忙人？"娇蕊把一只手按在眼睛上，笑道："其实也无所谓。我的心是一所公寓房子。"振保笑道："那，可有空的房间招租呢？"娇蕊却不答应了。振保道："可是我住不惯公寓房子。我要住单幢的。"娇蕊哼了一声道："看你有本事拆了重盖！"振保又重重地踢了她椅子一下道："瞧我的罢！"

仿佛正式"宣战"，然而振保忽而感到异样和不安，有意退缩了，一段时间总是晚回。然而一天夜里在电话旁偶遇，他又忍不住试探了："'一个人在家不怕？'娇蕊站起来，趿拉趿拉往房里走，笑道：'怕什么？'振保笑道：'不怕我？'"一句话，振保又把两人间快断的线连了起来。然而他又逃避，但两个礼拜后终于"完全被征服了"，因为一日午后回来发现娇蕊"痴心地坐在他大衣之旁，让衣服上的香烟味来笼罩着她，还不够，索性点起他吸剩的香烟"。他们终于在一处了：

她说："我真爱上了你了。"说这话的时候，她还带着点嘲笑的口气。"你知道么？每天我坐在这里等你回来，听着电梯工东工东慢慢开上来，开过我们这层楼，一直开上去了，我就像把一颗心提了上去，放不下来。有时候，还没开到这层楼就停住了，我又像是半中间断了气。"振保笑道："你心里还有电梯，可见你的心还是一所公寓房子。"娇蕊淡淡一笑，背着手走到窗前，往外看着，隔了一会，方道："你要的那所房子，已经造好了。"振保起初没有懂,懂得了之后,不觉呆了一呆。

然而,范柳原也好,乔琪也好,振保也好,他们理解的两性关系终究是在"高等调情"之上,而非所谓"爱"。爱有责任,"上等的调情"则只是两情相悦,所谓聚散随缘,彼此不黏滞。"有计划、有志向"的男人对于女人,当然更喜欢后一层关系。范柳原千方百计请得白流苏到香港来,"连她的手臂都难得碰一碰",却又故意当着她的面和别的女人调情,终于流苏弄明白他的意图了,"两人当下言归于好,一同吃了晚饭。流苏表面上虽然和他热了些,心里却怯慑着:他使她吃醋,无非是用的激将法,逼着她自动地投到他的怀里去。她早不同他好,晚不同他好,偏拣这个当口和他和好了,白牺牲了她自己,他一定不承情,只道她中了他的计。她做梦也休想他娶她。……很明显地,他要她,可是他不愿意娶她。然而她家里穷虽穷,也还是个望族,大家都是场面上的人,他担当不起这诱奸的罪名。因此他采取了那种光明正大的态度。她现在知道了,那完全是假撇清。他处处地方希图脱卸责任。以后她若是被抛弃了,她绝对没有谁可抱怨"。比较而言,乔琪则直白坦率得多,他直接对薇龙说:"我不能答应你结婚,我也不能答应你爱,我只能答应你快乐。"(《第一炉香》)

这种干脆利落的浪荡哲学,范柳原说不出口,佟振保也说不出口。由于振保"出身寒微",是靠自己"出洋得了学位","半工半读赤手空拳打下来的天下",也努力做一个"最合理想的中国现代人物",所以他在调情方面顾忌最甚。一旦发现自己对娇蕊的"动人的身体"的欲望,便警惕自己,"她仿佛是个聪明直爽的人,虽然是为人妻子,精神上还是发育未全的,这是振保认为最可爱的一点。就在这上面他感到了一种新的威胁,和这新的威胁比较起来,单纯的肉的诱惑简直不算什么了。他绝对不能认真哪!那是自找麻烦。也许……也许还是她的身子在作怪。男子憧憬一个女子的身体的时候,就关心到她的灵魂,自己骗自己说是爱上了她的灵魂。唯有占领了她的身体之后，他才能够忘记她的灵魂。也许这是唯一的解脱的方法。为什么不呢？她有许多情夫，多一个少一个，她也不在乎。王士洪虽不能说是不在乎，也并不受到更大的委屈。振保突然提醒他自己，他正在挖空心思想出各种的理由，证明他为什么应当同这女人睡觉"。他觉得羞惭，决定以后设法躲着她，为此，他逃避，然而又试图说服自己："振保一晚上翻来覆去地告诉自己这是不妨事的，娇蕊与玫瑰不同，一个任性的有夫之妇是最自由的妇人，他用不着对她负任何责任，可是，他不能不对自己负责。想到玫瑰就想到那天晚上，在野地的汽车里，他的举止多么光明磊落，他不能对不住当初的自己。"终于在一起之后，他又觉得这是"无耻的快乐"，然而"因为觉得不应该"，所以"振保的快乐更为快乐"。然而娇蕊真的爱上了他，然而她竟然做了他认为的最"莽撞"的事，他终于陷入了"危机四伏"的世界："第二天，再谈到她丈夫的归期，她肯定地说：'总就在这两天，他就要回来了。'振保问她如何知道，她这才说出来，她写了航空信去，把一切都告诉了士洪，要他给她自由。振保在喉咙里'噢'地叫了一声，立即往外跑，跑到街上，回头看那崔巍的公寓，灰赭色流线型的大屋，像大得不可想象的火车，正冲着他轰隆轰隆开过来，遮得日月无光。"他终于辜负了娇蕊，不愿意在她与王士洪离婚后娶她。她从此消失了。

较之振保对自己前程的忧虑，姜季泽承担的风险要小得多。他使出风月手段撩拨了嫂子曹七巧，可等到曹七巧真的要与他做成真的时候，他却又害怕了："季泽看着她，心里也动了一动。可是那不行，玩尽管玩，他早抱定了宗旨不惹自己家里人，一时的兴致过去了，躲也躲不掉，踢也踢不开，成天在面前，是个累赘。何况七巧的嘴这样敞，脾气这样躁，如何瞒得了人？何况她的人缘这样坏，上上下下谁肯代她包涵一点？"(《金锁记》) 哥儿达阅人无数，从来不考虑"太麻烦"的事情：

她是哥儿达先生的理想，至今还未给他碰到过。碰到了，他也不过想占她一点便宜就算了。如果太麻烦,那也就犯不着;他一来是美人迟暮,越发需要经济、时间与金钱,而且也看开了,所有的女人都差不多。他向来主张结交良家妇女,或者给半卖淫的女人一点业余的罗曼史,也不想她们劫富济贫,只要两不来去好了。他深知"久赌必输,久恋必苦"的道理,他在赌台上总是看看风色,趁势捞了一点就带了走,非常知足。(《桂花蒸 阿小悲秋》)

已婚的男人,未婚的男人,都用"高等调情"的方式在两性旷野上捕获猎物,这对力求一桩可以完全谋生的婚姻的女性而言,与男人的交往就不能不是一场计穷智尽的战争。然而,"爱"在哪里呢?许多年后,张爱玲写道,"我们是一个爱情荒芜的国家"(《国语〈海上花〉译后记》),不过在撰写这些小说的20世纪40年代,她还未必这样想。或许,在她少年时代,她所见到的,她所听到的能够引起她的母亲、姑姑、表姊妹们关注和议论的,主要就是这类浪荡子弟。或许,她还认为,只有这样风流机趣的人物,才能激起理解的欢悦,才能唤起心智的交流。尽管他们不是那么愿意承担责任,但又有谁及得上他们的聪明和机灵呢?说到底,女人的虚荣或者情欲,也只有这等素质的男性才能点燃。有如原始的虎与伥的关系,尽管危险,但终究有着刺激的愉悦,一刹的透亮。文学史家往往有很深的误解,以为张爱玲一概视他们为变态、自私的伪君子,深有憎恶,其实大不然矣。张爱玲仅视之为不可逃脱的人性:"也许每一个男子全都有过这样的两个女人,至少两个。娶了红玫瑰,久而久之,红的变了墙上的一抹蚊子血,白的还是'床前明月光';娶了白玫瑰,白的便是衣服上的一粒饭粘子,红的却是心口上的一颗朱砂痣。"时光流逝半个多世纪,我们不得不承认,这是人性中持久的陷阱。一切美好情感,却也只能从这样的人性基础上生发。故而,在那些你攻我守的情欲场上,张爱玲也写到了爱。无论男女,都在捕获与反捕获的竞逐中感受到爱的恍惚。佟振保记挂着王娇蕊的"肉的诱惑"的"威胁",然而在嘈杂利害声响突然隐去的夜晚,他还是体味到那些特殊的感情:"振保抱着胳膊伏在栏杆上,楼下一辆煌煌点着灯的电车停在门首,许多人上去下来,一车的灯,又开走了。街上静荡荡只剩下公寓下层牛肉庄的灯光。风吹着两片落叶踏啦踏啦仿佛没人穿的破鞋,自己走上一程子。……这世界上有那么许多人,可是他们不能陪着你回家。到了夜深人静,还有无论何时,只要是生死关头,深的暗的所在,那时候只能有一个真心爱的妻,或者就是寂寞的。振保并没有分明地这样想着,只觉得一阵凄惶。"(《红玫瑰与白玫瑰》)被击中的孤独的灵魂,在无声息的夜晚倏忽而至:

有一天晚上听见电话铃响了,许久没人来接。他刚跑出来,仿佛听见娇蕊房门一开,他怕万一在黑暗的甬道里撞在一起,便打算退了回去。可是娇蕊仿佛匆促间摸不到电话机,他便接近将电灯一捻。灯光之下一见王娇蕊,却把他看呆了。她不知可是才洗了澡,换上一套睡衣,是南洋华侨家常穿的沙笼布制的袄裤,那沙笼布上印的花,黑压压的也不知是龙蛇还是草木,牵丝攀藤,乌金里面绽出橘绿。衬得屋里的夜色也深了。这穿堂在暗黄的灯照里很像一节火车,从异乡开到异乡。火车上的女人是萍水相逢的,但是个可亲的女人。

甚至多年以后在公共汽车上偶遇已成中年妇人的王娇蕊,振保竟然流泪了:"振保看着她,自己当时并不知道他心头的感觉是难堪的妒忌。娇蕊道:'你呢?你好么?'振保想把他的完满幸福的生活归纳在两句简单的话里,正在斟酌字句,抬起头,在公共汽车司机座右突出的小镜子里,看见他自己的脸,很平静,但是因为车身的嗒嗒摇动,镜子里的脸也跟着颤抖不定,非常奇异的一种心平气和的颤抖,像有人在他脸上轻轻推拿似的。忽然,他的脸真的抖了起来,在镜子里,他看见他的眼泪滔滔流下来,为什么,他也不知道。在这一类的会晤里,如果必须有人哭泣,那应当是她。这完全不对,然而他竟不能止住自己。"

而范柳原在无数猎取游戏的间隙,也有渴望某种称为"爱"的事物。在香港的夜里,他也曾打电话给流苏,说:"我爱你",并问她,"你爱我么?"由于得不到可靠的答案,他总在犹豫之中。最终,一场战争,一个城市的倾覆,让这两个"精刮刮"的人突然去掉了乱世的浮文,彼此走进了对方的魂灵,"流苏拥被坐着,听着那悲凉的风。她确实知道浅水湾附近,灰砖砌的那一面墙,一定还屹然站在那里。风停了下来,像三条灰色的龙,蟠在墙头,月光中闪着银鳞。她仿佛做梦似的,又来到墙根下,迎面来了柳原。她终于遇见了柳原。……在这动荡的世界里,钱财,地产,天长地久的一切,全不可靠了。靠得住的只有她腔子里的这口气,还有睡在她身边的这个人。她突然爬到柳原身边,隔着他的棉被,拥抱着他。他从被窝里伸出手来握住她的手。他们把彼此看得透明透亮,仅仅是一刹那的彻底的谅解,然而这一刹那够他们在一起和谐地活个十年八年"。尽管无人预测战争结束以后范柳原是否会在别的地方开辟新的"高等调情",但惊心动魄的爱总算有了一次。在这个兵荒马乱、转瞬成空、不可理喻的世界上,难道我们还能要求更多吗?胡兰成即肯定这样的爱:"爱玲自己便是爱描写民国世界小奸小坏的市民,她的《倾城之恋》里的男女,漂亮机警,惯会风里言,风里语,做张做致,再带几分玩世不恭,益发幻美轻巧了,背后可是有着对人生的坚执,也竟如火如荼,唯像白日里的火山,不见焰,只见是灰白的烟雾。他们想要奇特,结局只平淡的成了家室,但是也有着对于人生的真实的如泣如诉。"(《今生今世》)

这是怎样的"情调",怎样的自私,又是怎样"惊天动地"的爱呀。这样的浪荡子弟和他们的"爱",在民族国家叙事里找不到恰切位置。在那里,男人只有两个品种:觉醒者和愚昧者,认识到自己被人奴役的人和认识不到自己奴隶处境的人。佟振保、范柳原、乔琪、哥儿达等等人物,是觉醒者,还是愚昧者?他们似乎从未思考过民族国家的小说家们预设的叙事概念,换句话，鲁迅、巴金等新文学作家念兹在兹的绝大命题，在范柳原、佟振保的生活中，从未存在过。对他们而言，从未存在过的问题就等于是不真实的问题。而对张爱玲来说，用不真实的问题驱遣文字、人物和命运，权且称之为"新文艺腔"可矣。

三、"触手可及的温暖"的男性

"临着虚无之深渊"的张爱玲，总希望在勘破世界本相的同时捕捉到"那些触手可及的温暖"（王安忆语）。然而在她构筑的男性像谱中，遗老遗少只能加深她面对人世的寒冷心境，浪荡子弟倒能寄以某些"天长地久"的一瞬，但终究是脆弱、不可靠的。譬如《倾城之恋》，终究只"是一部没有爱情的爱情"，"是无数古老的谎言、虚构与话语之下的女人的辛酸的命运"，"是一次成功的出售"。[1] 随着阅世渐深，尤其是经历与风流才子胡兰成的恋爱后，也有另外一些理想男性出现在她的小说中，譬如沈世钧（《十八春》）、金槐（《小艾》）等。写作时间主要集中在1949年以后。或许是对聪明、机趣的摩登公子的兴致大受消磨，或许是时移世变她愿意用温暖而非讥诮的姿态看待世界，她心目中的男性渐趋亲切、诚实，而与所谓"杀父书写"彻底远离了。

但即使在20世纪40年代，较为理想的男性亦有存在，只是实在不引人注目。譬如言子夜（《茉莉香片》）。他曾是聂传庆母亲冯碧落的初恋情人，后来出国留学，回国做了港大中国文学史教授，"言子夜是苍白的，略微有点瘦削，大部分的男子的美，是要到三十岁以后方才更为显著，言子夜就是一个例子。算起来他该过了四十五岁吧？可是看上去要年轻得多"，"言子夜

---

[1] 孟悦、戴锦华：《浮出历史的地表：现代妇女文学研究》，中国人民大学出版社2004年版，页260。

进来了,走上了讲台。传庆仿佛觉得以前从来没有见过他一般。传庆这是第一次感觉到中国长袍的一种特殊的萧条的美。传庆自己为了经济的缘故穿着袍褂,但是像一般的青年,他是喜欢西装的。然而那宽大的灰色绸袍,那松垂的衣褶,在言子夜身上,更加显出了身材的秀拔"。看得出来,言子夜与乔琪、范柳原等人物不同,他才学优长,为人端正,甚至关心国家大势,"子夜生平最恨人哭,连女人的哭泣他都觉得是一种弱者的要挟行为,至于淌眼抹泪的男子,那更是无耻之尤,因此分外的怒上心来,厉声喝道:'你也不怕难为情!中国的青年都像了你,中国早该亡了!'这句话更像锥子似地刺进传庆心里去,他索性坐下身来,伏在台上放声哭了起来"。这在20世纪40年代张爱玲小说中的男性像谱中可谓特例。

但当年张爱玲对这一人物确实着墨不多。这或许与这类人物在高门巨族的闺阁中并不受待见有关。首先,言子夜门第有限,颇为冯家所轻。"言家托了人出来说亲。碧落的母亲还没有开口回答,她祖父丢下的老姨娘坐在一旁吸水烟,先格吱一笑,插嘴道:'现在提这件事,可太早了一点!'那媒人赔笑道:'小姐年纪也不小了——'老姨娘笑道:'我倒不是指她的年纪!常熟言家再强些也是个生意人家。他们少爷若是读书发达,再传个两三代,再到我们这儿来提亲,那还有个商量的余地。现在……可太早了!'媒人见不是话,只得去回掉了言家。"(《茉莉香片》)类似一个人物是罗杰:"他是一个罗曼蒂克的傻子——在华南大学教了十五年的化学物理,做了四年的理科主任与舍监,并不曾影响到他;归根究底,他还是一个罗曼蒂克的傻子。为什么不用较近现实的眼光去审察他的婚姻呢?他一个月挣一千八百元港币,住宅由学校当局供给;是(有)一个相当优美的但是没有多大前途的职业。"(《第二炉香》)再则,言子夜似乎不善于"调情",他对冯碧落的追求是典型五四式的,为反抗家长求得自由恋爱,他建议冯碧落与他一起私奔。他的负责任的态度或许可嘉,但"上等的调情"技术的欠缺,在少年张爱玲身边的女性看来,实在是无甚趣味。至少从张爱玲本人与胡兰成的恋爱经历来看,她对这类太过正经的优秀男人很难产生热情。也因此故，张爱玲后来还写到了两个类似人物，一为童世舫（《金锁记》），一为章云藩（《花凋》），但都不引人注目。严格地讲，童世舫、章云藩都算是理想男人。他们追求长安或川嫦期间，并未与其他女人暗送秋波。章云藩身为医生，帮川嫦医治肺病可谓细心尽力，但他们的恋爱在摩登男女看来，实在不免乏味。最大特点就是话少，甚至沉默，譬如："订婚之后，长安遮遮掩掩竟和世舫单独出去了几次。晒着秋天的太阳，两人并排在公园里走着，很少说话，眼角里带着一点对方的衣服与移动着的脚，女子的粉香，男子的淡巴菰气，这单纯而可爱的印象便是他们身边的栏杆，栏杆把他们与众人隔开了。空旷的绿草地上，许多人跑着，笑着，谈着，可是他们走的是寂寂的绮丽的回廊——走不完的寂寂的回廊。不说话，长安并不感到任何缺陷。她以为新式的男女间的交际也就'尽于此矣'。童世舫呢，因为过去的痛苦的经验，对于思想的交换根本抱着怀疑的态度。有个人在身边，他也就满足了。从前，他顶讨厌小说上的男人，向女人要求同居的时候，只说：'请给我一点安慰。'安慰是纯粹精神上的，这里却做了肉欲的代名词。但是他现在知道精神与物质的界限不能分得这么清。言语究竟没有用。久久的握着手，就是较妥帖的安慰，因为会说话的人很少，真正有话说的人还要少。"（《金锁记》）叙述中还带有一点善意的戏弄，足见张爱玲对不善调情的男人的态度。川嫦和云藩的话似乎略多几句，但也是言不及义，和佟振保、王娇蕊的对话不可同日而语："这里川嫦搭讪着站起来，云藩以为她去开电灯，她却去开了无线电。因为没有适当的茶几，这无线电是搁在地板上的。川嫦蹲在地上扭动收音机的扑落，云藩便跟了过去，坐在近边的一张沙发上，笑道：'我顶喜欢无线电的光。这点儿光总是跟音乐在一起的。'川嫦把无线电转得轻轻的，轻轻地道：'我别的没有什么理想，就希望有一天能够开着无线电睡觉。'云藩笑道：'那仿佛是很容易。'川嫦笑道：'在我们家里就办不到。谁都不用想一个人享点清福。'云藩道：'那也许。家里人多，免不了总要乱一点。'川嫦很快地溜了他一眼，低下头去,叹了一口气道:'我爹其实不过是小孩子脾气。我娘也有她为难的地方。其实我们家也还真亏了我娘,就是她身体不行,照应不过来。'云藩听她无缘无故替她父母辩护着,就仿佛他对他们表示不满似的;自己回味方才的话,并没有这层意思。两人一时都沉默起来。"(《花凋》)没有挑逗和试探,没假戏真做或真戏假做,没有暧昧的动作或情调,不要说像张爱玲母亲和姑姑那样的上流社会美妇人了不感兴致,就是今日读者恐怕也难有兴趣。范柳原与白流苏、佟振保与王娇蕊之间的恋爱攻防,令一代代读者喜之不禁,而长安与童世舫在公园里无言的散步,又有谁认真留意呢。想来张爱玲也不例外。她对这类男性人物投入笔墨有限,致使他们完全被范柳原或佟振保等"坏"男人的光彩所遮没。

但到1947年,与胡兰成缘散情尽以后的张爱玲又发表了一篇小说《多少恨》,这类理想人物开始上升为主角。夏宗豫从各方面都是虞家茵适宜的恋人,当然同样话少,仍不是流光溢彩的人物,"吃着茶,宗豫与家茵说的一些话都是孩子的话。两人其实什么话都不想说,心里静静的。讲的那些话如同折给孩子玩的纸船,浮在清而深的沉默的水上"。但到新中国成立之初撰写的《十八春》里,此类理想男性人物有机会成批出现(张爱玲晚年又将此小说扩写为长篇《半生缘》,但情节氛围皆无大变)。除与曼桢有着18年生死恋情的沈世钧外,曼璐的初恋情人张慕瑾、世钧同学许叔惠都堪称重情义、有志向的优秀男性。与对范柳原、佟振保等浪荡男子的描写相比较,张爱玲在这类人物身上投入了深切的爱之体验。

他们不"谈恋爱",而是"恋爱"。这两者的区别,本是范柳原对白流苏遗憾言之的,然而他们两个"精刮刮"的人终究难以"恋爱","倾城之恋"于他们而言,不啻一个反讽。但沈世钧与顾曼桢却能"恋爱"。曼桢是张爱玲所喜欢的那类自立、自尊的女子,世钧虽出身旧式家庭,却无一丝浪荡子弟风流习气。世钧记不清最初见到曼桢的情形,因为"他那时候刚离开学校不久,见到女人总有点拘束,觉得不便多看",后来因为是同事,常在一处小馆子里用饭,渐渐就熟了。有时还一起出游。恋爱的真正开始是一次曼桢不小心将一只手套遗失在很远的郊外,而世钧冒雨去把它捡了回来,并送还曼桢:

第二天中午,他走到楼上的办公室里。还好,叔惠刚巧又被经理叫到里面去了。世钧从口袋里掏出那只泥污的手套,他本来很可以这样说,或者那样说,但是结果他一句话也没有,仅只是把它放在她面前。他脸上如果有任何表情的话,那便是一种冤屈的神气,因为他起初实在没想到,不然他也不会自找麻烦,害得自己这样窘。曼桢先是怔了一怔,拿着那只手套看看,说:"咦?……嗳呀,你昨天后来又去了?那么远的路——还下着雨——"正说到这里,叔惠进来了。她看见世钧的脸色仿佛不愿意提起这件事似的,她也就机械地把那红手套捏成一团,握在手心里,然后搭讪着就塞到大衣袋里去了。她的动作虽然很从容,脸上却慢慢地红了起来。(《十八春》)

这是受过教育的现代男女的恋爱。他们不从挑逗或性的暗示开始,而是从几缕理不清剪还乱的莫名的喜欢开始。世钧的恋爱,没有你来我往的心理攻防,没有美丽怡人的言辞,多的却是诚实的行动:冒着雨在郊外泥泞的田垄上寻找一只不值钱的手套。没有调情,没有肉的气息,世钧把对方看作一个值得尊重的、需要理解的灵魂对待,而不作为一个诱惑而危险的身体去有技巧地捕猎。这种温暖、笃诚的恋爱一直持续到他们私订终身又最终错失为止。而张慕瑾对曼璐的感情也有如此特点。后来见到酷肖曼璐的曼桢时,他的表现也更多是关心、爱护,即便有所情愫也压制在心里。这小说里,男人们进行着的,几乎都是庄重的爱情:"这是他第一次对一个姑娘表示他爱她。他所爱的人刚巧也爱他,这也是第一次。他所爱的人也爱他,想必也是极普通的事情,但是对于身当其境的人,却好像是千载难逢的巧合。世钧常常听见人家说起某人怎样怎样'闹恋爱',但是,不知道为什么,别人那些事情从来不使他联想到他和曼桢。他相信他和曼桢的事情跟别人的都不一样。跟他自己一生中发生过的一切事情也都不一样。"

与范柳原、佟振保等无时无刻不存着自私的算计不同，世钧、慕瑾的爱多少具有坦诚、牺牲的色彩。他们能设身处地从对方处境出发，理解对方的行为选择，往往还牺牲自我利益迁就对方。曼桢家上有母亲、奶奶，下有两个弟弟，家累甚重，因此无意早早与世钧成婚以免拖累世钧，而世钧更不愿看着她辛苦挣钱自己心里难过，向她表示宁愿自己吃苦。慕瑾向曼桢表示好感未获成功，多年以后，人事错迕，彼此都已有了家庭，慕瑾还在想着法子替曼桢还债。至于恋爱的忠诚，这种在上等社会极为稀有的品德，世钧、慕瑾、叔惠三个男人都堪称完备。虽然后来多所嫁（娶）非人，实在是命运捉弄。不过，与当年的童世舫、章云藩等相比，沈世钧也经历了惊心动魄的爱。即便命运错隔，世钧、曼桢再也没有机会重新开始，但爱的力量仍可逾越现实的疏隔，以其闪亮光芒展示出天长地久的力量：

世钧笑道："我没想到你今天会来。……为什么还要买了点心来呢？"曼桢笑道："咦，你不是说，早上害许伯母天不亮起来给你们煮稀饭，你觉得不过意，我想明天你们上火车，更要早了，你一定不肯麻烦人家，结果一定是饿着肚子上车站，所以我带了点吃的来。"她说这个话，不能让许太太他们听见，声音自然很低。世钧走过来听，她坐在那里，他站得很近，在那一刹那间，他好像是立在一个美丽的深潭的边缘上，有一点心悸，同时心里又感到一阵阵的荡漾。

错失十几年后，世钧与曼桢竟意外重逢。人非物非，彼此都觉恍然：

曼桢道："世钧。"她的声音也在颤抖。世钧没作声，等着她说下去，自己根本哽住了没法开口。曼桢半晌方道："世钧，我们回不去了。"他知道这是真话,听见了也还是一样震动。她的头已经在他肩膀上。他抱着她。

写作《十八春》的故事时,张爱玲正值30岁。经历了那乱世之恋后,在勘破"上等的调情"的幻梦后,她或许更期冀一种平实的爱情。为抵抗内心那种弥漫的虚无,她也愿意相信人世的温暖与亲切。及至扩写《十八春》时,她的这种心理更见明显。《半生缘》对爱的微妙体验的捕捉,超过了她以前所有小说。这毋宁更深地寄托了她"执子之手,与子偕老"的执执的愿望。这种温暖,不仅见之于夏宗豫、沈世钧这些世家子弟,甚至也延伸至"无产阶级"之上。紧随《十八春》之后连载于《亦报》的中篇小说《小艾》即是一帧下层阶级爱情的画幅。小艾是景家的一位侍女,自小就被买了进来,十几岁遭景家老爷强暴,身世凄凉。然而这样的女子也赢来了爱情。金槐对小艾的示爱与世钧对曼桢的表白颇有几分相似:没有什么机智语言,有的只是傻乎乎的实诚。张爱玲写道:

又过了些日子。有一天黄昏的时候,小艾在后门外面生煤球炉子,弯着腰拿着把扇子极力地扇着,在那寒冷的空气里,那白烟滚滚地往横里直飘过去。她只管弯着腰扇炉子,忽然听见有人给烟呛得咳嗽,无意之中抬起头来看了看,却是金槐。他已经绕到上风去站着了。他觉得他刚才倒好像是有心咳那么一声嗽来引起她的注意,未免有点可笑,因此倒又有点窘,虽然向她点头微笑着,那笑容却不大自然。

小艾却是由衷地笑了起来,道:"噗?……我后来给你送小猫去的,说你搬走了。"金槐哟了一声,仿佛很抱歉似的,只是笑着,隔了一会儿方道:"叫你白跑一趟。我搬走已经好几个月了。我本来住在这儿是住在亲戚家里。"小艾便道:"你今天来看他们啦?"金槐道:"嗳。今天刚巧走过。"说到这里,他也想不出还有什么话可说,因此两人都默然起来。

"想不出还有什么话可说",这在佟振保、范柳原当然是无法想象的,碰见有诱惑力的女人,他们总能机趣横生,旁生无数语言枝节。但世钧、金槐等却找不出话来。是他们格外笨吗?恐怕不是,毋宁说张爱玲对男女情爱的方式与真相有了与此前不同的感悟。一个在女人面前显得聪明、机趣的男人,其实在展示自己,给自己的"捕猎"酝酿氛围,而一个"无趣"、无话的男人,则很可能是在从未遭遇的爱的面前仓皇,无经验,同时又对对方的魂灵充满虔敬之心,生怕碰坏了那种不可靠近的美丽。经历无数波折之后,张爱玲对男人的观感实已脱开她母亲、姑姑的观念。在《小艾》中,这对青年不仅爱得朴实,而且都能主动为对方承担。两人结婚后,却逢战乱,彼此流离十余年,音讯难通,但情逾岁月,始终历难无改。甚至小艾因当年流产不能怀孕,金槐也能接受。而他对孩子喜爱的压制,也令小艾自愧不安:"金槐虽然说是没有小孩子他一点也不介意,但是她知道他也和她一样,很想有个孩子。人到了中年,总不免有这种心情。楼下孙家有一个小女孩子很是活泼可爱,金槐总喜欢逗着她玩,后来小艾和他说:'你不要去惹她,她娘非常势利,看不起我们这些人的。'金槐听了这话,就也留了个神,不大去逗那个孩子玩了。有一天他回家来,却又笑着告诉小艾:'刚才在外头碰见孙家那孩子,弄堂里有个狗,她吓得不敢走过来。我叫她不要怕,我拉着她一起走,我说你看,它不是不咬你么,她说:"刚才我要走过来,它在那儿对我喊。"'他觉得非常发噱,她说那狗对她'喊',告诉了小艾,又去告诉冯老太。又有一次他回来,告诉她们一个笑话,他们弄堂口有个擦皮鞋摊子,那擦皮鞋的看见孙家那孩子跑过,跟她闹着玩,问她鞋子要擦罢,她把脖子一扭,脸一扬,说:'棉鞋怎么好擦呢?'金槐仿佛认为她对答得非常聪明。小艾看他那样子,心里却是很怅惘,她因为自己不能生小孩,总觉得对不起他。"

这一对底层男女的婚姻,无一丝"调情"气氛,有的是一见钟情、相濡以沫和地久天长。本来,张爱玲并不会写"无产阶级的故事",她表示,"要么只有阿妈她们的事,我稍微知道一点"(《写什么》),这次专力写金槐、小艾的故事,多少有新中国成立后文化环境改易的因素,但她对男性观感改变的成分的确明显存在。其实,早在精描细刻摩登男女"倾城之恋"的时节,她就注意到另外一件事情的存在:

> 我们家的女佣,男人是个不成器的裁缝。然而那一天空袭过后,我在昏夜的马路上遇见他,看他急急忙忙直奔我们的公寓,慰问老婆孩子,倒是感动人的。我把这个告诉苏青,她也说:"是的……"稍稍沉默了一下。(《我看苏青》)

这其间,是否包含着像她与苏青这类在上流社会男性间辗转瞭望的女性的几许凄凉呢,无人知道。不过,在张爱玲的男性像谱里,这类远离所谓"杀父书写"的理想男性终究最少引起读者兴味。遗老遗少的事迹可以助人认识、感受旧的高门巨族的奢华与颓废,虽然张爱玲总欲脱离这样的家,但于读者却是新鲜的、可以寄予想象的。浪荡子弟的"高等调情"更能激起人对冒险、情欲、诱惑等非常事物的替代性体验,而那种从一而终、相濡以沫的爱,既不能满足文学史家"国民性批判"的预期,又非大众读者在阅读中愿意期待的。尽管我们在自己的现实生活中会承认此类情爱的价值,但在"别人的故事"中,我们更愿领略到浪漫、危险和惊心动魄,哪怕它只是生命的短暂闪耀,哪怕"别人"要为此付出沉重的代价。

第六讲　女性，虚无，以及"虚无的胜利"

或许由于身为女性，张爱玲对她笔下的女人就比男性少了些讥讽，而多了些哀悯和叹息。她表示："在任何文化阶段中，女人还是女人。男子偏于某一方面的发展，而女人是最普遍的、基本的，代表四季循环、土地、生老病死、饮食繁殖。女人把人类飞越太空的灵智拴在踏实的根桩上。"(《谈女人》)故而较之对男性的观察，张爱玲对女性经验的讲述，更能穿透物质浮相而直入魂灵：从郑川嫦(《花凋》)到冯碧落(《茉莉香片》)，从白流苏(《倾城之恋》)到霓喜(《连环套》)，从王娇蕊(《红玫瑰与白玫瑰》)到王佳芝(《色·戒》)，各色女性都在经历"谋生"或者"谋爱"的内心搏斗。恰如研究者所言："作为一个女性作家，张爱玲真正了解女性在现代社会的生存处境。女人所处的环境，所受的压力，有旧家族内的冷漠眼光，有命运的拨弄，更有来自女性自身的精神重负。"[1]因着中国式虚无主义的世界观，张爱玲在各色凄冷的或者热闹的人生故事中无一例外地瞥见失败的虚空，或者"虚无的胜利"。民族国家书写者给予女性的"解放"的承诺与信心，在《传奇》中比空气还要稀薄。

---

[1] 钱理群等：《中国现代文学三十年》，北京大学出版社1998年版，页515。

一、也许是"女奴"吧

女权主义评论家习以男权文化的奴隶的角度观察张爱玲小说中的女性像谱。高全之认为张爱玲小说最大的关切是"在急遽变动的以男性为中心的中国社会里,中国女性的地位与自处之道"[1],于青索性以"女奴"称谓张爱玲笔下的一众女性。这也许是适宜的吧。中国文化强调男权,绝无隐讳。儒家将"三从"(未嫁从父、既嫁从夫、夫死从子)、"四德"(妇德、妇言、妇容、妇功)作为国家承认的道德规范。董仲舒言,"丈夫虽贱,皆为阳;妇女虽贵,皆为阴"。林语堂也写道,"崇敬妇女品德的纯洁是非常道德而高尚的事情","贞洁寡妇不仅受男人及其亲属的欢迎,也是妇女使自己出人头地的最方便的办法。她给自己的家庭,也为整个村庄和家庭带来荣誉"。[2]旧的高门巨族的妇女,受到这种思想影响自在不言中。张爱玲三四岁时就敏感觉察到男权问题:

余妈因为是陪房,所以男孩子归她带。打平太平天国的将领都在南京住了下来,所以卞家的佣仆清一色是南京人。"你姓碰,碰到哪家是哪家。"她半带微笑向九莉说。"我姓盛我姓盛我姓盛!""毛哥才姓盛。将来毛哥娶了少奶奶,不要你这尖嘴姑子回来。"蕊秋没走的时候说过:"现在不讲这些了,现在男女平等了,都一样。"(《小团圆》)

但真据此去将这些女性都读解为"女奴",又不免失真。男权文化对这类女性当然有极大影响,但未必体现在思想观念层面。据《小团圆》记载,九莉母亲蕊秋与姑姑楚娣在性观念上相当开放,不见有对于贞操的特别恐惧感或罪恶感。她们不但广交性伴侣,甚至两女共侍一男。这或许是游历欧洲

---

[1] 高全之:《张爱玲的女性本位》,《幼狮文艺》1973年第38卷第2期。
[2] 林语堂:《中国人》,学林出版社1994年版,页148。

受域外自由风气浸染所致，但旧的高门巨族的女性在价值观上未必很以男性为然是显然的。她们并不太信服所谓男性的权威，反而大有看透男人的冷淡。白流苏早年丧父，长兄如父，但离婚回家的流苏对于兄长的感受与情感距"三从"的要求实在是远得很：

流苏气得浑身乱颤，把一只绣了一半的拖鞋面子抵住了下颔，下颔抖得仿佛要落下来。三爷又道："想当初你哭哭啼啼回家来，闹着要离婚，怪只怪我是个血性汉子，眼见你给他打成那个样子，心有不忍，一拍胸脯子站出来说：好！我白老三虽穷，我家里短不了我妹子这一碗饭！我只道你们少年夫妻，谁没有个脾气？大不了回娘家来住个三年五载的，两下里也就回心转意了。我若知道你们认真是一刀两断，我会帮着你办离婚么？拆散人家夫妻，这是绝子绝孙的事。我白老三是有儿子的人，我还指望他们养老呢！"
流苏气到了极点，反倒放声笑了起来道："好，好，都是我的不是！你们穷了，是我把你们吃穷了。你们亏了本，是我带累了你们。你们死了儿子，也是我害了你们伤了阴骘！"四奶奶一把揪住了她儿子的衣领，把他的头去撞流苏，叫道："赤口白舌的咒起孩子来了！就凭你这句话，我儿子死了，我就得找你！"（《倾城之恋》）

"气得浑身乱颤"的流苏，还哪里有对她的哥哥这类所谓"封建男性家长"的半点敬意。至于梁太太（《第一炉香》）更把男人视为工具，谋财的工具或谋色的工具。她先是不理睬哥哥葛豫琨的反对，"嫁了粤东富商梁季腾做第四房姨太太"，坐等已经老朽的梁季腾死掉，然后名正言顺地得了梁的遗产，随即"关起门来做小型慈禧太后"，交结了"无数的情人"。她并不依赖于这些男人，而是要从这些男人身上获得青春、荣耀与享乐。显然，这等"有本领"的梁太太也不过是把男人看作"脚底下的泥"，任他如何玲珑、狡诈，终究要坠入自己的网中。对此，林语堂先生就有颇通达的看法：

"(人们)笑话那些以美色骗取男人钱财的女人。其实她们只不过是另一种成功的商人,她们比自己的那些姐妹的头脑要清楚。她们以职业精神将自己的货物卖给出价最高的人,然后得到自己想要的东西。"[1]试问,对梁太太这样的女人,"三从""四德"从何谈起呢?且更麻烦的是,张爱玲小说中,这类女人委实不少。

所以,以为张爱玲小说中的女性都笼罩在男权文化的阴影下,是一种似是而非的判断。然而,张爱玲也曾叹息过:"电车上的女人使我悲怆。女人……女人一辈子讲的是男人,念的是男人,怨的是男人,永远永远。"(《有女同车》)还写过:"有一天她看见一个男人,也还穿得相当整齐,无论如何是长衫阶级,在那儿打一个女人,一路扭打着过来。许多旁观者看得不平起来,向那女人叫道:'送他到巡捕房里去!'女人哭道:'我不要他到巡捕房去,我要他回家去呀!'又向男人哀求道:'回去罢——回去打我罢!'这样的事,听了真叫人生气,又拿它没奈何。"(《气短情长及其他》)这类讽刺也诚然是事实。白流苏、梁太太的确看透了男人,对丈夫、兄长之类权威视若无睹,对所谓"贞操""妇德"也无兴致模仿,但她们最大的事业不也仍然是和男人的"战争"?其间缘故,与价值观念实无太深关系,说到底是经济问题。在二十世纪三四十年代的中国,除少数受过良好教育的妇女有能力成为自食其力的职业女性(如张爱玲自己和她姑姑),绝大多数女性都生活在家庭之内。旧式家族尤其如此。他们的子女,即使有独立谋生的能力和意愿,也往往由于门第尊严而不被长辈许可。在他们看来,只有贫家小户才让自己的女孩子抛头露面,谋取一点可怜薪金。她们被要求的唯一出路是嫁给一个门第高、财源广的男人。《花凋》说:"为门第所限,郑家的女儿不能当女店员,女打字员,做'女结婚员'是她们唯一的出路。在家里虽学不到什么专门技术,能够有个立脚地,却非得有点本领不可。郑川嫦可以说一下

---

[1] 林语堂:《中国人》,学林出版社1994年版,页149。

地就进了'新娘学校'。"而在家族、家庭之内,财产权利基本上都掌握在祖父或父亲之手,偶有祖父去世由祖母掌管经济大权的情况,如《金锁记》中的姜老太太,但这要建立在娘家的巨大势力之上。至于媳妇从年青时代就能掌握大权的情况,绝无仅有。《创世纪》中紫微确是过门不久就当家了,但亦仅为特例,因为紫微带来的嫁妆过于巨大,以至夫家不能不感激涕零。在这类家族内,男人再多么"狂嫖滥赌",也仍然是家财的合法占有者,如张爱玲父亲张志沂,《金锁记》中三少爷姜季泽,在分家之后便成了当然的"主人"。在这种制度下,年轻女性不能不处于附属地位。倘若又无做职业女性的能力或志愿,那么依附于男性几乎是必然的。林语堂即指出:"比儒学的影响更为重要的事实是男人在控制着钱袋。儒学将寡妇贞洁立为一种宗教,而宝石、珍珠项链与儒学无关,却使女性变为姬妾与妓女。"[1]白流苏如此,梁太太亦然。不过,这类依附不能等同于价值观念的认同或臣服,主要是情势使然,不得不耳。

然而,在张爱玲小说中确实出现一类可怜而又空虚的太太、小姐群像。《等》中高先生的姨太太的卑微,几乎无以复加,超出后世读者的想象:

高先生穿着短打,绒线背心,他姨太太赶在他前面走出来,在铜钩子上取下他的长衫,帮他穿上,给他一个个地扣钮子。然后她将衣钩上吊着的他的手杖拿了下来,再用手杖一钩,将上面挂着的他的一顶呢帽钩了下来——不然她太矮了拿不到——手法娴熟非凡。是个老法的姨太太,年纪总有三十多了,瘦小身材,过了时的镂空条子黑纱夹长衫拖到脚面上,方脸,颧骨上淡淡抹了胭脂,单眼皮的眼睛下贱地仰望着,双手为他戴上呢帽。然后她匆忙地拿起桌上的一杯茶,自己先尝了一口,再递给他。他喝茶,她便伸手到他的长衫里去,把皮夹子摸出来,数钞票,放一沓子在桌上。庞太太抬头问

---

[1] 林语堂:《中国人》,学林出版社1994年版,页148。

了一声:"走啦,高先生?"高先生和她点头,她姨太太十分周到,一路说:"庞先生,再会呵!明天会,庞太太!明天会,庞小姐!包太太奚太太,明天会!"女人们都不大睬她。

然而这姨太太到底是一个心理素质过硬的女人,把同性们的轻视看成空气。《鸿鸾禧》中的娄太太则气势弱了很多。她是正牌太太,结婚二十多年,也生了三个子女(含儿子),却反过来感到自己在家中像空气一样,永远被人轻视:"他们父子总是父子,娄太太觉得孤凄。娄家一家大小,漂亮,要强的,她心爱的人,她丈夫,她孩子,联了帮时时刻刻想尽办法试验她,一次一次重新发现她的不够。她丈夫从前穷的时候就爱面子,好应酬,把她放在各种为难的情形下,一次又一次发现她的不够。后来家道兴隆,照说应当过两天顺心的日子了,没想到场面一大,她更发现她的不够。然而,叫她去过另一种日子,没有机会穿戴齐整,拜客,回拜,她又会不快乐,若有所失。繁荣,气恼,为难,这是生命。"甚至偶尔要在外人面前争一个面子,丈夫也不给她半点机会:"娄太太也觉得嚣伯是生了气。都是因为旁边有人,她要面子,这才得罪了她丈夫。她向来多嫌着旁边的人的存在的,心里也未尝不明白,若是旁边关心的人都死绝了,左邻右舍空空地单剩下她和她丈夫,她丈夫也不会再理她了;做一个尽责的丈夫给谁看呢?她知道她应当感谢旁边的人,因而更恨他们了。"(《鸿鸾禧》)《小艾》中的五太太,在出阁之前,就被家人告诫要在漂亮的三姨太太面前占到上风,结果输得更惨:"三姨太太这几年在北方独当一面,散诞惯了,嫌老公馆里规矩大,不愿意回去,便另外租了房子住在外面,对老太太只说她留在北京没有一同回来。老太太装糊涂,也不去深究。五老爷也住在外面,有时候到老公馆里来一趟,也只在书房里坐坐,老太太房里坐坐。时间一年年的过去,在这家庭里面,五太太又像弃妇又像寡妇的一种很不确定的身份已经确定了。小姑和侄女们常常到她房里来玩,一天到晚串出串进,因为她这里没有男人,不必有什么顾忌。

五太太天性也是一个喜欢热闹的人,人来了她总是很欢迎,成天嘻嘻哈哈,热热闹闹的,人都说她没心眼儿。"后来五老爷到外面做官,亏空了,想用五太太的嫁妆去补窟窿,因而将她接了过去,三姨太忆妃也示欢迎。谁知过去未几,就和三姨太闹了矛盾:"忆妃也把景藩管得很紧,不许他上这边来。五太太总是在自己房里吃饭,他们这里的厨子本来也是忆妃用进来的。给五太太这边预备的饭菜一天比一天坏。同时陶妈也天天向五太太诉苦,说那些别的佣人怎样欺负她。陶妈在上海那时候一向是'自在为王'惯了的,哪里受得了这个气,就极力地劝五太太回上海去。在五太太的意思,却认为她跟着老爷过活,是名正言顺的,眼前虽然闹了这个别扭,还能老这样下去么?总有熬出头的一天。而且老爷拿了她的首饰,答应过她将来一有了钱就买了还她。倘若在他跟前守着呢,也说不定还有点希望,虽然她心里明白,这希望也很渺茫。她要是走了呢,那就简直没有了。"

在这种境况中,确有少数太太坠入到全无自尊的黑暗中。张爱玲早在影片《桃李争春》中就发现了这种女性的处境:"《桃李争春》里的丈夫被灌得酩酊大醉,方才屈服在诱惑之下,似乎情有可原。但是这特殊情形只有观众肚里明白。他太太始终不知道,也不想打听——仿佛一些好奇心也没有。她只要他——落到她分内的任何一部分的他。除此之外她完全不感兴趣。若是他不幸死了,她要他留下的一点骨血,即使那孩子是旁的女人为他生的。"(《借银灯》)后来她自己写小说,这类陷入幽暗处的女性就比比皆是了。夏太太得不到丈夫的爱,但她拼命想保住那点名分,她对家茵哀求道,"虞小姐,本来我人都要死了,还贪图这个名分做什么?不过我总想着,虽然不住在一起,到底我有个丈夫,有个孩子,我死的时候,虽然他们不在我面前,我心里也还好一点。要不然,给人家说起来,一个女人给人家休出去的,死了还做一个无家之鬼……","说着,又哭得失了声"。(《多少恨》)有的女性甚至掉入幽暗而无自觉。孟烟鹂像丈夫佟振保的一个影子,卑微得摸不着自己,"他在外面嫖,烟鹂绝对不疑心到。她爱他,不为别的,就因为在许多人之中指定了这一个男人是她的。她时常把这样的话挂在口边:'等我问问振保看。''顶好带把伞,振保说待会儿要下雨的。'他就是天。振保也居之不疑。她做错了事,当着人他便呵责纠正","烟鹂每每觉得,当着女佣丢脸惯了,她怎么能够再发号施令?号令不行,又得怪她。她怕看见仆人眼中的轻蔑,为了自卫,和仆人接触的时候,没开口先就蹙着眉,嘟着嘴,一脸稚气的怨愤。她发起脾气来,总像是一时兴起的顶撞,出于丫头姨太太,做小伏低惯了的。只有在新来的仆人前面,她可以做几天当家少奶奶,因此她宁愿三天两天换仆人"。(《红玫瑰与白玫瑰》)这样压抑和无爱的环境,甚至还使人发生微妙的心理变异。《花凋》中,郑夫人都不知道自己还在希求着异性的爱:

郑夫人对于选择女婿很感兴趣。那是她死灰的生命中的一星微红的炭火。虽然她为她丈夫生了许多孩子,而且还在继续生着,她缺乏罗曼蒂克的爱。同时她又是一个好妇人,既没有这胆子,又没有机会在其他方面取得满足。于是,她一样地找男人,可是找了来做女婿。

……郑夫人一面替章云藩拣菜,一面心中烦恼,眼中落泪,说道:"章先生,今天你见着我们家庭里这种情形,觉得很奇怪罢?我是不拿你当外人看待的,我倒也很愿意让你知道知道,我这些年来过的是一种什么生活。川嫦给章先生舀点炒虾仁。你问川嫦,你问她!她知道她父亲是怎样的一个人。我哪一天不对她姊妹们说——我说:'兰西,露西,沙丽,宝丽,你们要仔细啊!不要像你母亲,遇人不淑,再叫你母亲伤心,你母亲禁不起了啊!'从小我就对她们说:'好好念书啊,一个女人,要能自立,遇着了不讲理的男人,还可以一走。'唉,不过章先生,这是普通的女人哪。我就不行,我这人情感太重。情感太重。我虽然没进过学堂,烹饪,缝纫,这点自立的本领是有的。我一个人过,再苦些,总也能解决我自己的生活。"虽然郑夫人没进过学堂,她说的一口流利的新名词。她道:"我就坏在情感丰富,我不能眼睁睁看着我的孩子们给她爹作践死了。我想着,等两年,等孩子大些了,不怕叫人摆布死了,我再走,谁知道她们大了,底下又有了小的了。可怜做母亲的一辈子就这样牺牲掉了!"她偏过身子去让赵妈在她背后上菜,道:"章先生趁热吃些蹄子。这些年的夫妻,你看他还是这样的待我。可现在我不怕他了!我对他说:'不错,我是个可怜的女人,我身上有病,我是个没有能力的女人,尽着你压迫,可是我有我的儿女保护我!嗳,我女儿爱我,我女婿爱我——'"川嫦心中本就不自在,又觉胸头饱闷,便揉着胸脯子道:"不知怎的,心口绞得慌。"

七巧对儿子长白不也发生了类似的心理变异?在经历了无数的情欲的煎熬之后,她发现自己唯一爱着的男人就只剩下自己的儿子了:"她眯缝着眼望着他,这些年来她的生命里只有这一个男人,只有他,她不怕他想她的钱——横竖钱都是他的。可是,因为他是她的儿子,他这一个人还抵不了半个……现在,就连这半个人她也保留不住——他娶了亲。"(《金锁记》)她要和旁的女人争夺这个男人。她自己未必这么明白,但她直接导致了芝寿的死和绢姑娘的自杀。

"太太"两个字几乎是一个讽刺符号,人生终点的象征。张爱玲说:"社会上一般人提起'太太'两个字往往都带着点嘲笑的意味。现代中国对于太太们似乎没有多少期望,除贞操外也很少要求。而有许多不称职的太太也就安然度过一生。"(《〈太太万岁〉题记》)似乎一旦嫁为人妇,一切便无从谈起,"中国女人向来是一结婚立刻由少女变为中年人,跳掉了少妇这一阶段","所谓'哀乐中年',大概那意思就是他们的欢乐里面永远夹杂着一丝辛酸,他们的悲哀也不是完全没有安慰的"。(《〈太太万岁〉题记》)青春是如此短暂,所以邱玉清对结婚多少充满恐惧。婚礼前她和两个小姑子二乔四美在时装公司试衣服,"各人都觉得后天的婚礼中自己是最吃重的脚色,对于二乔四美,玉清是银幕上最后映出的雪白耀眼的'完'字,而她们是精彩

的下期佳片预告"(《鸿鸾禧》)。"完"的恐惧,使玉清几乎是发泄似的花钱:

玉清还买了软缎绣花的睡衣,相配的绣花浴衣,织锦的丝棉浴衣,金织锦拖鞋,金珐琅粉镜,有拉链的鸡皮小粉镜;她认为一个女人一生就只有这一个任性的时候,不能不尽量使用她的权利,因此看见什么买什么,来不及地买,心里有一种决撒的、悲凉的感觉,所以她的办嫁妆的悲哀并不完全是装出来的。然而婆家的人看着她实在是太浪费了。虽然她花的是自己的钱,两个小姑子仍然觉得气不愤。玉清家里是个凋落的大户,她父母给她凑了五万元的陪嫁,她现在把这笔款子统统花在自己身上了。二乔四美,还有三多(那是个小叔子),背地里都在议论。他们打听明白了,照中国的古礼,新房里一切的陈设,除掉一张床,应当全部由女方置办;外国风俗不同,但是女人除了带一笔钱过来之外,还得供给新屋里使用的一切毛巾桌布饭单床单。反正无论是新法老法,玉清的不负责总是不对的。公婆吃了亏不说话,间接吃了亏的小姑小叔可不那么有涵养。

而在婚礼过后新娘子应有的"喜欢"中,玉清终于飞快地获得婆婆娄太太相同的命运:"她丈夫忽然停止时事的检讨,一只手肘抵在炉台上,斜着眼看他的媳妇,用最潇洒、最科学的新派爸爸的口吻问道:'结了婚觉得怎么样?还喜欢么?'玉清略略踌躇了一下,也放出极其大方的神气,答道:'很好。'说过之后脸上方才微微红起来。一屋子人全笑了,可是笑得有点心不定,不知道应当不应当笑。娄太太只知道丈夫说了笑话,而没听清楚,因此笑得最响。"

"太太"是幕终的台词,那"小姐"该是"全盛时代"的徽记了吧?在李鸿章时代倒有可能,如紫微(《创世纪》)的少女时代,然而现在民国都已成立二三十年了,高门巨族摇摇欲坠,男性家长们守着余剩的钱财,唯恐落入子女手中,那做女儿的快乐也就有限了。川嫦也"有过极其丰美的肉体","可是在修饰方面她很少发展的余地",不但受着姊妹们欺负,更要受着父亲不肯为她花钱的痛苦。她没能上大学,好不易定了亲,但却又染上肺病,终于凋零:"这花花世界充满了各种愉快的东西——橱窗里的东西,大菜单上的,时装样本上的,最艺术化的房间,里面空无所有,只有高齐天花板的大玻璃窗,地毯与五颜六色的软垫;还有小孩——呵,当然,小孩她是要的,包在毛绒衣、兔子耳朵小帽里面的西式小孩,像圣诞卡片上的,哭的时候可以叫奶妈抱出去。……然而现在,她自己一寸一寸地死去了,这可爱的世界也一寸一寸地死去了。凡是她目光所及,手指所触的,立即死去。余美增穿着娇艳的衣服,泉娟新近置了一房新家具,可是这对于川嫦失去了意义。她不存在,这些也就不存在。从小不为家里喜爱的孩子向来有一种渺小的感觉。川嫦本来觉得自己无足轻重,但是自从生了病,终日郁郁地自思自想,她的自我观念逐渐膨胀。硕大无朋的自身和这腐烂而美丽的世界,两个尸首背对背拴在一起,你坠着我,我坠着你,往下沉。"(《花凋》)冯碧落(《茉莉香片》)的一生更像是一个寓言,她爱的人负气远去,她也就只能死在屏风上。

这是一群缺乏力量的女性。无论太太、姨太太,还是小姐,她们都仰赖于丈夫或者父亲的爱而生活,假如这"爱"真的存在。然而这种"爱"是那么稀疏,她们无须历尽"无数的风波"便已看得透彻。陷入无爱之地,她们却又无路可去,就只能眼看着自己在一片虚空中下沉。死亡将近,郑川嫦(《花凋》)只能祭奠式地瞭望身边的世界:

她身边带着五十块钱,打算买一瓶安眠药,再到旅馆里开个房间住一宿。多时没出来过,她没想到生活程度涨到这样。五十块钱买不了安眠药,况且她又没有医生的证书。她茫然坐着黄包车兜了个圈子,在西菜馆吃了一顿饭,在电影院里坐了两个钟头。她要重新看看上海。

在巴金式的民族国家书写中,这类女性的命运肯定会被写成一个民族/文化衰败和重建的寓言。理查德·卡尼说,"叙事虚构就是有治疗与变革功能的幻想"[1],巴金等就要通过不幸的"女奴"的悲剧来破"旧"立"新"。然而张爱玲不关心怎样在批判旧的文化的讲述中暗喻对新的文化的召唤。她没那般兴致。她希望昭示的是,人生本幻,这类女性的不幸,未必因为"女奴"的制度性位置,而直接就是人生苍白本相的一部分,没有改变的可能。

二、"有本领的女人"

然而,旧的高门巨族和男权制度并不单单造就川嫦、玉清、五太太这类如花般凋去的柔弱而苍白的女性。有怎样的社会制度,便会有怎样的生存规则。陈芳明指出:"她(张爱玲)所要批判的无疑是'男子的文明',封建社会对女子的迫害、羞辱、压抑与扭曲,张爱玲都巨细靡遗地写进她的小说。……男性权力的长期支配,已使女性本能地发展出一套求生的策略……女性都能'夷然'地活下去。"[2]每种生存规则都可能刺激出适应力极强的生存智慧。夏志清说:"《传奇》里的人物都是道地的中国人,有时候简直道地得可怕;因此他们都是道地的活人,有时候活得可怕。"[3]何谓"道地得可怕""活得可怕",就是说有些人的"活法"超出了文化的定式,而出自本能的力量。像梁太太这种"有本领的女人",不但"一手挽住了时代的巨轮",还一手掌握了自己的命运。她用青春做了一笔交易,又用交易来的钱财(富商梁季腾的遗产)开辟了自己的"全盛时代",甚至到了四五十岁,她还有

---

[1] 〔爱尔兰〕理查德·卡尼:《故事离真实有多远》,王广州译,广西师范大学出版社2007年版,页53。
[2] 陈芳明:《毁灭与永恒——张爱玲的文化精神》,收《华丽与苍凉——张爱玲纪念文集》,蔡凤仪编,台湾皇冠文化出版有限公司1995年版。
[3] 〔美〕夏志清:《中国现代小说史》,复旦大学出版社2005年版,页260。

能力控制侄女葛薇龙,让她不停地替自己"弄人"。就梁太太自己的人生目标而言,这无论如何是一种巨大的成功。《小团圆》中,九莉母亲美妇人蕊秋多少也是这类"有本领的女人"。她们与川嫦、玉清、五太太、娄太太一类人物有相同的家世与最初遭遇,甚至更为不堪,然而,她们有着类似原始社会里的那种"蛮强"的性格,敢于到那个蛮荒的世界去做持续不断的搏斗。张爱玲说:"将来的荒原下,断瓦颓垣里,只有蹦蹦戏花旦这样的女人,她能够夷然地活下去。"(《〈传奇〉再版序》)在张爱玲小说中,此类能够穿越男权制度而"夷然"活着的女性,构成了女性像谱中特异的一群。她们虽或不为道德认同,却是"传奇"世界中最富魅力的一类。

  流苏离婚重回娘家,显见得是打算依靠兄嫂度过余生,孰料他们把她的钱"盘来盘去盘光了"以后,颜色就变了很多。白三爷甚至说起她不该离婚的话:"流苏站起身来道:'你这话,七八年前为什么不说?'三爷道:'我只怕你多了心,只当我们不肯收容你。'流苏道:'哦?现在你就不怕我多心了?你把我的钱用光了,你不怕我多心了?'三爷直问到她脸上道:'我用了你的钱?我用了你几个大钱?你住在我们家,吃我们的,喝我们的,从前还罢了,添个人不过添双筷子,现在你去打听打听看,米是什么价钱?我不提钱,你倒提起钱来了!'"(《倾城之恋》)流苏一气之下,不得不自谋出路。徐太太帮她介绍了一个有五个孩子的姜先生,却给妹妹宝络介绍了姓范的"标准夫婿"。在这样一个情义凉薄的家内,流苏凝视着镜中自己"纤瘦的腰,孩子似的萌芽的乳","她忽然笑了——阴阴的,不怀好意的一笑"。她决定孤注一掷,抛掉那些与她不相干的"辽远的忠孝节义的故事",从自己已成"笑话"的命运中杀将出去。在宝络前往相亲的路上,伙同宝络将蓄意争艳的两位侄女挤下了车。到了舞场上,又"在里头捣乱",同宝络的相亲对象范柳原"跳了一次","还跳了第二次,第三次",结果"坏了"妹妹的亲事。与家里嫂子、妹妹、侄女的较量只是流苏"双手劈开生死路"的第一步,难的却更在后头。范柳原未相中宝络,却对有着东方女人魅力的流苏产生了兴趣，于是以徐太太为借口邀请她前往香港。香港是范柳原的地盘，岂是可以轻易去的，但流苏咬紧牙关将自己赌了出去：

> 白老太太忙代流苏客气了一番。徐太太掉过头来，单刀直入地问道："那么六小姐，你一准跟我们跑一趟罢！就算是去逛逛，也值得。"流苏低下头去，微笑道："您待我太好了。"她迅速地盘算了一下。姓姜的那件事是无望了。以后即使有人替她做媒，也不过是和那姓姜的不相上下，也许还不如他。流苏的父亲是一个有名的赌徒，为了赌而倾家荡产，第一个领着他们往破落户的路上走。流苏的手没有沾过骨牌和骰子，然而她也是喜欢赌的。她决定用她的前途来下注。如果她输了，她声名扫地，没有资格做五个孩子的后母。如果赌赢了，她可以得到众人虎视眈眈的目的物范柳原，出净她胸中的这一口恶气。

流苏随徐太太来到香港，随即和"饱经世故、狡猾精刮"的范柳原展开了一场"吸引、挑逗、无伤大体的攻守战"[1]。范柳原诱惑她到香港来，却既不向她表白，甚至也不"对她作冷不防的袭击"，在公开场合却又展示对她的亲密，盘算着她名誉难保，只好自动投入他的怀抱。但流苏识破了他的这番算盘。历经无数紧张和理智，兼之"一座城市的倾覆"，流苏终于成了范太太，以"惊人的成就"震动了白公馆，连一直对她含沙射影的四少奶奶也学她的榜样，和她的四哥离了婚。

环境所迫，流苏不期然地成了"有本领的女人"。然而流苏到底年龄大些，幼小时候仍在富贵中度过，所以她的泼蛮成分终究有限。而川嫦的姊妹们就不同了。郑家已经破落，孩子不能不在竞争中求生活，"从小的剧烈的生活竞争把她们造成了能干人"，然而"川嫦是姊妹中最老实的一个"，但

---

[1] 迅雨：《论张爱玲的小说》，《万象》1944年第3卷第11期。

她的老实其实恰是她的姊妹们厉害的结果,"她的家对于她实在是再好没有的严格的训练。……她姊姊们对于美容学研究有素,她们异口同声地断定:'小妹适于学生派的打扮。小妹这一路的脸,头发还是不烫好看。小妹穿衣服越素净越好。难得有人配穿蓝布裤子,小妹倒是穿蓝布长衫顶俏皮。'于是川嫦终年穿着蓝布长衫,夏天浅蓝,冬天深蓝,从来不和姊姊们为了同时看中一件衣料而争吵。姊姊们又说:'现在时行的这种红黄色的丝袜,小妹穿了,一双腿更显胖,像德国香肠。还是穿短袜子登样,或是赤脚。'又道:'小妹不能穿皮子,显老。'可是三妹不要了的那件呢大衣,领口上虽缀着一些腐旧的青种羊皮,小妹穿着倒不难看,因为大衣袖子太短了,露出两三寸手腕,穿着像个正在长高的小孩,天真可爱"。(《花凋》)川嫦的姊妹们,对自己家骨肉都尽力使着竞争的手段,不难想象她们将来成了"太太"后会成为怎样的钩心斗角的"一等好手"。

出身"捡煤核"家庭的女性更懂得斗争的价值,更清楚"本领"的价值。曹七巧做姑娘时被贪图钱财的哥嫂嫁与患有软骨病的姜家二少爷。这个麻油铺姑娘,一进入姜家便步入了一个四面是"战场"的环境。她的"低三下四"的出身,她的粗俗的谈吐,一开始就成为下人们鄙屑的对象。小说开头就写到两个丫头对她的刻薄议论:"小双道:'这里头自然有个缘故。咱们二爷你也见过了,是个残废。做官人家的女儿谁肯给他?老太太没奈何,打算替二爷置一房姨奶奶,做媒的给找了这曹家的,是七月里生的,就叫七巧。'凤箫道:'哦,是姨奶奶。'小双道:'原是做姨奶奶的,后来老太太想着,既然不打算替二爷另娶了,二房里没个当家的媳妇,也不是事,索性聘了来做正头奶奶,好教她死心塌地服侍二爷。'凤箫把手扶着窗台,沉吟道:'怪道呢!我虽是初来,也瞧料了两三分。'小双道:'龙生龙,凤生凤,这话是有的。你还没听见她的谈吐呢!当着姑娘们,一点忌讳也没有。亏得我们家一向内言不出,外言不入,姑娘们什么都不懂。饶是不懂,还臊得没处躲!'凤箫扑哧一笑道:'真的?她这些村话,又是从哪儿听来的?就连我们丫头——'小双抱着胳膊道:'麻油店的活招牌,站惯了柜台,见多识广的,我们拿什么去比人家?'凤箫道:'你是她陪嫁来的么?'小双冷笑说:'她也配!我原是老太太跟前的人,二爷成天的吃药,行动都离不了人,屋里几个丫头不够使,把我拨了过去。'"(《金锁记》)连下人都看不起,七巧的处境可想而知。因为出身低,家里丢了东西,七巧总被疑心到,不知受了多少委屈。更痛苦的是,因为软骨病的丈夫,她深受性的压抑,刚被三少爷撩拨起爱的勇气,却又遭到了粗暴的拒绝。苦痛之下,她甚至和残废丈夫一起抽起了鸦片。这样的故事,若让巴金去写,那肯定是郁郁而终的梅表姐(《家》)。然而,这个来自底层社会里的有着"粗俗的喜悦"的女人,终究没有在这种深宅大院里折杀了自己。她在接连不断的斗争中,终于成了自己命运的主人。对于她的"斗争"的经历,改写后的《怨女》比《金锁记》初版写得更惊心动魄(七巧易名为银娣)。她控制自己的丈夫,控制自己的儿子,控制自己的女儿,后两种行为经常被文学史家作为人性变异的"靶子"来批评,前一行为则往往被人忽略了。现引两则如下,一是她刚嫁过去第三天,因为争取三朝回门(双方门户悬殊,男方不愿"回门"以避免给女方先人磕头),她第一次尝试控制残废丈夫:

办喜事已经冷冷清清的。……再没有三朝回门,这还是娶亲?还是讨小?以后在他家怎样做人?她来到他家没跟新郎说过话。今天早上确实知道不回门,才开口跟他说他家里这样看不起她。"你坐到这边来。"他那高兴的神情她看着就有气。"我听不见。""眼睛瞎,耳朵也聋?"他沉下脸来,恢复平时那副冷漠的嘴脸,倒比较不可恶。两人半天不说话,她又坐到床上去。坐在他旁边,牵着纽扣上披着的一条狗牙边湖色大手帕,抹抹嘴唇,斜睨了他一眼,把手帕一甩,掸了掸他的脸。"生气了?""谁生气?气什么?"……"不要闹。嗳——!上床夫妻,下床君子。嗳——!再闹真不理你了。""你今天不跟我回去给我爹妈磕头,你不是他们的女婿,以后正好不睬你,你当我做不到？""又不是我说不去。"但是她知道他怕出去，人杂的地方更怕。"那你不会想办法跟老太太说？"从来没听说过，才做了两天新郎就帮着新娘子说话，不怕难为情？你还怕难为情？都不要脸！……怕有人进来。他神气僵硬起来，脸像一张团皱的硬纸。她自己也觉得说话太重了，又加上一句，"男人都是这样"，又把他一推。他马上软化了。"你别着急，"他过了一会儿才说，"我知道，这都是你的孝心。"归在孝心上，好让他名正言顺地屈服。

这是开始，银娣似乎是通过健康女人面对残废男人的性优势达成目的。后来则完全是性格控制，丈夫完全处在她威压之下，从身体到心理彻底"残废"：

二爷在枕头底下摸索着。"我的佛珠呢？"老太太鼓励他学佛，请人来给他讲经。他最喜欢这串核桃念珠，挖空了雕出五百罗汉。她没有回答。"替我叫老郑来。""都下去吃饭了。""我的佛珠呢？别掉了地下踩破了。""又不是人人都是瞎子。"一句话杵得他变了脸，好叫他安静一会儿——她向来是这样。他生了气不睬人了，倒又不那么讨厌了。

她于是又走过来，跪在床上帮他找。念珠挂在里床一只小抽屉上。她探身过去拎起来，从下面托着，让那串疙里疙瘩的核子枕在黄丝穗子上，一点声音都没有。"不在抽屉里？"他说。她用另一只手开了两只抽屉。"没有嘛。等佣人来。我是不爬在床底下找。""奇怪，刚才还在这儿。总在这间房里，它又没腿，跑不了。"

她走到五斗橱跟前，拿出一只夹核桃的钳子，在桌子旁边坐下来，把念珠一只一只夹破了。"吃什么？"他不安地问。"你吃不吃核桃？"他不作声。

在以男性为尊的旧式中国家庭里，有多少女性取得了这样令人生畏的控制地位呵。不过，这的确不是性格温顺、心思单纯的女人可以做到的。银娣是典型的"蛮荒世界里得势的女人"。没有家世，没有钱财，她凭着自己的"本领"博取命运。

深宅大院里世态炎凉、钩心斗角的人际生态，迫使生活于其中的太太、小姐、姨太太们，要么在别人的阴影里度过一生，要么敢于斗争，以获取、利用男人的钱财而达到相当的成就。不过由于门第保障，这些高门巨族内的女人一生中的"斗争"，究其根本实在于战胜一个男人即可，譬如梁太太之于梁季腾，七巧之于姜家二少爷，流苏之于范柳原。她们更主要的竞争似乎还是同性：姑嫂、妯娌、婆媳等等。但在张爱玲小说中，还有一类殖民地家庭（如华侨、洋商、移民）中，也有这类有着原始蛮性气息的人物。她们的"斗争"与流苏们又有不同。霓喜出身不明，但显然低贱，是被印度商人雅赫雅花两百元买来作××的。"××"不是脏语的替代，而确实是无以名之。霓喜被买过来，主要是被主人用来解决性欲问题。作为妻子自然不可能，作为姨太太，似乎也没有。她没有任何名分，但为雅赫雅生了两个孩子。如此杂乱的人生开端，注定了霓喜只能以蛮泼的性格才能在这个一无所依的世界上生存下去：

霓喜背着手，垂着头，轻轻将脚去踢他的浴盆，道："她劝我结婚。"雅赫雅道："结婚么？同谁结婚呢？"霓喜恨得牙痒痒的，一掌将他打了个踉跄，差一点滑倒在水里，骂道："你又来怄人！"雅赫雅笑得格格的道："梅腊妮师太没替你做媒么？"霓喜别过身去，从袖子里掏出手帕来抹眼睛。雅赫雅坐在澡盆边上，慢条斯理洗一双脚，热气蒸腾，像神龛前檀香的白烟，他便是一尊暗金色的微笑的佛。他笑道："怪道呢，她这一席话把你听了个耳满心满。你入了教，赶明儿把我一来二去的也劝你入了教，指不定还要到教堂里头补行婚礼呢！"霓喜一阵风旋过身来，一手叉腰，一手指着他道："你的意思我知道。我不配做你女人，你将来还要另娶女人。我说在头里，谅你也听不进：旋的不圆砍的圆，你明媒正娶，花烛夫妻，未见得一定胜过我。"雅赫雅道:"水凉了,你再给我兑一点。"霓喜忽地提起水壶就把那滚水向他腿上浇,锐声叫道:"烫死你!烫死你!"(《连环套》)

然而雅赫雅不肯娶她。缺乏安全感的霓喜不得不在男人的世界里周旋。她先后姘居过的男人除了雅赫雅之外,还有药店老板窦尧芳、药店伙计崔玉铭、英国工程师汤姆生,与米耳先生也不无暧昧。这些男人个个富于手腕,霓喜始终未能谋得一个正式"太太"的头衔。但她仍艰难地生存下来了。即使在最无希望的情形下,她都不失女人捕获猎物的本能。霓喜受挫最重是在窦尧芳手中,窦尧芳临死之前,未给她留下钱,却无偿地将一爿店盘给与霓喜私通的崔玉铭,一下子抽掉了霓喜的退路:有了钱的崔玉铭也对她失去了兴趣。在窦尧芳的丧礼上,霓喜举目茫然,然而女人的直觉为她指明了方向:

他姑妈执意不肯。这内侄又来和霓喜说:"你闹也是白闹。钱是没有的。这一份家,让你霸占了这些年,你钱也搂饱了,不问你要回来,已经是省事的打算了。"他过来说话,窦家几个男人一捏堆站着,交叉着胳膊,全都斜着眼朝她看来。霓喜见了,心中不由得一动。在这个破裂的,痛楚的清晨,一切都是生疏异样的,唯有男人眼里这种神情是熟悉的,仓皇中她就抓住了这一点,固执地抓住了。她垂着眼,望着自己突出的胸膛,低声道:"钱我是不要的。"内侄道:"那你闹些什么?"霓喜道:"我要替死鬼守节,只怕人家容不得我。"内侄大大的诧异起来道:"难不成你要跟我们下乡?"霓喜道:"我就是要扶着灵榇下乡,我辛辛苦苦服侍你姑爹一场,犯了什么法,要赶我出门?"等她在乡下站住了脚,先把那几个男的收服了,再收拾那些女人。她可以想象她自己,浑身重孝,她那红喷喷的脸上可戴不了孝。(《连环套》)

当然,这类女人的"本领"未必由天赋而来,往往也通过后天环境濡染或有目的学习而来。梁太太就是用一种独特的名誉观将中学生葛薇龙带入了交际场:"一个女人,顶要紧的是名誉。我所谓名誉和道学家所谓的名誉,又有些分别。现在脑筋新一些的人,倒是不那么讲究贞节了。小姐家在外面应酬应酬,总免不了有人说两句闲话。这一类的闲话,说的人越多,越热闹,你的名望只有更高,对于你的未来,并没有什么妨碍。"就这样,梁太太将侄女调理成了洋场尤物,心甘情愿地把自己卖给梁太太与乔琪,整天忙着,不是替梁太太弄人,就是替乔琪弄钱。

"有本领的女人"不是旧制度的反抗者。张爱玲从来没想过要结束旧的礼教制度或别的什么。从民族国家书写的角度看,流苏、七巧、霓喜等女性"有力者"的斗争,并不反对封建礼教下的社会结构,反对的只是自己在这一结构中的位置:她们希图得到一个更有利的位置。对此,王德威指出:"无可讳言,张爱玲的女性主义观沾染了马基雅维利(Machiavelli)式的权术色彩,因此未必适合今天女性主义者为传统女性所打造的形象。五四后的人道主义或当代部分激进女性主义者会觉得张笔下的女性'不够'脆弱无助,因此不足以'象征'她们的弱者境遇。但这也许正是张爱玲不以为然之处。她的小说与散文已一再言明她的女性是现实狡猾的求生存者,而不是用来祭祀的活牌位。"[1]张爱玲无意通过女性的故事来表达对社会的看法,甚至暗喻革命的教谕。她不甚关心这个社会结构是否合理,是否应该有一个新的制度与文化予以取代。那是庐隐、丁玲乃至巴金的女性故事,如果满脑"现代"思维的读者读出了这层"暗示",则只能归功于接受中的"再创作"。于张爱玲而言,她关注的只是生命的境遇。

与那些旧制度下的柔弱者反复瞥见自己生命的苍白一样,"有本领的女人"也为"虚无的胜利"所逼迫,"《传奇》里很多篇小说都和男女之事有关:追求,献媚,或者是私情;男女之爱总有它可笑的或者悲哀的一面,但是张爱玲所写的绝不止此。人的灵魂通常都是被虚荣心和欲望支撑着的,把

---

[1] 王德威:《落地的麦子不死:张爱玲与"张派"传人》,山东画报出版社2004年版,页13。

支撑拿走以后,人变成了什么样子——这是张爱玲的题材"[1]。或许,从这类女性自身的生存目标上讲,她们都获得了成功。梁太太可以一直关起门来做她的"小型慈禧太后",流苏得到了现实的婚姻保障,七巧成了钱财的主人,霓喜总能不断猎获新的男人。然而,在生命和爱的烛照下又怎样呢?梁太太如何感想不得而知,但薇龙是叹息于姑姑的可怜的:"梁太太因为卢兆麟的事,有些心虚,对薇龙加倍的亲近体贴。两人一时却想不出什么话来说,梁太太只说了一句:'今天的巧格力蛋糕做得可不好,以后你记着,还是问乔家借他们的大司务来帮一天忙。'薇龙答应着。梁太太手里使刀切着冷牛舌头,只管对着那牛舌头微笑。过了一会儿,她拿起水杯来喝水,又对着那玻璃杯怔怔的发笑。伸手去拿胡椒瓶的时候,似乎又触动了某种回忆,嘴角的笑痕更深了。薇龙暗暗地叹了一口气,想道:'女人真是可怜!男人给了她几分好颜色看,就欢喜得这个样子!'"(《第一炉香》)然而白流苏切切实实有着空幻之感,"柳原现在从来不跟她闹着玩了。他把他的俏皮话省下来说给旁的女人听。那是值得庆幸的好现象,表示他完全把她当作自家人看待——名正言顺的妻。然而流苏还是有点怅惘",她"怅惘什么呢"?难道她期望那"一刹那彻底的谅解"真的能够他们"活个十年八年",难道她真的期望柳原的"故事"从此完了?凡此种种,哪敢多想。既然不可理喻,不问也罢。对于银娣(《怨女》)而言,实至名归的二房太太的地位不能不说是多年的夙愿,然而回想从前,她不能不突然坠入生命的空洞:

她顺手拿起烟灯,把那黄豆式的小火焰凑到那孩子手上。粗壮的手臂连着小手,上下一般粗,像个野兽的前脚,力气奇大,盲目地一甩,差点把烟灯打落在地下。她不由得想起从前拿油灯烧一个男人的手。忽然从前的事都回来了,砰砰砰的打门声,她站在排门背后,心跳得比打门的声音还更响,

---

[1]〔美〕夏志清:《中国现代小说史》,复旦大学出版社 2005 年版,页 260。

油灯热烘烘熏着脸,额上前刘海儿热烘烘罩下来,浑身微微刺痛的汗珠,在黑暗中戳出一个个小孔,划出个苗条的轮廓。她引以自慰的一切突然都没有了,根本没有这些事,她这辈子还没经过什么事。大姑娘! 大姑娘! 在叫着她的名字。他在门外叫她。

没有"故事"的人生,几乎不能称作"人生"。霓喜的故事是"连载体"的,然而在不同男人那里,她却不断经历着希望与空幻。跟雅赫雅在一起时,张爱玲写道:"是清莹的蓝色的夜,然而这里的两个人之间没有一点同情与了解,虽然他们都是年轻美貌的,也贪恋着彼此的美貌与年轻,也在一起生过孩子。"跟窦尧芳在一起时,也时而陷入不可知的茫然:"钟停了,也不知什么时候了,霓喜在时间的荒野里迷了路。天还没有亮,远远听见鸡啼。歇半天,咯咯叫一声,然而城中还是黑夜,海上还是黑夜。"(《连环套》)然而是从前认识的印度人发利斯给了她最后一击,使她看到了生命末梢的荒凉:

发利斯三天两天到她家去,忽然绝迹了一星期。霓喜向来认识的有个印度老妇人,上门来看她,婉转地说起发利斯,说他托她来做媒。霓喜蹲在地下整鞋带,一歪身坐下了,扑倒在沙发椅上,笑了起来道:"发利斯这孩子真孩子气!"她伸直了两条胳膊,无限制地伸下去,两条肉黄色的满溢的河,汤汤流进未来的年月里。她还是美丽的,男人靠不住,钱也靠不住,还是自己可靠。……她笑道:"发利斯比我小呢! 年纪上头也不对。"那印度妇人顿了一顿,微笑道:"年纪上是差得太远一点。他的意思是……瑟梨塔……瑟梨塔今年才十三,他已经三十一了,可是他情愿等着,等她长大。你要是肯呢,就让他们订了婚,一来好叫他放心,二来他可以出钱送她进学校……"

霓喜举起头来,正看见隔壁房里,瑟梨塔坐在藤椅上乘凉,想是打了个哈欠,伸懒腰,房门半掩着,只看见白漆门边凭空现出一双苍黑的小手,骨节是较深的黑色——仿佛是苍白的未来里伸出一只小手,在她心上摸了一摸。霓喜知道她是老了。她扶着沙发站起身来,僵硬的膝盖骨克啦一响,她里面仿佛有点什么东西,就这样破碎了。(《连环套》)

在生命的顶点或末梢,这些"有本领的女人"如同张爱玲一样,站在了"虚无的深渊"的边上。仿佛荒凉的风从身体内部吹起,亘古以来的人类都是如此地陷落其中。这使张爱玲的笔力脱出了民族国家书写者对于政治／文化之"改朝换代"合法性的热情。她对这些女性充满悲悯。迅雨即感叹人们经常忽略这一点,"她(七巧)就没有被同情的资格么?弱者做了情欲的俘虏,代情欲做了刽子手,我们便有理由恨她么?作者不这么想。在上面所引的几段里,显然有作者深切的怜悯,唤引着读者的怜悯。还有:'多少回了,为了要按捺她自己,她绷得全身的筋骨与牙根都酸楚了。''十八九岁做姑娘的时候……喜欢她的有……如果她挑中了他们之中的一个,往后日子久了,生了孩子,男人多少对她有点真心。七巧挪了挪头底下的荷叶边洋枕,凑上脸去揉擦了一下,那一面的一滴眼泪她就懒怠去揩拭,由它挂在腮上,渐渐自己干了。'这些淡淡的朴素的句子,也许为粗忽的读者不会注意的,有如一阵温暖的微风,抚弄着七巧墓上的野草"[1]。这"温暖的微风"缘于张爱玲对于女性的"广大的同情"。她说:"我写到的那些人,他们有什么不好我都能原谅,有时候还有喜爱,就因为他们存在,他们是真的。"(《我看苏青》)她并不特别低看像霓喜、流苏、七巧一类以身体作为基本"本领"的女人,甚至拿她们和整日叫喊着"救国救民"的文人们相比:"以美好的身体取悦于人,是世界上最古老的职业,也是极普遍的妇女职业。为了谋生而结婚的女人全可以归在这一项下。这也毋庸讳言——有美的身体,以身体悦人;有美的思想,以思想悦人;其实也没有多大分别。"(《谈女人》)正是

---

[1] 迅雨:《论张爱玲的小说》,《万象》1944 年第 3 卷第 11 期。

在这一层面上，胡兰成在文学上确实是张爱玲的一个知音。他评价她说："贵族气氛本来是排他的，然而她慈悲，爱悦自己本来是执着的，然而她有一种忘我的境界。她写人生的恐怖与罪恶、残酷与委屈，读她的作品的时候，有一种悲哀，同时是欢喜的，因为你和作者一同饶恕了他们，并且抚爱那受委屈的。饶恕，是因为恐怖，罪恶与残酷者其实是悲惨的失败者，如《金锁记》的曹七巧，上帝的天使将为她而流泪，把她的故事编成一支歌，使世人知道爱。"[1]

三、独立女性的爱及虚空

无论"绣在屏风上的鸟"，还是"有本领的女人"，都多半是旧的高门巨族的生物。"找事，都是假的，还是找个人是真的"（《倾城之恋》），她们都从这里展开人生。然而张爱玲自己，从来没有立下如许宏愿。她相信自己的"天才"，而无意依附于父亲以外的任何男性。与父亲及后母闹翻以后，她更永远离开了自己的家。从那时起，她即已决定放弃"女结婚员"或"女学生—少奶奶"的人生道路。这种思想，在她中学时期的习作《霸王别姬》中显露无遗：

啊，假如他成功了的话，她得到些什么呢？她将得到一个"贵人"的封号，她将得到一个终身监禁的处分。她将穿上宫妆，整日关在昭华殿的阴沉古黯的房子里，领略窗子外面的月色，花香，和窗子里面的寂寞。她要老了，于是他厌倦了她，于是其他的数不清的灿烂的流星飞进他和她享有的天宇，隔绝了她十余年来沐浴着的阳光。她不再反射他照在她身上的光辉，她成了

---

[1] 胡兰成：《评张爱玲》，《杂志》1944年第13卷2—3期。

一个被蚀的明月,阴暗,忧愁,郁结,发狂。当她结束了她这为了他而活着的生命的时候,他们会送给她一个"端淑贵妃"或"贤穆贵妃"的谥号,一只锦绣装裹的沉香木棺椁,和三四个殉葬的奴隶。这就是她的生命的冠冕。

这影响了她日后的写作。若说流苏、七巧、川嫦等女性形象多来自社会观察的话,那么,葛薇龙、王娇蕊、虞家茵、顾曼桢、小艾、南宫婳、王佳芝、九莉等较具独立人格追求与爱的渴求的女性,就更多带有张爱玲自身思想的投射。某些人物的经历与心理,甚至直接取自她本人的生命经验。这类女性,构成了张爱玲小说中女性像谱的第三种类型。

这些女性,除王娇蕊是个始终不能安定的居家太太,其他人物都具有深宅大院和男人以外的职业经验和价值目标。葛薇龙从上海来到香港,在南英中学念书,计划将来读大学。虞家茵、顾曼桢都受过良好教育,像男性一样挣钱养家,甚至没将嫁得一个好男人视为人生头等大事。南宫婳、王佳芝都是从事戏剧运动的爱国女青年,带有自传色彩的九莉则是职业作家。不过,对于这类女性,张爱玲着力表述的,也还是"男女间的小事情"。这既因为张爱玲身世阅历的限制,也出于张爱玲对职业女性的某种看法。她说:

这一年来我是个自食其力的小市民。关于职业女性,苏青说过这样的话:"我自己看看,房间里每一样东西,连一粒钉,也是我自己买的。可是,这又有什么快乐可言呢?"这是至理名言,多回味几遍,方才觉得其中的苍凉。又听见一位女士挺着胸脯子说:"我从十七岁起养活我自己,到今年三十一岁,没用过一个男人的钱。"仿佛是很值得自傲的,然而也近于负气罢?(《童言无忌》)

在她看来,作为女性的生命经验,爱恐怕仍占据第一的位置吧。这些女性,虽然多数时间都在忙于办公、排演、替人补习、兼职,不似流苏、霓喜全副精神都在对付男人，但她们仍无法避免辗转于情场。由于她们对异性的期冀不仅止于谋生，甚至不在于谋生，这使她们受到的挫痛更深，更无可抵挡地挣扎于"虚无的深渊"。因为，物质的收获多数不能转移她们的注意力。

王娇蕊对人有一种单纯的诱惑。她与佟振保之间的一切，似乎完全按照"高等调情"的方式展开，振保"听说（她）是新加坡的华侨，在伦敦读书的时候也是个交际花"。在他看来，"一个任性的有夫之妇是最自由的妇人，他用不着对她负任何责任"。然而，当两个人真在一起的时候，佟振保发现王娇蕊和他设想的多少有些两样，"再拥抱的时候，娇蕊极力紧匝着他，自己又觉羞惭，说：'没有爱的时候，不也是这样的么？若是没有爱，也能够这样，你一定看不起我。'她把两只手臂勒得更紧些，问道：'你觉得有点两样么？有一点两样么？'振保道：'当然两样。'可是他实在分不出。从前的娇蕊是太好的爱匠。现在这样的爱，在娇蕊还是生平第一次。她自己也不知道为什么单单爱上了振保。常常她向他凝视，眼色里有柔情，又有轻微的嘲笑，也嘲笑他，也嘲笑她自己"。（《红玫瑰与白玫瑰》）然而，她不明白振保和她并不一样，"有一天她说：'我正想着，等他回来了，怎样告诉他——'就好像是已经决定了的，要把一切都告诉士洪，跟他离了婚来嫁振保。振保没敢接口"。终于，她不和他商量，径自写信给丈夫报告了这新的恋爱，并请求和他离婚。她以为，他们彼此相爱，而且应当爱下去，振保自然会娶她的。然而并不。振保在仓皇狼狈中生了病，他终于以母亲为借口对她表示了拒绝，将她的爱远远推开："她抱着他的大腿嚎啕大哭。她烫得极其蓬松的头发像一盆火似的冒热气。如同一个含冤的小孩，哭着，不得下台，不知道怎样停止，声嘶力竭，也得继续下去，渐渐忘了起初是为什么哭的。振保他也是，吃力地说着'不，不，不要这样……不行的……'只顾聚精会神克服层层涌起的欲望，一个劲儿地说'不，不'，全然忘了起初为什么要拒绝的。最后他找到了相当的话，他努力弓起膝盖，想使她抬起身来，说道：'娇蕊，你要是爱我的，就不能不替我着想。我不能叫我母亲伤心。她的看法同我们不同,但是我们不能不顾到她,她就只依靠我一个人。社会上是决不肯原谅我的——士洪到底是我的朋友。我们的爱只能是朋友的爱。以前都是我的错,我对不起你。可是现在,不告诉我就写信给他,那是你的错了。……娇蕊,你看怎样,等他来了,你就说是同他闹着玩的,不过是哄他早点回来。他肯相信的,如果他愿意相信。'娇蕊抬起红肿的脸来,定睛看着他,飞快地一下,她已经站直了身子,好像很诧异刚才怎么会弄到这步田地。她找到她的皮包,取出小镜子来,侧着头左右一照,草草把头发往后掠两下,用手帕擦眼睛,擤鼻子,正眼都不朝他看,就此走了。"不过,这个洋派的女人到底不同于那些中国本土成长的妇女,遭受这样的重挫之后并没有放弃对爱的力量的信任。多年以后,已成为"朱太太"的娇蕊与振保在公共汽车上偶然相遇:

再过了一站,他便下车了。振保沉默了一会儿,并不朝她看,向空中问道:"怎么样?你好么?"娇蕊也沉默了一会儿,方道:"很好。"还是刚才那两句话,可是意思全两样了。振保道:"那姓朱的,你爱他么?"娇蕊点点头,回答他的时候,却是每隔两个字就顿一顿,道:"是从你起,我才学会了,怎样,爱,认真的……爱到底是好的,虽然吃了苦,以后还是要爱的,所以……"振保把手卷着她儿子的海装背后垂下的方形翻领,低声道:"你很快乐。"娇蕊笑了一声道:"我不过是往前闯,碰到什么就是什么。"振保冷笑道:"你碰到的无非是男人。"娇蕊并不生气,侧过头去想了一想,道:"是的,年纪轻,长得好看的时候,大约无论到社会上做什么事,碰到的总是男人。可是到后来,除了男人之外总还有别的……总还有别的……"

"千疮百孔"之后,王娇蕊仍结结实实地抓住生命中温暖、实在的部分,但那些从旧式家族走出的女子就不同了。葛薇龙面对失败的爱情,就只能感到泡沫般的虚幻与破灭:"她在人堆里挤着,有一种奇异的感觉。头上是紫魆魆的是密密层层的人，密密层层的灯，密密层层的耀眼的货品——蓝瓷双耳小花瓶；一卷一卷的葱绿堆金丝绒；玻璃纸袋，装着'吧岛虾片'；琥珀色的热带产的榴莲糕；拖着大红穗子的佛珠，鹅黄的香袋；乌银小十字架；宝塔顶的大凉帽；然而在这灯与人与货之外，有那凄清的天与海——无边的荒凉，无边的恐怖。她的未来，也是如此——不能想，想起来只有无边的恐怖。她没有天长地久的计划。只有在这眼前的琐碎的小东西里，她的畏缩不安的心，能够得到暂时的休息。"(《第一炉香》)不过，葛薇龙也好，王娇蕊也好，她们遇到的都是洋场浪子，结局如此并不奇怪。但虞家茵、顾曼桢所遇皆理想男性，爱情却也终归陷入虚无。

虞家茵因为父亲的添堵作乱，终只能离开心仪的男子夏宗豫(《多少恨》)。顾曼桢是张爱玲一生中最用力书写的女性。她的自尊、独立与牺牲，成为张爱玲女性像谱中最为动人的一位。她与沈世钧的爱情，完整诠释了张爱玲自己对"执子之手，与子偕老"的爱情期待。那是怎样的爱呢？曼桢在信中对世钧说："你走了有些时了，我就有点恐惧起来了，无缘无故的。世钧，我要你知道，这世界上有一个人是永远等着你的，不管是什么时候，不管在什么地方，反正你知道，总有这么个人。"(《半生缘》)这就是穿越时空的爱。半世纪后，在香港电影《东邪西毒》中，西毒听说自己的大嫂(初恋)死了，一个人到大漠边上枯坐了三天，"以前他知道，在某个地方总有一个人在等着他，现在没有了"。可是由于曼璐的陷害与设计，这对恋人终于失之交臂。等到14年后两人意外重逢，却早已是人非物非。世钧娶了他不爱的门当户对的石翠芝，曼桢的经历则更似一部电影，她被姐夫祝鸿才强暴并软禁，生下孩子逃出祝家，辗转做过很多工作，在曼璐死后因为同情孩子又回到祝鸿才身边，继而与祝鸿才不和。再重逢时她正在计划离开祝鸿才。这中间经过多少事，真真叫人恍如隔世，一切都无从谈起：

曼桢道："世钧。"她的声音也在颤抖。世钧没作声，等着她说下去，自己根本哽住了没法开口。曼桢半晌方道："世钧，我们回不去了。"他知道这是真话，听见了也还是一样震动。她的头已经在他肩膀上。他抱着她。……她一直知道的。是她说的，他们回不去了。他现在才明白为什么今天老是那么迷惘，他是跟时间在挣扎。从前最后一次见面，至少是突如其来的，没有诀别。今天从这里走出去，是永别了，清清楚楚，就跟死了的一样。(《半生缘》)

这样的无力把握的爱，无疑是张爱玲对女性境遇、对人类命运的一种深切悲悯。人生在这世上，万事皆将成空，爱又何以独能例外？

或有人疑问：虞家茵若没有父亲的横生枝节，曼桢若没有姐姐的设计相害，那她们与理想男人夏宗豫、沈世钧岂不是有完满的结局？若这样想，就未免是不甚了解张爱玲关于生命的看法。她有一篇不太为人注意的散文，谈到一桩"美满"爱情的收尾：

是怎么一来变得什么都没有了呢？南宫婳和她丈夫是恋爱结婚的，而且——是怎样的恋爱呀！两人都是献身剧运的热情的青年，为了爱，也自杀过，也恐吓过，说要走到辽远的、辽远的地方，一辈子不回来了。是怎样的炮烙似的话呀！是怎样的伤人的小动作；辛酸的，永恒的手势！至今还没有一个剧作者写过这样好的戏。报纸上也纷纷议论他们的事，那是助威的锣鼓，中国的戏剧的传统里，锣鼓向来是打得太响，往往淹没了主角的大段唱词，但到底不失为热闹。现在结了婚上十年了，儿女都不小了，大家似乎忘了从前有过这样的事，尤其是她丈夫。偶尔提醒他一下，自己也觉得难为情，仿佛近于无赖。总之，她在台下是没有戏给人看了。(《散戏》)

动荡的命运，人性的幽暗，时间的洗刷，终将一切平凡或伟大的爱化为虚空。这样的女人及其爱的经验，在现代文学史上无人写过。刘再复指出：

"她笔下的女子,常常是世俗世界中自私的女子,在爱情的纠纷中有心防、会打算的女子,在大时代的变动中又有些怅惘的女子,与革命女子相距甚远。这些女子,从未想过要改变社会,只是小心谨慎地挣扎在生活的细节中。"[1]张爱玲的这些在爱的虚空中挣扎的女性,与主流女性想象大为异趣。在民族国家书写中,没有失败的爱情。年轻男女的自由之爱若遭到旧制度、旧观念的阻碍乃至扼杀,他们必会抗争以求取"人的尊严"。他们往往会获得最后的幸福。即便他们在这最终的幸福抵达之前,已被沉潭了,或自杀了,或抑悒而亡了,但他们的牺牲亦终照亮旧制度、旧文化被颠覆的道路。而在他们必然颠覆的图景中,新的自由之爱获得了激情的承诺。从这个意义上讲,爱是终究会实现的。它唯一的障碍就是旧的制度或者观念,它们终将被革除。这类故事,与其说是讲女性及其爱,不如说是针对青年读者的有关新文化、新制度的"认同的寓言"(fables of identity)。张爱玲笔下的女性和爱情显然不合这一"常例"。她笔下的爱之所以沦入虚空,并非旧的制度或者观念妨碍了爱。爱的毁掉往往不可理喻。若一定要找出缘由,那不妨说是人性自身不可克服的弱点导致了爱的虚无。葛薇龙何以一步步陷入梁太太设计好的圈套,一面忙着替梁太太弄人,一面忙着替乔琪弄钱,实则由于虚荣。王佳芝之所以在最后一瞬间放过易先生导致自己及同伴的丧生,则由于某种浪漫的自我设想。对此,张爱玲自己后来也谈道:

王佳芝演话剧,散场后兴奋得松弛不下来,大伙消夜后还拖着个女同学陪她乘电车游车河,这种心情,我想上台演过戏,尤其是演过主角的少男少女都经验过。她第一次与老易同桌打牌,看得出他上了钩,回来报告同党,觉得是"一次空前成功的演出,下了台还没下妆,自己都觉得顾盼间光艳照人。她舍不得他走,恨不得再到哪里去。已经下半夜了,邝裕民他们又不

---

[1] 刘再复:《张爱玲的小说与夏志清的〈中国现代小说史〉》,收《再读张爱玲》,刘绍铭等编,山东画报出版社2005年版。

跳舞,找那种通宵营业的小馆子去吃及第粥也好,在毛毛雨里老远一路走回来,疯到天亮"。自己觉得扮戏特别美艳,那是舞台的魅力。"舍不得他们走"是不愿失去她的观众。(《羊毛出在羊身上——谈〈色·戒〉》)

被崇拜,被爱,都是女人不可摆脱的天性。王佳芝最终因为这一天性而恍惚失措。这与外在于人的制度或文化并无甚关系。与此相应,这样的人性悲剧亦往往无解,不能通过斗争或解放予以消释。张爱玲更无此等劝人"革命"的兴致。故王德威表示:"女性主义读者可能会视《怨女》为一保守的作品,因为它暴露中国妇女的怨苦之余,并未探求解决之道。比起同辈或稍早的女作家如丁玲与萧红,张显然无意为她的女性提供任何'正面'出路。"[1] 在左翼批评家看来,张爱玲无疑还是处于摸索状态、缺乏明确思想的小说家,而在张爱玲看来,自己恰是超越社会层面而直抵生命幽暗区域的作者。这是中国式虚无主义视野的后果。一个"临着虚无之深渊"的小说家,她的叙述终究会证实她的位置。

---

[1] 王德威:《落地的麦子不死:张爱玲与"张派"传人》,山东画报出版社2004年版,页10。

第七讲　家族的颓败与荒凉

有一次，张爱玲谈及电影《万世流芳》时说："现代中国人不喜欢看旧中国的某些东西。如果外国影片有缠足、蓄辫和吸鸦片的镜头，准会引起愤怒的抗议。在《万世流芳》之前，没有中国电影涉及吸鸦片。而我们得承认吸鸦片至今仍甚普遍。"这种选择性的"集体遗忘"是现代中国自我塑像的一部分。而关于旧家族的记忆，也多少未脱其例。在现代文人笔下，不是代表最高封建家族权威的老太爷中风死去，就是承继祖宗声业的长房长孙染上肺病（甚至自杀身亡），足见渴求着新的中国的一代文人力图将中国"旧物"一并送入"地狱"的昭然用心。张爱玲所写的那些高门巨族的颓败旧事，与巴金、茅盾、曹禺等民族国家书写者或有仿佛，但到底异样。她讽刺，但并无意新旧置换的叙事预设；她写了破败中的"簪缨望族"纤微逼真的种种，却并非只围绕着"旧制度""封建礼教"等预设概念选择材料、组织故事。如果说现代文人多通过家族批判而达成某种西方式的历史乐观主义的话，那么张爱玲则是借家族颓败体味中国式的虚无与荒凉。

一、"簪缨望族"的末路

何谓"家族",并非指由父母、子女等单一直系亲属组成的核心家庭,而是同姓同宗者按照辈分、房族等差异聚居而成的社会单位。民国时期,五世同堂的家族已较稀见,但四世同堂或三世同堂的家族则极普遍,由一祖父或祖母主事,各房(以儿子齿序排列)合居,叔辈多为中年,孙辈则为青少年,此为三世同堂。若孙辈有婚娶生育,则为四世同堂。这类家族在中国传统文化中乃居本位位置。孙中山在《三民主义》一文中指出,西方社会以个人为本位,其中间组织则不发达,中国社会则轻个人而重家庭,以家族为本,"中国人最崇拜的是家族主义和宗族主义……外国旁观的人说中国是一盘散沙,这个原因是在什么地方呢?就是因为一般人民只有家族主义和宗族主义,没有国族主义。中国人对于家族和宗族的团结力非常大,往往因为保护宗族起见,宁肯牺牲身家性命"。《美国与中国》一书的作者费正清也认为,中国的社会单元是家庭而不是个人,中国的家庭是自成一体的小天地,家庭才是当地政治生活中负责任的成分,是一个微型的邦国。此皆确切判断。中国家族之盛,始于西周诸侯分封,以世爵制度为标志。战国以后,世卿世禄制度解体,旧的诸侯逐渐被新崛起的世家大族取代。汉晋之际门阀制度盛行,又成新的贵族。宋代以后科举制度普遍化,门第作用趋弱,贵族大致消失,而此起彼伏的大众化家族上升为主流。逮至民国,家族文化受到激进青年狂批猛伐,更趋衰弱。共产党解放中国后,甚至将旧家族及旧家族文化铲除殆尽。在张爱玲少年时代,正值家族成为文化"罪敌"之时,旧的高门巨族无论遗产还是否可观,实都已被排挤到主流文化之外。他们对"新文化"示以冷淡,"新文化"亦不屑于与此等"封建余孽"建立关系。这是从外部观之,而从内部言之,"簪缨望族"的末途就更切切如在眼前了。

不过,在大量陈述旧式家族末途的同时,张爱玲偶亦写过高门巨族的奢华。那种最后的奢华,张爱玲多少也赶上了一个末梢,所以写起来格外有亲历之感：

女儿到了可以介绍朋友的年龄，有一次大请客，到北戴河去。那是要人避暑养疴的地方。因为有海滩，可以游泳，比牯岭更时髦。包下两节车厢，路上连打几天桥牌，奖品是一只扭曲凸凹不平的巨珠拇指戒，男女都可以戴的。把两套花园阳台用的黑铁盘花桌椅都带了去，免得急切间租借不到合意的。配上古拙的墨西哥黑铁扭麻花三脚烛台，点上肥大的塑成各色仙人掌老树根的绿蜡，在沙滩上烛光中进餐。大师傅借用海边旅馆的厨房做了菜，用餐车推到沙滩上，带去几只荷兰烤箱，占用几间换游泳衣的红白条纹帆布小棚屋，有两样菜要热一热。一道道上菜之叫，开着留声机，月下泳装拥舞。两个女儿都嫁得非常好。(《浮花浪蕊》)

但"往破落户的路上走"(《倾城之恋》)几乎是张爱玲所熟悉的所有旧式家族的共同噩梦。曹七巧讽刺破落中的姜家说："你有哪一点叫人看得上眼？趁早别自骗自了！姓童的还不是看上了姜家的门第！别瞧你们家轰轰烈烈，公侯将相的，其实全不是么回事！早就是外强中干，这两年连空架子也撑不起了。人呢，一代坏似一代，眼里哪儿还有天地君亲？少爷们是什么都不懂，小姐们就知道霸钱要男人——猪狗都不如！"(《金锁记》)话虽因阻挠长安婚事而起，但多少也道出了此时高门巨族的实情。由于先辈遗资巨大，此类旧家子弟生即落入富贵丛中，成长期间既对启蒙、救亡诸时代风潮兴味索然，又以为自立谋职等事无甚必要，甚至有失家族颜面。在《创世纪》中，潆珠找到一家药房做事，出身大族的祖母（原型是李鸿章女儿李经溥）即不赞成，"（祖母）说她那样的人，能做什么事？外头人又坏，小姐理路又不清楚——少现世了"。祖母有些话未必愿意说出口，堂堂相府的后代，难道竟然要靠到药房站柜台养活吗？说出去也未免太难听。这不仅是面子问题，实亦是破败中的高门巨族普遍的价值观。事实上，张爱玲的父亲、舅舅等遗老遗少，除了忙于喝花酒、抽鸦片、养戏子等"雅事"，对"工作"云云根本就没有兴趣。不事生产，人齿日繁，时世动荡，诸种因素使"簪缨望族"往"破落户道路"上奔走的速度一天快过一天。现代文人中，无人比张爱玲写这种破败写得更精细、更刻骨，亦更惆怅了。仍是潆珠，自懂事以来就处在寒酸的压迫之下。寒酸到什么程度呢，她连一件雨衣都视作难以企望的奢侈品。好不容易第一次拿到工资，马上就买了一件，心情欢快极了。然而，"自从潆珠买了一件雨衣，就从来没有下过雨"。她的无法展示骄傲的苦恼就可想而知了。这样一个女孩子的心理，和农村贫困孩子们的期待几无二致，可她是相府的直系后裔（第四代）啊。这中间有很多历史，正如张爱玲以讥讽的语调说的："潆珠家里的穷，是有背景，有根底的，提起来话长，就像是'奴有一段情呀，唱拨拉诸公听'。"潆珠什么都没赶上，也就没什么兴趣关心，但祖母却什么都经过了，家族破败导致的辛酸与尴尬，可是一点一点撕咬着她的心呵。她的少女时代，在相府中度过："每天要她陪着（父亲）吃午饭，……（他）教她读《诗经》，圈点《纲鉴》。他吃晚饭，总要喝酒的，女儿一边陪着，也要喝个半杯。大红细金花的'汤杯'，高高的，圆筒式，里面嵌着小酒盏。……桌上铺着软漆布，耀眼的绿的蓝的图案。每人面前一碗茶，白铜托子，白茶盅上描着轻淡的藕荷蝴蝶。旁边的茶几上有一盆梅花正在开，香得云雾沌沌。"而到晚年，坐吃山空，已沦落每天为节省点钱而想尽办法省煤、省电。人世沧桑，情何以堪。与《创世纪》类似，《花凋》影射的是张爱玲舅舅黄定柱家。张爱玲少年时期经常与表姊妹们一起厮混，假期还经常和她们一起制作圣诞卡片、新年卡片，寄给身在海外的母亲。故而《花凋》对黄家破败的影射描绘也是入木三分：

说不上来郑家是穷还是阔。呼奴使婢的一大家子人，住了一幢洋房，床只有两只，小姐们每晚抱了铺盖到客室里打地铺。客室里稀稀朗朗几件家具也是借来的，只有一架无线电是自己置的，留声机匣子里有最新的流行唱片。他们不断地吃零食,全家坐了汽车看电影去。孩子蛀了牙齿没钱补,在学校里买不起钢笔头。佣人们因为积欠工资过多,不得不做下去。下人在厨房里开一桌饭,全巷堂的底下人都来分享,八仙桌四周的长板凳上挤满了人。厨子的远房本家上城来的时候,向来是耽搁在郑公馆里。小姐们穿不起丝质线质的新式衬衫,布裯子又嫌累赘,索性穿一件空心的棉袍夹袍,几个月之后,脱下来塞在箱子里,第二年生了霉,另做新的。丝袜还没上脚已经被别人拖去穿了,重新发现的时候,袜子上的洞比袜子大。不停地嘀嘀咕咕,明争暗斗。

这两篇小说专力刻画"簪缨望族"的末路,所以笔墨甚多,但在其他小说里,亦随时可见这类文字。《留情》中,敦凤去拜访舅母,一个细节即将杨家的破败写得淋漓尽致:"老太太躺在小花褥单上看报,棉袍衩里露出肉紫色的绒线裤子,在脚踝上用带子一缚,成了扎脚裤。她坐起来陪他们说话,自己把绒线裤脚扯一扯,先带笑道歉道:'你看我弄成个什么样子!今年冷得早,想做条丝棉裤罢,一条裤子跟一件旗袍一个价钱!只好凑合着再说。'"出于经济考虑,杨家的交往对象也从有身份人家下调到里弄人:"'你不知道,我情愿少用个把人,不然,净够在牌桌旁边站着,伺候你表嫂拿东西的了!现在劈柴这些粗事我都交给看巷堂的,宁可多贴他几个钱。今天不知怎么让你表嫂知道了我们贴他的钱,马上就像个主人似的,支使他出去买香烟去了——你看这是不是……?'敦凤不由得笑了,问道:'表嫂现在请客打牌,还吃饭吃点心么?'杨老太太道:'哪儿供给得起?到吃饭的时候还不都回家去了!所以她现在这班人都是同巷堂的,就图他们这一点:好打发。'"

少年张爱玲对旧式家族充满不满,她以讽刺眼光看待这类家族的过去和未来。哈布瓦赫说,"过去不是被保留下来的,而是在现在的基础上被重新建构的"[1]，张爱玲对旧式家族的个人认知使她笔下的高门巨族，都如黑沉沉的白公馆一样，笼上了低沉的气息，"唱歌唱走了板，跟不上生命的胡琴"（《倾城之恋》）。而在这样那样的"白公馆"内，颓败从外及里，从根底瓦解了作为中国传统根基的家族文化。由于家族内成员众多，关系复杂，传统家族文化注重人伦秩序的和谐，有一套父慈子孝、兄友弟恭、夫义妇顺的道德规范。不少大家族还自订家规。李鸿章父亲李文安所订家规，包括伦理宜笃、礼节应循、术业宜勤、食用宜俭等项，如伦理项曰，"父慈、子孝、兄良、弟恭、夫义、妇听、长惠、幼顺，人之大义。……唯在平时，父教其子，兄督其弟，夫正其妇，纲举目张而后家政修，而伦以笃……"（《李光禄公遗集·杂著·重订家规》）以家规为核心，还形成了一整套家庭制度。林语堂认为："这种制度给我们的孩子们上的第一课就是人与人之间的社会责任，相互调整的必要，自制、谦恭，明确的义务感，对父母感恩图报和对师长谦逊尊敬。这种制度几乎取代了宗教的地位。"[2]然而，这样的家族在张爱玲小说中迎来的是毁坏的命运。

二、文化的毁坏：兄（姊）/弟（妹）关系

"簪缨望族"的末路必然导致文化的毁坏。奔走在"破落户道路"上的旧的高门巨族实在难以维持那种据说优美淳厚的家族文化了。这种毁坏，首先表现在各房之间的关系上。张爱玲家在此方面甚为典型。张佩纶前后有三位妻室，共育三子一女。除长子张志沧早逝外，尚存次子张志潜（朱芷芗所育）、张志沂（李菊耦所育）、女儿张茂渊（李菊耦所育）。张佩纶在世时，

---

[1]〔法〕莫里斯·哈布瓦赫：《论集体记忆》，上海人民出版社2002年版，页71。

[2] 林语堂：《中国人》，学林出版社1994年版，页181。

预感到已经成年的张志潜会和后母李菊耦有矛盾，所以早早让张志潜到北方谋了一个职位，加上李菊耦兄弟们（李鸿章之子李经方、李经述等）势力庞大，所以张佩纶去世后，张家便由李菊耦当家，张志潜比较顺从。但1916年李菊耦病逝，张志沂、张茂渊皆未成年，大他们二十余岁的张志潜自然当了家。等到张志沂结婚后兄妹三个拆分财产时（1922年），大房二房之间的矛盾便开始了。张志沂、张茂渊对家产具体数目并不清楚，所以日益疑心大哥张志潜先行侵吞了部分家产，因此闹起纠纷，并于1930年正式打起官司。其时张爱玲年幼，不甚清楚详情。不过这场官司给予张爱玲很深的影响：不但大房二房关系恶劣，而且同属二房的张志沂、张茂渊兄妹也生出隙怨。据姑姑张茂渊对张爱玲讲，当初打官司时，两房都给有关方面送钱，但二房送得少，结果输了官司。而据张爱玲成年后自己了解得知，张爱玲的后母（孙用蕃）也起了坏作用："她不愿得罪这位阔大伯，连带张志沂倒戈，不愿再打下去了。"[1]张茂渊不愿对张爱玲讲长辈之间这些恩怨，但她与亲兄弟张志沂关系的疏远是显然的。尤其是因为为侄女说情遭到哥哥怒打之后，她再也未去过哥哥家。甚至1953年张志沂潦倒死去时，她都没去看一眼（张爱玲似乎也没去）。张家的这种兄弟关系曾为张爱玲母亲黄逸梵所嘲弄。据《小团圆》载，一次九莉听说舅舅与母亲并无血缘关系，而是当初外婆为保住家产，临时从街上买来冒充双胞胎的幼婴：

她对这故事显然非常有兴趣，蕊秋马上说："你可不要去跟你舅舅打官司，争家产。"九莉抬高了眉毛望着她笑。"我怎么会……去跟舅舅打官司？""我不过这么说哦！也说不定你要是真没钱用，会有一天会想起来。你们盛家的事！连自己兄弟姐妹还打官司呢。"

---

[1] 冯祖贻：《张爱玲》，河北教育出版社2000年版，页109—110。

这样的家世经验，使张爱玲对大家族内各房之间的关系敏感而洞彻。《金锁记》以及由《金锁记》改写的长篇小说《怨女》对此有精细刻画。银娣进了姚家，受到大房三房的排斥，分家时各房之间又大闹一场，此后就渐少走动。不过，像姜家、姚家这种孙辈已是青年的三世同堂或四世同堂的大家族日渐稀少。在破落的境况中，大家族里的各房逐渐分离出去，成为一个个小的家庭。姜家、姚家最后不也分了家？所以，家族文化的败坏更主要表现在核心家庭之中。而在核心家庭之内，类似于各房之间的亲属关系主要体现为青年的兄弟姊妹之间的关系。

兄弟在各自成家生育之后便成为大家族内的各房，未成婚则是核心家庭内的伙伴和朋友。虽然张爱玲自己的父亲与伯父关系恶劣，但她笔下的兄弟关系大致还算和洽，甚至亲切。佟振保"侍奉母亲，谁都没有他那么周到；提拔兄弟，谁都没有他那么经心"（《红玫瑰与白玫瑰》），他供兄弟笃保上学，帮他谋差事，处处提拔他。而笃保也很听兄长教诲，关键时候还懂得默契配合兄长。事隔多年后振保偶然在车上遇见一去杳然的王娇蕊，一时尴尬，全是笃保在应付，"笃保当着哥哥说那么多的话，却是从来没有过，振保也看出来了，仿佛他觉得在这种局面之下，他应当负全部的谈话责任"。在《怨女》中，三爷缺钱潦倒时，大爷也贴钱给他。这类描写，足见民国旧家多少还有兄友弟恭的遗风。但兄妹之间、姑嫂姊妹之间的关系明显复杂些。这或许因为张爱玲对于切己关系有更多体验。

在张爱玲笔下，兄妹关系鲜有和畅。白三爷、白四爷对流苏自不用说，七巧的哥哥曹大年对妹妹的出嫁也有一番计谋。当年，为了贪图姜家的财产，曹大年将妹妹嫁与了姜家残废的二少爷。关于这番伤心事，兄妹俩有一番口舌：

大年道："远迢迢赶来看你，倒是我们的不是了！走！我们这就走！凭良心说，我就用你两个钱，也是该的。当初我若贪图财礼，问姜家多要几百

两银子,把你卖给他们做姨太太,也就卖了。"七巧道:"奶奶不胜似姨奶奶吗?长线放远鹞,指望大着呢!"(《金锁记》)

不过七巧对哥哥怨忿虽有,但到底只有一个哥哥,也拿他没办法。梁太太对哥哥葛豫琨则绝情多了:"薇龙放胆上前,叫了一声姑妈。她姑妈梁太太把下巴颏儿一抬,眯着眼望了她一望。薇龙自己报名道:'姑妈,我是葛豫琨的女儿。'梁太太劈头便问道:'葛豫琨死了么?'薇龙道:'我爸爸托福还在。'"(《第一炉香》)然而,兄妹毕竟是血缘至亲,虽疏如路人但多少残留着情分。梁太太虽然当年和哥哥为嫁人的事闹僵了,但对薇龙还是当侄女看,也答应供给她学费(当然也暗存利用之意)。从兄妹关系延伸出来的姑嫂关系则绝少有可取之处。白四奶奶对流苏的挖苦,比白三爷刻薄多了(白三爷只摆"道理"),句句如刺:

四奶奶站在三爷背后,笑了一声道:"自己骨肉,照说不该提钱的话。提起钱来,这话可就长了!我早就跟我们老四说过——我说:老四,你去劝劝三爷,你们做金子,做股票,不能用六奶奶的钱哪,没的沾上了晦气!她一嫁到婆家,丈夫就变成了败家子。回到娘家来,眼见得娘家就要败光了——天生的扫帚星!"三爷道:"四奶奶这话有理。我们那时候,如果没让她入股子,决不至于弄得一败涂地!"

四奶奶一个人在外间屋里翻箱倒柜找寻老太太的私房茶叶,忽然笑道:"咦!七妹,你打哪儿钻出来了,吓我一跳!我说怎么的,刚才你一晃就不见影儿了!"宝络细声道:"我在阳台上乘凉。"四奶奶格格笑道:"害臊呢!我说,七妹,赶明儿你有了婆家,凡事可得小心一点,别由着性儿闹。离婚岂是容易的事?要离就离了,稀松平常!果真那么容易,你四哥不成材,我干吗不离婚哪!我也有娘家呀,我不是没处可投奔的,可是这年头儿,我不能不给他们划算划算,我是有点人心的,就得顾着他们一点,不能靠定了人

家,把人家拖穷了。我还有三分廉耻呢!"(《倾城之恋》)

四奶奶借着七妹宝络指桑骂槐,把流苏气得横身乱抖。然而四奶奶和宝络就贴心吗?非也,宝络年龄大了,好不容易有个说亲机会,但听说徐太太介绍的范先生是个承继了大宗遗产的富家公子,四奶奶立刻就想为自己的两个年龄十三四岁的女儿争取,根本无暇顾及宝络迟暮难嫁的窘状:"白四奶奶就说:'这样的人,想必是喜欢存心挑剔。我们七妹是庶出的,只怕人家看不上眼。放着这么一门好亲戚,怪可惜了儿的!'三爷道:'他自己也是庶出。'四奶奶道:'可是人家多厉害呀,就凭我们七丫头那股子傻劲儿,还指望拿得住他?倒是我那个大女孩子机灵些,别瞧她,人小心不小,真识大体!'三奶奶道:'那似乎年纪差得太多了。'四奶奶道:'哟!你不知道,越是那种人,越是喜欢年纪轻的。我那个大的若是不成,还有二的呢。'三奶奶笑道:'你那个二的比姓范的小二十岁。'四奶奶悄悄扯了她一把,正颜厉色地道:'三嫂,你别那么糊涂!护着七丫头,她是白家的什么人?隔了一层娘肚皮,就差远了。嫁了过去,谁也别想在她身上得点什么好处!我这都是为了大家好。'"(《倾城之恋》)当然,不仅是能够当家的嫂子对小姑处处使心计,姑子倘若厉害,嫂子也未必吃得消。二乔四美对未过门的嫂子玉清也是极尽刻薄。婚礼前夕,玉清请二乔四美一起去帮买衣服。二乔四美除了关心自己的衣着,另外就是对玉清挖苦、挑剔:

四美道:"后天你穿哪双鞋?"二乔道:"哪,就是同你一样的那双。玉清要穿平跟的,她比哥哥高,不能把他显得太矮了。"四美悄悄地道:"玉清那身个子⋯⋯大哥没看见她脱了衣服是什么样子⋯⋯"两人一齐扑哧笑出声来。二乔一面笑,一面说:"嘘!嘘!"回头张望着。四美又道:"她一个人简直硬得⋯⋯简直'掷地作金石声!'"二乔笑道:"这是你从哪里看来的?这样文绉绉。——真的,要不是一块儿试衣服,真还不晓得。可怜的哥哥,以后这一辈子……"四美笑弯了腰:"碰一碰,骨头克嚓嚓响。跟她跳舞的时候大约听不见,让音乐盖住了。也奇怪,说瘦也不瘦,怎么一身的骨头?"二乔道:"骨头架子大。"四美道:"白倒挺白,就可惜是白骨。"二乔笑着打了她一下道:"何至于?……咳,可怜的哥哥,告诉他也没用,事到如今了……"(《鸿鸾禧》)

而姊妹关系更有令人毛骨悚然的部分。流苏一气之下决意和妹妹宝络竞争范先生、川嫦姊妹们对川嫦的排挤(《花凋》)毕竟平常,但曼璐以曼桢为诱饵,以挽救丈夫祝鸿才对自己的厌倦与抛弃,才令人骇异。在曼璐的设计下,祝鸿才装着酒后误认的样子将曼桢强暴,曼桢的反抗与愤怒令祝鸿才有点害怕,但曼璐却把自己妹妹拿捏定了:"曼璐淡淡地道:'那也不怪她,你还想着人家会拿你当个花钱的大爷似的伺候着,还是怎么着?'鸿才道:'不是,你没看见她那样子,简直像发了疯似的!早晓得她是这个脾气——'曼璐不等他说完便剪断他的话道:'我就是因为晓得她这个脾气,所以我总是说办不到,办不到。你还当我是吃醋,为这个就跟我像仇人似的。这时候我实在给你逼得没法儿了,好容易给你出了这么个主意,你这时候倒又怕起来了,你这不是成心气我吗?'她把一支烟卷直指到他脸上去,差点烫了他一下。鸿才皱眉道:'你别尽自埋怨我,你倒是说怎么办吧。'曼璐道:'依你说怎么办?'鸿才道:'老把她锁在屋里也不是事,早晚你妈要来问我们要人。'曼璐道:'那倒不怕她,我妈是最容易对付的,除非她那未婚夫出来说话。'鸿才霍地立起身来,踱来踱去,喃喃地道:'这事情可闹大了。'曼璐见他那懦怯的样子,实在心里有气,便冷笑道:'那可怎么好?快放她走吧?人家肯白吃你这样一个亏?你花多少钱也没用,人家又不是做生意的,没这么好打发。'鸿才道:'所以我着急呀。'曼璐却又哼了一声,笑道:'要你急什么?该她急呀。她反正已经跟你发生关系了,她再狠也狠不过这个去,给她两天工夫仔细想想,我再去劝劝她,那时候她要是个明白人,也只好见台阶就下。'鸿才仍旧有些怀疑，因为他在曼桢面前实在缺少自信心。他说：'要是劝她不听呢？'曼璐道：'那只好多关几天，捺捺她的性子。'鸿才道：'总不能关一辈子。'曼璐微笑道：'还能关她一辈子？哪天她养了孩子了，你放心，你赶她走她也不肯走了，她还得告你遗弃呢！'"（《半生缘》）曼璐的绝情不能不让人震动，在她"运筹帷幄"的背后，是人性黑暗的深渊。

或许由于高门巨族的女性久处深闺，她们人生的"战场"主要在家庭之内。与丈夫的斗争显然难以取得优势，但与同性的纠葛与磨难则易成为她们精力的主要出口。这格外造成了家族文化中的幽暗部分。然而，这些女性都带"马基雅维利（Machiavelli）式的权术色彩"（王德威语），她们对同性的竞争、刻薄或陷害，并非出于封建礼教。甚至恰恰相反，白四奶奶与白流苏的冲突，曼璐对同胞妹妹的陷害，都是违反封建礼教的。礼教强调兄妹相亲、姑嫂和睦，白四奶奶、曼璐是礼教的败坏者。或者说，她们的行为，尤其那无所不在的利益算计，既非封建压迫，又非反封建，而仅只关涉人性。人性与制度、文化无甚关系，所以，这一部分内容在民族国家书写中实在难以获得相应名目。巴金、曹禺等要么不写这类内闱争斗，要么把它们与封建制度挂上关系，以便批判该制度。不过，从张爱玲小说看，若将这些人性之"罪"归之于儒家礼教，也未免太冤屈孔圣人了。

三、文化的毁坏：父（婆）/子（媳）关系

家族文化除横向的兄弟、兄妹、姊妹、姑嫂等关系之外，更重要的则是纵向的父（母）/子（女）、婆/媳关系。"人有恒言，皆曰天下国家。天下之本在国，国之本在家，家之本在身"（《孟子·离娄上》），这是指家国同构，由家庭内的父子关系可外推至国家层面上的君臣关系。传统中国统治的合法性就建立在这种血缘伦理之上，其重要性可想而知。家族文化对父子关

系有"父慈子孝"之要求。由于家庭财权往往握于父母之手,子(女)孝一节便取得绝对保障。其中,大家族内婆媳关系一节,张爱玲尤其见得多,写得细致。《金锁记》中,姜家虽已大不如前,但仍保持着王侯之家的规矩。每天早晨起来,儿子、媳妇都要去给老太太(老爷似乎从不在家)请安,其情形一如《红楼梦》,如一节写道:"玳珍探出头来道:'云妹妹,老太太起来了。'众人连忙扯扯衣襟,摸摸鬓角,打帘子进隔壁房里去,请了安,伺候老太太吃早饭。婆子们端着托盘从起坐间里穿了过去,里面的丫头接过碗碟,婆子们依旧退到外间来守候着。里面静悄悄的,难得有人说句把话,只听见银筷子头上的细银链条响。"然而,"父慈"云云实在殊为难得。或许父母要做到对子女"慈爱",不能不有大量钱财做后盾。而在日渐破落的背景上,张爱玲给我们看见的,似乎恰恰是它的反面。

《花凋》影射的是张爱玲表姊黄家漪的一生。小说开头叙述道:"她父母小小地发了点财,将她坟上加工修葺了一下,坟前添了个白大理石的天使,垂着头,合着手,脚底下环绕着一群小天使。……天使背后藏个小小的碑,题着'爱女郑川嫦之墓'。碑阴还有托人撰制的新式的行述:'……川嫦是一个稀有的美丽的女孩子……爱音乐,爱静,爱父母……无限的爱,无限的依依,无限的惋惜……回忆上的一朵花,永生的玫瑰……安息罢,在爱你的人的心底下。知道你的人没有一个不爱你的。'全然不是这回事。的确,她是美丽的,她喜欢静,她是生肺病死的,她的死是大家同声惋惜的,可是……全然不是那回事。""全然不是那回事",张爱玲似乎一开篇即欲揭开父爱虚伪的面具。川嫦在"弱肉强食"的情形中受到姊妹们的挤轧自不必论,但她最重要的两件事情却不能完成,一是进大学念书:"她痴心想等爹有了钱,送她进大学,好好地玩两年,从容地找个合式的人。等爹有钱……非得有很多的钱,多得满了出来,才肯花在女儿的学费上——女儿的大学文凭原是最狂妄的奢侈品。"郑先生当然不是钱少得无力供应女儿的学费,只是有限的钱要花在紧要的事情上,比如鸦片、牌九,读大学算什么事呢?也许对于川嫦那的确是件大事,但郑先生是郑先生呀,他实在发现不了女儿上大学对他有何意义。张爱玲走笔至此,不知是否忆起她幼时找父亲讨要钢琴学费的尴尬。川嫦另外一件棘手的事情是她的肺病。治了两年,成了骨痨。郑先生道:"不是我说丧气话,四毛头这病我看过不了明年春天",说着,不禁泪流满面。然而,"泪流满面"并不能使郑先生失去理智。关于医药费的问题他异常冷静:

泉娟将一张药方递过来道:"刚才云藩开了个方子,这种药他诊所里没有,叫派人到各大药房去买买试试。"郑夫人向郑先生道:"先把钱交给打杂的,明儿一早叫他买去。"郑先生睁眼诧异道:"现在西药是什么价钱,你是喜欢买药厂股票的,你该有数呀。明儿她死了,我们还过日子不过?"郑夫人听不得股票这句话,早把脸急白了,道:"你胡吣些什么?"郑先生道:"你的钱你爱怎么使怎么使。我花钱可得花得高兴,苦着脸子花在医药上,够多冤!这孩子一病两年,不但你,你是爱牺牲,找着牺牲的,就连我也带累着牺牲了不少。不算对不起她了,肥鸡大鸭子吃腻了,一天两只苹果——现在是什么时世,做老子的一个姨太太都养活不起,她吃苹果!我看我们也就只能这样了。再要变着法儿兴出新花样来,你有钱你给她买去。"郑夫人忖度着,若是自己拿钱给她买,那是证实了自己有私房钱存着。

显然,郑夫人比丈夫更爱孩子一些,然而她总不至于因为孩子的病就暴露自己的私房钱吧。孰轻孰重,郑夫人还是掂量得出来的。川嫦于是死掉了。

在金钱这件事情上,出身蓬门小户的曹七巧比郑先生夫妇看得通透。虽然作为二房奶奶,她在姜家分得的家产是用青春换来的,但她既无富贵太太通有的讲排场、喜享受的嗜好,也就对子女不那么克扣。她看大房三房的儿女都进了洋学堂读书,也要送儿子长白去投考。长白不上进,只愿打打小牌,无奈之下,七巧只好托人说情,将女儿长安送进沪范女中。关于金钱,七巧是这么看的:"七巧却不像要责打她(长安)的光景,只数落了一番,道:'你今年过了年也有十三岁了,也该放明白些。表哥虽不是外人,天下的男子都是一样混账。你自己要晓得当心,谁不想你的钱?'一阵风过,窗帘上的绒球与绒球之间露出白色的寒天,屋子里暖热的黑暗给打上了一排小洞。烟灯的火焰往下一挫,七巧脸上的影子仿佛更深了一层。她突然坐起身来,低声道:'男人……碰都碰不得!谁不想你的钱?你娘这几个钱不是容易得来的,也不是容易守得住。轮到你们手里,我可不能眼睁睁看着你们上人的当——叫你以后提防着些,你听见了没有?'长安垂着头道:'听见了。'"(《金锁记》)较之郑先生,较之张爱玲自己的父亲,七巧都算得上慷慨无私的了,然而一不小心,她却滑入了人性的另一个黑暗深渊。借用迅雨的说法是,"最初她把黄金锁住了爱情,结果却锁住了自己。爱情磨折了她一世和一家。她战败了,她是弱者"。"弱者做了情欲的俘虏,代情欲做了刽子手",由于"爱情在一个人身上不得满足,便需要三四个人的幸福与生命来抵偿"。[1]"三四个人",指的是长白、长安及前后两位儿媳。姜家各房分家后,二房七巧就带着长白、长安另租了房子,"和姜家各房很少来往",她的世界就剩下长白、长安两个子女。拒绝了季泽的旧情后,她更明白自己为人一世,已经结束了。之后秋冬交替,她不是打丫头,就是换厨子,"总有些失魂落魄的"。然而她不自知的是,她渐渐不能接受与她无关的青春与幸福。她的儿子长大了,成了男人,可是这男人终究不是她的,"她眯缝着眼望着他,这些年来她的生命里只有这一个男人。只有他,她不怕他想她的钱——横竖钱都是他的。可是,……现在,就连这半个人她也保留不住——他娶了亲"(《金锁记》)。他之于她,半是儿子半是男人,她"把一只脚搁在他肩膀上,不住的轻轻踢着他的脖子",她难以接受别的女人来和她分享他,甚至独占他。她不喜欢新过门的媳妇芝寿,把媳妇的床帏秘密四处宣讲,夜里

---

[1] 迅雨:《论张爱玲的小说》,《万象》1944年第3卷第11期。

不让长安回房,终于使芝寿在痛苦中死去。接着娶的绢姑娘扶了正,做了芝寿的替身,也承续了她的结局,"扶了正不上一年就吞了生鸦片自杀了"。对于长安,她早早让她抽上了鸦片,到了30岁还嫁不掉。好不容易由堂妹长馨牵线,结识了一个德国留学生童世舫,双方都还满意,终于到了议婚论嫁的程度,七巧却对长安破口大骂,"不害臊!你是肚子里有了搁不住的东西是怎么着?火烧眉毛,等不及的要过门!"此后遂天天骑着门坐着,骂长安要找的"野男人"。然而长安与童世舫仍旧来往着,终有一天七巧背着长安叫长白下帖子请童世舫吃便饭,将一切做了了结:

七巧将手搭在一个佣妇的胳膊上,款款走了进来,客套了几句,坐下来便敬酒让菜。长白道:"妹妹呢?来了客,也不帮着张罗张罗。"七巧道:"她再抽两筒就下来了。"世舫吃了一惊,睁眼望着她。七巧忙解释道:"这孩子就苦在先天不足,下地就得给她喷烟。后来也是为了病,抽上了这东西。小姐家,够多不方便哪!也不是没戒过,身子又娇,又是由着性儿惯了的,说丢,哪儿就丢得掉呀?戒戒抽抽,这也有十年了。"世舫不由得变了色。(《金锁记》)

实际上长安已经戒掉了,七巧撒了谎。她为什么如此破坏长安的幸福,张爱玲未作明确交代,但她明白地称七巧"有一个疯子的审慎与机智"。七巧的变态已深入骨髓,甚至连子女都要"吞噬"。然而这似乎不仅是文学作品中的虚构,长安、长白都有取自李菊耦娘家的生活原型。而且,这也不是高门巨族内少见的事例。章诒和《往事并不如烟》一书曾记有康有为女儿康同璧家的旧事。康同璧女儿年已30多岁,康同璧就是不肯为她说亲,甚至将主动上门议媒的亲戚连骂带打轰出门去,连个借口都不用找。父母对子女的这等变态的自私显示的是"封建礼教"的罪恶吗?如果是巴金来写这些小说,他一定会斩钉截铁地做出这等判断,并激切地表示,"我控诉!"然而,细心的人不难看出，郑先生、郑夫人、七巧的所作所为，完全违反了圣人之教。孔孟曾有教导父母不可给子女治病、不给他们议亲或径直破坏他们正常的人生吗？没有。这是挣扎于人性深渊的可怖结果，与礼教制度云云实在无甚关系。然而，面对如此有失伦常的父母，子女束手无策。川嫦死掉了，虽然后来被她父母赞为"天使"，但死了就是死了，"长白不敢再娶了，只在妓院里走走。长安更是早就断了结婚的念头"。所以"束手无策"，当然未见得是因为天性纯孝，主要因为家里的钱都被父母紧紧攥着，子女莫可奈何。

那么，如此推论，无财可掌的父母是不是对子女能多有几层爱意呢？初看起来倒也如此。顾曼桢的家世如何，张爱玲未作交代，只提及她家是六安州，父亲在书局做过事，在她14岁时就死了。顾家很是沦落，但从他们的谈吐、礼节及仍使用女佣等情况看，顾家从前也应是大户人家，不过现在破败了。家无余财，顾老太太、顾太太和四个姐弟，全靠中学没毕业的曼璐去做舞女养活，后来曼桢大学毕业后也出来到公司做事。在这种拮据情形下，顾太太虽然当家，但实际上靠着两个女儿过活，所以与郑先生、曹七巧等不愿体谅子女不同，她倒时时想起子女的难处。她对不断和人姘居的曼璐说："也是我害了你。从前要不是为了我，还有你弟弟妹妹们，你也不会落到这样。"有一次曼桢责怪她用姐夫祝鸿才的钱，顾太太的解释的确很能体谅子女："曼桢笑道：'你哪儿舍得买什么东西吃，结果还不是在家用上贴掉了！妈，我跟你说过多少回了，不要拿姊姊的钱，给那姓祝的知道了，只说姊姊贴娘家，还不知道贴了多少呢！'顾太太道：'我知道，我知道，嗳呀，为这么点儿钱，又给你叨叨这么一顿！'曼桢道：'妈，我就是这么说：不犯着呀，你用他这一点钱，待会儿他还以为我们一家子都是他养活着呢，姓祝的他那人的脾气！'顾太太道：'人家现在阔了，不见得还那么小器。'曼桢笑道：'你不知道吗，越是阔人越啬刻，就像是他们的钱特别值钱似的！'顾太太叹了口气道：'孩子，你别想着你妈就这样没志气。你姊夫到底是外人，我难道愿意靠着外人，我能够靠你倒不好吗？我实在是看你太辛苦了，一天忙到晚，我实在心疼得慌．'说着，就把包钱的手帕拿起来擦眼泪。"（《半生缘》）可见顾太太是爱着自己的儿女的。《倾城之恋》中，不当家的白老太太对流苏也有体贴。然而关键时刻，他们都不站在受伤的弱势的子女一边。曼璐设计让祝鸿才奸污了曼桢后，顾太太更是失了原则。她先是震惊，继而慌乱，但终究还是配合曼璐，断了曼桢的退路。沈世钧来向她打问曼桢的情况，她几乎就要告诉他了，但是最终没有这么做：

她心里实在是又急又气，苦于没有一个人可以商量，见到世钧，就像是见了自己人似的，几乎眼泪都要掉下来了。在楼下究竟说话不便，因道："上楼去坐。"她引路上楼，楼上两间房都锁着，房门钥匙她带在身边，便伸手到口袋里去拿，一摸，却摸到曼璐给的那一大叠钞票。那种八成旧的钞票，摸上去是温软的，又是那么厚墩墩的方方的一大叠。钱这样东西，确是有一种微妙的力量，顾太太当时不由得就有一个感觉，觉得对不起曼璐。和曼璐说得好好的，这时候她要是嘴快走漏了消息，告诉了世钧，年轻人都是意气用事的，势必要惊官动府，闹得不可收拾。再说，他们年轻人的事，都拿不准的，但看他和曼桢两个人，为一点小事就可以闹得把订婚戒指都扔了，要是给他知道曼桢现在这桩事情，他能说一点都不在乎吗？到了儿也不知道他们还结得成结不成婚，倒先把鸿才这头的事情打散了，反而两头落空。这么一想，好像理由也很多。（《半生缘》）

她瞒了世钧，并按曼璐的安排迅速搬家到了苏州。世钧、曼桢从此断了讯息，再次意外重逢已经是在 14 年以后，物事皆非。白老太太对流苏的一腔悲怨清清楚楚，然而她还是向着欺负她的白三奶奶、白四奶奶说话，"一味地避重就轻"（《倾城之恋》）。说到底，《倾城之恋》中的白老太太不同于《金锁记》中的姜老太太，或许白家娘家势微，或许老太太性格软弱，白公馆老太爷没了后是儿子当家。白家虽然破败，但最后一点钱是掌在儿子手里，

老太太不敢去为女儿争口气。这层意思,老太太倒对流苏说得比较明白:

> 白老太太翻身朝里睡了,又道:"先两年,东拼西凑的,卖一次田,还够两年吃的。现在可不行了。我年纪大了,说声走,一撒手就走了,可顾不得你们。天下没有不散的筵席,你跟着我,总不是长久之计。倒是回去是正经。领个孩子过活,熬个十几年,总有你出头之日。"

如此看来,掌握着钱财的父母由于担心子女耗费了自己的享受资金或莫名其妙的情欲嫉妒而损坏着子女,无财可靠的父母又因为要迎合当家的强势子女而对弱势子女爱莫能助,甚或助纣为虐。无论掌财与否,父母都会因着钱财的力量将自己的自私施之于子女身上。不过,顾太太也好、白老太太也好,或都有难言之隐。譬如曼桢在祝鸿才处既已失掉贞操,又怎能再嫁给沈先生呢,"事到如今,她只好委曲求全了"(《半生缘》)。顾太太选择配合曼璐确实有无奈成分。但另有一类无财无势的父母,对于子女,就不是"无奈",而是近于"无赖"了。

出身高门巨族的浮华子弟,倘若狂嫖滥赌,又倘若在家财荡尽之前就死掉了的话,那无疑是度过了一个幸福的人生。然而人生不如意事常十之八九,更多事实是钱财散尽而人仍晃晃荡荡存活于世,那就不得不经受命运的巨大磨折。《活着》(余华著)中的徐福贵如此,张爱玲自己的父亲亦如此。1935年时,张志沂至少还在上海虹口拥有八栋别墅,另有珠宝古玩汽车等物。然而十几年坐吃山空,兼之一对有着"芙蓉癖"的夫妻,张志沂与后妻孙用蕃终于将一份家产折腾得干干净净。到1949年时,夫妻俩已搬到一间14平方米的小平房里去度日了。不过,从为人父母的角度看,徐福贵、张志沂都不是最糟糕的。福贵脱下长绸衫、佃作养家自不必说,就是一贫如洗的张志沂,也保持了作为父亲、作为男人的尊严。在张爱玲、张子静等人的现有文字中,未见有任何张志沂向女儿求告的记载。他以前的确薄待了女儿,将她打出了门，又不愿按当初离婚协议供给她教育费，但到自己沦落时，他也没有低头去求女儿。张爱玲其时已是上海著名女作家，虽也由于与胡兰成的关系招来种种非难，但经济能力尚有。据《小团圆》载，九莉（以张爱玲为原型）不但接济逃难中的邵之雍（以胡兰成为原型），甚至邵之雍姘居情妇辛巧玉（以范秀美为原型）来上海打胎时，还是她付的医药费。但张志沂没有去找过女儿张爱玲，自己在贫穷中悄无声息地死掉了。然而，世界之大，无奇不有，虞家茵的父亲虞先生前半生与张志沂并无大异，但后半部分就相去甚远了。他年轻时抛弃妻女，浪荡风月场所，后来老了，钱也花光了，就设法找到多年无联系的女儿，纠缠着她，毫无愧色向她要钱去耍，完全不考虑女儿的能力与处境，甚至还计划着将女儿卖给东家做姨太太，以收取一笔可观的彩礼。他的胡搅蛮缠，不但最终使家茵远走他乡，也毁掉了女儿萍水相逢的爱情。

世界上伟大的父爱母爱总是彼此相似，但自私的父亲、母亲却各个不同。不幸的家庭遭际，深宅大院里的普遍情形，使张爱玲有机会将形色各异的自私的为人父母写得令人震动。那些故事都被研究者纳为"杀父书写"的证据，虽然张爱玲未曾设想过一个"好的父亲"的时代的到来。在她而言，人性的不可理喻，并不在乎他（她）是父（母）亲或者子女的身份，所以也无所谓"杀父"或"不杀父"。她与那些民族国家书写者走在不同的路途上。

四、文化的毁坏：夫妻/妻妾关系

然而家族文化中还有一层伦理关系既有经济破败的促成因素，也有着久远的文化遗传因素，这便是作为家族主人的夫妻关系。"执子之手，与子偕老"的梦想，似乎只有在下层阶级才有机会实现。这一社会中的男人如果不投身匪寇事业，便往往难以弄到足够的生活资料，娶到一个老婆已经不易，所以厮守终身的可能性格外大些。然而《诗经》里的这种精致情感又分明是对上层阶级而言，那实现的可能性就只能说是微乎其微了。就张爱玲自己所见而言，他的父亲长期出没风月场所，前后娶过两任太太，一个姨太太。他的舅舅黄定柱养了外室。而在她的小说中，除了匡霆谷以外，所有有势力的男人都妻妾环列。匡霆谷之所以不娶妾、不蓄外室，那是因为他没钱。匡家全家大小十来口子人，全靠紫微"拿出钱来维持着"（《创世纪》），没钱的人，胆子自然也没有了。旧时代的中国男人，尤其是有些许功名和资财的，其心志总不会只限于一个女人身上。在男人，娶妻以德，娶妾以色，德、色并置，总是可以平衡而心满意足的了。而在女人，情形哪里会这么简单。在那些终日难以见到其他男人的内闱里，或者人多言杂已见破败的弄堂院落里，杯水之波，也可能埋伏着惊心动魄的风暴。

除却娶了宰相女儿的匡霆谷、肉体残废的姜二爷这类特例外，"簪缨望族"的男人们在夫妻关系中多半占着主动。沈世钧的父亲沈啸桐，年轻时就将太太和两个儿子丢在一旁，另外置办了一处小公馆和一位姨太太生活，虽号称"小公馆"，却比正房太太那里阔气许多倍。这件事情给少年时期的世钧留下了阴郁的记忆：

他对于过年这件事并没有多少好感，因为每到过年的时候，家里例必有一些不痛快的事情。家里等着父亲回来祭祖宗吃团圆饭，小公馆里偏偏故意地扣留不放。母亲平常对于这些本来不大计较的，大年除夕这一天却是例外。她说"一家人总得像个人家"，做主人的看在祖宗分上，也应当准时回家，主持一切。事实上是那边也照样有祭祖这一个节目，因为父亲这一个姨太太跟了他年份也不少了，生男育女，人丁比这边还要兴旺些。父亲是长年驻跸在那边的。难得回家一次，母亲也对他客客气气的。唯有到了过年过节的时候，大约也因为这种时候她不免有一种身世之感，她常常忍不住要和他吵闹。这么大年纪的人了，也还是哭哭啼啼的。（《半生缘》）

在"苦守寒窑"的痛苦中,世钧的母亲沈太太却似乎看淡了夫妻之情,"世钧不由得想起他母亲平时,一说起他父亲,总是用一种冷酷的口吻,提起他的病与死的可能,她也很冷静,笑嘻嘻地说:'我也不愁别的,他家里一点东西也不留,将来我们这日子怎么过呀?要不为这个,他马上死了我也没什么,反正一年到头也看不见他的人,还不如死了呢!'"当然,对于她的名义上的丈夫,她还是有所期望的。比如过年的时候,沈啸桐要到几个仅存的老长辈那里去拜年,总是要和太太"俪影双双地一同出去",虽然"他们夫妇平时简直不见面"。不过说到底,沈太太有世钧这样恳切优秀的儿子,大儿子虽死了,但也留下一个孙子,她到底是有底气的。但景藩夫人五太太(《小艾》)就不同了。她缺乏美貌,景藩几乎没有认真地同她在一起住过。她没有生育,也就空顶了一个名分。若说她在席家还有价值,那就是在景藩缺钱的时候:"五太太来了没有多少日子,景藩就告诉她说,他这次到南京来,虽然有很好的门路,可惜运动费预备得不够充裕,所以至今还没有弄到差使,但是他已经罗掘俱空了,想来想去没有别的法子,除非拿她的首饰去折变一笔款子出去,想必跟她商量她不会不答应的,一向知道她为人最是贤德。五太太听了这话,当然没有什么说的,就把她的首饰箱子拿了出来给他挑拣,是值钱些的都拿了去了。那年年底,景藩的差使发表了,大家都十分兴奋。景藩写了信回去告诉上海家里,一方面忆妃早就在那里催着他,要他把五太太送回去。"这是怎样的夫妻关系呢,"爱"就不用提了,甚至没有一点了解,一丝体谅。也许太太们年轻时不这样,那时她们或还漂亮,甚至时髦,但既为太太,就必然要老去。这种"沉默的夫妻关系"掩藏了多少苦痛。

然而"有德的"太太不全是这般懦弱、老实的。虽然郑太太(《花凋》)也是"一个美丽苍白的,绝望的妇人",但她晓得想办法,这使她和丈夫之间上演着一场没完没了的"战争":

郑先生是连演四十年的一出闹剧,他夫人则是一出冗长的单调的悲剧。她恨他不负责任;她恨他要生那么些孩子;她恨他不讲卫生,床前放着痰盂而他偏要将痰吐到拖鞋里。她总是仰着脸摇摇摆摆在屋里走过来,走过去,凄冷地嗑着瓜子——一个美丽苍白的,绝望的妇人。难怪郑夫人灰心,她初嫁过来,家里还富裕些的时候,她也会积下一点私房,可是郑家的财政系统是最使人捉摸不定的东西,不知怎么一卷就把她那点积蓄给卷得荡然无余。郑夫人毕竟不脱妇人习性,明知是留不住的,也还要继续地积,家事虽是乱麻一般,乘乱里她也捞了点钱,这点钱就给了她无穷的烦恼,因为她丈夫是哄钱用的一等好手。

这对夫妻之间缺乏基本的信任,至少妻子对丈夫极不信任,她总希望在他的百般诡计下攒得一笔私房钱,而他总是在揣测她把钱掖在什么地方,结果使大家都很敏感,随便一两句话就弄得双方很紧张:"各方面已经有了'大事定矣'的感觉。郑夫人道:'等他们订了婚,我要到云藩的医院里去照照爱克司光——老疑心我的肺不大结实。若不是心疼这笔检查费,早去照了,也不至于这些年来心上留着个疑影儿。还有我这胃气疼毛病,问他可有什么现成的药水打两针。以后几个小的吹了风,闹肚子,也用不着求教别人了,现放着个姊夫。'郑先生笑道:'你要买药厂的股票,有人做顾问了,倒可以放手大做一下。'郑夫人变色道:'你几时见我买股票来?我哪儿来的钱?是你左手交给我的,还是右手交给我的?'"(《花凋》)绍甫太太的境况与郑太太类似,不过更缺乏安全感,总是在丈夫的浮浪下紧张地寻找着生存机会:"她买衣料又总是急急忙忙的,就在街口一爿小绸缎庄。家用什物也是一样,一有钱多下来就赶紧去买,乘绍甫还没借给亲戚朋友。她贤惠,从来不说什么。她只尽快把钱花掉。这是他们夫妇间的一个沉默的挣扎,他可是完全不觉得。"(《相见欢》)夫妻间简直成了两个相互防范的陌生人。

然而夫妻关系无论怎样沉默、疏远,到底还是简单的。男人掌握着家庭经济来源,太太无论怎样恨怨于他,却未必敢真的挑战他。而能做"太太"的女人,即或不美,门第往往是有的,丈夫照例也不会去休了她或和她离婚。正如沈啸桐和他太太,虽然不存问讯已许多年,但在重要年节佳日,也仍然会一同拜会重要亲戚朋友,以求场面上说得过去。许多夫妻就凭借着这"场面"二字维系了下来。然而,作为夫妻关系的次生物——妻妾关系,那就更复杂、惊险许多倍数。

娶妻以德,娶妾以色。太太往往门第高,有正式地位,但徐娘半老,色弛爱衰;姨太太则多数貌美体娆,且擅媚人之术,但法律地位极低,难有保障。两下互有优劣,为争男人的爱,为争男人的股票和地簿,往往势成水火。这类厮缠恶斗,有关欢宠,有关风月,却无关革命,谈不上什么觉醒或者愚昧,故茅盾、巴金等民族国家书写者对此多数绕道疾走。因而张爱玲的讲述不能不说是弥足珍贵,且因系国人特有的人事"风物",大可以学术新词命之——"本土经验"。

由于男人重色,留恋身体刺激,姨太太一上来即占优势者居多。五太太给景藩做填房,未嫁之前即听说景藩有一个姨太太,家里人想帮她拿台子,没想更惨,一开局就被姨太太占了主动:

他们席家和五太太娘家本来是老亲,五老爷的荒唐,那边也知道得很清楚。因此五太太出阁之前,她家里人就再三地叮嘱,要她小心,不要给人家压倒了,那三姨太太是一向最得宠的,得要给她一个下马威。五太太过门后的第二天,三姨太太来见礼,给她磕头,据说是五太太的态度非常倨傲。其实也并不是五太太自己的意思,她那两个陪房的老妈子都是家里预先嘱咐过的,一边一个搀住了她,硬把她胳膊拉紧了,连腰都不能弯一弯。三姨太太委屈得了不得,事后不免加油加酱向五老爷哭诉,五老爷十分生气,大概对太太发了话了,太太受不了,大哭大闹了两回,大家都传为笑谈,说这新娘子脾气好大。五老爷也并不和她争吵,只是从此以后就不理睬她了。他本

来在北京弄了个差使,没等满月就带着姨太太上任去了。(《小艾》)

此后局面就变成妾容纳妻,而不是妻容纳妾了。直到景藩死掉,五太太都未能改变这种局面。此小说影射的是李鸿章孙子李国杰家事,所以《小团圆》再次提及:"沉默了一会儿,楚娣又道:'表大妈跟表大爷的事,其实不能怪他。是她哥哥硬挟挭他的。他刚死了太太,她哥哥跟他在书房里连说了两天两夜。他们本来是老亲。表大妈那时候当然没这么胖,都说她长得"喜相"。他那时候就是个三姨奶奶。娶填房,别的姨奶奶都打发了,就带着三姨奶奶去上任,是在北京任上过门的。表大妈说她做新娘子时候,"三姨奶奶磕头,我要还礼,两边搀亲的硬扳住了,不让弯腰嗳!",学着她悄悄说笑的口吻。娘家早就嘱咐了跟来的人。'"沈太太(《半生缘》)大部分的太太生涯都生活在姨太太"那边"的压力之下。沈啸桐病重之后,平素恨不得他立刻死掉的沈太太却天天跑到小公馆去照顾他,甚至连世钧都觉屈辱:"他母亲竟是天天往小公馆里跑,和姨太太以及姨太太那虔婆式的母亲相处,世钧简直不能想象。尤其因为他母亲这种女人,叫她苦守寒窑,无论怎么苦她也可以忍受,可是她有她的身份,她那种宗法社会的观念非常强烈,决不肯在妾媵面前跌了架子的。虽然说是为了看护丈夫的病,但是那边又不是没有人照顾,她跑去一定很不受欢迎的,在她一定也是很痛苦的事。"

然而,倘若太太有手段,甚至还姿色犹存,或者家族破败男人本来就未在夫妻关系中取得绝对优势,那么姨太太就很有可能落入下风。太太落入下风尚且有名分帮她抵挡不幸的命运,姨太太落入下风那就有点不好设想了。郑先生的太太正好是个美人,而且还极善应酬、表演,张爱玲写道:"俊俏的郑夫人领着俊俏的女儿们在喜庆集会里总是最出风头的一群。虽然不懂英文,郑夫人也会遥遥地隔着一间偌大的礼堂向那边叫喊:'你们过来,兰西!露西!沙丽!宝丽!'在家里她们变成了大毛头,二毛头,三毛头,四毛头。"(《花凋》)她时常得意地向人说:"我真怕跟他一块儿出去——人家瞧着我比他小得多,都拿我当他的姨太太!"这既是娇嗔,更是饱经世故的攻击:她郑太太和姨太太们一样青春娇娆,却绝不屑于与身份低贱、来历不明的姨太太们为伍。有这样厉害的太太,不知郑先生为何还娶了妾,甚至生了一个儿子。或许因为郑先生生得美,"长得像广告画上喝乐口福抽香烟的标准上海青年绅士",特别吸引女性,或许是按"例"郑先生这种身份的人是不能没个把姨太太的,总归妾是有了,而且很年轻,因为郑先生大女儿都已出嫁,而妾所生的儿子还在奶妈怀中。逢着这种"有本领"的太太,这年轻的妾的命运如何呢?小说未做多的交代,仅以两字概之:"下堂"。何为"下堂"?就是不要了,撵出家门。孩子才两三岁,母亲已被逐出家门,足可想见郑太太的手段与威风了。妾的命运被张爱玲一笔掩过,然而妾的儿子的命运却被她屡屡提及:

赵妈拎着乌黑的水壶进来冲茶,川嫦便在高脚玻璃盆里抓了一把糖,放在云藩面前道:"吃糖。"郑家的房门向来是四通八达开着的,奶妈抱着孩子从前面踱了进来,就在沙发四周绕了两圈。郑夫人在隔壁房里吃面,便回过头来盯眼望着,向川嫦道:"别给他糖吃,引得他越发没规没矩,来了客就串来串去地讨人嫌!"奶妈站不住脚,只得把孩子抱到后面去,走过餐室,郑夫人见那孩子一只手捏着满满一把小饼干,嘴里却啃着梨,便叫了起来道:"是谁给他的梨?楼上那一篮子梨是姑太太家里的节礼,我还要拿它送人呢!动不得的。谁给他拿的?"下人们不敢答应。

这里端上了鱼翅。郑先生举目一看,阖家大小,都到齐了,单单缺了姨太太所生的幼子。便问赵妈道:"小少爷呢?"赵妈拿眼看着太太,道:"奶妈抱到巷堂里玩去了。"郑先生一拍桌子道:"混账!家里开饭了,怎不叫他们一声?平时不上桌子也罢了,过节吃团圆饭,总不能不上桌。去给我把奶妈叫回来!"郑夫人皱眉道:"今儿的菜油得厉害,叫我怎么下筷子?赵妈你去剥两只皮蛋来给我下酒。"赵妈答应了一声,却有些意意思思的,没动身。

郑夫人叱道:"你聋了是不是?"(《花凋》)

不能责怪郑太太格外的阴测与无情,实则她也是一个灰心的人,只是一个漂亮而年轻的妾,又生了儿子,对于原来的太太不能不说是巨大的危险。熟悉宫闱故事中皇后对年轻后妃所生的儿子的忌惧的中国读者,应能理解郑太太内心的怨与惧。破落中的郑家和帝王之家自然无可比之处,但说到底他们的家产还可以认真嫁几次女儿。郑太太不能不防患在先。《小艾》中,姨太太忆妃虽然已独擅专房,但无生育,所以听说偶被景藩强奸的女佣小艾怀孕,反应顿时"过激","忆妃一言不发地走进来,一把揪住小艾的头发,也并不殴打,只是提起脚来,狠命向她肚子上踢去,脚上穿的又是皮鞋。陶妈看这样子,简直要出人命,却也不便上前拉劝,只是心中十分不平,丫头无论犯了什么法,总是五太太的丫头,有什么不好,也该告诉五太太,由五太太去责罚她。哪有这样的道理,就这么闯到太太房里来,当着太太的面打她的丫头,也太目中无人了。五太太也觉得实在有点面子上下不来,坐在那里气得手足冰冷"。小艾流产了。而五太太塌了面子,忆妃本来是给五太太面子的,但事关紧急,也顾不得了。她自己可以因为美而取代五太太,焉知生了儿子的小艾将来会不会取代她。小艾不可畏,一个温顺的丫鬟而已,但若小艾生了儿子,那一切就难以预测了。忆妃虽然已以太太身份自居,但她还得使用决绝手段维护这种地位。在这种局面下,有的妾就先预好了退路。《小团圆》也记载了类似的例子:"大妈常说:'二弟靠不住,你大哥那是不会的!'披着嘴一笑,看扁了他。大爷天天晚上眯盯着眼睛叫'来喜啊!拿洗脚水来。'哪晓得伺候老爷洗脚,一来二去的,就背地里说好了;来喜也厉害,先不肯,答应她另外住,知道太太厉害。就告诉大妈把来喜给人了,一夫一妻,在南京下关开鞋帽庄的,说得有名有姓。大妈因为从小看她长大的,还给她办嫁妆,嫁了出去。生了儿子还告诉她:'来喜生了儿子了!'也真缺德。"

妻妾之争另外一个重要砝码就是儿子。门第的作用终究缥缈，身体和容貌也会很快逝去，但儿子却会是与日俱重的资本。沈太太（《半生缘》）屈居于姨太太之下许多年，然而随着沈啸桐的衰老、沈世钧的成熟，她始料不及地获得了"翻盘"机会。一场重病，使一向心无挂碍的沈啸桐考虑起了老来所依的问题。姨太太虽然也生了三个儿子，但都年幼，无法接过家业，兼之十几年生育忙碌，"这姨太太已经是个半老徐娘了，从前虽是风尘中人，现在却打扮得非常老实，梳着头，穿着件半旧黑毛葛旗袍"，连世钧都觉得她不过一个"家庭主妇"，沈啸桐更无留恋的理由。于是突然决定搬回太太那里去。于是沈家的一切突然翻转过来，先前加之于太太头上的屈辱现在反过来加倍扣在姨太太身上，变成了恐慌：

世钧想起来他还有些衣服和零星什物在他父亲房里，得要整理一下，便回到楼上来。还没走到房门口，就听见姨太太在里面高声说道："怎么样？你把这些东西拿出来，全预备拿走哇？那可不行！你打算把我们娘儿几个丢啦？不打算回来啦？这几个孩子不是你养的呀？"啸桐的声音也很急促，道："我还没有死呢，我人在哪儿，当然东西得搁在哪儿，就是为了便当！"姨太太道："便当——告诉你，没这么便当！"紧跟着就听见一阵揪夺的声音，然后咕咚一声巨响，世钧着实吓了一跳，心里想着他父亲再跌上一跤，第二次中风，那就无救了。他不能再置身事外了，忙走进房去，一看，还好，他父亲坐在沙发上直喘气，说："你要气死我还是怎么？"铁箱开着，股票、存折和栈单撒了一地，大约刚才他颤巍巍地去开铁箱拿东西，姨太太急了，和他拉拉扯扯的一来，他往前一栽，幸而没跌倒，却把一张椅子推倒在地下。姨太太也吓得脸都黄了，犹自嘴硬，道："那么你自己想想你对得起我吗？病了这些日子，我伺候得哪一点不周到，你说走就走，你太欺负人了！"她一扭身坐下来，伏在椅背上呜呜哭了起来。

这是旧家族里怎样的人生剧变呀。由于太太、姨太太们生活空间极小，这么一点在社会上不起波澜的变故，在这里引起的却是惊心动魄的振荡，甚至听得见生活破碎的声音。不过，并非所有的太太、姨太太都处在这般紧张对峙之中。如果双方皆笃诚温贞，尤其是双方皆颇有手段的时候，有时也能达到一种相互承认、彼此相安的局面。梁太太与侍女睇睇的关系，虽非妻妾之名，但由于为一个男人争宠，其实质亦颇相近。梁太太一直将乔琪列作猎物，不想睇睇先与乔琪勾搭上了，梁太太甚是动怒："睇睇见薇龙来了，以为梁太太骂完了，端起牌盒子就走。梁太太喝道：'站住！'睇睇背向着她站住了。梁太太道：'从前你和乔琪乔的事，不去说它了。骂过多少回了，只当耳边风！现在我不准那小子上门了，你还偷偷摸摸地去找他。打量我不知道呢！你就这样贱，这样的迁就他！天生的丫头坯子！'睇睇究竟年纪轻，当着薇龙的面，一时脸上下不来，便冷笑道：'我这样的迁就他，人家还不要我呢！我并不是丫头坯子，人家还是不敢请教。我可不懂为什么！'梁太太跳起身来，唰地给了她一个巴掌。睇睇索性撒起泼来。嚷道：'还有谁在你跟前捣鬼呢？无非是乔家的汽车夫。乔家一门子老的小的，你都一手包办了，他家七少奶奶新添的小少爷，只怕你早下了定了。连汽车夫你都放不过。你打我！你只管打我！可别叫我说出好的来了！'梁太太坐下身来，反倒笑了，只道：'你说！你说！说给新闻记者听去。这不花钱的宣传，我乐得塌个便宜。我上没有长辈，下没有儿孙，我有的是钱，我有的是朋友，我怕谁？你趁早别再糊涂了。我当了这些年的家，不见得就给一个底下人叉住了我。你当我这儿短不了你么？'"（《第一炉香》）这主仆之间的争风吃醋，实在是旧式家族妻妾争宠的"香港版"。

五、写在家国之外

家族文化是五四以后文学书写的一个绝大题目。茅盾、巴金、老舍、曹禺、沙汀诸人,无不在"家族"形象上做过诸多文章。然而他们讲述家族故事,多少都有民族国家动员的目的。在现代中国,知识分子们渴望结束旧的一切,而创制新的制度与文化。在这一意义上,这些小说家的历史书写不能不有非常意味。理查德·艾文斯说,"在掌握特定条件的基础上,历史学可以被用来预测未来,从而塑造未来"[1],像巴金的家族故事,明显有教育青年(伦理重构)、"塑造未来"的诉求。张爱玲大为不然。她讲述的父/子、姑/嫂、兄/弟、姊/妹、夫/妻、妻/妾等多重伦理故事,是在家国之外。然而,她的讥讽的态度使她往往被文学史家归入民族国家书写的行列。

这毋宁是对张爱玲的误解。林语堂说:"在很大程度上,人生仅仅是一场闹剧,有时最好站在一旁,观之笑之,这比一味介入要强得多。"[2]这段话很适宜张爱玲的文学追求。主流小说家皆意在"介入",希图提示旧的家族罪恶,力求寻找它们必然崩溃的证据,以期换取一个自由、光明的社会。在这种诉求的背后,潜藏着对自由必将取代专制、文明必将取代愚昧的西方历史主义式的乐观信仰。张爱玲无意"介入",她讽刺旧式家族,她讲述父母之爱、兄妹关系、姑嫂隙怨中的种种故事,实不过揭示人性中"千疮百孔"的本相,而无意于通过这类故事参与现实中的政治变革或文化变革。恰如宋家宏先生所言:"张爱玲对现实社会政治没多少兴趣,她总是站在一切潮流之外,以冷漠的目光审视热闹,审视波翻浪涌升沉起伏,力图维持自己心灵的宁静空间。除了自信与孤独形成的自我中心的原因外,对政治的冷漠,还有她随同贵族家庭失落于时代的因素。试想她还对辛亥革命后的哪一种政治

---

[1]〔英〕理查德·艾文斯:《捍卫历史》,广西师范大学出版社 2009 年版,页 56。
[2] 林语堂:《中国人》,学林出版社 1994 年版,页 335。

力量感兴趣呢?"[1]她意识到家族在没落,但那在她看来,不过是无数乱世迹象中的一种,是人性中无可摆脱的幽暗所致。她从未像巴金那样诅咒过封建家族制度,更未设想过家族制度结束以后该会有一个怎样的"好"的时代。她悲悯于生命,却无弃"旧"迎"新"的幼稚兴趣。这层意思,孔范今先生主编的文学史亦有述及:

他们争吵、怨恨、仇视,为自己的利益而斤斤计较,甚至以牺牲他人的幸福乃至性命为代价,他们真是一群不折不扣的自私自利的"坏人"。然而张爱玲的复杂性、独特魅力正在这里,她并没对她笔下的这群"坏人"表现出一种高高在上的优越感、一种基于厌恶之上的敌意,相反,在字里行间对他们的命运与境遇表示出深深的理解与同情,即使对她笔下"最彻底"的"坏人"曹七巧,亦是如此。实际上张爱玲对人的同情与理解正是基于她对人类整体生存背景的深切关注和烛照:人的脆弱与世界的绝对和永恒。在张爱玲那里,人的"自私"恰是一种文化表达,自私与其说是一种道德缺失、人性卑劣的表现,毋宁说是人面对"异样""不对到恐怖程度"的世界的一种无可奈何的退缩和自我保护。在一个朝不保夕、变幻无常、充满敌意和暴力的世界,脆弱的人保住自己尚属万幸,哪里还有剩余的同情心、足够的力量去照顾别人?[2]

而且,她笔下的各种人物的悲剧,未必是所谓制度造成的。恰恰相反,很多是违反基本礼教规范,为人性中幽暗部分所驱使的缘故。然而张爱玲并不认为这一切将会随着时代逝去,并有一个理想的社会来取代。她只是感到悲伤。孔先生没提及张爱玲这种认知的思想根源。如前所述,她的"悲怆""理解与同情"实皆源于中国式的虚无主义,而与西方启蒙主义/历史

---

[1] 宋家宏:《走进荒凉:张爱玲的精神家园》,花城出版社2000年版,页31。
[2] 孔范今主编:《二十世纪中国文学史》,山东文艺出版社1997年版,页949。

主义思想关系不深。张爱玲笔下的家族故事亦然。与民族国家书写者相比，张爱玲无意将家、家族叙述成一个罪恶的渊薮。1954年，在为香港出版的小说集所写的序言中，她表示："这里的故事，从某一个角度看来，可以说是传奇，其实像这一类的事也多得很。我希望读者看这本书的时候，也说不定会联想到他自己认识的人，或是见到听到的事情。不记得是不是《论语》上有这样两句话：'如得其情，哀矜而勿喜。'这两句话给我的印象很深刻。我们明白了一件事的内情，与一个人内心的曲折，我们也都'哀矜而勿喜'吧。"(《〈张爱玲小说集〉自序》)在根底上，她并无什么讽刺、批判之情，在她而言，家只是人世荒芜的一个背景，一个场所。她写家族，无意说它将要灭亡或新生，而只是说，世界本如此，我们只是一点一点看破了它。当然，作为一个"临着虚无的深渊"的小说家，家本来也有可能成为她对抗这种虚无的凭借，但特殊的身世遭际与家庭经验，反而使她在家的周围更深地意识到深渊的存在。她说，"乱世的人，得过且过，没有真的家"(《私语》)，家及家族证实了她在家国之外对世界虚无的感受。

第八讲　新旧混杂的上海想象

有关张爱玲笔下的上海及上海人,王德威先生有一段华丽论述:"40年代沦陷区的上海,外弛内张,在烽火杀戮声中,竟然散发无比艳异绮丽的光芒。升斗小民的日子并不好过,但是只要电车的叮当声仍然不辍,暖烘烘的太阳独有余晖,挽着篮子上市场买小菜就是每日的功课。这是张爱玲的上海了。大难下的从容,荒凉里的喧哗,一辈上海人怎样既天真又世故地过日子,是张写之不尽的题材。过气的遗老命妇,神经质的惨绿男女,猥琐的娘姨相帮……穿梭在张的上海弄堂、公寓宅院里。他们都是张所谓'时代的列车'里的乘客,上得来下不去。列车忽忽地开着,从车窗里,他们看着熟悉的旧日风景,瞬息退去,也看到自己窗中的倒影:怯懦而自私,张致而张皇。"[1]这可谓极尽能事之概括,然则任何一座城市、一个族群的形象都不仅出自记述者的朴素直感,而与记述者个人的叙事哲学乃至时代公共的意识形态有着共生关系。王德威或其他人都疏于对张爱玲这一层面的分析,堪称憾事。倘若不明了张爱玲怎么理解这个世界,又怎能感受她何以要如此这般捕捉这个城市的镜像、颜色和气味,而她之所谓"参差对照的手法"又作何解?

---

[1] 王德威:《落地的麦子不死:张爱玲与"张派"传人》,山东画报出版社2004年版,页37。

一、虚无主义者的城市

　　上海迟至道咸之际，实仍不过中国东南沿海一个较富庶的城镇（松江府），太平天国战争导致的苏州破落意外促成了这一地区的发展。至二十世纪三四十年代，上海已跃升为世界性大都市之一，在中国本土则对北京、香港取傲视姿态。较之京、港，上海更兼具现代都市的繁华与颓废。李欧梵在《上海与香港：双城记的文化意义》中说："上海是一个奇特的地方，带着表面的浮华和深深的腐败；一个资本主义式的社会，极度的奢华与极度的贫乏并存共生；一个半殖民地，一小撮外国帝国主义分子践踏着中国的普通百姓；一个混乱的地方，枪统治着拳头；一个巨大的染缸，乡村来的新移民迅速地被金钱、权势和肉欲所败坏。简言之，这个'老上海'是一个带着世纪末情调的都市。"此说诚然。同时，现代上海又是文人麇集之地，其交游著述，几居中国文坛之半。而上海与文学书写之关系，遂成瞩目。张爱玲也是上海本土女子，除在天津、香港两地短暂生活，她在上海生活近 30 年。她的写作，有意识地表述上海这个生于斯长于斯的城市："我喜欢上海人，我希望上海人喜欢我的书。"（《到底是上海人》）她的文字因此充满形色各异的遗老、师奶、少爷和洋行经理，弥漫着石库门弄堂和西式公寓的特殊气息。然而，上海到底是一座会集着万千人众的都市，去去来来的文人对它的观感、讲述和讽喻，并不尽同，甚至形相殊异。索斯克在《欧洲思想中的城市观》一文中认为："没有人是孤立隔绝地想到城市的。他对城市的想象通过了一个感觉之屏。这个感觉之屏来自他所继承的文化，并染上了个人经验的色彩。所以，对城市的思想观念进行考察，总是会把我们带出原有框架之外，带入关于人性、社会性、文化本质的无数观念和价值观。"较之她的同时代人，比如左翼文人茅盾、丁玲，海派文人穆时英、刘呐鸥，鸳鸯蝴蝶派文人予且，等等，张爱玲采取了怎样的叙事哲学与建构技术呢？这类说法似乎学究气了一些，但真切理解张爱玲却无法缺漏。

张爱玲的同时代人自有其观察上海的特殊眼光。白鲁恂认为,近世以来,中国知识分子和官方意识形态对上海这一中国现代化的口岸城市颇多诋毁,但多少出自民族主义感情的羞愤之情,而另外一些知识分子,"接受了半列宁主义的观点,把通商口岸看成国际资本主义的罪恶工程"[1]。这是肯切之言。吴福辉先生即认为,"绝大部分的新文学作者都讨嫌上海"[2],他列举的几位作者确实如此。丰子恺在1923年的一篇散文中说"上海住家,邻人都是不相往来,而且是敌视的","我觉得上海虽热闹,实在寂寞"。(《山水间的生活》)高长虹说:"我实在诚恳地厌恶上海的小商业的社会。它已经不是乡村了,但又没有走到城市,它只站在歧路徘徊。乡村的美都市的美,它都没有,所以只显现出它的丑来。"(《从上海到柏林》)周作人甚至直截了当地称上海只有"买办流氓与妓女的文化,压根没有一点理性与风致"(《上海气》)。左翼文人们对上海的责难更甚。他们从这里投身"大革命",又从这里退却,在不能、不敢革命的愤懑中,他们格外地发展了自己马克思主义式的观察社会的倾向。由马克思主义视角看来,上海毋宁是一个买办的城市,资本主义的城市。茅盾《幻灭》第一句就讲到上海。慧女士对静女士说,"我讨厌上海,讨厌那些外国人,讨厌大商店里油嘴的伙计,讨厌黄包车夫,讨厌电车上的卖票,讨厌二房东,讨厌专站在马路旁水门汀上看女人的那班瘪三……"这是典型的左翼文人的眼光,他看到的主要是一个阶级的上海,政治的上海,富人和穷人构成的上海。应该说,这里是最相宜的革命前沿。然而上海如此"堕落",它的男男女女皆无甚"理想",男人想着猎艳,伙计沉浸于金钱,女人斤斤于算计,这般境况怎能不令日夜忧念着"普罗阶级"的革命文人们愤慨有名!然而,他们自己不也只是"唇红齿白"坐在咖啡馆里谈论革命吗?但除了鲁迅,并无人认真究诘此事。因而左翼文人的上海想

---

[1] [美]白鲁恂:《中国民族主义与现代化》,《二十一世纪》1992年2月号。
[2] 吴福辉:《老中国土地上的新兴神话:海派小说都市主题研究》,《文学评论》1994年第1期。

象由此定型并趋于极致。1949年左翼文人一掌话语资源之天下，中央权威报刊《文艺报》即刊文将新文化重镇上海宣布为"黄色文化"之都，"黄色文化在上海是比较根深蒂固的"，"普通所称'海派'人的特点是：爱虚荣，华而不实，蔑视劳动，十足的'拜金狂'者。在上海的马路上，我们可以看到穿着花背心、小裤脚管、妖形怪状、搔首弄姿的男女们，他们大都模仿着美国影片中的打扮，充分地表现出一副油腔滑调、无所事事、游手好闲的派头"，"软性的、色情的书报等，成为唯一合乎他们胃口的消遣品了"。[1]细思之下，张爱玲小说中的男男女女，不正是这般海派人物？但张爱玲显然不是如此采用"马氏系统"呈现她的上海。故她自言从20世纪30年代就抗拒左派文艺。在她看来，左派文艺中的"上海"不是她所真切感受到的上海。

然而，她谈说上海时暗隐的叙事哲学是否与海派文人相通呢？张爱玲不也经常被文学史家纳入"海派"的行列吗？海派文人眼中的上海，是摩登的、生猛的，尤令内地沉闷乡镇上的青年产生无限好奇。如穆时英对洋场舞厅的描写，尤具冲击力："蔚蓝的黄昏笼罩着全场，一只Saxophone正伸长了脖子，张着大嘴，呜呜地冲着他们嚷。当中那片光滑的地板上，飘动的裙子，飘动的袍角，精致的鞋跟，鞋跟，鞋跟，鞋跟。蓬松的头发和男子的脸。男子的衬衫的白领和女子的笑脸。伸着的胳膊，翡翠坠子拖到肩上。整齐的圆桌子的队伍，椅子却是零乱的。暗角上站着白衣侍者。酒味，香水味，英腿蛋的气味，烟味……独身者坐在角隅里拿黑咖啡刺激着自家儿的神经。舞着华尔兹的旋律绕着他们的腿，他们的脚站在华尔兹旋律上飘飘地，飘飘地。"（《上海的狐步舞》）其中充满节奏、色彩、光影、力度和速率，加上人的欲望的渗透，充满动感。这是消费的刺激的情调。其实，舞场、香水、华尔兹，张爱玲也曾写到过，但穆时英、刘呐鸥显然缺少点什么。他们的作品，仿佛是扛着一架摄影仪去上等舞场转了一圈的结果，虽然在光线、色调

---

[1] 余雷：《黄色文化的末路》，《文艺报》1949年1卷7期。

的处理上也颇用心,但人的灵魂却被丢在摄影仪以外,未能捕捉回来。这当然不能责怪穆时英这等浮泛的洋场青年。要能直见灵魂,能在一片繁管急弦的背后倏地瞥见个人内心的欢悦或仓皇,需要一种对生命的深彻的洞察与哀悯。这种能力属于天赋,与生俱来,张爱玲有,而穆时英、刘呐鸥没有,甚至张爱玲自认愿与并列的苏青也没有。对此,吴福辉先生也略有涉及:

> 张爱玲的深刻,是她揭示了这样的现实:上海人的消费方式虽已大部都市化了(下舞场进影院习以为常,新娘和小姑逛店选取婚服自自然然,等等),人际交往也变得颇为开通(男女"轧朋友"等等),但这个都市的感情方式仍残存着多少古老的痕迹——为小小利益嫉恨,挟私报复;只讲亲疏,不讲道理;男女间的恩恩怨怨,无穷无尽;荒唐的长辈毫无惭愧地"吃牢"下辈。新旧交替,旧的强大的力量直达上海的每一个角落。[1]

然而吴先生只涉及社会学层面上的人生,而未看出张爱玲骨子里的虚无主义,这可谓她的天赋异禀。然而这一点只有在五四以后的文人群集中才见其"异"。若早生两百年,她的六朝挽歌式的虚无实则只是士大夫中可以互通的生命经验。然而五四以后,举世知识青年皆踏着严复、梁启超的方向前进,用一种有关进步与落后、文明与愚昧的西方的"两个世界"哲学观念去讲述世界、理解自身,而疏离、排斥并终而遗忘了古典中国"一个世界"的生命哲学。在古人看来,世界不是从落后愚昧之境进化到进步文明之境,而是它的正面走到它的反面。"人生寄一世,奄忽若飙尘"(《古诗十九首》),"向之所欣,俯仰之间,已为陈迹","修短随化,终期于尽"(《兰亭集序》),这样的文字,就是勘破了世界:功业声名终将化为尘土,那些西方人天天孜孜以求的改革、奋斗、革命又有什么意义,执着于此类事业固然有可敬之处,

---

[1] 吴福辉:《老中国土地上的新兴神话:海派小说都市主题研究》,《文学评论》1994年第1期。

但到底是生命的迷失,有智慧的中国人,会从看破红尘、齐生死、等悲欢的体悟领略到生命最高的欢悦。倘若不能做到那般"有智慧",终究不能忘情遗生,中国文人亦会到现时的生命的物质细节中寻求欢悦。对此,张爱玲很早就对《金瓶梅》《红楼梦》做出过震动人心的判断:

就因为对一切都怀疑,中国文学里弥漫着大的悲哀。只有在物质的细节上,它得到欢悦——因此《金瓶梅》《红楼梦》仔仔细细开出整桌的菜单,毫无倦意,不为什么,就因为喜欢——细节往往是和美畅快,引人入胜的,而主题永远悲观。一切对于人生的笼统观察都指向虚无。(《中国人的宗教》)

此番文字,前已述引。实则她的虚无主义哲学,亦已于前文详述:由于家世刺激,由于阅读传承,特别由于高门巨族对时代新兴文化的轻视与疏离,张爱玲竟得以完整的古代中国文人的生命感受方式与那个轰隆隆的二十世纪三四十年代迎面相遇。的确,她受过新文化的影响,知道在一个缺乏独立人格的社会环境中个人的悲哀,但那只构成她文字的起点,终点呢,却牢牢地扎在古代文人式的生命虚空之中。这是张爱玲面对上海这座都市时支配性的叙事哲学。

当上海这座摩登都市的弄堂、市声和人群纷纷涌涌被纳入她的生命经验时,她持着悲天悯人的心境,然而浮现于脸庞的,却是轻微的讥讽和低低的沉醉。生在曾经繁华的家族,生在最具现代文明的都市,她不相信那些"喧嚣的调子"。她说:"时代的车轰轰地往前开。我们坐在车上,经过的也许不过是几条熟悉的街衢,可是在漫天的火光中也自惊心动魄。就可惜我们只顾忙着在一瞥即逝的店铺的橱窗里找寻我们自己的影子——我们只看见自己的脸,苍白,渺小;我们的自私与空虚,我们恬不知耻的愚蠢——谁都像我们一样,然而我们每一人都是孤独的。"(《烬余录》)对那些看不破人生本相的世俗男女,她抱以轻轻的嘲讽,然而到底她又是哀悯的,同情他们的;为他们，更为自己，她要在荒凉的底子之上，去寻求那些安稳的、可让人感受到爱与温暖的细节；也许这些细节终只是刹那的照亮，未必能抵挡得住那亘古的荒凉，但至少可以让眼前的她沉醉，暂忘其他。而其他，不问也罢——这是想象上海之前的张爱玲。也许她很多时候和那些叽叽喳喳或絮絮叨叨的上海女子一样，快乐或者沉默，但更多时候并不一样。这也是苏青和张爱玲的区别。张爱玲说，"我喜欢参差的对照的写法"，"苍凉之所以有更深长的回味，就因为它像葱绿配桃红，是一种参差的对照"。（《自己的文章》）何谓"参差的对照"，从繁华瞥见荒凉，因为虚无而寻求安稳，成为张爱玲表述一切物象人事的叙事技术。上海自然亦在其中。她曾说，"香港是一个华美的但是悲哀的城"（《茉莉香片》），上海亦然。

二、"不甚健康"的上海人

文学史家赵园在 20 世纪 80 年代初曾撰有一篇知名论文《开向沪、港"洋场社会"的窗口——读张爱玲小说集〈传奇〉》，专门评介张爱玲小说，可见张爱玲被承认为客观反映上海世相人生的写手。事实上，对于上海，张爱玲感到非常亲切。她曾表示："我不想出洋留学，住处我是喜欢上海。"（《今生今世》）而对于上海人，她更示以精确和热情，"上海人是传统的中国人加上近代高压生活的磨炼。新旧文化种种畸形产物的交流，结果也许是不甚健康的，但是这里有一种特异的智慧"。"我喜欢上海人"。（《到底是上海人》）因为对上海的认同，更因为无意做高蹈的革命女性，张爱玲在观察上海时能放低身段，游走其间，深得上海人的精神气韵，而不似茅盾那般强压着理想主义的怒焰，俯视着这座城市，把它的街道上的每一个人都看成流氓或瘪三。

上海人及其文化在张爱玲笔下得到了足以独步现代文坛的表现。用张爱玲的话说，上海人一切特点中的特点就在于一个"坏"字。当然，这"坏"不是道德高尚的君子字典中的那个"坏"字："关于'坏'，别的我不知道，只知道一切的小说都离不了坏人。好人爱听坏人的故事，坏人可不爱听好人的故事。"(《到底是上海人》)张爱玲小说，写的基本上都是"坏人"："只有一个女孩子可以说是合乎理想的，善良、慈悲、正大，但是，如果她不是长得美的话，只怕她有三分讨人厌。美虽美，也许读者们还是要向她叱道：'回到童话里去！'在《白雪公主》与《玻璃鞋》里，她有她的地盘。上海人不那么幼稚。"(《到底是上海人》)上海人自身"坏"，而且也只爱看"坏人"的故事，那样的故事才配得上他们的智商，让他们觉得真实、可爱。那么，上海人到底是怎样的"坏"呢？切要之点就是不太关心自己以外的事，按比比（以炎樱为原型）的说法是，"身边的事比世界大事要紧，因为画图远近大小的比例。窗台上的瓶花比窗外的群众场面大"(《小团圆》)。这是鲁迅、胡适辈绝无接受可能的歪谈谬论，然而上海人就是这样。同样写上海的王安忆也深有感叹："(上海人)是行动性很强的生存方式，没什么静思默想，但充满了实践。他们埋头于一日一日的生计，从容不迫地三餐一宿，享受着生活的乐趣。就是凭这，上海这城市度过了许多危难时刻，还能形神不散。比方说，在'文化大革命'的日子里，上海的街头其实并不像人们原来想象的那样荒凉。人们在蓝灰白的服饰里翻着花头，……洋溢着摩登的风气。你可以说一般市民的生活似乎有些盲目，可他们就好好地活过来了。"[1]紧张、活泼、满头满脑地生活在他们自己的世界里，上海人由此造成了某种"特异的智慧"，某种充满智力和计谋的"坏"。

这种"坏"，似乎不宜用几个关键词语去描述，但认识事物又不能脱离概念。首先一个须用的词语是狡猾。《小团圆》有一段记载比比与美国水兵的交往："她去找比比，那天有个美国水手在他们家里，非常年轻，黄头发，

---

[1] 王安忆、郑逸文：《作家的压力和创作冲动》，《当代作家评论》2002年第5期。

一切都合电影里'金童'的标准，见九莉穿着一身桃红暗花碧蓝缎袄，青绸大脚裤子，不觉眼睛里闪了一闪，仿佛在说'这还差不多'。上海除了宫殿式的汽油站，没有东方色彩。三人围着火盆坐着，他掏出香烟来，笑向九莉道：'抽烟？''不抽，谢谢。''不知道怎么，我觉得你抽烟她不抽。'九莉微笑，知道他是说比比看上去比她天真纯洁。比比那天一派'隔壁的女孩子'作风，对水手她不敢撩拨他们，换了比较老实的，她有时候说句把色情大胆的话，使九莉听了非常诧异。她是故布疑阵，引起好奇心来，要追求很久才知道上了当。"这是俯拾即是的狡猾。上海人与人打交道，总不会直脱脱地就把自己的想法、目标显露给对方，而总是要先来几个回合，摸清对方的来路与斤两，如果觉得有必要交涉下去的话，那么就会设下"疑阵"，最终将对方诱到自己的圈套中，爽直简单的美国大兵哪里弄得清那么多的机关。然而，如许计谋是能使上海人自我满足的一个来源。

《桂花蒸　阿小悲秋》则另有一段女佣之间的谈话：

做短工的阿姐问道："你们楼上新搬来的一家也是新做亲的？"阿小道："嗳。一百五十万顶的房子，男家有钱，女家也有钱——那才阔呢！房子，家生，几十床被窝，还有十担米，十担煤，这里的公寓房子那是放也放不下！四个佣人陪嫁，一男一女，一个厨子，一个三轮车夫。"那四个佣人，像丧事里纸扎的童男童女，一个一个直挺挺站在那里，一切都齐全，眼睛黑白分明。有钱人做事是漂亮！阿小愉快起来——这样一说，把秀琴完全压倒了，连她的忧愁苦恼也是不足道的。

这是上海人的另一面：虚荣。秀琴是阿小"自家的小妹妹"，由她荐去人家帮佣的。这天秀琴来向她哭诉，乡下的婆家要订了，母亲要她下乡去，她"烦死了"。阿小很同情这个小妹妹，但为她着想，劝道："我看你，去是要去的。不然人家说你，这么大的姑娘，一定是在上海出了花头。"孰知秀琴到了这种烦恼的境地还不忘要在同为佣工的阿小面前显摆:"秀琴道:'姆妈也这样说呀!去是要去的,去一去我就来,乡下的日子我过不惯!姆妈这两天起劲得很,在那里买这样买那样,闹死了说贵,我说你叽咕些什么,棉被枕头是你自己要撑场面,那些绣花衣裳将来我在上海穿不出去的。我别的都不管,他们打的首饰里头我要一只金戒指。这点礼数要还给我们的。你看嗱,他们拿只包金的来,你看我定规朝地下一掼!你看我做得出哦?'她的尊贵骄矜使阿小略略感到不快。阿小同她的丈夫不是'花烛',这些年来总觉得当初不该就那么住在一起,没经过那一番热闹。她说:'其实你将就些也罢了。不比往年——你叫他们哪儿弄金子去?'想说两句冷话也不行,伛偻在澡盆边,热得恍恍惚惚,口鼻之间一阵阵刺痛冒汗,头上的汗往下直流,抬手一抹,明知天热,还是诧异着。她蹲得低低的,秀琴闻得见她的黑烤绸衫上的汗味阵阵上升,像西瓜剖开来清新的腥气。秀琴又叹息。'不去是不行的了!他们的房子本来是泥地,单单把新房里装了地板……我心里烦得要死!听说那个人好赌呀——阿姐你看我怎么好?'"(《桂花蒸 阿小悲秋》)秀琴烦恼未必是假,炫耀金戒指、木地板之类则是真真切切。这让阿小"略略感到不快",然而她又没什么地方可以压得过秀琴的,她既没经过"花烛",丈夫现时又不成器,儿子学费又付得吃力,她只好说:"其实你将就些也罢了。不比往年——你叫她们哪儿弄金子去?"话是委婉的,实则还是提示秀琴夫家穷,然而秀琴似乎听不明白阿小的意思,或者是听明白了而故意装不明白,毕竟,能找到可以炫耀的人、能给自己莫大快乐的机会并不是很多,所以她要继续快乐下去:"不去是不行的了!他们的房子本来是泥地,单单把新房装了地板……我心里烦得要死!""不去是不行的了",显然秀琴并不是真的要向她讨主意,而只是要向她夸耀自己的娘家、夫家。阿小一时气堵,却又找不出能压倒她的事情。终于到了晚饭时节,才有机会借着来串门的阿姐的话头说了上述的话。虽然楼上的阔人并不是自己家的,但说出来到底解了气:你秀琴的几床绣花被、一间木地板又算得了什么呢?秀琴气短了，阿小也仿佛有了脸面，心情好多了。

张爱玲小说中这类虚荣在在皆是。因为要向人展示自己更有钱，更漂亮，更有教养，要从别人的落寞与狼狈中获取满足，上海人往往错失了彼此相互照亮的一刹，所以上海人又不能不是孤独的。

狡猾与虚荣构成上海人生活中戏剧性的场景，而算计更像是上海人日常生活本身。研究城市文化的杨东平先生以"精明"命之："精明，自然包含了精干、精练、精致、灵活、聪明，但在它略含贬义的词义中，实在是指一种基于利益算计的过分的聪明。精明不是一种价值，而是一种素质。对上海人而言，这是在近百年的商业社会中磨砺陶冶出的一种生存能力。在这种社会环境中，未经算计的生活是没有价值的。它要求每个人在激烈的生存竞争中调动各种手段，发挥各种技巧，最大限度地开发、利用个人的智力资源，以取得个人的最大利益。"[1] 在《创世纪》中，从前的王侯之家如今也像里弄小户一样算计着：

匡老太太今年这个生日，实在过得勉强得很。本来预备把这笔款子省下来，请请自己，出去吃顿点心，也还值得些，这一辈子还能过几个生日呢？然而老太爷的生日，也在正月底，比她早不了几天。他和她又是一样想法。他就是不做生日，省下的钱他也是看不见的，因为根本，家里全是用老太太的钱——匡家本来就没有多少钱，所有的一点又在老太爷手里败光了。老太太是有名的戚文靖公的女儿，带来丰厚的妆奁，一直赔贴到现在，也差不多了——老太爷过生日，招待了客人，老太太过生日，也不好意思不招待，可是老太太心里怨着，面上神色也不对。

这是一对很不匹配的夫妻。匡老太太从前是戚文靖公的女儿，而匡老太

---

[1] 杨东平：《城市季风》，东方出版社1994年版，页458。

爷从前是戚文靖公一个不曾发达的门生的儿子。匡老太太,那时叫紫微,嫁到匡家,公公"感恩"至极,"(她的)美色照耀了他们的家,像神仙下降了","特别的尊重她",然而这导致了她丈夫一辈子的低微。他向她跪过,不敢娶妾,一辈子都靠着她的嫁妆养活着,包括他的儿子、儿媳、孙子、孙女,都靠她拿钱维持着。然而几十年下来了,他也对她积攒了一腔的怨,她让他显得没有能耐。他不想省她的钱,反正她有的是钱,自己不用也到不了自己手上。而她为着他的小算盘而烦恼着,防范着。这一对夫妇,在一起生活了五六十年了,然而彼此还是没有基本的体谅,却只是为着自己的一点利益和面子相互算计着。

算计在上海人中间,不是偶然的个人性格,几乎就是一种文化,一种生活方式。夫妻之间,父子之间,姊妹之间,姑嫂之间,更不消说一般邻里同事之间,但凡有人与人交接的地方,算计就成为一种本能性的反应。范柳原、白流苏是在谈恋爱,却满布"真真假假的捉迷藏","吸引,挑逗,无伤大体的攻防战"。[1]对此,郭春林先生表示:"张爱玲最擅长,也是她写得最多用力最勤的,就是破落贵族之家生逢大变动时代的遭际,也就是那些中产之下却又在贫困之上的人们的悲喜剧。大家庭的解体使原先的优渥生活和奢侈消遣不再可能,可是又放不下面子,他们不得不面对经济的压力和生存的紧张,生计自然变得窘迫起来,算计也就迅速成为生存的本能。于是,无论是自己的婚姻,还是儿女们的婚姻,就都变成了必须计算的事件,要慎之又慎,'计划周到'。于是,情感倒成了奢侈品。所以,白流苏和范柳原的调情其实都是出于生计的考虑,被'封锁'在电车上的吕宗桢和翠远的心思和言谈就更是充分地暴露了他们的计算能力。"[2]此说很贴切,但不知何故郭先生又认为这是"中国现代性的独特之处",其实这一地区的人都算计着生活了百十千

---

[1] 迅雨:《论张爱玲的小说》,《万象》1944年第3卷第11期。
[2] 郭春林:《温暖的物质生活:论张爱玲小说中的现代性体验》,《文艺争鸣》2008年第5期。

年了,"现代性"云云,从何说起呢?

过于发达的算计,使大都市的人唯恐自己利益受损,又或唯恐丧失了自己得利的机会。一个人久处这种文化中间,其趣味、心智极易发生变形而不自知:以利度人,以钱视事,完全从利益得失的角度来判断一切人事,甚至对与己无甚关系的人事,也放在金钱、地位的 X 光线下予以检验。此所谓"势利"。出身世家大族的张爱玲,对上海人的势利有极深体会。在她的小说中,遗老命妇、太太小姐们,对于没有钱或地位的人自然是瞧不起的。什么人叫作"没有钱的人"呢,譬如辛辛苦苦读个大学,最后又辛辛苦苦到公司里谋点薪水过活,许叔惠、顾曼桢就是典型。至于拉车帮佣一类的人物,就更不消提了。二乔四美对未来嫂子(弟媳)的选择标准即是斩钉截铁:"'你跟棠倩梨倩很熟么?'四美道:'近来她们常常找着我说话。'二乔指着她道:'你要小心。大哥娶了玉清,我们家还有老三呢,怕是让她们看上了!也难怪她们眼热。不是我说,玉清哪一点配得上我们大哥?玉清那些亲戚,更惹不得,一个比一个穷!'"(《鸿鸾禧》)事实上,被她们看不起的棠倩梨倩也只是比她们家稍穷一点而已,也是旧家大户。而且,棠倩梨倩找男朋友的标准又何曾比她们低呢?

棠倩是活泼的,活泼了这些年还没嫁掉,使她丧失了自尊心。她的圆圆的小灵魂破裂了,补上了白瓷,眼白是白瓷,白牙也是白瓷,微微凸出,硬冷,雪白,无情,但仍然笑着,而且更活泼了。老远看见一个表嫂,她便站起来招呼,叫她过来坐,把位子让给她,自己坐在扶手上,指指点点,说说笑笑,悄悄地问,门口立着的那招待员可是新郎的弟弟。后来听说是娄嚣伯银行里的下属,便失去了兴趣。后来来了更多的亲戚,她一个一个寒暄,亲热地拉着手。

"娄嚣伯银行里的下属"自然也是大学程度,否则很难在银行谋到相当职位。但即便在高等教育稀缺的二十世纪三四十年代,这类靠薪水过活的人物在太太小姐眼中也没有什么斤两。而这类人物面对世家大族,也往往自觉气短。许叔惠与石翠芝第一次见面便互有好感,但叔惠自惭门第,屡屡不敢回应出身世家大户的翠芝,终使缘分丧去。然而势利又岂止是高门巨族对寒门低户施展的专利,下层上海人如势利起来,那比太太小姐更要厉害十倍。上等社会有修养的人士,纵使看不上你,也还往往会略作敷衍,并不那么写在脸上,但下层社会的人就不同了,直接而赤裸裸,不做任何掩饰。《创世纪》中,女佣王妈对匡老太太(从前的宰相千金紫微)的态度可见一斑:

老太太切开蛋糕,分与众人,另外放开一份子,说:"这个留给姑奶奶。"姑奶奶到浴室里去了。老太太又叫:"老王,茶要对了。"老妈子在门外狠声恶气杵头杵脑答道:"水还没开呢!"老太太仿佛觉得有人咳嗽直咳到她脸上来似的,皱一皱眉,偏过脸去向着窗外。

匡老太太从前如贾母、王熙凤般,身边侍佣环绕,王妈这样的人物,恐怕说上一句话都要战战兢兢。然而几十年过去了,"拳匪之乱,相府的繁华,清朝的亡,军阀起了倒了,一直到现在,钱不值钱了",匡家也到了山穷水尽那一步,老妈子凭什么还要对你毕恭毕敬呢?一句"狠声恶气"的回答,足以撕开匡老太太所有的仓皇。或许张爱玲对此类场景有太深刻的感受,《小团圆》中也写了一个相仿佛的场景:"竺太太在饭桌上笑道:'老朱啊,今天这碗老玉米炒得真好,老玉米嫩,肉丝也嫩。还可以多搁点盐,好像稍微淡了点。'她怕朱妈。朱妈倚在楼梯阑干上,扬着脸不耐烦的说:'那就多搁点盐就是了。'"

虚荣、狡猾、算计、势利,当然皆非上海人之专利,然而从来没有哪个城市将这些群体特征表现得如此集中,如此令人印象深刻。此外兼以小气、排外(看不起"乡下人"),张爱玲小说中的"小奸小坏"的人物几乎集聚了所谓"海派"人物的主要特性。在这些算计、虚浮与计较的背后,可以瞥见生命一掠而过的虚空本质。在这个大都市中,人与人之间彼此设防、彼此筹划着自己的算盘。他们之间不觉地矗立起无形的障碍。人们没有兴趣倾听别人的灵魂的声音,自己也难以祈得他人彻底的谅解。然而,到底不是完全的讽刺。张爱玲40年代的小说,几乎无一例外地跃动着讽刺的笔调。但对于上海人,她的讽刺是节制的,恰如她言:"谁都说上海人坏,可是坏得有分寸。上海人会奉承,会趋炎附势,会浑水里摸鱼,……他们演得不过火。"(《到底是上海人》)她的讽刺并不将上海人带往历史的"垃圾场",取消他们在未来新社会里成活的资格,那里全是新人新事,崭新的一切……那是巴金小说里才会有的暗示。在张爱玲,毋宁是相信上海人永远如此,无得有改变也无须有改变。这就是上海人。在一个个讥讽的故事里,她怀着哀悯的心情凝视着男男女女的宿命与无奈。无论隔着怎样的屏障与"遮盖",她都能直见其魂灵。胡兰成如此评说她与上海的关系:

中国文明就是能直见性命,所以无隔。我与爱玲两人并坐看《诗经》,这里也是"既见君子",那里也是"邂逅相见",她很高兴,说:"怎么这样容易就见着了!"而庾信的赋里更有:树里闻歌,枝中见舞,恰对妆台,诸窗并开,遥看已识,试唤便来。爱玲与阳台外的全上海即是这样的相望相识,叫一声都会来到房里似的。西洋人与现世无缘,他们的最高境界倒是见着了神,而中国人则"见神见鬼"是句不好听的话。(《今生今世》)

因此,胡兰成甚至在《倾城之恋》这样一个讽刺的恋爱中也能发现生的执着:"(《倾城之恋》)背后可是有着对人生的坚执,也竟如火如荼,唯像白日里的火山,不见火焰,只见是灰白的烟雾。他们想要奇特,结局只平淡地成了家室,但是也有着对于人生的真实的如泣如诉。"(《今生今世》)这种读法是到位的。张爱玲虽然多见家族的颓败与荒凉,对家族中人无甚好感，但她将自己家族中人与"上海人"实际上做了区分。家族中人引起她的憎厌，但"阳台外的上海人"（大众）虽然"小奸小坏"，于她却是亲切的，"大众实在是最可爱的顾主，不那么反复无常，'天威莫测'；不搭架子，真心待人，为了你的一点好处会记得你到五年十年之久。而且大众是抽象的。如果必须要一个主人的话，当然情愿要一个抽象的"（《童言无忌》）。她看得透上海人的聪明与世故，懂得他们在无数算计背后许多小小的烦恼与生命的啮咬。她表示"'如得其情，哀矜而勿喜。'这两句话给我的印象很深刻。我们明白了一件事的内情，与一个人内心的曲折，我们也都'哀矜而勿喜'吧"。因而，在她的文字中，也常出现这样的段落："《太太万岁》是关于一个普通人的太太。上海的弄堂里，一幢房子里就可以有好几个她。她的气息是我们最熟悉的，如同楼下人家炊烟的气味，淡淡的，午梦一般的，微微有一点窒息；从窗子里一阵阵地透进来，随即有炒菜下锅的沙沙的清而急的流水似的声音。主妇自己大概并不动手做饭，但有时候娘姨忙不过来，她也会坐在客堂里的圆匾面前摘菜或剥辣椒。翠绿的灯笼椒，一切两半，成为耳朵的式样，然后掏出每一瓣里面的籽与丝丝缕缕的棉毛，耐心地，仿佛在给无数的小孩挖耳朵。家里上有老，下有小，然而她还得是一个安于寂寞的人。没有可交谈的人，而她也不见得有什么好朋友。她的顾忌太多了，对人难得有一句真心话。不大出去，但是出去的时候也很像样；穿上'雨衣肩胛'的春大衣，手挽玻璃皮包，粉白脂红地笑着，替丈夫吹嘘，替娘家撑场面，替不及格的小孩子遮盖……"（《〈太太万岁〉题记》）

张爱玲不但从上海人的热闹中瞥见虚空，甚至也在荒凉的压迫下从上海人中间获得安稳。对此，仍是胡兰成有着零距离的"懂得"：

《到底是上海人》里她赞美上海人的聪明，那种把公说公的理，婆说婆的理也当作一个小玩意的风趣。不过事实本身并没有她的这说明那样好，她另有她所寻求的。《论写作》里她神往于申曲"五更三点望晓星，文武百官上朝廷，东华龙门文官走，西华龙门武将行，文官执笔安天下，武官上马定乾坤"那种时代，如南星的散文里有一句"午后庭院里的阳光是安稳的"，真是思之令人泪落。[1]

胡兰成评说中有两点是精确的：一、张爱玲在"上海人"中另有寻求，寻求什么呢，寻求那种可以抵挡虚无的"安稳"，寻找那些温暖安静的瞬间；二、张爱玲想象的"上海人"走到最后，往往不再是上海人，而成为张爱玲自己，成为她的虚无主义哲学之中的一处两处令人惊诧莫名的世相风景。

三、"有""无"两间的上海

上海从未像今天这样成为大众想象和消费的对象。霞飞路、卡尔登公寓、吉士林咖啡馆、老大昌面包店……似乎都在成为二十世纪三四十年代上海的象征符号。然而据实说来，今日中国青年想象昔日上海时，更应记起《上海的狐步舞》的作者穆时英才对。谁也没有穆时英那样将上海写得那么富于动感和节奏，而张爱玲实际上也较少认真而集中地刻画酒吧、夜总会或舞场。然而除了中文专业的学生和研究者，人们已大致彻底忘却了这位作者。究其原因，在于穆时英、刘呐鸥、茅盾这类上海的热情书写者，都欠缺张爱玲所秉具的那种喧嚣与虚无互为补充的叙事哲学。与对上海人的描绘一样，张爱玲对上海的都市空间的想象实亦使用"参差的对照"的叙事技术。迅雨曾如此谈论对张爱玲小说的印象："恋爱与婚姻是作者至此为止的中心题材……遗老遗少和小资产阶级，全都为男女问题这噩梦所苦。噩梦中老是淫雨连绵的秋天，潮腻腻，灰暗，肮脏，窒息的腐烂的气味，像是病人临终的房间。

---

[1] 胡兰成：《评张爱玲》，《杂志》1944年第13卷2—3期。

烦恼，焦急，挣扎，全无结果，噩梦没有边际，也就无处逃避。零星的磨折，生死的苦难，在此只是无名的浪费。青春，热情，幻想，希望，都没有存身的地方。川嫦的卧房，姚先生的家，封锁期的电车车厢，扩大起来便是整个社会。一切之上，还有一双瞧不及的巨手张开着，不知从哪儿重重的压下来，压痛每个人的心房。"[1]这自是精辟的印象，却并不准确。一则迅雨撰写该文时，张爱玲发表作品才寥寥数篇，"全貌"尚未显露，再则迅雨完全用西方社会悲剧的眼光来读取张爱玲，不可避免地会对她出现"误读"。上海，在张爱玲笔下，并非"灰暗、肮脏"的单面意象，而是有着"参差的对照"的复调意象，并为中国式的虚无主义哲学所统摄。

上海的华洋杂处、新旧混陈也可说是一种"参差的对照"。《留情》中的杨家，无论从前还是现在，都讲究洋派，"杨家一直是新派，在杨太太的公公手里就作兴念英文，进学堂。杨太太的丈夫刚从外国回来的时候，那更是激烈。太太刚生了孩子，他逼着她吃水果，开窗户睡觉，为这个还得罪了丈母娘。杨太太被鼓励成了活泼的主妇，她的客厅很有点沙龙的意味，也像法国太太似的有人送花送糖，捧得她娇滴滴的"，"杨老太太爱干净，孩子们不大敢进房来，因此都没有跟进去。房间里有灰绿色的金属品写字台，金属品圈椅，金属品文件高柜，冰箱，电话。因为杨家过去的开通的历史，连老太太也喜欢各色新颖的外国东西，可是在那阴阴的，不开窗的空气里，依然觉得是个老太太的房间。老太太的鸦片烟虽然戒掉了，还搭着个烟铺"。器物虽洋，生活方式却土，鸦片几乎成为上海旧式家族的一个符号。聂介臣家已搬到香港，买了别墅，附有干净漂亮的网球场，然而打了几次就无兴致了，索性改为烧大烟的场地，饶是方便。娄嚣伯的生活，同样"中西合璧"，"她丈夫娄嚣伯照例从银行里回来得很晚，回来了，急等着娘姨替他放水洗澡，先换了拖鞋，靠在沙发上休息，翻翻旧的《老爷》杂志。美国人真会做广

---

[1] 迅雨：《论张爱玲的小说》，《万象》1944年第3卷第11期。

告。汽车顶上永远浮着那样轻巧的一片窝心的小白云。'四玫瑰'牌的威士忌,晶莹的黄酒,晶莹的玻璃杯搁在棕黄晶亮的桌上,旁边散置着几朵红玫瑰——一杯酒也弄得它那么典雅堂皇。器伯伸手到沙发边的圆桌上去拿他的茶,一眼看见桌面的玻璃下压着的一只玫瑰红鞋面,平金的花朵在灯光下闪烁着,觉得他的书和他的财富突然打成一片了,有一种清华气象,是读书人的得志。器伯在美国得过学位,是最地道的读书人,虽然他后来的得志与他的十年窗下并不相干"(《鸿鸾禧》)。

然而,华洋空间的混杂并不真正构成张爱玲的上海的魅力。张爱玲异于众人处,在于她以特殊的生命眼光打量着、体悟着那些或旧或新的空间场所,公馆,弄堂新派的礼堂,那些旧家大族过去和现在生活着的场所,或者自身就散发出颓败的气息,或者被张爱玲从繁华热闹的间隙中读出几缕荒凉。

公馆是旧的高门巨族的通常住所,然而和主人的命运一样,也仿佛到了曲终人散的境地。白公馆是一切旧的深宅大院的代表:"上海为了'节省天光',将所有的时钟都拨快了一小时,然而白公馆里说:'我们用的是老钟'。他们的十点钟是人家的十一点。他们唱歌随走了板,跟不上生命的胡琴。"(《倾城之恋》)而在匡家公馆:"昏暗的大房里,隐隐走动着雪白的狮子猫,坐着身穿织锦缎的客人,仿佛还有点富家的气象。"(《创世纪》)这是不可抵挡的没落,散发出末世气息。聂传庆家由上海搬到香港:"他家是一座大宅。他们初从上海搬来的时候,满院子的花木。没两三年的工夫,枯的枯,死的死,砍掉的砍掉,太阳光晒着,满眼的荒凉。"(《茉莉香片》)然而这类荒凉又绝非迅雨所说的"窒息"与"腐烂",它并不必然要被时代所毁弃或埋葬,这些公馆宅院或许永远如此昏暗下去,或许还会重新富贵起来(如川嫦的父母后来"小小地发了点财")。不论怎样,它们唤起人的,都是一种繁华已逝、转瞬成空的中国式生命感受,而不是腐朽的旧物应被推翻,人们终将迎来"日出"的西方式历史感。那么新派的都市空间又是如何呢?在穆时英笔下,它们充满刺激的生命节奏。在茅盾笔下,它们是罪恶的肉欲的渊薮。张爱玲全然不是如此观感。王德威说:"张爱玲把握了一份对流动时间的特殊感受,而城市是她最重要的写作背景。在她的作品里,妖娆多姿的40年代上海仿佛是一座'地狱里的天堂',在永远堕落前,展现最璀璨的光华。"[1]王德威认为这种感受联系着西方的"世纪末视景",实则不然,这同样是中国式虚无主义导致的叙事样貌。

　　无论是旧式公馆还是新式别墅,这些都市空间都渗透出颓败或荒凉的气息。如世钧在都市中的感受:"这两天月亮升得很晚,到了后半夜,月光蒙蒙地照着瓦上霜,一片寒光,把天都照亮了,……鸡声四起,简直不像一个大都市里,而像一个村落,睡在床上听着,有一种荒寒之感。"(《半生缘》)这是出身高门巨族的张爱玲对旧式家族末世之感的折射。尽管这些公馆或别墅可能仍然气派、富贵、价格不菲,但在张爱玲总止不住引起虚空之感。这反映出,张爱玲有关上海都市空间的想象实已不知不觉地被纳入她的虚无主义叙事哲学。张爱玲离开父亲的家后,住的并非公馆,亦非别墅,而是比较西式的公寓。公寓阳台因而亦成为她的上海的一部分。阳台,临于街道之上,可以观看这座城市而不被这座城市所观看。据胡兰成回忆,有一次张爱玲和他在阳台上,一起眺望暮霭沉沉的上海:

　　夏天一个傍晚,两人在阳台眺望红尘霭霭的上海,西边天上余晖未尽,有一道云隙处清森遥远。我与她说时局要翻,来日大难,她听了很震动。汉乐府有:"来日大难,口燥唇干,今日相乐,皆当喜欢。"她道:"这口燥唇干好像是你对他们说了又说,他们总还不懂,叫我真是心疼你。"(《今生今世》)

　　可见,不单是颓败的家族记忆,同时亦是现实命运的凄惶无定,决定了

---

[1] 王德威:《落地的麦子不死:张爱玲与"张派"传人》,山东画报出版社2004年版,页63。

张爱玲以虚无主义的眼光理解自身，理解自身与这个城市的关系。像张爱玲这样一个"临着虚无的深渊"的小说家，怎样抵挡自己在这个城市所感受到的荒凉呢？理查德·卡尼认为，"每个人的一生都在找寻一种叙事。愿意也罢，不愿意也罢，我们都想将某种和谐引入到每天都不得脱身的不和谐与涣散之中"[1]，于张爱玲而言，文字即是她脱身内心荒凉的最宜方式。在此情形下，古人的经验就是最自然的选择，"对于生命的来龙去脉毫不感到兴趣的中国人"，"集中注意力在他们眼面前热闹明白的，红灯照里的人生小小的一部"，力求在"物质的细节"上，求得"欢悦"。（《中国人的宗教》）如同她于讽刺的间隙中也于上海人的"执着"处多有留意，在展示上海的城市空间时，她亦将安稳的情感诉求寄予普通上海人所聚集的街道、菜场之上，寄予她自己成长时期感到亲切的诸多场景之上。那些地方，因为不是旧式家族的出入之所，由弄堂、街道等等场所构成的都市空间，成为与颓败公馆相并列的另一个安静而温暖的上海。

这另一个"上海"频频出现在她的小说，尤其她的散文中："上海所谓'牛肉庄'是可爱的地方，雪白干净，瓷砖墙上丁字式贴着'汤肉××元，腓利××元'的深桃红纸条。屋顶上，球形的大白灯上罩着防空的黑布套，衬着大红里子，明朗得很。白外套的伙计们个个都是红润肥胖，笑嘻嘻的，一只脚踏着板凳，立着看小报。他们的茄子特别大，他们的洋葱特别香，他们的猪特别的该杀。门口停着塌车，运了两口猪进来，齐齐整整，尚未开剥，嘴尖有些血渍，肚腹掀开一线，露出大红里子。不知道为什么，看了绝无丝毫不愉快的感觉，一切都是再应当也没有，再合法、更合适也没有。我很愿意在牛肉庄上找个事，坐在计算机前面专管收钱。那里是空气清新的精神疗养院。凡事想得太多了是不行的。"（《童言无忌》）而在沉沉的上海的夜的重压下，街上小贩慢悠悠叫卖食物的歌，"只听得出极长极长的忧伤"，

---

[1]〔爱尔兰〕理查德·卡尼：《故事离真实有多远》，广西师范大学出版社2007年版，页13—14。

"却唱彻了一条街,一世界的烦忧都挑在他担子上"。(《桂花蒸　阿小悲秋》)其中写得最为人称道的是《公寓生活记趣》和《道路以目》两篇散文,前者写阳台外的电车声,后者写随处可见的弄堂即景,皆充满安稳亲切的气息。现略引《道路以目》中的数则:

近来大约是市面萧条了些,霞飞路的店面似乎大为减色。即使有往日的风光,也不见得有那种兴致罢?倒是喜欢一家理发店的橱窗里,张着绿布帷幕,帷脚下永远有一只小狸花猫走动着,倒头大睡的时候也有。隔壁的西洋茶食店每晚机器轧轧,灯光辉煌,制造糕饼糖果。鸡蛋与香草精的气味,氤氲至天明不散。在这"闭门家里坐,账单天上来"的大都市里,平白地让我们享受了这馨香而不来收账,似乎有些不近情理。我们的芳邻的蛋糕,香胜于味,吃过便知。

有一天晚上在落荒的马路上走,听见炒白果的歌:"香又香来糯又糯!"是个十几岁的孩子,唱来还有点生疏,未能朗朗上口。我忘不了那条黑沉沉的长街,那孩子守着锅,蹲踞在地上,满怀的火光。

街上值得一看的正多着。黄昏的时候,路旁歇着人力车,一个女人斜欠坐在车上,手里挽着网袋,袋里有柿子。车夫蹲在地下,点那盏油灯。天黑了,女人脚旁的灯渐渐亮了起来。烘山芋的炉子的式样与那黯淡的土红色极像烘山芋。小饭铺常常在门口煮南瓜,味道虽不见得好,那热腾腾的瓜气与"照眼明"的红色却予以人一种"暖老温贫"的感觉。

寒天清早,人行道上常有人蹲着生小火炉,扇出滚滚的白烟。我喜欢在那个烟里走过。煤炭汽车行门前也有同样的香而暖的呛人的烟雾。多数人不喜欢燃烧的气味——烧焦的炭与火柴、牛奶、布质——但是直截地称它为"煤臭""布毛臭",总未免武断一点。

这类"物质的细节"的刻画,是张爱玲叙事诉求的反映:"现实这样东西是没有系统的,像七八个话匣子同时开唱,各唱各的,打成一片混沌。在那不可解的喧嚣中偶然也有清澄的,使人心酸眼亮的一刹那,听得出音乐的调子,但立刻又被重重黑暗拥上来,淹没了那点了解。"(《烬余录》)在《公寓生活记趣》中,她又说:"长的是磨难,短的是人生。"种种类似的"上海"给了张爱玲现世安稳的感受,让她沉醉于"人生",而暂忘生命的荒凉。对于一个自少年起便紧紧为"惘惘的威胁"所纠缠的女子而言,这些贴心贴肺的"物质的细节",是她安妥自己魂灵的地方。故不难理解这"上海"给予她的印象之深刻,以致她移居美国数十年后,仍能亲切地忆起:"在上海我们家隔壁就是战时天津新搬来的吉士林咖啡馆,每天黎明制面包,拉起嗅觉的警报,一股喷香的浩然之气破空而来,有长风万里之势,而又是最软性的闹钟,无如闹得不是时候,白吵醒了人,像恼人春色一样使人没奈何。有了这位'芳邻',实在是一种骚扰。"(《谈吃与画饼充饥》)迅雨撰写《论张爱玲的小说》时,并没有注意到张爱玲已发表和未发表的散文。实则张爱玲的散文较之她的小说,似乎完全构成另外一极世界。如果说她小说多看破世界,无论写人叙事还是状物绘景,都隐隐透出荒凉、肃冷的气息,那么她的散文就温暖、平实很多,往往注目于那些刹那的感动。这样的冷热并置的文体差异,构成又一重意义上的"参差的对照"。

显然,较之对"上海人"的刻画,张爱玲对上海城市的书写更显著见证了她的虚无主义的叙事哲学——在繁华中瞥见荒凉,因着荒凉而寻求"心酸眼亮的一刹那",而颓败的公馆别墅,亲切永远的街道小弄,有如两个互为镜像的空间,分别出现张爱玲内心"无"与"有"的两端,呈现出中国式的美学结构。

III

虚无主义者的物质主义

第九讲　闺阁衣饰，人生戏剧

诚如张爱玲透彻的发现，"因为对一切都怀疑，中国文学里弥漫着大的悲哀。只有在物质的细节上，它得到欢悦——因此《金瓶梅》《红楼梦》仔仔细细开出整桌的菜单，毫无倦意，不为什么，就因为喜欢"，这"物质的细节"，除却菜单之外，《红楼梦》《金瓶梅》实还涉及许多：服装、饰物、居室、家具、礼单、诊方、灯谜，诸如此类。撰写小说时的张爱玲习得其中大部。对此，夏志清评述道，"《传奇》里描写的世界，上至清末，下迄中日战争；这世界里面的房屋、家具、服装等等，都整齐而完备。她的视觉的想象，有时候可以达到济慈那样华丽的程度。至少她的女角所穿的衣服，差不多每一个人都经她详细描写。自从《红楼梦》以来，中国小说恐怕还没有一部对闺阁下过这么一番写实的功夫"[1]。此言大体为实。至少在五四后新文人中，能如此"仔仔细细"于闺阁衣饰（含服装、饰物、发型等等）者，唯张爱玲一人而已。在她自己，这是虚无主义者的物质主义倾向，而在前世今时的读者，得享此一番衣饰"盛宴"已是不暇，对其中人生戏剧之寓象亦或能领略十之三四，但于其"大的悲哀"往往不甚了了。

---

[1]〔美〕夏志清:《中国现代小说史》，复旦大学出版社2005年版，页259。

一、文外文里的衣饰癖

观之张爱玲的家世及少年经历，可知张爱玲"卖文为生"以后如此执执于闺阁衣饰，主要还是因为高门巨族的闺阁传统。伊丽莎白·赫洛克认为："自我夸耀和试图赢得别人赞誉的心理是服饰起源的主要动机之一。"[1] 萧红也说："在文明社会中，……男子处处站在优越地位，社会上一切法律权利都握在男子手中，女子全居于被动地位。虽然近年来有男女平等的法律，但在父权制度下，女子仍然是受动的。因此，男子可以行动自由，女子至少要受相当的约制。这样一来，女子为了达到其获得伴侣的欲望，因此也要借种种手段以取悦异性了。这种手段，便是装饰。"[2] 这当然都是就普遍女性心理而言，实则"簪缨望族"女性尤甚。因为这类女性生活范围极窄，既无须操治产业，又不必谋薪过活，在钩心斗角之余，她们主要的人生志趣便可能落在衣饰之上，"再没有心肝的女子说起她'去年那件织锦缎夹袍'的时候，也是一往情深的"（《更衣记》）。华贵裙袂，不仅是她们吸引青年男性的秘密，更是她们在同性之间争胜的"武器"。而万贯家资，更为她们的装扮癖好提供了优裕空间。曹七巧、白流苏、宝络、梁太太、姚家女儿们，无不精于衣饰，与其说这是张爱玲擅于描绘服饰，不如说是世家大族的生活方式使然。比如，诸多衣饰"常识"便不易为一般平民家庭所掌握。在《更衣记》中，张爱玲谈道："穿皮子，更是禁不起一些出入，便被目为暴发户。皮衣有一定的季节，分门别类，至为详尽。十月里若是冷得出奇，穿三层皮是可以的，至于穿什么皮，那却要顾到季节而不曾顾到天气了。初冬穿'小毛'，如青种羊，紫羔，珠羔；然后穿'中毛'，如银鼠，灰鼠，灰脊，狐腿，甘

---
[1] 〔美〕伊丽莎白·赫洛克：《服饰心理学——兼析赶时髦及其动机》，孔凡军等译，中国人民大学出版社1990年版，页22。
[2] 萧红：《女子装饰的心理》，收《萧红作品精编·散文卷》，漓江出版社2004年版，页185。

肩，倭刀；隆冬穿'大毛'——白狐，青狐，西狐，玄狐，紫貂。'有功名'的人方能穿貂。中下等阶级的人以前比现在富裕得多，大都有一件金银嵌或羊皮袍子。"不但低下阶级的人势难熟悉这类知识，即便现代文人，于此也多不甚了了。其中，男性作家自然不易对衣饰产生持久热情，而女性作家即便有绘摹之心，也未必能够做到。萧红出身呼兰县大地主家庭，但呼兰县的这一张氏家族（萧红本名张乃莹）无疑是张爱玲所谈的"暴发户"。丁玲出身的安福蒋家倒不失地方望族，然而丁玲父亲早亡，这一支勉强维持，显然没有能力消受王侯人家的富贵。女作家中，似只有冰心家境优裕，属于清末民初之际政治变动中的得势新贵，又兼家风端正，冰心一生都在极为优越的环境中度过，然而冰心求学是在燕京大学，早早便受到五四新文化运动的激荡，撰文制稿，大学未毕业便已成为轰动一时的新文学作家。新文学以民族国家之疗救为己任，又怎么可以沉湎于闺阁衣饰这类"封建主义"的无聊细节呢？周芬伶也谈到这一层："在古典小说中，我们可以读到大量跟题旨无关的细节描述，如服饰、饮食、生活起居等或诗词等作无止尽的感性抒发，在新文学的价值体系下，这些都被视为不合时宜、保守落后的现象，如茅盾就极力反对这类小说的叙述方法，认为它们只是在'记账'而不是在'描写'。"[1]能把茅盾等前辈意见当作耳边风的文人毕竟不多。

张爱玲成为现代文人中唯一恋恋于衣饰的小说家是极自然的。虽然她成年之后家族已大不如前，但至少在她童年之际，张家仍有可观家产。张爱玲满两岁时，父亲、姑姑与伯父分家另过，父亲张志沂开始当家做主，坐拥大宗房产与田产。可观遗产使张志沂成为一个享乐主义者。他经常购买最新款式的汽车，配备专职司机，家里佣仆成群，自己又嫖妓、养姨太太、赌钱，有阿芙蓉癖。这种奢靡生活反映着张家的经济实力。兼之与李氏（李鸿章）又是姻亲，张家也多少保持着"相府的繁华"。所以张爱玲幼时在衣饰方面

---

[1] 周芬伶：《艳异：张爱玲与中国文学》，中国华侨出版社2003年版，页268。

堪称富贵。对于幼时穿过什么衣服，张爱玲大半忘却了，但对那时在服饰方面的宏大志愿却印象深切：

因为我母亲爱做衣服，我父亲曾经咕噜过："一个人又不是衣裳架子！"我最初的回忆之一是我母亲立在镜子跟前，在绿短袄上别上翡翠胸针，我在旁边仰脸看着，美慕万分，自己简直等不及长大。我说过："八岁我要梳爱司头，十岁我要穿高跟鞋，十六岁我可以吃粽子汤团，吃一切难于消化的东西。"越是性急，越觉得日子太长。(《童言无忌》)

她母亲黄逸梵是上流社会的美妇人，精于修饰，喜于交际，兼之姑姑张茂渊也是颇为讲究的物质主义者，她们对张爱玲的人生趣味产生了深刻影响。虽然张爱玲并不似她的母亲生得那般美貌，似乎在衣饰方面发展不大。然而到了中学期间，有志于爱司头、高跟鞋的张爱玲受到重挫。这因于父母离婚以及后母的出现。这分别是她10岁和14岁时的事情。母亲离开以后，父亲自己玩乐不暇，对于她的衣饰自然是顾不上了。而到了后母治下，张爱玲差不多成了一个平民家的孩子，渐渐跟美丽服饰无缘了。后母孙用蕃亦出身大户人家，对张爱玲还算客气，甚至在亲戚中间表扬过她的作文，然而在花钱给前任子女添置衣服方面，就另当作论了："有一个时期在继母统治下生活着，拣她穿剩的衣服穿，永远不能忘记一件黯红的薄棉袍，碎牛肉的颜色，穿不完地穿着，就像浑身都生了冻疮；冬天已经过去了，还留着冻疮的疤——是那样的憎恶与羞耻。一大半是因为自惭形秽，中学生活是不愉快的，也很少交朋友。"(《童言无忌》)此事印象给她极深刻，以致晚年在《小团圆》中再次写及：

翠华从娘家带来许多旧衣服给九莉穿，领口发了毛的棉呢长袍，一件又一件，永远穿不完。在她那号称贵族化的教会女校实在触目。她很希望有校服,但是结果又没通过。楚娣笑道:"等你十八岁我替你做点衣裳。"不知道为什么,十八岁异常渺茫,像隔着座大山,过不去,看不见。

张爱玲的恋物(衣)倾向因此被压制将近十年,甚至离开父亲投奔母亲之后,这种压制情形仍未见缓解。因为母亲与父亲离婚,并未分割张家财产,而只是带走了自己的部分嫁妆(私房),也就是当年她与弟弟黄定柱分家所得的珠宝古玩等遗产。这笔遗产经她数度出国、频繁交际应酬,兼之张茂渊挪去投资(血本无归),实已去大半,所以她要张爱玲在"装扮自己"与"继续读书"两样中选择一样,而不能兼顾。痛苦之下,张爱玲只得选择了更紧要的事情——读书。随后几年,她成为香港大学"最穷的学生",母亲甚至时时疏忽了她的生活费(《小团圆》影射),她的"装扮"梦想显然是不用提了。真正可以践行旧梦是在成为名作家赚得稿费之后。

不过,与上等社会细致讲究的风格不同,成为作家后的张爱玲却屡屡以奇装异服招摇过市。据说,她为出版小说集《传奇》去印刷所校稿样,由于着装奇异,竟使整个印刷所的工人都跑过来围观,以致停工。她去苏青家,整条巷子为之轰动,她走前面,后面追满了看热闹的小孩子。话剧《倾城之恋》公演前,柯灵介绍剧团主持人周剑云和她认识,交游广泛的周剑云被她给镇住了,竟有几分拘谨,半因她的文名,半因她的奇异打扮。当时漫画家文亭曾绘有"上海女作家三画像",给苏青和潘柳黛的定义分别是"辑务繁忙的苏青"和"弄蛇者潘柳黛",对张爱玲的描绘则是"奇装炫人"。张爱玲幼时虽有爱司头、高跟鞋的宏愿,但肯定是她母亲、姑姑那类华贵正式的上流妇女风格,而非奇装、另类。她的这种"装扮"路线来自大学同窗炎樱。她的许多怪异服装,直接就是炎樱设计的。对此,张爱玲姑姑不甚满意:

她对比比代为设计的奇装异服毫无抵抗力。楚娣看不过去,道:"最可气的是她自己的衣服也并不怪。"九莉微笑着也不分辩。比比从小一直有发胖的趋势，个子又不高，不宜穿太极端的时装，但是当然不会说这种近于自贬的话，只说九莉"苍白退缩，需要引人注意"。

九莉也愿意觉得她这人整个是比比一手创造的。现在没好莱坞电影看，英文书也久已不看了，私生活又隐蔽起来，与比比也没有别的接触面了。楚娣本来说比比："你简直就像是爱她。"一方面比比大胆创造，九莉自己又复古，结果闹得一件合用的衣服也没有。（《小团圆》）

实则此事不能视为炎樱（人物比比的原型）揎惙，而实在有着张爱玲自己的衣饰哲学。面对非议，张爱玲曾坦言："我既不是美女，又没有什么特点，不用这些来招摇，怎么引得起别人的注意？"[1]又说："女人要想出众一点，连这样堂而皇之的途径都有人反对，何况奇装异服？自然那便是伤风败俗了。"这段话出处不明，但与她的处世哲学异曲同工。她曾经说过："一个人假使没有什么特长，最好是做得特别，可以引人注意。我认为与其做一个平庸的人过一辈子清闲生活，终其身，没没无闻，不如做一个特别的人，做点特别的事，大家都晓得有这么一个人；不管他人是好是坏，但名气总归有了。"（《我的姐姐张爱玲》）她还表示，"我们各人住在各人的衣服里"（《更衣记》），亦约略有此意。张爱玲也有一部分服装是自己设计的。她极乐意追求前朝韵味。据说，张爱玲一次向潘柳黛建议，问她是否可找到祖母的衣服，并认为可以找来穿。对张爱玲"贵族"身份略存反感的潘柳黛认为，那"不是像穿寿衣一样吗？"。抗战胜利后，出于舆论不利以及与胡兰成婚姻的破裂，张爱玲"奇装炫人"的兴致丧失几尽，但她对服装的注意仍很明显。20世纪50年代出走美国后，辗转各地，时在穷困之中，但偶有兴趣她也会以奇装示人。1958年在洛杉矶，她利用托宋淇从香港买来的衣料，做了几件衣服，围上了她母亲一条极美的长围巾，兴冲冲地赶到了摄影家雪尔维

---

[1] 任茹文、王艳：《美丽与苍凉：张爱玲画传》，团结出版社2004年版，页119。

亚·史蒂文森那里拍了几张艺术照片。

"生命是一袭华美的袍"(《天才梦》),对衣饰、装扮的爱恋,既是世家大族的闺阁传统,又是张爱玲一生念兹在兹的人生喜好,故她将大量衣饰纳入文字叙述,有其个人经验的缘故。但与此同时,"在每种文化中,物品都不是单独存在的,而有着'赋予它们以意义的语境'"[1],古典文学繁复夸张的衣饰叙述亦给她提供了叙述的自信与经验。夏志清称,"自从《红楼梦》以来,中国小说恐怕还没有一部对闺阁下过这样一番写实的功夫"[2],此判断其实不甚确切。对繁复衣饰的描绘,是古典通俗文学的普遍经验,不但《红楼梦》等大量小说如此,即便在五四前后,旧小说仍有这等特点,如《孽海花》写女艺人:"只见一个十七八岁的女子,面色还生得白净,眉眼也还清秀,穿着一件湖绿色密纽的小袄,扎腿小脚管的粉红裤,一对小小的金莲,头上包着一块白绸角形的头兜,手里拿着一根白线绕绞五尺来长的杆子,两头系着两个有黑穗子的小球,正在绳上忽低忽昂的走来走去。"而在五四以后大量出版、印行的通俗演义中,衣饰描绘之多、之繁杂,足使性急的读者不能忍受。这里略引《杨家将演义》中对宋将呼延丕显的一段衣饰描绘:

大旗下跑来一匹马,
马上将剑眉虎目齿白唇红
头戴雪亮盔一顶,
顶门飘洒大红缨,
身穿素蟒袍一件,
披一副玲珑甲胄嵌七星,
似寒星,如明月,

---

[1] 〔英〕玛丽亚·露西娅·帕拉蕾丝-伯克:《新史学:自白与对话》,北京大学出版社 2006 年版,页 15。
[2] 〔美〕夏志清:《中国现代小说史》,复旦大学出版社 2005 年版,页 259。

护心宝镜挂前胸，

绊甲绦，勒甲绳，似黄龙，如金蟒，

护背旗上绣飞熊，

狮蛮带，腰间系，

三环套月紧绷绷，

压龙丝，点翠凤，

两扇征裙钉银钉，

大红中衣多可体，

虎头战靴银镫蹬，

一匹麒麟骑胯下，

丈八银枪在手中。

夏志清或者未读过这类小说，或者读过而竟忘却了。津津有味于此类与主要故事未必相干的细枝末节，是古代文人尤其通俗文人、说书人的"传统"。而在长久沉浸于此类小说的张爱玲看来，凡写重要人物（尤其女角），专门腾出一长段写她的发饰、穿戴及风姿是"好的文学"的题中应有之义，作者写之，读者阅之，俱各恋恋其中。反倒是鲁迅以后的新小说，不会写这类物事，虽也深刻，但到底会失去很多可以反复涵咏的兴味。

从家学渊源、阅读经验等方面看，张爱玲在根底上是一个古典文人，以古代中国文人的生存哲学为本，而以五四以后的人道主义思想为补充知识。古典是信仰，现代仅为知识，两者其实存在支配与被支配的关系。这与多数现代文人截然相反。据胡兰成回忆，他本人并不喜欢西洋文学，但从来不敢在公众场合谈论西洋文学的不好，因为怕被人耻笑，所以他有一次试着跟张爱玲讲，《战争与和平》《浮士德》并不及《红楼梦》《西游记》，自觉是冒了天下之大不韪，但张爱玲只是淡淡地说："当然是《红楼梦》《西游记》好。"（《今生今世》）这与胡适等人有鲜明反差。胡适认为《红楼梦》不过是一部较佳的写实主义小说,它"只是老老实实的描写这一个'坐吃山空''树倒猢狲散'的自然趋势。因为如此,所以《红楼梦》是一部自然主义的杰作,……《红楼梦》的真价值正在这平淡无奇的自然主义上面"[1]。新红学另一代表人物俞平伯也认为:"平心看来,《红楼梦》在世界文学中底位置是不很高的。这一类小说,和一切中国底文学——诗、词、曲——在一个平面上。这类文学底特色,至多不过是个人身世性格的反映。《红楼梦》底态度虽有上说的三层,但总不过是身世之感,牢愁之语。即后来的忏悔了悟,以我从楔子里推想,亦并不能脱去东方思想底窠臼;不过因为旧欢难拾,身世飘零,悔恨无从,付诸一哭,于是发而为文章,以自怨自解。其用亦不过破闷醒目,避世消愁而已。故《红楼梦》性质亦与中国式的闲书相似,不得入于近代文学之林。"[2]显然,这群过度"西化"的文人已经失去与古人魂灵相通的能力,而不能理解《红楼梦》是部与西方所谓"写实主义"毫不相涉的小说(甚至到"文革"以后,这种误读仍然存在。现今各大学使用的中国古代文学史教材对《红楼梦》的解释仍然取自西方现实主义概念,而非中国式虚无主义)。在这一问题上,张爱玲最大的幸运是她所在的家族自远于时代之外,这使她接受的新文学影响大大低于古典文学影响,所以她从来都视古代小说(包括许多并不广为人知的通俗小说,如《歇浦潮》等)为"正宗""经典",而非如陈独秀、钱玄同辈把古代文学贬为"桐城妖孽""选学谬种",视为"低级"、不入流的文学。

陈独秀、钱玄同诸人的厉言疾辞当然未必是他们的真实想法,但他们务必切断古典文学"流毒"的意图是明白无疑的。傅斯年说得明白:"我们固不能说《红楼梦》《水浒》不是文学,然亦不成其为真有价值的文学,固不能不承认《红楼梦》《水浒》的艺术,然亦断断乎不能不否认他们的主旨。

---

[1] 胡适:《红楼梦考证》,收《胡适红学研究资料全编》,宋广波编注,北京图书馆出版社 2005 年版。

[2] 俞平伯:《俞平伯说红楼梦》,上海古籍出版社 1998 年版,页 93。

艺术而外无可取,就是我们应当排斥的文学。"[1]鲁迅则劝诫中国青年不要读中国书,一本都不要读,原因即是古书读多了,只会使人"沉下去,沉下去"。这类态度未必可以断定为"偏激",消极、缺乏行动努力,确实是有着虚无主义底子的古典文学的一大特点。古代文人认为生命终将成空,所以在文字世界里他们与其说激扬指点江山,不如说更多的是伤生叹往,徘徊于细节而无意于未来。这与新文化先驱对青年的"疗救民族"的期冀格格不入。为启蒙、救亡之现实计,他们必须攻击那叫人悲秋心伤的中国文化。受他们影响的几代文人,因而集体转向了易卜生、列夫·托尔斯泰和巴尔扎克,力图通过对国民性或黑暗政治的揭示而激发"新青年"们摧毁旧的文化/政治、创造"新的中国"的热情。在数十年后的后现代时代,历史学家对这类文学比较反感,鲍勃甚至称之为"政治色情",认为"这种文学是社会与权威并且尤其是神圣的王权之间的关系发生变化的主因"[2]。但张爱玲与她的家族中的那些人物一样,对这类文学终是不能亲近。她也读过一些新文学作品,但多少觉得它们肤薄,有着"新文艺腔",按她后来比较正式的说法是,许多"强有力的作品只予人以兴奋,不能予人以启示","极端病态与极端觉悟的人究竟不多。时代是这么沉重,不容那么容易就大彻大悟"。(《自己的文章》)批判旧的文化呼唤新的未来,固然令人"兴奋",却不能捕捉到生命的底子,像阿Q那样愚昧或像觉慧(《家》)那般觉醒的人,在她周边的实际生活中"究竟不多",因而连篇累牍地写这类人物就不免失真。因有了对新文学的这种俯视,张爱玲自然而然循着古典小说的路子写作,而仅把新文学的部分观念与技巧用作补缀。

因此,张爱玲的写作整体上承续了《红楼梦》虚无主义的传统,而在局

---

[1] 傅斯年:《白话文学与心理的改革》,收《傅斯年全集》,傅斯年著,湖南教育出版社2003年版。

[2] 〔英〕玛丽亚·露西娅·帕拉蕾丝-伯克:《新史学:自白与对话》,北京大学出版社2006年版,页141。

部上，更快意沉醉于她对繁复衣饰的个人依恋。因为，在古典小说中，对这些"物质的细节"的沉迷，被认为是虚无主义哲学的一种反转式的叙事表达。至少张爱玲这么认为。当然多数读者不能悟出这层生命关怀。张爱玲自己感叹说："在过去，大众接受了《红楼梦》，又有几个不是因为单恋着林妹妹或是宝哥哥，或是喜欢里面的富贵排场？"(《我看苏青》)那么，这意味着，张爱玲本人的写作实有脱出大众理解力的部分，譬如贴近古代文人那种深感人世虚幻而只愿于细节上遗情忘身的苦痛灵魂。她关于闺阁衣饰的描写，正合此理。

二、"不相干的事物"

在《红楼梦》《金瓶梅》及众多的戏曲演义中，繁复衣饰的展示似乎并无什么特殊深意，至少在直观上如此。作者于这些衣饰，孜孜不倦，似乎只是因为某种简单的喜悦。对此，张爱玲也并非总是将它们溯向那种虚无主义哲学。在谈到中国古人对服饰细节的过分讲究时，她表示："古中国衣衫上的点缀品却是完全无意义的，若说它是纯粹装饰性质的罢，为什么连鞋底上也满布着繁缛的图案呢？鞋的本身就很少在人前露脸的机会，别说鞋底了。高底的边缘也充塞着密密的花纹。袄子有'三镶三滚''五镶五滚''七镶七滚'之别，镶滚之外，下摆与大襟上还闪烁着水钻盘的梅花、菊花，袖上另钉着名唤'阑干'的丝质花边，宽约七寸，挖空镂出福寿字样。这里聚集了无数小小的有趣之点，这样不停地另生枝节，放恣，不讲理，在不相干的事物上浪费精力，正是中国有闲阶级一贯的态度。唯有世上最清闲的国家里最闲的人，方才能够领略到这些细节的妙处。"(《更衣记》)而在张爱玲的文字中，这类"不相干的事物"在在皆是。她纠缠于衣饰细节，"不相干"于生命，多数好像也只是因着某种知识的乐趣。在"Chinese Life and Fashions"

（即《更衣记》）这篇文章中，张爱玲开篇即言，"如果当初世代相传的衣服没有大批卖给收旧货的，一年一度六月里晒衣裳，该是一件辉煌热闹的事罢"。事实上，在随后的小说和散文中，张爱玲郑重其事地"晒衣裳"了。这于她自己是"辉煌热闹"，于服饰专家恐怕也大有惺惺相惜之叹。

　　旗袍这种经过改造的被认为是最具东方美与诱惑情调的满式女装，在张爱玲小说中出现频率最高。在《琉璃瓦》中，"姚先生大大小小七个女儿，一个比一个美"，而且"关于她们的前途，他有极周到的计划"，故而对于女儿的装扮，姚先生和姚太太舍得下本钱，大女儿玙玙"三朝回门，玙玙褪下了青狐大衣，里面穿着泥金缎短袖旗袍。人像金瓶里的一朵栀子花"，三女儿"心心对着镜子，把头发挑到前面来，漆黑地罩住了脸，左一梳，右一梳，只是不开口。隔着她那藕色镂花纱旗袍，胸脯子上隐隐约约闪着一条绝细的金丝项圈"。不但旗袍式样琳琅满目，而且旗袍的质料也不胜繁复。由于出身高门巨族，张爱玲写到的旗袍多采用上等材质，如金织锦、月白蝉翼纱、黑香云纱、软缎等等。

　　旗袍之外，其他种类的袍子亦出现甚多。《十八春》中，曼桢"围着一条红蓝格子的小围巾，衬着深蓝布的罩袍……蓝布罩袍已经洗得软兜兜的浮了灰白，那颜色倒有一种温雅的感觉，像有一种线装书的暗蓝色封面"。在《琉璃瓦》中，姚先生二女儿曲曲穿的是乳白冰纹绉的单袍子。张笔下的裙子也式样繁丽。《怨女》描写了姚家三位美貌媳妇的盛装：

　　一行僧众穿上杏黄袍子，排了班在大门外合十迎接，就像杏黄庙墙上刻着的一道浮雕。大家纷纷下车，只有三个媳妇是大红裙子，特别引人注目。上面穿的紧身长袄是一件青莲色，一件湖色，一件杏子红。三个人都戴着"多宝串"，珠串绞成粗绳子，夹杂着红绿宝石、蓝宝石，成为极长的一个项圈，下面吊着一只珠子穿的古典字坠子，刚巧像个S字样，足有四寸高，沉甸甸挂在肚脐上，使她们娇弱的腰身仿佛向前荡过去，映着个肚子。老太太最得意的是亲戚们都说她的三个媳妇最漂亮,至于哪一个最美,又争论个不完。

其实,裙子的穿着、搭配是极讲究的:"出门时裤子上罩的裙子,其规律化更为彻底。通常都是黑色,逢着喜庆年节,太太穿红的,姨太太穿粉红。寡妇系黑裙,可是丈夫过世多年之后,如有公婆在堂,她可以穿湖色或雪青。裙上的细褶是女人的仪态最严格的试验。家教好的姑娘,莲步姗姗,百褶裙虽不至于纹丝不动,也只限于最轻微的摇颤。不惯穿裙的小家碧玉走起路来便予人以惊风骇浪的印象。更为苛刻的是新娘的红裙,裙腰垂下一条条半寸来宽的飘带,带端系着铃。行动时只许有一点隐约的叮当,像远山上宝塔上的风铃。"(《更衣记》)在《金锁记》中,裙子也和旗袍搭配:"赴宴的那天晚上,长馨先陪她(长安)到理发店去用钳子烫了头发,从天庭到鬓角一路密密地贴着细小的发圈。耳朵上带了二寸来长的玻璃翠宝塔坠子,又换上了苹果绿的乔琪纱旗袍,高领圈,荷叶边袖子,腰以下是半西式的百褶裙。"这是相亲宴席上的装扮,所以很考究。与裙子类似的长衣,则能于随意中另具一种风情:"流苏先就注意到那人的漆黑的头发,结成双股大辫,高高盘在头上。那印度女人,这一次虽然是西式装束,依旧带着浓厚的东方色彩。玄色轻纱氅底下,她穿着金鱼黄紧身长衣,盖住了手,只露出晶亮的指甲,领口挖成极狭的V形,直开到腰际,那是巴黎最新的款式,有个名式,唤作'一线天'。"(《倾城之恋》)这是与袍、裙隐藏着的"惊风骇浪"不同的性感,它给初到香港、力图"捕获"范柳原的流苏不小压力。

对于帽子,张爱玲亦有仔细观察:"姑娘们的'昭君套'为阴森的冬月添上点色彩。根据历代的图画,昭君出塞所戴的风兜是爱斯基摩氏的,简单大方,好莱坞明星仿制者颇多。中国十九世纪的'昭君套'却是癫狂冶艳的,——一顶瓜皮帽,帽檐围上一圈皮,帽顶缀着极大的红绒球,脑后垂着两根粉红缎带,带端缀着一对金印,动辄相击作声。"(《更衣记》)由头发,张爱玲亦时注意女性的发型装饰:"流苏先就注意到那人的漆黑的头发,结成双股大辫,高高盘在头上。"(《倾城之恋》)甚至,她还对男装甚有考究:"男装的近代史较为平淡。只有一个极短的时期,民国四年至八九年,男人的衣服也讲究花哨,滚上多道的如意头,而且男女的衣料可以通用,然而生当其时的人都认为那是天下大乱的怪现状之一。目前中国人的西装,固然是谨严而黯淡,遵守西洋绅士的成规,即使中装也长年地在灰色、咖啡色、深青里面打滚,质地与图案也极单调。男子的生活比女子自由得多,然而单凭这一件不自由,我就不愿意做一个男子。"(《更衣记》)

除了繁复富丽地"晒衣裳"外,张爱玲甚至还在《更衣记》中专意考究了服饰沿革。《更衣记》原英文名"Chinese Life and Fashions",直译过来应是《中国人的生活与时尚》,"时尚"云者,自然是指与时俱变的服饰风尚。在这篇文章中,张爱玲有如一位文化人类学和服装史学者,对晚清以来女装的半世纪沿革娓娓道来。比如说清代女装:"开国的时候,因为'男降女不降',女子的服装还保留着显著的明代遗风。从十七世纪中叶直到十九世纪末,流行着极度宽大的衫裤,有一种四平八稳的沉着气象。领圈很低,有等于无。穿在外面的是'大袄'。在非正式的场合,宽了衣,便露出'中袄'。'中袄'里面有紧窄合身的'小袄',上床也不脱去,多半是妖媚的桃红或水红。三件袄子之上又加着'云肩背心',黑缎宽镶,盘着大云头。削肩、细腰、平胸,薄而小的标准美女在这一层层衣衫的重压下失踪了。她的本身是不存在的,不过是一个衣架子罢了。"而到了民国,女装的腰身与领皆出现变化,透露出简洁与诱惑性:

民国初建立,有一时期似乎各方面都有浮面的清明气象。大家都认真相信卢骚(梭)的理想化的人权主义。学生们热诚拥护投票制度、非孝、自由恋爱。甚至于纯粹的精神恋爱也有人实验过,但似乎不曾成功。时装上也显出空前的天真、轻快、愉悦。"喇叭管袖子"飘飘欲仙,露出一大截玉腕。

短袄腰部极为紧小。上层阶级的女人出门系裙,在家里只穿一条齐膝的短裤,丝袜也只到膝为止,裤与袜的交界处偶然也大胆地暴露了膝盖。存心不良的女人往往从袄底垂下挑拨性的长而宽的淡色丝质裤带,带端飘着排穗。民国初年的时装,大部分的灵感是得自西方的。衣领减低了不算,甚至被蠲免了的时候也有,领口挖成圆形、方形、鸡心形、金刚钻形。白色丝质围巾四季都能用。白丝袜脚跟上的黑绣花,像虫的行列,蠕蠕爬到腿肚子上。交际花与妓女常常有戴平光眼镜以为美的。(《更衣记》)

旗袍的真正变化亦在民国以后。当时新文化运动波及全国,妇女解放思潮高涨,由于求学、工作需要,女性要求一种既能展示魅力又舒适方便的服装,旗袍由之从满族女装走向大众,从宽大走到紧身。据陈乐女士《论张爱玲作品的服饰描写》一文考证,张爱玲不同小说中的女性服饰,实亦有着服饰沿革的痕迹,如《半生缘》中曼璐即穿着"黑色的长旗袍,袍衩里露出水钻镶边的黑绸长裤"。及至后来,风气渐开,旗袍的裙裾、衣袖愈变愈短,将身体越裹越紧,20世纪40年代女性已经不怯于展现曲线的美。王佳芝为诱惑易先生,"光着手臂,电蓝水渍纹齐膝缎旗袍,小圆角衣领只半寸高"(《色·戒》)。而因战乱,上等社会女性的裙裤搭配风格也出现变化。按清俗,上等女性裤外必须配裙,下层妇女因为劳作需要才单着裤子。但在《金锁记》中,姜家为躲避战乱而由内地迁至上海后,七巧去跟老太太请安时,就只"穿着银红衫子,葱白线镶滚,雪青闪蓝如意小脚裤子",老太太竟不责怪,可见风气移易。时代风气转移,还使部分知识女性尝试男装。《相见欢》中伍太太女儿苑梅"头发扎马尾,穿长裤,黯淡的粉红绒布衬衫,男式莲灰绒线背心"。《同学少年都不贱》中,赵钰逃婚离开家后,"穿着小舅舅的西装裤,旧黑大衣……又把订婚的时候烫的头发剪短了,表示决心,理发后又再自己动手剪去余鬈,短得近男式"。

张爱玲有关闺阁衣饰的广博知识与滔滔兴趣,足使人惊叹。然而,这些真的是"不相干的事物"吗？张爱玲其实并不这么认为。在《更衣记》结尾，她写道：

有一次我在电车上看见一个年轻人，也许是学生，也许是店伙，用米色绿方格的兔子呢制了太紧的袍，脚上穿着女式红绿条纹短袜，嘴里衔着别致的描花假象牙烟斗，烟斗里并没有烟。他吮了一会儿，拿下来把它一截截折开了，又装上去，再送到嘴里吮，面上颇有得色。乍看觉得可笑，然而为什么不呢，如果他喜欢？——秋凉的薄暮，小菜场上收了摊子，满地的鱼腥和青白色的芦粟的皮与渣。一个小孩骑了自行车冲过来，卖弄本领，大叫一声，放松了扶手，摇摆着，轻倩地掠过。在这一刹那，满街的人都充满了不可理喻的景仰之心。人生最可爱的当儿便在那一撒手罢。

这是什么意思呢，张爱玲是说，如果说衣服、饰玩皆是"不相干"的，难道改良、革命就是"相干"的吗？也许轰轰烈烈的"时代列车"不能给你任何快乐，而一些"不相干"的小对象、小细节可以不经意地成为你生命中那永不逝去的瞬间，那意义盈亮的刹那。在《烬余录》中，她说得更直接，"人生的所谓'生趣'全在那些不相干的事"。这是典型的"中国人的宗教"——因为虚空，反而要抓住眼前触手可及的温暖的细节。能否抵挡得住，张爱玲其实也有疑心："你在竹竿与竹竿之间走过，两边拦着绫罗绸缎的墙——那是埋在底下的古代宫室里发掘的甬道。你把额角贴在织金的花绣上。太阳在这边的时候，将金线晒得发烫，然而现在已经冷了。"（《更衣记》）然而又别无可依，只能更紧地抓住那些物质的细节了。

也是因为看明白了此层关联，王德威评价张爱玲说："张派作品一向以秾丽细致著称，白描人生琐碎阴暗的层面，尤是令人称道。但我以为她的成就不在'惟妙惟肖'这类的模拟特征；恰恰相反，正因为明白了生命的紊乱无明，张才得以把她的精神肆意挥洒在浮世的细节里。"[1]张新颖的看法类似，只是在评价上多少有些居高临下："张爱玲的作品和作品中的人物关注现世的快乐、琐细的趣味、平凡的人情物理、可以计算的小小的物质利益，诸如此类，不过是'乱世的人'，用'得过且过'的方式对付虚无的人生底子罢了。除此之外，这些渺小、自私的男女，还能有什么更超然的办法？其实心底里都清楚，因为有这个虚无的黑底子的威胁，快乐的现世是不能长久的，再平凡、再循规蹈矩的日常生活也是不安稳的。所以得以超常的热情去抓住一切可以抓住的实在的东西。"[2]那么，按照张新颖的设想，怎样才是最好的抵挡那"虚无的黑底子的威胁"的方法呢？谅必是人的抗争的尊严吧？倘若此，张爱玲就变成了加缪。然而，评论家尽可企羡加缪，张爱玲却实在无此佳愿。

三、"衣服狂"（clothes-crazy）之戏剧隐喻

不过张爱玲既然熟悉新文学，也受过弗洛伊德、象征主义等欧洲文化教育，她对闺阁衣饰的描绘就不会完全限于古典小说经验。她曾说，"对于不会说话的人，衣服是一种语言，随身带着的一种袖珍戏剧"（《童言无忌》）。这自可理解她青春时期对奇装异服的尝试，但我们或许可以想到，既然张爱玲可借用"特别"的衣服来表示她自己，自然也可以通过"特别"的衣饰来表示她的人物。这就是张爱玲在古典小说传统之外的别开生面，恰如夏志清所言："自从《红楼梦》以来，中国小说恐怕还没有一部对闺阁下过这样一

---

[1] 王德威：《落地的麦子不死：张爱玲与"张派"传人》，山东画报出版社2004年版，页23。
[2] 张新颖：《日常生活的"不对"和"乱世"文明的毁坏——张爱玲创作中的现代"恐怖"和"虚无"》，《文艺争鸣》2000年第3期。

番写实的功夫。但是《红楼梦》所写的是一个静止的社会，道德标准和女人服装从卷首到卷尾，都没有变迁。张爱玲所写的是个变动的社会，生活在变，思想在变，行为在变，所不变者只是每个人的自私和偶然表现出来足以补救自私的同情心而已。她的意象不仅强调优美和丑恶的对比，也让人看到在显然不断变更的物质环境中，中国人行为方式的持续性。她有强烈的历史意识，她认识过去如何影响着现在——这种看法是近代人的看法。"[1]这其实超出中国古典文学的传统。麦克卢汉在《理解媒介：论人的延伸》中认为，服装作为历史上最重要的媒介之一，以最直观的方式传达着关于一个人所处时代、民族、性别、社会地位及个人教养等信息。此观点诚然。衣服、饰件的质地、材料与做工，可以反映一个人的经济能力和社会地位，它的颜色、搭配和图案，则可以折射一个人的心境、情绪和感受，甚至可以形成隐喻，暗示一个人或一种文化的命运。前种经验，古典文学久成传统，后一方面，多少是与西方象征主义文学、现代电影（张爱玲是电影迷）有关的文学经验。

闺阁衣饰与妇女身体有关。作为热切于"男女间的小事情"的小说家，张爱玲对衣饰的观察主要与女性产生关联。王娇蕊是一华侨女子，与受过礼教熏染的女性善于掩饰不同，她简单，直接，诱惑的危险格外强烈："王太太一闪身又回到里间去了，振保指挥工人移挪床柜，心中只是不安，老觉得有个小嘴吮着他的手，他搭讪着走到浴室里去洗手，想到王士洪这太太，听说是新加坡的华侨，在伦敦读书的时候也是个交际花。当时和王士洪在伦敦结婚，振保因为忙，没有赶去观礼。闻名不如见面。她那肥皂塑就的白头发下的脸是金棕色的，皮肉紧致，绷得油光水滑，把眼睛像伶人似的吊了起来。一件条纹布浴衣，不曾系带，松松合在身上，从那淡墨条子上可以约略猜出身体的轮廓，一条一条，一寸寸都是活的。世人只说宽袍大袖的古装不宜于曲线美，振保现在方知道这话是然而不然。他开着自来水龙头，水不甚热，

---

[1]〔美〕夏志清：《中国现代小说史》，复旦大学出版社2005年版，页259。

可是楼底下的锅炉一定在烧着，微温的水里就像有一根热的芯子。龙头里挂下一股子水一扭一扭流下来，一寸寸都是活的。振保也不知想到哪里去了。"（《红玫瑰与白玫瑰》）这样借衣饰以展示肉体丰美的描写，在古典文学中很难寻见，而在张爱玲笔下则不为稀见，甚至连被姐妹挤轧、一贯只穿蓝色衣服的川嫦（《花凋》）也不失诱惑性：

她这件旗袍制得特别的长，早已不入时了，都是因为云藩向她姊夫说过：他喜欢女人的旗袍长过脚踝，出国的时候正时行着，今年回国来，却看不见了。他到现在方才注意到她的衣服，心里也说不出来是什么感想，脚背上仿佛老是蠕蠕啰啰飘着她的旗袍角。她这件衣服，想必是旧的，既长，又不合身，可是太大的衣服另有一种特殊的诱惑性，走起路来，一波未平，一波又起，有人的地方是人在颤抖，无人的地方是衣服在颤抖，虚虚实实，实实虚虚，极其神秘。

这是肉体透过衣服散发出来的强烈气息。与此相关，张爱玲还通过衣饰描绘刻画那种被压制的肉欲："隔着玻璃，峰仪的手按在小寒的胳膊上……袍子是幻丽的花洋纱，朱漆似的红底子，上面印着青头白脸的孩子，无数的孩子在他的指头缝里蠕动。"（《心经》）不过，张爱玲小说中涉性成分到底不多。世相讽刺才是基本的叙事诉求，衣饰自然又时时成为作者讽时讥世的手段。

罗兰·巴特在《流行体系》一书中认为，服饰是一种符号："一面是样式、布料、颜色，而另一面是场合、职业、状态、方式，或者我们可以进一步将其简化为一面是服装，另一面是世事。"在《第一炉香》中，葛薇龙拜访素未谋面的姑母梁太太，张爱玲对梁太太的出场即如此叙述："扶了铁门望下去，汽车门开了，一个娇小个子的西装少妇跨出车来，一身黑，黑草帽檐上垂下绿色的面网，面网上扣着一个指甲大小的绿宝石蜘蛛，在日光中闪闪烁烁,正爬在她腮帮子上,一亮一暗,亮的时候像一颗欲坠未坠的泪珠,暗的时候便像一粒青痣。那面网足有两三码长,像围巾似的兜在肩上,飘飘拂拂。"虽云"少妇",但据薇龙推算,实已是"年逾半百的人"。从某种意义上讲,梁太太的经历颇近于后来的七巧,不过七巧是被动嫁入豪门,梁太太却是主动"卖身",所以与七巧将青春卖与金钱后却又无力赎回青春不同,梁太太则手段非常。在梁季腾老死后的十几年时间里,她逐猎情场,拥有"无数情人",终于年老色衰,但仍要施展媚惑之术,与各色男人周旋。对此类人物,张爱玲抱以讥讽态度。"蜘蛛""泪珠""青痣"等比喻,无形中烘托了一种幽气森森的鬼气氛,令人触摸到人性的变异。对依靠不停猎取男人为生的霓喜,她也使用衣饰隐喻:"在长崎,霓喜是神秘的赛姆生太太,避暑的西方人全都很注意她,猜她是大人物的下堂妾,冒险小说中的不可思议的中国女人,夜礼服上满钉水钻,像个细腰肥肚的玻璃瓶,装了一瓶的萤火虫。"(《连环套》)玻璃瓶是脆而易碎的物体,而与昂贵的水钻钉在一起,恰恰暗示这个女人高度不稳定却又孤苦无助的命运:她不断被男人抛弃,直到最后,"她里面仿佛有点什么东西……破碎了"。《等》一文对童太太的刻画几近露骨:"外面又来了个五六十岁略带乡气的太太,薄薄的黑发梳了个髻,年青时候想必是端丽的圆脸,现在胖了,显得脓包,全仗脑后的'一点红'红宝簪子,两耳绿豆大的翡翠耳坠,与嘴里的两颗金牙,把她的一个人四面支柱起来,有了着落。"然而有些通过衣饰来暗示的心理若不留心则很易滑将过去:"葛薇龙在玻璃门里瞥见她自己的影子……她穿着南英中学的别致的制服,翠蓝竹布衫,长齐膝盖,下面是窄窄的裤脚管,还是清朝末年的款式……在竹布衫外面加上一件绒线背心,短背心下,露出一大截衫子,越发觉得非驴非马。"(《第一炉香》)薇龙既为自己的寒酸所敏感,就不易抗拒浮华的诱惑。她甚至为自己家的佣人不及姑姑家的佣人洋派而自卑:

香港的深宅大院,比起上海的紧凑,摩登,经济空间的房屋,又另有一番气象。薇龙正待揿铃,陈妈在背后说道:"姑娘仔细有狗!"一语未完,真的有一群狗齐打伙儿一递一声叫了起来。陈妈着了慌,她身穿一件簇新蓝竹布罩褂,浆得挺硬。人一窘,便在蓝布褂里打旋磨,擦得那竹布渐沥沙啦响。她和梁太太家的睇睇和睨儿一般的打着辫子,她那根辫子却扎得杀气腾腾,像武侠小说里的九节钢鞭。薇龙忽然之间觉得自己并不认识她,从来没有用客观的眼光看过她一眼——原来自己家里做熟了的佣人是这样的上不得台盘!

连自己的佣人都觉得寒酸,可见葛薇龙心里已经屈服于梁太太的奢华,她后来的堕落主要还是她自身虚荣心所致。到梁太太宅院住下第一天,强烈的虚荣心便使她陷入纱的绸的软缎的披风睡衣浴衣夜礼服与音乐相混杂的梦境中不能自拔:"楼下正奏着气急吁吁的伦巴舞曲,薇龙不由想起壁橱里那条紫色电光绸的长裙子,跳起伦巴舞来,一踢一踢,渐沥沙啦响。想到这里,便细声对楼下的一切说道:'看看也好!'她说这话,只有嘴唇动着,并没有出声。然而她还是探出手来把毯子拉上来,蒙了头,这可没有人听得了。她重新悄悄说道:'看看也好!'便微笑着入睡。"一句自言自语"看看也好",决定了薇龙在梁府这种淫靡环境中的堕落。

哈布瓦赫说:"集体框架恰恰就是一些工具,集体记忆可用以重建关于过去的意象,在每一个时代,这个意象都是与社会的主导思想相一致的。"[1] 如果说民族国家书写都是在按某种"集体框架"写作,那么张爱玲则不在其中。张爱玲小说如同《红楼梦》等古典小说一样,所有的爱、所有的人,最终都将奔赴辛酸或凄凉的终点,到底都将挽留不住浮华的流散而与虚空迎面相遇。这对她的衣饰隐喻亦有影响。她用笔经济,常略略通过衣饰的几笔素描便将人物命运暗示出来。如电车上的吴翠远,脸如"一朵淡淡几笔的白描

---

[1]〔法〕莫里斯·哈布瓦赫:《论集体记忆》,上海人民出版社2002年版,页71。

牡丹花，额角上两三根吹乱的短发便是风中的花蕊"(《封锁》)，"风中的花蕊"是不久存的，正如吴翠远在电车上偶然被勾起的爱情一样，封锁一结束，即会如泡沫般破灭。这是没有光亮的灰白的人生。《金锁记》中，"七巧似睡非睡横在烟铺上。三十年来她戴着黄金的枷。她用那沉重的枷角劈杀了几个人，没死的也送了半条命。她知道她儿子女儿恨毒了她，她婆家的人恨她，她娘家的人恨她。她摸索着腕上的翠玉镯子，徐徐将那镯子顺着骨瘦如柴的手臂往上推，一直推到腋下。她自己也不能相信她年轻的时候有过滚圆的胳膊。就连出了嫁之后几年，镯子里也只塞得进一条洋绉手帕"。简单的一个推镯子的动作，即将七巧骨瘦如柴、在生命的终点上万事成空的痛苦写得淋漓尽致。而川嫦(《花凋》)还未生病时，与章云藩的初识是这样的情景：

云藩见她并不捻上灯，心中纳罕。两人暗中相对毕竟不便，只得抱着胳膊立在门洞子里射进的灯光里。川嫦正迎着光，他看清楚她穿着一件葱白素绸长袍，白手臂与白衣服之间没有界限；戴着她大姊夫从巴黎带来的一副别致的项圈。是一双泥金的小手，尖而长的红指甲，紧紧扣在脖子上，像是要扼死人。

读起来不免有毛发悚立之感。果然川嫦不久就生了肺病，继而死去，被她父母的自私"扼死"。《十八春》中，曼璐出场时"穿着一件苹果绿软缎长旗袍，倒有八成新，只是腰际有一个黑隐隐的手印"，"黑隐隐的手印"，即暗示着曼璐不堪的舞女生涯，又象征着曼璐一生被人操纵亦被畸变的人性所操纵的沉重命运。

而在朝向虚无的途中，人生不停遭遇"千疮百孔"的时刻，闺阁衣饰往往亦于此间发生叙事作用。七巧爱三少爷而不可得，"她睁着眼直勾勾朝前望着，耳朵上的实心小金坠子像两只铜钉把她钉在门上——玻璃匣子里蝴蝶的标本，鲜艳而凄怆"(《金锁记》)，贵重的小金坠子，扼死了七巧的青春。

而她的儿女长白、长安的服饰,更是他们缺乏主见、被牺牲的一生的喻写:"在年下,一个穿着品蓝摹本缎棉袍,一个穿着葱绿遍地锦棉袍,衣服太厚了,直挺挺撑开了两臂,一般都是薄薄的两张白脸,并排站着,纸糊的人儿似的。"(《金锁记》)多么像亡人灵前纸扎的童男童女呵,这实际上正是张爱玲对长安、长白苍白人生的看法。此外,服分等级,饰别尊卑,其间意味亦自深长。《同学少年都不贱》中,赵珏婚姻破裂,在美国靠做兼职翻译谋生,过着捉襟见肘的生活。恩娟的丈夫却进入美国内阁,妻凭夫贵。张爱玲写到二人多年后重逢的衣饰,不能不让人感叹命运,"恩娟穿着件艳绿的连衫裙,……名牌服装就是这样,通体熨帖,毫不使人觉得这颜色四五十岁的人穿着是否太娇了",而赵珏靠做兼职翻译谋生,到宴会上做传译员还要自备礼服,"她去买了几尺碧纱,对折了一折,胡乱缝上一道直线——她补袜子都是利用指甲油——人钻进这圆筒,左肩上打了个结,袒露右肩。……买的高跟鞋虽然不太时式,颜色也不大对,好在长裙曳地,也看不清楚,下摆根本没缝过"。赵珏的尴尬在川嫦则是漫长的苦恼,她姊妹们异口同声地断定:"小妹穿衣服越素净越好。难得有人配穿蓝布褂子,小妹倒是穿蓝布长衫顶俏皮",于是"川嫦终年穿着蓝布长衫,夏天浅蓝,冬天深蓝"。(《花凋》)寒酸而单调的蓝色衣服,几乎是川嫦卑弱一生的暗示。

张爱玲还经常使用电影蒙太奇的手法,用精雕细刻的不同年代的场景自由组接,形成闪回、跳跃的效果,借以传达世事梦幻的人生哲学,而衣饰最宜成为蒙太奇叙事方法的道具。张爱玲因而常通过衣饰在主人公不同生命阶段的变化,来组织故事,并影射一段灵魂的道路,一种人生的戏剧。对于川嫦几次不同着装的描写,实已展示出这位被人忽略的青春女子从长期压抑到短暂绽放终至慢慢凋零的一生。而最引文学史家谈论的,是《金锁记》对七巧的三次衣饰展示。第一处是,"十八九岁做姑娘的时候,高高挽起大镶大滚的夏蓝布衫袖,露出一双雪白的手腕……"第二处是,她"一只手撑着门,一只手撑了腰,窄窄的袖口里垂下一条雪青洋绉手帕,身上穿着银红衫子,葱白线镶滚,雪青闪蓝如意小脚裤子……"第三处是,"只见门口背着光立着一个小身材的老太太,脸看不清楚,穿一件青灰团龙宫织缎袍,双手捧着大红热水袋,身旁夹峙着两个高大的女仆。门外日色昏黄,楼梯上铺着湖绿花格子漆布地衣,一级一级上去,通入没有光的所在"。这三处衣饰描写,有如电影画面,剪辑出七巧人生的开始、矛盾与归途。挽着夏蓝布衫袖,露着一双雪白手腕的七巧,是麻油铺里的一位姑娘,虽然出身寒微,但她年轻、肉体丰美,充满着无数的可能。肉店里的朝禄,她哥哥的结拜弟兄丁玉根、张少泉,还有沈裁缝的儿子,都喜欢她。他们也许只会开粗鲁的玩笑,但谁又能说她就不会在恰当的时间里遇见恰当的人呢?这是生命新鲜、喜悦的开端。第二处衣饰描写,是七巧嫁入姜家后的第一次正式出场,"以一个小家碧玉而高攀簪缨望族"[1],七巧既在尝试做一个华丽富贵的大家族少奶奶,又在为嫁了软骨病的残废丈夫而暗自懊恼着,"雪青""闪蓝"这类冷色调是否在暗示她日后的悲剧?"窄窄的袖口""小腿裤子"这类与做姑娘高挽着的袖子大相差异的衣服式样,是否暗示她在"黄金欲"下的谨慎与谦微?婆婆如此威严,佣仆们对她的出身又那般不屑,她怎能不力图使自己像一个"少奶奶"呢?然而,青春的喜悦与生气仍潜藏在"银红衫子"的下面,如身体一般起伏着。第三处衣饰描写是三十余年后的曹七巧——姜家二房太太。这时经过漫长的烦恼与折磨,曹七巧的生命已步入黑暗,那是"没有光的所在"。姜家分了家,她如愿以偿地成为黄金的主人,然而她的青春已经耗损。她曾经也有过微弱的机会,三少爷姜季泽亲手点燃了她青春的火焰而又亲手毁灭了它。回顾自己的一生,她不能不感到失败的虚空。她愿意给儿女钱,却无法接受他们身体上的幸福,她亲手毁掉了长白、长安的婚姻。第三处衣饰出现在她毁掉长安唯一的爱情机会的那次宴请上。她的着装充满阴森的杀气,昏暗青灰的衣服颜色与昏黄日色相互加剧,使整个画面充满绝望、疯狂

---

[1] 迅雨:《论张爱玲的小说》,《万象》1944年第3卷第11期。

的气息。她在报复,"三十年来她戴着黄金的枷。她用那沉重的枷角劈杀了几个人,没死的也送了半条命"。在这最后的装扮中,曹七巧已散发出诡异、死亡的气息。

这是怎样的人生戏剧呀。七巧、川嫦、薇龙、梁太太、白流苏、王娇蕊和玉清,这些形色各异的闺阁女性,都在"衣服狂"(clothes-crazy)(《对照记》)张爱玲的文字驱遣下,"各人住在各人的衣服里"(《更衣记》),借着衣饰上演着各自或喧闹或单调、或华丽或虚空的人生戏剧,虽然华美的衣饰上不免"爬满了虱子"(《天才梦》)。

第十讲 缤纷色彩,"可喜"世界

在《谈音乐》一文中,张爱玲说:"颜色这样东西,只有没颜落色的时候是凄惨的;但凡让人注意到,总是可喜的,使这世界显得更真实。"如欲理解张爱玲文字中缤纷繁异的色彩,这段自述不可等闲略过。张爱玲是说,既然"虚空的空虚,一切都是虚空"的感觉如此紧迫地纠缠着中国人,那么他们就会努力抓住一切可让人感到"真实"的事物;服装、饰物、家居陈设让人感到"安心",颜色自然也能让人"可喜",感觉自己至少暂时还生活在真实的世界中。这显然是出自虚无主义者的物质主义观念,而不仅仅是偶然的关于颜色的喜爱。许子东先生即认为,"别的作家揭破美丽的虚假是为了直面惨淡的人生,张爱玲却在领悟苍凉之后仍抓住美丽(尽管只是手势)。别人是在描述这灯与人与货的庸俗麻木后超越为虚空悲凉,张爱玲却是正唯其虚空,所以必须把玩讲究这眼前的琐碎的小东西,这些触手可及的葱绿、大红、鹅黄、乌银……"[1] 不过,张爱玲对颜色的敏感与迷恋,对色彩知识的惊人丰富,与她早年经历(如绘画)有关,这使她在从事写作以后,自然地将色彩施之于世相讽刺,以及对人生"安稳底子"的寻求之上。

---

[1] 许子东:《物化苍凉——张爱玲意象技巧初探》,《华东师范大学学报》2001年第5期。

一、恋恋色彩

张爱玲对于色彩的知识与迷恋仿佛出于天性。她说,"对于色彩,音符,字眼,我极为敏感"(《天才梦》),此语诚然。在她成年后撰写的文章中,可以看到童年时代对于色彩的敏感是怎样穿过重重岁月而涌现到她笔下的。《私语》中写道:"到上海,坐在马车上,我是非常傲气而快乐的,粉红底子的洋纱衫裤上飞着蓝蝴蝶。我们住着很小的石库门房子,红油板壁,对于我,那也有一种累累的珠红的快乐。"又写道:"童年的一天一天,温暖而迟缓,正像老棉鞋里面,粉红绒里子上晒着的阳光。"甚至在晚年撰写的自传体小说《小团圆》中,幼时对色彩的喜悦仍清晰在目:

她们种田的人特别注重天气。秋冬早上起来,大声惊叹着:"打霜了!"抱着九莉在窗前看,看见对街一排房屋红瓦上的霜,在阳光中已经在溶化,瓦背上湿了亮滢滢的,洼处依旧雪白,越发红的红,白的白,烨烨的一大片,她也觉得壮观。

"你们房间跟书房的墙要什么颜色,自己拣。"蕊秋说。九莉与九林并坐着看颜色样本簿子,心里很怕他会一反常态,发表起意见来。照例没开口。九莉拣了深粉红色,隔壁书房漆海绿。第一次生活在自制的世界里,狂喜得心脏都要绷裂了,住惯了也还不时地看一眼就又狂喜起来。

一个人为什么会有或不会有这样的天性,其实无可解释。张子静和张爱玲完全成长在相同的家世环境与教育背景,但他显然没有姐姐那种对于颜色的敏感。因为这种敏感,张爱玲幼小时候对绘画非常爱好,当然是爱那种颜色丰富的画:"他跟五爸爸学过国画,但是她说:'随便画什么,除了国画。'她小时候家里请的老师有一个会画国画,教她'只用赭色与花青两个颜色'。她心里想'那不是半瞎了吗?'学了两天就没学下去。她对色彩永远感到饥渴。"(《小团圆》)成年后，她对色彩、绘画充满爱好："她最喜欢新派的绘画。新派的绘画是把形体作成图案，而以颜色来表现象征的意味的。它不是实事实物的复写，却几乎是自我完成的创造。"[1]她还显示了绘画天赋。她曾作过一幅自绘像，黑底白线，线条流畅，圆润优雅，将一个长裙修裾的青春女孩跃然现于纸上，堪称上品。她还为自己的小说配过大量插图，如曹七巧、白流苏、许小寒、王娇蕊等人物素描。《更衣记》发表时，她也主动配上许多衣饰图案，令《二十世纪》(The Twentieth Century)主编梅涅特大加赞叹。不过，就目前所见而言，张爱玲的绘画作品，多是黑白两色，而她实际上更喜颜色丰富者，其中缘故，是由于当时印版技术，还是因为她只擅长黑白线条画，不得而知。

当然，较之画笔更见张爱玲绘画天赋的，是她的鉴赏能力。她曾经撰有《忘不了的画》《谈画》两篇文章专门论画，从高更谈到林风眠，从欧洲圣母像谈到美国娼妓画，非常有见地：

有些图画是我永远忘不了的，其中只有一张是名画，果庚（高更）的《永远不再》。一个夏威夷女人裸体躺在沙发上，静静听着门外的一男一女一路说着话走过去。门外的玫瑰红的夕照里的春天，雾一般地往上喷，有升华的感觉，而对于这健壮的，至多不过三十来岁的女人，一切都完了。女人的脸大而粗俗，单眼皮，她一手托腮，把眼睛推上去，成了吊梢眼，也有一种横波的风情，在上海的小家妇女中时常可以看到的，于我们颇为熟悉。身子是木头的金棕色。棕黑的沙发，却画得像古铜，沙发套子上现出青白的小花，罗甸样的半透明，嵌在暗铜背景里的户外天气则是彩色玻璃，蓝天，蓝的树，情侣，石栏杆上站着童话里的稚拙的大鸟。玻璃，铜，与木，三种不同的质地似乎包括了人手扪得到的世界的全部，而这是切实的，像这女人。

---

[1] 胡兰成：《评张爱玲》，《杂志》1944年第13卷2—3期。

想必她曾经结结实实恋爱过,现在呢"永远不再"了,虽然她睡的是文明的沙发,枕的是柠檬黄花布的荷叶边枕头,这里面有一种最原始的悲怆。不像在我们的社会里,年纪大一点的女人,如果与情爱无缘了还要想到爱,一定要碰到无数小小的不如意,龌龊的刺恼,把自尊心弄得千疮百孔,她这里的却是没有一点渣滓的悲哀,因为明净,是心平气和的,那木木的棕黄脸上还带着点不相干的微笑。(《忘不了的画》)

色彩与人生的暗中联系,被张爱玲体验入微,谁能理会到高更色彩中包含的这复杂的人生境遇呢。同篇文章张爱玲还谈到画作《明天与明天》:"画一个妓女,在很高的一层楼上租有一间房间,阳台上望得见许多别的摩天楼。她手扶着门向外看去,只见她的背影,披着黄头发,绸子浴衣是陈年血迹的淡紫红,罪恶的颜色,然而代替罪恶,这里只有平板的疲乏。明天与明天——丝袜溜下去,臃肿地堆在脚踝上;旁边有白铁床的一角,邋遢的枕头,床单,而阳台之外是高天大房子,黯淡而又白浩浩,时间的重压,一天沉似一天。画娼妓,没有比这再深刻了。"

迷恋颜色的天性与绘画技术的习练,使张爱玲在少时阅读中对颜色部分也异常敏感:"中国人从前也注重明朗的对照。有两句儿歌:'红配绿,看不足;红配紫,一泡屎。'《金瓶梅》里,家人媳妇宋蕙莲穿着大红袄,借了条紫裙子穿着;西门庆看着不顺眼,开箱子找了一匹蓝绸与她做裙子。现代的中国人往往说从前的人不懂得配颜色。古人的对照不是绝对的,而是参差的对照,譬如说:宝蓝配苹果绿,松花色配大红,葱绿配桃红。我们已经忘记了从前所知道的。"(《童言无忌》)幼时练习写作时,她也对色彩分外用力。最初一篇习作(十二三岁所作)名为《理想中的理想村》,即把隋末唐初时候想象成"一个兴兴轰轰橙红色的年代"。具体文字则完全是色彩铺展,譬如:"在小山的顶上有一所精致的跳舞厅。晚饭后,乳白色的淡烟渐渐地褪了,露出明朗的南国的蓝天。你可以听见悠扬的音乐,像一幅桃色的网,从山顶上撒下来，笼罩着全山……这里有的是活跃的青春，有的是热的火红的心，没有颓废的小老人，只有健壮的老少年。银白的月踽踽地在空空洞洞的天上徘徊，它仿佛在垂泪，它恨自己的孤独。……还有那个游泳池，永远像一个慈善的老婆婆，满脸皱纹地笑着，当它看见许多活泼的孩子像小美人鱼似的扑通扑通跳下水去的时候，它快乐得爆出极大的银色水花。她发出洪亮的笑声。……沿路上都是蓬勃的，微笑着的野蔷薇，风来了，它们扭一扭腰，送一个明媚的眼波，仿佛是在时装展览会里表演时装似的。清泉潺潺地从石缝里流，流，流，一直流到山下，聚成一片蓝光滟滟的池塘。"（《存稿》）几乎是她少时习作的延续，成年以后的张爱玲在文字中对色彩极为注重。在《天才梦》中张爱玲说："我学写文章，爱用色彩浓厚，音韵铿锵的字眼，如'珠灰''黄昏''婉妙''splendour''melancholy'，因此常犯了堆砌的毛病。直到现在，我仍然爱看《聊斋志异》与俗气的巴黎时装报告，便是为了这种有吸引力的字眼。"这造成了张爱玲小说被人称为"张腔"的重要物质元素。

二、虚无者的色彩之喻

由于无所不在的讥讽，由于根底上怀疑一切，色彩于张爱玲文字中，首先被大量施之于可以映射世相窳败、人性苍白乃至变异的物象、事象之上。刘恩御认为："人对色彩的嗜好是在对色彩有一定程度的认识和理解的基础上逐渐形成的，它既与人的生理发育、性格有关，又与人的生活经历、艺术素养及所处的社会环境相联系。……从人的性格来看，因为它是在待人、处世的态度和行为方式上表现的心理特征。所以，当某种色彩所引起的视觉反应与心理特征相应的时候，才能对这种色彩产生偏爱。"[1] 王国维也认为："昔

---

[1] 刘恩御：《色彩科学与影视艺术》，北京广播学院出版社2002年版，页53。

人论诗词,有景语、情语之别。不知一切景语皆情语也。"[1]这都是强调色彩与观看者、叙述者之情感与灵魂之间的联系。故可想而知,倘若这灵魂是讥讽或看破世俗的,那么,叙述者所描述的景、物便有可能沾染上颓败的色彩,直指世界的破坏与人生的不可靠。张爱玲的部分色彩刻绘多少有此特点。

《金锁记》讲述的是"没落的宗法社会里微末不足道的渣滓"[2],因此,张爱玲赋予姜公馆的色彩是偏于死亡的白色与绝望的黑色:"起坐间的帘子撤下送去洗濯了。隔着玻璃窗望出去,影影绰绰乌云里有个月亮,一搭黑,一搭白,像个戏剧化的狰狞的脸谱。一点,一点,月亮缓缓地从云里出来了,黑云底下透出一线炯炯的光,是面具底下的眼睛。"《桂花蒸 阿小悲秋》透过妇佣阿小的眼睛,展示着世界的混乱、无聊与不可理喻。静寂而悲凉的黑色和灰色也成为其间物象的主要色调:"雨越下越大,天忽然回过脸来,漆黑的大脸,尘世上的一切都惊惶遁逃,黑暗里拼铃碰隆,雷电急走。痛楚的青、白、紫,一亮一亮,照进小厨房,玻璃窗被逼得往里凹进去。"而白与黑的冷寂世界,同样映射着衰落的"公侯人家"小姐濚珠的凄凉生存:"濚珠走在路上,她身上只是一点解释也没有的寒酸。只是寒酸。她两手插在塌肩膀小袖子的黑大衣的口袋里,低头看着蓝布罩袍底下,太深的肉色线裤,尖口布鞋,左脚右脚,一探一探。从自己身上看到街上,冷得很。三轮车夫披着方格子绒毯,缩着颈子唏溜溜唏溜溜在行人道上乱转,像是忍着一泡尿。红棕色的洋梧桐,有两棵还有叶子,清晰异常的焦红小点,一点一点,整个的树显得玲珑轻巧起来。冬天的马路,干净之极的样子,淡黄灰的地,淡得发白,头上的天却是白中发黑,黑沉沉的,虽然不过下午两三点钟时分。"(《创世纪》)黑色、白色这类缺乏生命的颜色,甚至在散文《私语》中也给人压抑、绝望的心理感受:"在这一刹那间,一切都变得非常明晰,下着百叶窗的暗沉沉的餐室,饭已经开上桌子,没有金鱼的金鱼缸,白瓷缸上细

---

[1] 王国维:《人间词话》,上海古籍出版社1998年版,页34。
[2] 迅雨:《论张爱玲的小说》,《万象》1944年第3卷第11期。

描出橙红的鱼藻。"甚至明亮得以至于空洞的光色也能展示出一种令人压抑的单调：

在大太阳底下，电车轨道像两条光莹莹的，水里钻出来的曲蟮，抽长了，又缩短了；抽长了，又缩短了，就这么样往前移——柔滑的，老长老长的曲蟮，没有完，没有完，……开电车的人眼睛盯住了这两条蠕蠕的车轨，然而他不发疯。(《封锁》)

不单是黑色、灰色、白色乃或某种非正常的光色，可以赋予物象接通世相的途径，甚至暖调的色彩，如红、黄、橙，有时也能忽地现出人世的无奈与虚空。在《留情》中，36岁的敦凤为谋生而无奈地嫁与59岁的米先生做填房，虽说有诸多不如意，但一看到杨太太们的寒酸与破败，她终究还是感到自己"是胜利的"，"虽然算不得什么胜利，终究是胜利"。然后张爱玲又如此叙写她面对米先生的感觉，敦凤"看到米先生的背影，半秃的后脑勺与胖大的颈项连成一片；隔着个米先生，淡蓝的天上现出一段残虹，短而直，红，黄，紫，橙红。太阳照着阳台；水泥栏杆上的日色，迟重的金色，又是一刹那，又是迟迟的"。时间仿佛一刹那停滞，在片刻的恍惚之中，敦凤是否看到了自己的惶惑与无奈。而在类似的阳光满满的下午，《红玫瑰与白玫瑰》中的佟振保也在与王娇蕊的重逢中看到了自己的"虚空的空虚"：

振保上楼去擦脸，烟鹂在楼底下开无线电听新闻报告，振保认为这是有益的，也是现代主妇教育的一种，学两句普通话也好。他不知道烟鹂听无线电，不过是愿意听见人的声音。振保由窗子里往外看，蓝天白云，天井里开着夹竹桃，街上的笛子还在吹，尖锐扭捏的下等女人的嗓子。笛子不好，声音有点破，微觉刺耳。

是和美的春天的下午，振保看着他手造的世界，他没有法子毁了它。

寂静的楼房里晒满了太阳。楼下的无线电里有个男子侃侃发言,一直说下去,没有完。

物象色彩繁异,足以使人瞥见世界和自己的本相。而对人物身体面容、衣饰风姿的色彩绘制,更能见出张爱玲虚无主义叙事哲学的"幽灵"。白色既多被用于描述物象的颓败,也自然多现于人物形塑之上。《红玫瑰与白玫瑰》中,"白玫瑰"孟烟鹂则在白色的隐喻中一路坠下去,"初见面,在人家的客厅里,她立在玻璃门边,穿着灰地橙红条子的绸衫,可是给人的第一印象是笼统的白。她是细高身量,一直线下去,仅在有无间的一点波折是在那幼小的乳的尖端,和那突出的胯骨上。风迎面吹过来,衣裳朝后飞着,越显得人的单薄。脸生得宽柔秀丽,可是,还是单只觉得白",进而渐成了贫乏,"烟鹂因为不喜欢运动,连'最好的户内运动'也不喜欢。振保是忠实地尽了丈夫的责任使她喜欢的,但是他对她的身体并不怎样感到兴趣。起初间或也觉得可爱,她的不发达的乳,握在手里像睡熟的鸟,像有它自己的微微跳动的心脏,尖的喙,啄着他的手,硬的,却又是酥软的,酥软的是他自己的手心。后来她连这一点少女美也失去了。对于一切渐渐习惯了之后,她变成一个很乏味的妇人"。振保对烟鹂的印象因此逐渐走向了空洞,"结了婚八年,还是像什么事都没经过似的,空洞的白净,永远如此",而在无爱的婚姻中,烟鹂与裁缝有了私情。此后,她的白就不仅是苍白、空虚,在振保眼中,就成了肮脏的"黄白":

他在大门口脱下湿透的鞋袜,交给女佣,自己赤了脚上楼走到卧室里,探手去摸电灯的开关。浴室里点着灯,从那半开的门望进去,淡黄白的浴间像个狭长的轴。灯下的烟鹂也是本色的淡黄白。当然历代的美女画从来没有采取过这样尴尬的题材——她提着裤子,弯着腰,正要站起身,头发从脸上直披下来,已经换了白地小花的睡衣,短衫撩得高高的,一半压在颔下,睡裤臃肿地堆在脚面上,中间露出长长一截白蚕似的身躯。若是在美国,也许可以作很好的草纸广告,可是振保匆匆一瞥,只觉得在家常中有一种污秽,像下雨天头发窠里的感觉,稀湿的,发出瀚郁的人气。

振保"抬头望望楼上的窗户,大约是烟鹂立在窗口向外看,像是浴室里的墙上贴了一块有黄渍的旧白蕾丝茶托,又像一个浅浅的白碟子,心口上沾了一圈茶污"。借用黄子平教授的说法,烟鹂此时已成为克里斯蒂娃所说的"卑贱物":"小说两次叙写了便所的场景,一是烟鹂得了便秘症,每天可以在白色的浴室里'名正言顺'地一坐坐上几个钟头。'她低头看着自己雪白的肚子,白皑皑的一片,时而鼓起来些,时而瘪进去,肚脐的式样也改变,有时候是甜净无表情的希腊石像的眼睛,有时候是突出的怒目,有时候是邪教神佛的眼睛,眼里有一种险恶的微笑,然而很可爱,眼角弯弯地,撇出鱼尾纹'。烟鹂是去主体化的没头脑('人笨事皆难'),肚脐眼这卑贱物却主体化了,化作不同文化宗教的'张看'(gaze),在排泄的界限内外徘徊。另一次是振保得知妻子与裁缝之间有了苟且之事……'提着裤子,弯着腰,睡裤臃肿地堆在脚面上。'在这中国传统('美人图')的视觉框架中,振保匆匆一瞥,'只觉得在家常中有一种污秽,像下雨天头发窠里的感觉,稀湿的,发出瀚郁的人气'。小说的结尾是一次暴力:热水瓶扫落地,台灯扯着电线扔了过去;半夜,从人体脱落的卑贱物,烟鹂的一双绣花鞋,躺在地板中央,'微带八字式,一只前些,一只后些,像一个不敢现形的鬼怯怯向他走过来'。没有什么比这样的暴行更卑劣的了。"[1] "卑贱物"的指称,确实能见出烟鹂苍白、下坠的命运。

由于在中国文化传统中白色与死亡、哀愁的审美关联,张爱玲对白色的使用堪称普遍。除了烟鹂的"笼统的白"之外,那些旧家大族的儿女,往往

---

[1] 黄子平:《世纪末的华丽……与污秽》,《现代中文学刊》2009年第6期。

被一层灰白的颜色覆盖着,长白、长安"一般都是薄薄的两张白脸,并排站着,纸糊的人儿似的"(《金锁记》),"她(川嫦)一天天瘦下去。她的脸像骨架子上绷着白缎子,眼睛就是缎子上落了灯花,烧成两只炎炎的大洞"(《花凋》)。较之白色,透出凄冷的青灰、暗绿、灰黑诸般颜色,更被张爱玲用来叙述那些令人压抑的人物心理乃至阴鸷、恐怖的心理氛围。最给人深刻印象的仍是七巧在人世的收场:"世舫回过头去,只见门口背着光立着一个小身材的老太太,脸看不清楚,穿一件青灰团龙宫织缎袍,双手捧着大红热水袋,身旁夹峙着两个高大的女仆。门外日色昏黄,楼梯上铺着湖绿花格子漆布地衣,一级一级上去,通入没有光的所在。世舫直觉地感到那是个疯人——无缘无故的,他只是毛骨悚然。"而对被母亲"剃刀片"式的"话锋"残忍地割着的长安,张爱玲的文字同样透出绝望色调:

七巧有一个疯子的审慎与机智。她知道,一不留心,人们就会用嘲笑的,不信任的眼光截断了她的话锋,她已经习惯了那种痛苦。她怕话说多了要被人看穿了。因此及早止住了自己,忙着添酒布菜。隔了些时,再提起长安的时候,她还是轻描淡写的把那几句话重复了一遍。她那平扁而尖利的喉咙四面割着人像剃刀片。长安悄悄地走下楼来,玄色花绣鞋与白丝袜停留在日色昏黄的楼梯上。停了一会儿,又上去了。一级一级,走进没有光的所在。(《金锁记》)

张爱玲不单以白、青、黑等冷色调直接揭示人物内心的苍白与绝望,亦擅长以暖色调来反射这类荒凉,所谓"参差的对照"是也。橙红,是张爱玲极喜爱的颜色。幼时练习写作时,她便把自己喜欢的隋末唐初时候称为"一个兴兴轰轰橙红色的时代"。然而在《第一炉香》中,橙红却成为葛薇龙人生谢幕时凋零的花。葛薇龙到香港投奔姑母梁太太,却不料被姑母诱导成交际花,最终陷入与纨绔弟子乔琪的"婚姻",一边替乔琪弄钱,一边替姑母弄人。薇龙自己觉得这种"卖给他们"的境遇与妓女并无甚区别。她与乔琪在湾仔游玩并被英国水兵误以为妓女时,这种感受尤为强烈:

乔琪笑道:"那些醉泥鳅,把你当作什么人了?"薇龙道:"本来吗,我跟她们有什么分别?"乔琪一只手管住轮盘,一只手掩住她的嘴道:"你再胡说——"薇龙笑着告饶道:"好了好了!我承认我说错了话。怎么没有分别呢?她们是不得已,我是自愿的!"车过了湾仔,花炮啪啦啪啦炸裂的爆响渐渐低下去了,街头的红绿灯,一个赶一个,在车前的玻璃里一溜就黯然灭去。汽车驶入一带黑沉沉的街衢。乔琪没有朝她看,就看也看不见,可是他知道她一定是哭了。他把自由的那只手摸出香烟夹子和打火机来,烟卷儿衔在嘴里,点上火。火光一亮,在那凛冽的寒夜里,他的嘴上仿佛开了一朵橙红色的花,花立时谢了,又是寒冷与黑暗……

青春仿佛那凄冷的夜中凋零的花,一闪即灭。尚未及感受绽放的喜悦,便永远埋没在深深的暗夜里。《华丽缘》中,"脸上是一种风干了的红笑——一个小姑娘羞涩的笑容放在烈日底下晒干了的",也是透着凄惶的红色。而《小艾》中,温暖色彩与人物惨淡命运相互映照出来的苍凉更见明显,"小艾拥着一床大红碎花布面棉被躺在那里,那黄色的电灯光从上面照射下来",使人有浮生若梦的苍凉感。金的、锦的黄亮的颜色,反而刺激了玉清万事皆休的恐慌:"玉清还买了软缎绣花的睡衣,相配的绣花浴衣,织锦的丝棉浴衣,金织锦拖鞋,金珐琅粉镜,有拉链的鸡皮小粉镜;她认为一个女人一生就只有这一个任性的时候,不能不尽量使用她的权利,因此看见什么买什么,来不及地买,心里有一种决撒的,悲凉的感觉,所以她的办嫁妆的悲哀并不完全是装出来的。"(《鸿鸾禧》)

"中国文学里弥漫着大的悲哀",这种悲哀是浮华若梦、生命转瞬成空的苦痛。从《古诗十九首》到《红楼梦》,大皆如此。从《红楼梦》《金瓶梅》中走出来的张爱玲亦是这种虚无主义的"宗教"信徒。她的文字中的色彩,很大部分即被用于直指或暗喻世界荒芜的本相,呈现出苍凉美感。然而,恰如她所说,中国人并不太去想生命,他们"集中注意力在他们眼面前热闹明白的,红灯照里的人生小小的一部",张爱玲自己并不对生命的深渊执执追问,而是临渊一瞥,迅即转向那些"不相干的事物"之上。那里有着"人生""生趣",有着让人感到真实安妥的颜色。

三、张爱玲的颜色谱系学

怀疑论的哲学,乱世无定的现实生存,各方面因由都给予张爱玲莫名的不安。她说:"这时代,旧的东西在崩坏,新的在滋长中。但在时代的高潮来到之前,斩钉截铁的事物不过是例外。人们只是感觉日常的一切都有点儿不对,不对到恐怖的程度。人是生活于一个时代里的,可是这时代却在影子似的沉没下去,人觉得自己是被抛弃了。为要证实自己的存在,抓住一点真实的,最基本的东西,不能不求助于古老的记忆,人类在一切时代之中生活过的记忆,这比瞭望将来要更明晰、亲切。"(《自己的文章》)缤纷色彩,亦自属于"人类在一切时代之中生活过的记忆",借着它们,作者至少可以暂得人世的温暖与安稳。所以,为着这种哲学上的根由,亦因着天性中的喜爱,张爱玲在文学中还"毫无倦意"地沉浸于色彩的盛宴中,孜孜不倦展示她有关颜色的知识、经验与莫大兴致。

色彩分类与搭配的知识的惊人丰富,造成了张爱玲小说的艳异效果。她的小说,颜色使用甚是频繁,如,"墙里的春天,不过是虚应个景儿,谁知星星之火可以燎原,墙里的春延烧到墙外去,满山轰轰烈烈开着红杜鹃,那灼灼的红色,一路摧枯拉朽烧下山坡子去了"(《第一炉香》),又如写香港的海是"一抹色的死蓝",蓝得"浓而呆",写翠蓝与青在一起的衣裤,"有一种森森细细的美",等等。根据她的小说,甚至可以做成一部颜色谱系学。据潘懿敏统计,《张爱玲文集》中取其全部中短篇小说,21篇共有269处用了带色调的词汇,其中红色54处,白色32处,绿色33处,蓝色28处,黄色26处,青色25处,黑色16处,紫色14处,金色13处,银色5处,米色2处,褐色2处,另外有栗色、藕色、琥珀色、铜色、肉色各1处。[1]不仅如此,张爱玲笔下的每种颜色的色谱分布还甚广泛,令人叹为观止。譬如,红色包括大红、粉红、虾子红、橙红、深粉红、焦红、枣红、银红、灰红、朱漆红、石榴红、砖红、鲜红、橘红、玫瑰红、嫩红、桑子红、通红、猩红、樱桃红、象牙红、火红、银红、微红、梅红;绿色有淡绿、铜绿、墨绿、葱绿、橘绿、苔绿、水绿、明油绿、翡翠绿、苹果绿、棕绿、翠绿、暗绿、鲜粉绿、海绿、玉绿、石绿;蓝色有孔雀蓝、粉蓝、翠蓝、品蓝、暗紫色蓝;黄色有柠檬黄、鹅黄、金鱼黄、稻黄、橘黄、象牙黄、鸡油黄、淡黄、乳黄;紫色有酱紫、肉紫、玫瑰紫;青色有雪青、天青、茶青、佛青、藏青、青熟、青灰、竹根青、青莲色;白色有葱白、青白、月白;灰色则有淡灰、淡黄灰、青灰和墨灰……此外,还有赤铜色、乌金、藕色、玄色等色。其中,极端的色彩更为她所习用。

关于颜色的搭配,张爱玲亦有专业见解:"色泽的调和,中国人新从西洋学到了'对照'与'和谐'两条规矩——用粗浅的看法,对照便是红与绿,和谐便是绿与绿。殊不知两种不同的绿,其冲突倾轧是非常显著的;两种绿越是只推扳一点点,看了越使人不安。红绿对照,有一种可喜的刺激性。可是太直率的对照,大红大绿,就像圣诞树似的,缺少回味。"(《童言无忌》)在她的文字中,有刺激性的色彩组合,"那是个火辣辣的下午,望过去最触目的便是码头上围列着的巨型广告牌,红的、橘红的、粉红的,倒映在绿油油的海水里,一条条、一抹抹刺激性的犯冲的色素,窜上落下,在

---

[1] 潘懿敏:《一只织金云朵里的鸟——谈张爱玲作品的色彩感》,《辽宁教育行政学院学报》2007年第1期。

水底下厮杀得异常热闹。流苏想着，在这夸张的城里，就是栽个跟头，只怕也比别处痛些……"（《倾城之恋》），然而这是借以表达香港的中西碰撞的诡异情调。还有些地方，是暗示生命内在的热情的，如，"她（王娇蕊）穿着一件曳地长袍，是最鲜辣的潮湿的绿色，沾着什么就染绿了……似乎做的太小了，两边迸开一寸半的裂缝，用绿缎带十字交叉一路络了起来，露出里面深粉色的衬裙"（《红玫瑰与白玫瑰》），"她（南宫婳）身上的长衣是谨严的灰色，可是大襟上有个纽扣没扣上，翻过来，露出大红里子，里面看不见的地方也像在那里火腾腾烧着"（《散戏》）。

但在更多地方，张爱玲更注意颜色搭配的艺术，追求"回味"。如《半生缘》中，世家小姐石翠芝的装扮是翠蓝竹布袍子与杏黄银花旗袍的搭配。《色·戒》中的王佳芝则是"娇红欲滴"唇和"电蓝"旗袍相衬。《五四遗事》中的乡下媳妇大概不确定远行的丈夫回不回来，"在绸夹袄上罩上一件蓝布短衫，隐隐露出里面的大红缎子滚边"，这尤其符合张爱玲谈到的张恨水式的理想，"喜欢一个女人清清爽爽穿件蓝布罩衫，于罩衫下面微微露出红绸旗袍，天真老实之中带点诱惑性"（《童言无忌》）。《金锁记》中七巧"银红衫子，葱白线镶滚，雪青闪蓝如意小脚裤子"的搭配，也颇讲究色彩之间的对照。这类有讲究的搭配在其他小说中亦在在皆是，"（睨儿）穿上一件雪青紧身袄子，翠蓝窄脚裤，两手抄在白地平金马甲里面"（《第一炉香》）。一个不知名的印度女人则"兜着玫瑰紫的披风，下面露出柠檬黄的莲蓬式裤脚管"（《第二炉香》）。而曼桢（《半生缘》）的色彩搭配，格外透出邻家女孩的温润：

这一天，世钧中午下了班，照例匆匆洗了洗手，就到总办公处来找叔惠。叔惠恰巧不在房里，只有曼桢一个人坐在写字台前面整理文件。她在户内也围着一条红蓝格子的小围巾，衬着深蓝布罩袍，倒像个高小女生的打扮。蓝布罩袍已经洗得绒兜兜地泛了灰白，那颜色倒有一种温雅的感觉，像一种线装书的暗蓝色封面。

这种种组合,甚至使人将张爱玲与《红楼梦》直接相联系。于青认为:"《传奇》小说里,最令人触目的莫过于作者浓彩重笔的戏剧色调。读《传奇》如观戏剧,人物带着作者给它披着的彩色华衣,触目惊心地打你面前掠过,掠过后便过目不忘,因为那些色彩过于浓烈、犯冲,对比强烈。无论冷调、热调、明调、暗调,都能让你透过方块字感到它传达的冷暖明暗,亦如《红楼梦》中大观园里的红袖绿裙,十二金钗们的水彩粉画,花花绿绿的小姐丫头们虽然走进了民国动荡的岁月,但裙钗未换,依旧着'红楼'服装,过现代市民生活。"[1]

对于色彩的描写,张爱玲还有许多别致的方法。胡兰成回忆:"一日午后好天气,两人同去附近马路上走走。爱玲穿一件桃红单旗袍,我说好看,她道:'桃红的颜色闻得见香气。'"(《今生今世》)这是张爱玲的感觉天赋,若以理论术语言之,即是"通感",能通过一种感觉感受另一种感觉。张爱玲能闻到(嗅觉)颜色(视觉),即是两种感觉的互通。这种方法,张爱玲在文字中时亦使用,如女佣阿小"生成这一副模样,脸一红便像是挨了个嘴巴子,薄薄的面颊上一条条红指印,肿将起来"(《桂花蒸 阿小悲秋》),即是通过触觉描写视觉。

不过,对色彩的天赋敏感,叙事中色彩知识与分类搭配的艺术,都尚不是张爱玲文字中缤纷色彩的主要魅力所在。除却部分知识性的陈述之外,张爱玲大部分有关色彩的文字仍与她虚无主义的叙事哲学有关。在中国式的虚无主义中,因为对一切都抱着怀疑,文人们多数能直接捕捉世界破败的本相,或从繁华中窥见窳败之相,故而文字或多或少透露出深永的哀伤。

在张爱玲的小说中,这种哀伤表现为"苍凉"或"荒凉"。她自述:"个

---

[1] 于青:《论〈传奇〉》,《当代作家评论》1994年第3期。

人即使等得及，时代是仓促的，已经在破坏中，还有更大的破坏要来。有一天我们的文明，不论是升华还是浮华，都要成为过去。如果我最常用的字是'荒凉'，那是因为思想背景里有这惘惘的威胁。"（《〈传奇〉再版序》）然而，正如"京戏里的哀愁有着明朗、火炽的色彩"（《洋人看京戏及其他》），张爱玲同样因生命的"哀愁"而转求取于色彩。在《谈音乐》中，她谈及此层道理，"气味总是暂时、偶尔的，长久嗅着，即使可能，也受不了。所以气味到底是小趣味，而颜色，有了个颜色就有在那里了，使人安心"。这双重追求构成了张爱玲文字中参差对照的色彩处理技术。这种技术在张爱玲看来，可以造成一种苍凉的美。在《对照记》中她说，"大红大绿的配色，是一种悲壮，是力大于美；葱绿配桃红，是一种参差的对照，有深长的回味，是一种苍凉。在爱的范畴里，渴望与逃避，愉悦与悲哀，仿佛葱绿配桃红，不是对立，是参差，是对照，是美"，在《自己的文章》中又说，"我是喜欢悲壮，更喜欢苍凉。壮烈只有力，没有美，似乎缺少人性，悲壮则如大红大绿的配色，是一种强烈的对照。……苍凉之所以有更深长的回味，就因为它像葱绿配桃红，是一种参差的对照。……悲壮是一种完成，而苍凉则是一种启示"。

这使张爱玲的诸多色彩出于虚无主义哲学，而与民族国家书写大有歧离之处。哈布瓦赫说，"没有记忆能够在生活于社会中的人们用来确定和恢复其记忆的框架之外存在"[1]，张爱玲倒不在"框架之外"，只是她所倚赖的虚无主义"框架"不为西化了的知识分子所承认，甚至不熟悉。

---

[1]〔法〕莫布斯·哈布瓦赫：《论集体记忆》，上海人民出版社2002年版，页76。

四、"人间的触手可及的温凉"色彩

不过,有关色彩谱系和搭配美学的知识虽然令人深感兴味,甚至可能让张爱玲本人体味到"和美畅快",但于现代读者而言,未必能那么敏感地捕捉到其中的深意。毕竟,受着西式教育,还有几多人懂得那亘古的"中国人的宗教"呢?故而,张爱玲借以抵挡那"不确定的、无所不在的悲哀"的,还得有赖于那些温暖色彩之于物象和人物命运的喻示。这些温暖色彩寄寓于日常细节之上。王安忆认为,"(张爱玲)对日常生活,并且是现时日常生活的细节,怀着一股热切的喜好",她"贪馋地抓住生活中的可触可感。她在千古之遥、尸骨无存的长生殿里,都要找寻出人间的触手可及的温凉"[1]。在这些充作人生安稳底子的细节与温凉中,张爱玲同样令人讶异地调制着色彩流丽的瞬间记忆与刹那场景。童年的"老棉鞋里面,粉红绒里子上晒着的阳光"(《童言无忌》),不时重现在那些"千疮百孔"的人生故事之上。

有些场景是内心萌动的情欲。《倾城之恋》中,怀着赌博心理的白流苏自上海来到香港,参加了与范柳原"无伤大碍的攻守战"。虽然满腹的谋生的无奈算计,但与这样一个青春男子朝夕相处,心里已预期了范柳原不"斯斯文文"的某种行动(然而他迟迟无所行动),流苏终究难以抑制自己被唤醒的情欲。张爱玲并不直写白流苏内心的躁动,而是借用红色作为暗喻:"到了浅水湾,他搀着她下车,指着汽车道旁郁郁的丛林道:'你看那种树,是南边的特产。英国人叫它"野火花"。'流苏道:'是红的么?'柳原道:'红!'黑夜里,她看不出那红色,然而她直觉地知道它是红得不能再红了,红得不可收拾,一蓬蓬一蓬蓬的小花,窝在参天大树上,壁栗剥落燃烧着,一路烧过去,把那紫蓝的天也熏红了。"

而大量缤纷的色彩,则更多出现在那些平实的生活细节之中,构成张爱

---

[1] 王安忆:《世俗的张爱玲》,收《再读张爱玲》,刘绍铭等编,山东画报出版社2004年版。

玲眼见的喜悦的一部分。《留情》中，敦凤与米先生老夫少妻的婚配，于敦凤自然是委屈的，然而米先生到底是股票公司里"有地位的人"，敦凤还是于落寞中感到几许温暖。敦凤心绪的起落，恰如灰里窝着的红炭，"炭起初是树木，后来死了，现在，身子里通过红隐隐的火，又活过来"。最后"活过来"的情形格外显得安稳、平实：

他们告辞出来，走到弄堂里，过街楼底下，干地上不知谁放在那里一只小风炉，咕嘟咕嘟冒白烟，像个活的东西，在那空荡荡的弄堂里，猛一看，几乎要当它是只狗，或是一个小孩。出了弄堂，街上行人稀少，如同大清早。这一带都是淡黄的粉墙。因为潮湿的缘故，发了黑，沿街种着的小洋梧桐，一树的黄叶子，就像迎春花，正开得烂漫，一棵棵小黄树映着墨灰的墙，格外的鲜艳。

潮湿而黑的弄堂使人寂寥，狗、孩子和烂漫的小黄树，则仍洋溢着世界的"可喜"。《殷宝滟送花楼会》则把这份"可喜"写得轻丽流淌："我房的窗子正对着春天的西晒。暗绿漆布的遮阳拉起了一半，风把它吹得高高的，摇晃着绳端的小木坠子。败了色的淡赭红的窗帘，紧紧吸在金色的铁栅栏上，横的一棱一棱，像蚌壳又像帆，朱红在日影里，赤紫在阴影里。嗷！又飘了开来，露出淡淡的蓝天白云。可以是法国或是意大利。太美丽的日子，可以觉得它在窗外渐渐流过，河流似的，轻吻着窗台，吻着船舷。"

20世纪50年代张爱玲远走美国以后，居无定所的漂泊使她在文字中更留意于物质的欢悦。在《半生缘》中，她用于世相讽刺的色彩大为减少，而将主要心力用于构造一曲惊人心魄的乱世之恋。在小说中，普通的上海弄堂，凡俗的市井街道，都不时淌出安静温暖的气息。世钧因为帮曼桢家招租房子，陪着租客到曼桢家所住的弄堂。弄堂自然是上海常见的样貌，然而因为这是曼桢所在的地方，世钧"始终对于这地方感到一种禁忌"，然而又由于是曼桢每天经过的地方，他又无处不感到温暖和亲切，"他自己也还是第一次踏进这弄堂,……有一点神秘之感。这弄堂在很热闹的地段,沿马路的一面全是些店面房子,店家卸下来的板门,一扇一扇倚在后门外面。一群娘姨大姐聚集在公共的自来水龙头旁边淘米洗衣裳,把水门汀地下溅得湿漉漉的。内中有一个小大姐,却在那自来水龙头下洗脚。她金鸡独立地站着,提起一只脚来哗啦哗啦放着水冲着。脚指甲全是鲜红的,涂着蔻丹——就是这一点引人注目"。湿漉漉水门汀地面一点鲜艳的红,仿佛是生在这弄堂中的曼桢的青春的昭示。世钧、曼桢最初彼此明了对方的心意,是在同事叶先生的寿筵上。世钧原本不想去的,结果因为想见曼桢又去了。正待要在签名簿上写下名字时,却忽地被曼桢借故掣开,原来曼桢怕他得罪人已替他签上名了。在这一瞬间,两人相互洞明,却又无言相对,唯楼下通透明亮的灯光仿佛见证着生命的欢悦:

世钧很诧异地问道:"怎么了?"曼桢还没回答,先向四面望了望,然后就走到阳台上去,世钧也跟了出来,曼桢皱眉笑道:"我已经给你签了个名了。——我因为刚才听见你说不来,我想大家都来,你一个人不来也许不大好。"世钧听见这话,一时倒不知道说什么好了,也不便怎样向她道谢,唯有怔怔地望着她笑着。曼桢被他笑得有些不好意思起来,一扭身伏在阳台栏杆上。这家馆子是一个老式的洋楼,楼上楼下灯火通明,在这临街的阳台上,房间里面嘈杂的声浪倒听不大见,倒是楼底下五魁八马的豁拳声听得十分清晰,还有卖唱的女人柔艳的歌声,胡琴咿咿哑哑拉着。

色彩缤纷,以及色彩与光线、声响、气味等物质细节共同构成的"可喜"世界,作为张爱玲虚无主义哲学的叙事反射,因此不仅止于世俗,而"有了接近悲剧的严肃性质"[1]。

---

[1] 王安忆:《世俗的张爱玲》,收《再读张爱玲》,刘绍铭等编,山东画报出版社 2004 年版。

第十一讲　吃、看戏和音乐

在《我看苏青》中，张爱玲说："生在现在，要继续活下去而且活得称心，真是难，就像'双手劈开生死路'那样的艰难巨大的事，所以我们这一代的人对于物质生活，生命的本身，能够多一点明了与爱悦，也是应当的。"在另外的地方又说："霓喜的故事，使我感动的是霓喜对于物质生活的单纯的爱，而这物质生活需要随时下死劲去抓住。"（《自己的文章》）不过，将欣赏戏曲与音乐也纳入"物质生活"，似有不宜。然而这并非误作安排，而是张爱玲与高等知识分子在此层关节殊有不同。张爱玲心目中，音乐并非那种特别"经典"以至于必须于盛大殿堂方可演奏的黄钟大吕，她固然也谈论雅致的《阳关三叠》，但她更多津津于道的则是蹦蹦戏、街上小贩卖糯米糕的叫卖声，乃至电车声、嗡嗡一片的市声之类。后者又岂可归入"音乐"，"精神生活"云云更无从谈起。在张爱玲，它们都是并无二致的"物质生活"，是用以抵挡生命虚无的"物质的细节"的一部分。

一、"最基本的生活艺术"

胡兰成曾回忆张爱玲与钱的关系："我在人情上银钱上，总是人欠欠人，爱玲却是两讫，凡事像刀截的分明，总不拖泥带水。她与她姑姑分房同居，两人锱铢必较。她却也自己知道，还好意思对我说：'我姑姑说我财迷。'说着笑起来，很开心。她与炎樱难得一同上街去咖啡店吃点心，亦必先言明谁付账。炎樱是个印度女子，非常俏皮，她有本领说得那咖啡店主犹太人亦软了心肠，少算她的钱，爱玲向我说起又很开心。爱玲的一钱如命，使我想起小时正月初一用红头绳编起一串压岁钱，都是康熙道光的白亮铜钱，亦有这种喜悦。我笑爱玲：'有的父亲给子女学费，诉苦说我的钱个个有血的，又或说是血汗。'爱玲听了很无奈，笑道：'我的钱血倒是没有，是汗，血的钱只使人心里难受，也就不这般可喜了。'"（《今生今世》）在《童言无忌》里，张爱玲曾列专节谈论吃。吃与金钱是孪生趣好，在同篇文章中，她亦列专节谈钱的问题。在现代文人中，热心于讲述美食者颇有其人，但像张爱玲坦言自己爱钱的人并不多见。所以，她谈钱的时候也似乎有点愧疚："不知道'抓周'这风俗是否普及各地。我周岁的时候循例在一只漆盘里拣选一件东西，以卜将来志向所趋。我拿的是钱——好像是个小金镑罢。我姑姑记得是如此，还有一个女佣坚持说我拿的是笔，不知哪一说比较可靠。但是无论如何，从小似乎我就很喜欢钱。我母亲非常诧异地发现这一层，一来就摇头道：'他们这一代的人……'我母亲是个清高的人，有钱的时候固然绝口不提钱，即至后来为钱逼迫得很厉害的时候也还把钱看得很轻。这种一尘不染的态度很引起我的反感，激我走到对面去，因此，一学会了'拜金主义'这名词，我就坚持我是拜金主义者"，"眠思梦想地计划着一件衣裳，临到买的时候还得再三考虑着，那考虑的过程，于痛苦中也有着喜悦。钱太多了，就用不着考虑了；完全没有钱，也用不着考虑了。我这种拘拘束束的苦乐是属于小资产阶级的。每一次看到'小市民'的字样我就局促地想到自己，仿佛胸前佩着这样的红绸字条"。（《童言无忌》）的确，敢于宣扬自己是"拜金主义者"，并敢如此论者的文人，恐怕就是苏青了："看苏青文章里的记录，她有一个时期的困苦的情形虽然与我不同，感情上受影响的程度我想是与我相仿的。所以我们都是非常明显地有着世俗的进取心，对于钱，比一般文人要爽直得多。我们的生活方式有很多不同的地方，但那是个性的关系。姑姑常常说我：'不知道你从哪里来的这一身俗骨！'她把我父母分析了一下，他们纵有缺点，好像都还不俗。有时候我疑心我的俗不过是避嫌疑，怕沾上了名士派；有时候又觉得是天生的俗。"(《我看苏青》)这种做派在当时确实不多见。在三四十年代的中国，不要说毛泽东辈在"粪土当年万户侯"，就是郭沫若也在小说中将一千块大洋狠狠摔到地上，还要踩上几脚以示不屑。毕竟，这是一个民族国家鼓荡青年人的时代。那么，张爱玲何以如此"拜金"？依前所述，似乎缘于天性，但不时袭来的"惘惘的威胁"应更是主因。这源于少年时期在金钱上的尴尬。此事她有提及，"到现在为止，我还是充分享受着自给的快乐的，也许因为这于我还是新鲜的事，我不能够忘记小时候怎样向父亲要钱去付钢琴教师的薪水。我立在烟铺跟前，许久，许久，得不到答案"(《童言无忌》)。

父母离婚之后那种无家可归的凄惶和莫名的不安，也促成了她的"拜金"倾向。不过，在文字中，张爱玲谈钱的地方到底不多，引人注目的，比比皆是的，还是她对吃的描绘与回忆。其中原因，确可归入天性。张子静回忆："姐姐喜爱吃的菜肴和零食，大多是甜的。我们到外面去，她一定要买紫雪糕和爆米花。"(《我的姐姐张爱玲》)胡兰成亦记述说："张爱玲喜闻气味，油漆与汽油的气味她亦喜欢闻闻。她喝浓茶，吃油腻熟烂之物。她极少买东西，饭菜上头却不悭刻，又每天必吃点心，她调养自己像只红嘴绿鹦哥。有余钱她买衣料与脱脂花粉。她还是小女孩时就有一篇文字在报上登了出来，得到五元，大人们说这是第一次稿费，应当买本字典做纪念，她却马上拿这钱去买了口红。"(《今生今世》)张爱玲自己也承认："我就算是嘴刁了，八九岁有一次吃鸡汤，说'有药味，怪味道'。家里人都说没什么。我母亲不放心，叫人去问厨子一声。厨子说这只鸡是两三天前买来养在院子里，看它垂头丧气的仿佛有病，给它吃了'二天油'，像万金油、玉树神油一类的油膏。我母亲没说什么。我把脸埋在饭碗里扒饭,得意得飘飘欲仙,是有生以来最大的光荣。"(《谈吃与画饼充饥》)显然,高门巨族优裕的生活方式有助于这种"天性"的养成:"听见我姑姑说,'从前相府老太太看《儒林外史》,就看个吃'。"(《谈吃与画饼充饥》)

当然,喜欢精细吃食,有条件讲求吃食的文人毕竟比较多,但在启蒙、救亡的压力下,还有多少文人能有兴味孜孜于"吃"呢?但张爱玲生于旧式家族,这使她与大宅外的世界有所疏隔。她经历的生活,她所阅读的文学作品,也往往将吃当作一种最基本的生活艺术。而《红楼梦》《金瓶梅》开出整桌整桌菜单的写作方法又给了她巨大的共鸣与启示。她甚至注意到:"《红楼梦》上,贾母问薛宝钗爱听何戏,爱吃何物。宝钗深知老年人喜看热闹戏文,爱吃甜烂之物,便都拣贾母喜欢的说了。我和老年人一样的爱吃甜的烂的。一切脆薄爽口的,如腌菜、酱萝卜、蛤蟆酥,都不喜欢,瓜子也不会嗑,细致些的菜如鱼虾完全不会吃,是一个最安分的'肉食者'。"(《童言无忌》)"《红楼梦》上的食物的一个特点是鹅,有'胭脂鹅脯',想必是腌腊——酱鸭也是红通通的。迎春'鼻腻鹅脂''肤如凝脂'一般都指猪油。曹雪芹家里当初似乎烹调常用鹅油,不止'松瓤鹅油卷'这一色点心。《儿女英雄传》里聘礼有一只鹅。佟舅太太认为新郎抱着一只鹅'嘎啊嘎'的太滑稽。安老爷分辩说是古礼'奠雁(野鹅)'——当然是上古的男子打猎打了雁来奉献给女方求婚。看来《红楼梦》里的鹅肉鹅油还是古代的遗风。《金瓶梅》《水浒》里不吃鹅,想必因为是北方,受历代入侵的胡人的影响较深,有些汉人的习俗没有保存下来。江南水乡养鹅鸭也更多。"(《谈吃与画饼充饥》)不过《红楼梦》等小说里那些无甚"意义"的繁文缛节的描写,往往易被人指认为"摆吾家富贵"(王蒙语),但同样出身破落大家族的张爱玲却体悟到了古代文人那种陷入无边虚空的写作境况,"就因为对一切都怀疑,中国文学里弥漫着大的悲哀。只有在物质的细节上,它得到欢悦——因此《金瓶梅》《红楼梦》仔仔细细开出整桌的菜单,毫无倦意"(《中国人的宗教》)。学者王学泰也认为,饮食之考究乃先贤哲学的一部分:"中国人善于在极普通的饮食生活中咀嚼人生的美好与意义,哲学家更是如此。庄子认为上古社会最美好,最值得人们回忆与追求,其最重要的原因就是人们可以'含哺而熙,鼓腹而游',也就是说吃饱了,嘴里还含着点剩余食物无忧无虑地游逛,这才能充分享受人生的乐趣。当然不能说先民没有过痛苦的追求,……但不管是谁,当他们离开了诗人情绪的时候,在日常生活中还是奉行中国人的生活准则的。像苏东坡在《前赤壁赋》刚刚感慨完'寄蜉蝣于天地,渺沧海之一粟。哀吾生之须臾,羡长江之无穷',对于人生短暂寄予了无穷的悲慨,可是诗人善于自解,用相对主义抹杀了长短寿夭、盈虚消长的差别,后面马上就是'客喜而笑,洗盏更酌。肴核既尽,杯盘狼藉。相与枕藉乎舟中,不知东方之既白'。吃喝解决人生的苦闷,因此在春秋时代人们就说'唯食无忧'。"[1]为虚无感所裹挟的中国文人,走向饮食,借以忘忧遗生,是很自然的选择。

  天性、惶恐无端的身世之感、经典的力量,皆促成了张爱玲的物质主义。她对现实政治或文化变革无甚兴趣,恰如宋家宏言:"张爱玲特殊的家世背景,使她淡化了'国家''民族'等政治意识,作为一个没落贵族的千金小姐,试想,她还会对民国之后的哪一种政治力量感兴趣呢?她着眼于乱世中的个人生活、世俗生活,淡漠了阶级、国家、民族等宏大的叙事。"[2]或许只有物质才能让人觉得安稳、贴切。这决定了她的小说对金钱要素的重视,且还如《红楼梦》《金瓶梅》一般,对饮食加以敏细描绘,与她有关衣饰、色彩的叙述一起,共同构成了张爱玲用以抗击虚无的细节再现。对于"谈吃"的意义,她多有解释:"报刊上谈吃的文字很多,也从来不嫌多。中国人好吃,我觉得是值得骄傲的,因为是一种最基本的生活艺术。"(《谈吃与画饼充饥》)她还表示:

---

[1] 王学泰:《中国饮食文化思想》,《传承》2008年第11期。
[2] 宋家宏:《走进荒凉:张爱玲的精神家园》,花城出版社2000年版,页165。

我愿意保留我的俗不可耐的名字，向我自己作为一种警告，设法除去一般知书识字的人咬文嚼字的积习，从柴米油盐，肥皂，水与太阳之中去找寻实际的人生。(《必也正乎名》)

且对吃的讲述，张爱玲颇有抱负，她评价周作人说："周作人写散文喜欢谈吃，为自己辩护说'饮食男女，人之大欲存焉'，但是男女之事到处都是一样，没什么可说的，而各地的吃食不同。这话也有理，不过他写来写去都是他故乡绍兴的几样最节俭清淡的菜，除了当地出笋，似乎也没什么特色。炒冷饭的次数多了，未免使人感到厌倦。"(《谈吃与画饼充饥》)那么，张爱玲是否有胜于前辈呢？罗华对此是肯定的。他认为，林语堂和周作人"囿于传统文化熏陶的过熟过烂和历史的限制，他们无论怎样努力地表现平民生活、趣味，甚至用心揣摩平民的心理，终究和平民生活'隔'着一层"，而张爱玲"是真正专注于世俗的纷繁，她的丰厚的文化底蕴（亦新亦旧，既中又西），以及现代都市生活的长期浸淫，使她能用多只'眼睛'看生活，达到对世俗生活的贴心贴肺的表现，并包孕着丰富的经验愉悦"。[1]

因此，在一种喜悦的叙述口吻中，张爱玲娓娓谈起了她尝过或听闻过的各种美食，尤其是零食和小吃。最早大量谈吃的篇什是《童言无忌》和《私语》。在《童言无忌》中，她犹记得幼时的云片糕和牛奶沫："小时候常常梦见吃云片糕，吃着吃着，薄薄的糕变成了纸，除了涩，还感到一种难堪的怅惘。一直喜欢吃牛奶的泡沫，喝牛奶的时候设法先把碗边的小白珠子吞下去。"这类记忆中的物质生活风景在《私语》中亦时可见："我弟弟实在不争气，因为多病，必须扣着吃，因此非常的馋，看见人嘴里动着便叫人张开嘴让他看看嘴里可有什么。病在床上，闹着要吃松子糖——松子仁舂成粉，掺

---

[1] 罗华：《世俗闪耀出智慧——张爱玲散文品格论》，《中国现代文学研究丛刊》1998年第2期。

入冰糖屑——人们把糖里加了黄连汁,喂给他,使他断念,他大哭,把只拳头完全塞到嘴里去,仍然要。于是他们又在拳头上擦了黄连汁。他吮着拳头,哭得更惨。松子糖装在金耳的小花瓷罐里。旁边有黄红的蟠桃式瓷缸,里面是痱子粉。下午的阳光照到那磨白了的旧梳妆台上。有一次张干买了个柿子放在抽屉里,因为太生了,先收在那里。隔两天我就去开抽屉看看,渐渐疑心张干是否忘了它的存在,然而不能问她,由于一种奇异的自尊心。日子久了,柿子烂成一泡水。我十分惋惜,所以至今还记得。"《公寓生活记趣》一文中说,"到菜场上去看看也好","新绿的豌豆,热艳的辣椒,金黄的面筋,像太阳里的肥皂泡。把菠菜洗过了,倒在油锅里,每每有一两片碎叶子粘在篦篓底上,抖也抖不下来,迎着亮,翠生生的枝叶在竹片编成的方格子上招展着,使人联想到篱上的扁豆花"。这就是日常生活的诗了,不仅是吃。

她的小说中的人物,尤其出身高门巨族的老太太们,即使在破落中,对吃仍有着难言的爱好。《留情》中写道:

老太太问小孩:"怎么不知道叫人哪!不认识吗?这是谁?"女孩子只是忸怩着。米先生心里想,除了叫他"米先生"之外也没有旁的称呼。老太太只管追问,连敦凤也跟着说:"叫人,我给你吃栗子!"米先生听着发烦,打断她道:"栗子呢?"敦凤从网袋里取出几颗栗子来,老太太在旁说道:"够了够了。"米先生道:"老太太不吃么?"敦凤忙道:"舅母是零食一概不吃的,我记得。"米先生还要让,杨老太太倒不好意思起来,说道:"别客气了,我是真的不吃。"烟炕旁边一张茶几上正有一包栗子壳,老太太顺手便把一张报纸覆在上面遮没了。敦凤叹道:"现在的栗子花生都是论颗买的了!"杨老太太道:"贵了还又不好;名叫糖炒栗子,大约炒的时候也没有糖,所以今年的栗子特别地不甜。"敦凤也没听出话中的漏洞。

出国以后,接触到异域饮食,她也能找寻其中的妙处。《谈吃与画饼充饥》一文即对美国的点心做了一番评点:"近年来西餐水准的低落,当然最大的原因是减肥防心脏病。本来的传统是大块吃肉,特长之一又是各种浓厚的浇汁,都是胆固醇特高的。这一来章法大乱,难怪退化了。再加上其他官能上的享受的竞争,大至性泛滥,小至滑翔与弄潮板的流行,至不济也还有电视可看。几盒电视餐,或是一只意大利饼,一家人就对付了一顿。时髦人则是生胡萝卜汁,带馊味的酸酪(yogurt)。尼克松总统在位时自诩注重健康,吃番茄酱拌 cottage cheese、橡皮味的脱脂牛奶渣。五〇年代中叶我刚到纽约的时候,有个海斯康(Hasckm)西点店,大概是丹麦人开的,有一种酥皮特大小蛋糕叫'拿破仑',间隔着夹一层果酱,一层奶油,也不知道是拿破仑爱吃的,还是他的宫廷里兴出来的。他的第二任皇后玛丽露薏丝是奥国公主,奥京维也纳以奶油酥皮点心闻名。海斯康是连锁商店,到底不及过去上海的飞达、吉士林。"显然,经过多年的流离颠沛与"科学"、简便的饮食之后,令她难以忘怀的,仍是上海的吃食。同篇文章中,她谈吃的文字引人入胜,略引数则于下:

我姑姑有一次想吃"粘粘转",是从前田上来人带来的青色的麦粒,还没熟。我太五谷不分,无法想象,只联想到"青禾",王安石的新政之一,讲《纲鉴易知录》的老先生沉着脸在句旁连点一串点子,因为扰民。总是捐税了——还是贷款?我一想起来就脑子里一片混乱,我姑姑的话根本没听清楚,只听见下在一锅滚水里,满锅的小绿点子团团急转——因此叫"粘粘(沾沾?年年?)转",吃起来有一股清香。

……小时候在天津常吃鸭舌小萝卜汤,学会了咬住鸭舌头根上的一只小扁骨头,往外一抽抽出来,像拔鞋拔。与豆大的鸭脑子比起来,鸭子真是长舌妇,怪不得它们人矮声高,"咖咖咖咖"叫得那么响。汤里的鸭舌头淡白色,非常清腴嫩滑。到了上海就没见过这样菜。南来后也没见过烧鸭汤——买现成的烧鸭煨汤,汤清而鲜美。烧鸭很小,也不知道是乳鸭还是烧烤过程中缩小的,赭黄的皱皮上毛孔放大了,一粒粒鸡皮疙瘩突出,成为小方块画案。这皮尤其好吃,整个是个洗尽油脂,消瘦净化的烤鸭。

在北方常吃的还有腰子汤,一副腰子与里脊肉小萝卜同煮。里脊肉女佣们又称"腰梅肉",大概是南京话,我一直不懂为什么叫"腰梅肉",又不是霉干菜炖肉。多年后才恍然,悟出是"腰眉肉"。腰上两边,打伤了最致命的一小块地方叫腰眼,腰眼上面一寸左右就是"腰眉"了。真是语言上的神来之笔。

……离我学校不远,兆丰公园对过有一家俄国面包店老大昌(Tchakalian),各色小面包中有一种特别小些,半球型,上面略有点酥皮,下面底上嵌着一只半寸宽的十字托子,这十字大概面和得较硬,里面掺了点乳酪,微咸,与不大甜的面包同吃,微妙可口。在美国听见"热十字小面包"(hotcross bun)这名词,还以为也许就是这种十字面包。后来见到了,原来就是粗糙的小圆面包上用白糖划了个细小的十字,即使初出炉也不是香饽饽。老大昌还有一种肉馅煎饼叫匹若叽(pierogie),老金黄色,疲软作布袋形。我因为是油煎的不大消化没买。多年后在日本到一家土耳其人家吃饭,倒吃到他们自制的匹若叽,非常好。

1990年,在洛杉矶深居简出多年的张爱玲还令人意外地发表了散文《草炉饼》,谈及少年时神往多年但始终没弄明白的一种吃食:"前两年看到一篇大陆小说《八千岁》,里面写一个节俭的富翁,老是吃一种无油烧饼,叫作草炉饼。我这才恍然大悟,四五十年前的一个闷葫芦终于打破了。二次大战上海沦陷后天天有小贩叫卖:'马……草炉饼!'吴语'买''卖'同音'马','炒'音'草',所以先当是'炒炉饼',再也没想到有专烧茅草的火炉。卖饼的歌喉嘹亮,'马'字拖得极长,下一个字拔高,末了'炉饼'二字清脆迸跳,然后突然噎住。是一个年轻健壮的声音,与卖臭豆腐干的苍老沙哑的喉咙遥遥相对,都是好嗓子。……战时汽车稀少,车声市声比较安静。在高楼上遥遥听到这漫长的呼声,我和姑姑都说过不止一次:'这炒炉饼不知道是什么样子。''现在好些人都吃。'有一次我姑姑幽幽地说,若有所思。……这些我都是此刻写到这里才想起来的,当时只觉得有点骇然。也只那么一刹那,此后听见'马……草炉饼'的呼声,还是单纯的甜润悦耳,完全忘了那黑瘦得异样的人。至少就我而言,这是那时代的'上海之音',周璇、姚莉的流行歌只是邻家无线电的噪音,背景音乐,不是主题歌。我姑姑有一天终于买了一块,下班回来往厨房桌上一撂,有点不耐烦地半恼半笑地咕噜了一声:'哪,炒炉饼。'"

张爱玲一生对吃食如数家珍,且讲述起来多数充满爱悦与欢喜。这固然与天性有关,但更与她对此人世充满怀疑与不确定有关。"人生的所谓'生趣'全在那些不相干的事",云片糕、鸭舌小萝卜汤、松子糖正是"那些不相干的事"。对于后一点,她一般不明确提及,但在《烬余录》中则言之甚明:

我记得香港陷落后我们怎样满街的找寻冰淇淋和嘴唇膏。我们撞进每一家吃食店去问可有冰淇淋。只有一家答应说明天下午或许有,于是我们第二天步行十来里路去践约,吃到一盘昂贵的冰淇淋,里面吱格吱格全是冰屑子。街上摆满了摊子,卖胭脂、西药、罐头牛羊肉、抢来的西装、绒线衫、蕾丝窗帘、雕花玻璃器皿、整匹的呢绒。我们天天上城买东西,名为买,其实不过是看看而已。从那时候起我学会了怎样以买东西当作一件消遣。——无怪大多数的女人乐此不疲。香港重新发现了"吃"的喜悦。

然而,后世读者未必能体察到张爱玲在孜孜不倦的吃的文字背后的虚空,她在乱世无以摆脱的"惘惘的威胁"。不过,这到底是过高的要求。设若我们在上海"牛肉庄"微黄的灯光中,在雪白瓷砖上深桃红色字条下,能些许感受到"现世安稳"的温暖气息,那么也算懂得了张爱玲的不安定的心境以及她对生命无止息的爱悦。

二、"中国的悲剧是热闹的"

由于对生命的哀悯,张爱玲谈吃爱钱并不限于"物质生活"。这种哀伤与喜悦、怀疑与爱恋并置的"参差的对照"的审美心理,同样表现在对戏曲的热爱与赏鉴上。不过,恰如张爱玲的看法,"中国的悲剧是热闹、喧嚣、排场大的","京戏里的哀愁有着明朗、火炽的色彩"(《洋人看京戏及其他》),她对戏曲的欣赏与叙述因此就与谈吃爱钱异样。吃与钱是张爱玲作为虚无主义者的表层部分,所以总被她讲述得极为"可喜",而戏曲自身作为一个具有完整精神结构的艺术形式,恰如夏志清言,"中国旧戏不自觉地粗陋地表现了人生一切饥渴和挫折中所内藏的苍凉意味"[1],这在张爱玲文字中得到精确呈现——在一片"热闹喧嚣"之下,潜伏着人世深永的"哀愁":戏如人生,人生如戏。

中国戏曲,包括居于统治地位的京戏及各种地方戏,今日可谓彻底衰落了,退出了一般大众的娱乐领域。然而在张爱玲成长的年代,戏曲繁盛,各剧种争奇斗艳。张爱玲少年时,既热衷于观看洋派的电影,亦乐于欣赏旧派戏曲。1943年,立意以写作谋生的张爱玲,最先给《二十世纪》撰写的稿子,即包括一篇谈戏曲的长文"Still Alive"(后被张爱玲译为中文《洋人看京戏及其他》)。文中所谈剧目涉及《得意缘》《龙凤呈祥》《四郎探母》《玉堂春》《乌盆记》《纺棉花》《空城计》《侬本痴情》《红鬃烈马》等,旁征博引,可见张爱玲对旧戏不止于一般的熟稔。当然,张爱玲所熟悉的又何限于京戏,昆曲、申曲,绍兴戏甚至蹦蹦戏,都引起她"浓厚兴趣"。她自谦为戏曲的"外行",却有着内行未必有的直觉。对于表演程序、套路她确实不是精深行家,然而对于浮动于舞台之上的生命悲喜剧,恐怕比她更明白的人并不为多。

---

[1]〔美〕夏志清:《中国现代小说史》,复旦大学出版社2005年版,页258。

在这篇长文中，张爱玲虽自称"对于京戏是个感到浓厚兴趣的外行"，但她却能屡屡捕捉住"热闹、喧嚣"之下"中国的悲剧"。对于歌颂女性献身精神的京戏《红鬃烈马》，她表示："（它）无微不至地描写了男性的自私。薛平贵致力于他的事业十八年，泰然地将他的夫人搁在寒窑里，她就像冰箱里的一尾鱼。有这么一天，他突然不放心起来，星夜赶回家去。她的一生的最美好的年光已经被贫穷与一个社会叛徒的寂寞给作践完了，然而他以为团圆的快乐足够抵偿了以前的一切。他不给她设身处地想一想——他封了她做皇后，在代战公主的领土里做皇后！在一个年轻的，当权的妾的手里讨生活！难怪她封了皇后之后十八天就死了——她没这福分。"而对于被神化的诸葛亮，她也能瞥见他内心的苍凉：

不知道人家看了《空城计》是否也像我似的只想掉眼泪。为老军们绝对信仰着的诸葛亮是古今中外罕见的一个完人。在这里，他已经将胡子忙白了。抛下卧龙岗的自在生涯出来干大事，为了"先帝爷"一点儿知己之恩的回忆，便舍命忘身地替阿斗争天下，他也背地里觉得不值得么？锣鼓喧天中，略有点凄寂的况味。（《洋人看京戏及其他》）

张爱玲在捕捉这些"苍凉意味"方面，有着其他人未必具备的虚无主义底子。如果说，早年张爱玲提笔撰写《洋人看京戏及其他》一类文章时，多得自对通俗文学的体悟，以及林语堂《吾国与吾民》一类书籍的导引，那么到20世纪40年代后期，经历了与胡兰成的"千疮百孔"的爱以后，张爱玲对那些潜隐在烦琐细节下的人生悲凉有了更触目惊心的发现。散文《华丽缘》写于1946年温州之行以后，实际上是专谈戏的。戏是绍兴戏，不免充满"低级趣味"，"丫鬟来回奔走了两次，其间想必有许多外交辞令，我听不懂也罢。但见当天晚上公子便潜入绣房。小姐似乎并没有晓得他要来，且忙着在灯下绣鸳鸯，慢条斯理地先搓起线来，跷起一只腿，把无形的丝线绕在绣花鞋尖,两只手做工繁重。……她这时候也忽然变得天真可爱起来了,一心一意就只想绣一对鸳鸯,送给他。小生是俊秀的广东式枣核脸,满脸的疙瘩相,倒竖着一字长眉,胭脂几乎把整个的面庞都红遍了。他看上去没那女孩子成熟,可是无论是谁先起意的,这时候他显得十分情急而又慌张。躲在她后面向她左端相,右端相,忍不住笑嘻嘻;待要蹑脚掩上去一把抱住,却又不敢。最后到底鼓起了勇气把两只手放在她肩上虚虚的一笼,她早已吓得跳了起来,一看原来是表兄,连忙客气地让坐,大方地对谈","后来渐渐地言不及义起来,两人站在台前,只管把蝴蝶与花与双飞鸟左一比右一比。公子一句话逼过来,小姐又一句话宕开去。观众对于文艺腔的调情不感兴趣,渐渐啧有烦言。公子到万不得已的时候便脸红红地把他领圈里插着的一把折扇抽出来,含笑在小姐臂上轻轻打一下。小姐慌忙把衫袖上掸了两掸,白了他一眼。许久,只是相持不下",张爱玲欢喜如此的"低级趣味"。这并非她口味偏于鄙俗,而是她在任何地方皆能发现生命的逼仄与痛苦:"绍兴戏的歌声永远是一个少妇的声音,江南那一带的女人常有这种样的:白油油的阔面颊,虽有满脸横肉的趋势,人还是老实人;那一双漆黑的小眼睛,略有点蝌蚪式,倒挂着,瞟起人来却又很大胆,手上戴着金戒指金镯子,身上胖胖的像布店里整匹的白布,闻着也有新布的气味。生在从前,尤其在戏文里,她大概很守妇道的,若在现在的上海杭州,她也可以在游艺场里结识个把男朋友,背夫卷逃,报上登出'警告逃妻汤玉珍'的小广告,限她三日内回家。但是无论在什么情形下,她都理直气壮,仿佛放开喉咙就可以唱上这么一段。板扎的拍子,末了拖上个慢悠悠的'嗳——嗳——嗳!'虽是余波,也绝不耍弄花巧,照样直着喉咙,唱完为止。那女人的声音,对于心慌意乱的现代人是一粒定心丸,所以现在从都市到农村,处处风行着,那歌声肉咪咪地简直可以用手扪上去。这时代的恐怖,仿佛看一场恐怖电影,观众在黑暗中牢牢握住这女人的手,使自己安心。"(《华丽缘》)这类对于"喧嚣"下的悲剧的发现,《〈传奇〉再版序》言说得最为深切:

在上海已经过了时的蹦蹦戏，我一直想去看一次，只是找不到适当的人一同去；对这种破烂，低级趣味的东西如此感到兴趣，都不好意思向人开口。直到最近才发现一位太太，她家里谁都不肯冒暑陪她去看朱宝霞，于是我们一块儿去了。拉胡琴的一开始调弦子，听着就有一种奇异的惨伤，风急天高的调子，夹着嘶嘶的嘎声。天地玄黄，宇宙洪荒，塞上的风，尖叫着为空虚所追赶，无处可停留。一个穿蓝布大褂的人敲着竹筒打拍子，辣手地："侉！侉！侉！"索性站到台前，离观众近一点，故意压倒了歌者："侉！克哇！克哇！"一下一下不容情地砸下来，我坐在第二排，震得头昏眼花，脑子里许多东西渐渐地都给砸了出来，剩下的只有原始的。在西北的寒窑里，人只能活得很简单，而这已经不容易了。剧中人声嘶力竭与胡琴的酸风和梆子的铁拍相斗。

而且，因着对旧戏中"中国的悲剧"的认同，张爱玲在小说中经常使用戏曲意象。《年青的时候》以绍兴戏的平稳衬托失恋了的汝良的慌乱："路上经过落荒地带新建的一座华美的洋房，想不到这里的无线电里也唱着绍兴戏。从妃红蕾丝窗帘里透出来，宽亮的无表情的嗓子唱着'十八只抽斗'……文化的末日！这么优美的环境里的女主人也和他母亲一般无二。汝良不要他母亲那样的女人。……自行车又经过一家开唱绍兴戏的公馆，无线电悠悠唱下去，在那宽而平的嗓门里没有白天与黑夜，仿佛在白昼的房间里点上了电灯，眩晕，热闹，不真实。绍兴姑娘唱的是：'越思越想越啦懊呃悔啊啊！'稳妥的拍子。汝良突然省悟了：绍兴戏听众的世界是一个稳妥的世界——不稳的是他自己。汝良心里很乱。来到外滩苏生大厦的时候，还有点惴惴不宁，愁的却是别一类的事了。"小说《秧歌》的叙事结构则完全由戏曲意象支撑：村庄是一个大舞台，庙里鬼气森森的神鬼塑像烘托出满世界的阴森肃杀，民众被戏剧化了，他们饿着肚子，瘦脸上涂抹着浓重的红胭脂，被投入到与他们悲惨现实形成鲜明反差的狂欢（扭秧歌）之中。世界的荒诞，人生的不可知，被突兀地显现出来。而在《怨女》中，张爱玲更借戏曲委婉传达了女主角银娣遭受情欲煎熬的痛苦：

　　她低声唱起《十二月花名》来。他要是听见她唱过，一定就是这个，她就会这一支。西北风堵着嘴，还要唱真不容易，但是那风把每一个音符在口边抢了去，倒给了她一点勇气，可以不负责。她唱得高了些。每一个月开什么花，做什么事，过年，采茶，养蚕，看龙船，不管忙什么，那女孩子夜夜等着情人。灯芯上结了灯花，他今天一定来。一双鞋丢在地下卜卦，他不会来。那呢喃的小调子一个字一扭，老是无可奈何地又回到这个人身上。借着黑暗盖着脸，加上单调重复，不大觉得，她可以唱出有些句子，什么整夜咬着棉被，留下牙齿印子，恨那人不来。她被自己的喉咙迷住了，蜷曲的身体渐渐伸展开来，一条大蛇，在上下四周的黑暗里游着，去远了。

　　戏曲意象不仅是小说中的叙述道具，有时还直接是人生的一种隐喻。在《怨女》中，银娣结婚时，张爱玲写道："她以后一生一世都在台上过，脚底下都是电灯，一举一动，都有音乐伴奏。"而这正是这位偶然嫁入望族的小户女儿的一生的写照。她与哥哥说话时，"像舞台上的耳语"，而为老太爷做寿，她脸上涂得红红的，像戏子，"她也在演戏，演得很高兴，扮作一个为人尊敬爱护的人"。而《色·戒》中的王佳芝的一生，不也在上演着一场艳惊满场的戏吗？

三、"一切的音乐都是悲哀的"

　　京戏也好，绍兴戏也好，它们直逼人心的力量往往与音乐有关。不过与对吃、穿、钱乃至旧戏的态度不同,张爱玲对音乐的态度却是"不大喜欢",至于缘由,她表示,"一切的音乐都是悲哀的。即使是所谓'轻性音乐',那跳跃也像是浮面上的,有点假",尤其是与可以让人"安心"的颜色相比,"音乐永远是离开了它自己到别处去的,到哪里,似乎谁都不能确定,而且才到就已经过去了,跟着又是寻寻觅觅,冷冷清清"。(《谈音乐》)这番解释出于虚无主义哲学,颇可采信。张爱玲重视现世细节,但因为"虚空的空虚"的恐惧,她愿意贴身把握的细节多是亲切"可喜"的,而多数音乐都倾向于"悲哀",与张爱玲内心的悲哀正好相激相生,所以张爱玲宁可逃避,故她表示"不太喜欢音乐"。然而夏志清却认为:"音乐通常都带一点悲伤意味,张爱玲说她因此对音乐不怎么喜欢。可是唯其因为音乐是悲伤的,音乐在她的小说所创造的世界里占着很重要的地位。"[1]这是极有见地的观察。

其实,张爱玲具有精微的音乐修养。她八九岁时开始接触音乐,十多岁时又被送到俄国女教师那里练习钢琴。关于此事,她回忆说:"有时候我母亲也立在姑姑背后,手按在她肩上,'拉拉拉拉'吊嗓子。我母亲学唱,纯粹因为肺弱,医生告诉她唱歌于肺有益。无论什么调子,由她唱出来都有点像吟诗(她常常用拖长了的湖南腔背诵唐诗),而且她的发音一来就比钢琴低半个音阶,但是她总是抱歉地笑起来,有许多娇媚的解释。她的衣服是秋天的落叶的淡赭,肩上垂着淡赭的花球,永远有飘堕的姿势。我总站在旁边听,其实我喜欢的并不是钢琴而是那种空气。我非常感动地说'真羡慕呀!我要弹得这么好就好了!'于是大人们以为我是罕有的懂得音乐的小孩,不能埋没了我的天才,立即送我去学琴。"(《谈音乐》)这就有点意外了,但她实际上对音乐发生了兴趣。她在这时期甚至考虑过"选择音乐或美术作我终生的事业"(《天才梦》)。在《私语》中,她也表示,"画图之外,我还弹钢琴、学英文,大概生平只有这一个时期是具有洋式淑女的风度的"。而且,

---

[1] 〔美〕夏志清:《中国现代小说史》,复旦大学出版社2005年版,页258。

她对交响乐、钢琴、凡哑林（小提琴）等音乐风格皆有独到见解。譬如对于交响乐，她写道："大规模的交响乐自然又不同，那是浩浩荡荡五四运动一般地冲了来，把每一个人的声音都变了它的声音，前后左右呼啸喊嚓的都是自己的声音，人一开口就震惊于自己的声音的深宏远大；又像在初睡醒的时候听见人向你说话，不大知道是自己说的还是人家说的，感到模糊的恐怖。"（《谈音乐》）对于西方古典音乐，她则表示："我最喜欢的古典音乐家不是浪漫派的贝多芬或肖邦，却是较早的巴赫，巴赫的曲子并没有宫样的纤巧，没有厅堂气也没有英雄气，那里面的世界是笨重的，却又得心应手；小木屋里，墙上的挂钟嘀嗒摇摆；从木碗里喝羊奶；女人牵着裙子请安；绿草原上有思想着的牛羊与没有思想的白云彩；沉甸甸的喜悦大声敲动像金色的结婚的钟。如同勃朗宁的诗里所说的：'上帝在他的天庭里，世间一切都好了。'"（《谈音乐》）而对于凡哑林与胡琴这样倾向于"悲哀"的音乐，她感受尤深："我最怕的是凡哑林，水一般地流着，将人生紧紧把握贴恋着的一切东西都流了去了。胡琴就好得多，虽然也苍凉，到临了总像着北方人的'话又说回来了'，远兜远转，依然回到人间。凡哑林上拉出的永远是'绝调'，回肠九转，太显明地赚人眼泪，是乐器中的悲旦。我认为戏里只能有正旦贴旦小旦之分而不应当有'悲旦'，'风骚泼旦'，'言论老生'。"（《谈音乐》）在小说中，她也往往显示出精微见解："下午的音乐会还没散场，里面金鼓齐鸣，冗长繁重的交响乐正到了最后的高潮，只听得风狂雨骤，一阵紧似一阵，天昏地暗压将下来。仿佛有百十辆火车，呜呜放着汽，开足了马力，齐齐向这边冲过来，车上满载摇旗呐喊的人，空中大放焰火，地上花炮乱飞，也不知庆祝些什么，欢喜些什么。欢喜到了极处，又有一种凶狞的悲哀，凡哑林的弦子紧紧绞着，绞着，绞得扭麻花似的，许多凡哑林出力交缠，挤榨，哗哗流下千古的哀愁。"（《连环套》）可见，即使"悲哀"的音乐，在张爱玲揭穿人世空无的真相时，也往往会具有惊人心魄、打破世俗幻相的能力。更何况，并非"一切的音乐都是悲哀的"，"浩浩荡荡"的交响乐自不必论，那些

"低级趣味"的绍兴戏唱腔,那些被张爱玲一并视为"音乐"的电车声、市声、嘈杂的无线电声音,显然多数不宜归入"悲哀"。所以,尽管张爱玲自言"不大喜欢音乐",但音乐仍然是她的文字叙述中回味悠长的部分。虽然她对西方音乐的理解,时亦采取着中国虚无主义的理解角度:从喧嚣中透出哀愁,于不可知中求得生命的谅解。这种理解未见得合于西方音乐的本意,但却有着张爱玲式的悲悯。

张爱玲对于音乐的叙事运用存在两个层次。一是借音乐以喻示世界的荒凉与人生的虚无。《半生缘》中,顾曼桢与沈世钧日久生情,人生正在计划幸福的途中,却突然因为姐姐曼璐的设计陷害而陷入黑暗的深渊。她逃出了姐姐家,辗转多年,与世钧音讯两绝,后来终究在姐姐死后无奈嫁与强暴过她的祝鸿才。命运的无端变故使曼桢深陷不可自拔的哀愁,张爱玲便借琵琶声以诉之:"曼桢躺在床上,房间里窗户虽然关着,依然可以听见弄堂里有一家人家的无线电,叮叮咚咚正弹着琵琶,一个中年男子在那里唱着,略带着妇人腔的呢喃的歌声,却听得不甚分明。那琵琶的声音本来就像雨声,在这阴雨的天气,隔着雨夜遥遥听着,更透出那一种凄凉的意味。"长安(《金锁记》)的婚事被母亲无情了断之后,在她耳边响起的亦是哀痛的口琴声:"长安悠悠忽忽听见了口琴的声音,迟钝地吹出了'Long long ago——告诉我那故事,往日我最心爱的那故事。许久以前,许久以前……'就是现在,一转眼也就成了许久以前了。什么都完了。"而在《封锁》中,战争街头乞丐淡漠的歌调突然把人召入某种亘古的荒凉:"还有一个较有勇气的山东乞丐,毅然打破了这静默。他的嗓子浑圆嘹亮:'可怜啊可怜!一个人啊没钱!'悠久的歌声,从一个世纪唱到下一个世纪。"《倾城之恋》中,白流苏终于被范柳原俘获,做了他的情人,然而范柳原竟然要启程去英国,流苏不能不陷入了不可靠的感觉之中:"现在的这一段,与她的过去毫不相干,像无线电里的歌,唱了一半,忽然受了恶劣的天气的影响,劈劈啪啪炸了起来。炸完了,歌是仍旧要唱下去的,就只怕炸完了,歌已经唱完了,那就没得听了。"而寂寞的潆珠(《创世纪》)在无人顾爱、无可依靠中所感觉到的青春的孤独，异常撼动人心：

她靠着小圆台坐着，一手支着头，留声机就放在桌上，非常响亮地唱起了《蓝色的多瑙河》。耀球问她："可嫌吵？"潆珠笑着摇头，道："我听无线电也是这样，喜欢坐得越近越好，人家总笑我，说我恨不得坐到无线电里头去！"坐得近，就仿佛身入其中。华尔兹的调子，摇摆着出来了，震震的大声，惊心动魄，几乎不能忍受的，感情上的蹂躏。尤其是现在，黄昏的房间，渐渐暗了下来，唱片的华美里有一点凄凉，像是酒阑人散了。

在揭示人世虚空的同时，音乐有时还具有结构的作用。《倾城之恋》的整个故事，也都同样被笼罩在首尾呼应的两段胡琴声中，开头是："胡琴咿咿呀呀拉着，在万盏灯的夜晚，拉过来又拉过去，说不尽的苍凉的故事——不问也罢！……胡琴上的故事是应当由光艳的伶人来扮演的，长长的两片红胭脂夹住琼瑶鼻，唱了，笑了，袖子挡住了嘴……然而这里只有白四爷单身坐在黑沉沉的破阳台上，拉住胡琴。"结尾则为："传奇里的倾城倾国的人大抵如此。到处都是传奇，可不见得有这么圆满的收场。胡琴咿咿呀呀拉着，在万盏灯火的夜晚，拉过来又拉过去，说不尽的苍凉的故事——不问也罢！"首尾相衔，则把一段俗世恋情拉入了时间的荒野，让人瞥见生命的荒凉。在《创世纪》中，一曲古琴独奏的《阳关三叠》将匡潆珠与祖母紫微一同拉入"时间的'黑洞'"(黄子平语)，在恍惚中经受着虚无的敲打。匡家从前的公侯人家衰落下来，潆珠偷偷在外找了份药店的工作，其间认识了开灯泡店的青年毛耀球，然而这场偷偷摸摸的恋爱一波三折，总让潆珠有莫名的不安：

不知为什么，和他来往，时时刻刻都像是离别。总觉得不长久，就要分手了。她小时候有一张留声机片子，时常接连听七八遍的，是古琴独奏的《阳关三叠》，绷呀绷的，小小的一个调子，再三重复，却是牵肠挂肚……药房里的一把藤椅子，拖过一边，倚着肥皂箱，藤椅的扶手，太阳把它的影子照到木箱上，弯弯的藤条的影子，像三个穹门，重重叠叠望进去，倒像是过关。旁边另有些枝枝直竖的影子，像栅栏，虽然看不见杨柳，在那淡淡的日光里，也可以想象，边城的风景，有两棵枯了半边的大柳树，再过去连这点青苍也没有了。走两步又回来，一步一回头，世上能有几个亲人呢？而这是中国人的离别，肝肠寸断的时候也还敬酒饯行，作揖万福，尊一声"大哥""大姐"，像是淡淡的。

……唱片唱到一个地方，调子之外就有格磴格磴的嘎声，直叩到人心上的一种痛楚。……家里对她，是没有恩情可言的。外面的男子的一点恩情，又叫人承受不起。不能承受。断了的好。可是，世上能有几个亲人呢？她把电话放回原处，隔了一会，再拿起来，刚才手握的地方与嘴里呼吸喷到的地方已经凝着气汗水。天还是这样冷。

较之潆珠，祖母紫微更从《阳关三叠》中感受到一生万般归空的无限凄凉。紫微原是宰相戚文靖公的女儿，有名的美人，然而半个多世纪下来，一路败落，竟至连老妈子都不太雇得起了。暮年回首，情何以堪！"这也就是人生一世呵！"她不能不从身体深处发出感叹，而《阳关三叠》苍茫的调子也于此时响起："楼下的一架旧的小风琴，不知哪个用一只手指弹着。《阳关三叠》的调子，一个字一个字试着，不大像。古琴的曲子搬到嘶嘶的小风琴上，本来就有点茫然——不知是哪个小孩子在那儿弹。"与《金锁记》中的胡琴声一样，《阳关三叠》在此不仅喻示真相，事实上对故事本身也有结构作用。

虽然张爱玲认为"一切的音乐都是悲哀的"（《谈音乐》），但那是指正规的音乐。而在张爱玲的眼中，一切可喜的声音都有可能成为"音乐"。在

《夜营的喇叭》一文中,她曾记述了这样的事情:

晚上十点钟,我在灯下看书,离家不远的军营里的喇叭吹起了熟悉的调子。几个简单的音阶,缓缓上去又下来,在这鼎沸的大城市里难得有这样的简单的心。我说,"又吹喇叭了。姑姑可听见?"我姑姑说:"没留心。"我怕听每天晚上的喇叭,因为只有我一个人听见。我说:"啊,又吹起来了。"可是这一次不知为什么,声音极低,绝细的一丝,几次断了又连上。这一次我也不问我姑姑听得见听不见了。我疑心根本没有什么喇叭,只是我自己听觉上的回忆罢了。于凄凉之外还感到恐惧。可是这时候,外面有人响亮地吹起口哨,信手拾起了喇叭的调子。我突然站起身,充满喜悦与同情,奔到窗口去,但也并不想知道那是谁,是公寓楼上或是楼下的住客,还是街上过路的。

《谈音乐》记述过类似事情:"有一天深夜,远处飘来跳舞厅的音乐,女人尖细的喉咙唱着:'蔷薇蔷薇处处开!'偌大的上海,没有几家人家点着灯,更显得夜的空旷。我房间里倒还没熄灯,一长排窗户,拉上了暗蓝的旧丝绒帘子,像文艺滥调里的'沉沉夜幕'。丝绒败了色的边缘被灯光喷上了灰扑扑的淡金色,帘子在大风里蓬飘,街上急急驶过一辆奇异的车,不知是不是捉强盗,'哗!哗!'锐叫,像轮船的汽笛,凄长地,'哗!哗!……哗!哗!'大海就在窗外,海船上的别离,命运性的决裂,冷到人心里去。'哗!哗!'渐渐远了。在这样凶残的,大而破的夜晚,给它到处开起蔷薇花来,是不能想象的事,然而这女人还是细声细气很乐观地说是开着的。即使不过是绸绢的蔷薇,缀在帐、灯罩、帽檐、袖口、鞋尖、阳伞上,那幼小的圆满也有它的可爱可亲。"

"喜悦与同情""幼小的圆满"涉及张爱玲在叙事中对音乐的第二层运用:寻求人生安稳的底子,抵挡那不尽袭来的"虚空的空虚"。街道上的杂声,不成曲调的口哨,未必有多少的音乐美感,然而它们是生活着的人们发出的生之喜悦。对于处于"惘惘的威胁"中的人来说，这些声音便是"人生"的底子。"长的是磨难，短的是人生"，张爱玲把这些不成名目的"音乐"视作"人生"的证据："宝滟唤道：'喂！这样要把嗓子喊坏了！'然而她自己踏进去的时候一样也锐叫，又笑起来，在水中唱歌，意大利的'哦嗦勒弥哦！'（'哦，我的太阳！'）细喉咙白鸽似的飞起来，飞过女学生少奶奶的轻车熟路，女人低陷的平原，向上向上，飞到明亮的艺术的永生里。贞亮的喉咙，'哦噢噢噢噢噢！哈啊啊啊啊啊！'细颈大肚的长明灯，玻璃罩里火光小小的颤动是歌声里一震一震的拍子。"（《殷宝滟送花楼会》）七巧也是如此。在经历十年煎熬之后，听到姜季泽爱的表白，"七巧低着头，沐浴在光辉里，细细的音乐，细细的喜悦"，虽然只是片刻的眩晕，但却是她一生仅有的能够照亮她长长"磨难"的几个瞬间之一。

不过，有些"音乐"多是"低级趣味"的音乐，甚至完全不是音乐，而只是充满俗趣与热闹的某种声响。《公寓生活记趣》记载道："我们的公寓邻近电车厂，可是我始终没弄清楚电车是几点钟回家。'电车回家'这句子仿佛不很合适——大家公认电车为没有灵魂的机械，而'回家'两个字有着无数的情感洋溢的联系。但是你没看见过电车进厂的特殊情形罢？一辆衔接一辆，像排了队的小孩，嘈杂，叫嚣，愉快地打着哑嗓子的铃：'克林，克赖，克赖，克赖！'吵闹之中又带着一点由疲乏而生的驯服，是快上床的孩子，等着母亲来刷洗它们。车里的灯点得雪亮。专做下班的售票员的生意的小贩们曼声兜售着面包。"而在《怨女》中，银娣生了儿子，直到此时，她才算在姚家立稳了脚跟，也直到此时，她才忽地体味到生活的亲切与快乐，她从街边的叫卖中听到了人生：

她要整天直挺挺坐着，让"秽血"流干净。整匹的白布绑紧在身上，热得生痱子。但是她有一种愉快的无名氏的感觉，她不过是这家人家一个坐月子的女人。阳光中传来包车脚踏的铃声，马蹄得得声，一个男人高朗的喉咙唱着,"买……汰衣裳板!"一只拨浪鼓懒洋洋摇着,"得轮敦敦,得轮敦敦"推着玻璃柜小车卖胭脂花粉、头绳、丝线,虬曲的粗丝线像发光的卷发,编成湖色松辫子。"得轮敦敦——"用拨浪鼓召集女顾客,把女人当小孩。

与吃食、金钱等"物质生活"一样,这些"入流"或"不入流"的音乐也是"人生中一切厚实的,靠得住的东西"(《第一炉香》)。如果说胡琴、交响乐、凡哑林等音乐在张爱玲文字中主要是用以揭示人生虚空的真相的话,那么,她所喜欢的市声、各种不成曲调的音乐,则是那些形形色色的在"时间的荒野里迷了路"(《连环套》)的男男女女用以救渡自己的方法。在亲切、安稳的现世细节中,人们至少可以暂时逃却或遗忘那"虚空的空虚""惘惘的威胁"。

第十二讲　象外之致：月亮、镜子及其他

从根底上讲，张爱玲是一个生活在五四以后的古典文人，她的虚无主义哲学直接承续了自《古诗十九首》至魏晋诗歌至《红楼梦》的精神资源。她的虚空本相与安稳"底子"并置的"参差的对照"的叙事结构，则受启于旧的通俗小说。然而，这并不是说，张爱玲与西方现代文学无甚关系。事实上，她对男性权力、女性自我认知以及色彩的处理，多已抉取了西方现代艺术的某些方法。在意象的设置与使用上，这种中西杂糅的现象尤见明显。夏志清称："凭张爱玲灵敏的头脑和对于感觉快感的爱好，她小说里意象的丰富，在中国现代小说家中可以说是首屈一指。"[1]其实能使张爱玲"首屈一指"者，又何止于天赋。那么，何为"意象"呢？《文心雕龙·神思》云，"然后使玄解之宰，寻声律而定墨；独照之匠，窥意象而运斤。此盖驭文之首术，谋篇之大端"，此即以意运象，能为作者的主观情绪找到可观、可感、可以意会而不可以言传的客观"对应物"。韦勒克、沃伦在《文学理论》中甚至视意象为文学的"本体特征"。显然，"立意以尽象"（《易经》），"意象"重在"意"，重在象外之致。张爱玲高频率地使用意象，如月亮、镜子、玻璃、鸟、屏风等等，恰如耿德华所言，月亮、镜子、玻璃等意象像张爱玲的商标

---

[1]〔美〕夏志清：《中国现代小说史》，复旦大学出版社2005年版，页259。

一样,"有些意象被巧妙地用来提高作品的质量,特别是它的中心主题"[1]。然而它们的象外之致,都从属于"临着虚无之深渊"的叙事哲学。

一、月亮:"参差的对照"

不知张爱玲何以非常喜欢月亮。典型的上海人似乎对非关铜钿的月亮不感兴趣。在《桂花蒸 阿小悲秋》中,阿小的儿子百顺先吃完了,走到后阳台上,一个人自言自语说,"月亮小来,星少来!"阿小便诧异道:"瞎说点什么?""什么月亮小来,星少来?发痴滴搭!""发痴"云云,足见"大众"并不那么寄情于月。其实《红楼梦》《海上花列传》提起月亮的时候也不为多。张爱玲所以习于托月言志,或许是受古典诗歌的影响吧。古代文人面对深碧天空中的一轮明月,可能会勾起无限乡愁("举头望明月,低头思故乡"),可能会唤起遗世孑立的身世孤独感("举杯邀明月,对影成三人"),也可能会激起个体有限与时空无限之对照而造成的深沉的悲剧感("江畔何人初见月?江月何年初照人?人生代代无穷已,江月年年只相似")。月亮,作为一种文学经验的对象,在古典诗词中即已被寄寓生命的哀愁,到张爱玲这里几乎自然地出现在她的小说和散文中,不过,其象外之致却发生了因时制宜的变化。夏志清指出:"张爱玲的世界里的恋人总喜欢抬头望月亮——寒冷的、光明的、朦胧的、同情的、伤感的,或者仁慈而带着冷笑的月亮。月亮这个象征,功用繁多,差不多每种意义都可以表示。"[2]

张爱玲描述月亮时擅于使用通感的方式将声音、气味、色彩乃至触觉融合在一起,几成为一种精巧的叙述艺术,如"整个山洼子像一只大锅,那月

---

[1] 〔美〕耿德华:《被冷落的缪斯——中国沦陷区文学史(1937—1945)》,新星出版社 2006 年版,页 238。
[2] 〔美〕夏志清:《中国现代小说史》,复旦大学出版社 2005 年版,页 259。

亮便是一团蓝阴阴的火,缓缓地煮着它,锅里的水沸了,骨嘟骨嘟的响。"(《第一炉香》)这是写葛薇龙与乔琪第一次私会,"乔琪趁着月光来,也趁着月光走",乔琪不给薇龙承诺爱,却只答应给她"快乐",薇龙虽然知道"快乐"的言外之意是什么,但她无法拒绝英俊的乔琪给予她的激烈的肉体诱惑。"蓝阴阴的火","骨嘟骨嘟的响",都异于前人对于月亮的形容,却能恰如其分地暗示这一对青年男女在情欲的惊涛骇浪中的挣扎。声音、视觉、色彩在这里有效融合。

当然,作家使用意象,总要寻求象外之致。月亮的象外之致,在张爱玲小说中涉及三层。第一层即是对社会颓败、人性变异的讽刺。如《第一炉香》中描绘梁太太在府上宴请唱诗班的夜空中的月亮,"那时天色已经暗了,月亮才上来,黄黄的,像玉色缎子上刺绣时弹落了一点香灰,烧糊了一小片",美丽玉缎上一个糊块,给人不谐调的观感,它又恰如已年过半百却仍在宴会上与青年们打着"眉目官司"的梁太太,"(梁太太)做小姐的时候,独排众议,毅然嫁了一个年逾耳顺的富人,专候他死。他死了,可惜死得略微晚了一些——她已经老了;她永远不能填满她心里的饥荒。她需要爱——许多人的爱",这样的人生,不免是滑稽、可怜、不谐调的,有如那脏污了的月亮,给人不愉快的联想。《金锁记》中,在丫头凤箫和小双轻薄讥议完二奶奶七巧蒙眬睡去之后,张爱玲也写到了天上的月亮,"那扁扁的下弦月,低一点,低一点,大一点,像赤金的脸盆,沉了下去",残月西沉,多少是姜公馆每况愈下的凄凉景象的暗示,"赤金"的比喻,同样暗示姜公馆里的人(尤其曹七巧)为"黄金的枷锁"所困的病态人生。而到了二十多年后七巧和儿子长白抽烟的晚上,"影影绰绰乌云里有个月亮,一搭黑,一搭白,像个戏剧化的狰狞的脸谱。一点一点,月亮缓缓地从云里出来了,黑云底下透出一线炯炯的光,是面具底下的眼睛"。在这样"狰狞"的月光下,七巧向儿子打探儿媳芝寿的床笫秘闻,既是窥淫,又是用以折磨儿媳的致命武器。人性的阴冷与狰狞于此一展无遗。人生的尴尬与困顿,有时也被张爱玲用月亮加以暗示。在描写长安被迫退学前一夜的无尽悲哀时，张爱玲采用了"缺月"的意象，"窗格子里，月亮从云里出来了。墨灰的天，几点疏星，模糊的缺月，像石印的图画，下面白云蒸腾，树顶上透出街灯淡淡的圆光"。虞家茵因为家道破落，只能穿旧袍子："太阳照在上面也蓝阴阴的成了月光，仿佛'日色冷青松'。"（《多少恨》）

月亮的象外之致，在张爱玲小说还更深地涉及生命的"虚空的空虚"。《金锁记》中，由于婆婆七巧四处宣扬"媳妇的秘密"，媳妇芝寿在这个"疯狂的世界"里无可阻挡住陷入绝望：

芝寿猛然坐起身来，哗啦揭开了帐子，这是个疯狂的世界。丈夫不像个丈夫，婆婆也不像个婆婆。不是他们疯了，就是她疯了。今天晚上的月亮比哪一天都好，高高的一轮满月，万里无云，像是漆黑的天上一个白太阳。遍地的蓝影子，帐顶上也是蓝影子，她的一双脚也在那死寂的蓝影子里。芝寿待要挂起帐子来，伸手去摸索帐钩，一只手臂吊在那铜钩上，脸偎住了肩膀，不由得就抽噎起来。帐子自动地放了下来。昏暗的帐子里除了她之外没有别人，然而她还是吃了一惊，仓皇地再度挂起了帐子。窗外还是那使人汗毛凛凛的反常的明月——漆黑的天上一个灼灼的小而白的太阳。

芝寿眼中反常的月亮像"一个灼灼的小而白的太阳"，映照出芝寿在"疯了"的婆婆、丈夫逼迫下无处可以突围的紧张与荒凉。文学史上亦有类似经典的变形描写，苏联小说《静静的顿河》写主人公葛利高里经过无数战争与死亡之后重返顿河家乡时，即看见天空中悬着一轮黑色的太阳。两者传达的悲剧内涵有异，但创造性地使用象外之致的艺术感觉却甚为一致。芝寿最终死去了。在《第二炉香》中，由于出身上等社会的愫细对两性关系的无知，使新婚丈夫罗杰成为人人不齿的另类和怪物。张爱玲如此描写罗杰在自杀之前看到的月光："这一条路，就是新婚的那晚上他的妻子愫细跑出去，他在后面追着喊着的那条路;那仿佛是几百年前的事了。这又是一个月夜,山外的海上浮着黑色的岛屿,岛屿上的山,山外又是海,海外又是山。海上,山石上,树叶子上,到处都是呜呜咽咽笛子似的清辉;罗杰却只觉得他走到哪里,暗到哪里。"这凄冷的月光使他恍如隔世。他忽然遭遇到"太古的洪荒","浩浩荡荡的和平与寂灭",终于也死去了。

由于月亮在张爱玲小说中主要用于昭示颓败与荒凉,而她的小说如《金瓶梅》《红楼梦》一样,"主题永远悲观,一切对于人生的笼统观察都指向虚无",所以月亮在她的意象系统中的重要性就不言而喻。张爱玲不仅使用月亮喻示某种象外之致,甚至将之用作结构故事的手段。《金锁记》的开篇与结尾皆以月亮为象。开篇称:"三十年前的上海,一个有月亮的晚上……我们也许没赶上看见三十年前的月亮。年轻的人想着三十年前的月亮该是铜钱大的一个红黄的湿晕,像朵云轩信笺上落了一滴泪珠,陈旧而迷糊。老年人回忆中的三十年前的月亮是欢愉的,比眼前的月亮大,圆,白;然而隔着三十年的辛苦路往回看,再好的月色也不免带点凄凉。"结尾则称:"三十年前的月亮早已沉了下去,三十年前的人也死了,然而三十年前的故事还没完——完不了。"三十年前的月亮与三十年后的月亮前后映照,不但以一种精巧的叙事结构将姜公馆"三十年的辛苦路"妥帖组织起来,而且将一种终归虚无的命运指向姜公馆以外,指向三十年以后,指向古往今来月光笼罩着的所有人群。象外之致,于此可达极致。

然而,张爱玲虚无主义的叙事哲学实是分作两端,颇讲求"参差的对照"——她既明了繁华下的虚空,却又于众人习处的繁华外寻求那些饱满生动的现世细节,以寻求人生安稳的底子,以抵抗那些"虚空的空虚",恰如许子东先生所言,"大量琐碎奇绝杂色质感的物化意象,就是在悲惧中支持孤独的主要方法之一"[1]。色彩,衣饰,音乐,都在这叙事的两端上有较对称

---

[1] 许子东:《物化苍凉:张爱玲意象技巧初探》,《华东师范大学学报》2001年第5期。

的分布,那么月亮这一意象是否也存在"参差的对照"呢?细究起来,多多少少也是有的。《十八春》中,世钧与曼桢一起参加同事生日宴时看到,"今天晚上有月亮,稍带长圆形的,像一颗白净的莲子似的月亮,四周白蒙蒙的发出一圈光雾"。而在两人表明心迹之时,"对过有一个黄色的大月亮,低低地悬在街头,完全像一盏街灯。今天这月亮特别有人间味。它仿佛是从苍茫的人海中升起来的"。月色如水,它像两个年轻人那样内心干净,又像特地将他们从嘈杂的现实时空中隔离出来,赐给他们相遇的瞬间。《茉莉香片》中,言丹朱沐浴着的月光流动着光辉:"只看见点点银光四溅,云开处,冬天的微黄的月亮出来了,白苍苍的天与海在丹朱背后张开了云母石屏风,她披着翡翠绿天鹅绒的斗篷,上面连着风兜,风兜的里子是白色天鹅绒……风兜半褪在她脑后,露出高高堆在顶上的卷发。"《第一炉香》中,葛薇龙成功说服姑母梁太太供应自己学费以后,她所见到的月光亦令人心情愉悦:"薇龙沿着路往山下走,太阳已经偏了西,山背后大红大紫,金绿交错,热闹非凡,倒像雪茄烟盒盖上的商标画,满山的棕榈、芭蕉,都被毒日头烘焙得干黄松蜷,像雪茄烟丝。南方的日落是快的,黄昏只是一刹那。这边太阳还没有下去,那边,在山路的尽头,烟树迷离,青溶溶的,早有一撇月影儿。薇龙向东走,越走,那月亮越白,越晶亮,仿佛是一头肥胸脯的白凤凰,栖在路的转弯处,在树丫杈里做了窠。"

不过,总体而言,这一类型的月光较为少见。或许由于少年时期刻骨铭心的经历,张爱玲对月亮的印象趋于定型了吧。《私语》记载,她曾因冲撞后母孙用蕃,被父亲暂时监禁在空房里,没人说话,整日整夜看淡青的天和蓝色的月光:"我父亲扬言说要用手枪打死我。我暂时被监禁在空房里,我生在里面的这座房屋忽然变成生疏的了,像月光底下的,黑影中现出青白的粉墙,片面的,癫狂的。Beverley Nichols有一句诗关于狂人的半明半昧:'在你的心中睡着月亮光',我读到它就想到我们家楼板上的蓝色的月光,那静静的杀机。"那段监禁给予她的刺激可能太深刻了,"数星期内我已经老了许多年",她对月亮的印象因而主要偏在虚无这一端,而极少将它们与"人生安稳的一面"及其"永恒的意味"(《自己的文章》)联系起来。张爱玲1995年去世,此前两年国内曾出版了一部名为《九月寓言》(张炜著)的小说,她当然未曾读到。设若她读到这部小说,一定会为月色下万千生物的奔跑纷涌而大感陌生。那种滋育万物、包孕无尽生命的月亮,久处充斥着算计、虚荣、物欲的上海弄堂里的人自然难以看见。

二、镜子,颓坏或虚空

相对于月亮,张爱玲对镜子意象及其衍生意象(如玻璃之类)的大量运用就更易理解了。镜子是闺阁女性的重要物具,在古典诗词中也屡有出现。不过,较之月亮意象,镜子意象极不对称地分布于虚无与安稳两端,更趋明显的是,几乎全部集中于虚无主义叙事哲学中靠近虚无的一端。《流言》写道:"这个世界什么东西都靠不住,一捏便粉碎了。"镜子因而主要是传达某种颓坏或虚空的生命体验。

在《多少恨》中,虞家茵的爱由于浪荡父亲的无赖,还未真正开始她就看到镜子里的荒凉了:

宗豫看看香烟头上的一缕烟雾,也不说什么。家茵把地下的绒线捡起来放在桌上,仍旧拆。宗豫半晌方道:"你就这么走了,小蛮要闹死了。"家茵道:"不过到底小孩,过些时就会忘记的。"宗豫缓缓地道:"是的,小孩是……过些时就会忘记的。"家茵不觉凄然望着他,然而立刻就又移开了目光,望到那圆形的大镜子去。镜子里也映着他。她不能够多留他一会儿在这月洞门里。那镜子不久就要如月亮里一般的荒凉了。

甚至最热烈的情欲的火焰,也被镜子照出冰冷的本质。《倾城之恋》中,范柳原与白流苏的第一次接吻:"流苏觉得她的溜溜转了个圈子,倒在镜子上,背心紧紧抵着冰冷的镜子。他的嘴始终没有离开过她的嘴。他还把她往镜子上推,他们似乎是跌到镜子里面,另一个昏昏的世界里去,凉的凉,烫的烫,野火花直烧上身来。"冰冷的镜子,反射出这对乱世男女真实的内心世界。然而,虚空之感更多出现在人物通过镜子自我观照之时。在张爱玲小说中,除了偶然相爱的寥寥数人(如世钧与曼桢)之外,人与人之间并无多的了解。不要说一般社会里彼此应酬的各类人物,就是同一屋檐下的姊妹兄弟,甚至同一张床上的夫妻,说得上"了解"的又有几个?而无言的镜子,倒是一个最无须防范的对话者。一个人站在镜子面前,看着自己,或有可能突然回到真实的自己,说出或看出人世荒芜的本相。在镜子中,娄太太也感到"一阵温柔的牵痛"。娄太太一生中都没有得到爱,"娄家一家大小,漂亮的,要强的,她心爱的人,她丈夫,她孩子,联了帮时时刻刻想尽办法试验她,一次一次重新发现她的不够",只有镜子不欺负她,然而镜子却比任何人都照出了她生命中的苍白与空虚:

然而,叫她去过另一种日子,没有机会穿戴齐整,拜客,回拜,她又会不快乐,若有所失。繁荣,气恼,为难,这是生命。娄太太又感到一阵温柔的牵痛。站在脸盆前面,对着镜子,她觉得痒痒的有点小东西落到眼镜的边缘,以为是泪珠,把手帕裹在指尖,伸进去揩抹,却原来是个扑灯的小青虫。娄太太除下眼镜,看了又看,眼皮翻过来检视,疑惑小虫子可曾钻了进去;凑到镜子跟前,几乎把脸贴在镜子上,一片无垠的团白的腮颊;自己看着自己,没有表情——她的伤悲是对自己也说不清楚的。两道眉毛紧紧皱着,永远皱着,表示的只是"麻烦!麻烦!"而不是伤悲。(《鸿鸾禧》)

镜子比任何物象都更照出了爱的残缺。对此,水晶认为,"镜子和《传奇》一书的关系，真可以说是'日虹屏中碧'，碧彩烟灼，自成为一个世界。……《传奇》一书，概乎言之，写的是怨偶之间的残缺关系","最浅显的一种解释，是人们在日常生活中，喜欢用破镜分钗等比喻，来形容夫妻间的琴瑟不调、鱼水失欢。镜子这一意象的主要功用，也就不言而喻了"。[1]不过，在同篇文章中，水晶还指出："镜子的功用……还有各种歧义。《传奇》里的佳人，多数是自私自利而又冷心肠的，彼此之间，即使说不上钩心斗角，也没有什么推心置腹的话好谈。然而，说也奇怪，逢到对镜的场合，他们居然能够破例说几句'交心'的话……镜子在这里，不仅仅是一个冰冷的道具，因为它辗转反射，几近心理分析学上所称的'他我''知交'（alter-ego），简直可以说是'对影成三人'了。"这是有证据的。《第一炉香》中，"香港小一辈的交际花中数一数二"的、一向孤傲的周吉婕，即是在镜子前向葛薇龙说出了自己为种族界限所限的痛苦。不过，由于虚无主义的影响，张爱玲的镜子往往缺乏"物质生活"所包含的热闹与"生趣"："祥云公司的房屋是所谓宫殿式的，赤泥墙上凸出小金龙。小房间壁上嵌着长条穿衣镜，四下里挂满了新娘的照片，不同的头脸笑嘻嘻由同一件出租的礼服里伸出来。朱红的小屋里有一种一视同仁的，无人性的喜气。"（《鸿鸾禧》）

玻璃是镜子的又一形式，但与镜子又有不同，它是透明的，人从镜子中看到的是另一个自己，从玻璃中看到的是自己以外的世界。这个世界在人眼前触手可及却无力捕捉。故而在张爱玲小说中，玻璃往往更能映照出世界的残酷。《倾城之恋》中，白流苏受到三哥的指责、四奶奶含沙射影的讥讽，气得冰凉，她眼中的白公馆在一片玻璃中忽地变得冰凉了：

正中天然几上，玻璃罩子里，搁着珐琅自鸣钟，机括早坏了，停了多年。两旁垂着朱红对联，闪着金色寿字团花，一朵花托住一个墨汁淋漓的大字。

---

[1] 水晶：《象忧亦忧·象喜亦喜——泛论张爱玲短篇小说中的镜子意象》，收《替张爱玲补妆》，水晶著，山东画报出版社2004年版。

在微光里,一个个的字都像浮在半空中,离着纸老远。流苏觉得自己就是对联上的一个字,虚飘飘的,不落实地。白公馆有这么一点像神仙的洞府:这里悠悠忽忽过了一天,世上已经过了一千年。可是这里过了一千年,也同一天差不多,因为每天都是一样的单调与无聊。流苏交叉着胳膊,抱住她自己的颈项。七八年一眨眼就过去了。你年轻么?不要紧,过两年就老了,这里,青春是不稀罕的。他们有的是青春——孩子一个个的被生出来,新的明亮的眼睛,新的红嫩的嘴,新的智慧。一年又一年的磨下来,眼睛钝了,人钝了,下一代又生出来了。这一代便被吸到朱红洒金的辉煌的背景里去,一点一点的淡金便是从前的人的怯怯的眼睛。流苏突然叫了一声,掩住自己的眼睛,跌跌冲冲往楼上爬。

  流苏看透了公侯人家的虚伪与生活的本相,进而,在玻璃的透明而无情的隔离下,她更明了了自己生命的孤独和无助:"白流苏在她母亲床前凄凉凉跪着,听见了这话,把手里的绣花鞋帮子紧紧按在心口上,戳在鞋上的一枚针,扎了手也不觉得疼,小声道:'这屋子可住不得了!……住不得了!'她的声音灰暗而轻飘,像断断续续的尘灰吊子。她仿佛做梦似的,满头满脸都挂着尘灰吊子,迷迷糊糊向前一扑,自己以为是枕住了她母亲的膝盖,呜呜咽咽哭了起来道:'妈,妈,你老人家给我做主!'她母亲呆着脸,笑嘻嘻的不作声。她搂住她母亲的腿,使劲摇撼着,哭道:'妈!妈!'恍惚又是多年前,她还只十来岁的时候,看了戏出来,在倾盆大雨中和家里人挤散了。她独自站在人行道上,瞪着眼看人,人也瞪着眼看她,隔着雨淋淋的车窗,隔着一层无形的玻璃罩——无数的陌生人。人人都关在他们自己的小世界里,她撞破了头也撞不进去。她似乎是魔住了。"兄嫂的凉薄,一下子就召回了流苏梦魇般的童年记忆,让她陷入了孤独无依的"惘惘的威胁"之中。《半生缘》中,世钧在音讯断绝14年后,竟然与初恋情人曼桢意外重逢:"恍恍惚惚",感觉是被时间抛弃在无涯的荒野里,"他拨了号码,在昏黄的灯下远远地望着曼桢,听见翠芝的声音,恍如隔世。窗里望出去只看见一片苍茫的马路,沙沙的汽车声来往得更勤了。大玻璃窗上装着霓虹灯青莲色的光管,背面看不出是什么字,甚至于不知道是哪一国的文字,也不知道身在何方"。世界如此茫然而遥远,一切都变得虚空而不真实,包括曾经的爱。七巧拒绝季泽的求爱后,也在玻璃窗的映象中感到迷离、空幻,"玻璃窗的上角隐隐约约反映出弄堂里一个巡警的缩小的影子,晃着膀子踱过去,一辆黄包车静静在巡警身上碾过。小孩把袍子掖在裤腰里,一路踢着球,奔出玻璃的边缘。绿色的邮差骑着自行车,复印在巡警身上,一溜烟掠过。都是些鬼,多年前的鬼,多年后的没投胎的鬼……什么是真的,什么是假的?"(《金锁记》)

与此同时,无论镜子还是玻璃,或者其他类似制品,都是不安全易碎的物件。张爱玲大量描写它们,象外之致深焉,恰如前述她的看法,"这个世界什么东西都靠不住,一捏便粉碎了"。由这个角度在叙事中设置镜子、玻璃一类的意象,自然更偏于揭示世界与人生的虚无了。在《鸿鸾禧》中,那类"无人性"的镜子、玻璃屡次出现,玉清嫁妆中的金珐琅粉镜、有拉链的鸡皮小粉镜,祥云公司的穿衣镜,浴室里的镜子,娄先生的眼镜,晶莹的玻璃杯,桌面玻璃,灯泡,而最后玉清结婚的礼堂竟也是玻璃的:"广大的厅堂里立着朱红大柱,盘着青绿的龙;黑玻璃的墙,黑玻璃壁龛里坐着的小金佛,外国老太太的东方,全部在这里了。其间更有无边无际的暗花北京地毯,脚踩上去,虚飘飘地踩不到花,像隔了一层什么。整个的花团锦簇的大房间是一个玻璃球,球心有五彩的碎花图案。客人们都是小心翼翼顺着球面爬行的苍蝇,无法爬进去。"总计张爱玲在此小说中写到镜子7次,眼镜8次,玻璃9次,白瓷4次。能说张爱玲集中如此之多的玻璃之物于玉清的婚礼之中完全无甚考虑吗?在这些描写下面,有一段评说棠倩(玉清表妹)的文字:"她姊姊棠倩没有她高,而且脸比她圆,因此粗看倒比她年轻。棠倩是活泼的,活泼了这些年还没嫁掉,使她丧失了自尊心。她的圆圆的小灵魂破裂了,补上了白瓷,眼白是白瓷,白牙也是白瓷,微微凸出,硬冷,雪白,无情,但仍然笑着,而且更活泼了。"破裂、易碎,被反复强调,那么,玉清的婚姻会不会破碎呢?会的,她在结婚前就充满不安和恐惧。一场婚礼被张爱玲写得仿佛是告别生命的仪式。

在这些喻示着颓坏或虚空的镜子、玻璃等意象中,还有部分如30年前、30年后的月亮一样,起着结构作用。《金锁记》以四五万字篇幅讲述30年上海故事,注定了叙事结构的精巧。除以月亮意象整合全部叙事以外,还以镜子意象作为跳跃、连接的关节:

风从窗子里进来,对面挂着的回文雕漆长镜被吹得摇摇晃晃,磕托磕托敲着墙。七巧双手按住镜子。镜子里反映着的翠竹帘子和一副金绿山水屏条依旧在风中来回荡漾着,望久了,便有一种晕船的感觉。再定睛看时,翠竹帘子已经褪了色,金绿山水换了一张她丈夫的遗像,镜子里的人也老了十年。

镜子里的映像恍惚,一个画面淡出,一个画面融入,张爱玲轻巧地跳过了七巧十年无爱无肉体的生活。那种生活总不过是那样,一个蒙太奇式的腾挪实在经济至极。而且,"翠竹帘子已经褪了色",寥寥数语即已暗示了世事沧桑。生命的凋冷自在不言之中。对此,费勇评述道:"镜子里的人,以及镜子里的物,在'风'的摇曳中,骤然褪色、变移,在看与被看之中,在最细小空间中的不起眼的物象的变迁中,却有着沧海桑田的感怀。空间中凝止的物象,并不能遏止生命的消失。"[1] 这种现代文人中颇为少见的叙事手段,与张爱玲自幼即嗜看电影有关。化现代技术入古典文学,在张爱玲可谓随心应手。

---

[1] 费勇:《论文学中的并置》,《广东社会科学》1998年第3期。

三、鸟、屏风及其他

迷恋绘画，热爱电影，擅于运用色彩和音乐，诸般艺术质素使张爱玲的意象惊艳满目，并不限于月亮、镜子和玻璃，而有着更广泛的范围，如"小蓝牙齿"、鸟、屏风、绣花鞋、钟、剃刀片等等。不过，意象总归是"人心营构之象"，月亮、镜子之外的其他意象也都归于虚无主义的叙事哲学。或许由于虚无在张爱玲小说中居于本体地位，她营构的鸟、屏风等意象也大都指向世相讽刺或生命中"虚空的空虚"，而极少用于喻示"人生安稳的底子"。

"小蓝牙齿"的意象接连三次出现在《第二炉香》中："她（靡丽笙）提到丈夫佛兰克的名字的时候，薄薄的嘴唇向上一掀，露出一排小小的牙齿来，在灯光下，白得发蓝，小蓝牙齿……罗杰打了个寒噤"，"她（愫细）把两只手掩住了眼睛，头向后仰着，笑的时候露出一排小小的牙齿，白得发蓝。……小蓝牙齿！但是多么美"。愫细姊妹的牙齿自然不是蓝的，然而这种变形的幻觉描写，暗示了一种幽森噬人的氛围。到后来，愫细姐妹的牙齿与煤气火苗形成的"小蓝牙齿"相呼应，继而又与"尖利的獠牙"发生联系，明确将罗杰的自杀归因于愫细姐妹的无知以及周围人群的虚伪：

水沸了，他把水壶移过一边去，煤气的火光，像一朵硕大的黑心的蓝菊花，细长的花瓣向里蜷曲着。他把火渐渐关小了，花瓣子渐渐的短了，短了，快没有了，只剩下一圈齐整的小蓝牙齿，牙齿也渐渐地隐去了。但是在完全消灭之前，突然向外一扑，伸为一两寸长的尖利的獠牙，只一刹那，就"拍"的一炸，化为乌有……

深切的世相讽刺由此潜隐在"小蓝牙齿"的意象中。而鸟的意象的使用更为知名。最知名者出于《茉莉香片》。世家小姐冯碧落与商家子弟言子夜相爱，言家托人来提亲，因为门第遭到奚落。言子夜一怒而去，碧落则被家人嫁给了亲上加亲的聂介臣，做了"清醒的牺牲"。张爱玲如此描述婚后的冯碧落的生活说："关于碧落的嫁后生涯，传庆可不敢揣想。她不是笼子里的鸟。笼子里的鸟，开了笼，还会飞出来。她是绣在屏风上的鸟——悒郁的紫色缎子屏风上，织金云朵里的一只白鸟。年深月久了，羽毛暗了，霉了，给虫蛀了，死也还死在屏风上。"女权主义研究者完全有充分理由将屏风上的"鸟"的生涯理解为男权的压迫，然而二十年后她的儿子聂传庆也成了一只"鸟"，"她死了，她完了，可是还有传庆呢？凭什么传庆要受这个罪？碧落嫁到聂家来，至少是清醒的牺牲。传庆生在聂家，可是一点选择的权利也没有。屏风上又添上了一只鸟，打死他也不能飞下屏风去。他跟着他父亲二十年，已经给制造成了一个精神上的残废，即使给了他自由，他也跑不了"。这里未必关于男权和女权，而涉及的是青春的毁掉，生命的幻灭。按照张爱玲的观点，"长的是磨难，短的是人生"，所以能谓为"人生"者，一定缘于爱的光芒的照耀。回顾冯碧落的一生，爱又何在呢，她的生命不能不是一场残酷的梦幻。

对命运的无情拨弄和生命陷入虚空的揭示还在绣花鞋、象牙红等意象中得到强调。《金锁记》中，季泽的调情触动了七巧心中久久压抑的痛苦："她顺着椅子溜下去，蹲在地上，脸枕着袖子，听不见她哭，只看见发髻上插的风凉针，针头上的一粒钻石的光，闪闪掣动着。发髻的心子里扎着一小截粉红丝线，反映在金刚钻微红的火焰里。她的背影一挫一挫，俯伏下去。她不像在哭，简直像翻肠搅胃地呕吐。"钻石一闪一闪的光焰，无情嘲弄着七巧无望的挣扎。而《红玫瑰与白玫瑰》通过一双绣花鞋完成对孟烟鹂命运的暗示，不免令人毛骨悚然，"地板正中躺着烟鹂一双绣花鞋，微带八字式，一只前些，一只后些，像有一个不敢现形的鬼怯怯向他走过来，央求着"。葛薇龙（《第一炉香》）由于自身的虚荣，日益陷身于姑姑编织的欲与钱的网络而不能自拔，明知会被吞噬却终不能离开。张爱玲通过象牙红的意象隐喻了薇龙的这一命运：

薇龙猜着乔琪一定趁着这机会，有一番表白，不料他竟一句话也没有，不由得看了他一眼。他把一只手臂横搁在轮盘上，人就伏在轮盘上，一动也不动。薇龙见了，心里一牵一牵地痛着，泪珠顺着脸直淌下来，连忙向前继续走去，乔琪这一次就不再跟上来了。薇龙走到转弯的地方，回头望一望，他的车依旧在那儿。天完全黑了，整个世界像一张灰色的圣诞卡片，一切都是影影绰绰的，真正存在的只有一朵一朵挺大的象牙红，简单的，原始的，碗口大，桶口大。

这在黑暗中展开的红色，布满着一种原始的恐怖。"虚空的空虚"，由此弥漫在薇龙的周边。

第十三讲　张腔语言，文字之魅

王德威提出"张腔"概念以来，实则对于何为"张腔"，论者言人人殊，然而语言为其中必备因素。张爱玲以虚无主义叙事哲学摄领人物形塑、家族想象、上海书写以及衣饰、色彩、吃食、月亮、镜子等有关"物质生活"的细节再现，但于语言，则另张个性，并不完全因于虚无主义。文字之魅，是张腔语言的主旨所在。谈及文学根本，她表示"一班文人何以甘心情愿守在'文字狱'里面呢？我想归根究底还是因为文字的韵味"（《论写作》），而对于自己的写作，她说"对于色彩，音符，字眼，我极为敏感……我学写文章，爱用色彩浓厚、音韵铿锵的字眼"（《天才梦》）。那么，较之五四以后的众多现代文人，张腔语言在字眼、修辞诸方面有何异调别声呢，以至于苏青表示："我读张爱玲的作品，觉得自有一种魅力，非急切地吞读下去不可。读下去像听凄幽的音乐，即使是片段也会感动起来。"[1]

---

[1] 胡兰成:《〈传奇〉集评茶会记》，收《张爱玲的风气：1949年前的张爱玲评说》，陈子善编，山东画报出版社2004年版。

一、词语的创造与搭配

对词语的发现、创造与调遣，是现代汉语写作才华的一种见证，其时所谓"现代汉语写作"刚从文言写作中脱轨而出不久，创造性便成为横亘于现代文人之前的机会与挑战。鲁迅以用词不规范而别具奇崛文字魅力著称，实则张爱玲文字中不规范处亦在在皆是。不过对于文人而言，不规范恰是天赋异禀的驰骋之所，倘若能自成"腔调"体式，"不规范"亦便成为新的规范。张爱玲的文字被誉作"张腔"，语言上的创造与实验即是重要原因。

与诸多文人一样，张爱玲的家世于文学写作而言极为适宜。张家张佩纶本以辞章著称于世，张氏后人无论有无此方面的人生追求，其文学素养无疑都堪称可取。张爱玲的父亲张志沂熟知典章奏议，母亲喜欢新式小说（如老舍的《二马》），至于姑姑，则大有隽语连珠的才华。张爱玲曾撰《说胡萝卜》《姑姑语录》两文，收集姑姑言论，从中可见一斑。譬如：

> 我姑姑说话有一种清平的机智见识，我告诉她有点像周作人他们的。……有一天夜里非常的寒冷。急急地要往床里钻的时候，她说："视睡如归。"写下来可以成为一首小诗："冬之夜，视睡如归。"……她有过一个年老唠叨的朋友，现在不大来往了。她说："生命太短了，费那么些时间和这样的人在一起是太可惜——可是，和她在一起，又使人觉得生命太长了。"……去年她生过病，病后久久没有复原。她带一点嘲笑，说道："又是这样的恢恢的天气，又这样的虚弱，一个人整个地像一首词了！"（《姑姑语录》）

张爱玲离开父亲家后，长期与姑姑生活在一起，受姑姑影响甚大。无论她对家世的感受多么复杂难名，但家学渊源无疑构成了她对字眼的敏感与喜爱。在她的文字中，往往自铸新词，虽不合规则，但却能妙词传神，造成一片生气。

　　语言学研究者认为,张爱玲自创新词主要有两种类型,一是双音节词组合,二是叠音词组合。双音节词组合中,一些词语虽前所未见,但贴切鲜活,而富于表现力,如"它的题材却贴恋着中国人的心"(《借银灯》),"题材虽然是八十年前的上海妓家,并无艳异之感"(《忆胡适之》),"贴恋""艳异"简洁意丰,颇能达意。尤其突出的是色彩词素的组合,这又分两种情况。一是偏正式的,或是表现色彩的词素与表现心理、生理感觉的词素之间的结合,如"寒灰""冻白""闷蓝",或是表现色彩的词素与表现视觉的词素之间的结合,如"阴黑""脏白"。偏正式组合融合了不同感觉,使色彩富于生动的感性,予人深刻印象。另一种情况是并列式的,如"宽黄""圆白""低黄"等,则别具干脆爽利的韵味。叠音词组合也分两种形式,一是单音词素加单音重叠,如"红焰焰""白浩浩""肥敦敦""晕陶陶""滑塌塌""棉墩墩""木渣渣"等;二是双音重叠,如"兴兴头头""森森细细""跌跌冲冲"等等,这类词语,无论在书面用语中还是在口头用语中,都不多见,但被张爱玲创造出来,却是十分准确、生动。如《华丽缘》中的"跌跌冲冲","每人都是几何学上的一个'点'——只有地位,没有长度、宽度与厚度。整个的集会全是一点一点,虚线构成的图画;而我,虽然也和别人一样地在厚棉袍外面罩着蓝布长衫,却是没有地位,只有长度、阔度与厚度的一大块,所以我非常窘,一路跌跌冲冲,踉踉跄跄地走了出去",十分准确地通过慌不择路的动作传达了主人公突然被奔涌而上的痛苦所袭击的心理状态。

　　修饰语的使用倒未见得自创新词,但修饰词与被修饰词之间出乎常例的搭配,也别具特色,如"狭窄地一笑""怯怯的荒寒""钝钝的恨毒"之类,皆具有陌生化效果。"狭窄"本用于形容空间的,但用以形容笑的动作,仅两个字就透露出主人公的勉强与尴尬。有意为之的错离语境的搭配,也予人异样效果。如"不惯穿裙的小家碧玉走起路来便予人以惊风骇浪的印象"(《更衣记》),"惊风骇浪"本义指航海之风险,引申为命运的动荡起伏,此处则指不习"莲步姗姗"的女性走路时因腰臀摆幅度过大而引起的身体刺激与诱惑。又如"我这种拘拘束束的苦乐是属于小资产阶级的"(《童言无忌》),"拘拘束束"本是形容人际交往,但在此用以描绘自己对于金钱的态度,十分传神地传达了作者对于金钱且爱且惜的心态。其他类似搭配还有,"她两脚悬空,兢兢业业的坐着,满脸的心虚"(《道路以目》),"任是铁铮铮的名字挂在千万人的嘴唇上,也在呼吸的水蒸气里生了锈"(《更衣记》),"这石破天惊的会晤当然是充满了戏剧性"(《借银灯》),等等。张爱玲对文字的敏感还直接受益于丰富的阅读经验。她的有些词语并非自创,而是直接从古典文学中挪移而来,且雅俗并举。雅者如"暌隔""蠲免""怅惘""迢遥"等词语,以及"如匪浣衣""死生契阔,与子成说。执子之手,与子偕老"一类诗句。俗者则如"没奈何""打量""抽凉气""胡闹""打饥荒""耍贫嘴"等等。这些词语的活用,使张爱玲的文字不但在精神资源上与古典传统一脉相承,而且在语言风格上亦有"创旧"(化旧为新)之奇。

当然,由于虚无主义无时不在的"惘惘的威胁",张爱玲对现世细节无比爱恋,这使她的俗字俗语的活用或创造往往直接取自现实生活。如"韭菜边""灯果边""线镶滚"等女红用语,如"腰梅肉""粘粘转""草炉饼"等饮食用语。有一部分惟妙惟肖的拟声词,更得自于她对生活的精细观察和贴心贴肺的喜爱。例如她写走路声,寥寥数字,就能写出人穿的什么鞋、动作快慢,甚至直见人之性情,"我父亲跶着拖鞋,啪达啪达冲下楼来"(《私语》),"啪达啪达"四字足见父亲盛怒之状;又如"听见门口卖臭豆腐干的过来了,便抓起一只碗来,蹬蹬奔下六层楼梯"(《公寓生活记趣》),"蹬蹬"二字可见她穿的不是拖鞋而是皮鞋之类,更可见她之缺乏淑女状;又如,"娇蕊站起来,踏啦踏啦往房里走"(《红玫瑰与白玫瑰》),"踏啦踏啦"四字将娇蕊慵懒袅娜之态轻轻托出;再如,"徐太太又胖,走得吱吱格格一片响"(《倾城之恋》),"吱吱格格"四字将徐太太的肥重写得一览无余。而写汽车声音,又有"叭叭""哗!哗!""铺拉铺拉""泼喇泼喇""轰隆轰隆"

之别。至于电话声、小贩叫卖声、口哨声更不一而足。

家学渊源，阅读经验，贴心贴肺的现世热爱（物质主义），使张爱玲的词汇系统雅俗交融、搭配恰当，并能创新如旧。即使用熟悉词汇，也呈现出精确、恰切之特征。在《红玫瑰与白玫瑰》中，振保初见朋友之妻王娇蕊，即被吸引。王娇蕊刚洗完澡，只是对振保笑了笑，"溅了点沫子到振保的手背上。他不肯擦掉它，由它自己干了，那一块皮肤上便有一种紧缩的感觉，像有张嘴轻轻吸着它似的"。此处用词精妙至极，仅一滴肥皂水，就仿佛有了生命，成了一张在男人手背上"吸"动着的嘴，这将振保那掩藏在"理想的现代人物"之下的欲望写得淋漓尽致。这种细微而异常的描写在下文还得到继续，"（振保）老觉得有个小嘴吮着他的手"，"微温的水里就像有一根热心的芯子，龙头里挂下一股子水一扭一扭流下来，一寸寸都是活的"，"一扭一扭""一寸寸都是活的"，分明是王娇蕊妖娆诱惑的身体。振保潜意识中的性渴望导致了他奇怪的动作。他在娇蕊洗过澡的房子里洗澡，"看她的头发，到处都是她，牵牵绊绊的"，"振保洗完了澡，蹲下地去，把瓷砖上的乱头发一团团拣了起来，集成一嘟噜。烫过的头发，梢子上发黄，相当地硬，像传电的细钢丝。他把它塞到裤袋里去，他的手停留在口袋里，只觉浑身燥热"。这种种技术，造就了张爱玲特异的语言美感。

二、从讽刺到幽默

与冰心、林徽因、凌叔华这些世家才女不同，出身高门巨族的张爱玲未能真正享受到温暖的童年，她对自己的家族和家庭多少抱有不堪的感觉。而且，与谢、林这些处于上流社会中心的名家大族不同，张氏家族以及张爱玲所熟悉的合肥李家、南京黄家等前清世家都"走在破落户的道路"上，子孙狂嫖滥赌，"连空架子也撑不起了"，却又放不下门第身份，虽或还略有钱财，但实是被遗忘在时代边缘。张爱玲自少年时起便鄙弃旧式家族那种"女结婚员"的人生道路,这决定了她对周遭世界尤其是对旧式家族的基本态度:不屑与讽刺。如果说冰心、凌叔华批判"封建"家庭要从报纸上寻找别人的材料,那么,在张爱玲则是身在其中,触目皆是。《金锁记》《花凋》《创世纪》等等小说,都直接取自于她的亲戚间的故事。由此,张爱玲自外于她所生活的环境,故当她以文字重述她身边发生的故事时,轻微而又无所不在的讥讽,便成为她的叙述语言的突出色调。

旧式家族的破落与虚浮成为她的讽刺语言的首要目标,以她舅舅黄定柱家为原型的《花凋》讽刺说:

> 说不上来郑家是穷还是阔。呼奴使婢的一大家子人。住了一幢洋房,床只有两只,小姐们每晚抱了铺盖到客室里打地铺。客室里稀稀朗朗几件家具也是借来的,只有一架无线电是自己置的,留声机屉子里有最新的流行唱片。……全家坐了汽车看电影去。孩子蛀了牙没钱补,在学校里买不起钢笔头。佣人们因为积欠工资过多,不得不做下去。

《琉璃瓦》讽刺破落家族欲借女儿联姻改变命运的想法说,"女儿是家累,是赔钱货,但是美丽的女儿向来不在此例"。类似讽刺更集中于旧式家族里的各类人物身上。由于张、李一类家族自高于世,而张爱玲在骨子里自高于人,同时又洞察人性,尤其是人性中的可怜与算计,诸般原因,使张爱玲在叙述人物时,笔尖总不期然地含着微讽的气息,对形色各异的遗老遗少及洋场浪荡子弟尤其如此。对以舅舅黄定柱为原型的郑先生,张爱玲的语言特别讥刺,"郑先生是连演四十年的一出闹剧,他夫人则是一出冗长单调的悲剧。她恨他不负责任;她恨他要生那么些孩子;她恨他不讲卫生,床前放着痰盂而他偏要将痰吐到拖鞋里","郑家一家都是出奇地相貌好。从她父亲起,郑先生长得像广告画上喝乐口福抽香烟的标准上海青年绅士,圆脸,眉目开展,嘴角向上兜兜着,穿上短裤子就变了吃婴儿药片的小男孩,加上两撇八字须就代表了即时进补的老大爷,胡子一白就可以权充圣诞老人","可是郑先生究竟是个带点名士派的人,看得开,有钱的时候在外面生孩子,没钱的时候在家里生孩子。没钱的时候居多,因此家里的儿女生之不已"。(《花凋》)不几句,即将郑先生自私无能的纨绔形象勾勒逼真。黄家因这篇小说和张爱玲断了来往。姚先生(《琉璃瓦》)亦是备受取笑的对象。他一心想靠女儿的婚姻发达,但女儿们偏不和他一心,小女儿曲曲竟看上一个穷职员:"曲曲倒也改变了口气,声言:'除了王俊业,也没有别人拿得住我。钱到底是假的,只有情感是真的——我也看穿了,天下没有十全十美的事。'她这一清高,抱了恋爱至上主义,别的不要紧,吃亏了姚先生,少不得替她料理一切琐屑的俗事。王俊业手里一个钱也没有攒下来。家里除了母亲还有哥嫂弟妹,分租了人家楼上几间屋子住着,委实再安插不下一位新少奶奶。姚先生只得替曲曲另找一间房子,买了一堂家具,又草草置备了几件衣饰,也就所费不赀了。"姚先生机关用尽,全都事与愿违,始终不能靠女儿发家致富。到最后,"她太太肚子又大了起来,想必又是一个女孩子。亲戚们都说:'来得好!姚先生明年五十大庆,正好凑一个八仙上寿!'"匡仰彝(《创世纪》)靠着母亲的嫁妆活了一辈子,不但百无一能,还要显得自己特别会说话,比如顺着母亲的感伤嘲弄自己的太太:

紫微笑道:"我们少奶奶呀,但凡有一点点事,就忙得头不梳,脸不洗的,弄得不像样子。"仰彝笑道:"现在是不行了,从前我总说她是我所见过的最标准的一个美人。"大家都笑了起来,仰彝又道:"现在是不行了!看她在那儿洗碗,脸就跟墙一个颜色,手里那块抹布也是那个颜色。"

匡仰彝已经沦落到想不到一个男人应该对家庭负有的责任。他太太的潦倒不正是他的责任,不知他又得意什么?较之男性,张爱玲对女性的了解更深切些。在二十世纪三四十年代,像张爱玲和她姑姑那样的职业女性毕竟为数有限,绝大多数女性(尤其有门第、身份的女性)仍囿限在家庭和丈夫的范围之内,"一辈子讲的是男人,念的是男人,怨的是男人"。对这类有计划地或无意识地依赖于男性的女性,张爱玲更是不吝讽刺之言。《连环套》中的霓喜,"有着泼辣的生命力","她要男性的爱,同时也要安全,可是不能兼顾,每致人财两空"(《自己的文章》)。对于这样一类辗转于男性之间借以谋生的女性,张爱玲从一开始就是讽刺的:"赛姆生太太是中国人。她的第三个丈夫是英国人,名唤汤姆生,但是他不准她使用他的姓氏,另赠了她这个相仿的名字。从生物学家的观点看来,赛姆生太太曾经结婚多次,可是从律师的观点看来,她始终未曾出嫁。"(《连环套》)后来写到她年迈时,也不忘讥讽:"赛姆生太太自己的照片最多。从十四岁那年初上城的时候拍起,渐渐的她学会了向摄影机做媚眼。中年以后她喜欢和女儿一同拍,因为谁都说她们像姊妹。摄影师只消说这么一句,她便吩咐他多印一打照片。晚年的赛姆生太太不那么上照了,瞧上去也还比她的真实年龄年轻二十岁。染了头发,低低的梳一个漆黑的双心髻。体格虽谈不上美,却也够得上引用老舍夸赞西洋妇女的话:'胳膊是胳膊,腿是腿。'"张爱玲对梁太太的讽刺同样辛辣:"薇龙这才看见她的脸,毕竟上了几岁年纪,白腻中略透青苍,嘴唇上一抹紫黑色的胭脂,是这一季巴黎新拟的'桑子红'。薇龙却认识那一双似睡非睡的眼睛,父亲的照相簿里珍藏着一张泛了黄的'全家福'照片,里面便有这双眼睛。美人老去了,眼睛却没老。"(《第一炉香》)"美人老去了,眼睛却没老",不是赞美梁太太的眼睛能永葆青春,而是讽刺她年过半百仍不肯退出情场,坚持诱惑俊俏男人,和他们飞媚眼,打"眉目官司"。《五四遗事》对抱定自由恋爱宗旨的密斯范亦奚落有加:

罗再度进行离婚。这次同情他的人很少。以前将他当作一个开路先锋,现在却成了个玩弄女性的坏蛋。这次离婚又是长期奋斗。密斯范呢,也在奋斗。她斗争的对象是岁月的侵蚀,是男子喜新厌旧的天性。而且她是孤军奋斗,并没有人站在她身旁予以鼓励,像她站在罗的身边一样。因为她的战斗根本是秘密的,结果若是成功,也要使人浑然不觉,决不能露出努力的痕迹。她仍旧保持着秀丽的面貌。她的发式与服装都经过缜密的研究,是流行的式样与回忆之间的微妙的妥协。他永远不要她改变,要她和最初相识的时候一模一样。然而男子的心理是矛盾的,如果有一天他突然发觉她变老式,落伍,他也会感到惊异与悲哀。

对于家族以及上述男性女性的讥刺,实皆可以归入世相讽刺。这类讽刺与钱锺书接近,而与现代文人中另外一类擅于讽刺者(如张天翼、陈白尘)不同。张爱玲与钱锺书的讽刺,与其说指向社会与政治的窳败,毋宁说指向人性的虚浮。而人性又何尝可以改变(改造)呢?郑先生的自私,梁太太以调情为人生事业,皆不甚涉及社会政治制度,如何可以改造呢?实则张爱玲根本无此方面的设想。与民族国家书写者不同,张爱玲的讽刺不包含改良或革命的意识形态诉求,至多用以提示世界的虚无。因此,张爱玲的讽刺总是轻度的,因为在虚空的人世,任何人、物皆有可哀悯的成分,而且它们必然会在茫茫尘世中化为虚无,也犯不着以批判、诅咒之姿在文学上褫剥其存在合法性。后者实只是张爱玲一向不喜欢的"新文艺滥调",而于她自己,讽刺只是轻微的讥诮,甚至只是一种幽默的语言趣味。林语堂认为:"幽默是一种心理状态。进而言之是一种观点,一种对人生的看法。一个民族在其发展过程中,只要才能与理智横溢到足以痛斥自己的理想,幽默之花就会盛开,因为所谓幽默只是才能对自我进行的鞭挞而已。历史上的任何时期,人类一旦能够认识到自己的无能与渺小、愚蠢与矛盾,就会有幽默者产生。"[1]这正是张爱玲讽刺的基底,实则她亦时常自讽:

---

[1] 林语堂:《中国人》,学林出版社1994年版,页77。

孔子诞辰那天,阿妈的儿子学校里放一天假。阿妈在厨房里弯着腰扫地,同我姑姑道:"总是说孔夫子,到底这孔夫子是个什么人?"姑姑想了一想,答道:"孔夫子是个写书的——"我在旁边立刻联想到苏青与我之类的人,觉得很不妥当。姑姑又接下去说:"写了《论语》《孟子》[1],还有许许多多别的书。"(《气短情长及其他》)

有的讽刺只流露出叙述者无甚恶意的生活幽默,如,"那米耳先生是个官,更兼是个中国地方的外国官,自是气度不凡,胡须像一只小黄鸟,张开翅膀托住了鼻子,鼻子便像一座山似的隔开了双目,唯恐左右两眼瞪人瞪惯了,对翻白眼,有伤和气。头顶已是秃了,然而要知道他是秃头,必得绕到他后面去方才得知,只因他下颏仰得太高了"(《连环套》)。又如,"姚先生姚太太面面相觑。姚太太道:'也许她没有看清楚陈良栋的相貌,不放心。'心心蹬脚道:'没有看清楚,倒又好了!那个人,椰子似的圆滚滚的头。头发朝后梳,前面就是脸,头发朝前梳,后面就是脸——简直没有分别!'"(《琉璃瓦》)《花凋》中也说起郑先生物色女婿:"乍回国的留学生,据说是嘴馋眼花,最易捕捉。"这些讽刺描绘,可以瞥出张爱玲的母亲与姑姑平日里品评男性时的苛刻或刻薄的影子,但并无国民性批判一类的"微言大义"。后者非她所愿。从这一意义上讲,轻度的讽刺语言使张爱玲和她姑姑一样"是'轻性知识分子'的典型"(《诗与胡说》)。

---

[1] 原文有误,孔子未写《孟子》一书。

三、"缠枝莲花"般的比喻

张爱玲"对于色彩,音符,字眼"的极度"敏感"还体现在比喻的使用上。何为"比喻",实即打比方,用已知的某一事物来说明未知的与此事物不同但又有相似之处的另一事物。作为修辞手段,汉语写作用之甚久,《礼记》曰"不学博依,不能安诗",可见能否精巧别致地使用比喻,是文人才具的一项见证。在现代文人中,最以比喻擅名的恐怕非钱锺书先生莫属。然而张爱玲的比喻虽不及钱锺书密集、知识性强,但女性的直觉与想象力,仍使她的比喻在现代文人中独具一格,有持久的"文字的韵味",恰如周芬伶所言:"她的语言像缠枝莲花一样,东开一朵,西开一朵,令人目不暇给,往往在紧要关头冒出一个绝妙的譬喻。"[1]

她的一些比喻显示了出人意料的感觉能力。《天才梦》说,"生命是一袭华美的袍,爬满了虱子",可称张氏比喻之最,不仅是张爱玲自己一生的写照,亦是后世万千读者对生命的深切感受。又有一些比喻新鲜奇特,"杨贵妃的热闹,我想是像一种陶瓷的汤壶,温润如玉的,在脚头,里面的水渐渐冷去的时候,令人感到温柔的惆怅。苏青却是个红泥小火炉,有它自己独立的火,看得见红焰焰的光,听得见哔栗剥落的爆炸,可是比较难伺候,添煤添柴,烟气呛人"(《我看苏青》)。"温柔的惆怅"有着古典的美感,而"红泥小火炉"有着冬夜倾心的温暖,亦有着日常相处的粗爽与小小的啮咬。联想起苏青与胡兰成偶尔的性关系,不能不感受张爱玲这番比喻的恰切。同时,她的比喻还极富想象力:

我们的饭桌正对着阳台,阳台上撑着个破竹帘子,早已破得不可收拾,夏天也挡不住西晒,冬天也不必拆除了。每天红通通的太阳落山,或是下雨,

---

[1] 周芬伶:《艳异:张爱玲与中国文学》,中国华侨出版社 2003 年版,页 165。

高楼外的天色一片雪白,破竹子斜着飘着,很有芦苇的感觉。有一向,芦苇上拴了块污旧的布条子,从玻璃窗里望出去,正像一个小人的侧影,宽袍大袖,冠带齐整,是个儒者,尤其像孟子,我总觉得孟子是比较矮小的。一连下了两三个礼拜的雨,那小人在风雨中连连作揖点头,虽然是个书生,一样也世事洞明,人情练达,辩论的起点他非常地肯迁就,从霸道谈到王道,从女人谈到王道,左右逢源,娓娓动人,然而他的道理还是行不通……怎样也行不通。看了他使我很难过。每天吃饭的时候面对着窗外,不由得要注意到他,面色灰败,风尘仆仆地左一个揖右一个揖。(《气短情长及其他》)

精巧别致,是张爱玲的比喻的又一特色。《第一炉香》中形容梁太太的花园说:"这园子仿佛是乱山中凭空擎出的一只金漆托盘。"又形容薇龙和她的小阳台说:"那阳台如果是个乌漆小茶托,她就是茶托上镶嵌的罗钿的花。"甚至对于习常以为丑的事物,张爱玲亦能通过比喻见出可爱之处。比如她在市场上看见两个小孩胸前的油渍,不觉其"丑",反而说"像关公颔下盛胡须的锦囊","又有个抱在手里的小孩,穿着桃红假哔叽的棉袍,那珍贵的颜色在一冬日积月累的黑腻污秽里真是双手捧出来的,看了叫人心痛,穿脏了也还是污泥里的莲花"。不过,有时也有故意刻薄的成分,"(奚太太)小嘴突出来像鸟喙,有许多意见在那里含苞欲放,想想又觉得没说头"(《等》)。

张爱玲的比喻与寻常比喻不同。她不强调本体与喻体的形似,而注重其间的神似。故而她的比喻时常出人意料,"外国先生读到'伍婉云'之类的名字每觉异常吃力,舌头仿佛卷起来打了个蝴蝶结"(《必也正名乎》),"现实这样东西是没有系统的,像七八个话匣子同时开唱,各唱各的,打成一片混沌"(《烬余录》)。有的比喻因此惊艳至极,"她不是笼子里的鸟。笼子里的鸟,开了笼,还会飞出来。她是绣在屏风上的鸟——恓郁的紫色缎子屏风上,织金云朵里的一只白鸟。年深月久了,羽毛暗了,霉了,给虫蛀了,死也还死在屏风上"(《茉莉香片》),"也许每一个男子全都有过这样的两个女人,至少两个。娶了红玫瑰,久而久之,红的变了墙上的一抹蚊子血,白的还是'床前明月光';娶了白玫瑰,白的便是衣服上的一粒饭粘子,红的却是心口上的一颗朱砂痣"(《红玫瑰与白玫瑰》)。不过,与词语的发现与组织不同,张爱玲对比喻的使用,多少还与她的虚无主义叙事哲学有关。她的文字中的许多比喻,往往是在高潮之际突然掀开结尾的颓败,在热闹的当口突然拉开帷幕后的荒凉。霓喜(赛姆生太太)年老色衰,变得特别爱照相,爱看从前的照片,而张爱玲对照片的比喻,突兀地将生命的虚空横在霓喜的虚荣面前:

她特地开了箱子取出照相簿来,里面有她的丈夫们的单人像,可是他们从未与她合拍过一张,想是怕她敲诈。我们又看见她的大女儿的结婚照,小女儿的结婚照,大女儿离婚之后再度结婚的照片。照片这东西不过是生命的碎壳;纷纷的岁月已过去,瓜子仁一粒粒咽了下去,滋味各人自己知道,留给大家看的唯有那满地狼藉的黑白的瓜子壳。(《连环套》)

《创世纪》对年迈的相府千金紫微也有类似比喻:"老太太是细长身材,穿黑,脸上起了老人的棕色寿斑,眉睫乌浓,苦恼地微笑着的时候,眉毛睫毛一丝丝很长地仿佛垂到眼睛里去。从前她是个美女,但是她的美没有给她闯祸,也没给她造福,空自美了许多年。现在,就像赍志以殁,阴魂不散,留下来的还有一种灵异。"如此暮景穷途,却又无人可诉,紫微面对的虚空无人可以替代。《洋人看京戏及其他》评价《红鬃烈马》中的薛平贵说,他"泰然地将他的夫人搁在寒窑里像冰箱里的一尾鱼",极现代新异的比喻,出人意料,却说尽了一个女子一生的无望与凄凉。而这类比喻,又多隐含象征之义,比喻和意象因此时时界限难明。最知名的莫过于前述将冯碧落比喻成"悒郁的紫色缎子屏风上,织金云朵里的一只白鸟"(《茉莉香片》)。《花凋》写川嫦的死也是如此低暗:

然而现在,她自己一寸一寸地死去了,这可爱的世界也一寸一寸地死去了。凡是她目光所及,手指所触的,立即死去。余美增穿着娇艳的衣服,泉娟新近置了一房新家具,可是这对于川嫦失去了意义。她不存在,这些也就不存在。从小不为家里喜爱的孩子向来有一种渺小的感觉。川嫦本来觉得自己无足轻重,但是自从生了病,终日郁郁地自思自想,她的自我观念逐渐膨胀。硕大无朋的自身和这腐烂而美丽的世界,两个尸首背对背拴在一起,你坠着我,我坠着你,往下沉。

类似的而富于刺激性的比喻是《第一炉香》对仙人掌的描写:"薇龙一抬眼望见钢琴上面,宝蓝瓷盘里一棵仙人掌,正是含苞欲放,那苍绿的厚叶子,四下里探着头,像一窠青蛇,那枝头的一捻红,便像吐出的蛇信子,花背后门帘一动,睨儿笑嘻嘻走了出来。"仙人掌颜色青蓝,不算漂亮花朵,然而由之联想到"青蛇""蛇信子",不能不叫人森然,梁宅于葛薇龙而言,是否是一所欲望升腾的蛇窟呢?睨儿之类身在其中不可自拔,薇龙是否已预感自己终将被吞噬的命运呢?张爱玲无疑是在以"青蛇"的比喻巧作暗示。

在张爱玲的叙事哲学中,人在繁华中突然撞上荒凉,是不会在荒凉中去盘桓、探究的,而是迅速折身,紧紧捕捉现世温暖可人的细节,"以人生安稳做底子"(《自己的文章》)。故而,在张爱玲的文字中,有一类比喻是与"屏风上的鸟"形成"参差的对照"的,有意展示"人类在一切时代之中生活过的记忆"(《自己的文章》),而这类"记忆",总是那些散落在乱世动荡之中的可喜的或可回味的细节。《第二炉香》中叙述华南大学校长巴克的外貌说,"他是个细高个子,背有些驼,鬓边还留着两撮子雪白的头发,头顶正中却只余下光荡荡的鲜红的脑勺子,像一只喜蛋",颇具孩童式的喜悦。《姑姑语录》中把姑姑的信比喻成"春夏的晴天",明净而愉悦。《多少恨》中将家茵和宗豫的谈话比喻为,"讲的那些话如同折给孩子玩的纸船,浮在清而深的沉默的水上"。沉静如水的时刻,是一个人和另一个人的相遇,它未必发出声响,却能于一瞬间照亮彼此。

四、词语移用

　　词语移用,在张爱玲的文字中也是一种富有特异美感的修辞手法,虽不及讽刺、比喻那么普遍,但也多见。词语移用又称"移就",包括两种类型:一是移情,即以人的情感、情绪来描写物,或反之以物之属性来描写人的情感心理;二是移觉(通感),即打通人的各种感官,将视觉、听觉、味觉、触觉、嗅觉都交互融通。无论移情还是通感,张爱玲在文字中皆有有意识的实验。

　　以人写物的,如"铅笔一般瘦的裤脚妙在给人一种伶仃无告的感觉"(《更衣记》),"初兴的旗袍是严冷方正的"(《更衣记》),"中国的锣鼓是不问情由,劈头劈脑打下来的"(《谈音乐》),而《公寓生活记趣》写得特别明显,"自从煤贵了之后,热水汀早成了纯粹的装饰品。构成浴室的图案美,热水龙头上的H字样自然是不可少的一部分;实际上呢,如果你放冷水而开错了热水龙头,立刻便有一种空洞而凄怆的轰隆轰隆之声从九泉之下发出来,那是公寓里特别复杂,特别多心的热水管系统在那里发脾气了。即使你不去太岁头上动土,那雷神也随时地要显灵。无缘无故,只听见不怀好意的'嗡……'拉长了半响之后接着'訇訇'两声,活像飞机在顶上盘旋了一会儿,掷了两枚炸弹"。而借用物的属性来刻画人的心理、性格的移情手法,亦为常见,如"被掠卖的美人,像笼中的鸟,绝望地乱飞乱撞"(《谈跳舞》)。《洋人看京戏及其他》评述京戏的表演程序说,"连哭泣都有它的显著的节拍——一串由大而小的声音的珠子,圆整,光洁","珠子"乃以物譬人,是为移情,而"声音的珠子"则是移觉(通感),将听觉、视觉与触觉汇而为一了。显然,这类语言修辞往往要求作者有想落天外的奇异构想能力。但在张爱玲笔下，通感实在不算稀见。《谈画》中称，"一个光致致的小文明人，粥似的温柔"，同时打通了视觉（"光致致"）、触觉（"粥似的"）和心理感觉（"温柔"）。而"白丝袜脚跟上的黑绣花，像虫的行列，蠕蠕爬到腿肚子上"（《更衣记》），将触觉、视觉混为一体。"那音乐也是痒得难堪，高而尖的，抓爬的聒噪"（《谈跳舞》），音乐怎么会"痒"呢？张爱玲以通感的方法写出了音乐引起的听觉上的不愉快。《第二炉香》描写罗杰·白登荒诞无奈的笑说："他只把头向后仰着，嘿嘿地笑了起来，他的笑声像一串鞭炮上面炸得稀碎的小红布条子，跳在空中蹦回到他脸上，抽打他的面颊。"将不同的听觉感受（"笑""炸"）与触觉（"跳""蹦""打"）打通，写尽了罗杰一夜之间沦为"性虐待狂"的痛苦与无奈。移觉方法使用得最为人称道的是《色·戒》和《第一炉香》：

街上卖笛子的人在那里吹笛子，尖柔扭捏的东方的歌，一扭一扭出来了，像绣像小说插图里画的梦，一缕白气，从帐里出来，胀大了，内中有种种幻境，像懒蛇一般要舒展开来，后来因为太瞌睡，终于连梦也睡着了。（《色·戒》）

楼下吃完了饭，重新洗牌入局，却分了一半人开留声机跳舞。薇龙一夜也不曾合眼，才合眼便恍惚在那里试衣服，试了一件又一件，毛织品，毛茸茸的像富于挑拨性的爵士乐；厚沉沉的丝绒，像忧郁的古典化的歌剧主题歌；柔滑的软缎，像《蓝色的多瑙河》，凉阴阴地匝着人，流遍了全身。才迷迷糊糊盹了一会儿，音乐调子一变，又惊醒了。（《第一炉香》）

移情和移觉的修辞方法，使张爱玲的小说和散文读起来有珠玉满目之感。这种词语移用的方法，与新词的创造及搭配，以及讽刺和比喻的运用，共同构成了"张腔"的语言风格。此种文字之魅堪称久远，虽然"张腔"未必尽然如此。

IV

文学史与经典化

第十四讲　从《红楼梦》、京戏……到张爱玲

美国"新批评"代表人物布鲁姆著有《影响的焦虑》一书，专门讨论文学经典与新起作家的关系。他认为，当代诗人普遍存在着摆脱或超越经典的焦虑，他们就像一个具有俄狄浦斯恋母情结的儿子，无法摆脱"诗的传统"这一父亲形象，双方绝对对立，不断地进行殊死搏斗。置之中国，古典文学与现代文人的关系，或也大致如此，虽然焦虑的性质仍有差异。鲁迅曾极为感慨地说："别人我不论，若是自己，则曾经看过许多旧书，是的确的，为了教书，至今也还在看，因此耳濡目染，影响到所做的白话上，常不免流露出它的字句，体格来。但自己却正苦于背了这些古老的鬼魂，摆脱不开，时常感到一种使人气闷的沉重。"[1]"摆脱不开""古老的鬼魂"的焦虑，当然不是为了超越旧的经典，而是希望在民族国家书写中抛弃"旧书"，以图"疗救"国民之大业。但从时代之外的高门巨族里走出来的张爱玲非常不同，她既无兴趣于民族国家书写，自然也就不惮于"鬼魂"的纠缠。然而她也没有布鲁姆所说的超越的"焦虑"，因为在张爱玲看来，《红楼梦》《海上花列传》《歇浦潮》《金瓶梅》诸般小说，非但不是"古老的鬼魂"，反而是"一

---

[1] 鲁迅：《写在〈坟〉后面》，收《鲁迅全集》第1卷，鲁迅先生纪念委员会编，人民文学出版社1981年版。

切的泉源"(《红楼梦魇·自序》)。后来的作者,与其说为超越经典而"焦虑",不如说是为如何激活古老文学经验重新书写现代体验而焦虑。在这一点上,张爱玲建立了自己与《红楼梦》等文学经典的关系。这一关系,又建立在张爱玲对《红楼梦》及古典文学(尤其通俗文学)的独特理解之上。世间喜爱张爱玲者不知凡几,而能读懂张爱玲之古典文学观者并不常见。

一、异代的震动

夏志清讨论张爱玲时,在方法上秉守美国新批评的"文本细读",在立场上则取马修·安诺德(Matthew Arnold)和弗·雷·李维斯(F.R.Leavis)等的人文主义理论。他认为,人与人之间可以通过文字进行心灵的沟通,每一位作家的灵魂所拥有的颜色各不相同,有的偏向光明温暖,有的偏向沉郁阴暗,但是这些灵魂所展现的都是人类心灵深邃的整体图景。这一文学史述实是把张爱玲与西方作家等量齐观了。这其实未必妥当。不过,夏志清在很次要的意义上也谈及了张爱玲与中国旧文学的关系,"她对于中国的人情风俗,观察如此深刻,若不熟读中国旧小说,绝对办不到。她的文章里就有不少旧小说的痕迹,例如她喜欢用'道'字代替'说'字。她受旧小说之益最深之处是她对白的圆熟和对中国人脾气的摸透",又说,"读者且不要误会她像一般教会学校出身自命高贵的小姐一样,对于'下流'的东西不屑一顾。她喜欢平剧,也喜欢国产电影;还常常一个人溜出去看绍兴戏、蹦蹦戏"[1]。由此显见,张爱玲对雅的、俗的旧文学的爱悦,决定了她与古典传统的深刻关系。对此,她自己谈论甚多,尽人皆知,夏志清在20世纪50年代撰写《中国现代小说史》时只看见其中的部分材料。现将这些材料略摘部分如下:

---

[1]〔美〕夏志清:《中国现代小说史》,复旦大学出版社2005年版,页258。

我看的《胡适文存》是在我父亲窗下的书桌上，与较不像样的书并列。他的《歇浦潮》《人心大变》《海外缤纷录》我一本本拖出去看，《胡适文存》则是坐在书桌前看的。《海上花》似乎是我父亲看了胡适的考证去买来的。《醒世姻缘》是我破例要了四块钱去买的。买回来看我弟弟拿着舍不得放手，我又忽然一慷慨，给他先看第一二本，自己从第三本看起，因为读了考证，大致已经有点知道了。好几年后，在港战中当防空员，驻扎在冯平山图书馆，发现有一部《醒世姻缘》，马上得其所哉，一连几天看得抬不起头来。房顶上装着高射炮，成为轰炸目标，一颗颗炸弹轰然落下来，越落越近。我只想着：至少等我看完了吧。(《忆胡适之》)

很久以前我读你写的《醒世姻缘》与《海上花》的考证，印象非常深，后来找了这两部小说来看，这些年来，前后不知看了多少遍，自己以为得到不少益处。(1955年张爱玲致胡适函)

《醒世姻缘》和《海上花》一个写得浓，一个写得淡，但是同样是最好的写实的作品。我常常替它们不平，总觉得它们应当是世界名著。……我一直有一个志愿，希望将来能把《海上花》和《醒世姻缘》译成英文，里面对白的语气非常难译，但是也并不是绝对不能译的。(《张看》)

就我自己说，八岁的时候第一次读到，只看见一点热闹，以后每隔三四年读一次，逐渐得到人物故事的轮廓、风格、笔触，每次的印象各各不同。现在再看，只看见人与人之间感应的烦恼。(《论写作》)

我唯一的资格是实在熟读《红楼梦》，不同的本子不用留神看，稍微眼生点的字自会蹦出来。(《红楼梦魇·自序》)

多年不见之后，《聊斋》觉得比较纤巧单薄，不想再看，纯粹记录见闻的《阅微草堂》却看出许多好处来……纪昀是太平盛世的高官显宦，自然没有《聊斋》的社会意识，有时候有意无意轻描淡写两句，反而收到含蓄的功效，更使异代的读者感到震动。(《谈看书》)

张爱玲的这些自述可以得到张子静先生的佐证。他回忆说："我父母亲都没有正式上过学校，一直由家里请私塾先生教学。父亲对姐姐和我的教育，也坚持沿用私塾教学的方式。我们三四岁时，家里就请了私塾先生，教我们认字、背诗、读四书五经，说些《西游记》《三国演义》《七侠五义》之类的故事；后来也学英文和数学。"（《我的姐姐张爱玲》）显然，张爱玲对《红楼梦》《海上花列传》《金瓶梅》等旧文学的热爱与学习毋庸置疑。十余岁时，她就模仿《红楼梦》，作过一部《摩登红楼梦》。回目是她父亲代拟的，颇为像样，共计六回："沧桑变幻宝黛住层楼，鸡犬升仙贾琏膺景命"；"弭讼端覆雨翻云，赛时装嗔莺叱燕"；"收放心浪子别闺闱，假虔诚情郎参教典"；"萍梗天涯有情成眷属，凄凉泉路同命作鸳鸯"；"音问浮沉良朋空洒泪，波光骀荡情侣共嬉春"；"陷阱设康衢娇娃蹈险，骊歌惊别梦游子伤怀"。小说开端写宝玉收到傅秋芳寄来的一张照片："宝玉笑道：'袭人你倒放出眼光来批评一下子，是她漂亮呢还是——还是林妹妹漂亮？'袭人向他重重地瞅了一下道：'哼！我去告诉林姑娘去！拿她同外头不相干的人打比喻……别忘记了，昨天太太嘱咐过，今儿晚上老爷乘专车从南京回上海，叫你去应一应卯儿呢，可千万别忘记了，又惹老爷生气。'"还写贾琏得官的情景："黑压压上上下下挤了一屋子人，连赵姨娘周姨娘也从小公馆里赶了来了，赵姨娘还拉着袖子和凤姐儿笑着嚷：'二奶奶大喜呀！'……凤姐儿满脸是笑，一把拉着宝玉道：'宝兄弟，去向你琏二哥道个喜吧！老爷栽培他，给了他一个铁道局局长干了！'宝玉……挤了进去，又见贾母歪在杨贵妃榻上，鸳鸯蹲在小凳上就着烟灯烧鸦片，琥珀斜欠倚在榻上给贾母捶腿……贾琏这时候真是心花一朵朵都开足了，这一乐直乐得把平时的洋气派洋礼节都忘得干干净净，退后一步，垂下手来，恭恭敬敬给贾政请了个安，大声道：'谢谢二叔的栽培。'"看这笔法，简直无法相信出自十余岁孩子的手笔。此事张爱玲后来向胡兰成讲述过：

爱玲给我看小时她母亲从埃及带给她的两串玻璃大珠子,一串蓝色,一串紫红色,我当即觉得自己是男孩子,看不起这种女孩子的东西。她还给我看她小时的作文。她十四岁即写有一部《摩登红楼梦》,订成上下两册的手抄本,开头是秦钟与智能儿坐火车私奔杭州,自由恋爱结了婚,但是经济困难,又气又伤心,而后来是贾母带了宝玉及众姊妹来西湖看水上运动会,吃冰淇淋。我初看时一惊,怎么可以这样煞风景,但是她写得来真有理性的清洁。(《今生今世》)

这小说自然未能发表。不过到后来真正写作时,她对《红楼梦》等作品仍念念不忘,甚至在小说中直接提到:"睨儿答应着走了出来。她穿着一件雪青紧身袄子,翠蓝窄脚裤,两手抄在白地平金马甲里面,还是《红楼梦》时代的丫鬟的打扮。唯有那一张扁扁的脸儿,却是粉黛不施,单抹了一层清油,紫铜皮色,自有妩媚处。"(《第一炉香》)张爱玲对《红楼梦》《海上花列传》及各类通俗文学的热爱持续终身。到晚年,她竟积十余年之力,撰成《红楼梦魇》一书,并将吴语《海上花列传》先后译为英语和国语(当时的汉语普通话),并在极艰难的情形下谋求出版。

有了如此之多的个人自述与文学经历,但凡略了解张爱玲一二的人都能想象她与《红楼梦》等古典传统文学的关系。故承夏志清观点,王德威在界定"张腔"时,亦把《红楼梦》影响列为重要的考虑因素:"近些年定义、描述张腔的努力,已不算少。纯就文字形式而言,张爱玲糅合了古典白话小说(如《金瓶梅》《红楼梦》)与20世纪初西方言情说部的特色,创造了一种紧俏世故、新旧并陈的叙述方式。张是正宗的写实主义者,对物质世界的细节点滴,有着永不餍足的好奇及述说的欲望。"[1]在20世纪40年代,谭正

---

[1] 王德威:《落地的麦子不死:张爱玲与"张派"传人》,山东画报出版社2004年版,页1。

璧也注意到这一问题:"作者本是位有着多方面修养的艺术家,善绘画,又好音乐,在文艺上又善于运用旧文学遗产。她熟读《红楼梦》,也熟读《金瓶梅》,这两部最长于描写女性和情欲的过时的伟大作品,却给了她以无限的语汇,不尽的技巧。所以新旧文学的糅合,新旧意境的交错,也成为作者特殊的风格。"[1]那么,张爱玲到底从《红楼梦》中承续了什么"传统"呢?当然,亦不仅是指《红楼梦》,而是包括《红楼梦》在内的所有张爱玲喜爱的"旧小说",如《金瓶梅》《海上花列传》《歇浦潮》《阅微草堂笔记》《醒世姻缘》,甚至包括京戏、绍兴戏乃至蹦蹦戏。张爱玲自幼至长,一直浸淫在这种由旧小说、旧戏曲构成的文学秩序与精神世界里。若要理解张爱玲之于古典文学的关系,必须以理解古典文学为前提。

但在今日已西化百余年的知识环境中,谈论古典文学的"真义"其实是有困难的。对此,张京媛有一段话比较学究气,但实则极有见地,"在殖民主义的权力结构里,被殖民者本身的文化特性、民族意识受到压制,导致'文化原质失真'。当地居民和精英知识分子认同于殖民者的文化。当他们看待自己本土的各种文化现象时往往不自觉地套用殖民者审视和评定事物的标准与理论。"[2]百年来,中国人已经习惯于用西方人的概念思想、观察甚至生活,譬如批判愚昧,追求进步,渴望民主,等等。而"愚昧""文明""专制""民主"等等概念,并非中国文化所固有的概念,其实中国古代人生活在另外的概念与文学世界之外。所以,今天谈论《红楼梦》等旧文学,即须尽量避免误解,尤其不可以西方概念去肢解它们。《红楼梦》问世二百余年,历来释者纷纭。张爱玲感叹说:"在过去,大众接受了《红楼梦》,又有几个不是因为单恋着林妹妹或是宝哥哥,或是喜欢里面的富贵排场?"(《我看苏青》)然而,文人就比大众更理解《红楼梦》吗?也未尽然。五四以后,崛

---

[1] 谭正璧:《论苏青及张爱玲》,收《张爱玲的风气:1949年前张爱玲评说》,陈子善编,山东画报出版社2004年版。
[2] 张京媛编:《后殖民理论与文化批评·前言》,北京大学出版社1999年版。

起了"新红学",并有两大开山人物胡适和俞平伯。然而"新红学"主要学术贡献在于弃索隐而就考据,对于《红楼梦》意旨的阐释实在说不上高明。即使如胡适,虽也因"白话文运动"及"一代人有一代人之文学"的建设性文学观而享誉学界,但其文学鉴赏力其实比较平庸。对于《红楼梦》,他不过觉得是部差强人意的写实主义小说罢了。连张爱玲也承认,胡适除了对《秧歌》给予极高评价外,对她的40年代小说其实都不喜欢。俞平伯鉴赏力较其师为高,但也不过说《红楼梦》乃忏情自传之作,以其写实能力可入于世界小说行列——评价其实也颇有限。五四时代文人中,识得《红楼梦》真义者,实也只有鲁迅一人,虽然他很为"古老的鬼魂"的缠绕而苦闷,但他对《红楼梦》可谓洞察幽微:

宝玉在繁华丰厚中,且亦屡与"无常"觌面。……悲凉之雾,遍披华林。然呼吸而领会之者,独宝玉而已。[1]

然则"屡与'无常'觌面"究竟何义,鲁迅也未作细论。或许在他看来,这类传统已无效仿之价值,多论无益。"文革"以后,论《红楼梦》者日繁。不过最流行见解乃是这是一出理想遭遇现实并为后者所毁灭的悲剧。这种见解实使用的是民族国家书写者的思维:作者预设了一个理想世界,并通过现实对理想的毁灭而批判现实,塑造了理想世界的合法性及其认同。但曹雪芹有此思路吗?不能不说似是而非。中国古代文人在文学世界中未必有意呼吁改革,现代文人倒乐于献身此事。对古代人的这一特点,林语堂说:"我们看待人生,不是在谋划怎样发展,而是去考虑如何真正地活着;不是怎样奋发劳作,而是如何珍惜现在的时光尽情享乐。"[2]中国古人与那些奋斗不已、一心要实现自我的西方人大为不同,他们在文学世界中是在诉说一种

---

[1] 鲁迅:《中国小说史略》,人民文学出版社1973年版,页201。
[2] 林语堂:《中国人》,学林出版社1994年版,页335。

虚无主义的世界观并寻求心灵调适的途径（在现实世界他们可能又是一位积极于仕途的人物）。这种虚无主义或可用佛家的"色空观"来解释。《红楼梦》的"风月宝鉴"的隐喻将之说得甚为清楚。一面"风月宝鉴"正是我们所在世界的一个隐喻。这面镜子从正面看是繁华热闹（美色），从反面看是荒凉空无（骷髅）。而无论正面反面，都是同一面镜子。有智慧的人，可以从这面镜子看懂世界，看懂人生，能明了一切富贵繁华终将化为虚无，世界是"有"，同时亦是"无"。也就是说，我们就生活在"一个世界"里，但这个世界有正反两面，从正面是繁华红尘，有爱恨酒色，从反面看，则是一片白茫茫大地，一片虚空，这与佛学观点一致，"一切有为法，如梦幻泡影，如露亦如电，应作如是观"（《金刚经》）。这是《红楼梦》的第一层本义。所以，在《红楼梦》中并不存在所谓的"两个世界"，更谈不上一个"理想世界"一个"现实世界"，曹雪芹更无暗示现实应当被批判而理想应被追求。其实，在古代中国文人看来，批判也好，追求也好，皆无甚意义，能看破这个世界，才是获得心灵诗意的前提。看破，就是认识到人生无常、世事本幻，鲁迅说宝玉"屡与'无常'觌面"，即是此意。宝玉是小说中唯一清醒之人，身在正面而看透反面。这一层与佛家"色空观"颇为仿佛。从这一点讲，鲁迅看到了《红楼梦》的第一层本义，按照西方悲剧观去套裁，完全误解。那么，看破世界，知"色"即是"空"，又如何能获得心灵的自由呢？这就涉及《红楼梦》的第二层本义。在这一层，《红楼梦》与佛学发生了分歧。佛学认为，既已知色相皆空，那么，自然就不会黏滞尘世，无欲无念，心灵自然就安适了。曹雪芹或许希望如此，但他到底不是得道高僧，看破本相不能真正使他安慰，如果俞平伯"自忏身世"之说可靠的话，那么，看着往昔情恋变成空幻只能使他更加痛苦，以文字祭奠流逝的岁月和生命就会成为必然的选择。这时，他的文字就步入了中国文学最传统的方法。按照斯蒂芬·欧文（宇文所安）的说法，追忆往事，就是用记忆或瞬时细节对抗虚无。这是古典叙事与西方绝大相异之处，也是《红楼梦》的第二层本义。遗憾的是，囿于西方文学观念的障碍，论者多数未能明白此层本义，甚至鲁迅先生也不例外。更不必说《红楼梦》的第三层本义（后再作论）。

张爱玲家学深厚，天资异禀，尤其高门巨族的破落现实，使她有可能较之其他现代文人更接近《红楼梦》，更接近曹雪芹和一班古代文人的内在灵魂。她说，"崎岖的成长期，似漫漫长途，看不见尽头。满目荒凉"（《对照记》）。她没有社会改革或革命的热望。她明白，古代文人并不像现代人想的那样不满现实要通过文学改造社会。或许在事功层面上，他们如此做，甚至也用一部分文字去表述它，但在将文字视作纯粹精神生活的多数时刻，他们是在做一种有关精神的文字演奏：一方面相信世界荒芜，一方面又通过回忆弥补。此即斯蒂芬·欧文所发现的"往事再现"方法。欧文认为：

由于这种强烈的诱惑……在中国古典文学里，到处都可以看到同往事的千丝万缕的联系……（往事再现在于）用残存的碎片使人设法重新构想失去的整体。……把现在同过去连结起来，把我们引向已经消逝的完整的情景。……（从而使）已经物故的过去像幽灵似的通过艺术回到眼前。[1]

这种回忆，很多时候表现为物质的迷恋。对此，张爱玲有惊人发现，如前所述，她说："就因为对一切都怀疑，中国文学里弥漫着大的悲哀。只有在物质的细节上，它得到欢悦——因此《金瓶梅》《红楼梦》仔仔细细开出整桌的菜单，毫无倦意，不为什么，就因为喜欢——细节往往是和美畅快、引人入胜的，而主题永远悲观。一切对于人生的笼统观察都指向虚无。"她还发现，不但《红楼梦》等小说如此，中国的京戏乃至其他戏亦如此，"中国的悲剧是热闹、喧嚣、排场大的，自有它的理由；京戏里的哀愁有着明朗、火炽的色彩"（《中国人的宗教》）。张爱玲不是从事专业研究的学者，然而

---

[1]〔美〕斯蒂芬·欧文:《追忆——中国古典文学中的往事再现》，上海古籍出版社1990年版，页1—3。

她以直觉发现的古典文学的秘密，足以引领中国古代文学研究。五四以来，从事这一行当的学者都是怎样认为的呢？他们认为古典文学之秘密在于和谐的生命精神。这种说法不能不说很"掉书袋"，实是从讲儒、道、释的理想境界抄下来，加以融合而成。儒讲天地，道归山水，释论圆寂，但前提都是绝情去欲，而凡人有几人能有此境界，尤其是写小说作戏者，往往有不平之鸣，要"借他人之酒杯，浇胸中之块垒"，所以文学之秘与儒道释有关，却不在此。张爱玲对《红楼梦》的看法与鲁迅接近，但更深刻。她认为古典文学分为两层：一边是虚空的世界感受，一边是热闹、物质的世界。这种虚无主义的叙事哲学，既是张爱玲对古典的认识，也成为张爱玲自己写作的道路。这使她与秉继西方历史主义叙事的文人们走在殊异的道路上。崇奉历史主义者，会选择材料讲述文明/愚昧的对立故事，并使用"摩尼教的善恶对立寓言"展开冲突，使小说成为"一个白与黑、善与恶、优与劣、文明与野蛮、理智与情感、自我与他人、主体与客体之间各种不同而又可以互换的对立领域"[1]，借此来生产认同与排斥，从而建立"新文化"或"新社会"的合法性，从而服务于民族国家的事业。而在张爱玲所理解的世界里，没有谁比谁更愚昧或更文明，所有的生命无论贤愚不肖，都在挣扎中走向凄凉的末途，坠向"虚空的空虚"，故而对于每个人，每个讲述故事的人，最大的紧要是抓住回忆、热闹或喧嚣来抵挡这种生命的虚空。至于生命以外的国家或社会，自然不是文学应当承担或能够承担的。

在现代文人中，喜爱《红楼梦》者非止张爱玲一人。巴金撰《激流三部曲》、茅盾撰《霜叶红似二月花》、路翎撰《财主底儿女们》，都直接以《红楼梦》为蓝本，然而他们与《红楼梦》实大有隔阂。茅盾编过一个简本《红楼梦》，将其中物质细节、太虚幻境之类全部删除，显然不了解物质主义是虚无主义的外现，而太虚幻境与红尘世界是一体二面的关系，没有太虚幻境，

---

[1]〔美〕阿布都·R.简·默哈默德：《殖民主义文学中的种族差异的作用》，收《后殖民理论与文化批评》，张京媛编，北京大学出版社1999年版。

曹雪芹对世界的看法也被斫除了。而巴金，更误以为曹雪芹和他一样，以为破除了旧礼教旧制度就会迎来新的文化。那是西方启蒙主义的思路，而作为典型的中国文人，曹雪芹并无新旧二分的观念，即便有些接近巴金所说的"新"（如爱情），它也注定是要归入虚无的。一切皆空，重要的是抓住眼前的事物。显然，茅盾、巴金等文人受严复、梁启超等影响太深，已过度西方化，他们对《红楼梦》的理解比较皮相，所谓"继承"也只能是纯技术方面的，将这些技术拼贴在西式叙事哲学上。张爱玲也继承了技术，但她的技术是建立在古典叙事哲学基础上的。在这一点上，王彬彬先生深深误读了张爱玲。他说："在旧小说中，对张爱玲影响最深的，是《红楼梦》。读张爱玲小说，有时觉得她简直全仗着《红楼梦》的滋养在创作，从人物心理描写到语言、动作，《红楼梦》的印记都非常明显，特别是写到少奶奶和丫鬟一类人物时，你简直可以指出她们的某种仿效，一种是对异域文学的描红式的摹写。……在张爱玲那里，有对旧小说的真正成功的仿效和借鉴。例如《金锁记》，虽也可看出有着《红楼梦》一类旧小说的影响，但作品是具有真情实感的，是富有丰沛鲜活的体验、感觉的。而她的有些作品，则变成对旧小说技巧的一种描红，一种演练。"[1]这种说法，错过了张爱玲与《红楼梦》等所谓"旧文学"最本质的联系。

二、物质主义的承续

恰如张爱玲言，"中国的悲剧是热闹、喧嚣、排场大的"（《洋人看京戏及其他》），怀着人世荒芜之感的张爱玲从古典文学中承继的首先即是其"喧嚣"和"热闹"。不过，她虽然喜爱旧戏的锣鼓喧天，但在文字世界里，

---

[1] 王彬彬：《冷眼看"张热"——张爱玲对当前文坛的启示》，《书屋》1996年第1期。

她主要还是承继了旧小说中文人式的物质主义,如"仔仔细细开出整桌的菜单,毫无倦意"之类。由于对《红楼梦》等旧小说的深度沉湎,她的小说在物质主义方面,几乎有照搬《红楼梦》的无限雄心。然而,毕竟生活在战乱频仍的20世纪三四十年代,公侯之家的败落,外敌入侵,革命与内战,诸般震荡还是使她有机会、有能力从古典的唱腔中谱出"新曲",自具格调。

张爱玲从《红楼梦》习得的第一种技术乃是所谓"闺阁现实主义"的叙事格局。她的小说典型地发生一个相对封闭的深宅大院里,老太太、太太、少奶奶、姨奶奶、大小姐、二小姐、贴身丫头,诸般人物,形成了生气淋漓、钩心斗角的故事格局,与《红楼梦》几同复制。《金锁记》《倾城之恋》《创世纪》皆是如此。这样一种"闺阁"故事空间为"张腔"的其他手段留下了基础。张爱玲从《红楼梦》等"旧小说"习得的第二种有关"物质生活"的技术手段即是对话。"旧小说"极少心理描写,多数叙事全放由对话推动。在当代小说家贾平凹的小说中,人物往往铺天盖地说个不停,让部分读者颇不习惯,即因于这种复古冲动。张爱玲小说多数也有这类古典的"对话癖"。而且,许多对话突起忽落,作者并不做充分交代。她晚年有一篇小说《相见欢》,时空倒换数十年,但一直是两个女人在絮絮叨叨,读者倘不耐心,甚至摸不清楚两位女性是何关系,谈话之间又有怎样的心理交接。这类小说,当然多少有王安忆所说的"无聊"成分。[1] 但她40年代的小说,对话虽极铺排,但实恰切地处在叙述约束之中。这些对话,大有《红楼梦》等旧小说的活泼、排场甚至"幽微亲切的感觉"(《洋人看京戏及其他》)。试略举数则如下:

她嫂子回过头去睨了她哥哥一眼道:"你也说句话呀!成日价念叨着,见了妹妹的面,又像锯了嘴的葫芦似的!"七巧颤声道:"也不怪他没有

---

[1] 王安忆:《世俗的张爱玲》,收《再读张爱玲》,刘绍铭等编,山东画报出版社2004年版。

话——他哪儿有脸来见我!"又向她哥哥道:"我只道你这一辈子不打算上门了!你害得我好!你扔崩一走,我可走不了。你也不顾我的死活!"曹大年道:"这是什么话?旁人这么说还罢了,你也这么说!你不替我遮盖遮盖,你自己脸上也不见得光鲜。"七巧道:"我不说,我可禁不住人家不说。就为你,我气出了一身病在这里。今日之下,亏你还拿这话来堵我!"她嫂子忙道:"是他的不是,是他的不是!姑娘受了委屈了。姑娘受的委屈也不止这一件,好歹忍着罢,总有个出头之日。"……曹大年道:"妹妹你听我一句话。别说你现在心里不舒坦,有个娘家走动着,多少好些,就是你有了出头之日了,姜家是个大族,长辈动不动就拿大帽子压人,平辈小辈一个个如狼似虎的,哪一个是好惹的?替你打算,也得要个帮手。将来你用得着你哥哥你侄儿的时候多着呢。"七巧啐了一声道:"我靠你帮忙,我也倒了霉了!我早把你看得透里透——斗得过他们,你到我跟前来邀功要钱,斗不过他们,你往那边一倒。本来见了做官的就魂都没有了,头一缩,死不迟。"七巧道:"你既然知道钱还没到我手里,你来缠我做什么?"大年道:"远迢迢赶来看你,倒是我们的不是了!走!我们这就走!凭良心说,我就用你两个钱,也是该的。当初我若贪图财礼,问姜家多要几百两银子,把你卖给他们做姨太太,也就卖了。"七巧道:"奶奶不胜似姨奶奶吗?长线放远鹞,指望大着呢!"大年待要回嘴,他媳妇拦住他道:"你就少说一句罢!以后还有见面的日子呢。将来姑奶奶想到你的时候,才知道她就只这一个亲哥哥了!"(《金锁记》)

睨儿在旁,见她窘得下不来台,心有不忍,笑道:"人家还没有开口,少奶怎么知道人家是借钱来的?可是古话说的,三年前被蛇咬了,见了条绳子也害怕!葛姑娘您有所不知,我们公馆里,一年到头,川流不息的有亲戚本家同乡来打抽丰,少奶是把胆子吓细了。姑娘您别性急,大远地来探亲,娘儿俩也说句体己话儿再走。你且到客厅里坐一会儿,让我们少奶歇一歇,透过这口气来,我自会来唤你。"梁太太淡淡的一笑道:"听你这丫头,竟替我赔起礼来了。你少管闲事罢!也不知你受了人家多少小费!"睨儿道:"呵哟!就像我眼里没见过钱似的!你看这位姑娘也不像是使大钱的人,只怕还买不动我呢!"(《第一炉香》)

这是典型的"紧俏世故"(王德威语)的对话。正如读《红楼梦》一样,倘若读者没有一定的社会世故,甚至很难理解对话中的紧张与计较。至于具体语言、出场方式与《红楼梦》的形似,更在在皆是,譬如七巧的出场,立即使人联想起王熙凤,"榴喜打起帘子,报道:'二奶奶来了。'兰仙云泽起身让座,那曹七巧且不坐下,一只手撑着门,一只手撑了腰,窄窄的袖口里垂下一条雪青洋绉小帕,身上穿着银红衫子,葱白线镶滚,……三角眼,小山眉,四下里一看,笑道:'人都齐了,今儿想必我又晚了!怎怪我不迟到——摸着黑梳的头!谁教我的窗子冲着后院子呢?单单就派了那么间房给我,横竖我们那位眼看是活不长的,我们净等着做孤儿寡妇了——不欺负我们,欺负谁?'"(《金锁记》)具体用语方面,亦颇多雷同,如薇龙说梁太太"姑妈是水晶心肝玻璃人儿",与李纨称赞王熙凤的话"真真你是个水晶心肝玻璃人儿"相似,至于"紫黑面皮""放出风流债主的手段""暗暗点头,自去报信不提",则分明来自《水浒传》。又如《琉璃瓦》中姚先生与女儿曲曲的争执,曲曲讽刺父亲说,"骂归骂,欢喜归欢喜,发财归发财。我若是发达了,你们做皇亲国戚;我若是把事情弄糟了,那是我自趋下流,败坏你的清白家风,你骂我,比谁都骂在头里!你道我摸不清楚你弯弯扭扭的心肠!"这与七巧说她哥哥的话一样,实都出于《红楼梦》中鸳鸯对兄嫂的话。而《倾城之恋》中范柳原对白流苏说"你别枉担了这个虚名!"活生生就是晴雯同宝玉诀别时说过的话。研究者万燕根据水晶访谈中提到的《歇浦潮》,还将《第一炉香》与《歇浦潮》做了比照,也发现了几段形似的对话,甚至"有地方简直就是《歇浦潮》的翻版"[1]。

不过,张爱玲对《红楼梦》中北京方言的过度熟悉与运用,在"年青的知识阶级仇视着传统的一切"(《更衣记》)的年代,多少受到訾议。迅雨批评张爱玲"文学遗产的记忆过于清楚",认为"旧文体的不能直接搬过来,正如不能把西洋的文法和修辞直接搬用一样",迅雨批评的实例是《连环套》,他说,"至于人物的缺失真实性,全都弥漫着恶俗的漫画气息,更是把 Taste'看成了脚下的泥'。西班牙女修士的行为,简直和中国从前的三姑六婆一模一样。我不知半世纪前香港女修院的清规如何,不知作者在史实上有何根据,但她所写的,倒更近于欧洲中世纪的丑史,而非她这部小说里应有的现实。其次,她的人物不是外国人,便是广东人。即使地方色彩在用语上无法积极地标识出来,至少也不该把纯粹《金瓶梅》《红楼梦》的用语,硬嵌入西方人和广东人嘴里。这种错乱得可笑的化装,真乃不可思议。风格也从没像在《连环套》中那样自贬得厉害。节奏,风味,品格,全不讲了"[2]。迅雨的批评切中肯綮。《连环套》的故事发生在香港,写广东乡下女子霓喜与一系列男人姘居的生活,其中包括印度人雅赫雅、英国人汤姆生之类。这些外邦男人不懂京片子自是必然,就是霓喜,一个说粤语的乡下女人,又怎么可能有一口溜转圆润的北京话呢?试看《连环套》中一段描写,似乎就是发生在荣国府,而非香港:"梅腊妮师太路过雅赫雅的绸缎店,顺脚走进来拜访。霓喜背上系着兜,驮着孩子,正在厨下操作。寒天腊月,一双红手插在冷水里洗那铜吊子,铜钉的四周腻着雪白的猪油。两个说了些心腹话。霓喜只因手上脏,低下头去,抬起肩膀来,胡乱将眼泪在衣衫上揾了一揾,呜咽道:'我还有什么指望哩?如今他没有别人,尚且不肯要我,等他有了人了,他家还有我站脚的地方么?鼓不打不响,话不说不明,我这才知道他的

---

[1] 万燕:《海上花开花又落——解读张爱玲》,百花洲文艺出版社1996年版,页151。

[2] 迅雨:《论张爱玲的小说》,《万象》1944年第3卷第11期。

心了。'梅腊妮劝道：'凡事都得往宽处想。你这些年怎么过来？也不急在这一时。你现守着个儿子，把得家定，怕怎的？'霓喜道：'梅师父你不知道，贼强人一辈子不发迹，少不得守个现成的老婆，将就着点。偏他这两年做生意顺手，不是我的帮夫运就是我这孩子脚硬——可是他哪里肯认账？你看他在外头轰轰烈烈，为人做人的，就不许我出头露面，唯恐人家知道他有女人。你说他安的是什么心？若说我天生的是这块料，不配见人，他又是什么好出身？提起他那点根基来，笑掉人大牙罢了！'梅腊妮忙道：'我的好奶奶，你有什么见不得人的地方？场面上的太太小姐，我见过无其数，论相貌，论言谈，哪个及得上你一半？想是你人缘太好了，沾着点就粘上了，他只怕你让人撕了块肉去。'霓喜也不由得噗嗤一笑。"这种笔法，几无异于曹雪芹，但用来写香港故事确有不妥之处。但说到底，称旧文体为"毒素"多少是迅雨将西方文学传统作为普遍经验的反映。张爱玲对"对话体"的承继根本上还是置放于现代人的生存境遇之中。是谋生还是谋爱（《倾城之恋》），是心灵还是肉体（《金锁记》），是激情还是日常（《红玫瑰与白玫瑰》），虽然这些灵魂纠葛终究会化为虚空，但它们却是从五四以后现代中国人的生命经验中开始生长的。"对话体"对复杂人物关系与纠结心理情绪的精妙处理，为讲述现代人"传奇"的张腔增色甚多。

  张爱玲从《红楼梦》等旧小说、戏曲习得的第三点技术，是有关衣饰、色彩、器皿的物质主义铺叙。虚无主义给了张爱玲铺叙的文化合法性，"因为对一切都怀疑""只有在物质的细节上，它得到欢悦"，故而在张爱玲的文字中，几乎全景式地呈现了旧的高门巨族的生活场景，以及作者细节雕刻的工笔能力。如《金锁记》的场景就相当复杂，开篇即由两个丫鬟的对话引出核心人物曹七巧，随即又在一个晨省场景中将婆媳、姑嫂、叔嫂、妯娌、夫妻、兄嫂、主仆等关系悉数呈现，随后整部小说就在这复杂的闺阁关系中展开。与此同时，张爱玲还如《红楼梦》等旧小说一样，大量铺排了有关衣饰、吃食、家居的精细刻画。她的注意力及于各类室内器物，譬如镜台、茶具、床饰、衣柜、花瓶、首饰之类。这方面，可从她对芝寿（《金锁记》）房间器具的描写略见一斑：

屋里看得分明那玫瑰紫绣花椅披桌布，大红平金五凤齐飞的围屏，水红软缎对联，绣着盘花篆字。梳妆台上红绿丝网络着银粉缸，银漱盂，银花瓶，里面满满盛着喜果。帐檐上系下五彩攒金绕绒花球，花盆，如意粽子，下面滴溜溜坠着指头大的琉璃珠和尺来长的桃红穗子。偌大一间房里充塞着箱笼，被褥，铺陈，不见得她就找不出一条汗巾子来上吊。她又倒到床上去。月光里，她的脚没有一点血色——青，绿，紫，冷去的尸身的颜色。她想死，她想死。

这些描写很易使人联想起《红楼梦》。在《红楼梦》中，琳琅满目的是"大紫檀雕螭案""待漏随朝墨龙大画""文王鼎匙箸香盒""金蜼彝""楠木交椅""梅花式洋漆小几""茗碗痰盒""汝窑美人觚""撒花软帘"等器物。而在张爱玲小说中，亦多有"金漆几案""景泰蓝方樽""紫檀匣子""天然几""大红绫子窗帘""古色古香的绫子"等用具，不能不让人感叹物质场景的承续。但张爱玲倒不是从《红楼梦》中偷得这些奢华器物，实不过来自她的童年记忆。张氏家族到张爱玲这一辈虽破落已甚，但至少张爱玲童年时曾赶上了钟鼎之家繁华的末梢。当然，与《红楼梦》等旧小说不同的是，张爱玲笔下还出现了很多洋场事物：喝下午茶、看电影、跳交谊舞等等，不过仍是物质主义的铺叙。

事实上，物质主义的铺叙并不止于华丽场景。《多少恨》中，虞家茵租居于比较局促的旧房内，但叙述者仍对她的居所做了精细描绘：

他因为要避免多看她，便看看这房间。这房间是她生活的全貌，一切都在这里了。壁角放着个洋油炉子，挨着五斗橱，橱上搁着油瓶，饭锅，盖着碟子的菜碗，白洋瓷脸盆，盒上搭着块粉红宽条的毛巾。小铁床上铺着白色线毯，一排白穗子直垂到地上，她刚才拖箱子的时候把床底下的鞋子也带了出来，单只露出一只天青平金绣花鞋的鞋尖。床头另堆着一叠箱子，最上面的一只是个小小的朱漆描金皮箱。旧式的控云铜镇，已经锈成了青绿色，配着那大红底子，鲜艳夺目。在昏黄的灯光下，那房间如同一种暗黄纸张的五彩工笔画卷。几件杂凑的木器之外还有个小藤书架，另有一面大圆镜子，从一个旧梳妆台拆下来的，挂在墙上。镜子前面倒有个月白冰纹瓶里插着一大枝蜡梅，早已成为枯枝了，老还放在那里，大约是取它一点姿势，映在镜子里，如同从一个月洞门里横生出来。宗豫也说不出来为什么有这样一种恍惚的感觉，也许就因为是她的房间，他第一次来。看到那些火炉饭锅什么的，先不过觉得好玩，再一想，她这地方才像是有人在这里诚诚心心过日子的，不像他的家，等于小孩子玩的红绿积木搭成的房子，一点人气也没有。

这种物质主义的铺叙就不仅是因着怀疑而希望求得物质的欢悦，而且是借以刻画人物心理与性格。后面这一点，其实是西方现代小说的经验。

三、虚无主义的延传

倘若张爱玲从《红楼梦》等旧小说中习得的只是对白、衣饰、器皿等物质主义铺叙，那么，她与巴金、茅盾之于《红楼梦》的仿效就无甚区别。但事实上张爱玲的小说及散文越过革命、反革命的年代，仍能给人"异代的震动"，则另有原因。刘再复认为："张爱玲承继《红楼梦》，不仅是承继《红楼梦》的笔触，更重要的是承继其在描写家庭、恋爱、婚姻背后的生存困境与人性困境，表达出连她自己也未必意识到的对人类命运的终极关怀。"[1]不过刘再复谈到的"对人类命运的终极关怀"指的是西方人道主义，并不那么符合张爱玲的思想。张爱玲之"震动"者，在于她的物质主义之下虚无主义的哲学底子。她能于一切"喧嚣、排场"中听出荒芜的气息。从"锣鼓喧天"的《空城计》中听出"凄寂的况味"（《洋人看京戏及其他》）自不必说，就是在一只时钟中也能感到"时间的'黑洞'"："一只钟嘀嗒嘀嗒，越走越响。将来也许整个的地面上见不到一只时辰钟。夜晚投宿到荒村，如果忽然听见钟摆的嘀嗒，那一定又惊又喜——文明的节拍！文明的日子是一分一秒划分清楚的，如同十字布上挑花。十字布上挑花，我并不喜欢，绣出来的也有小狗，也有人，都是一曲一曲，一格一格，看了很不舒服。蛮荒的日夜，没有钟，只是悠悠地日以继夜，夜以继日，日子过得像钧窑的淡青底子上的紫晕，那倒也好。"（《我看苏青》）这使张爱玲有机会全面获取《红楼梦》等旧小说的精神密码。

在《红楼梦》中，最终一切都归于虚无，落得片"白茫茫大地真干净"。而在张爱玲小说中，家族和人物的命运亦皆如此，极少能够例外。张爱玲曾经说，"最可厌的人，如果你细加研究，结果总发现他不过是个可怜人"（《张爱玲私语录》），所谓"可怜"，即是相对于毁坏的命运。无论是作者予以讥诮的人物（如曹七巧、葛薇龙、佟振保等），还是她抱以同情的人物（如顾曼桢、王佳芝等），最终都不能逃出此例。旧的高门巨族，在张爱玲小说中都在崩坍、毁坏。按照曹七巧对姜家的讽刺是："别瞧你们家轰轰烈烈，公侯将相的，其实全不是那么回事！早就是外强中干，这两年连空架子也撑不起。"（《金锁记》）根据《金锁记》修改而成的《怨女》对家族颓败的情形，形容得更见透彻："二十年来内地老是不太平，亲戚们见了面就抱怨田上的钱来不了。做生意外行，蚀不起，又不像做官一本万利，总觉得不值得。政

---

[1] 刘再复：《张爱玲的小说与夏志清的〈中国现代小说史〉》，收《再读张爱玲》，刘绍铭等编，山东画报出版社2004年版。

界当然不行，成了投降资敌，败坏家声。其实，现在大家都是银娣说的，一个寡妇守着两个死钱过日子，只有出没有进。"如《留情》《创世纪》等小说她对破落家族的寒酸更有细致的描述。《多少恨》中，虞家茵的父亲几乎是《创世纪》中匡仰彝的翻版。匡仰彝已预备好家族彻底败落之后让两个大的女儿去做舞女。然而匡家到底还没到这个地步，但虞家则是彻底败落了。虞家茵的父亲则把女儿紧紧抓住，甚至大有将女儿卖作他人为妾之意。这些"走在破落的道路上"的旧家大族，正如《倾城之恋》中说的，"他们唱歌唱走了板，跟不上生命的胡琴"。

"月光与黑影中断瓦颓垣千门万户"（《小团圆》），在那些颓败的公馆，弄堂里出出入入的男女们，由着自身情欲或愿望的推动，在时间的无涯里挣扎着，然而终究都不能摆脱"虚空的空虚"。七巧戴了30年的"黄金的枷"，经受了无数的情欲的挣扎，然而到了生命的尽头，她为万事虚空的念想包围，甚至连痛苦的念头也消失了，"七巧挪了挪头底下的荷叶边小洋枕，凑上脸去揉擦了一下，那一面的一滴眼泪她就懒怠去揩拭，由它挂在腮上，渐渐自己干了"（《金锁记》）。若说生命由爱和青春的光亮来度量，七巧的一生确实乏善可陈，是一张风干的失掉了颜色的纸。七巧是临到死亡时才痛苦于生命的虚空，而敦凤明知生命的苍白，却还得清醒地走下去。36岁的敦凤嫁与59岁的米先生，当然不是为了性，"要是为了需要男人，也不会嫁给米先生了"，然而是为了感情吗，敦凤又说，"米先生这个人，实在是很难跟他发生感情的"，那就只能是谋生啰。这是怎样的人生呵，但衣食可危的杨太太还是对敦凤表示了由衷的羡慕，"像你现在这样，真可以说是合于理想了"，敦凤能怎么说呢，"生在这世上，没有一样感情不是千疮百孔的"，"然而敦凤与米先生在回家的路上还是相爱着"。（《留情》）与敦凤相比，葛薇龙嫁的乔琪倒是英俊可人，"在那黑压压的眉毛与睫毛底下，眼睛像风吹过的早稻田，时而露出稻子下的水的青光"，然而爱在哪里呢，乔琪说只能"给她快乐"，于是在湾仔的街头，薇龙感觉自己与出卖身体的女子并无什么不同,虽然有了婚姻,但她这朵"橙红色的花朵"也到了凋谢的时候。(《第一炉香》)比较起来,白流苏仿佛因为一个大都市的倾覆突然收获了爱,"仅仅是一刹那的彻底的谅解","他们把彼此看得透明透亮",然而,"在这不可理喻的世界里",一刹那的爱到底能够维持多久,谁知道呢,恐怕流苏自己也不愿多想。在张爱玲的小说中,真正有着沉默而永远的爱的是沈世钧与顾曼桢。他们纵然可以突破门第的界限,然而时间的波折,人事的错迕最终还是毁掉了这场天长地久的爱,他们一夜错失,再见面已是 14 年以后,"他们回不去了","他是跟时间在挣扎。从前最后一次见面,至少是突如其来的,没有诀别。今天从这里走出去,却是永别了,清清楚楚,就跟死了的一样"。(《半生缘》)

这些都只是些"男女间的小事情"(《自己的文章》),然而堆满了时间的灰烬。一切都像长安(《金锁记》)在公园里听到的"Long long ago"的口琴声,"'告诉我那故事,往日我最心爱的那故事。许久以前,许久以前……'这是现在,一转眼也就变了许久以前了,什么都完了"。而在"男女间的小事情"以外,人们亦未走脱虚无的陷阱。紫微(《创世纪》)出身相府之家,嫁与匡家,公公"特别的尊重她","恩师的女儿,又是这样美的,这样的美色照耀了他们的家,像神仙下降了",丈夫匡霆谷也受她管束,然而她似乎并没有爱上他,他则肯定没有爱过她,他只晓得处处和她作对以显得自己"有主见","这也就是人生一世呵!"而且家道也败落了,子孙一大群仍指望着她一个人,一家人"单是活着就是桩大事,几乎是个壮举",当然,她仍是美的,美得逐渐没有内容:

然而其实,她的美不过是从前的华丽的时代的反映,铮亮的红木家具里照出来的一个脸庞,有一种秘密的,紫黝黝的艳光。红木家具一旦搬开了,脸还是这个脸,方圆的额角,鼻子长长的,笔直下坠,乌浓的长眉毛,半月形的呆呆的大眼睛,双眼皮,文细的红嘴,下巴缩着点——还是这个脸,可是里面仿佛一无所有了。

这是怎样寂寞而空洞的人生呵。张爱玲在此以外的其他小说,无论是20世纪40年代小说,还是晚年所作《色·戒》《相见欢》等作品,古典虚无主义哲学一直贯彻始终,这使她笔下的凄凉与其他现代文人笔下的幻灭有着迥然差异。

一个人在生命的尽头,瞬然感到空幻。这种痛苦并无统一意味,它发生在不同人身上可能意味着完全不同的"内心风暴"。至少,它们发生在张爱玲的笔下,与发生在鲁迅、叶圣陶、茅盾、巴金笔下,文化所指决然相异。魏连殳(《孤独者》)自杀了,是因为他对旧的社会制度的憎恶而又无力改变:"隐约像是长嗥,像一匹受伤的狼,当深夜在旷野中嗥叫,惨伤里夹杂着愤怒和悲哀。"倪焕之(《倪焕之》)死去了,同样因为对于社会的绝望。而汪文宣(《寒夜》)的死,也是对旧的社会的无言诅咒,同时又暗含着对新的时代的期冀:"她(曾树生)又打了一个冷噤。她好像突然落进了冰窖里似的,浑身发冷。……她茫然回顾,她觉得眼前的一切都是假的。她好像在做梦。昨天这时她还在另一个城市热闹的酒楼上吃饭,听一个男人的奉承话。今天她立在寒夜的夜摊前,听这些陌生人的诉苦。她为着什么回来?现在又怀着怎样的心情走出那间屋子?……以后又该怎样?……她等待着明天。"甚至高老太爷(《家》)死时的凄凉,也由于对心爱的秩序毁灭的失望。在这类民族国家书写里,新人遭受摧折被用以暗示旧制度的必然崩溃。故而,这类凄凉或幻灭就事件而言是低沉的,但就其背后支配性的话语体系而言则是乐观的,因为巴金、叶圣陶辈相信,愚昧终将被文明取代,黑暗终将消失在光明面前,也许其间路程不无漫长,但他们不断地写作,一定会促进从此堕落现实前往理想未来的转换。这是西方历史主义话语下有关幻灭的乐观叙述,它相信国家、个人都将被拯救,获得新生,并由于光明的沐浴而抚平旧的黑暗创伤。这种讲故事的方法实则已成为从五四到"文革"的现代文学传统。然而张爱玲不在此列。她的笔下,紫微或者七巧,葛薇龙或者顾曼桢,对于生命虚空的恐惧,与其说是由于期冀某一种理想社会而对现实世界不满,不如说是因为看破了人生的本质,是在"轰轰地往前开"的"时代的车"上瞥见了自己苍白的脸。"这也就是人生一世呵",生命的本质原不过如此,"相府的繁华"竟也如云烟。既然世界本来就"如露亦如电",就也没必要追究"什么是因,什么是果"(《倾城之恋》)。所以,张爱玲笔下的虚空就是世界本相,不可能被什么革命或改良所改变,在任何时代生命都将同样荒凉。它们更不可能被社会进步或革命胜利所抚平,而只会停留在尘世男女偶然空旷的内心,让他们忽然"惊心动魄",继而去到现世的细节欢悦中把握生命的轻与重。

无疑,张爱玲作品中时常出现的停顿、寂静与荒凉,是发生在中国文化的虚无主义语境之内。从西方启蒙主义的眼光看,它是消极的,缺乏认同生产力量,所以在民族危亡的年代,或在矢志文化改造的自由主义知识分子那里,张爱玲都难以得到好评。然而到了一个人们不再关心周边世界的年代,或在那些愿意倾听自我内心的"轻性知识分子"(《诗与胡说》)那里,张爱玲才会被作为"异数"重新发现。从事现代文学研究的学者们不得不承认,当鲁迅、郭沫若、茅盾、巴金、老舍、曹禺等一批时代巨子竞相追慕西方以构建现代意义系统时,却只有张爱玲等寥寥几位文人在边缘处悄然接续《红楼梦》等古典文学传统,甚至光大了旧小说的叙事传统。尘埃落定,世事轮回,时至今日,"张腔"的惊艳效果不能不说异常璀璨。

然而,20世纪40年代的上海毕竟已经大不同于康乾之世的北京。按万燕的说法,"一个生活在牧歌式的闭塞的田园社会,一个生活在旧的世界日趋崩溃、新的世界正在到来的乱世,对于张爱玲来说,人性的价值不仅今非昔比,而且给予张爱玲的意义也不同"[1]。的确,在洋场上海,像张爱玲那类

---

[1] 万燕:《海上花开花又落——解读张爱玲》,百花洲文艺出版社1996年版,页28。

能从"锣鼓喧天"中听出"凄寂的况味"(《洋人看京戏及其他》)的读者,毋宁说很稀少了。文人中间,鲁迅在努力摆脱虚无主义的"鬼魂",傅雷对虚无主义实际上已出现了隔膜。林语堂也承认,由于新式教育,他对旧文学的感受已经不及于一个老妈子:"(大众戏剧)还通过众多的戏剧角色来赢得男女老少的心灵与想象力,教给人们(其中90%以上是文盲)惊奇然而又很具体的历史知识、民间传说和历史的、文学的传统,因而,对历史人物栩栩如生的概念,任何一个老妈子都比我强得多,诸如关羽、刘备、曹操、薛仁贵、薛丁山、杨贵妃等等,她都了如指掌。而我本人却因为自幼受教会教育,观剧受约束,只是从冰冷的历史书上获得了一些零零碎碎的了解。"[1]这当然有所夸张,但也不失为基本事实。所以,由于读者主要是受过新式教育的青年,张爱玲在叙事策略上不得不从《红楼梦》《金瓶梅》有所"变法"。按鲁迅的说法,《红楼梦》在叙事效果上有"悲凉之雾,遍披华林"之感,"华林"者,繁华红尘也,《红楼梦》是如何使对富贵荣华、酒色财气的繁复叙写满布悲凉之气的呢,如何使对衣饰、菜谱、礼单、器皿的无穷尽描绘处处渗出荒凉呢?这在曹雪芹,除了以"无"起、以"无"终的普遍叙事结构外,就是偶尔穿插了痴僧疯道的故事,以及宝玉时而恍惚的语言,如"等我化成一股轻烟"之类,以点醒世事如幻的主题,但整体而言,《红楼梦》是"热闹"而"排场"的,"鲜花着锦,烈火烹油",是荣宁二府的生活,亦是文本叙事的基本面貌。生活在古典时代的曹雪芹,不担心读者在这一片"温柔乡"中迷失了虚空的路途,但在西化已甚的上海,张爱玲必得考虑读者的接受。事实上,到三四十年代,受过良好西式教育的学者文人们往往已不太读得懂建立在古典虚无主义哲学之上的"中国作风"的作品。傅雷以西方文艺复兴时代的人性尺度评述张爱玲尚不足奇,批评家李长之甚至将"千红一窟(哭),万艳同杯(悲)"的《红楼梦》读成温暖富贵之作,就足以见西式

---

[1] 林语堂:《中国人》,学林出版社1994年版,页261。

教育与中国文化之间的"深沟高垒"。即便专业的研究者,也只能从中看到"批评"二字:"一部《红楼梦》,他的主义,只有批评社会四个大字。……书里面的社会情形,正是吾国社会极好的一副写照。"[1]这种接受语境,使张爱玲在孜孜不倦叙说衣饰、色彩、器皿,在无穷无尽铺展姑嫂、婆媳、妯娌、主仆之间漫长对白时,必须时刻注意:读者会不会认为这类文字很"无聊",无甚深意?丧失了共通的哲学认知,张爱玲就有必要、有责任向读者提示她的荒凉。这就形成了张爱玲的"参差的对照"的叙事美学:

我写作的题材便是这么一个时代,我以为用参差的对照的手法是比较适宜的。我用这手法描写人类在一切时代之中生活下来的记忆,而以此给予周围的现实一个启示。(《自己的文章》)

这种"参差的对照的写法"表现在,张爱玲一方面如《红楼梦》那样"仔仔细细开出整桌菜单,毫无倦意",一方面又不同于《红楼梦》,她需要经常将这"热闹明白"背后的怀疑、悲观和"虚空的空虚"都点将出来,以提示与传统文化渐行渐远、倍生隔阂的读者。《倾城之恋》极为典型。与《红楼梦》等旧小说一样,这篇五万余字的小说也采取"无—有—无"的叙事结构,以咿咿呀呀苍凉的胡琴声开始,中经一段"上等的调情",又以"拉过来又拉过去"的胡琴声结束。在整体上确立了虚无主义的叙事哲学。但在主体叙事中,与上百万字的《红楼梦》只在三四个回目中偶尔提到尘世幻梦不同,篇幅约有《红楼梦》二十分之一的《倾城之恋》叙及虚空的文字竟达九处之多。譬如,受到三爷、四奶奶的冷嘲热讽,流苏恍惚多年前与无数陌生人隔着无形玻璃罩的情景;与范柳原在浅水湾一堵"死的颜色"的墙前,他们想到"我们的文明整个的毁掉了";香港被围时,"流苏的屋子是空的,

---

[1] 佩之:《红楼梦新评》,收《红楼梦研究稀见资料汇编》(上),吕启祥、林东海主编,人民文学出版社2001年版。

心里是空的";与柳原拥被相向的夜晚,更为虚空所围绕:

在劫后的香港住下去究竟不是长久之计。白天这么忙忙碌碌也就混了过去。一到了晚上,在那死的城市里,没有灯,没有人声,只有那茫茫的寒风,三个不同的音阶,"喔……呵……呜……"无穷无尽地叫唤着,这个歇了,那个又渐渐响了,三条并行的灰色的龙,一直线地往前飞,龙身无限制地延长下去,看不见尾。"喔……呵……呜……"……叫唤到后来,索性连苍龙也没有了,只是三条虚无的气,真空的桥梁,通入黑暗,通入虚空的虚空。这里是什么都完了。剩下点断墙颓垣,失去记忆力的文明人在黄昏中跌跌绊绊摸来摸去,像是找着点什么,其实是什么都完了。

当然,最能体现"参差的对照的写法"的是另一段:"门掩上了,堂屋里暗着,门的上端的玻璃格子里透进两方黄色的灯光,落在青砖地上。朦胧中可以看见堂屋里顺着墙高高下下堆着一排书箱,紫檀匣子,刻着绿泥款识。正中天然几上,玻璃罩子里,搁着珐琅自鸣钟,机括早坏了,停了多年。两旁垂着朱红对联,闪着金色寿字团花,一朵花托住一个墨汁淋漓的大字。在微光里,一个个的字都像浮在半空中,离着纸老远。流苏觉得自己就是对联上的一个字,虚飘飘的,不落实地。"(《倾城之恋》)"物质的细节",如紫檀匣子、珐琅自鸣钟、金色寿字团花、朱红对联,与虚空的字眼屡屡交错对照(如"停了多年""浮在半空中""虚飘飘的"),形成了强烈的启示:物质只是世界虚无的表象。而这也是《金锁记》《第一炉香》《半生缘》《留情》《创世纪》《红玫瑰与白玫瑰》诸多小说共有的哲学底子。当然,在使用"参差的对照的手法"时,弗洛伊德的心理分析,现代电影的蒙太奇手法,也屡屡作为技术元素被张爱玲吸纳其中。

因上,与《红楼梦》等旧小说有着深刻渊源的张爱玲,是在与鲁迅、巴金、茅盾等人完全不同的文学"语法"之下讲述她的上海故事的。她的叙事哲学、讲述方法，迥异于同时代人，所以在评价张爱玲时，很难用一个唯一标准一例相绳。张爱玲小说及散文的成就，应该置放于古典文学传统的现代转换的系统内加以评议。这类文字，径直贴入动荡时世中的孤独灵魂，却无益于民族国家的动员，或许还添增了若干暮气。而五四文学、左翼文学，虽于国族动员功莫大焉，但往往意在政治颠覆、社会改造而不在生命展现，甚至为着意识形态功效而有意牺牲生命的真实经验。两类写作之间，不宜以A评B，亦不宜以B裁A，二者之间大致是对话或互补关系。那么，置之古典文学传统的"创造性转化"这一评价系统内，对张爱玲当做如何评价？或者，她模仿《红楼梦》，那么，她的小说与《红楼梦》之间是否存在差距？假如有，那差距又是多大？这些问题，尤其后者，不免残酷。以前的研究者总是说：张爱玲很惊艳，很《红楼梦》，但对于她到底在多大程度上学会了《红楼梦》，却都闭口不言。仿佛在我们这个时代，从读者到研究者，都没有做好面对张爱玲缺点的准备。在这方面，海外"张学"极为典型。夏志清赞誉《金锁记》为"中国从古以来最伟大的中篇小说"[1]，刘绍铭、王德威争说张爱玲是"祖师奶奶"，但对张爱玲写作的局限却只字不提。或许他们实在不能发现张爱玲有什么缺点，那么国内学者又为何无人将张爱玲视作"伟大"作家呢，国内小说家又为何对王德威"祖师奶奶"之议反应冷淡呢？然而，除了"文化附敌"的嫌疑、题材局限等不很有力的证据外，他们似乎也没有说出太令人信服的理由，如吴小如先生认为："然而她却受到环境的桎梏，使她陷入颓靡的情热中，染上了过于柔腻俗艳的色彩，呈现出一种病态美的姿颜。她凭吊旧时代、旧社会、旧家庭、旧式的男女，诚然亲切、真挚、缠绵到一往情深；可是她自身的气质丰采，却始终不能自拔于《红楼梦》型窠臼之外。"[2]"气质丰采"是什么，吴小如言之不详。应该说，张爱玲的作

---

[1]〔美〕夏志清：《中国现代小说史》，复旦大学出版社2005年版，页261。
[2] 吴小如：《读张爱玲〈传奇〉》，收《张爱玲的风气：1949年前张爱玲评说》，陈子善编，山东画报出版社2004年版。

品与《红楼梦》等优秀旧文学之间仍存在相当距离。这表现于两点：

一、或是不愿，或是不能，张爱玲对于《红楼梦》的本义理解实有未尽之处。在《中国人的宗教》中，她说："对于生命的来龙去脉毫不感兴趣的中国人，即使感到兴趣也不大敢朝这上面想。思想常常漂流到人性的范围之外是危险的，邪魔鬼怪可以乘隙而入，总是不去招惹它的好。中国人集中注意力在他们眼面前热闹明白的，红灯照里的人生小小的一部。在这范围内，中国的宗教是有效的；在那之外，只有不确定的、无所不在的悲哀。什么都是空的，像阎惜姣所说：'洗手净指甲，做鞋泥里蹋。'"这实际也代表了张爱玲对《红楼梦》的一种看法，因为对一切都怀疑，悲观，中国人就"集中注意力在他们眼面前热闹明白的"，譬如整桌整桌菜单那类"物质的细节"，因此他们就取得了灵魂的平衡，感到了安静。张爱玲的文字即是如此，她的小说告诉人们世界如何虚空，她的散文却又引导人们去捕捉生命中那些可喜热闹的细节，"撒手的一刹那"，一"冷"一"热"之间，构成张爱玲文字中的内在结构。这是张爱玲作品的特征，甚至也许是大部分旧小说的特征。对此，万燕认为："（张爱玲）把人间作为荒凉中的人生诱惑来支撑她的幻灭意识。因此她看人生虽也有命运无常感，却是站在悲剧的基石上咀嚼平凡的快乐，她的人生观也就没有绝对的大悲。"[1]然而《红楼梦》仅止于此吗？对《红楼梦》与张爱玲作品之间的差距，王安忆（她被王德威硬加上所谓"张派传人"的帽子）有敏锐的观察。她认为："其实，张爱玲是站在虚无的深渊边上，稍一转眸，便可看见那无底的黑洞，可她不敢看，她得回过头去。她有足够的情感能力去抵达深刻，可她却没有勇敢承受这能力所获得的结果，这结果太沉重，她是很知道这分量的。于是她便自己攫住自己，束缚在一些生活的可爱的细节上，拼命去吸吮它的实在之处，以免自己再滑到虚无

---

[1] 万燕：《海上花开花又落——解读张爱玲》，百花洲文艺出版社1996年版，页98。

的边缘。"[1]在另外的地方，她又说："当她略一眺望到人生的虚无，便回缩到俗世之中，而终于放过了人生的更宽阔和深厚的蕴含。"[2]王安忆此番评说较夏志清、王德威诸人深刻得多。实则张爱玲回避的"无底的黑洞"，正是《红楼梦》第三层本义所在。《红楼梦》不仅在繁华中透出荒凉，不仅因为虚无而寻求物质的细节愉悦，而且作者愈是倚赖于记忆，愈是清晰知道记忆的已经逝去和不存在，愈是更深地陷入荒凉。用一种表面热闹（其本质亦为虚幻）的"物质的细节"去抵挡虚空，又如何可能呢？这是以虚无对抗虚无，只会将作者卷入更深的虚无的深渊。而在此境况中，人无以凭借，只能继续抓住回忆，由而陷入更深的虚无。故在《红楼梦》中，存在一种内旋结构，逐层将人卷入更深的虚无和痛苦。在信息、想象相对封闭的清代，有不少闺阁女子因嗜爱《红楼梦》而自杀，其内含的虚无主义可见一斑。张爱玲未深入《红楼梦》第三层本义，因为对这深渊的回避或缺乏了解，她自己的文字也就停留在生命的深渊的边缘。这使她的作品与《红楼梦》有较大距离，甚至不能与萧红的《呼兰河传》相比。萧红无意继承《红楼梦》，但由于内心巨大的伤痛，她求助童年呼兰的温暖，然而这温暖的已不存在终使萧红陷入无以自拔的荒凉之中，与《红楼梦》竟豁然贯通。张爱玲的小说未能抵达这种精神深度。万燕说，"张爱玲也因为乱世的缘故，过度地注重人间生活细致的快乐，而少了一种震撼人心的气度"[3]，其实是准确的评论。

二、张爱玲的作品与《红楼梦》的距离还表现在她的叙事的轻捷。张爱玲有如电影闪回般的叙述技术屡为人称道，她常通过一面镜子、一幅画或一曲音乐，一瞬就闪过10年或30年。最知名的莫如《金锁记》中的闪回："风从窗子里进来，对面挂着的回文雕漆长镜被吹得摇摇晃晃，磕托磕托敲着墙。

---

[1] 王安忆：《人生戏剧的鉴赏者》，《文汇报》1995年9月21日。
[2] 王安忆：《世俗的张爱玲》，收《再读张爱玲》，刘绍铭等编，山东画报出版社2004年版。
[3] 万燕：《海上花开花又落——解读张爱玲》，百花洲文艺出版社1996年版，页110。

七巧双手按住了镜子。镜子里反映着的翠竹帘子和一副金绿山水屏条依旧在风中来回荡漾着,望久了,便有一种晕船的感觉。再定睛看时,翠竹帘子已经褪了色,金绿山水换了一张她丈夫的遗像,镜子里的人也老了十年。去年她戴了丈夫的孝,今年婆婆又过世了。现在正式挽了叔公九老太爷出来为他们分家。"《创世纪》也使用了同样叙事技术,"窗外的雪像是又在下。仰彝去看电影了。想起了仰彝就皱起了眉……又下雪了。黄昏的窗里望出去,对街的屋顶上积起了淡黄的雪。紫微想起她小时候,无忧无虑的",一下子就跳回到五六十年前闹义和团的时候。这种方式,巧则巧尔,但有时亦未免失之过巧。像从执着走到虚无,中间会经历多少人生的路程,会发生多少惊心动魄的事件,会经受多少灵魂的折磨,这一切史诗般的历程都被张爱玲如电影剪辑般片段化了。在她的"参差的对照的写法"中,人物从繁华到虚空,仿佛只是一瞬的顿悟就完成了,而略去了无数的纷繁与历练。这种情形颇似于佛学东传以后的变异。其初佛学在印度时,对于达成涅槃之境的修炼极为严格,但入中土,经数百年本土化,终化出禅宗。禅宗修炼只以顿悟即可。在张爱玲的小说中,人物如此重要的心理嬗变便是通过顿悟完成的。对此,王安忆批评说:

张爱玲的人生观是走在了两个极端之上,一头是现时现刻中的具体可感,另一头则是人生奈何的虚无。在此之间,其实还有着漫长的过程,就是现实的理想与争取。而张爱玲就如那骑车在菜场脏地上的小孩,"放松了扶手,摇摆着,轻倩地掠过"。这一"掠过",自然是轻松的了。当她略一眺望到人生的虚无,便回缩到俗世之中,而终于放过了人生的更宽阔和深厚的蕴含。从俗世的细致描绘,直接跳入一个苍茫的结论,到底是简单了。于是,很容易地,又回落到了低俗无聊之中。[1]

---

[1] 王安忆:《世俗的张爱玲》,收《再读张爱玲》,刘绍铭等编,山东画报出版社2004年版。

王安忆的批评多少有些刻薄，而且中间漫长的过程也未必是"现实的理想与争取"，但张爱玲的闪回式的叙事方式，既是优点，确亦是缺点。对于生活于快节奏的当代读者而言，这种叙事或许是适宜的，但对于人性与心灵的旅程怀有真切期待的专业读者而言，多少又是一种欠缺。当然，此节非关政治，非关题材，似乎更主要是与能力相关。张爱玲在美国时曾将《十八春》改写为长篇小说《半生缘》，去除了这类电影闪回的简便方法，但似也未写出"宽阔"和"深厚"，且较之《倾城之恋》《金锁记》，还更缺乏苍凉的回味。专业研究者，甚至有人直接视之为"新鸳鸯蝴蝶派"作品。

第十五讲　张爱玲的四重"面孔"

英国历史学家 E. H. 卡尔有一段颇耐人寻味的话,"事实的确不像鱼贩子案板上的鱼。事实就像在浩瀚的,有时也是深不可测的海洋中游泳的鱼;历史学家钓到什么样的事实,部分取决于运气,但主要还是取决于历史学家喜欢在海岸的什么位置钓鱼,取决于他喜欢用什么样的钓鱼用具钓鱼——当然,这两个因素是由历史学家想捕捉什么样的鱼来决定的"[1]。这意味着,不同时代的大众与文学史家如何读取张爱玲,要取决于他们希望有一个怎样的"张爱玲"形象。这当然只是问题的一个方面。此种或彼种"张爱玲"形象被绘制,作为"事实"毕竟要取决于张爱玲的文字。她的小说、散文乃至书信,正是那"浩瀚的,有时也是深不可测的海洋"。因此,批评"成规"、文学史家或大众的观察视野,以及张爱玲文本之间的对话与激发,共同叙述了张爱玲在文学史上的"多重面孔"。

---

[1]〔英〕E. H. 卡尔:《历史是什么?》,商务印书馆 2007 年版,页 108。

一、批判主义者，或"女的鲁迅"

一个文人能够获具"多重面孔"，当然是因为他自身的丰富与多义。"文革"以后，中国对于张爱玲的认识，始于20世纪40年代傅雷或胡兰成的评述文字。这些文字与张爱玲一起，早已埋没于历史尘埃之中。到80年代初，中国读者与文学史家几乎未听闻过"张爱玲"这个名字。小说家阿城看到《收获》杂志重刊的《金锁记》，竟误以为是某僻远之地又出现了一位新作家。真正使大众逐步认知张爱玲的，则是夏志清《中国现代小说史》的中译本（台湾刘绍铭译）在国内学界的私下流传，以及随之而起的对于张爱玲的重新发现。在这种背景下，张爱玲在国内呈现出她的第一重"面孔"。而这重"面孔"与夏志清的观点及研究方法有所疏离，甚至与张爱玲本人的文学观亦颇相违。

夏志清此书撰于50年代。夏氏1947年受教于北京大学，40年代末留学耶鲁大学，后滞美，后以个人才华与勤奋成为美国汉学界的重要人物。作为一位以"流亡知识分子"自居的学人，夏志清曾参与编写《中国手册》（朝鲜战争中美军参考手册），多少有"反共"之嫌。强烈的意识形态偏见，使《中国现代小说史》的操作逻辑带有部分非学术成分。刘再复指出："夏志清先生的《中国现代小说史》的政治标准太显露了。当他在反对中国用政治意识形态否定一群作家的时候，自己却陷入另一种政治意识形态之中，用'共产'与'非共产'进行政治分类，进而又影响艺术判断。凡是非共产作家，则竭力抬高膨胀；凡是共产作家，则竭力贬抑。"[1]刘再复所说的"竭力抬高膨胀"型作家就是张爱玲。在夏志清笔下，张爱玲是一位以人性作为基准的"反共产主义"的伟大作家（其实张爱玲对共产主义谈不上反感）。在塑造这一"张爱玲"形象时，夏志清使用了美国新批评研究方法，将视野限

---

[1] 刘再复：《张爱玲的小说与夏志清的〈中国现代小说史〉》，收《再读张爱玲》，刘绍铭等编，山东画报出版社2004年版。

于文本，而较少涉笔张爱玲与时代语境的关系。这种观念与研究方法都难以为国内学界接受。这倒不是国内学者对共产主义还有多少留恋，而是夏志清的冷战思维，在国内学者看来大致是时过境迁的幼稚。而且，割断文本与语境关系的研究方法，在长期笃信社会历史批评传统的国内学者看来，也缺乏可信性。但夏志清无疑唤起了国内研究者对张爱玲的慎重对待。他叙述出的"张爱玲"形象未能有效进入国内现代文字研究的流通领域。相反，国内研究者对张爱玲的文学史叙述，首先就是把她收编进夏志清甚为反感的已经稳定的文学史序列。

较早评论张爱玲的一篇重要论文是中国社科院学者赵园的长文《开向沪、港洋场社会的窗口——读张爱玲小说集〈传奇〉》。赵园认为，构成张爱玲小说基本矛盾的是西方文化滋养的现代文明和古旧、腐朽的封建生活方式与封建文化之间的冲突，这是20世纪40年代沪港洋场社会最基本的真实，张爱玲从两性关系、婚姻关系入手发掘了洋场社会的特殊本质，《传奇》十篇因此成为认识历史、认识生活的一扇窗子。这是典型的社会历史批评循守的反映论视角。稍晚，研究者亦认为："张爱玲的小说为人们展示了一个鲜为人们涉足的独特的社会领域，她以上海人的眼光，为人们打开了审视沦陷前后上海和香港中上层社会病态的、不健全的、具有'传奇'色彩的生活和心态的窗口。"[1]这种研究路径不能说未能反映出张爱玲小说的部分特征，但实有舍本逐末之嫌，张爱玲本人也很不欣赏这种研究路径。几乎在赵园文章发表的同时，她在一篇文章中写道：

大陆的《文汇》杂志一九八一年十一月号有一篇署名夏阅的《杂谈金瓶梅词话》，把重心放在当时的官商勾结上。那是典型的共产主义的观点，就像苏俄赞美狄更斯暴露英国产业革命时代的残酷。其实尽有比狄更斯写得更

---

[1] 郭志刚、孙中田主编：《中国现代文学史》（下册），高等教育出版社1999年版，页38。

惨的，狄更斯的好处不在揭发当时社会的黑暗面。(《国语本〈海上花〉译后记》)

在张爱玲看来，从对政治、经济等社会面相的反映程度来评述一位小说家，显然会与他的灵魂历险交错而过，会错失他真正的"好处"。她不喜欢这类"典型的共产主义的观点"，然而她自己正是被人以共产主义的观点认识的。深居简出的她已丧失对"张爱玲"形象生产和传播的影响。

因此，在20世纪80年代，张爱玲最先被文学史家展示给大众的，是一个现实主义的批判主义者形象。根据她40年代的小说，研究者一致认为她反映并批评了三四十年代上海的洋场社会，例如由赵遐秋和曾庆瑞合著的《中国现代小说史》（下册）指出，张爱玲透过"两性关系""婚姻关系"来揭示"洋场社会的本质"；殷国明著《中国现代文学流派发展史》，将张爱玲作为"社会言情小说"的代表人物，强调她作品的社会意义指向，指出它的"美学特征首先是社会的，其次才是言情的"。到80年代后期，这种反映论形塑朝两个方向集中。一是女性主义研究者的叙述。于青认为，张爱玲笔下《传奇》中无论怎样的女性，骨子里都惊人一致地呈现着"女奴的魂灵"[1]。李继凯则指出了张爱玲小说中的"女性异化"，认为她们在男权压迫和金钱异化的双重作用下，"爱"已沦为一种谋生的手段。[2] 另一方向是从她小说中的人性畸变出发，将张爱玲纳入国民性批判写作的行列。如杨义先生评论说："洋场社会游荡着凶险可怖的黄金幽灵，搬演着吉凶莫测的黄金噩梦。黄金的光圈笼罩着两性关系和婚姻形式，瓦解着温柔谦恭的东方伦理气氛，扭曲了蠢蠢欲动的人的本能情欲。儒家道貌岸然的义利之辨，在这里化作了价值颠倒的人生把戏。三万余言的中篇《金锁记》比《倾城之恋》远

---

[1] 于青：《论传奇》，《当代作家评论》1994年第3期。
[2] 李继凯：《论张爱玲小说中的女性异化》，《中国现代文学研究丛刊》1994年第4期。

为浑厚的地方，就在于它引入了洋场世界这个法力无边的魔影，使其人生人性的剖示带有浓重沉郁的悲剧感和历史感，从而写成一部关于黄金和情欲的心理传奇。"[1]两种方向，在将张爱玲塑造为一个现实主义的批判主义者形象上，其实是一致的。

于是，当"揭示"与"批判"成为解读张爱玲的关键词时，这个流落异邦数十年的女作家终于安全驶入了国内学界公认的文学史"殿堂"。事实上，也就是归属了"鲁迅传统"。鲁迅研究者王富仁教授在非正式场合甚至直接称张爱玲为"女的鲁迅"。郜元宝先生也认为："人与时代这种命定的结构关系，是她前后期作品相同的叙述模式。现代小说往往预设一个思想者，由此窥看小人物。小人物是被看的，并不具有自我意识。张爱玲写'破坏'中的小人物，深入到意识底层，一点一滴写他们的觉醒，对他们寄予了深厚的同情，根本上和他们是认同的。这也是张爱玲小说前后一贯之处。她的长篇小说将中短篇小说对自我的悲怜外推到农民、学生和更广大的人群，但悲悯并未减弱，反而有所加强。张的文学追求，即关心普通人的命运，写出他们的觉醒或干脆指出他们所以不觉醒之故，正是鲁迅传统的继续。"[2]不知夏志清看到类似评述会有怎样的奇怪感受，想当初他撰写《中国现代小说史》的一个重要目标就是想抬出张爱玲等作家，以颠覆鲁迅的"宗师"地位。但这番努力看来是付之流水了。

批判主义者或"女的鲁迅"是在国内广泛存在的第一重张爱玲的文学史"面孔"。它当然有事实的根据，但它有多少是国内现代文学研究"惯例"的反映。对此，程光炜先生颇有微词。他指出："在现代文学研究中，没有人对奠定其学科基础的20世纪80年代的'启蒙论'产生过怀疑。一定意义上，正是'启蒙论'赋予了现代文学研究的历史合法性，拓宽了其研究空间和增强了历史活动的能量。因此，在一些权威研究者那里，启蒙论是作为

---

[1] 杨义：《中国现代小说史》（第3卷），人民文学出版社1991年版，页457。
[2] 郜元宝、袁凌：《重评张爱玲及其他》，《山东社会科学》1999年第3期。

统驭整个现代文学学科的思想基础、知识和方法存在的。"[1]程光炜先生还认为,"启蒙论"统驭学科"又是通过套牢'五四'和'鲁迅'来实现的",即把"五四文学"和"鲁迅"不单作为文学现象,而且作为文学标准,来叙述驳杂多义的现代文学史。继承五四传统或者像鲁迅,即可获得经典化的资格许可,反之,则被边缘化。程光炜先生的观察非常犀利。事实上,张爱玲逐渐被纳入鲁迅身后长长的作家序列,与此种文学史"成规"不无关系。王富仁给予张爱玲"女的鲁迅"的评价,对这位毕生矢志于鲁迅研究的学者而言,差不多已是到了极限的推崇。

然而,人们对张爱玲的批判主义者"面孔"的塑造,无疑又是"窄化"张爱玲的结果。这并非说张爱玲的成就高于鲁迅,而是说为了将张爱玲叙述得接近鲁迅,接近五四,我们不得不放大张爱玲的某些方面,而有意地排斥遗忘她的另外一些方面。显然,这种选择呈现有意识忽略了张爱玲与"新文艺腔"(所谓左派文艺是其中突出代表)的分歧。在《自己的文章》中,张爱玲曾针对迅雨的批评,专门解释过自己与主流文艺的差异,"我发现弄文学的人向来是注重人生飞扬的一面,而忽视人生安稳的一面。其实,后者正是前者的底子。又如,他们多是注重人生的斗争,而忽略和谐的一面。其实,人是为了要求和谐的一面才斗争的","斗争是动人的,因为它是强大的,而同时是酸楚的。斗争者失去了人生的和谐,寻求着新的和谐。倘使为斗争而斗争,便缺少回味,写了出来也不能成为好的作品。我发觉许多作品里力的成分大于美的成分。力是快乐的,美却是悲哀的,两者不能独立存在。'死生契阔,与子成说;执子之手,与子偕老'是一首悲哀的诗,然而它的人生态度是何等肯定。我不喜欢壮烈。我是喜欢悲壮,更喜欢苍凉"。胡兰成甚至专门撰文分析张爱玲与左派文艺的差异:

---

[1] 程光炜:《当代文学学科的"历史化"》,收《文学史的兴起:程光炜自选集》,程光炜著,河南大学出版社2009年版。

有人说张爱玲的文章不革命，张爱玲文章本来也没有他们所知道的那种革命。革命是要使无产阶级归于人的生活，小资产阶级与农民归于人的生活，资产阶级归于人的生活，不是要归于无产阶级。是人类审判无产阶级，不是无产阶级审判人类。所以，张爱玲的文章不是无产阶级的也罢。[1]

张爱玲对鲁迅本人无缘接触，但她对鲁迅所代表的左翼文艺一直不抱好感，王富仁称张爱玲"女的鲁迅"，显然是未深究其中隐义。同时，研究者也有意识回避了张爱玲的讽刺的特征。张爱玲自述："我写到的那些人，他们有什么不好我都能够原谅，有时候还有喜爱，就因为他们存在，他们是真的。可是在日常生活里碰见他们，因为我的幼稚无能，我知道我同他们混在一起，得不到什么好处的，如果必须有接触，也是斤斤较量，没有一点容让，总要个恩怨分明。"(《我看苏青》)她认为苏青亦如此："她的讽刺并不彻底，因为她对于人生有着太基本的爱好，她不能发展到刻骨的讽刺。"(《我看苏青》)这与新文学的讽刺大异其趣。新文学作家讽刺某一现象或某一人物，是以批判或唤醒为意识形态主旨，其文中或心中往往存有一个理想的新的社会或人性的蓝图。但张爱玲不然，她讽刺，却并非为着弃"旧"迎"新"。钱谷融对这一点有如是评价："我觉得她恐怕可以说是一个现世主义者，而她的现世主义则也许是由悲观主义而来。她纵目四顾，只见满目苍凉，少有明丽的亮色，因此就形成了她的悲观主义，使她对人、对社会不敢有什么奢望，也就失去了、进而并拒绝了任何理想。"[2]这当然不仅是因于节制或含蓄。

---

[1] 胡兰成：《张爱玲与左派》，《天地》1945年第21期。
[2] 钱谷融：《海上花开花又落——解读张爱玲·序》，百花洲文艺出版社1996年版。

二、反现代性

佛克马、蚁布思认为:"不同的知识、经验和兴趣会产生不同的阐释结果。"[1]这在张爱玲阐述方面极为明显。由于张爱玲与"左派文艺""新文艺腔"的差异如此触目,所以后起的学者也尝试从其他角度去理解张爱玲,尤其理解张爱玲与新文学主流既继承又对抗的关系。在渐趋开阔的视野中,张爱玲的又一重"面孔"——反现代性——逐渐浮出文学史地表。

"现代性"(modernity)概念是20世纪90年代中期以后的新的学术概念。在西语中,源于后现代论争的modernity歧义丛生,据说有多少种后现代理论就有多少种modernity概念,但简约说来该概念主要有两种指涉,其一为启蒙现代性,涵指在于"推崇理性","深信理性有能力发现适当的理论与实践规范",并重建"一种体现理性和社会进步的、公正平等的社会秩序";其二为美学现代性,涵指在于"反对工业化和理性化的异化向度,试图改造文化,在艺术中寻找创造性的自我实现"[2]。所谓"反现代性",指的就是审美现代性一脉,在文学上,它常常表现为现代主义文学。不过在80年代学术界,尚使用"现代性"概念,但到"现代性"概念普遍化以后,就存在一个重新命名的问题。文学上的国民性批判,实属启蒙现代性的范畴。张爱玲小说看似亦有国民性批判,但她的讽刺不彻底,无论对洋场上海还是旧的高门巨族,浮世男女,她在讥诮之余似亦抱有亲切之感,并无左翼文学那种"与汝皆亡"的决绝。而且,张爱玲对人世布满怀疑,选取的题材又多出自俗世庸世,认为她与启蒙现代性貌合神离自是题中之义。故而,以反(启蒙)现代性来描述张爱玲亦为常见。不过,在"反现代性"的"面孔"之下,研

---

[1] 〔荷〕佛克马、蚁布思:《文学研究与文化参与》,北京大学出版社1996年版,页102。
[2] 〔美〕凯尔纳、贝斯特:《后现代理论:批判性的质疑》,中央编译出版社2001年版,页2—3。

究者根据张爱玲文本的不同侧面,也做出了不甚相同的叙述。

有的从张爱玲文字中的颓废与怀疑出发,将她与以现代主义为代表的"反现代性"相联系,譬如将她与艾略特、卡夫卡等作家相比较。万燕、张新颖、刘锋杰诸君皆持此论。万燕认为:"新文学作家继承的西方古典作家对人性、对社会进步的信念,所以新文学作家的作品的一切冲突都最终指向了人与社会环境的对立;人是无可指责的,环境的黑暗或是不完善造成人世间的所有不幸,一旦造成悲剧的社会或生存环境被改变得美好,人也会生活得无比幸福和快乐。张爱玲和他们不同,她对内在的关于人的本性的解释,却是在精神实质上和同时代的西方现代作家有严格意义上的同步关系。"[1]万燕的证据是张爱玲对毛姆和赫胥黎的喜欢,对奥尼尔和威尔斯的了解,尤其是她"采用对情欲、心理、潜意识的描写来阐释人性的本质"[2],这是西方现代主义文学的基本角度。张新颖则认为,"张爱玲对文明毁坏后的虚无体验和末日情景描述,其实也是第一次世界大战以后的西方现代文学的一个重要主题,……譬如张爱玲所熟悉的劳伦斯的小说,还有她所特意说起的威尔斯(H. G. Wells)反乌托邦的悲观预言","但张爱玲毕竟是中国的现实和文化环境中的作家,在经历战争对人类文明的强力摧毁之前,她从小就深切感受着已经走到末路尽头的中国传统文明的衰朽、腐烂、封闭、乖戾和最后的疯狂。所谓的中国传统文明,到她能够亲自体会的时候,已经只是一个散发着前朝霉湿气味的旧家庭的情景,她的自传性散文《私语》,毫不掩饰地描述了她在其中找不到家的感觉的家:她出生的房子里留下了一种濒死文化的太多的回忆,……这其实是一个梦魇的世界"。[3]这其实是将张爱玲视

---

[1] 万燕:《海上花开花又落——解读张爱玲》,百花洲文艺出版社1996年版,页28—29。
[2] 万燕:《海上花开花又落——解读张爱玲》,百花洲文艺出版社1996年版,页32。
[3] 张新颖:《日常生活的"不对"和"乱世"文明的毁坏——张爱玲创作中的现代"恐怖"和"虚无"》,《文艺争鸣》2000年第3期。

作"中国版"的现代主义作家。如前所述,刘锋杰还直接将张爱玲与卡夫卡相提并论,认为他们有"三种接近"和"三种相通"[1]。那么,张爱玲真的是一个"中国版"的现代主义者吗,如同卡夫卡对西方文明极度失望而走向怀疑一样,她也是由于对中国传统文明极度失望而走向怀疑的吗?若这样想,就不免误会张爱玲了。张爱玲不但对中国传统文明失望,她对现代文明也未抱多大好感,在她的世界里,一切都将归入虚空,这是人世的本质。而在现代主义者那里,并非一切都会归入虚空。在卡夫卡、加缪这些作家看来,尽管主义、信仰、理性等等皆不可信任,但人的自我意志、人的生命尊严却是绝对有力、可以自我确证的。自由不会真的化入虚空。这是西方文化不同中国文化的地方。西方现代人在对神、信仰产生极度怀疑之后就逐渐转向自身(主/客对立思维),而在古代中国人眼中,并无主客之分,都处于同一世界,而这一世界既是繁华热闹的,又是荒凉空无的,"有"为表象,"无"为实质。所以,张爱玲的虚无感是对一切的怀疑,而西方现代主义的虚无是对自我以外的世界的怀疑,前者无以拯救,后者却可因自我意志的自足而得自救(如西绪弗斯),两者其实大有差异。

其实,张爱玲和西方"反现代性"(即文学上的现代主义)并无什么大的关系,不过在表象上能找到相似而已。作为"古典中国人",张爱玲怀疑一切,理性和信仰自然在她怀疑之列,但由此把她归入因怀疑理性而转入内在主体的西方现代主义作家之列,就不免是很大误解了,因为"内在主体"云云,张爱玲也是怀疑的。张爱玲的精神取向与文学表现主要发生在古典中国的精神谱系之内,尽管与西方思想谱系时有形似,但不应混淆。不过,形迹上的相似总是最易被人理解并谈论,因而张爱玲作为现代主义作家谱系内的"反现代性"特征,便成为她在20世纪90年代以后学术界的第二重"面孔"。

---

[1] 刘锋杰:《论张爱玲的现代性及其生成方式》,《文学评论》2004年第6期。

当然，在这一重"面孔"之下还包容着近似特征，譬如她对日常生活的关注。作为中国的虚无主义者，张爱玲写作时如同《红楼梦》《金瓶梅》一样，很讲求对现世细节的物质主义铺叙，"因为对一切都怀疑，……（中国文学）只有在物质的细节上，它得到欢悦"。但不少研究者根据她小说中大量的"物质的细节"，又将其与西方所谓"日常美学"（赫勒、列斐伏尔、许茨等提倡）乃至后现代主义联系上了。后两者实际上都是欧美社会到二十世纪八九十年代才比较广泛出现的新的艺术思潮。所谓"日常美学"是反对启蒙现代性，而张爱玲也确实以日常将自己与新文学主流相区分，但背后的思想差异并非启蒙现代性与审美现代性之别，而是西方启蒙主义与中国虚无主义之别。然而研究者熟悉的皆是启蒙现代性与审美现代性的区别，所以很自然地将她的物质主义解读为所谓"日常现代性"，解读为西方思想内部审美现代性对启蒙现代性的反抗。在刘锋杰看来，鲁迅代表着启蒙现代性，张爱玲则代表着与他相抗衡的日常（审美）现代性：

鲁迅的启蒙现代性，建立在反抗社会、批判封建主义、充分肯定个人主义的基础之上，同时，它还是精英知识分子的现代性，仍然建立在大写历史的基础上，是对历史的改造，对人的理性精神与生命自由的执着追求。启蒙的现代性批判的是人的缺点，却不认为人应当有缺点，更不知道应当原谅人的缺点。从骨子里说，启蒙的现代性是对人生的理想主义的诉求，这强化了它对社会的批判，也加剧了它与真实人生的某种隔阂。它对社会的批判，在精英知识分子看来，是深刻；在民众看来，却有距离。所以，启蒙的现代性，是漂浮在人生之海上的一股旋风，凌厉，但还应增加其附着人生的真切。张爱玲的日常现代性，建立在对人的欲望与要求的满足上，充分尊重个人生活。她继承了五四的个人主义传统，其间当然包括了对于鲁迅的继承，但更主要的是对周作人的继承。将鲁迅与张爱玲相比较，鲁迅代表的是个人理想主义，张爱玲代表的是个人生活主义。张爱玲的个人主义在由个人而为主义时，个人没有被主义所彻底征服与消解，这时的个人意识在成为一种价值时，仍然保持了个人生活的丰富性与自由性。[1]

这实际上是将中/西之异解读为西方文化内部的现代/反现代之异。这对于长期浸润于西学概念中的中国学者而言，一点也不奇怪。不要说最早将张爱玲纳入文学史的夏志清先生有此弊，就是国内出身的重要学人许子东也如此观感。他的名文《从呐喊到流言》，实即将20世纪中国文学归纳为从启蒙叙事到琐碎叙事的对抗与流变，张爱玲同样被他纳入西方视野下加以观照。周蕾也从张爱玲的细节再现入手，提出了她的"反现代性"特征："把这些互相毫无关系的细节并列，也就是把人类美德的描写都一扫而空……把细节戏剧化，如电影镜头般放大，其实就是一种破坏，所破坏的是人性论的中心性，这种人性论是中国现代性的修辞中，经常被天真地采用的一种理想和道德原则。在张爱玲的文字中，冷漠感占了一个主导位置，形成一种非人类本位说的感情结构，并经常通过毁灭和荒凉这两个主调表现出来。"[2]而黄子平先生在《世纪末的华丽与……污秽》中，甚至暗示了张爱玲与后现代主义的关系。

从两个不同侧重点加以塑造的张爱玲的"反现代性"的"面孔"有其神似之处，的确都可以找到支持证据。她的作品有着大量的"我们的自私与空虚，我们恬不知耻的愚蠢""我们每一个人都是孤独的"（《烬余录》），而且她说过，自己的作品强调"人生安稳的一面"。她的小说，"人淹没在日常的细节中，人的灵性，人的活泼与绚烂，僵死在程序化的生活里，每天都做着同样的事情，遇见同样的面孔，谈论同样的话题"[3]，是怎样的"话题"呢，

---

[1] 刘锋杰：《论张爱玲的现代性及其生成方式》，《文学评论》2004年第6期。
[2] 周蕾：《妇女与中国现代性：东西方之间阅读记》，台湾麦田出版有限公司1995年版，页218。
[3] 费勇：《张爱玲作品集·前言》，花城出版社1997年版。

略引两则,可见张爱玲之"日常性"。一是《留情》中的:

老太太进浴室去,关上门不久,杨太太上楼来了,踏进房便问:"老太太在那儿洗澡么?"敦凤点头说是。杨太太道:"我有一件玫瑰红绒线衫挂在门背后,我想把它拿出来的,里头热气熏着,怕把颜色熏坏了。"她试着推门,敦凤道:"恐怕上了闩了。"杨太太在烟铺上坐下了,把假紫羔大衣向上耸了一耸,裹得紧些,旁边没有男人,她把她那些活泼全部收了起来。敦凤问道:"打了几圈?怎么散得这样早?"杨太太道:"有两个人有事先走了。"敦凤望着她笑道:"只有你,真看得开,会消遣。"杨太太道:"谁都看不得我呢。其实我打这个牌,能有多少输赢?像你表哥,现在他下了班不回来,不管在哪儿罢,干坐着也得要钱哪!说起来都是我害他在家里待不住。说起来这家里事无论大小全亏了老太太。"她把身子向前探着,压低了声音道:"现在的事,就靠老太太一天到晚嘀咕嘀咕省两个钱,成吗?别瞧我就知道打牌,这巷堂里很有几个做小生意发大财的人,买什么,带我们一个小股子,就值多了!"敦凤笑道:"那你这一向一定财气很好。"杨太太一仰身,两手撑在背后,冷笑道,"入股子也得要钱呀,钱又不归我管。我要是管事,有得跟她闹呢!不管又说我不管了!"

这样的婆婆妈妈的絮叨,在王安忆看来,始终是迹近于"无聊"了:"《留情》里,米先生,敦凤,杨太太麻将桌上的一伙,可不是很无聊?《琉璃瓦》中的那一群小姐,也是无聊。《鸿鸾禧》呢,倘不是玉清告别闺阁的那一点急切与不甘交织起来的怅惘,通篇也尽是无聊的。"[1]然而,它们却是张爱玲擅长的,最喜谈者,是人生所谓"安稳的底子"。又如:

---

[1] 王安忆:《世俗的张爱玲》,收《再读张爱玲》,刘绍铭等编,山东画报出版社2004年版。

老妈妈捧了一碗饭靠在门框上,叹道:"还是帮外国人家,清清爽爽!"阿小道:"啊呀!现在这个时世,倒是宁可工钱少些,中国人家,有吃有住;像我这样,名叫三千块钱一个月,光是吃也不够!——说是不给吃,也看主人。像对过他们洋山芋一炒总有半脸盆,大家就这么吃了。"百顺道:"姆妈,对过他们今天吃干菜烧肉。"阿小把筷子头横过去敲一下,叱道:"对过吃的好,你到对过吃去!为什么不去?啊?为什么不去?"百顺睒了睒眼,没哭出来,被大家劝住了。阿姐道:"我家两个瘪三,比他大,还没他机灵哩!"凑过去亲昵地叫一声:"瘪三!"故意凶他:"怎么不看见你扒饭?菜倒吃了不少,饭还是这么一碗!"阿小却又心疼起来,说:"让他去吧!不尽着他吃,一会儿又闹着要吃点心了。"又向百顺催促:"要吃趁现在,待会随你怎么闹也没有了。"老妈妈问百顺:"吃了饭不上学堂么?"阿小道:"今天礼拜六。"回过头来一把抓住百顺:"礼拜六,一钻就看不见你的人了?你好好坐在这里读两个钟头书再去玩。"百顺坐在饼干筒上,书摊在凳上,摇摆着身体,唱道:"我要身体好,身体好!爸爸妈妈叫我好宝宝,好宝宝!"读不了两句便问:"姆妈,读两个钟头我好去玩了?姆妈,现在几点啊?"阿小只是不理。(《桂花蒸 阿小悲秋》)

这类琐碎冗长、一波未平一波又起的对白,女性读者多数喜爱,亦能从细微中察见女性之间的无休止的"斗争",但某些倾心于乱世英雄、风云动荡、快意恩仇的男性读者,很可能就读不下去。不过,张爱玲既然都已写到了"无聊"的地步,那"日常"可见是有了,足以证明张爱玲文字中"日常现代性"的存在。

然而,张爱玲与五四文学主流的相异被理解为西方思想谱系之内的现代/反现代之异,与当前学术界的风潮转变实有关系。在后现代时代,"来源于日常生活的细腻观察和叙事,其他无名对象的声音中的证据——亦即民族志的基础材料,代替了对社会与文化的宏大理论或出于空想的叙事而成为主流"[1]。而在中国学界,"革命"声名渐消,文学史家则尽量将作家拉出主流文学序列,像张爱玲这样的非典型文人,甚有必要早早被拉到革命的对面,另张旗鼓。这是学术界话语重组的结果,不仅因为她的小说或者散文。

然而,张爱玲此重反现代性"面孔"也是通过有意识排斥或忽略某些内容而建构的。譬如,论者往往有意忽略张爱玲与卡夫卡或荒诞派的区别。其实,荒诞派皆表现有关社会与人生的人道主义理想破灭后的信仰失落状态,而张爱玲小说中的人物,何曾有过信仰?如果谋生或让自己更有面子算"信仰"的话,那么他们也算是有"信仰"的了。但西方现代主义和荒诞派的失落绝非针对此等理想。范柳原、佟振保这类现代中国的理想男人,白流苏、曹七巧这类东方女性,何曾考虑过国族危亡,何曾想过自身利益或欲望以外的事物?"反现代性"乃是建立在现代性的基础之上,而在五四以后,最大的现代性就是通过启蒙或救亡的手段建立一个现代民族国家。而在张爱玲笔下男男女女的生活世界里,连这方面的信息都难嗅到一丝半缕。这当然是出身旧式家族的张爱玲对民族国家、正义理想诸般事物缺乏兴趣的结果。此即是说,张爱玲连"现代性"都未必具备,何况"反现代性"!至于"日常生活"云云,更易引起訾议。张爱玲的确耽溺于日常生活,但鲁迅、茅盾、巴金难道写的就不是日常生活?《故乡》《祝福》说到底不也是由琐细的日常细节构成,也无甚惊天动地的大事。可见,张爱玲的这一重"面孔"尽管看起来颇具哲学气息,但多少也是学界特定视角和想象投射的结果。

三、虚无主义的面孔

20世纪40年代,林语堂写道:"中国近30年来在文学和思想上获益匪

---

[1] 〔美〕乔治·E. 马库斯:《〈写文化〉之后20年的美国人类学》,收《写文化:民族志的诗学与政治学》,克利福德、马库斯编,商务印书馆2006年版。

浅,这全得功于西方的影响。承认西方文学内容较为丰富,承认它整体上的优越性,这一点使得自诩为'文学国度'的中国大为震惊。"[1]也从那一时期起,中国学者和文人已习惯于用西方概念阐解中国现代文学。张爱玲是极典型的例子。不过,现代性/反现代性、现实主义/现代主义这类不太兼容的"面孔"被先后甚至同时装置在张爱玲身上,多少让人感到些许的不踏实。其实,无论以理性批判为旨的启蒙现代性也好,还是以怀疑信仰为旨的审美现代性也好,要其旨实际上都是在以西方思想概念诠释中国作家。当然,这并非说以西方概念诠释中国作家会是思想的冒险,恰恰相反,只有如此才能更深刻剖析现代文人的焦虑与逻辑,比如"托尼学说"之于鲁迅,自然主义、马克思主义之于茅盾,俄苏现实主义之于丁玲、周立波,都是剀切的观察。然而对于张爱玲这样终生都浸淫在《红楼梦》《海上花列传》艺术世界的文人,在运用西方概念是否应该多些谨慎?张爱玲熟悉西方文学经典以及宗教,但她对《战争与和平》《浮士德》的评价并不甚高,认为它们的艺术水准"当然"低于《西游记》《红楼梦》,而对于《红楼梦》,则明确宣称它是"我一切的源泉"。这是否暗示着另外一种接近张爱玲的路径?

故而在张爱玲重新"出土"的30年内,另一重张爱玲"面孔"也在隐约出现,然而不甚清晰,较之批判主义者或"反现代性"的两重"面孔",缺乏清晰的界定和描述。这就是作为中国式的虚无主义者的张爱玲。最先捕捉到此层信息的,还是夏志清。在《中国现代小说史》中,他说:"《传奇》里很多篇小说都和男女之事有关:追求,献媚,或者是私情;男女之爱总有它可笑或者是悲哀的一面,但是张爱玲所写的绝不止于此。人的灵魂通常都是被虚荣心和欲望支撑着的,把支撑拿走以后,人变成了什么样子——这是张爱玲的题材。"[2]此后王德威先生也屡屡涉及此层,不过他和香港的许子东、黄子平两位教授一样,终归还是把张爱玲的思想归拢到基督教的末世

---

[1] 林语堂:《中国人》,学林出版社1994年版,页273。
[2] 〔美〕夏志清:《中国现代小说史》,复旦大学出版社2005年版,页260。

论。黄子平以张爱玲"过度近距离接触的繁密细节"而推论她的"后现代特征"。[1]黄子平还以张爱玲小说存在的克里斯蒂娃所谓的"不堪"或"卑贱物"(abject)为根据,明确认为:"张爱玲的'世纪末视景'决非《红楼梦》式的'色即是空,空即是色','白茫茫一大地真干净',而是以蔷薇和沉香屑装饰的罪索多玛和蛾摩拉,有夜夜笙歌,也有暴力与污秽,一寸一寸迎向一个时间的终点。"[2]此说难以让人信服,一则所谓"卑贱物"的存在恰足以映射世界的荒凉本相,二则张爱玲的小说中并不存在一个类似"末日审判"的时间终点,她的人物在任何时刻都有可能突然与荒凉迎面撞上,穿透繁华,看到人生虚无的旷野。

这些偏向不免令人遗憾。过于强势的西方教育背景,使当代学者们刚在张爱玲那里捕捉到几许中国文化的气息,就马上转而寻求它们的西方"正典"资源。百年以来,我们都已改奉了黑格尔、马克思或者萨特、福柯。倘若一个文本不是由此源发,又如何能论证它的"杰出"?张爱玲用英文写作数十年,她并未把这些外国人看得多么了得,但她的后两三代人做不到了。比较而言,同为小说家的王安忆对张爱玲观察得准确,入木三分。她认为张爱玲因为"临着虚无之深渊",所以才"紧紧地用手用身子去贴住这些具有美感的细节"[3]。不过,王安忆到底不是专治思想史的学者,对于张爱玲的这番特异的虚无主义,她未能给出清晰的文化归属,只是因着直觉,把张爱玲与鲁迅做了比较,当然是包含着适度批评的比较,认为张爱玲缺乏鲁迅那种深度。这种比较其实不甚恰当,实则鲁迅的虚无主义倒与西方荒诞派有几分相通。这个"绅士阶级的叛逆",中华民族的"异类",一心想"疗救"自己体格或许健壮的同胞,然而不料积年的冷枪、暗箭、背叛和中伤,终于使他衰弱了,"这以前,我的心也曾充满过血腥的歌声:血和铁,火焰和毒,

---

[1] 黄子平:《世纪末的华丽……与污秽》,《现代中文学刊》2009年第3期。
[2] 同上。
[3] 王德威:《海派作家又见传人——王安忆论》,《读书》1996年第6期。

恢复和报仇。而忽而这些都空虚了，但有时故意地填以没奈何的自欺的希望。希望，希望，用这希望的盾，抗拒那空虚中的暗夜的袭来，虽然盾后面也依然是空虚的暗夜"(《野草·希望》)。这里的"空虚"确是"为人生""立人"等信仰崩坍后的精神荒野，与荒诞派在人道主义崩塌后的价值虚无实有相似。但张爱玲常谈的"虚空的空虚"肯定不是这样。她从来没有树立过鲁迅那样的信仰。胡兰成曾专门撰文撇清张爱玲与"左派"的关系，而鲁迅虽未必宜于以"左派""右派"名之，但他真正欣赏的青年到底还是"左派"居多，因为在他看来，这类青年无论多么偏激、浮躁，但他们终究是为着国家为着被凌辱者而怀有信仰的一群。张爱玲肯定不属于如此群类。王安忆将她的虚无与鲁迅的虚无相比较，多少是错位的文化误读。

那么，张爱玲的虚无主义到底来自何种文化系统？其实张爱玲在自己的文字中已有描述，只是因为偏于文学性描述，须略做注释而已。张爱玲认为，虚无主义是中国文学永恒的主题，"主题永远是悲观"，"一切对于人生的笼统观察都指向虚无"，而因着这种彻入骨髓的虚无感，中国文学进而在叙事上表现出特异的结构，"就因为对一切都怀疑，中国文学里弥漫着大的悲哀。只有在物质的细节上，它得到欢悦——因此《金瓶梅》《红楼梦》仔仔细细开出整桌的菜单，毫无倦意，不为什么，就因为喜欢"。这是虚无主义哲学与物质主义叙述相互并置的叙事结构。在有关中国文学（尤其通俗小说、京戏、地方戏等）的阅读与观看中，张爱玲屡屡为这类叙事而起了"异代的震动"：

> 然而我最喜欢的还是申曲里的几句套语：五更三点望晓星，文武百官上朝廷。东华龙门文官走，西华龙门武将行。文官执笔安天下，武将上马定乾坤……照例这是当朝宰相或是兵部尚书所唱，接着他自思自想，提起"老夫"私生活里的种种问题。若是夫人所唱，便接着"老身"的自叙。不论是"老夫"是"老身"，是"孤王"是"哀家"，他们具有同一种的宇宙观——多么

天真纯洁的、光整的社会秩序:"文官执笔安天下,武将上马定乾坤!"思之令人泪落。(《论写作》)

张爱玲自己的写作,也以虚无主义哲学与物质主义叙述之间的互动结构为追求。她将之命名为"参差的对照"。显然,张爱玲的对照美学的追求,直接来自《红楼梦》、京戏甚至绍兴戏,而与西方启蒙哲学或后现代主义无太深瓜葛。五四个性主义的观察眼光确实被大量借用,譬如女性独立人格的欠缺,弗洛伊德式的父女恋欲,但这类观察到底只是世相讽刺的手段,只是从繁华中窥出荒凉的特定视角,而不是整体上支配着张爱玲的叙事哲学。譬如《倾城之恋》中,徐太太对流苏说,"找事都是假的,还是找个人是真的",若在一般五四小说中,这种对女性依附地位的揭示必会成为叙事主旨,然而在张爱玲这里,它只不过让我们瞥见人世"千疮百孔"的众多小窗口中的一个,而支配《倾城之恋》全部故事的则是"胡琴咿咿呀呀拉着"的背后世界的"不可理喻"与"不可靠"。在这一点上,误会张爱玲者甚众。

耽溺于物质主义的虚无主义者,可能是最接近张爱玲内在魂灵与伤痛的一重"面孔"。然而,百年来知识界与古典文化的隔膜,致使大众与专业研究者在通向张爱玲内在魂灵时总会遇到这样那样的障碍。故而,此重"面孔"的张爱玲迄今为止,在公众领域尚不清晰。但较之十余年前,无疑已经好得多了。学者已陆续注意到她的悲悯与虚空。虽然对此悲悯背后的文化系统的捕捉总是闪烁不定,或比附到鲁迅,或援结到卡夫卡,但总算有逐渐靠近张爱玲的迹象了。

四、中产阶级的文化偶像

法国文学社会家埃斯卡皮曾提出一个"作家的世代"的观点。他通过对18、19世纪英法数代作家的统计研究,认为,一般作家在二三十岁左右步入文坛,"在40至45岁到达最高点",而多数作家的"黄金时代"都在一二十年之间,然后逐渐退出大众视野,并被世人遗忘,"一位作家的形象","几乎近于他40岁左右给人留下的那个样子"。[1]张爱玲在埃斯卡皮的规律中似乎是个例外。她不但在二十二三岁时就达到了"最高点",而且在被意识形态尘封30余年后重新"出土",竟又引发"张爱玲热",大有永久战胜"读者的遗忘"的惊人态势,不能不说是"惊人的成就"。这不单指张爱玲的作品被反复翻印,亦指她在学术界日益获得的文学史地位,更指她在大众文化层面的持久魅力。近30年来,由张爱玲小说改编的电影有《倾城之恋》(许鞍华,1984)、《怨女》(但汉章,1988)、《红玫瑰与白玫瑰》(关锦鹏,1994)、《半生缘》(许鞍华,1997)、《色·戒》(李安,2007),据她作品改编的电视剧有《半生缘》(胡雪杨,2002)、《金锁记》(穆德远,2004)和《倾城之恋》(梦继,2009)。此外,还出现以张爱玲本人生活为题材的电影《滚滚红尘》(严浩,1990)和电视剧《她从海上来》(丁亚民,2008)。2008年,张爱玲自传性小说《小团圆》出版,更成一时瞩目的文化事件。甚至在张爱玲的照耀下,汉奸胡兰成的著作也行销一时。

但这并不能单纯解释为公众对于意识形态长期禁闭的反弹。其实,20世纪80年代重新"出土"的现代文人,又何止张爱玲一人?沈从文、钱锺书、梁实秋,甚至包括张爱玲视为偶像的林语堂,都在重返"前台",然而有谁能有张爱玲这般引起持久风潮?而且,自80年代起,张爱玲一直面对着"文化汉奸"的质疑。国内学者如何满子直接称张爱玲为"文化汉奸",并批评说,"张爱玲则在不少学者和准学者之间也相当风靡,这原因在很大程度上归'功'于美籍华裔夏志清在《中国现代小说史》中的蓄意吹捧","为了贬抑鲁迅和中国新文学,才蓄意'发现'出'西风派'和'鸳鸯派'

---

[1] [法]埃斯卡皮:《文学社会学》,安徽文艺出版社1987年版,页55—56。

小说的张爱玲来与之争席。匪夷所思的是，国内居然有些学者、准学者竟将夏志清的反华理论奉为玉旨纶音，跟着起劲地叫卖张爱玲，可谓咄咄怪事"。[1]海外学人如唐德刚先生也说：

> 但是一个社会，纵在异族和暴君统治之下，也不能无文艺。……这是一种"顺民文学""皇民文学"。写得好的，也颇能承继战前"性灵文学"的技巧，写起男情女爱来，也颇能惹出读者一掬眼泪、一声叹息、一丝微笑。不特汉奸编辑许为佳作，敌人暴君特务也㕮须认可，文化沙漠的沦陷区读者也颇为喜爱。这样他们也就稿费如潮，声誉鹊起了。但是这种作品既不能启发大智慧，也不能培养真性情，兜来转去，只在个人情感小圈圈内，装模作样，惹人怜惜；山鸡野狐，终非上品——这就是张爱玲了。爱玲仗以成名的汉奸小报，当年曾蒙敌人飞机空运，一捆捆地投到重庆。我辈当年亦是手低眼高的文艺青年也。捡而读之，但觉其恶心而已，有什么"文学"呢？爱玲青年期委身嫁作汉奸妇，已不足取。与胡兰成喁喁情话，读来尤其肉麻分分。在我民族存亡绝续的年代而能无动于衷，吾终不信作家之无灵魂者而能有文学也。[2]

一般文人遭此道德攻伐，恐怕早被挤入"被遗忘"的一群，但张爱玲却能打碎"流言"，以艳异姿态引领万众，这恐非唐德刚先生所能抵制。何以如此，是张爱玲的文学成就优胜于以上周作人或林语堂各位吗？显非如此。事实上，除了夏志清及追随夏氏的海外学人，多数业内学者并不认为张爱玲是"伟大作家"，而主流意见是倾向把她置于鲁迅、茅盾、巴金、老舍、沈从文、赵树理等小说家之下，而与钱锺书、丁玲、萧红诸人同列。那么，张爱玲何以成为"现象"呢？佛克马、蚁布思认为，"一个文本被读解的具体

---

[1] 何满子：《抗战胜利六十周年的"张爱玲热"》，《中华魂》2006年第12期。
[2] 唐德刚：《最后的光辉——谈谈张爱玲》，《世纪》1996年第1期。

语境以及读者对发送者文学能力的了解将会操纵他们的阐释"[1], 张爱玲现象实要涉及文学史家和一般文学读者之外的广阔大众。大众消费决定了张爱玲在当前文化格局中的位置, 使她深深卷入大众文化的"符号深渊"。温儒敏先生认为:

"张爱玲"在不断的文化生产中一层层的被剥去了丰富的内涵, 塑造成了精致而易于消费的"精品"。"张爱玲"热……属于文学研究界的再发现之后, 由商业社会借用经典话语, 将"张爱玲"作为时尚制成商品, 并在大众的消费中演化。[2]

大众或读张爱玲, 或本不了解张爱玲, 但他们共同塑造了张爱玲的第四重"面孔"——中产阶级(尤其女性)的小资偶像。中产阶级是当代中国新近崛起的文化现象。中产阶级文化最大的特点是: 满足于现状, 追求生活格调, 拒绝深刻思想但又希望保持"思想"的姿态。对此, 莱特·米尔斯认为: "工作的必要性及其异化使其变得枯燥乏味, 越是枯燥乏味, 就越需要在现代闲暇所赋予的欢乐和梦幻模式中找到解脱。闲暇包括了梦想和实际追逐着的所有美好事物和目标。"[3]而张爱玲的小说和散文, 由于包含二十世纪三四十年代的上海记忆和一种个人主义的色调, 成为中产阶级文化的现实资源之一。对此, 王彬彬先生指出:

随着中产阶级生活的获得, 一种"中产阶级气质"也便在一些知识者、

---

[1]〔荷〕佛克马、蚁布思:《文学研究与文化参与》, 北京大学出版社1996年版, 页102。
[2] 温儒敏:《近二十年来张爱玲在大陆的"接受史"》, 收《再读张爱玲》, 刘绍铭等编, 山东画报出版社2004年版。
[3]〔美〕莱特·米尔斯:《白领: 美国的中产阶级》, 南京大学出版社2006年版, 页187。

文化人身上形成。当然，还有一些人，在物质生活上，还并未能中产阶级化，他们尚在向中产阶级的天堂奋力攀登的途中，但他们的精神却先期中产阶级化了，他们预支了一份"中产阶级气质"。[1]

具有中产阶级气质的人，对话精致，乐于享受。张爱玲的许多题材有关吃饭穿衣、看戏听曲，因而，极易在中产阶级的意义层面上得到欣赏仿效。

中产阶级的崛起，导致文化消费的转型。一些能符合中产阶级文化消费期望的文化对象，由之符号化、偶像化。张爱玲作为一个对象，也成为中产阶级文化的重要部分。那么，张爱玲在大众文化中这重新"面孔"又由哪些元素构成呢？

按照斯蒂芬·欧文的看法，"真实"是西方文学的最高追求，如同记忆处于中国文学的核心一样。不过，中国古典文学亦不无真实诉求，而模仿西方的中国现代文学更不必说了。在张爱玲，她对自己作品的真实性笃信无疑。在《自己的文章》，她声称自己写的"全是些不彻底的人物"，"极端病态与极端觉悟的人究竟不多。时代是这么沉重，不容那么容易就大彻大悟。这些年来，人类到底也这么生活了下来，可见疯狂是疯狂，还是有分寸的。所以我的小说里，除了《金锁记》里的曹七巧，全是些不彻底的人物。他们不是英雄，他们可是这时代的广大的负荷者。因为他们虽然不彻底，但究竟是认真的"。所谓"不彻底"，是指她笔下的流苏或七巧，既没有愚昧到阿Q那等层次，也未觉醒到高觉慧那般程度。这么解释其实还未触及张爱玲文本与新文学的最根本差异。新文学实际上是根据历史主义话语，按照所谓"调节异质分布"的方法进行叙事的，即按照"新"/"旧"、"文明"/"愚昧"、"自由"/"奴役"、"自主"/"依附"等等二元对立的抽象概念，将不同人物赋予不同的抽象本质，比如阿Q被预先设定为愚昧者（国民性承载物），觉

---

[1] 王彬彬：《"中产阶级气质"批判——关于当代中国知识者精神状态的一份札记》，《文艺评论》1994年第5期。

慧被预先设计为觉醒者,追求自由恋爱与独立的个人价值。按 M. J. 费希尔的说法,这类故事中的"人"实际上成了被利用的工具:"现实主义再次撤回对个人的强调,提升社会和历史的重要性,使个人成为社会过程发生的场所。"[1]这类写法,张爱玲是不以为然的。生活哪有那么多和某种抽象概念(而且还是从西方贩来的)恰好符合的"人"呢。张爱玲只愿写她眼见的,不愿为某种预设概念而牺牲人的真实性。所以,一个世纪过去,回望现代文人,巴金式的描绘反倒显得浮泛,而张爱玲的叙述反而异常真实。譬如白流苏与哥嫂的关系,姜家公馆妯娌之间的龃龉,都令人震动。

而令都市白领、中产阶级尤感深切的,是张爱玲对情欲与爱贴心贴肺的透彻。"生在这世上,没有一样感情不是千疮百孔"(《留情》),这句话或许生在道德高压年代的读者无甚感受,他们一生只结一次婚,只和一个人白头偕老。而生在当代中国的青年男女,对张爱玲这样的结论会有怎样的感慨呵。在这样的年代,有多少女人不是向着多金的男人飞奔而去,又有多少有权势的男人不是有着两个女人、三个女人甚至以十计百计的女人。这注定了有无数破碎的心。而这一切,在张爱玲小说中时时发生着。而张爱玲笔下的男女(尤其女性),就是在这样不可理喻的背景下开始爱情角逐的。他们试探着,算计着,用着一切世故谋划着自己的婚姻。经受着"千疮百孔"的都市白领在佟振保、白流苏的"攻防战"中看到了自己。与此成对照的,张爱玲又在极端的世故中憧憬着爱的梦想:"于千万人之中遇见你所要遇见的人,于千万年之中,时间的无涯的荒野里,没有早到一步,也没有晚一步,刚巧赶上了。"(《爱》)她甚至一次一次步入爱的战栗的瞬间:

振保抱着胳膊伏在栏杆上,楼下一辆煌煌点着灯的电车停在门首,许多

---

[1] 〔美〕迈克尔·M. J. 费希尔:《族群与关于记忆的后现代艺术》,收《写文化——民族志的诗学与政治学》,克利福德、马库斯编,商务印书馆 2006 年版。

人上去下来,一车的灯,又开走了。街上静荡荡只剩下公寓下层牛肉庄的灯光。风吹着两片落叶蹋啦蹋啦仿佛没人穿的破鞋,自己走上一程子。……这世界上有那么许多人,可是他们不能陪着你回家。到了夜深人静,还有无论何时,只要是生死关头,深的暗的所在,那时候只能有一个真心爱的妻,或者就是寂寞的。振保并没有分明地这样想着,只觉得一阵凄惶。(《红玫瑰与白玫瑰》)

这又能唤醒无数人心中的秘密。张爱玲因此成为与他们分享秘密的人,甚至她与胡兰成并不那么欢悦的情恋故事也为众人所爱。学者们往往因为不了解当代都市青年内心的苦与痛,而对此表现出茫然:"不知道在什么时候,《今世今生》《山河岁月》已经在大陆出版,已经开始成为小资经典。而且我看到人们盛赞胡兰成的才情、胡兰成的文字的时候,在人们用艳羡的、传奇的、浪漫的口气谈论胡兰成张爱玲的时候,好像没有人谈到两个东西,一个东西是汉奸问题,另一个东西是胡兰成的无耻和背叛。"[1]

张爱玲小说中的三四十年代上海,也成为她被符号化的重要因素。老上海在20世纪90年代中国的高速现代化中开始成为品位、格调的代名词,日益转换为怀旧对象。怀旧情绪是当代都市人普遍的情感经验,由于现代生活的紧张,越来越多的人产生逃避情绪,于是"阅读文学作品是摆脱荒谬的人类生存条件的一种办法","它临时割断了读者个人与周围世界的联系,但又使读者与作品中的宇宙建立起新的关系"。[2]在这种情况下,旧日上海普通的咖啡馆、面包房、弄堂、石库门,在想象中获得历史品质,恰如耶尔恩·吕森所言:"人们觉得一样东西时间越长,就越引人注目,这仿佛是一个普遍现象,当你能够看出一个东西年代很长,它就获得了一种特殊的质地,甚至

---

[1] 戴锦华:《身体·政治·国族:从张爱玲到李安》,《学习博览》2008年第3期。
[2] 〔法〕埃斯卡皮:《文学社会学》,安徽文艺出版社1987年版,页91。

对于眼睛而言也是如此。"[1]人们通过阅读张爱玲,希望获得一种闲逸,经历一种远离当前的人人事事,乃至体验某种虚拟的上等社会的消费想象。种种情形,恰如尚·布希亚(鲍德里亚)所言:"(消费)不在于我们所消化的事物、不在于我们身上穿的衣服、不在于我们使用的汽车,也不在于影像和信息的口腔或视觉实质,而是在于,把所有以上这些'元素'组织为有表达意义的实质;它是一个虚拟的全体,其中所有的物品和信息,由这时开始,构成了一个多少逻辑一致的论述。如果消费这个字眼要有意义,那么它便是一种符号的系统化操控活动。"[2]对张爱玲笔下上海的消费,牵涉对某种生活方式、某种意义系统的想象。尤其是经李安《色·戒》电影对老上海的铺陈后,这种形象更得以在消费中流行。对此,董丽敏认为:

作为"中产阶级"文化的重要特征,"中产阶级"政治上的后卫性与消费上的前卫性是很多社会学家在命名"中产阶级"的时候,都会提及的指标。而张爱玲其人,恰恰可以说在这两点上是符合的——张爱玲在1940年代语境中政治上的暧昧性,与1990年代之后崛起的中产阶级更多停留在丰衣足食的生活的追求上,更多以"悠闲"来承载自身的精神价值而不作他求的状态是联系在一起的;而张爱玲对于时尚(比如服饰)的价值追求、对于金钱的锱铢必较、对于文化消费(比如电影)的狂热爱好,又在消费的层面上树立起了一个"中产阶级"的典型。[3]

咖啡馆、面包房、电影、弄堂、英语、石库门,这些本是张爱玲的日常生活,她是否会预见到这些有朝一日会成为另外一种时尚?应该没有,否则,

---

[1]〔波兰〕埃娃·多曼斯卡编:《邂逅:后现代主义之后的历史哲学》,北京大学出版社2007年版,页191。
[2]〔法〕尚·布希亚:《物体系》,上海人民出版社2001年版,页223。
[3]董丽敏:《"上海想象":"中产阶级"+"怀旧"政治?——对1990年代以来文学"上海"的一种反思》,《南方文坛》2009年第6期。

她未必就会写如下这样一些段落了,譬如,"她领他走进右首一间屋子,一进去看见光秃秃的一张土炕,倒占掉大半间房。炕头只堆着几只空箩空缸和一些零乱的麦草。然而这家人家大概光景还不算坏,那凹凸不平的黄土墙上,还刷着几块白粉,屋顶上淋下来的雨,又在那白粉上冲出两大条黄色的痕迹,倒更透出一种萧条的况味"(《赤地之恋》),这样的"风景",纵使张爱玲写得如何如"浮雕"般精细,恐怕也很难引起中产阶级的兴趣。可以设想,即使将来政治开放了,《赤地之恋》和《秧歌》也不会引起大众的真正兴趣。现今这时代,还有多少人愿意去关注贫穷呢?脱离了"上海"背景,即便是张爱玲,恐怕也不能激起大众向往。这也是周立波、柳青这类摹写农村的文人完全被大众遗忘的原因。

鲍德里亚的理论还可用于张爱玲对旧的高门巨族的描写。对这类家族,林语堂说:"在中国,有许多慈禧太后式的人物,无论是在政治上,还是在平常人家。家庭就是皇朝,在这里,她们可以任命自己的州长,决定儿孙们的职业。"[1]现代文人中,能如张爱玲般出身"公侯人家"、经历过"相府的繁华"的人本来就不多,兼之他们又多受民族国家书写的影响,他们或回避对自身优越生活的描写(如冰心),或以憎恶、批判态度描绘之(如巴金、曹禺),专门挑选深宅大院里的阴暗事实来写,都不能如实、完整反映旧式大家里的生活。而在张爱玲的小说中,旧式家族的等级、气派、奢华与文化品味都得到物质主义的完整呈现。随引一则如下,如《创世纪》中:

(老爹爹)教她读《诗经》,圈点《纲鉴》。他吃晚饭,总要喝酒的,女儿一边陪着,也要喝个半杯。大红细金花的"汤杯",高高的,圆筒式,里面嵌着小酒盏。老爹爹读书,在堂屋里,屋顶高深,总觉得天寒如冰,紫微脸上暖烘烘的,坐在清冷的大屋子中间,就像坐在水里,稍微动一动就怕有

---

[1] 林语堂:《中国人》,学林出版社1994年版,页151。

很大的响声。桌上铺着软漆布,耀眼的绿的蓝的图案。每人面前一碗茶,白铜托子,白茶盅上描着轻淡的藕荷蝴蝶。旁边的茶几上有一盆梅花正在开,香得云雾沌沌,因为开得烂漫,红得从心里发了白。

这也是一种对于贵族方式的虚拟性满足。此外,张爱玲青年时期的奇装异服及其特立独行的生活观念也为她的新"面孔"增添了富有吸引力的因素,在20世纪40年代即曾引领时尚。李君维回忆:"张爱玲非但是现实的,而且是生活的,她的文字一直走到了我们的日常生活里。某太太,就像《太太万岁》里一样的一位能干太太,告诉我一段故事,接着她说:'说出来你不信,完全跟那个张爱玲写出来的一模一样,天底下竟有这样的事!'我妹妹穿了灰背大衣,穿了一件黄缎子印咖啡色涡漩花的旗袍,戴了副银环子,谁见了就说:'你也张爱玲似的打扮起来了。'"[1]何况今天的80后新生群体,更加热爱自主、自由、独立的生活态度。张爱玲的我行我素、孤高自赏,怎么看都具有"酷"的品质。

不难想象,作为大众消费对象的张爱玲,比任何时候都遭到更严重的误解。温儒敏忧虑地说:"张爱玲的读者群大都受过良好的教育,多为正在成长中的'中产阶级'白领或是学院中人。然而遗憾的是,恐怕少有读者能够深刻理解张爱玲作品中'惘惘的威胁'。即便如大学精英,也不过感到的是'文中包容丰富的人生,聪明的文字里活跃着生活的气息'。张爱玲的作品中的贵族气,隐藏着式微破落的颓势;对私人生活的关注似乎很犬儒,实有悲悯之心;对价值的消解,体察女性的背后,是对人性近乎残酷的解剖。而这一切,都被浮躁的阅读心态给消解了。"[2]倪文尖也表示:"我们有过在

---

[1] 东方蝃蝀(李君维):《张爱玲的风气》,收《张爱玲的风气:1949年前张爱玲评说》,陈子善编,山东画报出版社2004年版。

[2] 温儒敏:《近二十年来张爱玲在大陆的"接受史"》,收《再读张爱玲》,刘绍铭等编,山东画报出版社2004年版。

现代文学经典化过程中，误读鲁迅、肢解茅盾、简化沈从文之类的教训，也体会过恍然大悟、追悔莫及的痛楚，而这次的特殊在于，张爱玲的简单化、片面化基本上是由'市场''大众'这些无形的手操纵完成的。但无论如何，正像没有张爱玲的中国现代文学系谱是缺失的一样，一个走了样、失了真的张爱玲，对于我们理解中国现代文学，尤其是理解当下依然地无补。很可能，在我们自以为好不容易地迎来了张爱玲为我们的'醉生梦死'提供依据的时候，张爱玲却是离我们越走越远了。"[1]但可想而知，类似的忧虑是无力的。每个时代的人们都因为自己的问题需要而展开对对象的阅读，大众需要的是一个躲避现实的"张爱玲"，而非一个在"虚无的深渊"边缘为生命的荒凉而仓然失措的"张爱玲"。这决定了张爱玲只能戴着大众给予她的优雅的闲适着的"面孔"。

批判现实主义者，反现代性者，虚无主义者，文化偶像，张爱玲的四重"面孔"不是一个自然的过程，它承载着不同的制度环境、意识形态和大众心理。因此，它们注定要一直处于竞争和变动过程中，而难有停止的时候。

---

[1] 倪文尖：《不能失去张爱玲》，《读书》1996年第4期。

附录　张爱玲研究著述辑要

一、传记类

胡辛:《张爱玲传》,作家出版社 1996 年版。

司马新:《张爱玲在美国——婚姻与晚年》,上海文艺出版社 1996 年版。

宋明炜:《浮世的悲哀:张爱玲传》,上海文艺出版社 1998 年版。

费勇:《张爱玲传奇》,广东人民出版社 2000 年版。

刘川鄂:《张爱玲传》,北京十月文艺出版社 2000 年版。

冯祖贻:《张爱玲》,河北教育出版社 2000 年版。

司美娟:《张爱玲传奇》,时代文艺出版社 2000 年版。

魏可风:《临水照花人》,中国友谊出版公司 2001 年版。

止庵、万燕:《张爱玲画话》,天津社会科学院出版社 2003 年版。

于青:《张爱玲传》,中国华侨出版社 2003 年版。

王蕙玲:《她从海上来:张爱玲传奇》,作家出版社 2004 年版。

张均:《张爱玲传》,文化艺术出版社 2006 年版。

淳子:《在这里:张爱玲城市地图》,人民文学出版社 2006 年版。

余斌:《张爱玲传》,南京大学出版社 2007 年版。

闫红:《哪一种爱不千疮百孔》,天津教育出版社 2009 年版。

白落梅:《因为懂得 所以慈悲》,中国华侨出版社 2012 年版。

戴文采:《我的邻居张爱玲》,九州出版社 2013 年版。

孔庆茂:《流言与传奇——张爱玲评传》,商务印书馆 2013 年版。

二、研究著作类

夏志清:《中国现代小说史》(*A History of Modern Chinese Fiction*),耶鲁大学出版社 1961 年版。

唐文标:《张爱玲研究》,台北联经出版事业公司 1976 年版。

陈炳良:《张爱玲短篇小说论集》,台北远景出版事业公司 1983 年版。

卢正珩:《张爱玲小说的时代感》,台湾麦田出版有限公司 1994 年版。

万燕:《海上花开花又落——解读张爱玲》,百花洲文艺出版社 1996 年版。

邵迎建:《传奇文学与流言人生:张爱玲的文学》,生活·读书·新知三联书店 1998 年版。

宋家宏:《走进荒凉:张爱玲的精神家园》,花城出版社 2000 年版。

子通、亦清编:《张爱玲评说六十年》,中国华侨出版社 2001 年版。

关鸿编选:《金锁沉香张爱玲》,人民文学出版社 2002 年版。

魏可风:《张爱玲的广告世界》,文汇出版社 2003 年版。

李岩炜:《张爱玲的上海舞台》,文汇出版社 2003 年版。

林幸谦:《荒野中的女体:张爱玲女性主义批评Ⅰ》,广西师范大学出版社 2003 年版。

林幸谦:《女性主体的祭奠:张爱玲女性主义批评Ⅱ》,广西师范大学出版社 2003 年版。

周芬伶:《艳异:张爱玲与中国文学》,中国华侨出版社 2003 年版。

郑树森编:《张爱玲的世界》,台北允晨文化实业股份有限公司 2004 年版。

陈子善编:《张爱玲的风气:1949 年前张爱玲评说》,山东画报出版社 2004 年版。

王德威:《落地的麦子不死:张爱玲与"张派"传人》,山东画报出版社2004年版。

刘绍铭、梁秉钧、许子东编:《再读张爱玲》,山东画报出版社2004年版。

水晶:《替张爱玲补妆》,山东画报出版社2004年版。

刘川鄂:《张爱玲之谜》,中国书店2007年版。

袁良骏:《张爱玲论》,华龄出版社2010年版。

黄心村:《乱世书写:张爱玲与沦陷时期上海文学及通俗文化》,上海三联书店2010年版。

许子东:《张爱玲的文学史意义》,中华书局(香港)2011年版。

解志熙:《欲望的文学风旗——沈从文与张爱玲文学行为考论》,人间出版社2012年版。

池上贞子:《张爱玲:爱·人生·文学》,陕西师范大学出版总社有限公司2013年版。

宋以朗:《张爱玲的文学世界》,新星出版社2013年版。

宋以朗:《宋家客厅:从钱锺书到张爱玲》,花城出版社2015年版。

高全之:《张爱玲学》,漓江出版社2015年版。

陈子善:《张爱玲丛考》,海豚出版社2015年版。

陈子善:《从鲁迅到张爱玲:文学史内外》,北京大学出版社2017年版。

祝宇红:《无双的自我:张爱玲的个人主义文学建构》,上海书店出版社2018年版。

三、论文类

迅雨(傅雷):《论张爱玲的小说》,《万象》1944年第3卷第11期。

胡兰成:《评张爱玲》,《杂志》1944年第13卷2—3期。

柳雨生(柳存仁):《说张爱玲》,《风雨谈》1944年第15期。

谭正璧:《论苏青及张爱玲》,《风雨谈》1944年第16期。

胡览乘(兰成):《张爱玲与左派》,《天地》1945年第21期。

沈启无:《南来随笔》,《苦竹》1944年第2期。

左采:《舞台上的"倾城之恋"》,《新东方杂志》1944年10卷5—6期。

洪深:《恕我不愿领受这番盛情——一个丈夫对于〈太太万岁〉的回答》,《大公报》1948年1月7日。

高全之:《张爱玲的女性本位》,《幼狮文艺》1973年第38卷第2期。

赵园:《开向沪、港"洋场社会"的窗口——读张爱玲小说集〈传奇〉》,《中国现代文学研究丛刊》1983年第3期。

丁尔纲:《"龙"的生活与"龙"的艺术——读张爱玲的〈桂花蒸 阿小悲秋〉》,《中国现代文学研究丛刊》1985年第4期。

柯灵:《遥寄张爱玲》,《中国现代文学研究丛刊》1986年第1期。

饶芃子、黄仲文:《张爱玲小说艺术论》,《暨南学报》1987年第4期。

宋家宏:《张爱玲的"失落者"心态及创作》,《文学评论》1988年第1期。

施康强:《众看官不弃〈海上花〉——评张爱玲注译〈海上花〉》,《读书》1988年第11期。

谢凌岚:《荒凉中的人生诱惑——析张爱玲的散文集〈流言〉》,《中国现代文学研究丛刊》1989年第1期。

严家炎:《张爱玲和新感觉派小说》,《中国现代文学研究丛刊》1989年第3期。

刘川鄂:《多姿的结构 繁复的语象——张爱玲前期小说艺术片论》,《中国现代文学研究丛刊》1989年第4期。

金宏达:《〈红楼梦〉·鲁迅·张爱玲》,《鲁迅研究月刊》1991年第6期。

余凌:《张爱玲的感性世界——析〈流言〉》,《读书》1991年第7期。

姚玳玫:《闯荡于古典与现代之间——张爱玲小说悖反现象研究》,《文艺研究》1992年第5期。

吴福辉:《张爱玲的宽度》,《读书》1993年第6期。

范智红:《在"古老的记忆"与现代体验之间——沦陷时期的张爱玲及其小说艺术》,《文学评论》1993年第6期。

万燕:《论张爱玲对其小说人物的精神俯视》,《文艺理论研究》1994年第5期。

李继凯:《论张爱玲小说中的女性异化》,《中国现代文学研究丛刊》1994年第4期。

陈思和:《民间和现代都市文化——兼论张爱玲现象》,《上海文学》1995年第10期。

贾平凹:《读张爱玲》,《文学评论》1995 年第 2 期。

林幸谦:《张爱玲:压抑处境与歇斯底里话语的文本》,《中国现代文学研究丛刊》1996 年第 1 期。

吴敏:《传统小说艺术的现代性演进——论张爱玲与〈红楼梦〉》,《红楼梦学刊》1996 年第 4 期。

韩毓海:《"民间社会叙事"的失败与张爱玲小说的意识形态性》,《人文杂志》1996 年第 3 期。

艾晓明:《反传奇——重读张爱玲〈倾城之恋〉》,《学术研究》1996 年第 9 期。

邵迎建:《重读张爱玲〈金锁记〉》,《中国现代文学研究丛刊》1996 年第 3 期。

倪文尖:《不能失去张爱玲》,《读书》1996 年第 4 期。

钱谷融:《谈张爱玲》,《读书》1996 年第 6 期。

王彬彬:《冷眼看"张热"——张爱玲的当前文坛的启示》,《书屋》1996 年第 1 期。

张均:《张爱玲论》,《通俗文学评论》1997 年第 1 期。

梁云:《论鲁迅与张爱玲的文化关系》,《社会科学辑刊》1997 年第 6 期。

郜元宝、袁凌:《重评张爱玲及其他》,《山东社会科学》1999 年第 3 期。

张新颖:《日常生活的"不对"和"乱世"文明的毁坏——张爱玲创作中的现代"恐怖"和"虚无"》,《文艺争鸣》2000 年第 3 期。

刘志荣:《张爱玲与现代末日意识》,《中国比较文学》2000 年第 2 期。

倪文尖:《上海/香港:女作家眼中的"双城记"——从王安忆到张爱玲》,《文学评论》2002 年第 1 期。

王巧凤:《原型批评与张爱玲》,《文学评论》2002 年第 6 期。

常彬:《类型各异的男性世界——张爱玲小说论》,《东北师大学报》2003 年第 4 期。

宋明炜、刘志荣、孙晶:《张爱玲的启示:我们如何面对都市》,《上海文学》2003 年第 2 期。

刘锋杰:《论张爱玲的现代性及其生成方式》,《文学评论》2004 年第 6 期。

王宏图:《浮世的悲哀:张爱玲的日常生活哲学》,《复旦学报》2005 年第 5 期。

安月辉:《"中国"人生中的荒诞意识——也谈张爱玲小说的"苍凉"》,《社会科学论坛》2005年第6期。

季红真:《萧红与张爱玲之比较——以女性主义视角》,《南开学报》2006年第2期。

刘志荣:《言情与世情:张爱玲与中国传统人情小说在精神上的内在联系》,《复旦学报》2006年第3期。

宋剑华、刘力:《"美丽"的假面——论张爱玲小说对女性心理阴影的理性透视》,《暨南学报》2006年第2期。

何满子:《抗战胜利六十周年的"张爱玲热"》,《中华魂》2006年第12期。

庄信正:《清如水、明如镜的秋天——张爱玲来信笺注》(连载),《书城》2006年第5期至2007年第7期。

陈子善:《1945—1949年间的张爱玲》,《南通大学学报》2007年第3期。

高旭东:《鲁迅小说不如张爱玲小说吗?》,《理论学刊》2008年第3期。

郭春林:《温暖的物质生活——论张爱玲小说中的现代性体验》,《文艺争鸣》2008年第5期。

高全之:《史实与秩序——谁最早发现张爱玲英译〈海上花〉遗稿?》,《书城》2008年第9期。

古远清:《张爱玲不是"摘帽汉奸"——回应陈辽"遮蔽"一文》,《学术界》2008年第6期。

解志熙:《"反传奇的传奇"及其他——论张爱玲叙事艺术的成就与限度》,《中国现代文学研究丛刊》2009年第1期。

袁良骏:《张爱玲研究的死胡同——论夏志清先生对张爱玲的"捧杀"》,《汕头大学学报》2009年第2期。

张伯存:《评"张爱玲热"及〈小团圆〉》,《文艺理论与批评》2009年第6期。

黄子平:《世纪末的华丽……与污秽》,《现代中文学刊》2009年第6期。

董丽敏:《作为一种性别政治的文学叙事——以张爱玲的"参差对照"为个案》,《社会科学》2011年第10期。

许子东:《张爱玲晚期小说中的男女关系》,《文学评论》2011年第2期。

朱文斌:《"张爱玲神话"及其反思》,《文艺研究》2011年第1期。

刘俐俐:《张爱玲隐喻性小说艺术与中国文学传统》,《清华大学学报》2012年第5期。

程丽蓉:《张爱玲的"传奇"小说观》,《中国现代文学研究丛刊》2012年第9期。

王德威:《文学地理与国族想象:台湾的鲁迅,南洋的张爱玲》,《扬子江评论》2013年第6期。

祝宇红:《张爱玲与18世纪英国小说》,《文艺争鸣》2014年第8期。

樊星:《当代"张爱玲热"与"小资情调"的演变》,《天津社会科学》2016年第4期。

颜浩:《娜拉神话的颠覆与终结——论张爱玲小说的"女性出走"主题》,《文艺研究》2016年第3期。

胡明贵:《张爱玲对20世纪中国小说理论的贡献》,《福建论坛》2017年第3期。

李宪瑜:《论张爱玲后期创作的"改写"现象——以"惘然小说"为中心》,《中国现代文学研究丛刊》2017年第10期。

许子东:《张爱玲小说中的叙述角度混淆》,《文艺理论研究》2018年第5期。